Walerjan Pidmohylnyj
Die Stadt

Walerjan Pidmohylnyj

DIE STADT

Aus dem Ukrainischen
von Alexander Kratochvil,
Lukas Joura, Jakob Wunderwald
und Lina Zalitok

Mit einem Nachwort von Susanne Frank,
Lukas Joura, Alexander Kratochvil, Jakob Wunderwald
und Lina Zalitok

GUGGOLZ

»Der Mensch hat sechs Eigenschaften: In dreien gleicht er einem Tier und in dreien einem Engel: Wie ein Tier isst und trinkt er, wie ein Tier pflanzt er sich fort, und wie ein Tier wirft er aus; wie ein Engel hat er Verstand, wie ein Engel geht er aufrecht, und wie ein Engel spricht er in der gesegneten Sprache.«

Talmud: Traktat Avot

»Wie kann man frei sein, Eukrites, wenn man einen Körper hat?«

Anatole France: »Thaïs«

ERSTER TEIL

I

Es schien nicht mehr weiterzugehen.

Der Strom des Dnipro hing plötzlich in einer Bucht fest. Umschlossen von frühherbstlichen Ufern in verwaschenem Gelbgrün. Doch dann wendete der Dampfer, und das lange ruhige Band des Flusses zog sich weiter zu kaum merklichen Hügeln am Horizont.

Stepan stand auf Deck an der Reling, seine Augen versanken ziellos in der Ferne, die gleichmäßigen Schläge des Schaufelrades und die dumpfen Worte des Kapitäns durch den Lautsprecher lullten seine Gedanken ein. Auch sie hingen in der nebligen Ferne fest, wo der Fluss unmerklich verschwand, als wäre der Horizont die Grenze zu seinen Träumen. Der Blick des jungen Mannes schweifte über die nahen Ufer, er verfiel unerwartet in Rührung – an der Biegung rechterhand kam ein Dorf zum Vorschein, das die Wiesen bis jetzt verborgen hatten. Die Augustsonne wusch den Schmutz von den weißen Häusern, knüpfte ein Netz grauer Wege, die sich in Feldern verliefen und wie der Fluss irgendwo im Blau verschwanden. Eine Straße verlief quer durch die grenzenlose Ebene, vereinte sie mit dem Himmel und führte den lichten Raum ins Dorf. Und eine andere Straße, die sich zum Fluss hinabzog, brachte die Frische des Dnipro zu den Hütten. Das Dorf schlief in der Mittagssonne. Es lag ein Geheimnis in diesem Schlaf inmitten der Naturelemente, die diesen Flecken mit ihrer Kraft nährten. Hier am Ufer erschien das Dorf als die ureigene Schöpfung der Weite, als die zauberhafte Blüte der Erde, des Himmels und des Wassers.

Das heimische Dorf, das Stepan verlassen hatte, lag ebenfalls am Flussufer, und er suchte unwillkürlich nach Ähnlichkeiten zwischen beiden. Er spürte eine Verwandtschaft und dachte vergnügt, dass er genauso gut in diesen Hütten zu Hause sein könnte wie in jenen, die er zurückgelassen hatte. Mit Bedauern sah er, wie sich das Dorf mit jedem Schlag der Maschine weiter entfernte, in der Ferne verschwamm, bis es schließlich hinter einem Streifen widerlichen Dampferqualms vollständig verschwand. Stepan seufzte. Möglicherweise war es das letzte Dorf gewesen, das er vor der Stadt noch sehen sollte.

Er verspürte eine unklare innere Unruhe, als ob er im Heimatdorf und in all den anderen Dörfern, die er unterwegs gesehen hatte, nicht nur die Vergangenheit, sondern auch seine Hoffnung zurückgelassen hätte. Er schloss die Augen und gab der Traurigkeit nach, die sich in ihm breitmachte.

Als er wieder aufsah, stand Nadijka neben ihm an der Reling. Er hatte sie gar nicht kommen gehört. Er freute sich, dass sie von sich aus zu ihm gekommen war. Ruhig ergriff er ihre Hand. Sie erschauderte, und ohne den Kopf zu heben schaute sie auf die fächerartige Welle, die der Bug des Dampfers aufwarf.

Sie kamen zwar aus demselben Dorf, waren sich aber kaum je begegnet. Er kannte sie nur flüchtig, da sie sich nur selten bei dörflichen Geselligkeiten blicken ließ, aber er wusste, dass sie studieren wollte. Einige Male hatte er sie im Silbud gesehen, wo er die Bibliothek geleitet hatte. Aber eigentlich waren sie heute zum ersten Mal länger beisammen, und der gemeinsame Weg brachte sie einander näher. Sie waren unterwegs zum Studium in der großen Stadt, beide hatten Empfehlungsschreiben in der Tasche, vor beiden lag ein neues Leben. Sie überschritten gemeinsam die Schwelle zur Zukunft.

Freilich war ihre Lage ein bisschen besser als seine. Sie hatte stolz erzählt, dass ihre Eltern Lebensmittel schicken würden. Er hoffte einzig auf ein Stipendium. Sie sollte bei Freundinnen unterkommen, er hatte bloß einen Brief seines Onkels an dessen Bekannten, einen Kaufmann. Sie war von lebhafter Natur; er war ruhig und wirkte zurückhaltend. Im Laufe seiner ersten fünfundzwanzig Lebensjahre war er zunächst Pflegekind und Hirtenjunge, danach einfach ein junger Bursche, schließlich hatte er sich während der Revolution den Aufständischen angeschlossen, und in letzter Zeit hatte er als Dorfsekretär von RobSemLis gearbeitet. Nur in einem war er ihr gegenüber im Vorteil – er war belesen und hatte keine Angst vor den anstehenden Aufnahmeprüfungen. Im Lauf des gemeinsamen Tages auf dem Dampfer hatte er für sie viele Rätsel der Sozialwissenschaften gelöst, und sie hatte bezaubert seiner angenehmen Stimme gelauscht. Wenn sie für einen Augenblick nicht in seiner Nähe war, befiel sie auf der Stelle Langeweile und weitere, bisher nicht besprochene ökonomische Fragen fielen ihr ein. Wenn er dann anfing, sie ihr von neuem auseinanderzusetzen, wäre es ihr doch lieber gewesen, wenn der Bursche von etwas anderem erzählt hätte: Von seinen Hoffnungen, davon, wie er gelebt hatte, bevor sie sich kennenlernten. Doch sie bedankte sich für seine Erklärungen und sagte überzeugt: »Oh, Sie bekommen sicher ein Stipendium! Sie sind ja so gut vorbereitet.«

Stepan lächelte, es freute ihn, von dem blauäugigen Mädchen, die auf seine Fähigkeiten vertraute, gelobt zu werden. Tatsächlich hielt er Nadijka für die schönste Frau an Bord. Die langen Ärmel ihrer grauen Bluse kamen ihm anmutiger vor als manch nackter Arm, ihr Kragen ließ nur den Blick auf einen schmalen Streifen Haut zu, wo andere schamlos ihre

Schultern und die Rundungen des Busens präsentierten. Sie trug einfache Schuhe mit flachen Absätzen, und ihre Knie schauten nicht bei jedem Schritt unter dem Rock hervor. Ihre Ursprünglichkeit gefiel Stepan, sie war seiner Seele nahe. Andere Frauen betrachtete er mit leichter Geringschätzung oder Furcht. Es schien ihm, dass sie ihn nicht beachteten oder gar verachteten in seiner ärmlichen Feldjacke, seiner rostroten Schirmmütze und seinen ausgeblichenen Hosen.

Er war hochgewachsen, gut gebaut, das Gesicht gebräunt. Doch seit einer Woche war er unrasiert, was seinem Aussehen etwas Liederliches verlieh. Stepan hatte dichte Brauen, große graue Augen, eine hohe Stirn, sinnliche Lippen. Seine dunklen Haare kämmte er nach hinten, wie es viele junge Männer vom Dorf taten – und neuerdings auch so mancher Dichter.

Stepan ließ seine Hand auf Nadijkas warmen Fingern ruhen und schaute nachdenklich auf den Fluss, auf die steilen Sandufer und einsamen Bäume. Auf einmal richtete sich Nadijka auf und sagte mit ausgestrecktem Arm: »Da, bald sind wir in Kyjiw.«

Kyjiw! Das war die große Stadt, in der er studieren und leben würde. Das war das Neue, in das er eintauchen wollte, um seine langgehegten Träume zu verwirklichen. Wie, Kyjiw ist schon so nah? Stepan wurde unruhig und fragte: »Wo ist eigentlich Lewko?«

Sie blickten sich um und entdeckten am Bug eine Gruppe Landleute, die es sich mit einer Mahlzeit bequem gemacht hatte. Auf einem ausgebreiteten Bauernhemd lagen Brot, Zwiebeln und Speck. Lewko, ein Student der Agrarökonomie, der auch aus ihrem Dorf kam, war dabei. Er war prächtig gelaunt und besser genährt, als seine Statur es eigentlich zuließ, früher wäre ein hervorragender Pope aus ihm geworden, heutzutage jedoch ein mustergültiger Agronom. Schon sein Vater, Großvater und Urgroßvater waren Bauern gewesen, und so konnte er den Leuten vom Land ebenso mit Bibelsprüchen wie mit einem gelehrten Rat helfen. Er studierte fleißig, lief überall in einem traditionellen Überzieher herum und ging leidenschaftlich gern zur Jagd. Während zweier nicht gerade üppiger Jahre in der Stadt hatte er aus dem Revolutionsslogan »Wer nicht arbeitet – darf nicht essen« sein Credo »Wer nicht isst, kann auch nicht arbeiten« abgeleitet, das er bei jeder Gelegenheit auf alle möglichen Fälle anwendete. Hier auf dem Dampfer bewirteten ihn die Dörfler mit ihrer rustikalen Kost, und er versorgte sie dafür mit interessanten Geschichten über den Planeten Mars, die Agrarökonomie in Amerika und das Radio. Sie staunten und fragten ihn vorsichtig, ein wenig ungläubig lächelnd, über Gott und die Welt aus.

Lewko gesellte sich lächelnd, sich auf etwas kurzen Beinen wiegend, zu seinen Bekannten. Gute Laune und ein Lächeln gehörten als grundlegende Eigenschaften zu seiner Einstellung der Welt gegenüber. Weder Armut noch Studium konnten seiner Gutmütigkeit etwas anhaben, die unter den stillen Weiden des Dorfes gereift war. Stepan und Nadijka hatten ihre Bündel bereits geschnürt. Noch eine Drehung des Steuerrades, und linkerhand erstreckte sich hinter den sandigen Hügeln am Ufer der graue Streifen der Stadt. Der durchdringende Ton des Dampfers, der langgezogen vor einer Pontonbrücke pfiff, hallte in Stepans Innerem als schmerzliches Echo wider. Für einen Augenblick vergaß er, dass sich seine Wünsche eigentlich erfüllten, und blickte wehmütig auf das weiße Dampfwölkchen über der Sirene wie auf die letzten Spuren seiner Vergangenheit. Als das Pfeifen plötzlich abriss, breitete sich in seiner Seele Totenstille aus. Er spürte, dass ihm lächerliche Tränen in die Augen stiegen, die in seinem Alter und seiner Lage eigentlich völlig unangebracht waren, und es überraschte ihn, dass der Tränenquell trotz aller Leiden und Mühen noch nicht ausgetrocknet war, dass er nur überdeckt war und nun so plötzlich und unpassend zu fließen begann. Dies brachte ihn so durcheinander, dass er errötete und sich abwandte. Aber Lewko bemerkte seine Fassungslosigkeit. Er legte ihm die Hand auf die Schulter und sagte:

»Nimm's dir nicht so zu Herzen.«

»Ist schon gut«, entgegnete Stepan verlegen.

Nadijka überschüttete Lewko mit Fragen. Sie fragte ihn nach jedem Hügel, jeder Kirche, ja fast schon jedem Haus. Dabei stellte sich heraus, dass Lewko nicht viel von der Stadt kannte. Natürlich wusste er, wo die Lawra ist und die Säule mit dem heiligen Wolodymyr, aber ob der Hügel, auf dem sie steht, auch nach dem heiligen Wolodymyr benannt ist, da war er sich bereits nicht mehr so sicher. In Kyjiw bewegte er sich nur in seinen engen, ausgetretenen Kreisen, zwischen der Leninstraße, wo er wohnte, und seinem Institut. Er verließ sie so gut wie nie, im Winter war er bestenfalls dreimal im DerschKino Nr. 5 gewesen, um sich amerikanische Abenteuerfilme anzusehen, und nur selten fuhr er mit dem Zug Kyjiw–Teteriw zur Jagd. Aber damit konnte er Nadijkas zunehmend lebhafte Neugierde nicht stillen. Diese Häuserflut, so niedlich und komisch anzusehen aus der Ferne, faszinierte sie, und ihr fröhliches Lachen verriet ihre Freude, dass auch sie dort wohnen werde.

Bald wurde ihre Aufmerksamkeit jedoch von etwas anderem gefesselt. Sie beobachtete die Motorboote, die röhrend über den Fluss sausten, und die Ruderboote mit braungebrannten Sportlern mit freiem Oberkörper, die ihre Muskeln anspannten und fröhlich auf dem Wellenschlag des Dampfers schaukelten. Einige tollkühne Schwimmer johlten ausgelassen und sprangen ganz nah beim Schaufelrad ins Wasser. Kurz darauf glitt wie ein weißes Phantom eine Dreimaster-Jacht am Dampfer vorbei.

»Schaut, schaut nur!«, rief Nadijka beim Anblick der ungewöhnlichen dreieckigen Segel. An Bord waren drei junge

Männer und ein Mädchen, das sich ein Tuch umgewickelt hatte. Sie schien wie eine Rusalka aus den alten Märchen, die man nicht anders als beneiden konnte.

Je näher sie Kyjiw kamen, desto reger wurde der Verkehr auf dem Fluss. Vor ihnen lag inmitten des Dnipro eine sandige Insel mit einem Strand, zu der drei Motorboote unentwegt Badegäste brachten. Die Stadt erstreckte sich vom Hügel hinab zum Ufer. Von der Revolutionsstraße rollte eine bunte Welle von Jungen und Mädchen, Frauen und Männern die breite Treppe hinab – ein quirliger Strom heller Leiber, die sich nach einem Bad in der Sonne und im Wasser sehnten. In diesem Getümmel war kein Platz für schlechte Laune – dort, am Rande der Stadt, begann eine neue Welt, die Welt der elementaren Freuden. Wasser und Sonne umfingen die, die gerade noch mit Füllfedern und Kontorswaagen hantiert hatten. Die jungen Männer glichen dem sagenhafte Kyj, die jungen Frauen der märchenhaften Lybid. Ihre Monate lang in Kleidern gefangenen Körper erblühten nun, befreit und nackt wie Bronzestatuen in flimmernder Hitze, gleich den Barbaren an den Ufern des Nils. Für einen Moment pulsierte das blanke, ursprüngliche Leben in ihnen, und einzig die hauchdünne Badebekleidung erinnerte an den Jahrtausende währenden Strom der Zeit.

Der Kontrast zwischen den trostlosen Bauten am Ufer und dem ungetrübten Badespaß wirkte auf Nadijka seltsam und wunderbar. Gerade in diesem Gegensatz spürte sie die Vielfalt städtischen Lebens und dessen Möglichkeiten. Das Mädchen hielt ihre Begeisterung nicht zurück. Sie wurde von der bunten Palette der Kleider und Körper geblendet, von den zartrosa Körpern, die erstmals in die Sonne tauchten, bis hin zu den dunkel gebräunten, die die brennenden Strahlen des Sommers gestählt hatten.

Leidenschaftlich wiederholte sie immer wieder:

»Wie schön das ist! Wie schön!«

Stepan teilte ihre Euphorie keineswegs. Ihm war der Anblick der nackten, besinnungslosen Menschenmenge zutiefst zuwider. Und es enttäuschte ihn, dass Nadijka diesen ausgelassenen, triebhaften Haufen anziehend fand. Mürrisch sagte er:

»Purer Spaß an der Freud!«

Lewko sah sich die Leute genauer an:

»Sie sitzen tagaus, tagein an Schreibtischen, na, und hier schlagen sie ein wenig über die Stränge.«

Sie gingen im dichten Gedränge von Bord, blieben ein wenig abseits stehen und ließen den Strom der Passagiere vorbeiziehen. Nadijkas Begeisterung legte sich. Die Stadt, die von Ferne weiß und licht im sonnigen Dunst geschwebt hatte, hing nun dunkel und schwer über ihr. Schüchtern blickte sie sich um. In ihren Ohren dröhnte das Schreien der Marktweiber, das Pfeifen, das Rattern der nach Darnytsia fahrenden Autobusse und das gleichmäßige Schnaufen der Dampfmaschine einer nahen Mühle.

Stepan drehte sich aus seinem Machorka eine Zigarette und rauchte. Er hatte die Angewohnheit, nach dem Anzünden auszuspucken, aber hier schluckte er die Spucke mit den bitteren Machorkakrümeln hinunter. Alles um ihn herum war seltsam und fremd. Er sah eine Schießbude, wo man mit Luftpistolen schoss, Stände mit Eis, Bier und Kwas, Marktweiber mit Brötchen und Sonnenblumenkernen, Knaben mit Karamellen, Mädchen mit Körben voll von Aprikosen und Kirschen. Unzählige Gesichter zogen an ihm vorbei, fröhliche, ernste, betrübte, und irgendwo schrie eine Frau, die man bestohlen hatte, Halbwüchsige spielten. Das sah alles so gewöhnlich aus und hatte auch früher schon so ausgesehen, als seine Füße noch über weichen Dorfboden liefen. Und so wird es auch weiterhin sein. Er war fremd hier.

Die Passagiere verliefen sich. Das Schiff wurde entladen. Träger mit nacktem Oberkörper balancierten mit Säcken, Taschen und Früchten beladen über schwankende Balken. Danach trugen sie Rinderhälften und rollten stinkende Fässer von Bord.

Lewko ging voran und zeigte ihnen den Weg. Auf der Revolutionsstraße trennten sie sich: Stepan ging hinab nach Podil, die anderen beiden in die Altstadt.

»Wenn was ist, kannst du auch bei mir wohnen«, sagte Lewko. »Hast du meine Adresse aufgeschrieben?«

Stepan verabschiedete sich rasch von ihnen und bog rechts ab, von Zeit zu Zeit fragte er Passanten nach dem Weg. Als er an einer Buchhandlung vorbeikam, blieb er vor dem Schaufenster stehen und betrachtete die Bücher. Von klein auf waren sie ihm lieb und teuer. Als er noch nicht lesen konnte, hatte er als kleiner Junge oft in dem einzigen Buch geblättert, das im Haus seines Onkels zu finden war, ein uraltes Journal mit endlosen Portraits von Zaren, Erzbischöfen und Generälen. Aber es waren nicht die Bildchen, die ihn fesselten, sondern die gleichmäßig verlaufenden schwarzen Zeichen. Er erinnerte sich nicht einmal, wie er lesen gelernt hatte. Es war anscheinend wie zufällig passiert. Dann las er laut und freudig die Worte, ohne zu wissen, was sie bedeuteten.

Er stand lange vor der Vitrine, las stumm Titel, Verlage und Erscheinungsjahre der Bücher. Einige, dachte er, könnten ihm im Studium nützlich werden. Die Masse der Bücher verwirrte ihn, und besonders erstaunte ihn, dass er nur ein einziges Buch fand, das er schon gelesen hatte. Die Bücher hier schienen all das Fremde zu verkörpern, das er instinktiv fürchtete, all die Unsicherheiten, die er in der Stadt meistern musste. Entgegen jeglicher Vernunft und allen früheren Überlegungen zum Trotz begannen den jungen Mann, anfangs noch als stumme Fragen, trostlose Gedanken zu bedrängen.

Weshalb hatte er nur herkommen müssen? Was würde weiter werden, wie würde er leben? Würde er hier scheitern und dann als Bettler nach Hause zurückkehren? Warum war er nicht in die nächste Provinzstadt zur Lehrerausbildung gegangen? Warum diese kindischen Träume von der Hochschule und von Kyjiw? So stand der junge Mann vor der kleinen Buchhandlung in Podil, die ihn so verwirrte und ins Grübeln stürzte, dass er schon überlegte, zum Hafen zurückzukehren.

»Die Reise hat mich erschöpft«, dachte er.

Auf diese Erschöpfung schob er auch seine müden Beine und seine Unlust, sich zu bewegen. Dabei fühlte er sich wie ein Bote, der eine wichtige, ihm selbst jedoch fremde Mission zu erfüllen hatte. Seine langgehegten Wünsche kamen ihm plötzlich wie fremder Zwang vor, dem er sich stumpf und doch widerwillig unterordnete. So schleppte er sich weiter, getrieben von seinen für den Moment verblassenden, aber unauslöschlichen Träumen.

Am Nyschni Wal fand er die Hausnummer 37, trat durch die Gartentür in den Vorgarten und klopfte auf der Veranda an die abweisende, wurmstichige Tür. Nach einer Weile öffnete ihm ein Mann in Weste, mit Kinnbärtchen und grau meliertem Haar. Das war also der Fischhändler Luka Demidowytsch Hnidy, der Stepans Heimatdorf Tereweni während der Revolutionsjahre und der Not in den Städten zum Drehkreuz seines Warenaustausches gemacht und im Haus seines Onkels genächtigt hatte.

Nun war es an dem Fischhändler, sich dafür zu revanchieren – auch wenn diese Zeit längst vorbei und es nicht unbedingt angenehm war, sich an sie zu erinnern. Er sah Stepan ein wenig erschrocken über seine Brille hinweg an, riss den Umschlag hektisch auf, senkte den Blick auf den Brief und wich lesend ins Haus zurück.

Stepan blieb allein vor der geöffneten Tür stehen. Seine Bündel drückten ihm auf die Schulter, sodass er sie ablegen musste. Eine Weile wartete er ab, dann setzte er sich auf die

Stufen der Veranda. Die Straße vor ihm war menschenleer. Die ganze Zeit über war hier kein einziger Fußgänger weit und breit zu sehen, lediglich ein Fuhrmann fuhr auf seinem Wagen vorbei, die Zügel baumelten herab. Stepan begann sich sehr konzentriert eine Zigarette zu drehen, wie man es tut, wenn man hartnäckige, aber sinnlose Gedanken loswerden möchte. Ruhig feuchtete er den Rand des groben Machorkapapiers an, brachte das Ergebnis vorsichtig in Form und bewunderte es noch eine Weile. Die Zigarette war ziemlich gerade geworden, zum Ende hin lief sie spitz zu, wodurch man sie besser anzünden konnte.

Er steckte sie sich zwischen die Lippen, schlug einen Schoß seiner Jacke zurück und griff in seine zwar einzige, aber tiefe Hosentasche. Auf der anderen Seite hatte der Schneider am Stoff gespart, in der vollkommen richtigen Annahme, es gäbe Menschen, denen eine Hosentasche genüge. Die Natur könnte sich, der Überlegung des Schneiders folgend, bei vielen Menschen ein Auge oder Ohr sparen, wie man es in den Mythen von den Zyklopen lesen kann. Nachdem er all seine Schätze in der Hosentasche ertastet hatte – ein Messer, eine alte Geldbörse, ein zufällig entdeckter Knopf und ein Tuch –, fischte er eine Streichholzschachtel heraus. Sie war leer. Sein letztes Streichholz hatte er am Hafen aufgebraucht. Stepan warf die Schachtel auf den Boden und zertrat sie mit dem Stiefel.

Da er nun nicht rauchen konnte, bekam er umso mehr Lust darauf. Er stand auf und ging zum Gartentor. Dort hielt er nach einem rauchenden Passanten Ausschau – vergeblich. Die Straße war nach wie vor menschenleer. Eine Reihe niedriger altmodischer Häuser wurde am Ufer von schon lange nicht mehr gestrichenen Hütten abgelöst. An der nächsten Straßenecke hörte das Pflaster auf. Eine einsame, kahle Pappel zitterte seltsam vor einem Fenster.

Plötzlich rief jemand an der Eingangstür seinen Namen.

Stepan zuckte zusammen, als ob man ihn auf frischer Tat ertappt hätte. Hnidy rief ihn zu sich.

»Ich werde hier wohnen«, dachte Stepan bei sich. Der Gedanke erschien ihm so merkwürdig wie die Pappel, die er gerade erblickt hatte.

Aber Hnidy führte ihn nicht ins Haus, sondern in den Garten dahinter, zur Scheune. Stepan folgte ihm und musterte ihn von hinten. Der Händler ging gekrümmt und war schlecht auf den Beinen. Obwohl er nicht sonderlich groß war, wirkten seine dünnen Beine lang und unbeweglich. Stepan dachte bei sich: Wie leicht könnte ich dem die Beine brechen!

Am Schuppen schloss Hnidy die Tür auf, öffnete sie und sagte:

»Hier werden Sie unterkommen.«

Über seine Schulter konnte Stepan in die winzige Kammer blicken. Es war eine kleine Schreinerei. An der Wand stand eine Werkbank, und auf den Brettern darüber lag Werkzeug. Auf der gegenüberliegenden Seite konnte man durch ein winziges Fenster sehen, wie es langsam dämmerte. Der Geruch von Sägespänen und frisch geschlagenem Holz lag in der Luft. Stepan war so verwundert, dass er unwillkürlich fragte:

»Hier also?«

Hnidy klapperte mit den Schlüsseln, wandte sich um und schaute Stepan durch die Brillengläser an:

»Sie wollen doch eh nicht lange bleiben, oder?«

Sein Gesicht war voller Falten. In seinem Blick lag etwas Gequältes.

Stepan trat vorsichtig ein und legte seine Bündel in die Ecke. Als er sich dabei bückte, sah er durch einen Spalt zwischen den Holzbrettern seine Nachbarn – am Verschlag wiederkäuende Kühe. Ein Viehstall – das sollte also seine Bleibe sein?! Wie ein Tier, ein richtiges Rindvieh … Sein Herz pochte plötzlich spürbar, und das Blut schoss ihm ins Gesicht. Er richtete sich auf, zornesrot und wütend schaute er in Hnidys welkes Gesicht, das, so schien es, keine Spur von Träumen, Gedanken oder auch nur einfachen Bedürfnissen aufwies, und sagte mit einem Gefühl der eigenen Überlegenheit:

»Geben Sie mir ein Streichholz. Zum Rauchen.«

Hnidy schüttelte den Kopf.

»Ich rauche nicht … Und Sie, seien Sie mal lieber vorsichtig mit dem Holz.«

Er machte die Tür zu, das Klappern seiner Schlüssel war aber noch eine Weile zu hören. Stepan lief in großen Schritten in seinem Kämmerchen auf und ab. Jeder seiner Schritte kam einem Wutanfall gleich. Solch eine Demütigung hatte er nicht erwartet. Auf Hunger und Not war er vorbereitet, aber nicht auf einen Kuhstall. Auch wenn er früher selbst Kühe gehütet hatte. Aber wie konnte es sein, dass nach der Revolution und all den Aufständen, an denen auch er beteiligt gewesen war, ein x-beliebiger Händler, ein dünnbeiniges Nichts, sich nun das Recht herausnahm, ihn in einen Stall zu sperren?

Die rasch einsetzende sommerliche Abenddämmerung ließ immer weniger Licht durch das kleine Fensterchen. Stepan blickte nach draußen. Hinter einer Reihe gleichförmiger Dächer ragte ein Schornstein hervor. Schwarze Rauchschwaden trieben in die graublaue Dämmerung, als zögen sie durch den Himmel den Tiefen des Weltalls zu.

Das grobe Zigarettenpapier war inzwischen eingerissen, und der Tabak krümelte heraus. Er drehte sich eine neue und ging hinaus ins Freie. Was soll's, dachte er, drehte um und ging zurück ins Haus, um sich in der Küche Feuer zu holen. Es gab keinen Grund, sich zu genieren, denn letzten Endes waren das hier ja auch nur Menschen. Unerwartet erblickte er auf der Veranda einen jungen Mann, und als Stepan sich zu ihm beugte, um nach Feuer zu fragen, sagte der:

»Nehmen Sie sich doch eine von meinen.«

Erstaunt, aber gefasst griff Stepan nach einer Zigarette. Er nahm tiefe Züge und betrachtete, wie dieser junge Mann achtlos den Rauch ausstieß. Als Stepan sich bei ihm bedanken wollte, schüttelte er, in Gedanken vertieft, nur den Kopf.

In seinem Kämmerchen legte Stepan sich auf die Werkbank. Er versank im duftenden und berauschenden Rauch. Verträumt schloss er die Augen und beschloss, dass alles gut war. Dass er in einem Viehstall war, schien ihm auf einmal recht amüsant. Zweimal klopfte er zum Gruß mit der Faust an die Wand des Kuhstalls, lachte laut auf und öffnete die Augen. Hinter dem Fenster, über dem Schornstein, hing die Neumondsichel.

II

Als Stepan aufwachte und sich hastig von seiner Werkbank erhob, war es draußen schon hell. Sein Körper war ganz taub vom Liegen auf dem nackten Holz. Ungeachtet seiner Müdigkeit rieb er sich ängstlich die Augen. Heute sollte die Aufnahmeprüfung sein, hatte er etwa verschlafen? Dann erinnerte er sich daran, dass der Test erst für ein Uhr anberaumt war, beruhigte sich ein wenig, streckte sich und massierte seinen verspannten Nacken.

Ein leises, monotones Plätschern war zu hören hinter der Wand, die seine Behausung vom Stall trennte. Die Kühe wurden gemolken. Das beruhigte ihn – es war also noch früh. Er setzte sich auf die Werkbank, strich sich mit den Händen über die Knie, senkte sein ungekämmtes Haupt und dachte nach. Die Einzelheiten des gestrigen Tages zogen an ihm wie an einem Faden aufgereiht vorbei. Die Selbstbespiegelung hatte er sich wohl schon in seinen Kindertagen angewöhnt, als er auf das Vieh aufpasste und im Feld lag oder Körbe und Leinen flocht. Jetzt, wo er den vergangenen Tag Revue passieren ließ, war er mit sich unzufrieden. Er verspürte Zweifel und Niedergeschlagenheit – kurz gesagt, etwas, das man Willensschwäche nennt. Aber das, ermahnte er sich, durfte nicht sein. Er war die neue Kraft, die zur Aufbauarbeit aus den Dörfern herbeigerufen wurde. Er war einer von denen, die die verdorbene Vergangenheit ablösen und mutig eine neue Zukunft errichten sollten. Selbst für diese aromatische Zigarette, die ihm dieses Bürgersöhnchen abgetreten hatte, schämte er sich nun.

Stepan strich sich das Haar aus der Stirn und begann sich rasch anzuziehen. Er schüttelte seine Feldjacke aus, strich mit dem Ellenbogen über seine Hosen, um sie vom Staub zu befreien, und leerte seine Bündel aus. Zum Vorschein kamen Essen, ein Soldatenmantel aus der Zarenzeit und Wechselwäsche. Mit dem leeren Beutel begann er die Stiefel zu säubern, spuckte darauf und polierte. Nun war er bestens für den Tag gewappnet.

Anstatt sich jetzt zu waschen – dafür war keine Zeit –, beschloss er nach der Prüfung ein Bad im Dnipro zu nehmen und jetzt erst einmal zu frühstücken. Er hatte noch drei Laib Brot, einen halben Pud Weizenmehl, vier Pfund Speck, zehn hartgekochte Eier und einen Sack Buchweizen bei sich. Unerwartet rollten auch ein paar Kartoffeln aus dem Beutel heraus, was Stepan ein lautes Lachen entlockte. Als er all seine Essensbestände auf der Bank ausgebreitet hatte, schnürte er seinen Wanderkessel vom Beutel los. Er wollte gerade mit dem Brotschneiden beginnen, als ihm plötzlich der Gedanke an Turnübungen in den Sinn kam. Denn schließlich wollte er den Tag wie ein Städter beginnen, so, als ob er sich schon ganz in seiner neuen Umgebung eingelebt hätte. Es war wichtig, sich zuallererst eine Routine aufzuerlegen, denn Normen und Regeln waren ein Erfolgsgarant!

Stepan erhob sich und suchte ein geeignetes Gerät für seine Übungen. Er ging zur Bank, stemmte sie einige Male hoch und freute sich über seine Gelenkigkeit und die Härte seiner Muskeln. Er stellte die Bank wieder ab, war aber immer noch nicht zufrieden. Liebevoll strich er sich über den Bizeps, sprang in die Höhe, um sich an einem niedrigen Dachbalken festzuhalten, und begann immer schneller und mit wachsendem Enthusiasmus Klimmzüge zu machen. Und als er schließlich abließ, war er vor Anstrengung und Freude ganz rot. Er drehte sich zur Tür, wo er eine Frau erblickte, die eine Milchkanne trug. Diese sah ihn ängstlich und beunruhigt an.

»Ich habe hier geschlafen«, stammelte Stepan, »man hat es mir erlaubt.«

Sie schwieg. Stepan fühlte sich etwas unwohl – nicht, weil er ohne die Feldjacke dastand oder weil ihm sein hautenges Hemd bei den Übungen aus dem Gürtel herausgerutscht war wie bei einem Kind. Für ihn stellte Kleidung nur einen Schutz vor der Kälte dar, aber er verstand auch, dass er es mit seinen Turnübungen übertrieben hatte und sie weder seiner Ehre noch seinem Ansehen hier förderlich waren. Auch könnte diese Melkmagd rumerzählen, dass er versucht habe, in den Dachboden einzudringen. Er warf sein Haar zurück und wollte, da er die Unterhaltung für beendet hielt, sein Frühstück einnehmen. Sie aber trat in seine Kammer, blickte auf seine Sachen und stellte den Eimer mit der Milch auf den Boden.

»War es sehr hart, hier zu schlafen?«, fragte sie traurig und ein wenig müde, während sie mit der Hand über die Werkbank strich.

»Hm, na ja«, murrte Stepan unwirsch.

Aber sie ging nicht weg. Was wollte sie denn? Was sollten diese seltsam aufmerksamen Blicke? Er setzte eine unmissverständlich düstere Miene auf.

»Ich bin hier die Hausherrin«, gab sie schließlich zur Erklärung. »Darf es etwas Milch sein?«

Die Hausherrin melkte selbst die Kühe? Ah, die Gewerkschaft hatte ja Rechte für die Dienerschaft erkämpft. Von einer Melkerin, seiner Genossin quasi, hätte er die Milch selbstverständlich angenommen. Aber auf Almosen von der Hausherrin konnte er gerne verzichten.

»Ich möchte keine Milch«, antwortete er.

Die Hausherrin aber hatte ihm, ohne seine Antwort abzuwarten, schon etwas in seinen Kessel eingeschenkt.

»Im Hof kann man sich waschen, da ist ein Wasserhahn«, fügte sie noch hinzu und ging mit dem Eimer davon.

Stepan schaute ihr hinterher. Sie hatte so einen üppigen, rundlichen Rücken, wie man ihn vom reichlichen Essen bekommt! Verärgert warf er sich die Feldjacke über und knöpfte sie zu. Er schnitt sich Speck und Brot ab. Beim Essen dachte er über die Prüfung nach. Er hatte nichts zu befürchten, in Mathematik war er stark. Um sich selbst zu testen, ging er die Flächenformeln aller Figuren, die quadratischen Gleichungen sowie die Beziehungen zwischen den Winkelfunktionen im Kopf durch. Dabei rief er sich freilich unbewusst vor allem das in Erinnerung, was er am besten konnte und wiegte sich daher angenehm in der Sicherheit seines Wissens. An die Sozialwissenschaften verschwendete er erst recht keinen Gedanken, so viele Abhandlungen hatte er im Dorf gelesen. Und täglich mehrere Zeitungen. Dazu kamen noch seine soziale Herkunft und seine Revolutions- und Berufserfahrung! Alles in allem war er also bestens gewappnet an der Bildungsfront.

Die Durchsicht seiner Dokumente stellte ihn zufrieden. Alles war in bester Ordnung. In den Papierstapeln fand sich sein ganzes Leben der letzten fünf Jahre wieder: der Aufstand gegen den Hetman, der Kampf gegen die weißen Banden, die Kultur- und Facharbeit. Manches las er sogar richtig gern.

Was er nicht alles mit- und durchgemacht hatte! Als Gefangener war ihm die Flucht vor der Erschießung gelungen. Er hatte an Versammlungen und Demonstrationen teilgenommen, Manifeste geschrieben und sich am Kampf gegen Analphabetismus und Trunksucht beteiligt. Wie schön war es, all das in Form von Stempeln und Siegeln, in gleichmäßigen, schreibmaschinengeschriebenen Zeilen sowie in der unförmigen Klaue von halben Analphabeten zu sehen.

Stepan erhob sich lebhaft, steckte die Unterlagen ein, spitzte seinen Bleistift und bereitete Schreibpapier vor. Er musste los. Nachdem er das Essen mit seinem Beutel zugedeckt hatte, blieb er kurz bei der Milch stehen. Er war richtig durstig. Nach dem Speckbrot brauchte er etwas zum Nachspülen. Die Milch würde ja sowieso schlecht bei der Wärme. Er nahm den Kessel, leerte ihn in einem Zug und schmiss ihn auf die Werkbank. Einem geschenkten Gaul schaut man nicht ins Maul!

Er ging ins Freie, schob den Riegel vor und trat auf die Straße hinaus. Bevor er sich aber zum Institut aufmachte, wollte er noch bei der Gewerkschaft vorbeischauen, um nach Arbeit zu fragen. Heute fand er sich in der Stadt gut zurecht und schenkte den Straßen daher wenig Beachtung. Er konzentrierte sich so auf sein wichtiges Vorhaben, die Arbeitssuche, dass er seinen Blick eher nach innen als nach außen richtete.

Im Palast der Arbeit fand Stepan unter den Hunderten von Büros nur mit Mühe die Abteilung für Land- und Forstwirtschaft. Da er seine Angelegenheit für besonders dringend hielt, beschloss er, sich direkt an den Abteilungsleiter zu wenden. Er musste warten, aber das störte ihn nicht. Denn zum einen war es erst zehn Uhr, und zum anderen wartete er hier auf der Bank im Kreise Gleicher. Um keine Zeit zu verlieren, bat er seinen Sitznachbarn um eine Zeitung und machte sich mit den Weltnachrichten vertraut, die ihm für die

Sowjetunion förderlich schienen, dann blätterte er weiter zur Rubrik »Dorfleben«, um diese mit großem Enthusiasmus zu lesen. Als er erfuhr, dass man in Hluchary auf Ansuchen des Dorfrates einen unfähigen Agronomen austauschte, dachte er bedauernd: »Das sollten sie bei uns auch machen, aber die Leute haben ein Brett vorm Kopf.«

Aufmerksam las er über die Umstände eines Diebstahls in der Genossenschaft in Kindratiwky, den Kampf gegen die Schnapsbrennerei im Bezirk Kaharlyk und die vorbildliche Zuchtstation im Städtchen Radomyschl. Bei jeder Zeile und jeder Ziffer stellte er einen Vergleich zu seinem eigenen Dorf an und kam zu dem Schluss, dass man es da keineswegs schlechter hatte als anderswo.

»Kulturvermittler – das ist es, was wir brauchen«, schwärmte Stepan. Er war froh, dass er sein Dorf nur vorübergehend, für drei Jahre, verlassen hatte und danach zurückkehren würde, gewappnet für den Kampf gegen Trunksucht, Diebstähle und die Untätigkeit der lokalen Behörden.

Schließlich war er an der Reihe, beim Abteilungsleiter vorzusprechen. Stepan schritt über die Schwelle und fürchtete, das Gesicht in dem Sessel neben dem Tisch, die gepolsterten Möbel und der Teppichboden würden ihm allzu fremd erscheinen. Man war hier ja nicht irgendwo, sondern in Kyjiw! Aber schnell beruhigte er sich. Die Einrichtung im Büro des Abteilungsleiters unterschied sich nur geringfügig von den Möbeln im Bezirksverwaltungsbüro, das gleichzeitig als Büro für die Bezirksleitung der Gewerkschaft verwendet wurde – außer vielleicht in Bezug auf das Kanapee an der Wand: Von so einem Luxus hätte man in der Provinz nicht einmal träumen können. Aber selbst wenn, wäre da sowieso kein Platz für so etwas gewesen.

Der Abteilungsleiter war ein bodenständiger und geradliniger Mann. Aber Stepans Anfrage verblüffte ihn. Als Bezirksaktivist sollte ihm doch bekannt sein, wohin er sich mit solchen Anfragen zu wenden habe? Zuerst müsse man eine Versetzung beantragen und sich dann bei der Arbeitsvermittlung melden. Für alles gebe es eine festgesetzte Ordnung, und das sei auch allgemein bekannt, und außerdem solle man seine Zeit, die Zeit eines vielbeschäftigten Mannes, nicht mit so etwas verschwenden!

Ein wenig niedergeschlagen verließ Stepan das Büro. All das, was ihm der Leiter gesagt hatte, wusste er wirklich schon. Aber das war schließlich ... die normale Prozedur! Stepan hatte insgeheim gehofft, dass man für seine aktive Rolle in der Revolution und seine vorbildliche Arbeit in der Gewerkschaft eine kleine Ausnahme machen würde. Zudem war er ja an die Hochschule empfohlen worden und sollte besondere Unterstützung erhalten. Aber der Abteilungsleiter wollte sich nicht einmal seine Unterlagen anschauen. Das war hart, aber auch gerecht, das musste er sich eingestehen! Hier konnte man nicht auf den kurzen Dienstweg hoffen!

Als er die Arbeitsvermittlung gefunden hatte, fand er heraus, dass diese nur mittwochs und freitags für Parteienverkehr geöffnet war. Und heute war ausgerechnet Montag. So waren die Regeln, und man konnte keinerlei Ausnahmen machen, auch nicht für Leute mit langer Anreise. Darüber habe man aber per Rundschreiben die Bezirksorganisationen rechtzeitig informiert, teilte ihm die Sekretärin mit. Und beiläufig wies sie ihn auf die Liste von Dokumenten hin, die er für den Antrag brauche. Stepan bemerkte mit Schrecken, dass ihm einige Unterlagen fehlten, die er auf die Schnelle nicht auftreiben konnte.

So erwartungsvoll er den Palast der Arbeit betreten hatte, so niedergeschlagen verließ er ihn wieder. In diesem Augenblick wurde ihm klar, dass er hier keine Anstellung finden würde. Er war einer von Hunderten. In der Zeit, bis er seine Unterlagen zusammengesucht hatte, würden andere die freien Stellen bekommen. Hatte es dann überhaupt Sinn, sich darum zu kümmern? Man hatte ihn ja zum Studium hierher kommandiert, also müsste ihm der Staat auch behilflich sein. Er musste sich nach einem Stipendium umschauen. So musste es sein. Er selbst hatte es in der Hand.

Auf der Straße hatte er plötzlich einen Einfall. Wieso ging er nicht einfach in einen größeren Betrieb? Vielleicht brauchte man dort einen gewitzten Sekretär? Fragen kostet ja nichts, und sollte nichts frei sein, dann ging er eben wieder. Vielleicht würde es ja funktionieren. Dieser Gedanke spornte ihn an. Tief in ihm steckte ein starker Glaube an seinen eigenen Schicksalsweg, denn wie jeder hatte er die Eigenschaft, sich selbst als einzigartig auf dieser Welt zu betrachten. Er ging in Richtung eines großen Eingangsportals mit der Aufschrift »Staatsverlag der Ukraine« und eilte schnellen Schrittes in die zweite Etage. Im ersten Büro unterhielten sich ein paar junge Männer auf einem Sofa, in der Ecke klapperte eine Schreibmaschine, und an den Wänden standen große Regale mit Büchern. Stepan hielt eine Minute inne, setzte eine zerstreute Miene auf und schlenderte dann weiter, sodass man ihm nichts ansah und ihn nicht vorzeitig wegschickte. Sein Blick suchte das Schild mit der Aufschrift »Leitung«, das er erst auf der dritten Türe ausmachen konnte. In dem Moment als er nach der Türklinke greifen wollte, sprach ein Mann, der in der Nähe an Manuskripten arbeitete, ihn plötzlich an:

»Der Leiter ist nicht da. Was gibt es denn, Genosse?«

Stepan versank im Boden, murrte »Ich bin geschäftlich hier« und trat den Rückzug an. Am Ausgang hörte er etwas, was aller Wahrscheinlichkeit nach über ihn gesagt wurde:

»Der wollte sicher seine Gedichte bei uns unterbringen.«

Und dann lachten sie. An der Tür drehte er sich um und sah den jungen Mann, der das gesagt hatte. Er saß inmitten der anderen jungen Männer auf dem Sofa und trug ein graues, locker sitzendes Hemd mit dünnen Streifen. Als er die Treppe hinunterging, dachte Stepan verwundert über die Worte nach, die er eben gehört hatte.

»Was für Gedichte? Was wollen die denn mit Gedichten?«

Aber sein Tatendrang ließ nicht nach. Und obwohl es ihm auch im zweiten Betrieb nicht gelang, mit dem Leiter zu sprechen, und er im dritten gleich im ersten Raum eine Liste mit entlassenen Mitarbeitern sah, ging er noch in einen vierten. Der Direktor war in seinem Büro und empfing ihn.

Dort waren zwar gepolsterte Möbel und eine riesige Wanduhr zu sehen, der Direktor selbst aber war jung und kein Schnösel. Das Schicksal lächelte Stepan zu. Der Direktor bat ihn, sich zu setzen, und hörte sich rauchend seine Geschichte bis zum Ende an. Dann drückte er die Zigarette aus und sagte:

»Das habe ich selbst alles durchgemacht, ich bin ein roter Direktor. Es ist unsere vorrangige Aufgabe, die Arbeiter- und Bauernjugend in Arbeit zu bringen. Das ist der einzige Weg, unsere Kader aufzufrischen. Denn wir wissen, dass nur junge Hände in der Lage sind, den Sozialismus aufzubauen. Kommen Sie doch in zwei, drei Monaten noch mal vorbei.«

Als er den Betrieb verließ, übermannte ihn ein Gefühl von Enttäuschung. Der freundliche Empfang beim Direktor empörte ihn bis ins Mark. Es fühlte sich an, als ob man ihm alle Türen direkt vor der Nase zugeschlagen hätte – manche einfach so, andere mit zuvorkommender Freundlichkeit. Zwei, drei Monate! Mit einem Tscherwonez und drei Laib Brot in der Tasche! Und nur infolge der Barmherzigkeit eines Krämers konnte er in dessen Stall schlafen! Stepan vergrub seine Hände in den Jackentaschen, schritt durch die Menschenmassen auf der Straße und vermied dabei, irgendjemandem in die Augen zu sehen. So als ob in jedem Mund schon ein verachtungsvolles Wort für ihn bereitläge. Er war ein Pechvogel!

Die Uhr auf dem Gebäude der OkrWynKonKom stoppte abrupt den Fluss der trüben Gedanken. Es war dreiviertel zwölf, und um ein Uhr begann die Prüfung. Hastig fragte er nach dem Weg und eilte los. Es beruhigte ihn, mit der Prüfung ein genaues Ziel vor Augen zu haben. Sollte er durchfallen, wofür brauchte er dann noch eine Anstellung? Aber tief im Inneren war er fest davon überzeugt, dass er die Prüfung glücklich bestehen würde. Der Gedanke an die Möglichkeit, dass er durchfallen könnte, erschien ihm wie ein Scherz. Im Takt seines sicheren Schrittes konnte Stepan der Trübsalsspirale entkommen. Letzten Endes war es lächerlich, dass er dachte, er müsse nur antanzen und alle würden ihm zu Füßen liegen. Er musste sich vor Augen halten, dass in den vergangenen Jahrhunderten alles auch ganz gut ohne ihn funktioniert hatte.

Feen und Magier gab es weder heute, noch hatte es sie jemals gegeben. Nur mit Ausdauer und harter Arbeit konnte man etwas erreichen. Und der Gedanke, man könnte auf Anhieb seinen Platz in der städtischen Maschinerie einnehmen, erschien ihm jetzt selbst kindisch. Ihm wurde klar: Er musste die Prüfung bestehen, ein Stipendium bekommen und studieren. Und der Rest würde sich von selbst ergeben. Es gab studentische Organisationen, Fachschaften, Mensen … Aber für all das musste man Student sein. Und er musste immer im Hinterkopf behalten: Solche wie dich gibt es Tausende!

Auf den Gängen des Instituts herrschte solch ein Gedränge, dass Stepan sich verlief, ohne es zu bemerken. Der Menschenstrom zog ihn mit, und Stepan ließ sich von ihm treiben, ohne Plan und Ziel. Erst als der Strom vor einem Vorlesungssaal anhielt, konnte er fragen, wo denn die Prüfungen stattfänden. Es stellte sich heraus, dass er hier genau richtig war und dass man umgehend beginnen würde. Die Frage seines Nachbarn aber warf Stepan aus der Bahn:

»Und Sie, Genosse, waren Sie denn schon bei der Aufnahmekommission?«

Aufnahmekommission? Davon wusste Stepan gar nichts. Musste man dort hin? Und wo war die denn? Auf der dritten Etage?

Mit aller Kraft bahnte er sich den Weg durch die Prüflinge, schlug sich zu den Treppen durch und eilte in die dritte Etage. Und was, wenn er sich verspätete und die Kommission schon geschlossen war? Das hast du von deiner Arbeitssuche! Vor Scham und Aufregung ganz rot betrat er das Zimmer, in dem die Kommission tagte. Nein, sie war noch da. Sie teilten ihm die Nummer hundertdreiundzwanzig zu.

Vier Stunden später hatte er die Aufnahmekommission überstanden und bekam einen Platz in der Prüfung am übernächsten Tag. Hungrig und enttäuscht trottete er nach Hause. Er verstand natürlich, dass man eine Aufnahmekommission brauchte und nicht all die fünfhundert Neuen, die auf die Hochschule abkommandiert worden waren, an einem Tag durchprüfen konnte. Aber trotz dieser logischen Erklärungen konnte er kein Verständnis dafür aufbringen. Er begann zu begreifen, dass Ordnung eine schöne Sache ist, wenn man sie sich selbst willentlich auferlegt, aber eine sehr unangenehme, wenn sie von anderen kommt. Er war ganz hinüber. Der Gedanke an den morgigen freien Tag ließ ihn erschaudern.

Als er den Podil erreichte, ging er, wie er es sich am Morgen vorgenommen hatte, zum Dnipro, um zu baden. Da er Lust hatte zu rauchen, kaufte er sich unterwegs eine Schachtel Zündhölzer, obgleich er befürchtete, dass ihm vom Tabak übel werden könnte. Er würde erst einmal baden gehen, dann eine Kleinigkeit essen und sich erst dann eine Zigarette genehmigen. Baden aber ließ man ihn nicht. Das war nur am Strand möglich, und dazu musste man vom Ufer auf die Insel kommen. Das kostete fünf Kopeken mit dem normalen und zehn mit dem Motorboot. Zwei Kopeken für die Streichhölzer plus fünf machte sieben Kopeken. Diese Ausgaben konnte er sich nicht leisten, denn außer seinen Erwartungen, die sich vielleicht als leer entpuppten, hatte er nur noch einen Tscherwonez, also zehn Karbowanez, um sich vor all der Not und den unerwarteten Ereignissen, auf die er in dieser Stadt treffen konnte, zu schützen. Und es konnte ja sein, dass er, sollte er zurück nach Hause, ins Dorf, fahren müssen, Geld für eine Fahrkarte brauchen würde. Er machte sich klar, dass er so eine Möglichkeit im Auge behalten musste.

Anfangs wollte er dem Ufer entlang die Stadt verlassen, um dort in der Einsamkeit zu baden, und dann am Abend in sein Kämmerchen zurückkehren. Aber sein Körper war so ermattet und der Hunger war, gepaart mit so einer schrecklichen Müdigkeit, in seine Glieder gefahren, dass er sich entschied, sich einfach nur das Gesicht zu waschen. Nachdem er die Kappe abgesetzt und den Kragen aufgeknöpft hatte, schaute Stepan sich verängstigt um und steckte die Hände ins Wasser. Es schüttelte ihn, so sehr ekelte er sich davor. Trotzdem zwang er sich dazu, sich zu waschen. Dann trocknete er sich mit einem schmierigen Taschentuch ab und trottete zum Nyschni Wal zurück.

In seiner Kammer war noch alles so, wie er es hinterlassen hatte. Er zwang sich, ein paar Eier hinunterzuschlucken und drehte sich dann gierig eine Zigarette. Aber rauchen konnte er auch nicht. Die Trockenheit rief in seiner Kehle ein unangenehmes Kratzen hervor, das ihn dazu veranlasste, die Zigarette auf den Boden zu werfen und mit seinem Stiefel auszudrücken. Er zog die abgetragene Feldjacke aus, deckte die Werkbank damit ab und legte sich der Länge nach darauf, die Beine aber baumelten am Ende herab. Außerstande, an irgendetwas zu denken, blickte er gleichgültig in die Dämmerung im Fenster. Rauch aus dem Kamin zog über den grauen Himmel.

III

Am nächsten Nachmittag brach Stepan zu einem Besuch bei Lewko auf. Gestern noch wäre es ihm unangenehm gewesen, einem seiner Bekannten zu begegnen, doch heute wollte er jemanden sehen, sich mit jemandem unterhalten. Am Morgen hatte er sich ein paar Scheiben Brot abgeschnitten, Speck, ein paar Kartoffeln und Graupen eingepackt und sich dann am Ufer entlang in Richtung Stadtrand aufgemacht. Er war auf der Suche nach einem ruhigen Plätzchen ohne Gesellschaft, doch dazu musste er vom Hafen fast drei Werst laufen. Einige Male hätte er sich fast schon niedergelassen, aber immer wieder stieß er auf einen Fischer oder ein Marktweib, das auf Überfahrt wartete. Schwer war es hier, sich von seinen Mitmenschen abzusondern, aber Stepan ging geduldig immer weiter und ließ die Stadt allmählich hinter den Uferzungen des mäandernden Flusses zurück.

Schließlich entdeckte er eine kleine Bucht zwischen zwei Felshängen, wo es ruhig und menschenleer war. Hier zog er Schuhe und Mantel aus und baute seinen Kessel auf. Nachdem er ein wenig trockenes Gras gesammelt hatte, entfachte er ein Feuer unter dem Topf, wusch den Buchweizen, schälte die Kartoffeln und schnitt den Speck in Scheiben. Er wollte eine Grütze machen. Dafür legte er großzügig Holz unter, dann zog er sich aus und legte sich ans Ufer in die warme Morgensonne. Jede Viertelstunde läuteten von ferne die Glocken der Lawra, und dieses Läuten, untermalt vom Geplätscher des Wassers, weckte in ihm eine stille Sehnsucht.

Auf einmal erhob er sich und sprang ins Wasser, schwamm, planschte, tauchte, johlte aus Spaß. Danach zog er sich gar nicht erst an und machte sich mit Heißhunger über seine Grütze her. Die hatte sich schon eingedickt und gluckerte vor sich hin. Eilig fischte er mit einem Stöckchen Kartoffeln und

Speckstücke heraus und schluckte sie hinunter, ohne dabei auch nur zu kauen. Da er keinen Löffel besaß, tunkte er Brotscheiben in die dickflüssige Masse und verschlang eine nach der anderen. Der Kessel war zügig geleert, die letzten Reste weggeputzt – Stepan legte sich daneben auf seine Jacke und zog seine Unterwäsche wieder an. Die Hitze drückte ihm die Lider zu. Bevor er auch nur daran denken konnte, sich eine Zigarette anzuzünden, war er schon eingeschlafen.

Ebenso spontan erwachte Stepan. Über seinem Kopf schimmerte das unendliche Blau des Himmels, und über seinen Körper lief ein Schauer, wie man ihn spürt, wenn man aus dem Wasser steigt. Er lag im Schatten eines Hügels, hinter dem inzwischen die Sonne verschwunden war. Es war abgekühlt, und das hatte ihn geweckt. Stepan erhob sich, rieb sich die Augen und begann sich anzuziehen. Der Schlaf zur ungewohnten Zeit hatte seine Gedanken getrübt und seine Muskeln ermatten lassen.

Der junge Mann setzte sich ans Ufer in die schräg einfallenden Strahlen der untergehenden Sonne. Und hier, in der klaren Ruhe der letzten Sommertage, ergriff ihn ein schmerzliches Gefühl von Einsamkeit. Er konnte nicht ausmachen, woher diese Traurigkeit kam, hätte sie auch nicht in Worte fassen können, aber seine Gedanken schleppten sich zäh und schwer dahin und erstarrten schließlich völlig kraftlos und leer. Eine derartig nagende Willenlosigkeit verspürte er zum ersten Mal, sie umwehte seine Seele mit einer düsteren Todesahnung. Sein Blick floss mit der Strömung davon, dorthin, wo er aufgewachsen war, wo er gekämpft hatte. Die sandigen Ufer, die sich vor ihm ausbreiteten, die Einsamkeit und der warme Wind, all das erinnerte ihn an die Ruhe seines Dorfes und verstärkte seine Sehnsucht. Denn hinter dem Hügel nahm er die Stadt wahr und sich selbst wie eine der zahllosen, unbemerkten Ameisen in dieser steinernen Ordnung. Eigentlich stand die Verwirklichung seiner Träume kurz bevor, und doch fühlte er sich hier wie ein Verstoßener, der mit der heimischen Erde auch den Frühling und die blühenden Felder zurückgelassen hatte.

Da kam ihm plötzlich Nadijka in den Sinn. Und die Erinnerung an sie wurde lebendiger, erblühte da, wo sich gerade noch Einsamkeit ausgebreitet hatte. Wie im Scherz hatte sie sich vor ihm versteckt, und nun kam sie duftend und lachend aus diesem Versteck hervor. Bei der Erinnerung an die Berührung ihrer Hand durchfuhr ihn ein warmer Schauer. Er erinnerte sich an das Treffen auf dem Dampfer, an ihre Worte, in denen er jetzt nach der ersehnten Sicherheit suchte. Jeder ihrer Blicke, ihr Lachen leuchtete in sein Herz, legte dort verzweigte Liebespfade an.

»Sie sind ja so gut vorbereitet! Sie bekommen sicher ein Stipendium!«

Ja, ja! Er hatte Talent und strotzte vor Kraft. Er konnte hartnäckig sein. Da, wo sich ein Hindernis nicht einfach umstoßen ließ, könnte er sich wie ein Holzwurm durchbeißen. Tage, Monate und Jahre! Sie musste nur entgegenkommen, und zusammen würden sie als Sieger in die Stadt einziehen.

»Nadijka!«, flüsterte er.

Ihr Name allein verhieß ihm Hoffnung, und immer wieder wiederholte er ihn, wie ein Symbol seines Sieges.

Schleunig brach Stepan nach Hause auf, getrieben von dem einen Gedanken an seine unerwartet aufgetauchte Liebste. Wie eine Zauberin wischte sie all seine Sorgen weg und wurde zum Allerwichtigsten, was er erobern musste. Der Wunsch, sie zu sehen, wurde so stark, dass er sich entschloss, jetzt gleich zu ihr zu gehen.

Nachdem er zu Hause die Feldjacke ausgeschüttelt und seine Stiefel mit seinem leeren Wanderbeutel und ein bisschen Spucke gereinigt hatte, beschlichen Stepan doch wieder Zweifel. Es stimmte zwar, Nadijka war auf dem Dampfer nett zu ihm gewesen und hatte ihn eingeladen, sie zu besuchen, aber sie war auch sehr übermütig gewesen – war das nicht vielleicht ein Anzeichen dafür, dass sie schon einen Liebsten hatte? Diesen verdrießlichen Gedanken schüttelte er schnell ab – Nadijka war doch, genau wie er, zum allerersten Mal in dieser Stadt. Aber konnte es nicht sein, dass sie im Laufe der zwei Abende seit ihrer Ankunft schon jemanden getroffen und sich verliebt hatte? Dass die Liebe unerwartet erwacht, das wusste Stepan aus eigener Erfahrung. Und schließlich, auch wenn er ihr damals gefallen hatte, wie konnte er, der nicht einmal ein festes Dach über dem Kopf hatte, diese Zuneigung weiter befeuern? Da würde er zu ihr kommen, ein armer Junge vom Dorf, in dieser lärmenden Stadt … Was würde er ihr sagen, was hätte er zu bieten? Was er brauchte, war Unterstützung – doch die Frauen suchten ja selbst nach einer helfenden Hand.

Stepan setzte sich auf eine Bank und dachte lange nach, und schließlich beschloss er, Nadijka erst nach seinen Prüfungen aufzusuchen. Er würde sie als Student besuchen, nicht als Junge vom Dorf, und er würde ihr sagen: Hier, das habe ich geschafft, ich habe mich als würdig erwiesen. Dieser Gedanke beruhigte ihn. Aber daheim konnte er trotzdem nicht mehr ruhig herumsitzen, und so brach er zu Lewko auf.

Zum Glück traf er ihn zu Hause an. Das Erste, was dem Besucher dort auffiel, war die strenge Ordentlichkeit des ärmlichen Studentenzimmers. Die Einrichtung war zwar sicher nicht luxuriös – eine kleine lackierte Holztruhe, ein einfacher Tisch, ein Ausklappbett, zwei Stühle und ein selbstgezimmertes Regal an der Wand –, aber der Tisch war mit einem sauberen grauen Papiertischtuch gedeckt, die Bücher gleichmäßig gestapelt, auf der Truhe eine schwarz-rot karierte Decke ausgebreitet, das Fenster mit traditionell besticktem Spitzentuch geschmückt, das Bett gemacht. Darauf lag die teuerste

Zierde und der ganze Stolz des Gastgebers: eine doppelläufige Flinte samt lederner Patronentasche. Die in gerader Linie an der Wand hängenden Portraits (auch sie waren mit Tüchern geschmückt) strahlten eine fürsorgliche Hand, Gemütlichkeit und Ruhe aus – Schewtschenko, Franko und Lenin. Neid und Unsicherheit ergriffen von Stepan Besitz, als er diese behagliche Behausung betrachtete.

Der Gastgeber selbst saß im Unterhemd am Tisch und arbeitete über ein Buch gebeugt. Seinen Gast begrüßte er trotzdem gleich freundlich, bot ihm einen Stuhl an und begann ihn auszufragen, wie er sich an seinem neuen Wohnort eingerichtet habe. Und hier konnte Stepan seine Scham kaum mehr unterdrücken. Er antwortete kurz, dass er gut angekommen sei, in einem Zimmer wohne, das über den Sommer frei sei, bis im Herbst irgendein Verwandter seines Hauswirts einziehen würde, dass es also keinen Grund zur Klage gebe, und dass er bald sein Stipendium bekommen würde und dann ins Haus des KUBUTsch umziehen könne, wenn er erst ein richtiger Student sei. Die Prüfung fände schon morgen statt, aber davor fürchte er sich überhaupt nicht. Er habe schließlich Revolutionserfahrung vorzuweisen.

»Und wie geht es Ihnen? Sie haben ja ein schönes Zimmer!«, wandte sich Stepan dann an Lewko, so verschüchtert, dass er seinen Gastgeber sogar siezte.

Lewko lächelte nur spöttisch. Was hatte er für dieses Zimmer durchgestanden! Vor zwei Jahren hatte er es zugeteilt bekommen, und die Wohnungsbesitzer hatten ihn feindselig empfangen. Er bekam von ihnen zunächst nicht einmal Wasser, und die Toilette sperrten sie ihm zu. Diese Vermieter waren zwei alte Leute, ehemalige Lehrer. Einer der beiden hatte am Gymnasium Latein unterrichtet, aber heutzutage wurden tote Sprachen nicht mehr gelehrt, und er musste für einen Hungerlohn in einem Archiv arbeiten. Mit der Zeit hatten sie sich aber näher kennengelernt, und inzwischen waren sie regelrecht befreundet. Man trank gemeinsam Tee, und hin und wieder wurde auch gekocht. Angenehme Menschen im Grunde, wenn auch sicher Angehörige der alten Welt.

»Du solltest sie auch kennenlernen«, verkündete Lewko, »wir trinken gleich zusammen Tee!«

Stepan setzte sich zunächst zur Wehr – er hatte doch gar keinen Hunger! –, aber der Student hörte ihm nicht zu, zog gemächlich ein Hemd an und verließ den Raum, ohne vorher auch nur seinen Gürtel umzuschnallen.

»Komm! Der Tee steht auf dem Tisch . . Komm schon!«, rief er zufrieden.

Er nahm den etwas verloren dreinschauenden Stepan bei der Hand, der sich nur aus Höflichkeit widersetzte, aber eigentlich liebend gerne die Städter sehen und kennenlernen wollte. Lewko konnte sie ihm nicht ersetzen, denn der würde, wie auch er selbst, nach einer gewissen Zeit die Stadt verlassen und in sein Dorf zurückkehren – ein zwar nicht zufälliger, aber eben doch nur ein zeitweiliger Weggefährte. Und so trat Stepan, ein wenig beschämt und darauf bedacht zu schweigen und hauptsächlich zu beobachten, in das Zimmer eines echten Städters, eines ehemaligen Gymnasiallehrers noch dazu.

Dieses Zimmer machte den Eindruck eines Lagers für ein seltsames Sammelsurium an Gegenständen, wobei es schien, als wären die Möbel aus verschiedenen Zimmern hierher geflüchtet und dann vor lauter Schreck erstarrt. Und der Platz reichte absolut nicht für sie aus, ein Teil der Möbel drängte sich an der Wand, der andere türmte sich in der Zimmermitte. Ein breites Ehebett schaute unter einem zu kleinen Paravent hervor und stieß an ein Bücherregal, in welchem das ausgeschlagene Glas durch düsteren braunen Karton ersetzt worden war. Neben dem Schrank, und so, dass es unmöglich war, diesen ungehindert zu öffnen, stand eine reliefverzierte

Anrichte, die mit ihrem Oberteil so an die Wand gelehnt war, dass sie nicht umkippen konnte. Unter dem Fenster zur Rechten war ein mit Noten vollgestopftes Bücherregal untergebracht – dabei gab es im Zimmer gar kein Klavier. Gleich neben dem Fenster, und dieses sogar ein wenig verdeckend, stand ein imposanter Kleiderschrank mit Spiegeltür – der einzige Gegenstand hier, der sich Bestimmung und Sauberkeit bewahrt hatte. Direkt gegenüber dem übergroßen Bett thronte ein abgewetzter türkischer Diwan, und auf einer länglichen Holzkonsole, die an seiner Lehne angebracht war, reckte ein Grammophon zwischen einigen gleichmäßigen Plattenstapeln seinen Trichter in die Höhe.

In der Ecke neben der Eingangstür schimmerte eine Burschujka schwarz – ein Blechofen, mit dem man im Winter das Zimmer heizt und im Sommer kocht. Von dort aus zog sich an der Decke entlang ein breites Rohr bis zur Zimmermitte, wo es eine scharfe Biegung machte und schließlich in der Wand über dem Bücherregal verschwand. Das Zimmer war zwar groß, aber so mit Sachen vollgestellt, dass dazwischen nur Platz für einen kleinen Spieltisch blieb, den man wohl zum Essen benutzte. Dieser Tisch wirkte winzig zwischen seinen gigantischen Nachbarn. Auf ihm wurde dann der Tee serviert – ein blauer Teekessel, vier Tassen, Zucker in einem Schüsselchen und ein paar Scheiben Brot auf einem Teller.

Lewko machte Stepan mit dem Hausherrn bekannt. Andrij Wenedowytsch war ein munterer alter Mann mit ganz von grauem Haar überwuchertem Gesicht, der mit seinen Bewegungen und Verneigungen Feierlichkeit und Selbstachtung ausstrahlte. Seine Frau hatte kaum noch Zähne, weshalb Stepan ihre Begrüßungsworte nicht verstand. Gebeugt, mit vertrocknetem Gesicht und zitternden Händen, bat sie in ihrer unverständlichen Sprache zu Tisch und begann vorsichtig, den Tee einzuschenken.

Andrij Wenedowytsch lobte Stepan für dessen Vorhaben zu studieren, brachte aber gleichzeitig seine Unzufriedenheit mit dem heutigen Bildungssystem zum Ausdruck und damit, dass erfahrene Pädagogen von der Arbeit ausgeschlossen seien. Unvermittelt fragte er:

»Können Sie eigentlich Latein?«

Stepan wurde wegen der plötzlichen Aufmerksamkeit des Hausherrn ihm gegenüber ganz verlegen, errötete und bekannte, dass ihm zwar die Existenz der lateinischen Sprache bewusst sei, er sie aber nie erlernt habe, weil man doch heutzutage Latein nicht mehr brauche. Man konnte Andrij Wenedowytsch ansehen, wie sehr ihm diese Aussage missfiel. Latein – unnötig! Ob der junge Mann denn wisse, dass der Klassizismus der einzige Ausweg aus dem herrschenden Obskurantismus sei, wie er es auch schon zu Zeiten des religiösen Obskurantismus gewesen sei! Kehrte die Menschheit nur zurück zu ihm, so würde sie auch zu einem erleuchteten Weltverständnis zurückfinden, zur Ganzheit von Natur und Schöpferkraft des Menschen.

Laut und leidenschaftlich tönte die Stimme des ehemaligen Lehrers. In immer größerer Erregung überschüttete Andrij Wenedowytsch Stepan mit Namen und Sprichwörtern, deren Bedeutung und Inhalt ihm unverständlich blieben. Er sprach vom goldenen Jahrhundert des Augustus und vom römischen Genie und wie dieses die ganze Welt erobert hätte, und wie es im Dunkel des Jetzt als heller Stern der Rettung leuchtete. Vom Christentum, das Rom gemeuchelt habe, und davon, wie es schließlich selbst von Rom in die Knie gezwungen worden sei, in der Renaissance. Von seinem Liebling, Lucius Annaeus Seneca, dem Erzieher Neros, den man in Intrigen und Ränke zu verwickeln versucht hatte, diesem unvergleichlichen Philosophen, der, zum Tode verurteilt, selbst Hand an sich gelegt, sich eine Vene aufgeschnitten hatte, wie es sich für einen Weisen geziemt. Von dessen Tragödien, den einzigen, die uns von den Römern erhalten seien, und von den Dialogi, aus denen er De Providentia auswendig rezitieren könne. Und diesem Seneca, der in vollendeter Synthese Stoa und Epikureismus vereinigt habe, diesem Genius des römischen Genius, dem unterstellte man Kontakte mit dem Apostel Paulus, diesem beschränkten Adepten einer Gefängnisreligion, die Rom einmal zugrunde richten sollte!

Es wurde Abend im Zimmer, und das Zwielicht gab der Stimme des Lehrers etwas Prophetisches. Die ganze Zeit über redete er furchteinflößend auf Stepan ein. Als dem aber auffiel, dass Lewko daneben ganz ruhig seinen Tee zu sich nahm, fasste er sich ein Herz und trank sein Glas aus – und schon verloren die rhetorischen Ausführungen des Hausherrn ihre Anziehungskraft. Und daneben saß unscheinbar die Hausherrin und versteckte sich mit ihren schmalen Schultern hinter dem bauchigen Teekessel.

»Ich bin zwar alt, aber noch nicht vom alten Eisen!«, verkündete der Greis. »Ich fürchte den Tod nicht, und mein Geist ist ruhig und klassisch erleuchtet …«

Zurück in Lewkos Zimmer sagte Stepan:

»Also, das war mal ein Alter! Der ist ja noch … munter!«

»Er ist ein bisschen verrückt, was sein Latein angeht«, lachte Lewko, »aber er ist wirklich ein guter Mensch. Und er kann viel erklären. Ein kluger Opa ist er, weiß alles.«

Schon in der Tür fragte Stepan:

»Ja, und Latein, kann das etwa wirklich noch irgendwer brauchen?«

»Der Teufel braucht das«, lachte Lewko, »aber sonst ist die Sprache tot. Mehr gibt's dazu nicht zu sagen.«

Er begleitete seinen Freund noch hinaus auf die Treppe, lud ihn ein, vorbeizukommen, wann immer er Lust verspüre – gerne auch einfach so, ohne festen Anlass.

IV

Während er die Leninstraße zum Chreschtschatyk hinabging, dachte Stepan über vieles nach. Das Treffen mit Lewko hatte ihn bestärkt. Er sagte sich, dass Lewkos Weg auch ihm bestimmt sei, und unwillkürlich begann er seinen Freund zu beneiden. Er konnte sich nichts Besseres vorstellen als dessen ordentliches Zimmer! Ruhig und aufgeräumt arbeitete Lewko da vor sich hin, er würde seine Prüfungen bestehen, sein Diplom erhalten und dann gebildet und somit als neuer Mensch in sein Dorf zurückkehren. Und er würde das neue Leben mit sich dorthin bringen. Genauso musste er es machen. Deutlich spürte er jetzt das ganze Gewicht seiner Verpflichtungen, die er beinah aus den Augen verloren hatte, seit er den fremden städtischen Boden betreten hatte. Er erinnerte sich an den Abschied im Dorf und tauchte in diese Erinnerung ein wie in einen warmen Strom. Wie hatte er auch nur für eine Minute seine Freunde vergessen können, die dort zurückgeblieben waren, ohne Hoffnung auf Befreiung aus ihrem Elend? Und zum Gruß lächelte er ihnen von fern zu.

Auch seine ersten Bekanntschaften mit Städtern waren erfreulich verlaufen. Die erste – ein magerer Krämer, den er mit zwei Fingern hätte zerquetschen können, die zweite – ein halbverrückter Lehrer, den man zusammen mit seinem Latein und seiner Idiotie aus der Schule davongejagt hatte. An den einen brauchte er keinen Gedanken zu verschwenden – das war ein unbedeutender NÖP-Mann, dessen Frau morgens die Kühe melkte, aber abends ihr Seidenkleid anzog und Tee bei Bekannten trank. Und der Typ selbst war ein Feigling mit butterweichen Knien, der um ein Haus und einen Laden zitterte, an denen sein ganzes Leben und all seine Hoffnungen hingen. Voller Genuss malte sich Stepan die geistige Leere im Inneren des Besitzers des Stalles aus, in dem er einstweilen wohnen musste, während ein richtiges Zimmer bislang nur als reine Idee in seiner Vorstellung existierte. Konnte denn in der Seele dieses Krämers Platz sein für irgendetwas außer Geld und Heringe? Was konnte so ein Krämer fühlen? Er lebte, so lange man ihm zu leben erlaubte. Ein Nichts, Unkraut, Abfall, der ohne jede Spur und Erinnerung vergehen würde.

Da war der Lehrer schon interessanter. Der dachte über die Dinge nach, hatte eine Idee von der Welt. Aber sein Zimmer ... Stepan lachte belustigt auf, als er daran dachte. Er konnte sich das Schicksal dieses Herrn schon vorstellen: Der Lehrer war einmal Besitzer einer großen Wohnung gewesen, und die Revolution hatte ihm per Dekret Zimmer um Zimmer abgejagt und ihn zusammen mit seinem nicht beschlagnahmten und nicht verkauften Besitz in diese Ecke getrieben, die einer Insel nach einem Erdbeben glich. Sie hatte das Gymnasium dem Erdboden gleichgemacht, in dem er Bürgersöhnchen gelehrt hatte, wie man das Volk effektiver ausbeutet, und ihn ins Archiv verbannt, damit er dort wie eine Ratte in alten Papieren wühlte. Er war zwar noch am Leben, schrie noch vor sich hin, aber alles, was seine Zukunft zu bieten hatte, war das Verrecken. Und tot war er eigentlich auch jetzt schon, genau wie sein Latein, das nur noch der Teufel brauchte.

Das waren sie also, die Städter! All der uralte Staub, den man hinausfegen musste. Eben dazu war er berufen.

Mit solch erfreulichen Gedanken war Stepan, ohne es zu bemerken, am Chreschtschatyk angelangt und fand sich gleich in einer dichten Menschenmenge wieder. Er schaute sich um, und zum ersten Mal sah er die Stadt bei Nacht. Er musste kurz stehen bleiben. Die hellen Laternen, das Gedröhne und Geklingel der Straßenbahnen, die hier kreuzten und dann in alle möglichen Richtungen wegfuhren, das heisere Geheul der Busse, deren massige Körper mit Leichtigkeit fortrollten, das gellende Hupen der kleinen Automobile und das Rufen der Fuhrleute zusammen mit dem dumpfen Summen der wogenden Menschenmasse, all das ließ seine Gedanken mit einem Mal abreißen. Hier, auf dieser breiten Straße, trat er der Stadt von Angesicht zu Angesicht gegenüber. An eine Wand gelehnt, an die er von den Wogen der Menge gedrängt worden war, ließ er seinen Blick umherschweifen und konnte das Ende der Straße nicht ausmachen.

Ihn rempelten Mädchen in engen Blusen an, deren Stoff unmerklich in nackte Arme und Schultern überging, Frauen mit Hüten und Schleiern, alte Männer im Jackett, jüngere im Hemd mit bis zum Ellenbogen hochgekrempelten Ärmeln, aber ohne Mütze, Soldaten in schweren, stickigen Uniformen, Hausmädchen, Hand in Hand, Matrosen der Dniproflotte, Jugendliche, die Uniformmützen der Technikstudenten, die fliegenden Mäntel der örtlichen Dandys, die speckigen Jacken der Bettler. Sein Blick blieb an Händen kleben, die, wie ihm im Zwielicht schien, die Brüste der jungen Frauen streiften, an ineinander verhakten Ellenbogen, an zusammengepressten Schenkeln. Er verfolgte kurzgeschorene Köpfe und Zopffrisuren, durchgestreckte und verführerisch zur Schulter geneigte Hälse, an ihm zogen verliebte Pärchen vorbei und zerstreute Einzelgänger, die Hamlets der Straße, außerdem scharenweise junge Männer, die den Mädchen nachstellten, wobei ihre abgedroschenen Worte zu leidenschaftlichen Anspielungen wurden, verspätete Geschäftemacher, ohne Eile, ihr langweiliges Heim zu erreichen, gesetzte Damen, die die Männer in ihrer Umgebung schief anschauten und bei jeder unerwarteten Berührung zusammenzuckten. Seine Ohren umschwirrten wirre Worte, unvermittelte Schreie, zufälliges Schimpfen und ein freches Lachen, das sich von Mund zu Mund fortpflanzte und die Münder nacheinander wie Signallampen aufleuchten ließ. Und in seinem Herzen zog Düsternis auf, gespeist von einem unerbittlichen Hass gegen diesen ganzen gedankenlosen, lachenden Strom. Konnten diese ganzen Köpfe irgendetwas anderes außer lachen und schäkern? War es überhaupt vorstellbar, dass in ihren Herzen irgendwelche Ideen lebten, die ihr wässriges Blut in Wallung bringen konnten? Hatten sie ein Bewusstsein für ihre Aufgaben und Verpflichtungen?

Das waren sie also, die Städter! Krämer, verrückte Lehrer, unbekümmerte Modepüppchen, die sich um lauter Nichtigkeiten sorgten. Hinausfegen, zerquetschen musste man diese in Verderbnis und Ausschweifung lebenden Würmer, und ihre Stelle mussten andere einnehmen.

Im Zwielicht der Straßen erblickte er eine verborgene Falle. Der trübe Schein der Laternen, die erleuchtete Reihe der Schaufenster und die blinkenden Lichter der Kinos glichen Irrlichtern tief im Moor. Die locken und morden. Die leuchten und blenden. Und da, auf den Hügeln, wohin die Häuserreihen sich türmten und das Pflaster flüchtete, da, wo sich in der Dunkelheit Himmel und Stein vereinigten, da lagen gestaute Becken voller Gift, da hausten Schnecken, die abends hinab in die alte Chreschtschaty-Schlucht krochen. O, wenn er doch nur könnte, er würde wie ein Zauberer im Märchen Blitz und Donner auf diesen stickigen grauen Sumpf niederfahren lassen.

Angewidert begann Stepan, sich durch die Menge zu drängen, wo es nur ging, achtete nicht auf Protest und Unmut, hielt den Kopf gesenkt wie ein guter Christ am Hexensabbat. Aber vor jedem Kino wurde er in einen Menschenstrudel hineingezogen. Hier trampelten Hunderte Füße, Hunderte Körper stießen aneinander, Hunderte Augenpaare hefteten sich auf ihn. Aus einem weiten Foyer, in dem unter blendenden Lampen schrille Plakate mit riesigen Inschriften leuchteten, strömten Menschenmassen, flossen auseinander und wieder zusammen, verflossen in der Gegenströmung. Denn gerade jetzt endeten die Vorstellungen, und die nächste Woge schwappte ins Innere dieser Etablissements. Düster dachte Stepan, während er sich aus all dem herauskämpfte:

»Bewegte Bilder schauen sie also an …«

Ohne anzuhalten ging er an luxuriösen Schaufenstern vorbei, wo im Schein elektrischen Lichts Seide und Musselin einander umspielten, von Gestellen in leichten Wellen auf Simse herabfielen, wo auf gläsernen Auslagen Gold und funkelnde Edelsteine feilgeboten wurden, Stapel duftender Seife, wundersame Parfümflakons, Berge von Zigaretten mit malerischen Etiketten, türkischer Tabak und Mundstücke aus Bernstein. Auf all das warf er im Vorbeigehen abschätzige Blicke, voller Feuer, voller Eis. Schließlich hielt er abrupt vor einem Elektrogeschäft. Dort spiegelten sich im Schaufenster bunte Lampen, die im Wechsel aufflammten und verloschen, und der dort ausgestellte Lüster ließ sein Kristall immer wieder für Sekundenbruchteile in seltsam toten Farben aufflackern. Und voller Bitterkeit dachte Stepan, dass all diese Lampen und Lichter auf die Dörfer gehörten, wo man sie brauchte, wo sie keine reine Spielerei wären. O, diese unersättliche Stadt!

Die Buchhandlung erkannte er zunächst gar nicht. Konnte das sein? Waren das die ihm so teuren, seelenverwandten Bücher, die hier in ausladenden Vitrinen zur Schau gestellt wurden und sich in Spiegeln links und rechts bis zur Unendlichkeit wiederholten? Welchen Sinn hatte es, sie hier für die spottlustigen, gedankenlosen Massen auszustellen? Würden sie ihre Blicke denn in die Buchseiten vertiefen, in diese Schatzkammern großer Gedanken, bestimmt, die Welt zu bewegen? Darauf hatten sie kein Recht, er hielt das für Blasphemie, und ihn ergriff tiefes Mitleid mit diesem Schatz, der von teilnahmslosen Blicken verspottet und bespuckt wurde, mit dieser Ernte, die aus Vergnügungssucht zertreten wurde.

»Hier wird verkauft – sonst nichts«, dachte er.

Er war inzwischen so in Gedanken versunken, dass ihm der

Lärm der Straße noch wilder schien. Er hörte Hohngelächter darin und eine Drohung gegen alle, die den Aufstand gegen Läden und Elektrizität probten. Dieser Menschenstrom würde sich morgen in Institutionen und Trusts aufteilen und in Ämtern kleine und große Positionen besetzen, und jede Tür, an die er dann klopfte, würde ihm verschlossen sein.

»Verfluchtes NÖP-Gesindel!«, dachte er.

An der Ecke zur Swerdlowstraße geriet er erneut in eine dichte Menschenmenge, er blieb für einen Augenblick stehen und betrachtete den Hang, den die Straßenbahn hier hinauffuhr. Er erblickte dort, in unmittelbarer Nachbarschaft zu all dem Getöse, ein ruhiges Fleckchen, wo die Menge in einzelne Gestalten zerfiel, ausschwang, zur Ruhe kam. Mit seinem Blick folgte er der Straßenbahn, bis sie in der Ferne auf dem Hügel im Dunkel verschwand, und in dem von den Straßenlaternen bläulich gefärbten Band der unbeweglichen und sich an den Hang duckenden Häuser spürte er plötzlich auch die wundersame Schönheit der Stadt.

Die verwegen gezogenen Linien der Straßen in ihrer erhabenen Parallelität, die senkrecht emporragenden Hauswände, das elegant geschwungene Pflaster, von dem unter Hufschlägen Funken aufstieben – all dies strahlte eine strenge, bislang unbekannte Harmonie aus. Und doch hasste er die Stadt!

Er ging weiter, an den schmierigen Türen von Bierstuben vorbei, aus denen betrunkene Musik drang, an einem zum Lotteriespiel einladenden Torbogen, an dem Krokodilskopf über dem Kasinoeingang und am OkrWyKonKom, schließlich verlangsamte er seinen Schritt: Er war auf dem nachts verlassenen Teil des Chreschtschatyk angelangt, zwischen dem Platz der Komintern und der abfallenden Straße der Revolution, da, wo sich nur vereinzelt Prostituierte in den Hauseingängen langweilten. Von hinten lärmte der Chreschtschatyk, von rechts tönte Musik aus dem Garten des Proletariats, zur Linken raschelten die Schatten von Menschen auf dem Wolodymyrhügel. Hier sahen sogar die Straßenbahnen halb verhungert aus.

Stepan hob zum ersten Mal an diesem Abend den Blick, schaute zum Himmel, und als er da oben zwischen den altbekannten Sternen die schmale Sichel des Mondes erblickte, die auch über dem Dorf für ihn geleuchtet hatte, ergriff ihn eine eigenartige Sehnsucht. Dieser ruhige Mond, wie er ein Reisender vom Dorf, sein Freund aus Kindertagen und Eingeweihter in die Träume seiner Jugend, ließ den Zorn, den die Straßen in ihm aufschäumen ließen, nun endgültig abklingen. Die Stadt brauchte man nicht zu hassen, nein, man musste sie erobern. Und nachdem er sich einen Augenblick zuvor noch niedergeschlagen gefühlt hatte, eröffneten sich ihm jetzt grenzenlose Perspektiven. Solche wie er strömten gerade zu Tausenden in die Stadt, hausten in Kellern, Ställen und Wohnheimen, sie hungerten, aber alle arbeiteten sie und lernten die ganze Zeit, zerstörten unmerklich das faulende Fundament der Stadt, um im Anschluss ein unzerstörbares neues zu legen. Tausende Lewkos, Stepans, Wasyls hatten die NÖP-Behausungen umzingelt, immer enger zog sich der Kreis, und schon bald würden sie vernichtet sein. Das frische Blut des Dorfes floss in die Stadt, es würde ihr Antlitz und ihr Wesen verändern. Und er – er war ein Teil dieser Veränderung, herbeigerufen, um zu siegen. Die Städte zu Gärten, die Dörfer zu Städten, diese Versprechen der Revolution, all die Wunder der Zukunft, deren schemenhaftes Vorgefühl ihm Bücher vermittelt hatten, sie erschienen ihm in dieser Minute nahe und vorstellbar. Sie standen vor ihm als Aufgabe schon des morgigen Tages, als großes Ziel seiner Ausbildung, als Konsequenz all dessen, was er gesehen hatte, was er getan hatte und was er tun würde. Die fruchtbare Kraft der Erde, die sein Herz und seinen Geist genährt, und die mächtigen Winde der Steppe, die ihn gezeugt hatten, ließen seinen

Traum von einer glänzenden Zukunft der Erde erstrahlen. Er verlor sich in diesem grenzenlosen Traum, der plötzlich und vollkommen von ihm Besitz ergriffen hatte, und das gab ihm die Kraft, alles um sich herum wie mit einem Flammenschwert zu zerstören, und so kam er, wie er die Straße der Revolution in Richtung des schmutzigen Nyschnyj Wal hinabschritt, dem Funkeln der Sterne immer näher.

V

Wundersam war die Stadt. Äußerlich bewegte sie sich unentwegt, das Leben sprudelte wie eine muntere Quelle, doch tief drin wurde es in den tristen Amtsstuben von Tausenden Regeln und Verordnungen gebremst und schleppte sich wie ein quietschender Karren dahin. Die Schläge dieses städtischen Formalismus bekam Stepan auf Schritt und Tritt zu spüren, und wenn er sie sich auch objektiv erklären konnte, so waren sie doch nicht minder schmerzhaft. Aus bitterer Erfahrung klug geworden, erschien er am angegebenen Tag zwei Stunden früher zur Prüfung und reihte sich mit der festen Überzeugung in die Schlange ein, dass sich die Sache mit der Aufnahmeprüfung heute endgültig klären würde und er dann das volle Recht hätte, Nadijka mit dem wichtigen, wenn auch unsichtbaren Abzeichen eines Studenten auf dem Revers zu besuchen. Zugegeben, die gestrigen Erlebnisse hatten den Blick auf sein geliebtes Geschöpf zeitweise getrübt. Abends war er zu Hause noch lange herumgesessen, hatte geraucht und über die Stadt nachgedacht, ihr Schicksal und ihre wahre Rolle. Am Morgen jedoch erwachte er munter und erfüllt von jugendlichem Tatendrang, der ihn in all der Unsicherheit, die ihn hier überraschend umflutet hatte, wie eine Schwimmweste vor dem Untergang rettete. Da er sich schon etwas in seinem neuen Zuhause eingelebt hatte, bat er die Hausherrin ohne Zögern um einen Eimer Wasser und wusch sich gründlich. Und wieder erfüllte der Gedanke an Nadijka sein Herz mit knisternder Wärme.

»Das Examen, darum muss es jetzt gehen!«, dachte er amüsiert.

Er hatte den unvermeidlichen Drang, sein Tun und Denken zu analysieren, und so tadelte er sich nun gutmütig für den gestrigen Zorn und seine verworrenen Trugbilder. Träumereien waren Dummheiten, instruierte er sich, handeln musste man, unermüdlich alle Hindernisse aus dem Weg räumen, alle Kräfte auf die nächste Hürde lenken. Das erste war die Hochschule. Er musste an der Hochschule eingeschrieben werden und nicht irgendwelche Luftschlösser bauen, seien sie noch so großartig. Die Aufnahmeprüfung schien ihm tatsächlich wie eine riesige Hürde, und wenn er sie nahm, würde er die Königin mitsamt dem Königreich gewinnen. Wie ein ruhmreicher Krieger zog er in den Kampf, dessen Sieger den Schlüssel zu einer sagenhaften Schatzhöhle erhalten sollte. Und weil er eben in der Stimmung war, im Handstreich zu siegen, kam ihm die Ankündigung, dass die Aufnahmeprüfung zwei Tage dauern sollte, ganz ungelegen. Heute war der schriftliche, morgen der mündliche Teil. Die Bekanntmachung, auf der all das in kurzen Sätzen geschrieben stand, nahm überhaupt keine Rücksicht auf seinen jugendlichen Enthusiasmus und sein leidenschaftliches Verlangen, alle Angelegenheiten sofort zu klären. Doch er musste sich diesen Zeilen fügen.

Stepan setzte sich auf das Fensterbrett und drehte sich eine Zigarette. Der Tabak war ein wahrer Freund und beruhigte ihn in all seinen traurigen Momenten – aber dann sah er an der Wand eine weitere Bekanntmachung, die ihm auch diese Freude nahm. Zwei Stunden saß er gelangweilt herum, schaute teilnahmslos auf die Schar seiner künftigen Kommilitonen und dachte wieder über sich selbst nach. Er spürte, wenn auch nur undeutlich, eine Veränderung in sich. Er konnte nicht umhin zu bemerken, dass ein neues, noch flüchtiges Feuer in seiner Brust zu züngeln begann, das mit jedem Windstoß aufflackerte. Am Morgen war er noch fröhlich gewesen, aber jetzt überfiel ihn Traurigkeit, und er war nicht imstande, sie zu unterdrücken. Dabei war er weder von der Arbeit erschöpft, noch war ihm ein Unglück widerfahren. Hatte er sich denn nicht erst vor ein paar Stunden vorgenommen, standhaft zu bleiben? Diese bisher ungekannten Gefühlsschwankungen ängstigten ihn. Er begriff allmählich, dass sein früheres Leben auf dem Dorf einfältig, alle Probleme alltäglich und praktisch gewesen waren und dass es sich komplett von jenem Leben unterschied, das er in der Stadt begonnen hatte.

Von all den Themen, die für die Prüfung zur Wahl standen, entschied er sich sofort für »Der Zusammenschluss von Stadt und Land«. Er legte sich im Kopf einen Plan zurecht und schrieb dann schnell und unbeschwert. Seine Thesen legte er ausführlich dar, berücksichtigte sowohl die wirtschaftlichen als auch die kulturellen Notwendigkeiten der Vereinigung, ihre Ziele und erwünschten Folgen. In ihm erwachte der Kulturarbeiter vom Dorf, der den ökonomischen Determinismus des Marxismus tief verinnerlicht hatte. Das Schreiben fesselte ihn, und als er seine Zeilen las, vergaß er unwillkürlich, dass er sie für ein Examen geschrieben hatte. »Der Zusammenschluss von Stadt und Land ist ein starkes Pfand für zukünftige Gartenstädte« – so beendete er seine Arbeit und gab sie eine Stunde vor Ende ab. Es wurde Abend, und nach einem Bummel über den Schewtschenko-Boulevard beschloss Stepan auch Nadijka zu besuchen, die bei Freundinnen in der Nähe der Markthalle untergekommen war.

Das Haus, in dem sie wohnte, gehörte zu den alten Hütten, auf die man unvermutet in Kyjiwer Seitengassen neben sechsgeschossigen Steinbauten stoßen konnte. Das grüne verrostete Dach, die hölzernen Fensterbretter, das altmodische Blumenbeet vor den Fenstern und die ausgetretenen Treppenstufen, die auf eine schiefe Veranda führten, zeugten von solchem Alter, dass jegliches Anrecht wie auf eine gestohlene oder verlorene Sache längst verjährt gewesen wäre. Stepan aber freute der Anblick dieser Baracke, denn sie ließ seinen eigenen Schuppen schon weniger elend erscheinen – und das Mädchen, das hier wohnte, konnte rechtmäßig zu ihm gehören.

Nadijka lebte mit zwei anderen Mädchen aus ihrem Dorf zusammen, die ein Jahr zuvor in die weite Welt aufgebrochen waren und in dieser altertümlichen Behausung das sogenannte Wohnzimmer gemietet hatten. Hanna, die eine von ihnen, besuchte Schneider- und Nähkurse, um später einmal die Reihen der Näherinnen aufzufüllen, deren Zunft in den Jahren des Kriegskommunismus und der Naturalwirtschaft zusammengeschmolzen war, als jeder für sich selbst spann und kochte und nichts genäht wurde. In der Zeit der NÖP aber musste sie sich schnell erneuern, um die steigenden Bedürfnisse und Geschmäcker zu befriedigen. Sie war ein stilles Mädchen aus einer kinderreichen Familie, die die Not aus dem Dorf getrieben hatte, ohne Hoffnung auf Rückkehr unter das undichte elterliche Dach. Sie war herzlich und schutzlos und ein wenig romantisch, und ihre Not ertrug sie geduldig, wie alle diese verarmten Mädchen, die weder echte Leidenschaftlichkeit noch Härte in sich trugen. Ihre Mitbewohnerin, die Tochter eines Kulaken, suchte nach dem planmäßigen Abschluss des Schreibmaschinenkurses schon seit einem halben Jahr erfolglos eine Anstellung, einen entsprechenden Partner hatte sie dagegen ziemlich problemlos gefunden. Sie hatte einen exquisiten Kleidungsstil und spreizte beim Teetrinken ihren kleinen Finger ab. Sie hieß Hanusja, war also auch eine

Hanna, nur eben nobler. Eines der beiden Betten, die nicht gerade französische Betten waren, gehörte ihr, und da sie ihre Eigentumsrechte unter keinen Umständen abtreten wollte, musste Nadijka in einem Bett mit Hanna schlafen, die immer mit allem einverstanden war. Diese zwei Betten und noch ein Tisch, die Nähmaschine und ein klappriger Stuhl waren die einzige praktische Ausstattung in diesem Mädchenzimmer. Das restliche Inventar hatte eher ideellen Wert: Portraits und Malereien, mit denen Hanna in ihrer naiven Art die Wände beklebt hatte, um dem nackten Raum wenigstens den Anschein von Gemütlichkeit zu geben. Ein Portrait Lenins, das in der Mitte hing, hatte sie mit einer Inschrift aus unförmigen Buchstaben verziert: »Du bist gestorben, aber Dein Geist lebt«. In eine Ecke hatte sie die kleine Ikone des Heiligen Nikolaus gehängt, die man auf den ersten Blick kaum wahrnahm. Von all den Bildern gehörte Hanusja nur eines mit einer nackten Galatea, deren Hände und Brüste zum Himmel gereckt waren. Es hing über Hanusjas Bett und störte Hanna wegen seiner Schamlosigkeit.

Schon vor der Zimmertür vernahm Stepan männliche Stimmen, was seine Stimmung ein wenig dämpfte. Fröhliche Menschen waren ihm gerade zuwider, und mit Nadijka konnte er nur allein sprechen. Das ließ sich aber nicht machen, also öffnete er die Tür. Die Sache sah um einiges schlimmer aus, als er erwartet hatte – ein wahres Bankett war da im Gange, eine Flasche stand auf dem Tisch, die drei Hausherrinnen und drei Gäste saßen auf den herangeschobenen Betten ringsherum. Als er die drei Jungs sah, für jeden eines der Mädchen, erstarrte Stepan unwillkürlich, doch einen Augenblick später erkannte er Lewko und erfasste sofort, was Sache war: Die zwei Kerle waren die Verehrer von Hanna und Hanusja, und Lewko war gekommen, um sich bewirten zu lassen. Nadijka war frei, frei für ihn, denn sie war die Erste, die vom Tisch aufsprang, um ihn zu begrüßen. Er stellte sich den jungen Männern vor und setzte sich dazu. Essen und Trinken lehnte er entschieden ab, obwohl er nichts zu Mittag gegessen hatte und hungrig war. Auf Kosten fremder Kerle zu essen – denn bestimmt hatten diese das gesellige Beisammensein arrangiert –, verbot ihm sein Stolz. Mit Lewko war das eine andere Sache. Der saß wie ein Brautvater in der Ecke, war sparsam an Worten, denn sein Mund arbeitete die ganze Zeit, er lächelte und schaute gutmütig in die Runde, deren Mittelpunkt die beiden Typen waren, die vor ihren Damen all ihren Grips und ihre Schlagfertigkeit zur Schau stellten.

Hannas Kavalier gehörte zu der Sorte Dörfler, die wie ein Meteoritenschwarm in der Stadt auftauchen und sich im Namen des »Zusammenschlusses von Stadt und Land« gratis Theaterkarten abgriffen, die zu allen Diskussionen und Empfängen gingen, wo sie dann wie von Sinnen applaudierten, auf der Straße Mädels belästigten, sich über alles lustig machten, über alles Mögliche und Unmögliche schimpften und nach einem Jahr wieder zurück in ihr Dorf gingen, sich dort an die Landwirtschaft machten und innerhalb nur eines Monats wieder zu Wilden wurden. Aus ihnen werden Familientyrannen und politisch Konservative. Seine Trumpfkarte waren anzügliche Scherze und Anspielungen, die Hannas träumerische Seele noch weiter verwirrten und ihren ohnehin schon schwachen Widerstand brachen. Neben diesem Spaßvogel war der andere Herzensbrecher in Sachen Seriosität geradezu ein Musterknabe. Auch er hatte für die Wissenschaft wenig übrig, denn er wollte vor allem irgendwo eine feste Anstellung finden, am besten ohne jegliches Diplom, dann könnte man die Hochschule wie einen wurmigen Blinddarmfortsatz einfach abschneiden. Sehnsüchtig dachte er an die wunderbar wirbelnden Umbruchsjahre, als es so einfach gewesen war, weiterzukommen, da hatte er mit der eisernen Entschlossenheit eines Bauern an alle Türen geklopft, von zufälligen Kontakten Gebrauch gemacht, bis er schließlich eine Anstellung als Inspektor der Klubarbeit bekommen hatte, an die er sich mit Händen und Füßen und sogar Zähnen klammerte. Da er sich sein Leben aber nach den alten dörflichen Schemata mitsamt ihren ganz klaren Vorgaben für Junggesellen vorstellte, die ihren Weg in die Eigenständigkeit beginnen, wählte der schneidige Inspektor Fräulein Hanusja als Gefährtin für seine künftigen bürokratischen Taten im Staatsdienst.

Das Gespräch, das wegen der neu hinzugekommenen Figur kurz abgerissen war, nahm wieder Fahrt auf. Man redete über die Ukrainisierung.

»Also, hier zum Beispiel die Klubarbeit«, merkte der Instruktor an. »Ernste Sache. Die Arbeiter rümpfen sowieso schon die Nase, langweilig, sagen sie. Und dann noch die ukrainische Sprache. Na, dazu ein Theaterclub und meinetwegen eine Gesangsgruppe, aber weiter nur noch puhh und huuu … Da entsteht eine Kluft zur Masse. Schwer hat die Partei es mit der Politik der Ukrainisierung, ja, ja.«

Er betonte das Wort »Partei« besonders, das seiner Meinung nach auf jeden Satz, in dem es stand, magischen Einfluss hatte.

»Und die Bauern werden auch ukrainisiert?«, fragte Hanna ängstlich.

Der Instruktor schmunzelte.

»Auch sie haben es nötig, wie es ausschaut. Denn, mal ganz ehrlich, was für'n Ukrainer kann denn so ein Landei sein?«

Stepan hielt es nicht länger aus und mischte sich energisch in das Gespräch ein.

»Sie irren sich, Genosse«, sagte er zum Instruktor. »Die Ukrainisierung soll den Zusammenschluss von Stadt und Land befestigen. Das Proletariat muss …«

Der junge Dorfbewohner Jascha aber, der auf Zwischenstation in der Stadt war, lachte plötzlich laut auf und warf einen amüsierten Blick auf Stepan und Nadijka. So machte er es immer, er freute sich im Voraus darüber, dass er gleich etwas Spaßiges von sich geben würde.

»Hahaha! Zwischen euch besteht also auch ein Zusammenschluss?«

Nadijka lief rot an, und Stepan, beleidigt für sich und Nadijka, schwieg mürrisch. Was konnte er diesem rüpelhaften Kerl denn erwidern, der sich hier so aufspielte, mit den Armen herumwedelte, seine Hanna zwickte und allen zuzwinkerte? Schließlich wird er sich hier nicht mit ihm prügeln! Der Hunger und seine Abneigung gegen die Runde lösten in ihm zusehends Übelkeit aus. Das ist er also, der ländliche Aktivposten, der die Stadt zurückgewinnen soll? Und wieso war Lewko zu ihnen so freundlich, als wäre nichts? War er denn vielleicht auch einer von ihnen? War das denn das ewige Schicksal des Dorfes: dumm und ein beschränkter Sklave zu sein, der sich für Posten und Essen verkauft und dabei nicht nur das Ziel aus den Augen verliert, sondern seine menschliche Würde? War das vielleicht der Weg, der auch ihn erwartete: dieser Sumpf, der ihn verschlingen, verdauen und zu einem willenlosen Anhängsel eines rostigen Kreislaufs des Lebens machen würde? Er hatte dessen unglaublich harte Stahlfedern gespürt, die in den Schlaglöchern der Revolution zusammengestaucht wurden, sich nun aber wieder entspannten. Vielleicht war das Leben nur ein unaufhaltsamer Zug, dessen Fahrt auf vorbestimmten Gleisen zwischen bekannten, grauen Bahnstationen kein Lokführer dieser Welt imstande war zu ändern? Es blieb nichts anderes übrig, als ebenfalls auf diesen Zug aufzuspringen, egal, was für ein Zug es war und wohin seine eintönige Reise führte. Waren die berühmten Güterzüge der gerade erst vergangenen und doch schon fast vergessenen Zeit nicht Symbol dafür? Auf ihnen prügelten sich Landstreicher um einen Platz, traten und beschimpften sich gegenseitig, kraxelten auf Dächer, klammerten sich mit ihren Kostbarkeiten aus Mehl an den Puffern und Leitern fest. Sie lebten in Schmutz und Not, hatten aber einen unbändigen Drang zu leben und träumten von Nichtigkeiten wie einer Geliebten, Pyrischky und Selbstgebranntem. Wenn es damals schon so viele Schmuggler gab, was war dann erst heute, wo es keine Nahrungsmittelkontrollen, Tribunale und Enteignungen gab und ihnen ganze Wagen für ihre Waren und komfortable Abteile für sich selbst zur Verfügung standen?

In traurige Gedanken versunken, als ob er auf den dunklen Grund einer Schlucht blicke, nahm Stepan instinktiv ein Stück Brotrinde und kaute es. Das Dorf entfernte sich von ihm, und er begann aus der Distanz zu sehen, wie von einem lebendigen Körper nur schemenhafte Umrisse bleiben. Ihm wurde angst und bange wie einem Menschen, unter dessen Füßen die Erde bebt.

Die Unterhaltung, die verschiedenste Themen streifte, gelangte zu dem Punkt, an dem bei Genuss selbst kleinster Mengen Alkohols auch die tugendhaftesten Leute kamen. Aus den Mündern der Diskutanten kamen Wörter wie »Frauenabteilung«, »Ehe«, »Liebe« und »Alimente«. Jaschas Lachen schallte durchs Zimmer:

»Ich sag's euch, die Frauen werden immer unten sein.«

»O Gott, was redet der nur!«, schlug Hanna, die seine Prophezeiung am meisten betraf, die Hände zusammen.

Stepan spürte Nadijkas sehnsüchtigen Blick auf sich, er hob seinen Kopf und sah ihr ins Gesicht. Sie lächelte ihn an, und in diesem Lächeln war die Sehnsucht, die die Liebe mit sich trägt, den Mädchen die Augen trübt und ihre Bewegungen matt werden lässt. Sie hatte bereits ihr Herz geöffnet, wie ein Samen in der lockeren Erde, dessen bleichen Keim die ewige

Sonne an die Oberfläche treibt, die den Schnee schmelzen lässt und Tausende von Samen in den Tiefen erweckt, ohne Verantwortung für die Winde zu übernehmen, die in ihrem Königreich auf sie treffen können.

Lewko lehnte sich über den Tisch und döste. Er war satt, hatte heute eines der Pflichtexamen abgelegt und damit das volle Recht, glücklich zu sein. Hanusja stützte sich mit dem Ellenbogen auf das Knie des Instruktors, der seine Pfeife rauchte und zufrieden den Rauch ausstieß. Jascha umarmte Hanna, die das erst nach sanftem Protest über sich ergehen ließ.

»Kommt, lasst uns singen«, schlug er vor. »Hanna, stimm an!«

Hanna lehnte ihren Kopf zurück und begann zu singen, wobei sie die Wörter in die Länge zog, um ihnen einen traurigen Klang zu verleihen.

»Weh, oh Wind, in die Ukraine,
Wo mein Mädchen ist alleine.«

Im nächsten Augenblick hatte das Lied alle erfasst, sogar Jascha wurde ernst und half mit einem lyrischen Tenor, der überraschenderweise in seiner prosaischen Kehle schlummerte.

Die Natur hatte Stepan nicht mit dem Gesangstalent seines Volkes beschenkt, und so fühlte er sich abermals fremd in dieser Gemeinschaft. Er spürte die Albernheit seiner Lage, in der er nur ein schweigsamer Trottel war, der an diesem Abend nur ein einziges Mal – und das äußerst unglücklich – seinen Mund aufgemacht hatte. Aber weggehen konnte er auch nicht. Er wollte Nadijka etwas sagen. Sie saß neben ihm, und sein leidenschaftliches, jetzt jedoch unerfüllbares Verlangen, ihre Hand zu berühren, ein nur für ihn bestimmtes Wort von ihr zu hören, nagte an ihm. Dass sie auf ihn wartete, sah er an jedem ihrer Blicke. Und er wartete auf sie. Trotzdem überschatteten andere Gedanken seinen Blick und stießen sie aus seinen Träumen, wobei ihm dieser beiläufige Verrat gar nicht bewusst war.

Bei der Verabschiedung sagte er ihr:

»Morgen komme ich.«

»Komm du«, antwortete sie und das leise »Du« erfüllte ihn mit einer zauberhaften Wärme.

Nachdem er sich von den Jungs verabschiedet hatte und hinausgetreten war, schaute er auf das kleine Haus zurück.

»Ich komme morgen, Nadijka«, flüsterte er. »Warte auf mich, Nadijka.«

Schnell ging er nach Hause, erfüllt von einem Gefühl, von dem er sich Ruhe und Sicherheit erhoffte.

VI

»Gut. Sehr gut«, sprach der Professor.

Stepan trat aus dem Prüfungszimmer. Vor der Tür umringten ihn neugierige Jungs, die noch nicht an der Reihe gewesen waren. Wie war es? Was fragen sie? Was gibt es für Aufgaben? Wollen die einen fertig machen?

Die Prüfung war bestanden. Auch sein Name würde morgen in dem Schaukasten zu finden sein, in dem die Liste der Zugelassenen ausgehängt wurde. Für drei Jahre würden diese Mauern ihm nun Zuflucht bieten. Jetzt musste er sich noch um das Stipendium kümmern und seinen Freunden im Dorf von seinem Erfolg schreiben. In das Prüfungszimmer hatte man sie in Fünfergruppen vorgelassen, und die Antworten der vier anderen hatten Stepan ziemlich verblüfft. Die würde man auch am Institut aufnehmen? Er war ihnen zweifelsohne haushoch überlegen, sein Wissen, so genau wie tief, lückenlos, frei von Unsicherheiten. Drei Jahre lang hatte er sich keine Ruhe und keinen freien Tag gegönnt, seit ihn der Wunsch zu studieren gepackt hatte – und dessen hatte er sich heute würdig erwiesen. Seine letzten hart erarbeiteten Pude Mehl und jeden vom Mund abgesparten Tscherwonez hatte er seinem Lehrer gegeben oder sich davon Bücher und Papier gekauft. Er hatte auf alles verzichtet, war zu einem Sonderling und Einsiedler geworden, seine Freunde hatten sich hinter seinem Rücken über ihn lustig gemacht. Nächtelang hatte er im Schein einer Öllampe gesessen und von Formeln und Logarithmen geträumt. Solch eine Arbeit konnte nur ein starker Charakter bewältigen, und er stemmte sie, denn er wusste genau, was er wollte. Er wollte an die Hochschule. Den Tag, an dem ihm dies gelingen würde, hatte er voll banger Ehrfurcht herbeigesehnt. Und eben dieser Tag war gekommen. Doch die Freude, die so einem großen Moment gebührt, wollte sich nicht so recht einstellen.

Er versuchte sich irgendwie aufzumuntern, sich seine wichtigsten Vorsätze in Erinnerung zu rufen, doch er konnte weder seine Beklemmung abschütteln noch die Leere in seinem Inneren füllen, die sich auftat, seitdem die Prüfung von der Agenda war. Dass er sie gut, ja sogar glänzend bestanden hatte, freute ihn nicht, es enttäuschte ihn gar ein wenig. Sein konkretes Ziel hatte er erreicht, aber nun sah er einen weiten Weg vor sich, und kein Wegweiser zeigte an, wie weit er war. Drei Jahre Arbeit, um an der Hochschule aufgenommen zu werden, und nun drei weitere dort. Und dann? Der Wohlstand des Dorfes, das Glück der Menschen – letztlich waren diese Ziele viel zu fern, als dass er seine Energie unmittelbar darauf richten konnte. Sicher, er war stark – aber um die Welt aus den Angeln zu heben, brauchte er einen Angriffspunkt.

Stepan verließ das große Gebäude, das gerade neu in hellen grauen und weißen Farbtönen gestrichen wurde, die eher zu einem Institut für höhere Töchter aus früheren Zeiten gepasst hätten als zu einer Hochschule für Ökonomie. Als er das hohe

Baugerüst und die Anstreicher betrachtete, die mit Seilen gesichert am Dach hingen und rauchten, wunderte Stepan sich unwillkürlich über die weichen Farben, die auf Hauswänden, Plakaten und Zeitschriften die grellen Farben der Revolution abgelöst hatten. Auch der grauhaarige Professor, der die Prüfung abgenommen hatte, gebrauchte das Wort »Genosse« ganz frei und ungeniert, als wäre es für ihn nie ein Symbol der Gewalt und der Plünderung gewesen – er hatte das Wort schon verdaut, seine scharfen Kanten abgeschliffen, sodass er es inzwischen aussprechen konnte, ohne sich die Lippen zu verletzen.

Stepan machte sich auf den Weg zu Nadijka und suchte nach Gründen für seinen Missmut und seine Niedergeschlagenheit, wobei natürlich Grübeleien dieser Art nur selten die wirklichen Auslöser eines Gedankens oder Gefühls zu Tage fördern. Eher lügt man sich in die Tasche, als dass man sich die Wahrheit eingesteht, weil es klitzekleine, selbst für das schärfste Auge unsichtbare Faktoren sind, die schwerwiegendste seelische Veränderungen auslösen, ganz so, wie unsichtbare Bazillen die physische Verfassung des Körpers beeinflussen.

»Ich bin traurig«, dachte er, »weil ich Nadijka sehen will. Mir ist deshalb so schwer ums Herz, weil ich mich in sie verliebt habe.«

Als er ihren Namen flüsterte, hallte er wie ein glückliches Echo in den dunklen Gängen seiner Gedanken wider. Sie war seine Sonne, die mit ihren Strahlen unerwartet durch einen Spalt in den Wolken drang; immer wieder verlor er sie, doch jedes Mal fand er sie wieder.

Ihr Zimmer wollte er nicht betreten, auch wenn da nur Hanna mit ihrer Nähmaschine herumklapperte. Also wickelte sich Nadijka ihr Kopftuch um, und sie traten ins graue Dämmerlicht des heraufziehenden Abends. Sie hatte ihre Aufnahmeprüfung am Maschinenbau-Technikum ebenfalls bestanden und erzählte Stepan fröhlich, dass sie in Staatsbürgerkunde beinahe durchgefallen wäre.

»… der hat mich dann gefragt – so ein Lockenkopf –: Was ist Radnarkom? Und Radnarkom und WUZWYK, das kenne ich natürlich alles. Das ist der Rat der Volkskommissare, sage ich also und warte – und was fragt er da weiter? Und wer ist bei uns Vorsitzender der Radnarkom? Na, den kenne ich doch gut, und im Übereifer sag ich: Tschubatyj. Da kugeln sie sich alle vor Lachen, weil er doch Tschubar heißt!«

Amüsiert lächelte auch Stepan.

»Nadijka, wie schön es ist, mit dir allein zu sein!«, sagte er.

Sie warf ihm einen glühenden Blick zu, einen dieser Blicke, die gerade wegen ihrer Unschuld so anziehend und vielversprechend schienen. Liebe klang in jedem Ton ihres aufgeregten Lachens. Ihr Unterricht begann in einer Woche, und bis dahin musste sie noch nach Hause, um sich mit Lebensmitteln zu versorgen und den Rest ihrer Sachen zu holen. Als sie erfuhr, dass auch er noch eine ganze Woche frei hatte, sagte sie geheimnisvoll:

»Wir fahren doch zusammen, oder? Ich werde unter den Weiden bei unserem Garten auf dich warten!«

»Ich kann nicht, Nadijka«, antwortete er bekümmert, »ich muss mich um das Stipendium kümmern.«

Da trübte sich ihre Stimmung augenblicklich.

»Dann werde ich dich so lange nicht sehen …«

Stepan nahm ihre Hand.

»Aber du kommst doch wieder, Nadijka.«

Ihr Name war ihm ans Herz gewachsen, ständig wiederholte er ihn.

Es wurde schon dunkel, als sie inmitten anderer Paare auf dem Wolodymyrhügel bei der Statue ankamen, die in dieser abgelegenen Ecke noch immer ihr Kreuz trug, nur dass sie damit inzwischen die am Ufer badenden Kyjiwer segnete. Untertags spielten hier Kinder mit Bällen und Reifen, erschöpfte Angestellte schnappten frische Luft, und Studenten lasen im Schatten ihre klugen Bücher. Abends aber war hier das gelobte Land der Liebe für Zimmermädchen, Soldaten, Streuner und alle anderen, die Vorzüge und Nutzen der häuslichen Liebe noch nicht verstanden hatten. Liebe duldet keine Zeugen, und in der Stadt war denen nur schwer zu entkommen, sogar im Dickicht der Parks.

Sie strichen lange umher, auf und ab, drehten im schwülen Zwielicht des Abends ihre Runden über die verwinkelten Alleen. Jede zufällige Berührung durch den groben Stoff ihrer Kleidung hindurch ließ ihre Herzen erschauern, schließlich verflochten sich ihre Finger ineinander. Ihre Liebe erblühte wie eine späte Blume in den berauschenden Düften des Frühherbstes. Irgendwo wurde schon das Leichentuch der Natur gewebt und eisige Nägel für ihren Sarg geschmiedet, hier aber ließ ein letzter Hauch Wärme, bereits getränkt vom herben Duft der Verwesung, ihre zwei Herzen zu einem einzigen verschmelzen, in dem vereint das frische Blut pochte. Von ihren Lippen schmolzen unausgesprochene Worte, während sie der Wind vom Dnipro übermütig kitzelte.

Beim Geländer am Abhang machten sie Halt und beobachteten, wie sich auf der Straße am Hang die Lichter aufeinander zu bewegten, nach oben, nach unten, bis sie, just in dem Moment, als sie scheinbar zusammenstoßen sollten, einander doch verfehlten. Unter ihnen lag der schwarze Fluss, den sie nur anhand der Laternen entlang dem Ufer und der Lichter auf der Truchaniwinsel wahrnehmen konnten. Zur Linken glühte im Talnebel der lärmige Podil als leuchtender Teppich.

»Liebst du mich, Stepan?«, fragte sie unvermittelt.

»Meine liebste Nadijka«, flüsterte er benommen, »meine süße Nadijka, ich liebe dich …«

Er umschlang ihre Taille, sie schmiegte ihren Kopf an seine

Schulter, dabei zitterte sie von der fernen Feuchte des Flusses und vom warmen Glanz seiner Augen. Er streichelte sanft ihr Haar, selbst von einem Gefühl überwältigt, von dem dann später nur Leere zurückblieb.

Am Morgen kam Stepan zur Verabschiedung an den Schiffsanleger und winkte lange ihrem Kopftuch mit der Mütze nach. Im Gepäck hatte sie seinen Gruß an das Dorf, außerdem ein paar Besorgungen und einen Brief für einen seiner Arbeitskollegen. Ein langer Brief war das, in dem er mehr fragte als selbst berichtete. Über sich schrieb er nur, dass er die Prüfung bestanden hatte, dass er auf ein Stipendium hoffte und einstweilen bei Bekannten untergekommen war. Dafür erkundigte er sich unter dem Eindruck seiner Erinnerungen eingehend, wie es um das Silbud bestellt war, wie um das Vortragsprogramm, das er eigenhändig zusammengestellt hatte, wie um die Zuschauerzahlen des Kinos und neue Theateraufführungen. Er hatte ganz vergessen, dass gerade einmal eine Woche vergangen war, seit er das Dorf verlassen hatte. Besonders interessierte ihn die Arbeit seines Nachfolgers. Die Bibliothek, sein Lieblingskind, hatte er aus den Überbleibseln von Gutsbesitzerbibliotheken, Broschüren der Kreisabteilung für politische Bildung und einzelnen Käufen und Spenden zusammengestellt. Sie zählte 2178 Bände, die er eigenhändig katalogisiert, mit Nummern versehen, nach Fachgebieten sortiert und aufgestellt hatte. Damit war sie die größte Dorfbibliothek im Kreis, und jeder einzelne Band trug den Stempel seiner Sorgfalt.

»Erinnere bitte daran, dass man die Leninecke aus der Kreisstadt abholen muss«, schrieb er. »Sieben Karbowanez Karbowanez habe ich schon bezahlt, wir sind noch zweieinhalb schuldig. Die Plakate und die von den Mädchen bestickten Bänder liegen im großen Schrank. Die Schlüssel dafür habe ich Petro gegeben. Außerdem sollen die Mädchen noch eine schwarz-rote Schleife machen, hier im Institut hängt so eine über dem Portrait – das sieht sehr gut aus. Ich kenne hier noch keinen. Zwei Kerlen von irgendeinem Dorf bin ich begegnet, aber die waren so wenig klassenbewusst, dass es nicht auszuhalten war. Es wird schwer, sich hier über Wasser zu halten, aber da muss ich durch. Schreib mir immer, wenn es etwas Neues gibt, zu Weihnachten komme ich vielleicht. Stepan.«

Als der Dampfer aus seinem Blickfeld verschwunden war, setzte sich Stepan auf eine Bank und drehte sich eine Zigarette. Der Anleger leerte sich. Die Jungen, die Sonnenblumenkerne und Selterswasser verkauften, begannen sich aus Langeweile zu streiten. Einer bat ihn um Feuer und sagte mitleidig:

»Ihr Mädel ist weggefahren. Und ohne ein Mädel ist's langweilig.«

Diese Worte und die angestrengte Kennermiene des Jungen amüsierten Stepan. Morgen könnte er eigentlich auch wegfahren, das wäre sogar sinnvoller, als halbverhungert durch die Stadt zu irren. So oder so würden seine Vorlesungen wohl auch nächste Woche noch nicht anfangen. Doch irgendetwas hielt ihn hier, eine Art Erwartung, ein uneingestandener Widerwille, auch nur für ein paar Tage nach Hause zurückzukehren. Sein Brief war nur scheinbar ehrlich gemeint. Ihm kam es bereits wie eine halbe Ewigkeit vor, dass er die heimischen Hütten verlassen hatte, und wenn er sich im Brief so eingehend für die Dorfgeschäfte interessierte, machte er sich etwas vor, damit wollte er eigentlich sich selbst überzeugen, dass ihm die Vergangenheit noch nah, noch Inhalt und Ziel seines Lebens war.

Um ein Uhr las er, wie erhofft, seinen Namen auf der Liste der zugelassenen Studenten. Dann reichte er seinen Stipendienantrag bei der SozSabes-Komission ein und ging anschließend zu Lewko, um sich Bücher auszuleihen, stand ihm doch eine ganze freie Woche bevor. Die Bibliothek Lewkos war beschränkt und wahllos zusammengestellt – außer landwirtschaftlichen Handbüchern hatte Lewko noch den vollständigen Jahrgang 1907 des »Literaturwissenschaftlichen Boten«, den Roman »Die Wolken« von Netschuj-Lewyzkyj und die gesammelten Werke Fonwisins. All das schnürte Stepan zu einem Paket zusammen und nahm es mit, steckte noch ein Handbuch für Landbauökonomie dazu, das ihm vielleicht am Institut von Nutzen sein würde. Außerdem schlug ihm Lewko vor, die Stadt zu besichtigen, er selbst habe sich bisher nicht dazu aufraffen können. Er zog einen alten Stadtplan von Kyjiw aus einer Schublade und gab ihn Stepan mit.

Dieser Vorschlag machte Stepan neugierig. Nachdem er zum Frühstück Speck und Brot gegessen hatte, steckte er eine Nummer des »Boten« ein und ging aus dem Haus, um sich den Tag über nach und nach all die Orte anzusehen, die auf dem Plan markiert und mit Erklärungen versehen waren. Innerhalb von drei Tagen hatte er die Lawra besichtigt und war in die Nahen und die Fernen Höhlen hinabgestiegen, wo in der Enge langgezogener und niedriger Steingewölbe Heilige in immergleichen gläsernen Särgen aufgereiht waren, wo die Kerzen der Pilger flackerten und in der dicken Luft beinahe erstickten; er ging zum Askoldsgrab, einem mittlerweile stillgelegten Friedhof, und las dort auf den Grabsteinen die Namen von Menschen, die irgendwann einmal gelebt hatten und nichts weiter für die Nachwelt zurückgelassen hatten als ein Namenstäfelchen; er spazierte über die steilen Alleen des ehemaligen Zarengartens und las am Steilhang über dem Dnipro in seinem Buch; er besuchte die Sophien- und die Wolodymyrkathedrale, Mittelpunkte eines geistlichen Lebens, das sich unbemerkt unter diesen hohen Kuppeln entfaltete, schaute sich das Goldene Tor an, einst das Stadttor des mächtigen, mittelalterlichen Kyjiw, schlenderte über die großen Basare – den Jüdischen, den Bessarabischen und den Getreidemarkt –, trieb sich am

Bahnhof herum, begab sich über die Berestejsker Chaussee zum Politechnikum, streunte durch Demijiwka zum Wald von Holosijiw, erholte sich im Botanischen Garten und gab leicht widerwillig dreißig Kopeken für den Eintritt ins Historische Museum und das Chanenko-Museum aus, wo er dann ganz hingebungsvoll urgroßväterliche Waffen, antike Möbel und Wandbilder bestaunte, wobei das bunte Porzellangeschirr ihn am stärksten in den Bann schlug. Der Glanz, die Farben und die Miniaturmalereien verzauberten ihn und lockten ihn zu sich. Lange stand er vor diesen Exponaten, schaute sich jedes kleinste Detail an, um es sich fest einzuprägen. Und all dies Neue, was er hier sah, füllte in gleichmäßigen Schichten die Speicher in seinem Kopf, verknüpfte sich in Tausenden Fäden mit dem, was er bereits gelesen und vorausgeahnt hatte. All dies Neue, es weckte in ihm ein Verlangen nach mehr. Von den meisten Denkmälern, die in seinem alten Stadtplan verzeichnet waren, standen nur mehr die Sockel. Die Statuen von Iskra und Kotschubej hatte er freilich gesehen: sie lagen mit abgeschlagenen Armen an der Uferstraße vor einer Schmiede. Einzig Bohdan saß unangetastet auf seinem tüchtigen Pferd und reckte seine Keule gen Norden – vielleicht damit drohend, vielleicht schon bereit, sie niederzulegen.

Am aufmerksamsten schaute er sich im Podil um, dem Stadtteil, in dem er lebte, hier konnte er sich mit eigenen Augen überzeugen, dass nicht nur Menschen tote Inschriften hinterlassen, sondern dass auch ganze Epochen fast spurlos verschwinden und nur hier und da blasse Erinnerungen an ihre einstige Größe zurücklassen können. Ein leuchtendes Zentrum des Mittelalters mit einer Akademie und einem berühmten Kloster hatte sich in einen unbedeutenden Marktplatz verwandelt, ein Refugium der Krämer und der streitsüchtigen Marktweiber, ein Zentrum der gewerblichen Herstellung von Seife, Patronenhülsen, Leder, Essig und Schuhcreme.

Wenn er abends von seinen Wanderungen zurückkehrte, stieg Stepan hinab zum Dnipro, badete an einer menschenleeren Stelle und trottete dann erschöpft nach Hause. Nach der abendlichen Portion Speck, die noch von seinem Essensvorrat übrig war, ging er hinaus in den Hof, setzte sich vor seinen Schuppen und rauchte. Das Haus der Hnidys wirkte tot. Sollte es drin Leben geben, so bekam man davon draußen nichts mit. Nie drangen Stimmen oder Lärm heraus, die Haustür öffnete sich nur widerstrebend. Nachts flackerten lautlos Lichter in den Fenstern. In all der Zeit hatte Stepan seinen Hausherrn nur einmal kurz gesehen, als dieser aus dem Laden heimkam; die Hausherrin melkte zweimal am Tag die Kühe, aber Milch bot sie ihm inzwischen nicht mehr an. Doch jeden Abend trat die einsame Gestalt des jungen Mannes, der Stepan am ersten Tag hier eine Zigarette gegeben hatte, auf die Veranda hinaus. Er saß da, rauchte und verschwand wieder. Stepan verspürte unwillkürlich Sympathie für ihn, schien dieser Junge doch genau so einsam zu sein wie er selbst. Aber er konnte sich auch nicht dazu durchringen, zu ihm zu gehen und ihn anzusprechen. Er ging früh schlafen, da er kein Licht hatte, und stand spät auf, um durch Ruhe seine armselige Ernährung auszugleichen. Den Gedanken an eine eigene Wohnung für den Winter schob er auf, solange er noch kein Stipendium hatte – doch diese Angelegenheit bekam plötzlich eine vollkommen unerwartete Wendung.

Eines Abends kam sein Hauswirt, der storchenbeinige Händler, zu ihm, grüßte und setzte sich sogar neben ihn auf einen Holzblock. Er schaute durch seine Brillengläser zur Seite und fragte Stepan:

»Also, wie sieht es aus? Haben Sie eine Unterkunft gefunden?«

Stepan hatte dieses unangenehme Gespräch erwartet und sich eine Antwort zurechtgelegt – in einer Woche wäre er weg.

Dann hätte er ganz sicher das Stipendium und würde ausziehen. Der Krämer schnaubte. Er hatte folgenden Vorschlag: Stepan könne ruhig bei ihnen bleiben und auf einer Liege in der Küche schlafen – und außerdem gäbe es morgens, mittags und abends etwas zu essen, wenn er sich als Gegenleistung um die Kühe kümmern und Wasser ins Haus holen würde, denn ein Wasserhahn war ja nur im Hof, und im Winter müsste er dazu noch Holz hacken. Mehr bräuchte er nicht zu tun. Unter diesen Bedingungen war der Krämer bereit, ihn den Vorschriften entsprechend als seinen Neffen anzumelden. Bevor er antwortete, dachte Stepan kurz nach – mehr aus Selbstachtung, denn um ehrlich zu sein gab es da nichts zu bedenken: Schnell kapierte er, dass ihm mit Verpflegung und einem Dach über dem Kopf sein Stipendium ganz für Kleidung und Bücher bleiben würde. Die Arbeit war nicht schwer – etwas Besseres konnte man sich kaum vorstellen. Er antwortete, betont würdevoll:

»Dann bleibe ich.«

Hnidyj erhob sich.

»Kommen Sie rüber«, sagte er.

Eine halbe Stunde später hatte Stepan seinen Stall verlassen und sich in der bescheidenen Küche eingerichtet, an deren Wand neben dem Herd ein Bett stand, über dem eine billige Holzuhr tickte. Die Hausherrin hieß Tamara Wasyliwna, sie händigte ihm eine Petroleumlampe, ein Glas Milch, Brot und eine Scheibe Braten aus, womit er dann seinen Umzug gebührend feierte. Im Vergleich zu der Werkbank kam ihm die Matratze hier wie ein königliches Federbett vor, und schon am nächsten Morgen machte er sich an die Ausführung seiner neuen Pflichten als Melkjunge, Wasserträger und Holzhacker.

VII

Am Sonntag sollte Nadijka wiederkommen. Am Vorabend inspizierte Stepan seine Kleidung. Er nähte lose Knöpfe mit jener Nadel an, die er während seines Junggesellendaseins gewohnt war, bei sich zu haben, schüttelte die Feldjacke aus und polierte seine Stiefel mit einem Stoffknäuel. Seinen Anzug trug er schon das dritte Jahr, der Filz war bereits von der Sonne verblichen, doch es war fester Militärfilz, der sicher noch drei Jahre ohne Löcher halten würde. Da ihm seit letzter Woche ein ziemlicher Bart gewachsen war, rasierte er sich gründlich vor einem kleinen, krummen Spiegel, der in der Küche hing. Danach fühlte er sich frisch, jung und gutaussehend, und brach munter in Richtung der Markthalle auf.

Die zwei Tage in der neuen Unterkunft hatten ihn ruhiger werden und wieder zu Kräften kommen lassen. Das warme Essen schien ihm wie ein langersehntes Festmahl nach dem harten Fasten, es ließ Körper und Geist wieder aufleben. Gestern hatte er noch das übriggebliebene heiße Kesselwasser für seine Wäsche genutzt, die er anschließend in der Sonne trocknete und glättete. Er konnte waschen, bügeln, kochen und sogar Stiefel flicken. Seine kleine Anstellung bescherte ihm nun ein wenig Sicherheit, und so ging er morgens mit seinen zwei überzähligen trockenen Brotlaiben zum Markt und verkaufte sie für zehn Kopeken, denn es war ihm zuwider, etwas wegzuwerfen, was noch verwertbar war. Man konnte ihn weder der Nachlässigkeit noch der Verschwendung bezichtigen, und wenn er sich jetzt für diesen Zehner zwei Dutzend leichter Zigaretten kaufte, so hätte sich auch der letzte Habenichts einen solchen Luxus am Tag der Ankunft seiner Geliebten gegönnt, den er so sehnlich erwartet hatte.

Die Arbeit im Haushalt des Herrn Hnidyj, so schätzte er, würde sicher nicht mehr als zwei Stunden täglich in

Anspruch nehmen. Dann bliebe noch genug Zeit für Universität und Studium; und außerdem noch das Stipendium, das wäre dann eine solide Grundlage für alles Weitere. Die Veränderung zum Besseren in seinem Alltag nahm er als selbstverständlich hin, als hätte er gewusst, dass sie eintreten werde – ohne freilich den genauen Zeitpunkt und die Umstände zu kennen, denn trotz all seiner Zweifel und Bedenken glaubte er fest an sein Glück. Wie ein junger Jäger auf der Fährte, der beim Anblick des Wilds erschaudert und doch an die Unfehlbarkeit der eigenen Hand glaubt. Er war für das Lächeln Fortunas bereit, selbst wenn sie ihm gelegentlich die Zunge rausstreckte.

Nadijka war tatsächlich angekommen, aber die Mädels hatten wieder den üblichen Besuch, den Ausbilder und das Bürschchen Jascha, weshalb sich keine Möglichkeit ergab, mit ihr zu reden, ohne seine Gefühle vor diesen Witzbolden zur Schau zu stellen. Deprimiert steckte Stepan sich eine Zigarette an, Nadijka streifte ihn jedoch mit einem solch flammenden Blick, während sie ihm den Brief eines Bekannten aus dem Dorf übergab, dass er augenblicklich von einer warmen Woge emporgetragen wurde, und während er den Brief in der Innentasche versteckte, dachte er bezaubert:

»Süße Nadijka! Liebe, einzige Nadijka!«

Jascha kannte immer alle Annoncen und Aushänge und schlug vor, heute einen Literaturabend zu besuchen, der in einem Saal der Nationalbibliothek von der Kultkomm der örtlichen Abteilung der Ukrainischen Akademie der Wissenschaften organisiert wurde. Jascha konnte sich nicht erinnern, welche Litorg auftreten würde, aber er versicherte, dass der Eintritt frei sei und dass man sich bei solchen Literaturabenden köstlich amüsieren könne.

»Das sind komische Vögel«, sagte er. »Manche sind richtige Paradiesvögel.«

Um mit Stepan allein sein zu können, schützte Nadijka Müdigkeit vor, aber Jascha erklärte strikt:

»Das Küssen wird euch noch langweilig werden!«

Und so gingen alle zum Literaturabend.

Sie kamen eine Stunde, nachdem es eigentlich hätte beginnen sollen, und mussten trotzdem noch eine halbe Stunde warten. Eine solche Verspätung hatte natürlich nichts mit der Respektlosigkeit des Publikums gegenüber der Literatur zu tun, sondern eher etwas mit dem weit verbreiteten Misstrauen gegenüber dem neuen gesellschaftlichen Leben. Die griesgrämigen Kleinbürger kriechen nur ungerne aus ihren Löchern hervor, und sagt man ihnen, sie sollen um eins kommen, so saugen sie noch eine Stunde an ihren Hungerpfoten und kommen um zwei.

Der unausstehliche Jascha pflanzte sich direkt zwischen Stepan und Nadijka und verhinderte damit jegliche Vertrautheiten, also blieb Stepan nichts anderes übrig, als den Saal und die Leute darin zu beobachten. Der Saal der Nationalbibliothek, in dem normalerweise solche Veranstaltungen stattfanden, war nun nach dem Klassenprinzip in zwei Kategorien aufgeteilt: Vorne Stühle für die Geladenen und hinten Bänke fürs einfache Volk, größtenteils Studenten. Hinter den Bänken befand sich ein breiter Durchgang, wo die standen, die keinen Platz auf den Bänken abbekommen hatten. Die Schriftsteller mit ihren dünnen Stimmchen, die großenteils weder richtig vorlesen noch anständig sprechen konnten, stammelten ausdruckslos vor sich hin. Das Publikum war also gezwungen, sich vor allem durch den bloßen Auftritt und die Figur des Schriftstellers zu unterhalten. Dessen Kollegen saßen auf einem Podest an einem Tisch, rauchten, schrieben sich gegenseitig Zettelchen, gähnten und machten begeisterte Gesichter. Den meisten Beifall spendete die Bagage nicht den Prosaikern, die am Pult ihre Manuskripte ausbreiteten und lange lasen, sondern den Dichtern, die sich in der Mitte des Podiums platzierten und voller Leidenschaft aus dem Gedächtnis rezitierten. Da war mehr Drama drin, außerdem wechselten sie sich häufig ab. Die ersten beiden Stuhlreihen waren für die Auserwählten vorgesehen – geladene Kritiker und Schriftsteller, die literarischen »Meter« und »Zentimeter«, die mit ihren Frauen und Freunden gekommen waren. Sie mussten unbedingt in den ersten beiden Reihen sitzen, damit die Würde der Literatur nicht in persona verletzt werde, denn die wahre Idee lässt sich nur in der Verkörperung ihres Vertreters würdigen. Aber bloß ein paar davon saßen in den ersten Reihen, weil sie tatsächlich Vertreter der Literatur waren, die anderen glaubten Repräsentanten der Literatur zu sein, weil sie dort saßen.

Inmitten dieser literarischen Crème de la Crème erkannte Stepan jenen jungen Mann, der sich mit seinem Gerede über Gedichte an ihn gewandt hatte, als er gerade wegen einer Arbeit beim Staatsverlag nachfragen wollte, und obwohl die Erinnerung daran nicht gerade angenehm war, wurde er trotzdem neugierig und fragte Jascha, wer das denn sei.

»Das ist Wyhorskyj«, sagte er. »So ein Dichter. Ganz ordentlich, seine Reimerei.«

Es war der erste Literaturabend der Saison, weswegen das Publikum auch zahlreich erschienen war, doch war der Eintritt nicht ganz so frei, wie es in der Ankündigung geheißen hatte. Das war die Tradition öffentlicher Literaturlesungen, die aus der Zeit des Mangels herrührte – als es nicht einmal genug Papier gab, um Zigaretten zu drehen und die Kunst unter das Motto der »Volksnähe« gestellt worden war, was heißt, sie sollte draußen auf der Straße zum Spektakel werden – und der Schriftsteller zu einem Rhetor-Rezitator. Doch diese Tradition stirbt vor unseren Augen, und wir können beruhigt über ihrem Sarg ein »Amen« seufzen. Die Literatur ist schließlich ein Text, ein Buch, und keine öffentliche Leseübung, und es ist genauso komisch, sie so unter die Leute zu bringen, wie, umgekehrt, musikalische Werke ohne Musik nur zu lesen.

Nachdem die Schriftsteller ihre vorgesehenen Plätze am Tisch auf dem Podium eingenommen hatten, eröffnete der Vorsitzende der Kulturkommission der lokalen Organisation der Ukrainischen Akademie der Wissenschaften den Abend, er sprach einige rührselige Worte über Literatur, ihre aktuellen Aufgaben und äußerte entsprechende Hoffnungen. Aber Stepan hörte dem Gerede nicht mehr zu: Eigenartige Gedanken ergriffen zunehmend Besitz von ihm und ließen ihn den Rummel und die Leserei vergessen. Seine Gedanken kreisten um die Schriftsteller, er überlegte, dass sie da vor den anderen standen und man ihnen lauschte. Sie überragten die Masse und nahmen eine Sonderstellung ein, alle kannten ihre Namen. Sie schrieben Bücher, die Bücher wurden gedruckt, verkauft, die Bibliotheken wurden mit ihnen gefüllt, und ein Buch von diesem Wyhorskyj hatte er im Haus des Landarbeiters eigenhändig mit Stempel und Nummer versehen. Und hier war der Autor leibhaftig. Stepan war neidisch und gestand sich seinen Neid auch ein, er wollte ebenfalls zu den Auserwählten gehören. Gelächter und Applaus, mit denen die Glücklichen belohnt wurden, kränkten ihn jetzt sogar. Mit jedem neuen Gesicht, das am Lesepult erschien, fragte er sich schmerzvoll, warum nicht er dort stand. Er wollte einer von ihnen sein, ganz gleich, ob Dichter oder Prosaiker.

Der Vortrag der Werke war nur der Auftakt zum Hauptteil des Literaturabends – nämlich Literaturkritik oder Diskussion. Beim Publikum sind die Diskussionen nicht etwa deshalb beliebt, weil man selbst daran teilnehmen könnte. Nein, die Diskussionen sind ein noch größeres Spektakel als die Lesungen. Doch in der Regel will niemand als Erster seine Meinung kundtun, da der Letzte den angenehmen Vorteil hat, alle Vorredner kritisieren zu können und sich als der Allerschlauste zu präsentieren. Bekanntermaßen pflegen die Spezialisten ihr Image damit, dass sie niemals und unter keinen Umständen zufrieden sind, stolz lehnen sie es ab, ihre erlesenen Gedanken zu teilen, man muss sie eindringlichst einladen, genau ungemein wichtige Gäste zum Mittagsmahl. Na ja, und überhaupt lacht man lieber über andere, als selbst ausgelacht zu werden. Sobald jedoch tatsächlich einer den Mund aufmacht, öffnen sich die anderen in rascher Folge wie von selbst. Verstand ist eben ansteckend.

Anlässlich des ersten Literaturabends der Saison wollte natürlich jeder glänzen, und das unschuldige Rednerpult wurde zum Schauplatz gnadenloser Wortgefechte. Dabei kamen alle nur erdenklichen Mittel der Redekunst zum Einsatz: Ironie und Spott, Scharfsinn und die Ahnenreihe des Kritisierten mit dem Ziel, einen Kulaken oder Bourgeois unter ihnen aufzuspüren, Zitate aus seinen früheren Werken, wo seine Meinung ganz anders gewesen war als jetzt, und vieles mehr, was sich für den Zuhörer als spaßig, für die Literatur jedoch als unerfreulich erweist. Alle Redner, unabhängig von ihrer Überzeugung, griffen zu diesen herrlichen und untadeligen Methoden, und dabei rechtfertigte sich jeder damit, dass der Kontrahent ihn dazu zwänge. Nach einer halben Stunde war auf dem Podium ein wahres Ritterturnier im Gange, wo Don Quijotes, gewappnet mit Zitaten und einfach mit bloßen Händen, zum Applaus und Gelächter der zufriedenen Zuhörer gegen die ewigen Windmühlen kämpften, und Sancho Pansas ihren Verstand in die Waagschale warfen und sich im rosaroten Traum wiegten, Gouverneure dieser Dichterinsel zu werden. Solche Gefechte liefen immer ins Leere, weshalb sich jeder als Sieger sehen konnte.

Zu Beginn der Diskussion wurde Stepan von einer inneren Unruhe gepackt und überlegte, was er schreiben sollte.

Worüber er schreiben sollte. Wie er schreiben sollte. Er ging die Ereignisse aus seinem Leben durch und erwog, welche für andere interessant sein könnten. Er griff das eine oder andere erfreut auf, doch als er sich dessen Trivialität bewusst wurde, ließ er es wieder fallen. Den ersten Schritt hatte er jedoch gemacht und eine grundlegende Eigenschaft des Schriftstellers an den Tag gelegt, die Fähigkeit, sich wie eine Zwiebel zu häuten, sich wie unter einem Mikroskop zu analysieren, sich selbst nach möglichen Themen zu obduzieren, das eigene Ich als Material zu betrachten. Ansonsten fühlte er sich jedoch hilflos, weil er einmal Leere und dann wieder Überfluss verspürte, einen Zustand, mit dem er nicht umzugehen wusste.

Niedergeschlagen hob er den Kopf, schaute zu dem Redner, dem alle aufmerksamer als üblich zuhörten, und wurde selbst aufmerksam. Der Mann sprach flüssig und scharfsinnig, artikulierte effektvoll. Manche Sätze hob er hervor, als füge er sie in funkelnde Rahmen. Wo es gerade passte, warf er dem Publikum ein treffendes Wort zu und weckte damit Heiterkeit, dabei rückte er seinen Zwicker zurecht und redete mit neuem Elan weiter. Er sprühte nur so vor Zitaten aus der Weltliteratur, sein Mund käute literarische Fakten, Halbfakten und Anekdoten wieder, sein Gesicht verriet den Zorn eines beleidigten Riesen, den Spott eines verachteten Zwergs, sein Rumpf beugte und streckte sich im Takt gediegen aristokratischer Schwingungen. Seine Worte knetete und formte er zurecht wie Stückchen eines Kuchenteigs, bestreute sie mit Zucker und Sacharin, verzierte sie mit Geleeröschen und hielt sie selbstverzückt zurück, bevor er die Leckereien zur Verköstigung freigab.

»Wer ist das?«, fragte Stepan, erstaunt von dieser Zuckerbäckerei.

Jascha wunderte sich über seine bodenlose Unwissenheit. Denn das war Mykola Lichterschein, der allerwichtigste Kritiker! Und Stepan beteiligte sich rasch am stürmischen Applaus, der die Worte des großen Kritikers übertönte.

Gegen Mitternacht beschloss der Leiter der Kulturkommission des örtlichen Komitees der Ukrainischen Akademie der Wissenschaft den Abend, er sprach einige tröstliche Abschiedsworte, dass schon alles wieder werden würde und dass es keine tödliche Bedrohung gäbe – Gott segne die Literatur. Und so endete die Aufführung, und das Schlachtfeld wurde ohne Unterstützung der Sanitäter geräumt. Schließlich werden literarische Leichen nicht so schnell bewegungsunfähig.

»Wie sie sich gegenseitig fetzen, du lieber Gott!«, rief Jascha auf der Straße aus. »Ich liebe es! Der eine – Wa-au-u! Und der andere – Mi-i-au-u!«

»Schreiben tun sie schlecht, so ist das«, sagte bedeutsam der Instruktor. »Ich lese gerade Sagoskin – der kann schreiben!«

»Und ich mag Benoit«, sagte Njusja.

Hannusja schwieg. Die Literatur hatte ihr vier Stunden geraubt, morgen würde sie vor Tagesanbruch aufstehen müssen, um den Auftrag fertigzustellen.

Nadijka lief hinten mit Stepan und erzählte ihm Neuigkeiten aus dem Dorf. Er schwieg missmutig. An der Eingangstreppe flüsterte sie ihm zu:

»Komm doch morgen wieder.«

Stepan kehrte von einem einzigen Gedanken besessen nach Hause zurück, er verfolgte ihn ergeben bis in die letzten Windungen seines Gehirns. Der Wunsch, der in ihm Wurzeln geschlagen hatte und nun ganz und gar sein Wesen ergriff, mobilisierte alle seine Kräfte, verdunkelte die Welt um ihn herum, er ähnelte einem Auerhahn, der nur den eigenen Gesang hört. Die jugendliche Spannkraft seines Denkens, die sich bisher kaum gedehnt hatte, streckte sich und setzte Hunderte Räder und Hebel in Bewegung. Ja, Stepan musste Schriftsteller werden. Dieser Wunsch war weder angsteinflößend noch ungewöhnlich. Er war ihm innerhalb weniger Stunden bereits so vertraut geworden, als hätte er ihn schon jahrelang gehegt und gepflegt. In der Unruhe, die ihn erfasste, sah er Anzeichen von Talent und eine Äußerung seiner Schaffenskraft.

Und sein Thema hatte er auch schon – er würde eine Erzählung über sein altes schartiges Rasiermesser schreiben, das ihm beim Rasieren so gnadenlos die Wangen zerkratzt. Hier also seine außergewöhnliche Geschichte.

Im Jahre 1919 verbarg er sich das letzte Mal während des Aufstands gegen die Truppen Denikins mit einer Flinte in den Wäldern. Er war Teil eines kleinen Trupps, zwanzig Mann, die sich zum Hauptquartier der Rebellen bei Tscherkassy durchschlugen. Eines Nachts wurden sie umzingelt, allerdings nicht sehr geschickt, sodass der gesamte Trupp entschlüpfen konnte und sie sich, jeder einzeln, in die nächsten Dörfer durchschlugen und abwarteten, bis die Luft wieder rein war. Nachdem er seine Flinte in einem Heuhaufen auf dem Feld versteckt hatte, ging Stepan wie ein freier Bürger seines Weges. Aber er wurde aufgegriffen und zum Verhör gebracht. Ganz gelassen und naiv beharrte er darauf, dass es der Herr Offizier mit einem ganz und gar unschuldigen Burschen aus dem Dorf zu tun habe, sodass der Offizier zögerte und einem Tscherkessen befahl, ihn ins Dorf zu bringen und herumzufragen, ob er tatsächlich dort zu Hause sei und ob man ihn wirklich aufs Feld geschickt habe. Andernfalls solle er ihn als abschreckendes Beispiel für alle beim Versammlungshaus hinrichten.

Der Kaukasier mit dunklen Zotteln auf seinem Kopf unter der Papacha stieß die wildesten Drohungen aus, sprang aufs Pferd, zog dem Burschen zur Sicherheit eins mit der Riemenpeitsche über und stieß ihn vor sich her, dabei versicherte er, ihn beim ersten Fluchtversuch augenblicklich wie einen räudigen Köter zu erschießen. Nachdem sie eine Werst zurückgelegt hatten, während der Stepan alle Götter und Vorväter als Zeugen für seine Friedfertigkeit angerufen hatte, bot er dem wilden Kerl aus dem Osten als Beweis sein Rasiermesser an, das er im Stiefelschaft hatte. Damit ließ der Tscherkesse sich von Stepans Unschuld überzeugen, zog ihm nochmals eins über die Schultern und sagte, er solle sich zum Teufel oder sonst wohin scheren. Stepan kannte jedoch deren lustige Sitten und rührte sich nicht vom Fleck, bis der Kaukasier so weit geritten war, dass er ihm keine Kugel mehr in den Rücken jagen konnte. Höchst seltsam war allerdings, dass eine Woche später, als die Aufständischen, die sich inzwischen wieder zusammengeschlossen hatten, die Truppen Denikins in einem siegreichen Kampf verjagten, Stepan jenen Kaukasier tot auf dem Schlachtfeld fand, mitsamt seinem Rasiermesser, das er wieder mitnahm. Diesen schon für sich interessanten Vorfall schmückte Stepan weiter aus und verlieh ihm größeres, fast symbolisches Gewicht.

Er komponierte die Geschichte so, dass das Rasiermesser zuerst einem Offizier an der Front gehört hatte, der den Zarismus verkörperte, als der jedoch zu Beginn der Revolution erschlagen wurde, ging das Messer in den Besitz des Siegers, eines Vertreters der Provisorischen Regierung, über. Von da wanderte es weiter zu einem Petljura-Anhänger, der es bald darauf einem Kämpfer der Roten überlassen musste, der es dann wiederum für einen kurzen Zeitraum an einen Soldaten Denikins verlor, es jedoch gleich darauf zurückholte, nun schon für immer als rechtmäßiger Eigentümer. Das Schicksal seines Rasiermessers verflocht er mit der Geschichte des Bürgerkriegs und machte es zu einem Symbol der erkämpften Macht. Diesen Hintergrund musste er nun noch mit glänzenden Fäden besticken und den Worten Gestalt und Bewegung verleihen, um seiner Idee Leben einzuhauchen. Unterwegs durchdachte er verschiedene Episoden und Details, schöpfte aus seinen Erfahrungen während der Militärzeit.

Die hölzerne Uhr in der Küche zeigte Viertel vor eins als Stepan das Haus betrat, leise die Lampe entzündete, rasch ein Blatt Papier ergriff und sich an den Tisch setzte, um sich, umspült von einer Flut von Worten und Bildern, ans Schreiben zu machen. Um halb drei war er fertig, räumte das Manuskript weg, ohne es nochmals gelesen zu haben, legte sich hin, wälzte noch einige Minuten flüchtige Fantasien und fiel schon kurz darauf in einen bleiernen Schlaf.

VIII

Nachdem er die Kühe versorgt und auch wie verabredet seine anderen Verpflichtungen in Haus und Hof erledigt hatte, las Stepan seine Erzählung noch einmal durch und war ziemlich zufrieden mit ihr. Eine exzellente Erzählung. Tiefsinnig. Und er hatte sie geschrieben! Der junge Mann blätterte entzückt durch die Seiten, das Beweisstück seines Talents und Unterpfand künftigen Ruhms. Er glättete einige holprige Stellen, schrieb sein Werk noch ins Reine und dachte über dessen weiteres Schicksal nach. Vor allem musste es erst mal unterschrieben, die Geschichte mit dem Namen und seiner Person verknüpft werden. Er wusste, dass manche Schriftsteller einen anderen Namen annahmen, ein sogenanntes Pseudonym oder »Psuedmonin«, wie Mönche, die der Welt und sich selbst, ihrem Namen und allem was dazugehört, entsagen. So verfuhr zum Beispiel der Schriftsteller Oles, doch Stepan ging das gegen den Strich. Erstens brauchte er sich für seinen Nachnamen ganz und gar nicht zu schämen, der war sogar, wenn man so will, durchaus modern, und zweitens, warum sich verstecken? Sollen doch alle erfahren, dass Stepan Radtschenko Geschichten schreibt, ein Schriftsteller ist, in der Akademie auftritt und Applaus einheimst. Sein Buch soll auch ins Silbud, da werden sich die daheimgebliebenen Genossen wundern und ihn beneiden!

Doch als er nun unterschreiben wollte, stockte er, denn selbst wenn ihm sein Nachname ganz zupass kam, so gab ihm nun der Vorname, Stepan, zu denken. Der war nicht nur ziemlich gewöhnlich, sondern abgedroschen und grobschlächtig. Der junge Mann überlegte lange und schwankte zwischen dem einen Wunsch, sich selbst in der Unterschrift wiederzufinden, und dem anderen, sie auffällig und famos zu gestalten. Auf der Suche nach einem geeigneten Namen spielte er zahlreiche Varianten durch, und dabei kam ihm plötzlich die grandiose Idee, dass er seinen Namen nur ein wenig zu verfremden brauchte, um ihm die nötige Würde zu verleihen. Er musste nur einen Buchstaben und die Betonung ändern. Endlich hatte er sich entschieden, er unterschrieb und – als sei er neugeboren – wurde aus Stepan – Stephan.

Das Los eines jeden Werks ist es, nach Möglichkeit gedruckt zu werden, damit es die Leser erreicht und in seinen Bann zieht. Die Erzählung Stephan Radtschenkos, des Schriftstellers, der zu großen Hoffnungen Anlass gab und sich selbst noch größeren hingab, musste möglichst schnell die Zierde der Seiten einer Kulturzeitschrift werden. Von denen kannte er aus seiner Zeit im Silbud nur den »Roten Weg«, der in Charkiw erschien. Dorthin würde er seine außergewöhnliche Geschichte schicken – doch der Wunsch, sogleich und unverzüglich ein Urteil aus dem Mund eines anderen zu hören, ließ ihn nicht los, und er entschloss sich, die Geschichte noch heute einem Experten vorzulesen. Aber wem? Natürlich, Mychajlo Lichterschein, dem Kritiker, der gestern auf dem Podium so grandios geredet, alle begeistert und dann riesigen Applaus geerntet hatte. Einzig er, er allein! Er kennt sich perfekt in der Literatur aus und hat sicher ein feines Näschen dafür, woher der Wind weht, und umso mehr für so eine richtige Böe. Er muss einen Neuling wie ihn einfach unterstützen und ihm mit Rat und Tat zur Seite stehen. Dies ist schließlich seine Pflicht und Aufgabe. In der blühenden Fantasie des jungen Mannes verwandelte sich der Kritiker in eine wohltätige Gottheit, die sein erstes literarisches Opfer gnädig annimmt.

So beschloss Stepan, ihn aufzusuchen. Zwar kannte er die Adresse nicht, aber seine Intuition sagte ihm, dass man sie im Informationsbüro sicher wusste. Wie bequem ist doch das Stadtleben! So viele Vorteile! Er fragte Tamara Wasyliwna, wo er das Informationsbüro finden könne, und eilte noch am Vormittag hin. Für zehn Kopeken wies man ihm den Weg zu den Gipfeln der Literatur.

Nach dem Mittagessen ging er festen Schrittes durch das Tor wie ein Mensch, der seinen Platz im Dickicht des Lebens gefunden hatte. Er schlenderte die Häuserblocks entlang, betrachtete unaufmerksam Auslagen und Plakate, als wollte er sich selbst beweisen, dass er es keinesfalls eilig habe. Als er gegenüber dem Chmelnytzkyj-Denkmal an dem kleinen Park an der Wolodymyrstraße vorbeikam, bog er ab und setzte sich auf eine Bank inmitten einer Kinderschar, die hier herumtobte und Ball spielte. Ihre Ausgelassenheit war ansteckend. Als der Ball Stepan zufällig vor die Füße kullerte, schnappte er ihn sich und warf ihn so weit in die Höhe, fast bis zu den Dächern, dass die Kinder begeistert kreischten und klatschten, freilich bis auf die kleine Besitzerin des Balls, die nicht glaubte, dass ihr Spielzeug je wieder aus dem Schoß des Himmels zurückkommen würde. Aber der Ball kam wie eine Bombe heruntergerast, was eine Explosion närrischer Freude unter den Kindern hervorrief. Nun drängten ihm alle ihre Bälle auf, damit auch sie in so schwindelerregende Höhen aufstiegen, Stepan nahm sich drei Bälle, begann jedoch, sie wie ein Jongleur im Zirkus kreisen zu lassen, womit er seine kleinen Bewunderer ganz und gar verblüffte.

Mit ihnen verlebte er unbeschwerte Augenblicke, ungetrübt von Gedanken an die Zukunft oder Erinnerungen an die Vergangenheit. Er spürte die geheimnisvolle Fülle eines Daseins, das sich seiner selbst erfreut und ohne Pläne und Hoffnungen auskommt. Als ob er ein Vogel wäre, der sich mit ausgebreiteten Schwingen in die Lüfte erhebt und seinen scharfen Blick über die Herrlichkeiten der Erde schweifen lässt, oder eine Blume, die am Morgen ihre Blüte entfaltet und im Sonnenschein ihren Duft verströmt.

Er verabschiedete sich von den Kindern, die immer noch um ihn herumtobten, und ging weiter. Alles, was er sah, freute ihn – der alte Glockenturm der Sophienkathedrale, die Trambahn und die sich dahinschlängelnde Straße mit den Kastanienbäumen zu beiden Seiten. An der Oper blieb er noch einmal stehen, um ukrainischen Liedern zu lauschen, die zwei Frauen und ein blinder Alter zum Besten gaben – Straßenmusik –, und dann bog er schließlich in die Nesteriwstraße ab, wohin sein Verlangen und die Auskunft des Informationsbüros seine Schritte gelenkt hatten.

Je näher er dem schicksalhaften Haus kam, desto – nein, keinesfalls nervöser, aber unwohler fühlte er sich, wie eine Frau, die sich vor dem Arzt entkleiden soll. Hastig überlegte er, was er dort sagen wollte.

»Entschuldigen Sie, ich habe eine Erzählung geschrieben und bin gekommen, um sie Ihnen vorzulesen.«

Nein, lieber anders. »Entschuldigen Sie bitte die Störung, aber ich würde gerne Ihre Ansicht zu einer Erzählung hören, die ich verfasst habe.«

Das Haus, in dem der große Kritiker wohnte, war auch ziemlich groß und teilte sich im Hof noch in zwei Flügel. Stepan vertraute seinem Instinkt und stieg ganz hinauf ins vierte Stockwerk des ersten Gebäudeflügels, die letzte Wohnung war aber die Nummer 12, und er brauchte die Nummer 18.

Nachdem er im Hof nachgefragt hatte, betrat er, bereits etwas nervös, den anderen Gebäudeteil. Er pochte mit der Faust an die Tür und wartete, dabei schien ihm sein Herzklopfen lauter als sein Pochen. Er klopfte noch einmal und erschrak dabei selbst vor seiner Zudringlichkeit.

»Wen suchen Sie denn?«, fragte die Frau, die die Tür öffnete.

»Entschuldigen Sie, dass ich Sie belästige …«, hob Stepan an und erkannte dabei seine eigene Stimme nicht.

»Ich möchte … sehen …« Er stockte, weil er den Nachnamen vergessen hatte. »Ich möchte … den Kritiker sehen …«

»Den Kritiker?«, fragte die Frau verwundert, während sie sich den widerspenstigen Morgenmantel an der Brust zuhielt.

»Na den, der Artikel schreibt«, erklärte der junge Mann und sank immer mehr in sich zusammen … »Mychajlo …«

»Mychajlo Demydowytsch Lichterschein? Den Professor?«, entgegnete die Frau erleichtert und ließ ihn ein. »Ja, ja, er ist zu Hause. Kommen Sie.«

Sie führte Stepan durch einen dunklen Gang, und er zitterte dabei wie ein junger Dieb, der sich zum ersten Mal nachts in eine fremde Wohnung stiehlt.

»Mischa, da will jemand zu dir.«

Er betrat das Zimmer, in dem der große Kritiker höchstpersönlich hinter einem Schreibtisch voller Bücher neben dem Fenster saß und, ohne den Kopf zu heben, weiterschrieb. Stepan blieb am Rand des Teppichs stehen, der sich vor ihm ausbreitete, und ließ seinen Blick verängstigt über das gewaltige Bücherregal schweifen, das sich über die ganze Wand erstreckte. Ein frommer Schauder überfiel ihn an diesem geheiligten Ort, und er wäre gerne noch ein, zwei endlose Stunden so gestanden, da er hier etwas Herrliches und Erhabenes zu verspüren meinte.

Schließlich beendete der große Kritiker seinen Gedankenerguss auf das Papier und blickte den jungen Mann fragend an, der wiederum durch diesen Blick wie vom Donner gerührt wurde.

»Entschuldigen Sie«, sagte er und verbeugte sich dabei, »sind Sie Genosse Mychajlo Lichterschein?«

Er war sich bewusst, wie unpassend diese Frage war, und bemühte sich, wenigstens das hier ziemlich unangebrachte Wörtchen »Genosse« zu verschlucken.

»Ich bin Lichterschein. Um was geht's?«

»Nun ja, ich habe eine Erzählung geschrieben …«, begann Stepan, aber er hielt sogleich inne, als er bemerkte, wie sich das Gesicht des Kritikers zu einer Grimasse verzog.

»Keine Zeit«, entgegnete der Kritiker. »Ich bin beschäftigt.«

Diese herablassende Antwort lähmte Stepan auf der Stelle. In der Kaltherzigkeit, die ihn umgab, verstand er nur, dass man ihn nicht hören wollte.

Da er wie versteinert stehen blieb, hielt es der Kritiker für nötig – wobei er jede einzelne Silbe betonte – zu wiederholen:

»Ich bin be-schäf-tigt!«

»Wiedersehen«, entgegnete Stepan mit belegter Stimme.

Nachdem er den Hof verlassen hatte, zog er ziellos durch unbekannte Straßen, blinde Wut tobte in seinem Herzen. Solch eine vernichtende Demütigung hatte er noch nie erlebt. Die gemeinen Worte dieses Bücherwurms spürte er wie einen Tritt in den Hintern. Na, und selbst wenn es jetzt nicht passte, dann hätte er doch sagen können, wann er Zeit hat. Er hätte ruhig auch ganz ablehnen können, ihm aber wenigstens einen Hinweis geben sollen, an wen er sich wenden könne. Was für ein Recht hatte er, ihn auf diese Art abzufertigen? Dieser arrogante Ton, die Aufgeblasenheit eines literarischen Großgrundbesitzers – es war zum Aus-der-Haut-Fahren!

Gesenkten Hauptes stapfte er weiter und gab sich undeutlichen Rachegelüsten hin. Er könnte diesen Schleimer zerquetschen, seine Brille zertreten, seinen verzärtelten Körper über den Boden schleifen, denn mit seiner Muskelkraft war er ihm zweifellos überlegen. Da er sich nur diese Art der Rache vorstellen konnte, quälte ihn das Gefühl der Minderwertigkeit noch mehr. Der dumme Dörfler kam in ihm hoch mit seiner stumpfen Feindseligkeit gegenüber allem und jedem, was ihn überragt.

Er war an einen Park gekommen und setzte sich auf die erstbeste Bank. Als er sich einen Augenblick später umsah, bemerkte er, dass es sich um die Grünfläche beim Goldenen Tor handelte, das seine Bezeichnung zwei eingezäunten Steinhaufen verdankte. In einem Anfall von Hass auf alles und jedes, knurrte er zynisch grinsend:

»Da ist es also … das Goldene Tor!«

Der unerwartete Schlag verdunkelte sein Denken. Er wurde das Gefühl nicht los, dass er das Haus als stolzer Stephan verlassen hatte und als Stepan der Tölpel zurückkommen würde. Er blickte benommen auf die Menschen, die wie trübe Silhouetten an ihm vorbeihuschten, alle kamen ihm wie heimliche Feinde vor.

Das Grün der Bäume dunkelte rasch, das Plätschern der Springbrunnen wurde in der Dämmerung lauter, und über Sträucher und Büsche breitete sich ein dichter Abend. Dann erstrahlten plötzlich die Laternen. In dieser Ecke des Parks war der junge Mann schon eine Weile allein. Die Besucher untertags, ehrwürdige Familienväter mit Zeitungen, Mütter und Ammen mit Kinderwagen, waren mit dem letzten Tageslicht verschwunden. Die Nachtfalter und ihre Jäger lösten sie ab.

Stepan erhob sich, nahm sein Werk und zerfetzte es.

»Sei verflucht!«

Er machte sich zu Nadijka auf den Weg, auch wenn es ihm egal war, ob er sie nun sah oder nicht. Er wäre als Sieger zu ihr gekommen, warum sollte er nicht auch als Verlierer zu ihr gehen. Sie begrüßte ihn freudig in ihr Tuch gewickelt an der Straßenecke, wo sie spazieren gegangen war und ihn gesucht hatte.

Als sie ihn erblickte, neigte sie den Kopf und lachte fröhlich, er grüßte kalt zurück:

»Hallo Nadijka.«

Sie gingen in den Zarengarten, und das Mädchen erzählte ihm glücklich und lachend von ihrem ersten Vorlesungstag im Technikum. Er presste die Lippen zusammen. Wahrscheinlich begann in seinem Institut der Unterricht auch schon. Soll er doch beginnen! Er zog sich in sein Inneres zurück und blickte durch seinen selbstgebauten Käfig finster auf die Welt. Das Lachen des Mädchens war ihm unerträglich, und ihre Ausgelassenheit beleidigte ihn gar. Plötzlich wurde ihm Nadijka widerwärtig, und diese Laune gefiel ihm.

»Was schreibt Semen denn?«, fragte Nadijka, die seine Stimmung noch nicht bemerkt hatte.

»Nichts schreibt er«, war seine Antwort.

Er wusste es wirklich nicht, da er den Brief seines Freundes aus dem Dorf noch nicht gelesen hatte.

Nadijka blickte ihn verwundert an.

»Du bist heute irgendwie komisch, Stepan«, sagte sie kleinlaut.

Er gab ihr keine Antwort. Schweigend gingen sie im Zarengarten umher. Das kränkte das Mädchen, sie blieb stehen und sagte tränenerstickt:

»Ich geh nach Hause, wenn du mich nicht liebst …«

»Doch. Ich lieb dich. Gehen wir.«

Stepan zog sie am Arm weiter. Er spürte seine Macht über sie, er wollte sie unterwürfig. Er wollte seine Wut an ihr auslassen und hätte sie vielleicht geschlagen, wenn sie sich widersetzt hätte. Aber sie ging zahm weiter.

Als sie oben am Hügel angekommen waren, stieg eine blaue

Rakete zum Himmel und zerstob leise. Es gab ein Feuerwerk. Rosa, blaue, rote und gelbe Feuer schossen pfeifend in die Höhe und zeichneten leuchtende Bögen in den dunklen Himmel, explodierten und fielen in einem Funkenregen zur Erde.

Stepan holte die letzte seiner leichten Zigaretten heraus und zündete sie an.

»Arschlöcher sind das«, brummte er und spuckte aus.

Nadijka beobachtete begeistert das Spiel aus Farben und Feuer, das sie bisher noch nie gesehen hatte, und vergaß sogar für einen Moment ihren übellaunigen Freund.

»Wer?«, fragte sie irritiert.

»Alle, die das da anschauen.«

»Aber wir schauen doch auch«, entgegnete sie irritiert, denn seine Stimme jagte ihr Angst ein.

»Meinst du denn, dass die das für dich veranstalten?«, grinste er böse.

Sie seufzte. Er wandte sich vom Feuerwerk ab und ging. Nadijka holte ihn ein und blickte ihm schweigend ins Gesicht. Es wirkte gleichgültig und roh im Flackern der Zigarettenglut.

Nach einigen Minuten gelangten sie am Ende der Allee zu einem Dickicht, wo ein Pfad um den Hügel begann. Den dunklen Büschen entströmte wie aus einem Keller Feuchte und finstere Ruhe. Sie blieben am Rand einer kleinen Schlucht stehen, die in der Dunkelheit endlos schien, und blickten auf die andere Seite, wo eine Baumgruppe erstarrt in bedrohlicher Stille aufragte wie dunkle Riesen. Die Ruhe ringsum überdeckte Anspannung und Leidenschaft wie vor einem Sturm, und das Rauschen der Stadt drang wie ferner Widerhall des Donners herauf.

Die Zigarette verglomm, und er warf sie hastig in den Abgrund. Dann drehte er sich zu dem Mädchen um, das seinen Blick spürte und sich freudig regte.

»Stepan«, fragte sie und schmiegte sich an ihn, »warum bist du so … gereizt?«

Mit einem Mal umarmte er sie, drückte sie an sich, leidenschaftlich, wütend und gedemütigt. Für diese mächtige Umarmung hätte sie ihm seine vorige Missachtung sofort verziehen. Sie umfasste Stepans Kopf und wollte ihn zu sich ziehen, ihn küssen, doch wie erstarrt presste er sie immer fester, sodass sie sich kaum zu rühren vermochte. Da stemmte das Mädchen ihre Arme gegen seine Schultern und versuchte ihn mit aller Kraft wegzudrücken, musste aber aufgeben, sie konnte kaum atmen und stöhnte vor Schmerz, plötzlich merkte sie, wie er sie nach unten drückte, ihre Knie nachgaben, einknickten, und dann zogen vor ihrem Blick Wolkenfetzen am Himmel vorbei. Sie lag auf dem Rücken und fühlte, wie Wind und Gras kühl ihre nackten Schenkel umspielten, spürte die stumme Schwere seines zuckenden Körpers auf sich, der ihre Beine auseinanderdrückte und in sie drang.

Danach saßen sie auf einer Bank am Fluss, der unten unhörbar vorbeizog und die Leuchtbojen auf seiner Oberfläche schaukeln ließ. Der Mond ging auf und schien hell durch Wolken und Blätterwerk hindurch, die auf dem Wasser kalten Glitzer säten. Stepan hatte große Lust auf eine Zigarette, und so zerrupfte er wenigstens die leere Zigarettenschachtel.

»Warum sagst du nichts?«, fragte er Nadijka und warf kleine Papierstückchen in die Luft.

Sie umarmte ihn traurig und legte ihren Kopf auf seine Knie.

»Hast du mich denn gern?«, murmelte sie.

Er richtete sie auf und schob sie weg.

»Ja, natürlich. Warum die Fragerei?«

In diesem Moment weinte sie laut los, schluchzend und stöhnend ergoss sich eine wahre Springflut von Tränen. Stepan blickte sich um.

»Heul nicht«, sagte er ungerührt.

Sie heulte und heulte, Wille und Denken lösten sich in Tränen auf.

»Du sollst aufhören, hab ich gesagt!«, sagte er und rüttelte dabei ihren Arm.

Sie stockte für einen Moment, bis ihr erneut ein ersticktes Schluchzen entfuhr, das Stepan weiter in Rage brachte.

»Wenn's so ist, dann geh ich eben«, sagte er und erhob sich. »Das ist deine Schuld!«, schrie er. »Alles deine Schuld!«

Er ging, verzweifelt und wütend.

IX

Das Leben ist schrecklich in seiner Unerbittlichkeit und seiner unaufhaltsamen Bewegung, es macht vor dem größten Leid der Menschen nicht Halt, und selbst der heftigste Schmerz lässt es ungerührt. Der Mensch kann darin nach Belieben zappeln wie in einem Dornenbusch, das Leben zieht mit seinen Herolden weiter, die zur Ermahnung und Belehrung der Welt verkünden: Keine Rosen ohne Dornen. Das Leben ist ein allgegenwärtiger Grobian, der auf die Bitten eines bestohlenen Bettlers mit Stößen, Schlägen oder Hieben antwortet und seine Zigarre rauchend weiterzieht, ohne mit seinem goldenen Monokel das Opfer auch nur eines Blickes zu würdigen. Auf den Ruinen des Erdbebens wachsen sofort Hütten für die Überlebenden aus dem Boden, die mit musikalischer Begleitung ihre Toten begraben, und sobald auf den Gräbern das Gras sprießt, fallen die Trauerschleier, da man sich schon lange wieder nach Vergnügen sehnt.

Auch am Nyshnij Wal Nummer 37 deutete äußerlich nichts auf den Gletscher hin, der einem der Bewohner des Hauses das Herz vereiste. Der Stall war sauber, die Kühe gefüttert und

Wasser in ausreichender Menge für alle da. Alles schien in bester Ordnung, nichts deutete auf irgendwelche Veränderungen hin – eine abhandengekommene Münze hätte hier größere Bedeutung als die verlorene Ruhe Stepans.

Der vorsorgliche Händler begann schon damit, einen Vorrat an Brennholz für den Winter anzulegen. Kurzzeitig erwachte das verschlafene Gehöft der Hnidyjs vom Fluchen der Fuhrmänner und dem Rumpeln der Stämme. Nun kamen unscheinbare Kerle, wie sie auf Märkten und an Straßenkreuzungen mit Sägen und Äxten stehen und auf Käufer ihrer Arbeitskraft warten. Eine Arbeitsgruppe besteht normalerweise aus zwei Erwachsenen und einem Kind, das entsprechend den Verordnungen zur Kinderarbeit nur das gespaltene Holz tragen darf. Stepan bot ihnen seine Hilfe an und versicherte ihnen, dass das keinen Einfluss auf ihren vereinbarten Lohn haben würde. Den ganzen Tag lang sägte und hackte er eifrig, haute die Axt mit solch einer Wucht in die Holzstämme, als wären sie seine Erzfeinde, und mit den Stämmen fuhrwerkte er herum, als wären sie Weidenruten. Er fragte die Bauern nach ihrem Leben, sprach über ihre Nöte und den Stand der Kultarbeit in ihrem Dorf. Nachdem sie gegangen waren, spürte er schmerzlich die Leere seiner Worte und die Unehrlichkeit seines geheuchelten Interesses. Es war nicht das erste Mal, dass er eine Veränderung an sich beobachtete, aber bis jetzt hatte er sich gezwungen, nicht daran zu denken. Nun aber musste er sich eingestehen, dass ihm das Dorf fremd geworden war. Die Erinnerung daran verblasste wie eine Laterne im Tageslicht, und doch bedrückte sie ihn schwer wie ein Vorwurf, wie eine Sorge.

Abends, als er im Bett lag, erschöpft vom Holzhacken und den Gedanken, erinnerte er sich plötzlich an den Brief, den ihm der Genosse aus dem Dorf geschrieben hatte – er hatte ihn immer noch nicht gelesen! Stepan holte den Brief aus seiner Tasche, der wie ein veraltetes Zeugnis schon ganz zerknittert war. Nachdem er über den Stand der Dinge berichtet hatte, schrieb der Freund: »Alle denken, dass du nur auf Zeit weggefahren bist und jederzeit wieder zurückkommen kannst. Wir waren an dich gewöhnt. Die Arbeit geht so dahin, du kennst ja unsere Jungs. Bei denen muss man immer schön die Leine stramm halten. Und Oleksa Petrowytsch geht jetzt in die Bezirkshauptstadt – sonderbar, alle Guten verlassen uns. Na klar, nur aus Not bleiben die Leute da. Wir sitzen da wie Verfluchte. Und wenn dann jemand weggeht, glaub mir, das macht dich so traurig, das bringt dich fast zum Weinen. Manchmal denke ich mir, jetzt wär's mal an der Zeit zu heiraten, aber daran will ich gar nicht denken. Du hast ja gesagt, dass du zu Weihnachten kommst. Dann reden wir. Aber du kommst wahrscheinlich gar nicht, denk ich. Was sollte dich auch herziehen, du hast ja hier weder Frau noch Kinder. Langweilig wird dir nur am Anfang sein. Schließlich gibt es da genug Arbeit, interessante Arbeit, und bald hast du uns vergessen und neue Freunde gefunden. Nur schreib uns ab und zu …«

Die einfache und augenfällige Ehrlichkeit jedes einzelnen Wortes verletzte ihn. Er konnte dem nichts entgegenhalten. Stepan hielt den Brief in der Hand, schloss die Augen und flüsterte: »Ich werde niemals zurückgehen, niemals.«

Er war ein Verräter. So konnte nur ein Abtrünniger handeln, der seine Eltern ausgeraubt hatte und von ihnen verdammt worden war. Aber noch während er sich Vorwürfe machte, verlor er das Objekt seiner Empörung aus den Augen: Es schwand unter dem Einfluss einer unbekannten Kraft, die seine Selbstvorwürfe sorgsam in sinnlose Aufregung verwandelte. Wieso sollte er denn ein Verräter sein? War er denn der Einzige, der das Dorf verließ? Die Städte wachsen auf Kosten der Dörfer, das war doch klar, sehr klar sogar. Zudem studierte er an einer

Hochschule für Ökonomie – nach dem Abschluss würde er sowieso nicht ins Dorf zurückkehren. Das Leben in der Stadt war seine Bestimmung. Was hatte sich denn verändert? Er war noch immer der, der er mal gewesen war. Alles war gut, er hatte zu essen und ein Quartier, und in ein, zwei Tagen würde er sein Stipendium bekommen. Was war bloß sein Problem?

Und da trat wie ein unbestimmbarer Schmerz, wie ein Brechreiz, wie ein Albtraum, eine Erinnerung hervor – eine, die er mit so viel Eifer zu verdrängen, auszuradieren, deren Spuren er aus seinem Bewusstsein zu tilgen versucht hatte, bis sie zu einer unscheinbaren Wunde geworden war, die nur noch ab und an zu bluten begann: die Erinnerung an Nadijka. Das Mädchen, das ihn noch vor Kurzem so angezogen hatte, wurde nun zu seinem Albtraum. Seine Liebe zu ihr hatte sich als Falschgeld erwiesen, das ihm inmitten eines Durcheinanders zwischen echten Scheinen zugesteckt worden war und das er nun wütend wegwarf in der Überzeugung, betrogen worden zu sein. Sie kam doch aus dem Dorf, das ihm inzwischen fremd geworden war. Sie war doch nur eine winzige Episode in diesem Wandel, den er durchmachte, wenn auch eine schmerzhafte, schwere und kaum zu rechtfertigende Episode. Was war mit ihr? Er fletschte die Zähne und flüsterte grob:

»Wenn nicht ich, dann eben ein anderer.«

Er wollte das von den Hausdächern schreien, um sich von dem nagenden Schmerz zu befreien, der sich seiner Kontrolle entzog. Er musste Nadijka aus seinem Leben streichen, ihr Bild, das er in sich trug, diese Fessel zerstören, die ihn an eine Mauer kettete wie einen Häftling. Denn er hatte durch die Gitterstäbe hindurch einen Blick auf die Freiheit erhascht und hegte nun insgeheim Feindschaft gegen jeden, der Zeuge seiner Vergangenheit war oder gewesen sein könnte. Er hatte seine Pläne geändert und verspürte dabei das Gewicht seiner früheren Weggefährten. Er konnte sich nicht überwinden,

Lewko die Bücher zurückzubringen, die er schon gelesen oder zumindest durchgeblättert hatte. Es wäre unerträglich, jemandem zu begegnen, in dem er früher ein Ideal gesehen, nun jedoch dessen klägliche Hohlheit erkannt hatte. In seinen Augen wurde Lewko zusammen mit Jascha und dem Instruktor zum Teil eines Trics, das die Dummheit, Rückständigkeit und Nichtigkeit des Dorfes symbolisiert, das die Perspektiven, die sich bieten, nicht sieht, nicht sucht, offensichtlich nicht braucht. Und das sorgsam aufgeräumte Zimmer Lewkos, um das er ihn beneidet hatte, kam ihm jetzt wie der Bau eines blinden Maulwurfs vor.

Nach einigen Tagen trister Einsamkeit zwang er sich, an sein Institut zu gehen. Ja, er hatte ein Stipendium bekommen. Aber anstatt sich zu freuen, dachte er verärgert: Nur achtzehn Karbowanez! Fünfundzwanzig hatten die doch gesagt! Insgeheim hatte er sogar auf noch mehr gehofft Es gab doch auch Stipendien von fünfzig Karbowanez? Oder sogar von ganzen hundert?! Die Vorlesungen hatten schon begonnen, aber weil er Stift und Papier daheim vergessen hatte, dachte er sich, dass es heute zwecklos wäre, dort zu erscheinen. Und große Lust hatte er ohnehin nicht.

Auf der Straße überkam ihn eine merkwürdige Unruhe. Er blieb häufig an Litfaßsäulen, an Aushängen, Kinoplakaten und Schaufenstern stehen und sah sich alles genauestens an, nicht ohne eine gewisse Ehrfurcht und Begeisterung, so wie damals die Exponate im Museum. Besonders die Bilder zogen ihn an. Ein riesiges Zirkusplakat in drei grellen Farben – rot, grün und hellblau – kündigte den baldigen Auftritt eines weltbekannten Clowns und unglaublich geschickten Akrobaten an. Als unanfechtbarer Beweis war er darunter im Kreise seiner Truppe und außerdem noch alleine auf dem Boden sowie in schwindelerregender Höhe unter der Zirkuskuppel hängend abgebildet.

»Sehr interessant ist das«, dachte sich Stepan.

Ein Plakat weiter fand er heraus, dass ein weltbekannter Geiger, der ihn vor grauem Hintergrund freundlich anlächelte, im Taras-Schewtschenko-Theater ein Konzert geben würde.

»Bravo«, sagte Stepan anerkennend.

Und im ersten DerschKino lief ein toller Film mit einem äußerst gefeierten Schauspieler. Bei der Betrachtung der geheimnisvollen orientalischen Kostüme der Mitwirkenden auf den verlockenden Bildern aus dem Film überkam ihn die schmerzhafte Erkenntnis, wie altmodisch seine Feldjacke, seine Juchtenstiefel und seine zerknautschte Kappe waren. Der berühmte Schauspieler selbst präsentierte sich ihm im Frack mit Turban, im Frack ohne Turban, im Maharadscha-Gewand, zu Fuß und auf einem schnellen Pferd, solo, im Duett mit seiner Geliebten oder im Chor mit seinen Bewunderern. Schweigend und missmutig ging Stepan weiter.

Seinen nächsten Halt legte er vor dem Schaufenster einer Konditorei ein, wo poetisch angerichtet auf weißen Zierdeckchen, in handbemalten Schächtelchen, auf Tellern und in Vasen aus Porzellan unbeschreiblich leckere Süßigkeiten lagen. Seine traurigen Augen verschlangen diese Masse von Biskuit- und Mikadotorten, Rumkugeln, glasierten Nüssen, die Berge von Schokolade, die Schichten bunter Bonbons und Kuchen verschiedenster Formen und Füllungen. Er kannte zwar ihre Namen nicht, aber er verstand, dass das keine Pfannkuchen, Kolatschen oder Lebkuchen waren. Aus seiner Hosentasche fischte er 20 Kopeken, traute sich aber nicht in den Laden und kaufte sich stattdessen auf der Straße einige Gebäckstücke bei einem süßen Mädchen, das zwar nicht das Vergnügen hatte, sie selbst zu essen, aber sie zu verkaufen. Er nahm sich ein paar dieser klebrigen Erzeugnisse der Süßwarenindustrie, schlang sie rasch hinunter und sagte dann streng zu sich:

»Ruhig! Ich will auch genießen.«

Er fühlte sich wie nach der Erstkommunion, die beim Gläubigen Trauer um das vergossene Blut und Hoffnung auf das ewige Leben hervorruft.

Vor einem Modegeschäft musterte Stepan die Anzüge mit dem Blick eines Mannes, der sich bloß aussuchen muss, was ihm am besten passt – gut genäht und aus feinem Stoff. Den Preisschildern schenkte der hübsche junge Mann keinerlei Beachtung, denn sie überstiegen seine finanziellen Möglichkeiten um ein Vielfaches. Wenn er sich schon nicht den günstigsten leisten konnte, dann konnte er sich auch gleich den teuersten aussuchen. In Gedanken war er frei sich vorzustellen, der alleinige Besitzer all dieser Schätze zu sein, und damit war er dem Künstler von Welt überlegen, talentierter als der Geiger und geschickter als der Zirkusakrobat. Er konnte jederzeit die Anzüge wechseln, die Hüte und Krawatten anprobieren, sich passende Taschentücher und Socken suchen, denn kein Gesetz verbietet es, sich fremdes Eigentum in der eigenen Vorstellung anzueignen. In diesem Moment spürte Stepan die wundersame Wichtigkeit der Bekleidung, die schon lange nicht mehr nur ein Mittel zum Bedecken des Körpers zu sein hatte, sondern der eine größere und edlere Aufgabe zukam, nämlich den Körper zu verschönern und zu gestalten. Er wäre wohl imstande, etwas Geniales zu schaffen, wenn er sich in diesem Moment in ein englisches Hemd mit Stehkragen, in kurze enge Hosen und spitze Schuhe kleidete, aber er konnte nichts schaffen, denn nicht mal für einen Augenblick wurde er den bitteren Gedanken los, dass ihm rein gar nichts hinter dieser Glasscheibe gehörte und auch niemals gehören würde. Er seufzte, verharrte aber und ließ seinen Blick in Stoffe und Seide sinken, wie ein Taucher in die Welle, der auf Perlen hofft, aber nur Algen herauszieht.

Er war schon ganz müde von der nutzlosen Schauerei, als eine Frau in einem leichten Batistpullover, unter dem die

Spitze ihres Kamisols hervorlugte, an das Schaufenster trat. Sie stützte sich mit ihren bloßen Händen auf das Geländer. Sie sah sich zerstreut die bunten Krawatten an, vielleicht wird sie sogar eine auswählen, um dem Geliebten ein elegantes und nicht allzu teures Geschenk zu machen, das sowohl Herz als auch Geldbörse erfreut, wo sich das eine doch genauso ausdehnt und zusammenzieht wie das andere. Die Frau war parfümiert mit den mächtigen Düften von Paris, deren Odeur sie umhüllte und wie eine Fata Morgana erscheinen ließ. Dieser süße Nebel erregte Stepan, seine Nase weitete sich und sog gierig die unbekannte, feine Luft ein, und ihr berauschender Dunst durchströmte seine Venen. Er roch an der Frau wie an einer Blume, er atmete sie ein wie die Frische des Frühlings, das Harz eines Kiefernwaldes oder den morgendlichen Dunst der Erde. Nur beim ersten Zug ekelte es ihn ein bisschen, wie es einem vom ungewohnten Rauch einer Zigarette zuerst ekelt, bis sie einen in ihren Bann schlägt und zu einer Sucht wird. Neben dieser Frau schwindelte ihn, als stünde er an einem Abgrund, schrecklich-schaurig und dabei doch verzaubernd. Und als sie ging, schaute er ihr unverschämt und andächtig hinterher. Schaudernd dachte er, dass auch dieser Rock sich lüften könnte, so weiß er auch war, und dass er auch diesen duftenden Körper, wie jeden anderen, in Besitz nehmen könnte. Sofort aber verwarf er diesen Gedanken als barbarisch und furchterregend. Doch diese von Paris angehauchte Kyjiwerin ließ die von Nadijka verursachte Wunde zu einer blassen unscheinbaren Narbe verheilen.

Daheim lief er ziellos im Hof herum, versuchte sich von den verrückten Träumen zu befreien, die ihn ergriffen hatten. Es waren ja noch nicht einmal Träume, sondern bloß sinnlose und nichtige Halluzinationen. Er gab die eine davon auf, schnappte sich dafür eine andere, lutschte sie aus, genoss sie und warf sie dann ebenfalls weg, hatte er doch noch unzählige weitere und bessere. In seiner Vorstellung machte er sich zu einem Volkskommissar, der in seinem Auto herumfuhr und Ansprachen hielt, das brachte ihn ganz aus dem Häuschen. Er empfing ausländische Delegationen, führte Verhandlungen, beschloss eigenartige Gesetze, die das Angesicht der Erde veränderten, und nach seinem Tod ließ er sich ganz bescheiden Denkmäler errichten. Und schon im nächsten Augenblick wurde er zu einem herausragenden Schriftsteller, jede seiner Zeilen rollte durch die Welt wie ein ewiger Glockenklang und wühlte die Herzen der Menschen auf – vor allem sein eigenes. Oder er ließ die großen Taten bleiben, stattdessen gab er seinem Gesicht bezaubernde Schönheit, zog sich die erlesensten Anzüge an und eroberte der Reihe nach die Frauenherzen, dabei zerstörte er Ehen und flüchtete mit seinen Geliebten über alle nur möglichen Grenzen – nur nicht über die seiner Vorstellung. Oder er setzte sich auf das Pferd eines Rebellen, holte die abgesägten Flinten aus den Kellern und eroberte an der Spitze einer Bande von Furchtlosen die Stadt, bahnte sich mit Waffen den Weg in Läden, belud Wägen mit Anzügen, Delikatessen und Törtchen und nahm sich eine duftende Frau zur Gefangenen. Dieses Bild begeisterte ihn am meisten, er ballte seine kraftlosen Fäuste und flüsterte wütend und leidenschaftlich:

»Alles plündern! Und immer nur weiter plündern!«

Sein Einfallsreichtum war unerschöpflich, seine Fantasie unermüdlich, seine Selbstverliebtheit unbesiegbar. In seinen Händen hielt er einen magischen Stein, der bebte und rauchte und ihm alle Wunder dieser Welt zeigte. Dieser Stein war er selbst.

Doch die Vernunft, diese hartnäckige Predigerin und Besserwisserin, die außerstande ist, Wünsche zu verstehen, und die ihm ihre elenden Vorhaltungen machte, glich einem Spielzeugschiff auf den Wellen eines richtigen Ozeans, und ihr ganzes Gejammer erinnerte ihn an Beschwerden eines

Hausbesitzers, der den Wasserstrom aus der kaputten Leitung durch gutes Zureden aufzuhalten versucht.

In dieser Nacht hatte er einen Traum. Er durchquerte einen üppigen Garten entlang einer geraden Allee, im Schatten von Bäumen mit ausladenden Ästen, auf denen längliche Früchte, vielleicht Bananen, wuchsen. An einer Weggabelung erstickte er beinahe vor Aufregung, ganz als würde er hier etwas finden oder auf jemanden stoßen. Er warf einen Blick zur Seite und sah einen Pavillon, den er zuvor nicht bemerkt hatte. Er betrat diesen von Weinreben umrankten Unterschlupf. Die Unbekannte, die dort saß, hob nicht einmal den Kopf. Er zögerte, blieb auf der Schwelle stehen und sah plötzlich, wie sie ihn mit dem Finger zu sich lockte. Er sah aufmerksamer hin und wunderte sich zusehends, da sie nur ein Nachthemd anhatte, zu ihren Füßen befand sich ein Teich, in dem sie baden würde. Plötzlich legte sie sich auf den Rücken, und ein Lufthauch wehte ihr lautlos die restliche Bekleidung vom Körper. Wie ein Wilder stürzte er sich auf sie, aber gerade, als er sie berühren wollte, fiel er in eine dickflüssige Lache und wachte mit Herzrasen auf.

Lange starrte er in die Dunkelheit vor sich. Denn eine nackte Frau im Traum war, so der Volksmund, ein Vorzeichen unabwendbarer Schande.

X

Stepans einziger Trost in diesen Tagen schwerer Bewährungsproben war seine Bekanntschaft mit dem Sohn der Hnidyjs, Maksym. Das war der junge Mann, der ihm zuvorkommend eine Zigarette angeboten hatte, als er gerade den schwierigen ersten Schritt in sein neues Leben in der Stadt getan hatte. Er war ein wenig älter als Stepan, von Natur aus gut gelaunt, verträumt, mit einer ruhigen Stimme und einem zutiefst ehrlichen Lächeln. Seine Sprache und seine Bewegungen wiesen ihn als einen ausgeglichenen Menschen aus, der mit seinem Leben zufrieden war und die Last seines Schicksals mit Leichtigkeit schulterte. Genau diese Ruhe war es auch, die Stepan für den Sohn seines Hausherrn einnahm. Er hatte ihn wohl vorschnell für einen Schnösel gehalten. In seinem aufgewühlten Zustand zog es ihn instinktiv zu allem hin, was Sicherheit ausstrahlte, und heimlich beneidete er Maksym um sein glückliches Schicksal.

Maksym verhielt sich ihm gegenüber wohlwollend und fürsorglich. Er hatte vor zwei Jahren seinen Abschluss an ebenjenem Institut gemacht, an dem Stepan sich gerade eingeschrieben hatte. Obwohl Stepan zurzeit Gespräche über das Studium ziemlich unangenehm waren, musste er sich also über das Studienprogramm unterhalten und sich Geschichten über Professoren und verschiedene Abenteuer des Studentenlebens anhören.

»Wo arbeiten Sie eigentlich?«, fragte Stepan schließlich.

»Im Schkirtrest«, antwortete Maksym, »aus mir ist gar kein so schlechter Buchhalter geworden. Dafür muss man von Geburt an besondere Begabungen haben, Sie können sich das gar nicht vorstellen!«

»Welche denn?«

»In erster Linie Genauigkeit. Und, wenn Sie so wollen, eine Art Enthaltsamkeit. Das ist eine spezielle Welt … Deswegen gibt es auch nur wenige echte Buchhalter.«

Stepan nickte. Mit seiner lebhaften Fantasie war er fähig, alles zu verstehen und es sich gleich vorzustellen, und so hatte er augenblicklich ein Bild von dieser schweigsamen Welt der Konten und Rechnungsbücher vor Augen, in der die Vielfalt des Lebens in immer gleiche, von vornherein festgelegte Formeln eingepasst wurde, in der Ziffern an die Stelle von

Ereignissen und Menschen traten. Er seufzte, denn eben diese sorgenfreie Stille der Papiere zog ihn insgeheim an.

»Und verdient man da gut?«, fragte er nach einer der Pausen, die in ihren Gesprächen häufig vorkamen.

»Sechzehnte Gehaltsklasse plus 25 Prozent … Man kommt ungefähr auf 140 Karbowanez.«

Stepan konnte seine Verblüffung kaum verbergen. Schon eine Summe von 100 Karbowanez überstieg selbst seine wildesten Träume bei weitem, und 100 plus noch einmal 40 – das war für ihn ein waschechtes Wunder, ein unermesslicher Reichtum. Und naiv fragte er:

»Ja, und warum heiraten Sie dann nicht?«

Diese Frage brachte Maksym sichtlich aus dem Takt. Nachdem er einen Augenblick nachgedacht hatte, murmelte er zur Antwort:

»Das ist, schauen Sie, eine … schwierige Angelegenheit. Und muss es eigentlich sein? Man wächst so auf und denkt, dass man zwangsläufig heiraten muss … Dass es die Tradition so will …«

Er lachte unwillkürlich und fügte schnell hinzu:

»Aber, wenn Sie wollen, kann ich Ihnen meine Bücher geben. Ich habe alle aus dem Institut behalten. Inzwischen gibt es aber sicher neuere.«

Aber Stepan kam für den Moment nicht auf das zuvorkommende Angebot zurück, da ihn gerade kein anderes Buch – und sei es noch so weise – so sehr interessierte wie das Buch seines eigenen Lebens, dessen neueste Seiten er jeden Tag unermüdlich durchblätterte. Und er konnte in ihnen keine einzige wahre Freude finden, die nur ihm gehörte, er sah nur eine Abfolge immer gleicher Tage – möglicherweise, weil es da wirklich keine strahlenden Erinnerungen gab, eventuell auch, weil das Erinnern ein Privileg des Alters ist, in dem es an die Stelle der Hoffnung tritt, vielleicht aber auch, weil er aus eigener Kraft alle Erinnerungen aus seinem Gedächtnis verbannt hatte, um sein Streben ausschließlich auf die Zukunft zu richten. Seine Vergangenheit betrachtete er inzwischen als eine fahle, schmerzliche Bergwanderung über steile Pfade, die ihn schließlich an eine Schlucht geführt hatte, über die er jetzt springen musste, wobei er riskierte, in die Tiefe zu stürzen, wollte er nicht in das unglückliche Tal zurückkehren, aus dem er gekommen war. Da stand er also am Abgrund und spürte die grausame Enge eines Lebens, in dem der Mensch kaum eine Wahl hat; ihm begann zu dämmern, dass auch sein eigener Weg allgemeinen menschlichen Gesetzmäßigkeiten unterworfen und schon lange vorbestimmt war, und dass die breiten Straßen, die er gesucht hatte, in Wahrheit enge Gassen waren, auf denen er blind voranstolperte. Das Blinde-Kuh-Spiel seiner Kindheit, bei dem einer mit verbundenen Augen von einer Schar Witzbolde getriezt wird und gleichzeitig versuchen muss, diese zu fangen, war für ihn inzwischen ein bedeutsames Symbol, ein Symbol der Bedingung irdischen Lebens. Seine Erfahrung sagte ihm, dass derjenige am meisten fängt, der sich Zeit lässt und sich methodisch, wie bei einer Belagerung, auf seinen Fang vorbereitet. Er war vorsichtig geworden, seitdem er einige Male durch dünnes Eis gebrochen, ins kalte Wasser gefallen und von diesem kalten Bad aufgewacht war, und so blieb er erst einmal stehen und betrachtete jede Handlung als potenziell gefährlich.

Am nächsten Abend lud Maksym Stepan zu sich ins Haus ein, um ihm die versprochenen Bücher zu geben. Der Sohn des Hausherrn war ungewöhnlich guter Laune, er redete und lachte viel. Während er Stepan die Bücher und ein paar passende Ratschläge gab, sagte er fröhlich:

»Sie haben sich doch gewundert, dass ich nicht heirate, wo ich doch so viel verdiene. Sie denken, mir wäre langweilig und ich wüsste gar nicht, wohin mit meinem Geld. Aber schauen

Sie«, und hierbei zeigte er auf seine Bibliothek, »ich besitze viele Bücher. Ich liebe es, sie zu kaufen und zu lesen. Wissen Sie, es gibt Leute, die kaufen Bücher und lesen sie dann gar nicht. Die kaufen etwas und stellen es sich ins Regal. Lächerlich, oder? Vieles ist so lächerlich. Sie sind noch jung – damit will ich nicht sagen, dass Sie dumm sind, Gott bewahre! Aber eines Tages werden Sie verstehen, dass es weitaus interessanter ist, ein Buch zu lesen, als selbst die ganzen Dinge zu tun, die darin beschrieben werden.«

Er platzierte Stepan am Schreibtisch, zündete darauf eine rote Schirmlampe an und schaltete das elektrische Licht an der Decke aus. Schatten breiteten sich in den Zimmerecken aus, und Stepan wandte seinen Blick von dem Lichtkreis auf dem Tisch ab und versenkte ihn in die Finsternis, die den Gegenständen und Worten nun eine Aura tiefer Bedeutsamkeit verlieh. Maksym setzte sich ihm gegenüber.

»Letztendlich«, fuhr er fort, »ist die Wirklichkeit natürlich nie so wie in den Büchern. Sie mögen lächeln, aber das ist die Wahrheit. Und Sie werden das auch irgendwann verstehen. Damit meine ich nicht, dass es diese Dinge so ›gar nicht geben könne‹, nur sind sie eben ›nie ganz so‹. In einem Buch ist alles konzentriert, auf den Punkt gebracht, geordnet und geschönt. In der Wirklichkeit ist alles so, wie es nun mal ist, und in einem Buch – so wie es sein soll. Und nun sagen Sie mir: Was ist interessanter? Stellen Sie sich vor, Sie gehen zum Fotografen und sagen: Fotografieren Sie mich so, dass ich auf dem Foto gut aussehe. Dann schicken Sie dieses Foto an Bekannte, die Sie lange nicht gesehen haben und die Sie wahrscheinlich auch nie wieder sehen werden. Sagen Sie mir, wäre es für diese Bekannten ihrer Meinung nach besser, wenn Sie selbst vorbeikommen würden? Damit will ich natürlich nicht sagen, dass Sie unansehnlich sind, das ist nur ein Beispiel. Bitte, rauchen Sie!«

Er hielt Stepan ein ledernes Zigarettenetui hin.

»Da geht mein Geld auch noch hin – ich liebe guten Tabak. Wissen Sie, in den Jahren des Kriegskommunismus haben alle nur Machorka gekauft, bloß um irgendwas zum Rauchen zu haben. Ich hingegen nie. Solche Zigaretten findet man selten. Mit gut gereiftem, in Opium getränktem Tabak.«

»Aber das ist doch schädlich«, merkte Stepan an, während er sich eine Zigarette anzündete.

»Alles ist schädlich! Auch das Atmen ist schädlich, schließlich wird dabei Blut verbrannt! Wer weiß, vielleicht lebt man länger, wenn man nicht atmet! Sie denken sich: ›Ich werde länger leben, wenn ich auf alles Schädliche verzichte.‹ Aber denken Sie doch mal so: ›Vielleicht lebt es sich ein wenig angenehmer, wenn ich mir mal etwas Schädliches gönne.‹«

»Das Leben ist auch ohne Opium interessant genug!«, entgegnete Stepan. »Hier in der Stadt braucht man Geld, eine Anstellung. Ach, Geld müsste man haben! Doch Opium … Das ist für die, die schon nichts mehr haben, wofür es sich zu leben lohnt … Die Leeren und die Kranken …«

»Ausgezeichnet! Da ist einer bei klarem Verstand!«, lächelte Maksym. »Sie denken also, dass die Lebenskraft messbar ist? Die Fülle eines Lebens in Kilogramm bestimmbar? Naiv sind Sie! Ich hab's mir schon gedacht, als Sie von der Hochzeit angefangen haben – naiv ist der!«

»Also sind Ihrer Meinung nach alle naiv, die heiraten?«

»Nicht die sind naiv, sondern diejenigen, die denken, dass man zwangsläufig heiraten muss. Wer heiratet, der ist nicht naiv, sondern ein armer Wicht, wenn Sie es genau wissen wollen! Haben Sie in Ihrem ganzen Leben auch nur eine glückliche Ehe gesehen? Antworten Sie bitte ehrlich! Nein. Ich auch nicht. Darf ich Ihnen etwas zeigen?«, fragte er verschwörerisch. »Es ist aber ein Geheimnis.«

Aus einer Schublade zog er eine Schachtel und öffnete sie. Darin lag im Samtfutter ein flacher goldener Ring, auf dem mehrere kleinere Brillanten um einen großen Rubin herum gruppiert waren.

»Gefällt er ihnen?«, fragte er aufgeregt. »Wissen Sie, wem ich das schenken werde? Meiner Mutter. Sie hat heute Geburtstag. Denken Sie nicht, dass Gäste kommen werden. Wir feiern weder Namenstage noch Geburtstage. Wir leben sehr zurückgezogen, nie kommt jemand zu Besuch – ist Ihnen das schon aufgefallen?«

Stepan nahm das Schmuckstück vorsichtig in die Hand und betrachtete es, wie es in seiner Handfläche lag. Die Brillanten warfen kleine Blitze, die den Rubin blutig-dunkel schimmern ließen.

»Sehr schön«, sagte er und legte den Ring in die Schachtel zurück.

»So etwas würden Sie Ihrer Mutter auch gerne schenken, oder?«, fuhr Maksym fort. »Aber ja, ich weiß, dass Sie eine Waise sind. Wir haben Sie nur deswegen bei uns aufgenommen. Eigentlich mögen wir keine Fremden, wir bleiben hier gerne unter uns. Nie im Leben hätten wir Sie aufgenommen. Aber als ich in dem Brief Ihres Onkels gelesen habe, dass Sie keine Eltern haben, da hab ich mich gleich dafür ausgesprochen, dass Sie bei uns bleiben. Wenn jemand keine Mutter hat, dann muss man ihm helfen.«

»Ich danke Ihnen«, murmelte Stepan – die Enthüllung erfüllte ihn mit dankbarer Wärme, mit Scham und bitterem Schmerz.

»Nein, nein, brüskieren Sie mich nicht. Ich bereue schon, dass ich Ihnen überhaupt davon erzählt habe. Aber wirklich, ich bin für Sie eingetreten. Und ich hatte die Idee, Ihnen unseren Haushalt zu überantworten. Das ist auf jeden Fall besser, als im Studentenheim herumzusitzen, und Sie sind meiner Mutter eine große Hilfe. Nur, ich bitte Sie, keinen Dank! Denken Sie gar nicht mal daran, um Himmels willen!«

Dann zeigte ihm der Hausherr einige Schätze aus seiner Bibliothek: Originalausgaben aus der Zeit Peters des Großen, ukrainische Bücher mit Stichen aus der ersten Hälfte des neunzehnten Jahrhunderts sowie eine beträchtliche Briefmarkensammlung in fünf dicken Alben – das Ergebnis emsigen Sammelns seit Kinderzeiten. Er erzählte Stepan von einer internationalen Philatelistengesellschaft, deren Mitglied er war, und davon, dass er inzwischen mit Mitgliedern dieser Gesellschaft in allen Ecken der Welt in intensivem Briefkontakt stand und sie mit Briefmarken aus der Revolutionszeit versorgte, die bei ihnen sehr wertvoll waren.

»Wissen Sie«, sagte er, »überall, wo ich wollte, hätte ich einen Schlafplatz – in Australien, in Afrika, auf den Malaiischen Inseln, ich müsste nur hinfahren. Laut dem Statut unserer Gesellschaft muss man andere Mitglieder bei sich aufnehmen. Und doch habe ich Kyjiw noch nie verlassen«, fügte er hinzu.

Stepan nahm sich einen Stapel mit Büchern über Statistik, ökonomische Geografie und Wirtschaftsarithmetik in die Küche mit und legte sie sich in einer Ecke für später bereit. Wie immer, wenn er einen Menschen näher kennenlernte, hatte er auch gleich dessen lächerliche Seiten bemerkt und damit wieder einen Teil seiner Achtung für diesen Menschen verloren. In dem liebenswerten Maksym sah er einen Sonderling, ungefähr von der gleichen Sorte wie der verrückte Lehrer, den er vor einigen Wochen bei Lewko kennenlernen durfte.

»Was für Gestalten«, dachte er, »was wollen die alle nur? Einfach leben reicht ihnen nicht, sie alle brauchen unbedingt noch das Sahnehäubchen obendrauf.«

So dachte er, obwohl er doch selbst in seinem Leben nach etwas Besonderem verzweifelt suchte. Einfach leben – dazu ist der Mensch absolut nicht imstande.

Aber am allermeisten hatte Stepan die Erwähnung seines

Waisendaseins verblüfft, und wie ihm das unerwartet zugutegekommen war. Es stimmte, seine Mutter war gestorben, als er gerade zwei Jahre alt gewesen war, und in seinem Gedächtnis hatten sich keine Erinnerungen an sie erhalten. In jener Zeit des Schmerzes und der Trauer flüchtete sein kindlicher Kummer sich in einen Traum, der ihn durch Wälder und Steppen und in weite Fernen entschwinden ließ. Später hatte er sogar das Gefühl dafür verloren, dass seine Mutter einmal eine Frau wie alle anderen gewesen sein musste, die Kinder zur Welt brachte. Doch die bemerkenswerte Sanftheit eines Sohnes, die in Maksyms Stimme mitschwang, weckte in seinem Herzen eine bleierne Sehnsucht nach der Frau, die ihm so nahe und so teuer hätte sein können. O, hätte er nur eine Mutter, dann wäre er nicht so einsam! Traurig rief er sich das Schicksal all der Mütter auf dem Dorf ins Gedächtnis, die bei ihren Söhnen in den Ecken der Häuser vegetierten als überzähliges hungriges Maul, von ihren Enkeln und Schwiegertöchtern verlacht, und umso deutlicher konnte er sich vorstellen, wie er seine Mutter geliebt und geehrt hätte. Aber sie war für immer verloren, und die plötzliche Erkenntnis dieses Verlustes verstärkte nur sein Gefühl der Fremdheit in so einer Welt, in der er weder eine ursprüngliche Bindung noch die einfachste Beziehung hatte. Als er sich schlafen legte, schrumpfte er zusammen und rollte sich unter dem Druck seiner Gefühle ein wie ein Kind. Das unstillbare Verlangen nach einer Mutter erweckte in ihm das Gefühl ihrer einstigen Liebkosungen und ihres Gesangs über seiner Wiege. Voller Leidenschaft begann er sich eine imaginäre Mutter zu erschaffen, doch schon im nächsten Moment wandelten sich ihre schönen Züge in das eingefallene Antlitz des Todes.

Am Morgen beschloss Stepan unter dem vorwurfsvollen Blick seiner neuen Bücher, dass er nun genug auf der faulen Haut gelegen hatte, er steckte Papier und Stift ein und machte sich auf den Weg zum Institut, doch das Aussehen der Menschen auf den Straßen und das unaufhörliche Geläute von den Kirchtürmen erinnerten ihn daran, dass heute Sonntag war. Er hatte anscheinend vollständig das Gefühl für die Zeit verloren, was ihm furchtbar komisch vorkam.

»Bin ich vielleicht eine Schlafmütze«, dachte er sich. »Morgen fange ich wirklich mit dem Lernen an.«

Aber da hatte er sich um einen Tag verrechnet, musste er doch am eigenen Leib erfahren, dass der Montag kein einfacher Tag ist und nicht besonders gut dafür geeignet, ein großes Werk zu beginnen. Denn Sonntagnacht kam es zu einem unerwarteten Zwischenfall, von der Art, die einen unauslöschlichen Eindruck in einem Menschen hinterlässt, wie eine Glut, die unter Ascheschichten weiterglimmt, oder das Licht einer Laterne, die einen dramatischen Wendepunkt im Leben eines Menschen markiert.

Abends zwang sich Stepan, aufmerksam die »Einführung in die Statistik« zu lesen – eine erstaunliche Wissenschaft war das, die fehlerfrei berechnen kann, welche Chance ein jeder von uns hat, von einer Straßenbahn überfahren zu werden, an Cholera zu erkranken oder zu einem Genie zu werden. Aber bis zu diesen aufschlussreichen Kapiteln hielt Stepan nicht durch, und als die hölzerne Uhr, Schmuckstück seines Kabinetts, zehn schlug, beschloss er, dass es Zeit wäre, sich schlafen zu legen und damit alle noch offenen Fragen des vergangenen Tages zu schließen.

Er schlief ein und erwachte wenig später von einem leisen Rascheln an seinem Bett. Schnell öffnete er die Augen und erblickte in dem grauen Halbdunkel des einzigen Fensters im Zimmer eine weiße Gestalt, die ihm in seiner schlaftrunkenen Umnachtung riesig vorkam. Stepan richtete sich auf und fragte wie erstickt:

»Wer da?«

Ein Einbrecher? Ein Nachtmahr? Ein Geist?

Die Gestalt bewegte sich schweigend auf ihn zu, und schließlich verstand der junge Mann – es war seine Hauswirtin. Was war passiert? Ein Feuer? Ein unerwarteter Todesfall? Er war noch nicht zum Fragen gekommen, als er schon die Berührung einer heißen Hand auf seinem Gesicht, seinem Hals, seiner Brust spürte. Dann die zweite Hand. Stockendes, gleichwie gehemmtes Atmen kam näher, neigte sich ihm entgegen, hielt inne und kam in einem trockenen, schwelenden Druck auf seinen Lippen zur Ruhe. Die Arme der Frau umschlangen seine Taille, er spürte ihren warm bebenden Körper auf seiner Brust. Eine übermenschliche Angst befiel ihn, er zog sich zurück und presste sich an die Wand, wollte mit dieser verschmelzen, ganz und gar verschwinden.

»Was tun Sie da? Was soll das denn?«, stammelte er und schnappte nach Luft.

Sein Körper war vor Anspannung wie versteinert, seine Hände vor Angst bis in die Fingerspitzen gefühllos. Er atmete schwer und laut die kalt-säuerliche Luft ein.

Dann entfernte sie sich langsam, und Stepan hörte wie im Traum das leichte Knarren der Tür. Allmählich kehrte das Leben in ihn zurück, sein Herz beruhigte sich, er schüttelte sich und streckte sich vorsichtig im Bett aus. Noch immer zitterten seine Beine und dröhnten seine Ohren vom Pochen des Bluts. Seine Furcht ließ nach, und allmählich begann er zu verstehen, was gerade passiert war.

»Was war das nur? Wie ist das möglich?«, fragte er sich ratlos.

Mit dem Bewusstsein kehrte auch der Geschmack des Kusses auf seinen Lippen zurück und ebenso die Berührung ihrer Brust und die erregende Umarmung ihrer nackten Arme. Nackt! Erst jetzt wurde ihm das klar! Dieser erregte, geschmeidige Körper war von ihm einzig durch ein Nachthemd getrennt gewesen. Und er hatte ihn wie ein Feigling zurückgestoßen, anstatt sich in ihn zu versenken, anstatt die geheimnisvolle, gefräßige Wärme seiner Tiefen zu erkunden. Was hatte ihn aufgehalten? Die Sünde? Das Schuldgefühl? Sein schlechtes Gewissen? Was kümmerte ihn dieser ganze klebrige Ballast, diese leidigen Steine, die man ihm in den Weg legte, diese blöde, abergläubische Moral? Nein, er war einfach erschrocken wie ein kleiner Junge – eine andere Erklärung konnte er nicht gelten lassen.

Nachdem sich sein Blut kurz abgekühlt hatte, war es inzwischen schon wieder in Wallung geraten, seine Adern weiteten und füllten sich, und sein junges Herz pumpte kraftvoll. Die Einbildung entrollte ihm Wunschbilder, die manchem abstoßend scheinen mochten, doch im Feuer der eigenen Phantasie über jeden Zweifel erhaben waren. Eine sengende Gier nach Erfüllung seiner Lust hatte ihn gepackt, er erhob sich vorsichtig und setzte zitternd einen Fuß auf den kalten Boden. Auf Zehenspitzen näherte er sich der Tür, die ins Schlafzimmer der Hnidyjs führte, und leise versuchte er sie zu öffnen, doch die Tür gab kaum nach, da von innen ein Riegel vorgeschoben war. Unbedacht hob Stepan seine Hand, um zu klopfen, und ließ sie dann kraftlos wieder sinken. Nun, er war selbst schuld, da war nichts zu ändern!

Sein Zimmer schnürte ihm die Luft ab. In Unterwäsche trat er auf die Veranda hinaus und setzte sich hin, dabei musste er sich mit seinen Ellbogen auf den Knien abstützen. Die kalte Luft konnte ihn nicht beruhigen. Angst und Anspannung hatten in seinem Herzen einen stummen Schmerz hinterlassen. Die Reue über die nicht begangene Sünde – darüber, dass er sie nicht begangen hatte – ließ ihn nicht los, quälend nagte sie an ihm. Er schalt sich ein Rindvieh, einen Idioten, einen Feigling und einen Taugenichts. Und das nicht nur, weil sich sein Körper in unbefriedigter Lust krümmte, sondern auch weil er sich instinktiv sicher war, dass die Eroberung dieser üppigen, unerreichbaren und so viel reiferen Frau seine Willenskraft und seinen Kampfgeist gestärkt hätte, wie das ein Sieg manchmal vermag, wenn er den Helden seinen eigenen Wert erkennen lässt.

Am Morgen tigerte ein gereizter und unausgeschlafener Stepan griesgrämig über den Hof, rauchte eine Zigarette nach der anderen, bis sein Machorkavorrat erschöpft war. Heute war ein Werktag, das Institut somit geöffnet, doch allein der Gedanke daran rief in ihm ein Gefühl des Abscheus hervor. Was sollte er am Institut! Verglichen mit den nächtlichen Vorgängen war das gewöhnlich und außerdem allzu leicht erreichbar. Das Verlangen nach dieser Frau, an die er noch gestern nicht einmal zu denken gewagt hätte, war zu brennender Lust und unwiderstehlicher Neugierde geworden und zudem eine Frage seiner Eigenliebe. Sobald er nur daran dachte, dass ihm diese Frau entgehen könnte, stieg Wut in ihm auf, und er stieß die schlimmstmöglichen Beleidigungen aus. Ehebrecherin. Schlampe. Hure sogar.

Er war bereit, für ein einziges Lächeln, für das kleinste Zeichen vor ihr auf die Knie zu fallen. Als sie aber in der Küche aufeinandertrafen, verhielt sie sich genauso wie gestern, wie vorgestern, wie vor zwei Wochen. Nicht die kleinste Geste verriet ihre nächtliche Visite. Das war doch der Gipfel der Verschlagenheit, der abgrundtiefen Verdorbenheit dieses schamlosen Weibsstücks. Sie war schließlich zu ihm gekommen. Das war unbestreitbar. Wozu jetzt diese stolze Heuchelei? Er konnte es nicht verstehen. Würde sie ihn noch einmal besuchen? Stepan war sich durchaus bewusst, dass er sie mit seinem Verhalten beleidigt hatte, dass er irgendetwas sagen oder tun musste, aber was und wie – das wusste er nicht, und er traute sich nicht, denn er fürchtete, mit einem glücklosen Versuch noch mehr Schaden anzurichten und alles endgültig zu zerstören.

Als Tamara Wasyliwna gerade das Mittagessen vorbereitete, trat er leise, fast unmerklich in die Küche. Sie stand mit dem Rücken zur Tür, sodass sie ihn nicht bemerkte. Im peinlichen Bewusstsein seiner Erniedrigung und gleichzeitig von Sehnsucht verzehrt verschlang er die Umrisse ihres Rückens und ihrer Beine mit einem Blick, in dem vielleicht ein Gebet lag, aber möglicherweise auch nur unbezwingbare Leidenschaft. Und wie sie sich umdrehte und ihn anschaute, konnte er in ihren Zügen Leiden und Feindseligkeit lesen, die sie unter ihrer unerschütterlichen Ruhe verbarg. Aber ein Blick in ihr Herz genügte ihm

»Kommen Sie heute, kommen Sie!«, flüsterte er ganz leise, obwohl sonst keiner da war, der sie hätte belauschen können – morgens war es leer im Haus. Kein Muskel zuckte in ihrem Gesicht. Sie wandte sich ab, und Stepan stürzte türenknallend aus dem Haus.

Zum Mittagessen kam er nicht heim und hoffte damit seine Verzweiflung zu verdeutlichen. Er verbrachte den ganzen Tag am Dnipro, kam spätabends nach Hause und legte sich dann gleich schlafen, ein weiteres Zeichen seiner Bereitschaft. Die Stunden zogen sich endlos hin, seine Ungeduld drohte die Zimmerdecke und das ganze Haus des friedfertigen Krämers in die Luft zu sprengen, und als sie endlich kam, begrüßte Stepan sie mit einer Inbrunst, die sich aus seiner jugendlichen Leidenschaft und aus dem enormen Kraftarsenal speiste, mit dem er in die Stadt gekommen war.

XI

Die letzten Sommertage boten noch mal alles auf. Ende September war es morgens wolkig und erst gegen Mittag zeigte sich die Sonne. Sie erfüllte die Luft mit Frühlingsfantasien und hielt den Blätterfall für eine Weile auf. Aber nachts wirbelte der Wind, riss das Laub herunter und bereitete den Straßenfegern eine Menge Arbeit. Unter dieser herbstlich gelben Decke begann der Puls der Stadt rascher zu schlagen und aus dem Sommerschlaf zu erwachen. Emsig setzten die Kultur- und Bildungsarbeit, die Vereinsaktivitäten und die Theaterspielzeit ein, verschiedene Gelehrten- und Möchtegerngelehrtengesellschaften nahmen mit ihren aus dem Urlaub oder der Kur heimgekehrten Mitgliedern ihre Tätigkeiten wieder auf. Die Buchhandlungen und Büchereien füllten sich nach dem sommerlichen mentalen Phlegma mit Käufern und Lesern, Ausstellungen wurden eröffnet und Vorträge zu den wichtigsten Themen aus Wirtschaft und Moral gehalten. Das eigentliche Leben der Stadt begann nun, ihr schöpferischer Frühling, umgeben von festen Mauern und doch grenzenlos.

Auch Stepan stürzte sich begeistert in diesen Strudel. Eigentlich hatte er an der Universität auch nicht viel verpasst, als er die ersten Vorlesungswochen ausließ. Denn erst jetzt waren alle Professoren anwesend, und aus dem angekündigten Vorlesungsverzeichnis wurde ein tatsächliches, besonders für die Arbeits- und Studiengruppen, die unausweichlich eine vorbereitende Organisation brauchten. Im Großen und Ganzen war alles für den Unterricht vorbereitet, und er konnte auf den frisch verlegten Gleisen mit dem Tempo starten, das der Studienplan vorsah. Da er sich in Übungskurse für Statistik und historischen Materialismus eingeschrieben hatte und zudem regelmäßig alle Vorlesungen besuchte, war er derart mit dem Studium beschäftigt, dass er kaum einen seiner Kommilitonen näher kennenlernte. Für ihn waren sie nur eine Art Mitarbeiter, doch wurde er umgekehrt für sie innerhalb von vierzehn Tagen eine Auskunft für alle Veranstaltungen, Änderungen und Programme an ihrem Institut, denn keiner kannte sich darin besser aus als er. Seine Vorlesungsmitschriften waren so gefragt, dass man entschied, sie per Schreibmaschine zu vervielfältigen. Besonders bei der Wahrscheinlichkeitstheorie und der höheren Mathematik stieg er rasch zum allseits anerkannten Maestro auf, denn er gehörte zu jener Handvoll Studierender, die jenseits der Formelreihen und Sätze auch deren Wesen erkannte, was ein unfehlbarer Wegweiser durch die scheinbar verwinkelten Abgründe der Mathematik ist.

Abends eilte Stepan rasch nach Hause, um etwas zu essen und dann zwei Stunden im Statistiklabor zu sitzen, wo er endlose Reihen von Ernteerträgen und Sterblichkeitsraten berechnete und ihren Relationskoeffizienten zu bestimmen suchte, und dann verbrachte er noch bis zehn Uhr zwei weitere Stunden in der Bibliothek, wo er seinen Vortrag zur griechischen Atomlehre vorbereitete. Zu Hause lernte er jede freie Minute Englisch und Französisch, Sprachen, von denen er bisher gerade das lateinische ABC kannte, das in der Mathematik unerlässlich ist. Das waren seine größten Wissenslücken, und sie zu füllen war für ihn wie die Parole für einen Stoßarbeiter. Sein hartnäckiger Fleiß erwachte von neuem, und die Arbeit vermochte seine Kraft nicht zu erschöpfen, im Gegenteil, sie stärkte sie. Seine Tage waren ausgelastet und erfüllt und ließen keinerlei Zögern oder Zaudern zu. Er entfaltete ungehemmt seine Kräfte, brannte vor Begeisterung, denn so war er: Hatte er das Ruder bei einem Wettbewerb einmal gepackt, so ruderte er wie ein Wilder, bis schließlich die Dolle brach.

Jene eigenartige Beziehung zwischen ihm und der Hauswirtin störte ihn dabei nicht im Geringsten. Tagsüber war sie so gut wie vergessen, denn Tamara Wasyliwna steckte durch ihr Verhalten entschieden die Grenze ihres Umgangs bei Tage ab. Keinerlei Anspielungen. Keinerlei Anzüglichkeiten. Ein rein sachlicher und offizieller Verkehr tagsüber. Und auch Stepan wagte es nicht, diese Grenze zu überschreiten. Im Übrigen kam ihm diese Zurückhaltung seiner unverhofften Gefährtin ganz gelegen. Als fürchtete sie das Licht, das ihr Geheimnis wie eine Säure zerfressen konnte. Und so bewahrten ihre Treffen den Zauber des Unerwarteten. Es war eine besondere, seltsame und doch genussvolle Küchenromanze zwischen einem jungen Mann und einer verdorbenen Matrone, ein halbsentimentaler, ja banaler Liebesroman, der durch die ewige Nacht und das Ticktack einer billigen Wanduhr geheiligt ist, ein Roman mit plötzlichem Auftakt, feurig-leidenschaftlichem Verlauf und ödem Ende. Und doch spürte er zuweilen in Kleinigkeiten, in einer Bewegung oder einem Wort, ihre versteckte Unschuld, die Achtung weckte und seine ursprüngliche Meinung über sie, sie habe ihr Leben lang wie eine Schlampe Männer verführt, ins Wanken brachte. Dann erfasste ihn eine beängstigende Unruhe, und die Beziehung, die er sich so einfach zu erklären dachte, wurde mit einem Mal rätselhaft. Er fragte und spielte dabei den naiven Dummkopf, warum, wieso, weshalb.

»Weil du mein kleiner Liebling bist«, antwortete sie.

Er traute sich dagegen nicht, sie zu duzen, und nannte sie Musinka, wie sie es ihm selbst vorgeschlagen hatte.

Wenn er über einem Buch oder mitten in einer Arbeit saß, wollte er plötzlich vor Verwunderung und glücklicher Zufriedenheit loslachen. Wie komisch die Welt doch ist! Da geriet er von Gott-weiß-woher in eine Kaufmannsfamilie, fand Unterschlupf, setzte sich fest, und was stellt er jetzt dort alles an – ja, wenn er es wenigstens so geplant hätte, doch er brauchte nicht einmal den kleinen Finger dafür zu rühren. Aber so ist es oft, was man unbedingt will, bekommt man nicht, und was man nicht einmal zu hoffen wagt, fällt einem unerwartet in den Schoß. Manchmal tauchten in seinen Gedanken in der Ferne Hnidyj oder Maksym auf, ja, den einen sah er so gut wie nie, und mit dem anderen hatte er sich mehr oder weniger angefreundet, auch wenn er ihn nicht täglich sah. Ob sie etwas ahnten? Nein, natürlich nicht, denn nichts deutete auf eine Veränderung im Familienleben, in ihrem abgeschotteten, düsteren Dasein hin. Und er hätte bestimmt etwas gemerkt, eine Anspielung oder einen Blick aufgefangen. Das Gewissen flüsterte ihm jedoch ein, dass alles herauskommen wird, bald schon, und dann wird's ungemütlich. Wegen dieser – auch ohne mathematische Berechnungen – sehr wahrscheinlichen Möglichkeit lief es ihm kalt den Rücken herab. Doch die warnende Stimme verstummte rasch im Wirbel seines Studieneifers, der sie so oder so selten zu Wort kommen ließ.

Genauso wenig interessierte ihn die Frage, wie man das Ganze nennen soll – Liebe? Vielleicht. Lächerlich, aber möglich. Wer hat schon den Mut, zu verkünden: Das hier ist Liebe – und dies hier schon nicht! Deine Schuhe mögen ausgelatscht, abgewetzt, geflickt, verschmutzt oder löchrig sein, es sind immer noch deine Schuhe. Warum sollte man also für die Liebe stets neues Schuhwerk wollen? Die Liebe kann auch in Fußlappen oder Pantoffeln daherkommen. Das Gefühl von Geheimnis und Verbot faszinierte ihn jedenfalls und ersetzte dem jungen Mann durchaus die *Liebe*, und die Befriedigung seiner Leidenschaft weckte in ihm sogar ein Gefühl von Zärtlichkeit und Dankbarkeit. Unter ihrem betörenden Einfluss küsste er ihr die Hände, und es waren die ersten Frauenhände, denen er eine solche Ehre zuteilwerden ließ. Er war sich voll und ganz der Hochstimmung bewusst, die ihn nach ihren Berührungen erfasste, ihr Kuss elektrisierte ihn, entzündete eine Explosion von Schaffenskraft. Sie war in seinem Leben wie ein unsichtbarer, verborgener und doch mächtiger Antrieb geworden, und außerdem offenbarte sich ihm eine Frau, die nicht alles auf die Goldwaage legte und nicht versuchte, ihm etwas vorzumachen. Im Vergleich mit ihr waren alle Mädchen, die er kannte, zimperliche Püppchen, die ihre Freizügigkeit für großartige Selbstaufopferung und eine unbezahlbare Leistung hielten.

Sie weihte den jungen Mann allmählich in die Geheimnisse der Liebe ein, lehrte ihn, das Küssen zu genießen, das ihm bisher nur als belangloses Beiwerk erschienen war, und ebenso all die intimen Glutherde, die die Menschheit seit der Steinzeit entfacht. Stepan absolvierte einen Schnellkurs in diesem Bereich menschlicher Erfahrung, die über Generationen ohne Lehrbuch und Vermächtnis weitergegeben wird und die ihn aus dem Spiegelkabinett der Bücher befreite, in dem sein Verstand herumirrte. Denn die Nächte schenkten ihm das Gefühl eines gedankenlosen, also ursprünglichen Lebens, ohne Vorschriften und Regeln, ungebunden und frei von Entschluss und Rechenschaft. Nachts schloss sich das wachsame Auge, keine Kontrolle und Beschränkung, die aufdringliche Stimme, die Aufforderungen, Anweisungen und Befehle erteilt, verstummte, und nachdem sie zum Schweigen gebracht war, vergaß er sie und erfuhr eine ureigene Unabhängigkeit und ungezügelte Lebenskraft, deren unsterblicher Zauber sich trotz tausender Hindernisse entfaltet.

Ihre Kunst zu lieben hatte nichts Gekünsteltes, auch wenn sie über das Wort »Liebe« am allerliebsten ihre Scherze machte. Der junge Mann spürte jedoch unerwartet in ihren Liebkosungen etwas unbestimmt Willfähriges und Unausgesprochenes, die Glut eines inneren Feuers, das ihn in einem Augenblick versengte und ihm im nächsten Angst einflößte. In solchen Momenten sagte er sich, dass er sie nie verlassen werde, dass er ohne sie nicht leben könne, und er war schon drauf und dran, ihr vorzuschlagen, gemeinsam durchzubrennen und mit seinem Stipendium ein Liebesnest für sie zu bauen. Im nächsten Moment scherzte sie jedoch wieder, und er spürte abermals keinerlei Verpflichtung. Er liebte ihre Scherze, ihre verspielten Zärtlichkeiten und Kosenamen, die sie ihm gab und die allen schmeicheln, selbst wenn sie ein wenig komisch sind. Und er mochte die duftenden Zigaretten, die sie ihrem Sohn stibitzte und ihm immerzu mitbrachte, und auch die sorglosen und unverbindlichen Gespräche mit ihr. Musinka fing nie ein ernsthaftes Gespräch an oder belästigte ihn mit ihrem Seelenleben, und er sollte ihr dafür mehr als dankbar sein, denn die Beschwernisse einer fremden Seele sind eine zu große Last für die eigene.

So verstrich ein ruhiger und sorgloser Monat, Tage der Arbeit und Nächte der Liebe, die das Bewusstsein steigern und verfeinern. Es begannen bereits öde und wolkenverhangene Regentage, und so holte er seinen Soldatenmantel hervor, der ihn draußen hervorragend schützte, ebenso seine festen Stiefel aus Juchtenleder, die wasserfest waren. Sein Körper fühlte sich in dieser Kleidung so behaglich wie sein Geist in seinem Körper. Alle Widrigkeiten verstummten ohne große Klage, und er stürmte vorwärts wie ein vom Bogen geschnellter Pfeil. Er war sich dessen bewusst, und so war sein Wesen ausgeglichen, was die Klarheit seines Denkens beflügelte, die sich so sehr vom blendenden Schein der Träume unterscheidet. Offensichtlich hatten sich die Hirngespinste seiner Eigenliebe und auch die Weltverbesserungsträume verzogen, und sein Leben war einfacher geworden, weil er begriffen hatte, dass er noch zahlreiche Hürden zu überwinden hatte, bevor er Ergebnisse erzielen konnte. Seine gefährliche Neigung zur Verallgemeinerung und der Versuch, die Gesetze des Weltenlaufs auf Grundlage der unvollständigen Kenntnisse seiner ersten beiden Jahrzehnte auf dieser Welt zu bestimmen, lächerlicher und naiver Jahre, in denen er immer wieder mit dem Kopf an die Mauer der Realität stieß, wandelte sich nun in den weisen Wunsch, die Welt Schritt für Schritt kennenzulernen und ausreichend Wissen über sie anzuhäufen. Er wurde ernst, ein wenig wichtigtuerisch und gab sich den Anschein eines abgeklärten Burschen, der – obwohl noch jung – bereits so einiges weiß und so gut wie alles versteht und jedem erklären kann was-wie-wo-warum-wozu.

An der Hochschule kam Stepan mit Riesenschritten voran. Neben dem Studium engagierte er sich vermehrt in sozialen Angelegenheiten der Studentenschaft, die zu jener Zeit im Großen und Ganzen gleichgültig oder gar misstrauisch gegenüber dem Kollektivismus war, da dieser den Stempel der Verpflichtung trug, die allem öffentlichen Engagement anhaftete. Der Mensch schätzt das Süße nur an der verbotenen Frucht, und auch für Politiker sollte diese Bibelgeschichte aufschlussreich sein. Wer jedenfalls eine angeborene soziale Ader hatte und von äußeren Umständen unabhängig war, für den schien die damalige Studentenschaft wie ein ungepflügtes, aber auch unergiebiges Feld. Stepan wurde nach mehreren Wortmeldungen auf Studentenversammlungen zum Sekretär des Studentenbüros der RobSemLis-Sektion gewählt und zudem als Mitglied des Universitätsbüros des KUBUTsch. Er hatte nun furchtbar viele Aufgaben, war enorm wichtig, und es kostete ihn viel Energie, tagtäglich allen Verpflichtungen gegenüber sich selbst und der Gesellschaft Genüge zu leisten.

Für eine abendliche Wohltätigkeitsveranstaltung für mittellose Studenten im Veranstaltungsraum des KUBUTsch entschied man sich, außer den Auftritten der Künstler auch eine Lesung aktueller Texte zu organisieren, und Stepan fiel ein, dass er dem Organisationskomitee seine Erzählung »Das Rasiermesser« vorschlagen könnte, die in der ersten Fassung nutzlos als Manuskript bei ihm herumlag. Nachdem er die Einwilligung erhalten hatte, schärfte und feilte er den Text für eine Kollektivrasur und trat damit vor dem Publikum auf.

Er war nur einen Moment lang nervös, beherrschte sich dann aber, und als er merkte, dass die Zuhörer immer aufmerksamer lauschten, nahm er das richtige Lesetempo auf und las ruhig und deutlich bis zum Ende ohne überflüssige Betonungen oder Pausen. Dafür bekam er so viel Applaus wie der eingeladene Operntenor, vielleicht sogar noch etwas mehr, und jemand warf eine Blume in Richtung Bühne, die freilich davor auf dem Boden landete. Er hielt es jedoch für unnötig, diesen ersten Lorbeer aus dem Kranz künftigen Ruhmes aufzuheben.

Überhaupt war er seinem Erfolg gegenüber ziemlich reserviert, und als einer der Teilnehmer der Lesung, Borys Sadoroschnyj, ein Student im letzten Studienjahr, ihn überschwänglich lobte und nachfragte, ob er denn noch etwas anderes geschrieben habe, antwortete Stepan mürrisch:

»Keine Zeit für solchen Unsinn.«

»Falsch«, entgegnete Sadoroschnyj. »Was erwartet uns denn, wenn wir fertig studiert haben? Man jagt uns in eine Fabrik oder ein Büro, und das war's. Da kannst du dann Moos ansetzen. Doch Erzählungen schreiben ist doch eine tolle Sache! Ich lese jede freie Minute.«

Stepan reagierte ablehnend. Eine Erzählung, das sei doch sinnloser Zeitvertreib. Man könne auch gut ohne so etwas leben. Es kam zu einem kleinen Wortwechsel über Literatur, wobei Stepan sich offen feindselig äußerte, während Borys als ihr großer Verfechter auftrat.

Dennoch schrieb Stepan zu Hause innerhalb einer Woche zwei weitere Erzählungen. Der Student Sadoroschnyj, der seine schriftstellerischen Versuche so wohlwollend aufgenommen hatte, wurde – vielleicht gerade deshalb? – sein guter Freund, den er gerne und ohne Hemmung um Rat bat und sogar ab und zu zu Hause besuchte. Das Schicksal dieses fröhlichen und fähigen jungen Mannes war von Armut und Unannehmlichkeiten gezeichnet. Er war so unvorsichtig gewesen, in der Familie eines Geistlichen geboren zu werden, der zwar bereits vor zehn Jahren gestorben war, doch auch dadurch hatte er die Ehre des Sohnes nicht reinwaschen können. Wegen seiner sozialen Herkunft war Sadoroschnyj zweimal von der Universität ausgeschlossen worden, aber zweimal war er auch wieder aufgenommen worden, da er selbst eine makellose Vergangenheit hatte. Nach fünf Jahren war er im dritten Studienjahr, und als er eine Anstellung als Nachtwächter im KomHosp bekam, hielt er sich für den glücklichsten Menschen der Welt.

Im Frühjahr sollte er sein Studium in der Fachrichtung Zuckerindustrie beenden. Stepan fühlte sich zu ihm hingezogen und vertraute seinem Kunstgeschmack voll und ganz. So wurde Borys zum Vertrauten bei seinen schriftstellerischen Versuchen und der erste und zugleich wohlwollende Richter seiner Werke.

»So, pass mal auf«, sagte Stepan und blätterte in einem Stoß Papiere.

Borys hörte anerkennend zu.

»Das hab ich so nebenbei geschrieben«, sagte Stepan.

Er hatte fünf Erzählungen über die Revolutionskämpfe verfasst. Er schrieb unbeschwert und schnell, vielleicht ein bisschen oberflächlich, doch mit Feuer.

»Und warum lässt du sie verstauben?«, fragte ihn Borys. »Ab damit an eine Zeitschrift.«

»Ach was, du hast doch keine Ahnung!«

Er erzählte dem Freund, wie er seine erste Erzählung geschrieben hatte, wie er sogar seinen Namen zu Stephan adeln wollte und wie der große Kritiker dann sein Mütchen gekühlt hatte.

»Literatur ist so eine verwickelte Sache«, ergänzte er überzeugt. »Man braucht ein Händchen dafür, sonst sollte man es gleich lassen. Deshalb gibt es auch so wenige Schriftsteller, denke ich.«

Borys war anderer Meinung:

»Literatur ist deiner Ansicht nach so etwas wie eine Anstellung?«

»Ja, in der Art.«

»Dummkopf.«

»Na und.«
Borys lachte.
»Und wie bist auf Stephan gekommen?«
»Das war ein König oder so was.«
Seitdem nannte Borys ihn Stefi.
Als Stepan eines Abends konzentriert an Wechselkursen arbeitete und gerade ausrechnete, wie viel Gold-Karbowanez die indische Rupie wert war, unter der Annahme, dass diese so und so viel Pfund Sterling koste, er also mit seinen Gedanken weit weg vom Hier und Jetzt war, trat plötzlich Maksym in ziemlich aufgebrachter Stimmung in seine Küche.
»Ich muss mit Ihnen reden«, begann er trocken.
Seine Stimme bebte, die Falten auf seiner Stirn zuckten, und in Stepan stieg ein ziemlich ungutes Gefühl auf, bitter ahnte er, was kommen würde.
»Sie sind ein nächtlicher Dieb«, sagte Maksym, der ihm gegenüber an den Tisch getreten war.
»Was?«
»Sie sind ein nächtlicher Dieb«, wiederholte Maksym dumpf und stützte seine Hände auf der Tischplatte ab.
»Ein Dieb sind Sie.«
Stepan erhob sich, erschrocken von der ruhigen, gepressten Stimme.
»Worum geht's?«
Doch Maksym schwankte plötzlich, hob hektisch die Hand und schlug Stepan geradewegs ins Gesicht, in seiner Hast traf er aber nicht die Backe, sondern direkt den Mund. Dieser Schlag auf den Mund war zwar nicht fest, aber zutiefst beleidigend, und für Stepan war es wie ein Peitschenhieb auf den nackten Körper, sein Gesicht lief blutrot an, und er explodierte, ruckte, stürzte sich auf Maksym, stieß mit den Beinen den Tisch um und warf ihn aufs Bett.
In blinder Wut bearbeitete er völlig außer sich dessen Kopf

und Brust mit Fäusten. Dann ließ er ihn in Ruhe, erhob sich und blinzelte mehrmals, um den roten Schleier vor seinen Augen zu vertreiben. Er strich sein zerzaustes Haar zurück, schnappte sich Mantel und Mütze und verließ das Haus. Er ging fort, stapfte fassungslos durch Pfützen und bebte vor Wut und Demütigung. Dieser Dreckskerl hat ihn ins Gesicht geschlagen! Will er ihn vielleicht noch zum Duell herausfordern? Mit dem Degen oder der Pistole? Ach, da hat das Mamilein aber einen feinen Kavalier!

Zufrieden berauschte er sich an der Erinnerung, wie er den Beleidiger schlug, ihn würgte, stieß und prügelte, zugleich bedauerte er, dass er die Bestrafung so rasch abgebrochen hatte. Er hätte diese Schlange erschlagen sollen! Zu Brei verarbeiten! Er kochte vor Wut, nicht nur wegen Maksyms beleidigendem Verhalten, sondern weil er seine Ruhe und Zufriedenheit ins Wanken gebracht hatte, wegen des materiellen Verlusts und auch wegen des Verlusts der Geliebten. Je deutlicher er sich dieser Katastrophe bewusst wurde, desto größer wurde sein Hass, ein hilfloser Hass, ratlos und deprimierend. Er war der glühende Zorn selbst, und wenn ihn jetzt jemand angerempelt hätte, wäre er ihm an die Gurgel gesprungen.

Als Stepan sich auf dem gewohnten Weg einen Augenblick später bereits auf dem Chreschtschatyk fand, hielt er inne und überlegte, wo er heute übernachten könne. Große Auswahl hatte er freilich nicht, und so machte er sich auf den Weg zu Borys in der Lemberger Straße hinter dem Heumarkt. Das schnelle Gehen ermüdete und beruhigte ihn ein wenig. Nach der ganzen Aufregung erschlaffte sein Körper allmählich, und Stepan begann vor Müdigkeit nervös zu gähnen. Er musste lange klopfen, denn es war bereits spät, und obwohl Borys gerade irgendwo einen Speicher bewachte, ließ man ihn als bekannten Besuch in das Zimmer. Die Abwesenheit des Zimmerherrn freute ihn sogar, und bis zum

Morgen, so hoffte er, würde ihm ein guter Grund für seinen Besuch einfallen. Er fand ein Stück Brot, aß etwas und legte sich sogleich schlafen, wobei er Maksym verfluchte, der ihm sein Leben zerstört hatte.

Am Morgen ging Stepan an die Uni und traf Borys erst abends. Er musste wieder zu ihm gehen, da er sonst nirgendwohin konnte. Seine Stimmung hatte einen Tiefpunkt erreicht, den ganzen Tag war er mit finsterer Miene herumgelaufen, doch seinem Freund erzählte er fröhlich, dass sein Hausherr unerwarteten Verwandtschaftsbesuch habe und er für eine Weile sein Bett frei machen müsste.

»Dann zieh doch ganz in meine Bude ein«, schlug ihm Borys vor. »Du weißt ja, dass ich selten zu Hause übernachte. Ein Hundeleben, aber besser, als wie ein Hund zu verhungern. Das habe ich schon durch, war nicht besonders angenehm.«

Statt bei einem so großzügigen Angebot zuzuschlagen, lehnte Stepan großmütig ab. Denn insgeheim hegte er noch immer Hoffnung, dass alles irgendwie wieder gut werden und er ins angestammte Nest zurückkehren könnte. Aber wie? Er hatte keine Ahnung. Das große »Vielleicht« lebte in ihm auf, ein tiefer Glaube an sein Schicksal, das bisher nicht allzu hart mit ihm verfahren war. Wird Musinka denn jetzt selbst Wasser holen? Solch eine Barbarei wollte ihm nicht in den Kopf gehen. Oder dieser dreimal verfluchte Maksym, melkt der etwa die Kühe? Aber er musste natürlich zugeben, dass Hnidyjs Haushalt früher auch ohne ihn ganz gut zurechtgekommen war und auch jetzt ohne ihn auskommen würde. Vermutlich würde Musinka ein wenig weinen und dann einen geeigneteren Liebhaber finden. Solche Gedanken betrübten ihn zutiefst. Er entschloss sich zu warten. Worauf? Vielleicht würde sie ihm einen Brief schreiben, aber sie wusste ja seine Adresse nicht. Und er traute sich nicht, ja er schämte sich, ihr zu schreiben, denn wie man es auch drehte und wendete, er hatte das Feld geräumt, wenn auch als Sieger.

Zwei Tage nagte eine unstillbare Sehnsucht nach Musinka an ihm, vor allem, weil er zwangsweise von ihr getrennt worden war. Er ertrug es einfach nicht, wenn er seine Handlungsfreiheit eingeschränkt sah. Doch nach zwei weiteren Tagen hatte er sich mit der Situation so weit abgefunden, dass er wahrscheinlich bei Borys geblieben wäre, wenn ihm nicht neuer Ärger einen Strich durch die Rechnung gemacht hätte.

Als sich Borys einmal abends zu seinem Nachwächterdienst aufmachen wollte, bemerkte er Stepans bekümmerte Miene und sagte:

»Du schuftest zu viel, Stefi, selbst ein Dampfkessel kann überhitzen, und der ist aus Gusseisen. Schon Marx merkte an, dass ein arbeitender Mensch ausruhen soll.«

»Das merke ich auch«, antwortete Stepan, »dass ich's mit der Arbeit übertreibe.«

»Die beste Entspannung bietet weibliche Gesellschaft, oder wie man bei uns sagt, ein Techtelmechtel. Ich wurde vor Kurzem mal eingeladen, und ich sage dir, du brauchst nur eine halbe Flasche Schnaps und was zum Essen, am besten Würstchen. Es ist nicht weit zu Fuß, zumindest für unsere Füße, nur bis zur Markthalle. Da steht so eine Hütte, eher schon ein besserer Verschlag, na irgend so etwas, aber dafür gibt's dort fünf Mädels ...«

»Fünf?«, fragte Stepan.

»Genau fünf. Aber die eine davon – du glaubst es nicht. Eine wahre Beatrice! So eine Blonde, still, aber du weißt ja, stille Wasser gründen tief. Wie heißt sie doch gleich? Natalka? Nein ... Nastja? ... Auch nicht. Aber unter einer Bedingung – die gehört mir.«

»Kannst sie alle fünf haben«, brummte Stepan finster. »Ich hab keinen Nerv für deine Mädels!«

»Falsch. Die Wissenschaft lehrt uns, dass es den Fluss der Säfte unterstützt.«

Nachdem Borys gegangen war, dachte Stepan lange und gequält nach. Dass es nun fünf anstelle von drei Mädchen waren, ließ sich leicht erklären. Nadijka hatte ihm selbst gesagt, dass sie zum Winter noch zwei Freundinnen aufnehmen wollten, damit es mit dem Holz leichter werde. Ebenso gut verstand er, dass Borys Nadijka den Hof machen wollte. Und außerdem, dass er ihn letztlich dorthin schleifen würde, wenn er hierbliebe, oder aber er würde ihm immerzu erzählen, was dort los sei, was er dort mache. Doch die bloße Erwähnung von Nadijka hatte schon ausgereicht, dass ihm fast die Galle hochkam. Was würde passieren, wenn Borys ständig von ihr erzählte? Sein Selbsterhaltungstrieb sagte ihm, dass es eine Qual für ihn würde, wenn er sich Tag für Tag diesem Gerede aussetzte.

An dem Abend verspürte er eine ziemliche Abneigung gegenüber Mädchen, eine melancholische Abneigung gegenüber etwas Verlorenem, das nicht wiederkehrt, aber von Ferne an Attraktivität gewinnt. Wird sie sich denn in Borys verlieben? Für einen Moment packte ihn der brennende Wunsch zu bleiben, absichtlich bei Borys zu bleiben, um mit ihm dorthin zu gehen und ihm Nadijka auszuspannen! Diesen Schwätzer an der Nase herumzuführen! Ihm ein wenig die Flügel zu stutzen, damit er nicht mehr sagen kann: ›Die gehört mir!‹ Aber er war zu erschöpft für solche Ausbrüche, und zudem hatte er andere, ernstere Sorgen, und als er nach einem Buch langte, sagte er sich gleichgültig:

»Soll er sie doch haben.«

Bitter enttäuscht, dass die Stadt doch nicht so groß war, um gewissen Menschen aus dem Weg zu gehen, entschloss er sich, ins Wohnheim des KUBUTsch umzuziehen.

XII

An diesem Morgen kam Stepan Radtschenko, der fleißigste Student des Instituts, das erste Mal nicht zur Vorlesung. Mit gesenktem Haupt trottete er gedankenverloren die Revolutionsstraße hinab zum Nyschnij Wal, um seine Sachen aus dem Haus zu holen, das ihm Unterschlupf gewährt hatte, und die letzten Spuren seines Aufenthalts zu beseitigen. Er hatte dafür extra den Vormittag gewählt, denn zu dieser Zeit war Musinka alleine im Haus. Obwohl seine Wut gegenüber Maksym schon abgeflaut war und Hnidyj selbst wohl kaum in der Lage sein würde, sich mit ihm anzulegen – denn in dieser bizarren Familie spielte er eher die Rolle eines Statisten –, wäre es Stepan unangenehm gewesen, die beiden auch nur zu sehen. Und für sie wäre es wahrscheinlich doppelt unangenehm, ihn zu treffen. Er wollte auch den anderen keine Scherereien bereiten.

Die Tür war unverschlossen, und er trat in die leere Küche. Für einen Augenblick spielte er mit dem Gedanken, seine Siebensachen heimlich zu packen und für immer von hier zu verschwinden. Aber er verwarf den Gedanken als schandhaft – schließlich war er kein Dieb! Als er die Küche betrat, in der ihm jedes einzelne Ding vertraut war, und in der Ecke den Eimer sah, mit dem er Unmengen von Wasser geschleppt, den Tisch, an dem er ganze Papierberge beschrieben, und seine Bücher und Hefte an dem Platz, an dem er sie hinterlassen hatte, da tat es ihm bis zum Äußersten weh, dass er all das aufgeben sollte. Wofür denn? Er fühlte sich betrogen. Aber all die Sachen waren nur der Hintergrund für die Spuren seiner Leidenschaft, die nur ihm sichtbar waren. Sie erinnerten ihn an die gemeinsame Zeit mit einer Frau, die ihm so viel gegeben und solch intensiven Genuss bereitet hatte. Umgeben von ihnen spürte er, dass dieses Gefühl, sollte es auch keine Liebe gewesen sein, doch noch lange nicht erschöpft war und dass in seiner Tiefe noch zahlreiche Nächte lagen, deren Verlust ihn völlig aus dem Gleichgewicht bringen würde, und mit einem Mal packte ihn eine Angst, dass er mit Musinka auch sein Feuer verloren haben könnte, dass die unfreiwillige Trennung ihn wieder in die Verzweiflung zurückstoßen würde, die er die Woche über bekämpft hatte in der heimlichen Hoffnung, dass er doch noch zu ihr zurückkehren und sie abermals besitzen würde. Zitternd vor Aufregung klopfte er an die Tür ihres Zimmers, und ohne eine Antwort abzuwarten, klopfte er noch einmal.

Musinka kam heraus und Stepan sah ihr begierig ins Gesicht, suchte dort nach Anzeichen von Freude über sein Erscheinen. Aber das Gesicht blieb regungslos, wie immer untertags, dabei war es etwas müde und blass. Da sagte er ohne Gruß und streng:

»Ich bin da, um meine Sachen zu holen.«

Sie lächelte, was seinen Ärger nur anheizte.

»Ich will Sie nicht stören!«, schrie er. »Vielleicht haben Sie sich ja mit mir gelangweilt und Maksym selbst geschickt, um mich loszuwerden!«

»Maksym ist weg«, sagte sie.

»Weg?«

»Weg von uns, er wird alleine leben.«

Stepan erschauderte.

»Er hat gesagt: ›Mama, versprich, dass du diesen Vagabunden fortjagst, dann bleib ich, und alles wird wie früher.‹ Ich sagte: ›Er ist kein Vagabund.‹«

Stepan stürzte sich auf sie, ergriff ihre Hände und begann, sie ungestüm zu küssen.

»Nein, nein, Musinka, ich bin ein Vagabund!«, sagte er. »Ich bin ein Widerling, rauswerfen muss man mich. Ich liebe Sie, Musinka, verzeihen Sie mir!«

Kraftlos antwortete sie: »Dir verzeihen? Was denn?«

Er küsste ihren Hals, ihre Mundwinkel, ihre Augen und ihre Stirn, liebkoste all diese wohlbekannten Orte, umarmte sie so demütig wie leidenschaftlich. Und sie, als wäre sie gerade erwacht, schlang ihre Arme um seinen Hals, drückte seinen Kopf an sich und sah ihm mit einem Blick wilden Verlangens in die Augen.

In jener Nacht sagte sie ihm:

»Ich wusste, dass du wiederkommst.«

»Warum?«

»Das sag ich dir später.«

»Ich war mir auch sicher, dass ich trotz allem zurückkomme. Ich bin zwar gekommen, um meine Sachen zu holen, aber tief in mir drinnen wusste ich, dass wir zusammen sein werden. Küss mich, ich bin ein Lieber.«

»Ach, mein Liebling«, lächelte sie.

Er schwieg.

»Worüber denkst du nach?«

»Über … die andere Hälfte des Hauses.«

»Und vorher hast du nicht daran gedacht?«

»Selten, vielleicht mal zwischendurch. Ich hatte Angst zu fragen. Musinka, alles ist so eigenartig. Ich kenne mich selbst nicht mehr.«

»Und du wirst dich auch nie kennenlernen.«

»Warum nicht? Ein bisschen habe ich schon dazugelernt. Was ich nicht alles durchgemacht habe! Die Stadt hat sich um mich geschlungen. Ich bin in ihr untergegangen.«

»Und jetzt vertrocknest du hier neben mir.«

In ihren Worten hörte er so viel Schmerz und vorwurfsvollen Spott, dass er unwillentlich zusammenzuckte, da ihm plötzlich und unerwartet etwas klar wurde, was ihm bislang unbekannt gewesen war, verborgen und schrecklich: Es hatte eine Musinka gegeben, bevor sie für ihn zu existieren begann.

All die vergangenen Jahre und Jahrzehnte hatten sie zuverlässig zueinander geführt, bis sich ihre Wege hier in dieser Küche kreuzen sollten. Noch klarer als zuvor spürte er nun die leise und unerbittliche Kraft des Schicksals wie einen strengen Blick, der die Menschen plötzlich umsehen lässt, und gewöhnliche Begegnungen von Wesen, die sich gestern noch nicht einmal kannten und heute schon zu Freunden, Liebhabern oder Feinden wurden, kamen ihm so geheimnisvoll wie erschreckend vor.

Er war unangenehm überrascht, da er nicht wusste, was sie dachte, und nahm sie plötzlich bei der Hand.

»Und Sie verlassen mich auch nicht?«

»Du erlaubst doch gar nicht, dass man dich verlässt.«

»Und deshalb bin ich auch zurückgekommen?«

»Warum denn sonst, mein Kleiner?«

Er stützte sich auf die Ellbogen und zündete sich eine Zigarette an, denn ihre Worte verletzten ihn. In ihnen klang eine Lebenserfahrung mit, die ihm unzugänglich war, und traurige Ironie.

Sie schwieg. Er lag auf dem Rücken und rauchte gemächlich.

»Das war eine schreckliche Woche«, sagte sie.

»Für mich auch«, antwortete er.

»Für dich auch? Wie alt bist du denn?«

Er wollte protestieren.

»Ich bin 42 Jahre alt«, sagte sie. »Alt bin ich. Oder willst du mir sagen, dass das wenig ist? Ach, mein Liebling, in einem Jahr bin ich eine alte Schachtel. Dann wirst du mich nicht wiedererkennen. Vor Ewigkeiten war ich auch mal jung. Du kannst dir gar nicht vorstellen, wie lang das zurückliegt. Weißt du, was Freude ist? Sie ist wie Äther. Sie verdampft augenblicklich. Und der Schmerz bleibt für immer, ohne Ende …«

»Stimmt«, sagte er. »Ich habe das auch schon erfahren.«

»Man sagt, das Leben ist wie ein Basar! Wahrlich! Jeder hat seinen eigenen Laden. Manche verdienen sich eine goldene Nase, die anderen machen nur Verluste. Und warum? Weil niemand sterben will. Man muss verkaufen, auch wenn man damit Verlust macht. Danach darf dich jeder einen Dummkopf nennen. Wer daneben liegt, wird zum Gespött. Und die Menschen sind furchtbar verschieden. In den Büchern steht geschrieben, dass es solche und solche unter den Menschen gibt … Unzählige Redensarten gibt es über die Menschen, über die ganze Menschheit, und man könnte glauben: ›Wie gut wir doch den Menschen kennen!‹ Es gibt sogar eine Wissenschaft über das Leben der Seele, die Psychologie. Ich habe davon gelesen, weiß nicht mehr, wo. Die meinten, dass der Mensch nicht flüchtet, weil er Angst hat, sondern dass er Angst hat, weil er flüchtet. Aber was macht das für einen Unterschied für den, der Angst hat? Der weiß doch auch nichts. Verstehst du?«

»Sie meinen wohl die idealistische Psychologie. Die heutige Psychologie baut auf ganz anderen Grundsätzen auf. Von der Selbstbeobachtung als Methode hat man sich schon lange verabschiedet.«

Er streckte seine Arme aus, legte den Zigarettenstummel auf den Tisch und drehte sich nach rechts.

»Und was war dann?«, fragte er. »Sie waren jung, und dann?«

»Da gibt es wenig Interessantes. Ich hatte zwei Brüder und zwei Schwestern, die alle früh gestorben sind. Warum ausgerechnet ich überlebt habe? Grenzt das nicht an ein Wunder? Wir haben hier gewohnt. Das ist mein Haus. Wir waren nicht reich, aber man kam über die Runden. Mein Vater war ein kleiner Kaufmann. Und jetzt hör zu. Mein Vater hatte einen Freund, mit dem er aufgewachsen und in die Schule gegangen ist. Er selbst hat mit Eisen gehandelt und dieser Freund mit

Fisch. Der Freund hat es gut getroffen. Er hat sich ein Haus auf den Lypky gebaut, ein großes, fünfstöckiges, und ist zum Großhändler geworden, hat Millionen gemacht. Mein Vater hat hier weiter mit Eisen gehandelt. Er hat nie jemanden um irgendetwas beneidet. Aber als vier seiner Kinder gestorben sind, wurde er trübsinnig. Alle seine Pläne hatten sich in Luft aufgelöst. Danach starb unsere Mutter. Und ich blieb allein zurück. Vor Vater hatte ich Angst – er war so verbittert. Er schenkte mir keine Beachtung, schwieg oft tage- und wochenlang. Freundinnen hatte ich keine … Und überhaupt kam nie wer zu uns. In der Schule haben sie mich geärgert und eine Nonne genannt. Ich war 17, als eines Abends spät dieser Freund meines Vaters mit seinem Sohn vor der Tür stand …

»Das war ihr späterer Ehemann?«

»Ja, das war Luka. Sein Vater trug einen Orden auf der Brust, kann ich mich erinnern … Ich könnte jeden einzelnen Tag meines Lebens nacherzählen. Schrecklich ist das, sein Leben so gut zu kennen. So, also würde man sich selbst überwachen … Vater hat mir damals gesagt: ›Tamara, bald werde ich sterben, such dir einen Mann.‹ Und ich sagte nur: ›Einverstanden Vater‹ und habe seine Hand geküsst. Die Hand war kalt, und zwei Monate später ist er tatsächlich gestorben. Das war das erste Mal, dass ich bemerkt habe, wie man aneinander vorbei lebt. Vater wurde unter großer Anteilnahme beigesetzt, denn alle haben ihn geliebt. Sie kleideten mich in Schwarz und führten mich hinter dem Sarg an der Hand – rechts Luka, links meine Tante. Ich sah nach drüben auf den Bürgersteig und bemerkte Leute, die anhielten, ihre Hüte zogen und fragten, wer denn begraben werde. Dann gingen sie weiter. Als ich das sah, habe ich aufgehört zu weinen. Ich schämte mich, vor solchen Leuten zu weinen, die ihrem Alltag nachgingen. Ich stellte mir vor, dass sie nach Hause kämen und beim Essen erzählten, dass man irgendeinen Mann begraben und wie schrecklich die Tochter geweint hätte. Von da an waren meine Tränen komplett ausgetrocknet. Obwohl es genug zu weinen gegeben hätte.«

Sie hielt inne und lehnte sich an das Polster. Die Ruhe ihrer Worte betörte Stepan zunehmend, und je weiter er in den Bann ihrer Erzählung gezogen wurde, desto weniger war er imstande, etwas zu sagen. Vorsichtig nahm er sich eine Zigarette und rauchte.

»Halt sie mir nicht so nah ans Gesicht«, sagte sie. »ich habe dir noch nicht erzählt, warum Luka, der mir bestenfalls zufällig einmal irgendwo begegnet war, nun um meine Hand angehalten hat. Ich selbst habe das erst später erfahren. Alles Unerfreuliche wird man dir eines Tages erzählen, da kannst du dir sicher sein. Früher oder später, absichtlich oder zufällig. Und so war es auch. Luka war in ein Mädchen verliebt, auch eine Kaufmannstochter, und ihre Ehe war schon beschlossene Sache. Aber dann hat der zukünftige Schwiegervater, oder es war die Schwiegermutter von Luka, ein bisschen unglücklich gesagt, dass die Heirat ja eine große Ehre für die Hnidyjs wäre. Der alte Hnidyj hat Luka gepackt und ist noch am selben Abend zu uns gekommen. Luka hat ihn gehasst, gehorchte aber. Du kannst dir denken, was für ein Schicksal mich erwartete … Kurz gesagt: Luka meinte, wenn ich ihm schon das Leben ruiniert hätte, dann sollte ich doch wenigstens dafür bezahlen.«

»Warum hast du ihn denn nicht verlassen?«, fragte Stepan.

»O, dafür hat er schon gesorgt! Mir waren alle Türen verschlossen, die Fenster im dritten Stock ließ er aber offen. Er wünschte sich, dass ich mich umbringe. Aber ich hatte Angst, mich selbst zu töten. Ich wartete nur darauf, dass sein Vater starb. Nach dessen Tod änderte sich sein Verhalten mir gegenüber. Er hat aufgehört mich zu schlagen, hat mich komplett vergessen. Ich hab ihn selten gesehen. Die Leute erzählten mir genau, wo er war, mit wem er lebte. Ich blieb nur zum Schein auf dieser Welt. Weißt du, was Träume für die bedeuten, die leiden? Sie sind ein Fluch! Was ich für Träume hatte …! Je schwerer es mir wurde, desto glücklicher war ich. Ich kannte die ungewöhnlichsten Welten. Ich flog zum Abendstern, dort gibt es fantastische Gärten, stille Bäche und einen nie endenden warmen Herbst. Ich träumte nur vom Herbst. Wie man mich da liebte …! Und danach bekam ich einen Sohn …«

»Maksym?«

»Maksym … Ich wollte, dass sie ihn anders nennen … Dass sie ihn …«

»Dass sie ihn wie nennen?«

»Du wirst dich wundern … Dass sie ihn Stepan nennen!«

»Warum?«

»Das wusste ich damals nicht, später wurde es mir klar. Ich hatte genug Zeit, mich selbst zu studieren, jeden einzelnen meiner Gedanken zu analysieren. Schau, letztlich habe ich begonnen, mich über mich selbst zu wundern. Ich habe mich nie so geliebt, wie andere sich lieben. Aber ich war mir selbst äußerst nah. Verstehst du? Wer sich selbst liebt, der ist gespalten, aber man kann auch mit sich selbst verschmelzen … Dann kann man sich nicht mehr lieben, oder besser, man tut es einfach nicht. Dafür hast du keine Angst mehr vor dir und deinen Gedanken. So war das: Ich war etwa zwanzig Jahre, als ein Arbeiter bei uns zu Hause Dienste leistete. Einmal bin ich beim Lesen eingeschlafen, und da hat er mich ins Bett getragen. Als er mich trug, bin ich aufgewacht, hab aber so getan, als würde ich schlafen, damit er mich weitertrug. Ich hatte die Augen geschlossen, es war schrecklich und süß zugleich. Danach hatte ich solche Lust, diesen Stepan darum zu bitten, mich noch einmal zu tragen, dass ich aus Scham aus dem Haus geflüchtet bin. Mithilfe verschiedener Tricks habe ich erreicht, dass Lukas Vater ihn zu sich in den Laden nahm, danach hab ich ihn nie mehr gesehen …«

Stepan spürte eine leichte Unsicherheit. War sie das wirklich, seine immerzu lächelnde Musinka, die allzeit froh und glücklich schien? In ihm stieg Unbehagen auf, dass diese Frau, die er gut zu kennen geglaubt hatte, Geheimnisse hatte, die gar nichts mit ihm zu tun hatten.

Sie fuhr fort:

»Danach nahm ihm die Revolution sein Vermögen, innerhalb nur eines Monats ergraute Luka, und man verjagte uns von Lypky hierher. Von da an nahm Luka mich und Maksym wahr. Eines Nachts kam er zu mir ins Zimmer und fragte: ›Tamara, hasst du mich?‹ Ich antwortete: ›Du existierst nicht für mich.‹ Danach begann er sich vor mir zu fürchten. Er hatte Angst, mich anzusehen. Sein Blick auf mich veränderte sich … Und Maksym wuchs heran. Vielleicht bin ich auch selbst schuld – ich habe Maksym wie verrückt geliebt. Manchmal fürchtete ich, dass jemand ihn mir wegnehmen könnte. Ganze Nächte habe ich bei ihm gewacht. Als er begann, in die Schule zu gehen, starb ich vor Sehnsucht und Angst. Still und zärtlich wuchs er auf. Er sammelte Schmetterlinge, Käfer, dann Briefmarken. Er liebte Bücher. Freunde hatte er keine – außer mir. Abends erzählte er mir immer alles, was er am Tag gesehen, was er in der Schule gemacht hatte. Ich half ihm beim Lernen, solange ich das noch konnte. Als er zum Jugendlichen wurde, packte mich schwerer Kummer … Es bedeutete, dass er mich bald verlassen würde. Ich war untröstlich und weinte. Er verstand das. Irgendwann einmal kam er zu mir und sagte: ›Mama, ich werde dich nie verlassen.‹ – ›Das ist unmöglich‹, sagte ich. Er antwortete: ›Du wirst sehen, hab ich dich jemals enttäuscht?‹ Und tatsächlich, er hielt sein Wort.«

Sie schwieg unter dem Eindruck ihrer eigenen Worte, überwältigt von deren Trauer, als würde sie das alles zum ersten Mal aus einem fremden Mund hören. Denn die Erinnerung wandelt sich zu einer bisher unbekannten Realität, wenn sie in Worte gekleidet wird, im Zusammenspiel der Laute wird sie deutlich hörbar, ganz anders als in der stillen Existenz sprachloser Gedanken. Er schwieg ebenfalls und rauchte, schaute durch das verbleite Fenster, lauschte auf das Ticken der Uhr über seinem Kopf, das sich in der Stille beschleunigt zu haben schien. Seine Gedanken waren unablässig in Bewegung, empfingen und verinnerlichten, was er soeben gehört hatte und dem er nur zustimmen konnte. Der ferne Horizont ihrer Vergangenheit, dieser lange dunkle Korridor der Zeit, der hier und da von ihren Worten erleuchtet wurde, erstaunte ihn zuerst wegen der mysteriösen Verschlungenheit seiner Windungen und Nischen, verblasste dann aber plötzlich – ein kleines Lächeln, das sich eigenmächtig auf seine Lippen stahl, ließ ihn vor seinen Augen erlöschen. Was war schon dabei? Was war so besonders an dieser banalen Geschichte einer unglücklichen Ehe, einer so spießigen Geschichte, wie sie sich dauernd und überall unter den niedrigen Dächern der Vorstädte abspielte, wo das Leben aus Liebe und Behaglichkeit bestand. Eine unterwürfige Kaufmannstochter, der Mann ein Betrüger und Tyrann, Herbstträume, Mutterschaft und die abgöttische Liebe zu einem hübschen Kind, ein Klammern an die Reste des Lebens, ein krankhaftes Bedürfnis, ihm am Vorabend des endgültigen Altwerdens, wenn das Feuer ein letztes Mal unglücklich und unbändig emporlodert, noch einen Sinn zu entreißen. Nichts Neues unter der Sonne. Und doch zog er Kraft aus dem heimlichen Gedanken, dass er es geschafft hatte, in ihr eingesperrtes Dasein einzudringen, es zu verstören und sich gefügig zu machen. Er tauchte auf, und alles veränderte sich – das war ihm das Wichtigste. Und als er sie unerwartet umarmte, um sie unter seine Kontrolle zu bekommen, flüsterte er ihr zu:

»Musinka, du liebst mich doch ein bisschen, oder?«

Das für eine Woche stockende Leben dieses hübschen und begabten Jungen floss, nachdem er sein nächstes Hindernis überwunden hatte, wieder in einem gleichmäßigen, starken Strom dahin. Ob an der Universität oder zu Hause, immer fühlte er sich wohl, denn er hatte sowohl im Studium als auch im gesellschaftlichen Leben zu viel zu tun, als dass er sich über irgendetwas, und schon gar nicht über etwas Unangenehmes, ernsthaft den Kopf zerbrechen konnte. Musinka, diese feine Frau, verdarb ihm nicht mehr mit lästigen Erinnerungen die Freude daran, dass sie ihm gehörte. Alles beruhigte sich wieder im geruhsamen Hause der Hnidyjs, das unbemerkt einen seiner Bewohner ausgeworfen hatte und sich allmählich zersetzte, langsam dem Tod entgegensiechte, was aber noch Monate oder Jahre dauern konnte, und nährte aus diesem Zersetzungsprozess den aufkeimenden Spross eines zufälligen Samens. In diesem fauligen Nest wuchs einem dahergeirrten Vogel ein prächtiges Federkleid, und er erprobte hartnäckig das Fliegen. Und tatsächlich, nach diesem bedeutenden Ereignis fühlte er sich nicht nur als Herrscher der Küche, sondern auch der restlichen Zimmer, die er zwar niemals betrat, die seine unsichtbare Macht jedoch durchdrang. Für einen Augenblick nur hatte er in Musinkas Seele geblickt und sofort Wurzeln dort geschlagen, sich festgesetzt und breitgemacht und Lebenskraft aus dem verblühenden Frauenkörper gesaugt. Er umschlang sie, speiste seinen Elan aus der Kontrolle über sie, und ihre Wangen glühten in der Flamme, die sie verbrannte, ihn aber nährte und gedeihen ließ wie eine Frucht, die – sobald sie reif wäre – vom Ast fallen würde.

Der Winter hätte schon lange da sein sollen, wie man im Wetterbericht von Ukrmet lesen konnte, verspätete sich aber aus für die Wissenschaft unerklärlichen Gründen. Morgens fiel leichter Schnee, der auf dem Kopfsteinpflaster taute und zu wässrigem Matsch wurde. Der konnte zwar Stepans Juchtenstiefel nichts anhaben, war aber beklagenswert für die Straßenkinder ohne Galoschen, diese Parias der Städte, die ihr Winterquartier in der Kanalisation oder in Mülltonnen bezogen. In diesem endlosen Hundewetter erschienen die Menschen ähnlich grau wie der Matsch auf den Straßen. Und eines Tages passierte dann ein Wunder, und der Schnee wurde vom Frost eingeschlossen, er floss nicht mehr in Strömen in die ihm bestimmte Kanalisation. Die Stadt wurde von weißen Arterien durchzogen und erhob stolz ihr Haupt. Sie war mit Frostblumen geschmückt und erreichte den Höhepunkt ihres Schaffensdrangs, verhärtete und zog sich zusammen, um dann im Frühling den Brautschleier abzuwerfen und allmählich abzuwerfen und dann seiner Bestimmung entgegen zu gehen. Es war die Zeit, in der die Fenster der Häuser bis spät abends beleuchtet waren und drinnen an den Tischen, den Altären des neuen Heidentums, zweibeinige Eulen saßen und ihre administrativen, wirtschaftlichen, künstlerischen und wissenschaftlichen Pläne schmiedeten. Die Zeit, in der Schlitten durch die eisigen Straßen glitten, die Musik der Bierstuben lauter wurde, die Rouletteräder sich rascher drehten, die Busse Ketten und die Damen wundervolle Stiefel überzogen, die Studenten ihre ersten Prüfungen an der Universität und im Leben ablegten.

XIII

In der Stadt machen nicht die Schwalben den Frühling, sondern die Arbeiter mit Handwagen, die Bendjuschnyks, die mit dem Segen des Komhosp anfangen, den festgetretenen Schnee auf den Straßen aufzubrechen, ihn auf Schlitten zu verladen und an einen Ort zu fahren, wo er tauen kann, ohne dabei das Wohlergehen der Stadt zu gefährden. Bis zum Auftauchen dieser Sendboten der Wärme würde es keine einzige Knospe an den Bäumen der Boulevards wagen, sich zu öffnen oder zu entfalten. Das wäre ein anmaßender Verstoß gegen die örtlichen Gesetze und ein barbarischer Anschlag auf die Fundamente der Zivilisation.

Das Erwachen der Natur ging nicht spurlos an Stepans Seele vorbei, die an eine hochempfindliche Fotoplatte für Momentaufnahmen erinnerte. Nichts bringt die Künstlichkeit der Stadt so sehr zum Vorschein wie der Frühling, der auch hier den Schnee tauen lässt, darunter aber anstelle des erwarteten Grüns nur totes Straßenpflaster zum Vorschein bringt – Stepan sehnte sich danach, den Geruch feuchter Erde zu atmen, seinen Blick über die grünen Weiten der Felder schweifen zu lassen und in die schwarzen Furchen eines gepflügten Ackers zu senken. Überall um sich herum konnte er die furchtbare Unterwerfung der Natur sehen, die Bäume an den gepflasterten Straßen und in den umzäunten Gärten, in Käfige gesperrt wie wundersame Tiere in einer Menagerie, streckten ihm traurig ihre geschwollenen Glieder entgegen. Bedeutete der Wechsel von der Kälte zur Wärme hier mehr als nur einen Wechsel der Garderobe? Was gemahnte hier noch an den Dunst über der Steppe und die Freude eines Menschen, der unter seinem Hakenpflug die fruchtbare Erde spürt? Dort war der Frühling wie das Signalhorn des Lichtgottes, die strahlenbekränzte Botin von Glück und Arbeit, und hier – eine unbedeutende, wenn auch sicher angenehme Episode, der Endpunkt eines volkswirtschaftlichen Quartals und der Zeitpunkt, zu dem die Vorortzüge ihren Betrieb wieder aufnehmen. Die Stadt schnurrte in der Sonne wie eine große verwöhnte Katze, blinzelte im Sonnenlicht mit ihren unzähligen Augen, streckte sich und gähnte genussvoll. Sie begann sich auszuruhen.

Aber seine Erinnerung an den Frühling im Dorf, der Wärme und frischen Regen bringt, war nicht stark genug, um sich seiner vollends zu bemächtigen. Er trauerte zwar seiner Kindheit nach und verspürte Sehnsucht nach der Vergangenheit, die im Rückblick – unabhängig von ihrem eigentlichen Wert – immer einen besonderen Zauber versprüht, und dennoch hoffte er, dass dieser stille Kummer sich bald wie morgendlicher Nebel auflösen würde. Und vielleicht waren das alles auch nur Überreste der undeutlichen Wünsche und unbestimmten Sehnsüchte, die der Frühling im Herzen entfacht und dabei schmeichlerische Worte über Künftiges flüstert, die Lust nach mehr anstachelt, Veränderung, Fortschritt verspricht, der Frühling, der mit seinen vielfarbigen Samen die Seele weckt und in Aufruhr versetzt, Samen, aus denen dann oft anstelle von Rosenblüten gemeines Wermutkraut sprießt. Schließlich ist das Leben eine marktschreierische Lotterie mit bunten Plakaten, blendenden Versprechen, eine ausgeklügelte Werbekampagne voll spektakulärer Gewinne, die sich aber diskret darüber in Schweigen hüllt, dass auf ein Gewinnerlos Tausende von dünnen, leeren Nieten kommen Und an der Ziehung teilnehmen darf man nur ein einziges Mal.

Am Institut löste der Frühling das Prüfungsfieber aus, eine Krankheit, die nur Studenten befällt. Zu Beginn verläuft sie schleichend, ihr latentes Stadium ist gekennzeichnet von erhöhtem Fleiß, einer Neigung zum Erstellen von Konspekten und einer Tendenz zum Unterstreichen von Lehrbuchzeilen; die ersten Symptome eines vollausgeprägten Anfalls gehen dann mit dem Aushang des Professors an seinem Arbeitszimmer einher, danach tritt die Krankheit in ihr typhöses Stadium ein: erhöhte Temperatur, Wahnvorstellungen und schlaflose Nächte, ihren Höhepunkt erreicht sie im Examinationszimmer, wo alle Komplikationen und die Möglichkeit eines Rezidivs offen zutage treten. Nachdem er so grundlegende Fächer wie Politische Ökonomie und Ökonomische Geografie erfolgreich bestanden hatte, erinnerte sich Stepan daran, dass Ukrainisch auch ein Pflichtfach war, und beschloss, darin gleich die Prüfung abzulegen. Die Vorlesungen zur ukrainischen Sprache waren die einzigen, die er nicht besucht hatte, und er plante nicht, sich sonderlich vorzubereiten, wusste er doch aus gutem Grund, dass er das Ukrainische hervorragend beherrschte, er schrieb ja sogar Erzählungen, und er war schließlich selbst ein Ukrainer, für ihn existierte diese Sprache, er hatte jedes Recht, die Prüfung zu bestehen, umso mehr, da er während seiner Karriere als Aufständischer, bevor er das rote Banner aufgezogen hatte, einige Zeit die Flagge in den Farben der herbstlichen Weizenfelder und des Himmels hochgehalten hatte. Aber auch über die eigene Türschwelle kann man stolpern, und schon bei der ersten Salve einer schweren Batterie von stimmlosen Vokalen und Gesetzen der Ikanie verlor er die Orientierung, und der Zielbeschuss von Schnellfeuersubstantiven und Verbalkanonen zwang ihn zu einem schmachvollen Rückzug und ließ in ihm den inbrünstigen Wunsch zurück, diese unvermutete Festung zu nehmen, komme, was da wolle.

Er holte sich die besten Lehrbücher aus der Bibliothek, legte alles andere beiseite und machte sich noch am selben Abend ans Lernen. Bisher kannte er nur die grammatischen Termini des Russischen, deren ukrainische Entsprechungen kamen ihm nun mit einem seltsamen Schauer von der Zunge, als er feststellte, dass man auch seine Sprache in Abteilungen und Paragrafen aufgeteilt, ihre Gesetze formuliert und Regeln für sie etabliert hatte. In diese vertiefte er sich mit zunehmendem Enthusiasmus und wachsender Genugtuung. Einfachste, alltägliche Wörter kamen ihm tiefer, bedeutungsvoller vor, wenn er ihre Bestandteile und das Geheimnis ihrer Deklination entschlüsselt hatte. Es war, als hätte er sich in sie verliebt, er begann, ihre Funktion wertzuschätzen und zu bewundern, wo er früher Bauern gesehen hatte, sah er plötzlich Edelleute.

Und so, nachdem er sich innerhalb eines Monats den Talmud Olena Kurylos angeeignet und die ukrainische Sprachgeschichte nach Schachmatow und Krymskyj durchgearbeitet hatte, trat er am Institut dem Professor unter die Augen, wobei der seinen Studenten gar nicht erkannte, so sehr war er von dessen tiefem Wissen entzückt.

»Sie sehen, es lohnt sich, ein Jahr lang zu meinen Vorlesungen zu kommen«, sagte er, »aber trotzdem muss ich gestehen, dass ich in einer Prüfung nur selten das Vergnügen habe, einem Ukrainer gegenüberzusitzen, der seine eigene Sprache beherrscht.«

»Leider«, merkte Stepan an, »denken die meisten, dass es schon ausreicht, wenn man als Ukrainer geboren wurde.«

»Ja, ja«, antwortete der Professor, »aber ich muss gestehen, dass ich solche Leute ohne jede Gnade aburteile. Es freut mich sehr, dass Sie dem aus dem Weg gehen konnten.«

Sie kamen ins Plaudern, der Professor fragte Stepan nach seiner Herkunft und seinen aktuellen Lebensumständen. Stepan malte diese in den dunkelsten Farben aus, schließlich erschienen sie ihm in letzter Zeit auch wirklich immer erbärmlicher. Seine Arbeit mit den Kühen beschrieb er so schauerlich, als würde er eigentlich mit afrikanischen Löwen arbeiten, und seine Küche stellte er so verwahrlost und beklemmend dar wie die Zelle eines Einsiedlers in dunklen Waldestiefen. Berührt sprach der gutherzige Professor:

»Sie machen mir den Eindruck eines fähigen, ernsthaften Studenten, also kann ich versuchen, ihnen zu helfen. Schließlich muss ich gestehen, dass ich nicht allzu viele Zuhörer habe, die zu allen meinen Vorlesungen kommen und die nicht wenigstens einmal durch eine Prüfung gefallen wären.«

Danach schrieb ihm der Professor ein Empfehlungsschreiben an den Leiter des Büros der Sprachlektoren für die Ukrainisierung und versprach auch noch, persönlich mit diesem herausragenden Mann zu sprechen. Als er Stepan die Hand drückte, fügte er noch an:

»Ich hoffe, dass Sie da bald vom Studenten zum Lektor aufsteigen.«

Am nächsten Morgen schon stand Stepan vor dem Areopag für Ukrainisierung, wo man ihn erneut prüfte oder examinierte, je nachdem, welche sprachlichen Überzeugungen die jeweiligen Kommissionsmitglieder hegten. Nachdem laut Geständnis des Angeklagten sichergestellt war, dass der ablativus auctoris im Ukrainischen niemals, nirgendwo und von niemandem jemals benutzt werden darf und dass zwecks Entlastung der Sprache die Substantivierung von Verben entschieden und tunlichst zu vermeiden sei; und nachdem der oben Genannte und Bezeichnete voll und ganz begriffen hatte, warum ein Mensch entsprechend den Regeln der ukrainischen Sprache die Straße »entlang« geht »in« einer causa »zu« einer Adresse »mit« dem Auftrag, da wurde er zum Ritter der Ukrainisierung Ersten Grades geschlagen, einschließlich einer Besoldung von einem Karbowanez und 80 Kopeken pro akademischer Stunde.

Während der elegante Sekretär des Lektorenbüros dann seine Adresse niederschrieb und ihm ein Bestätigungsschreiben ausstellte, sagte er freundlich zu Stepan:

»Ich hoffe, Genosse, dass Sie in ein bis zwei Wochen einem Betrieb zugeteilt werden und«, wie er nett lächelnd hinzufügte, »ihre Feldjacke gegen etwas Passenderes eintauschen können. Es ist das große Unglück der Ukrainer, dass sie sich geschmacklos kleiden.«

Stepan war vollkommen klar, wie treffend diese Worte waren. In der Tat, seine Sachen waren nicht nur alt, sondern bei warmem Wetter auch ziemlich unbequem, es war also höchste Zeit, sie auszutauschen. Er hatte sich das schon oft gedacht, wenn er sie morgens anzog und abends wieder aus, wenn er sich dabei seine Lumpen genauer anschaute und feststellen musste, wie schlecht diese äußere Hülle doch zu seinen Fähigkeiten passte. Und zufälligerweise fehlte es ihm auch gar nicht mehr am nötigen Kleingeld – innerhalb der letzten sieben Monate hatte er von seinem Stipendium rund 100 Karbowanez sparen können –, sondern an Selbstsicherheit in der Wahl der Kleidung. Auch wenn die Feldjacke und die Stiefel sich inzwischen wie eine angestaubte Uniform anfühlten, so waren sie doch noch immer mit der Kraft der Tradition behaftet. Ein Garderobenwechsel kam Stepan wie ein ziemlich gewagtes Unterfangen vor, und so etwas muss wohlbegründet sein.

Vor ihm weitete sich der Horizont. Für wöchentlich drei eineinhalbstündige Vorlesungen in einem Betrieb gäbe es einen ganzen Tscherwonez, im Monat würde er insgesamt also knapp sechs Tscherwonez verdienen – für einen wie ihn war das kein Witz, sondern eine aussichtsreiche Perspektive. Solche Rechenspiele versetzten ihn in Aufregung und gaben ihm zugleich Sicherheit, und doch wollte ihn die Unruhe des Frühlings nicht für eine Minute loslassen, verwandelte sich von Tag zu Tag mehr in einen Zustand der Rastlosigkeit, der an ihm zehrte und einen Schleier über seine schönen Augen legte. Die Heimwege wurden immer beklemmender, spätabends saß er so lange in der Bibliothek, bis man ihn hinauswarf, er vergrub sich immer tiefer in die Bücher, mehr als selbst der allergrößte Fleiß jemandem abverlangen könnte. Wenn er sich beim Aufwachen daran erinnerte, dass er den Kuhmist aus dem Stall kehren, den Kühen frisches Heu aufschütten und die Tränke füllen musste, drehte er sich noch einmal um und stand erst im letzten Moment auf, und manchmal schlug er mit einem Stock auf die friedlichen Tiere ein, die ihm bis dahin doch immer wohlgesonnen gewesen waren. Immer missmutiger wurde er bei dem Gedanken an den Sommer, an die Semesterferien, während derer er die ganze Zeit an seine Küche gekettet sein würde, denn für eine Rückkehr ins Dorf sah er keinerlei Notwendigkeit. Der Podil und ganz besonders der Nyshnij Wal, seine gottverlassene Straße, dieses Loch, dieses Elendsquartier am Stadtrand, hatten komplett aufgehört, ihm zu gefallen, und der lange Weg zum Institut, den er früher nicht einmal bemerkt hatte, laugte ihn nun vollends aus.

Gleichzeitig sah er, wenn er über seine Zukunft nachdachte, reale Möglichkeiten, der städtischen Kultur näherzukommen, Theater, Kinos, Ausstellungen und Vorträge zu besuchen, aber die Entfernung zwischen seiner Wohnung und dem Stadtzentrum zwang ihn, eine Unmenge seiner teuren Zeit für sinnloses Gelaufe aufzuwenden, und hinderte ihn somit daran, die Segnungen der Zivilisation so frei zu genießen, wie er wollte. Infolge solch freudloser Betrachtungen türmte sich in Stepan eine Unzufriedenheit auf, die ihm seine akademischen Erfolge vergiftete, seine Erwartungen schal werden ließ und seine Energie raubte. Von einem Tag auf den anderen schien ihm, dass er ausgebrannt war, und er gab insgeheim zum Teil – wenn nicht sogar größtenteils – Musinka die Schuld an dieser Erschöpfung; er fing zu glauben an, dass ihre Leidenschaft völlig sinnlos seine Kräfte fraß, die einer höheren und edleren Verwendung würdig waren.

Im Lektorenbüro hatte man ihn nicht vergessen, und anderthalb Wochen später erhielt er einen Brief mit dem Angebot, den Lernzirkel im Schytlospilka von dessen jetzigem Lektor zu übernehmen, dem Genossen Lanskyj, der den Zirkel gerne abgeben wollte. Abends wollte Stepan seine Freude darüber mit Musinka teilen, die freilich nicht sonderlich begeistert war.

»Was willst du mit diesen Vorlesungen?«, sagte sie. »Fehlt es dir hier an irgendetwas?«

»Na ja, ich kriege immerhin fast zwei Karbowanez für fünfundvierzig Minuten!«

»Darunter wird dein eigenes Studium leiden«, sagte sie, »diese zwei Karbowanez werden dich das Studium kosten.«

»Niemals«, antwortete er, und weil er meinte, einen tiefer liegenden Verdacht aus ihren Worten herauszuhören, fügte er ärgerlich hinzu: »Soll ich denn ewig den Kühen an den Schwänzen drehen?«

»Ja«, seufzte sie, »da hast du natürlich recht.«

Er schwieg eine Weile, rauchte und meinte dann plötzlich: »Ich bin müde. Mein übliches Kopfweh am Abend.«

»Es tut weh? Dieses kluge Köpfchen? Nein, mein kleines Krämerglück, das ist dein Herz, das sich langweilt und nach etwas Anderem sehnt. Es muss doch noch so lange schlagen! Aber Musinka wird dir nie im Weg stehen, wenn du sie nicht mehr brauchen kannst, niemals …«

»Musinka, jetzt beleidigen Sie mich!«, sagte er. »Niemals werde ich Sie vergessen!«

»Oh, du sagst ja schon Lebewohl! Das sind doch immer die letzten Worte, die einer sagt – ›ich vergesse Sie nicht‹. Du hast eine Seele wie eine Schiefertafel: Einmal mit dem Finger darüber gerubbelt, und alles ist weggewischt.«

Eine Szene wäre ihm deutlich lieber gewesen als diese bittersüßen Worte, die ihn außerdem wegen ihrer Treffsicherheit betrübten. Und wie um ihr und sich selbst die Unmöglichkeit ihrer Trennung zu beweisen, umschlang er sie in einem Ansturm erzwungener Leidenschaft, als wollte er die Inbrunst ihrer ersten Treffen heraufbeschwören.

Am nächsten Tag musste er um halb vier im Schytlospilka sein. Bis um elf blätterte er Lehrbücher durch und arbeitete am Konzept seines Einführungsvortrags, schließlich wollte er mit einer gewissen Opulenz in seinen Unterricht einsteigen, wusste er doch, wie wichtig der erste Eindruck für ein jedes Unterfangen ist. Darüber hinaus war ihm klar, dass er sich nicht in seiner alten Kleidung vor ein Publikum stellen durfte, das er begeistern sollte, denn das käme dem Spiel auf einem verstimmten Klavier gleich, auf dem selbst die schönste Sinfonie zu Kakofonie wird. Im Namen der Ukrainisierung musste er sich verwandeln – damit hatte er die Rechtfertigung, die ihm bisher gefehlt hatte, und so holte er sein Erspartes hervor und machte sich zu eben dem Laden auf, der ihn vor einem halben Jahr so in den Bann gezogen hatte, angesichts dessen feinem Chic er so neidisch geworden war. Heute flog er auf den Schwingen seiner Tscherwonez dahin, kreiste und wirbelte mit der Flinkheit einer Schwalbe herum und kam nach einer Dreiviertelstunde mit einer ordentlich großen Tüte wieder herausgeflogen, in der ein grauer Übergangsmantel mittlerer Qualität, ein ebensolcher Anzug, ein Paar Hemden mit Wechselkragen, eine Krawatte aus kaukasischer Seide, grün emaillierte Manschettenknöpfe und drei bunte Einstecktücher mit kariertem Rand lagen. Nachdem er noch eine graue Kappe, spitz zulaufende Chromlederstiefel sowie dazu passende Galoschen erworben hatte, kaufte er sich für den verbliebenen Rest seines Geldes gute Zigaretten und fuhr mit dem Bus zum Podil, Platz der Revolution, denn er musste sich beeilen. Dieser Bus hatte die Ehre, für Stepan der erste zu sein, und das Glück, ihn dabei vollkommen zufriedenzustellen.

Musinka, die gerade am Ort ihrer traurigen Menage-à-trois ein Abendessen für drei Personen kochte, staunte nicht schlecht, als sie Stepan in der Gestalt eines verjüngten Did Moros mit einer Unzahl von Tüten erblickte, doch der bat nur geheimnistuerisch um Erlaubnis, eine halbe Stunde ihr Zimmer benutzen zu dürfen, in dem es einen Spiegel gab. Dort vollendete er seine Verwandlung, schlüpfte mühelos in all die neuen Kleidungsstücke hinein, schließlich hatten seine flinken Augen mehr als nur einmal an Anderen beobachtet, was wohin gehörte – nur die Krawatte bereitete ihm Schwierigkeiten, wollte sich nicht binden lassen, bis er durch einen brillanten Einfall doch auf die notwendige Technik kam. Als er sich dann von Kopf bis Fuß im Spiegel musterte, erstarrte er in zufriedener Erregung, es war, als würde er sich zum ersten Mal sehen und erkennen. Als er sein gebräuntes Gesicht im Kontrast zu dem weißen Kragen sowie den mächtigen Bogen seiner Brust betrachtete, die sich unter dem eng anliegenden Jackett spannte, kehrte seine Energie, die nach all den düsteren Befürchtungen erschlafft zu sein schien, auf einen Schlag zurück. Fasziniert bewunderte er seine hohe Stirn, grüßte den Verstand, der sich dahinter verbarg, und hob bedächtig seine Hand, um sich die Haare glatt zu streichen, und streichelte sie dann selbstverliebt.

Federnden frischen Schrittes trat er hinaus in die Küche und baute sich vor Musinka auf, die einen freudigen Aufschrei nicht unterdrücken konnte, als sie diesen frisch entpuppten Schmetterling erblickte. Sie umarmte und küsste ihn und vergaß dabei in ihrer Begeisterung ganz, dass sie darauf nunmehr weniger Recht hatte als jemals zuvor. Dann trat sie einen Schritt zurück, schaute sich ihn aufmerksam an und fand ihren ersten Eindruck vollkommen bestätigt – der junge Mann war teuflisch hübsch, stramm und verführerisch.

»Deine Augen lachen!«, rief sie aus.

Und auch ihre lachten ein wenig. Er musterte Musinka gleichfalls von der Höhe seiner europäischen Garderobe herab und nahm an ihr die Vorzeichen des Verfalls wahr, wie sie an ihm seine Blüte. Noch nie hatte er mit solcher Klarheit gesehen, wie eingefallen ihre von kleinen Falten durchzogenen Wangen und wie blutleer ihre Lippen waren, wie ihre Brüste herabhingen und unerbittlich an Form verloren. Ihr fröhliches Mädchenlächeln glich auf diesem alternden Gesicht einer Grimasse, und er konnte den anmaßenden Gedanken nicht unterdrücken, dass sie vielleicht eines Erstsemesters würdig gewesen war, nicht aber eines erstklassigen Lektors.

Als er zur vereinbarten Zeit das Sekretariat des Schytlospilka betrat, traf er dort auf seinen Vorgänger, den Genossen Lanskyj, und sagte, nachdem er sich diesen Genossen genau angeschaut hatte:

»Sie sind doch der Dichter Wyhorskyj, oder?«

»Das stimmt«, grummelte der, unangenehm berührt, »aber eigentlich heiße ich Lanskyj, wie schon mein Großvater und dessen Vater.«

Dann kamen sie zur Sache. Schnell wurde klar, dass der Dichter die Gruppe Stepan in hinreichend schlechtem Zustand überantwortete. Er konnte ihm nicht einmal genau sagen, was er mit seinen Schülern zuletzt besprochen hatte.

»Ich bin mir eigentlich nicht sicher, ob dieser Unterricht überhaupt Sinn hat«, schloss er, »insbesondere mein Unterricht.«

»In Ordnung, ich fange mit einer Wiederholung an«, sagte Stepan. »Aber verraten Sie mir doch, wenn das kein Geheimnis ist, warum das Pseudonym? Ich verstehe nicht ganz. Sie haben schließlich einen schönen Namen!«

»Das ist kein großes Geheimnis, nein«, antwortete der Dichter. »Wissen Sie, am Anfang habe ich Gedichte unter meinem eigentlichen Namen geschrieben, und keiner hat sie drucken wollen. Dann habe ich mir das Pseudonym ausgedacht, und flugs wurden sie veröffentlicht.«

»Kann das denn sein?«

»Natürlich. Es gibt aber noch einen anderen Grund, und der hängt mit meiner Einstellung zusammen. Es ist eine viel zu große Verantwortung, unter seinem eigenen Namen zu veröffentlichen. So als wäre man dann verpflichtet, zu denken und zu leben, wie man schreibt.«

»Das geht also nicht?«

»Gehen tut das sicher, aber es ist langweilig.«

Stepan bot ihm eine Zigarette an.

»Danke, ich rauche nicht«, sagte der Dichter, »ich trinke nur Bier.«

Sein neuer Aufzug gab Stepan ungewohnten, ihm selbst unerklärlichen Mut.

»Genosse«, sprach er, »ich schreibe auch.«

»Was Sie nicht sagen«, sagte der Dichter traurig, »und was schreiben Sie so, wenn ich fragen darf?«

Fröhlich erzählte ihm Stepan nicht nur von seinen Erzählungen, sondern auch von seinem Besuch bei dem Kritiker, der ihm inzwischen wie eine lustige Anekdote vorkam.

»Ah, den kenne ich«, sagte der Dichter, »diese kleine Wespe will immer möglichst schmerzhaft stechen. Wenn Sie wollen, können Sie mir Ihre Erzählungen geben, ich verspreche Ihnen, dass ich sie mir aufmerksam anschaue. Sie müssten sie bloß heute Abend noch vorbeibringen, am Michajliwskyj Prowulok 12, Wohnung 24. Ich verlasse morgen die Stadt und würde sie mitnehmen.«

»Sie gehen? Wohin?«

»Es gibt noch keinen genauen Plan … Ich habe dreihundert Karbowanez und will so weit und so lang wie möglich weg. Ich habe genug von dieser idiotischen Stadt.«

»Sie haben genug von ihr?!«

»Sie nicht? Nur Geduld, die Stadt wird Ihnen schon noch ihr wahres Gesicht zeigen. Unsere ganz besonders. Wissen Sie, was diese Stadt im Grunde ist? Ein historischer Leichnam. Seit Jahrhunderten rottet sie vor sich hin. Sie müsste mal ordentlich durchgelüftet werden.«

Aber an dieser Stelle unterbrach die Glocke, die das Ende des Arbeitstages einläutete, das Gespräch, das für Stepan hochinteressant gewesen war. Gemeinsam traten sie in das große Zimmer, in dem nach Feierabend der Unterricht abgehalten wurde. Gegenüber einem großen Stück Linoleum, das als Tafel diente, saßen die Angestellten an zusammengeschobenen Tischen. Der Dichter stellte Stepan seinen Zuhörern vor und machte sich dann davon. Stepan nahm seinen Platz am Tisch ein und begann laut, sicher und klar wie eine Nachtigall, die zu singen anhebt, mit seiner Vorlesung über den Nutzen der Ukrainisierung, im Allgemeinen wie im Besonderen.

XIV

Nur ein Student im ersten Studienjahr kann die Freude voll und ganz verstehen, die das Wörtchen »Maximum« auslöst. Es stellt so etwas wie die Insel der Träume dar, die selbst den wortgewandtesten Dichtern unerreichbar ist. Jedenfalls war Stepan Radtschenko der einzige Student, der dieses Maximum erreichte, das heißt, dass er alle angebotenen Kurse dieses Jahrgangs besucht und bestanden hatte. Dieser Erfolg hatte ihn unglaublich viel Energie gekostet, wenn man bedenkt, dass er auch noch dreimal die Woche Ukrainisch unterrichtete und sich darauf gut vorbereiten musste, denn seine theoretischen Kenntnisse entsprachen nicht den praktischen Anforderungen des Amtes, wohin man ihn geschickt hatte, um träge Verwaltungsangestellte zu unterrichten. Die wollten lieber essen als deklinieren, und sie waren sich wohl kaum der großen Verantwortung gegenüber der ukrainischen Nation bewusst, die sie auf ihren Schultern trugen.

Die Unterrichtstage waren ziemlich anstrengend, denn da er nicht riskieren wollte, an der Universität mit Krawatte zu erscheinen, musste sich Stepan dafür eigens umziehen, um kein überflüssiges Gerede zu provozieren oder sogar das Stipendium zu verlieren. Es war eine ziemliche Plackerei, aber er hielt sich streng an die nervige Prozedur, wenn er das Haus entweder als armer Student oder als eleganter Lektor verließ und entsprechend der Kleidung auch Gesichtsausdruck, Gesten und Gang anpasste. Er blieb der Gleiche nur in zwei Erscheinungsformen, von der jede ihre speziellen Funktionen und Anforderungen hatte. Der Mensch hätte sich keine vielgestaltigen Götter ausdenken können, wenn er selbst nicht so vielgestaltig wäre und als merkwürdige Mischung unvereinbarer Gegensätze stets eine Verkörperung dafür brauchte. Der Versuch, einen einzigen großen Gott sowie einen kleinen Teufel zu schaffen, bedeutete bereits eine Trivialisierung des menschlichen Wesens, eine Trübung seiner Vorstellungskraft, denn der Mensch ist nicht zweigeteilt in das sogenannte Gute und Böse, in Plus und Minus, wie vorteilhaft dies auch für seine staatsbürgerliche Handhabung wäre.

Als er schließlich einen Zustand instabilen Gleichgewichts zwischen seiner rötlichen Feldjacke und seinem grauen Sakko erreicht hatte, machte sich Stepan keine Sorgen wegen der Polarität seiner Existenz, da er schon ziemlich abgehärtet war gegenüber kleinlichen Vorurteilen, die das menschliche Gewissen belasten und das Dasein vergiften. Er stand jetzt über solchem Kleinmut, denn während dieses Winters hatte er am eigenen Leib erfahren, dass man sich selbst und der Welt gegenüber ein wenig gnädiger sein sollte, als er früher gedacht hatte, denn im Leben kann man wie bei Glatteis stürzen und – völlig unerwartet für einen selbst und die Nächsten – andere zufällig mit sich umreißen.

All die Rennerei und Anspannung der Arbeit hätten ihn am Ende doch erschöpft, wenn er sich nicht definitiv entschieden hätte, die Wohnung zu wechseln, womit sich neue Perspektiven für ihn eröffneten, und das war letztlich das beste Aufputschmittel für ihn. Dieser Entschluss zerstreute augenblicklich seine Frühjahrstrauer und änderte sein Verhalten zu den Kühen und Musinka, und da er wusste, dass er sie bald für immer vom Hals haben würde, begann er ihnen gegenüber die Freundlichkeit eines Gastgebers an den Tag zu legen, dessen öde Gäste gerade nach ihrem Hut langten, um zu gehen. Währenddessen erkundigte er sich bei den Bekannten nach Zimmern und besichtigte auch einige, jedoch waren sie alle renovierungsbedürftig, oder die Vormieter verlangten eine Ablöse, und er wollte kein Geld dafür verschwenden, denn er wusste nur zu gut, dass er gegenwärtig nicht in der Lage war, für eine Wohnung zu bezahlen, die seinen Vorstellungen und seiner Bedeutung – wie er sie sich zumaß – entspräche. So beschloss er sich mit etwas Minderwertigerem zu begnügen, bis bessere Zeiten kämen, und jetzt nicht unnötig Geld für etwas Mittelmäßiges zu verschwenden.

Ende Juni kam das Leben an der Hochschule ganz zum Erliegen. Der letzte Abschnitt der Prüfungszeit war zu Ende gegangen, die Gänge vereinsamten, und nur eine Handvoll Studenten erledigte noch die Ausstellung der Studienbescheinigungen vor den Ferien. Stepan war allerdings wegen seiner Tätigkeit im Studentenverband noch öfter an der Universität. Im kleinen Dienstzimmer des KUBUTsch traf ihn schließlich Borys Sadoroschnij an, sein Freund, dem er freilich in letzter Zeit aus dem Weg gegangen war.

»Wo verkriechst du dich denn!«, rief Borys. »Warum bist du so plötzlich verschwunden?«

»Arbeit«, antwortete Stepan und zeigte dabei auf Kostenpläne.

»Arbeit hin, Arbeit her, aber die Freunde sollte man doch nicht vergessen … Erinnerst du dich, wie es bei Schewtschenko heißt? ›Wer den Freund vergisst, den Gott mit Strafe misst …‹ Also gut, jetzt habe ich dich ja gefunden.«

»Du hast mich gesucht?«

»Na sicher. Schau, ich hab mein Studium jetzt hinter mir …«

»Und ich habe noch zwei Jahre«, seufzte Stepan. »Es heißt, dass sogar noch eines draufgelegt wird.«

»Ich habe mich auch fünf Jahre geplagt. Das geht vorüber. Aber ich komm wegen etwas anderem, ich ziehe aus meiner Bude aus und suche einen anständigen Nachmieter …«

»Und ich suche gerade händeringend ein Zimmer!«

»Und da wunderst du dich, dass ich dich gesucht hab! Küss die Hand, Gnä' Herr. Glaub aber bloß nicht, dass ich irgendwo in die Fabrik geh, ich habe die wissenschaftliche Laufbahn eingeschlagen, ich bleib am Lehrstuhl. Aber ich habe mir eine größere Wohnung gesucht, sonniger …«

»Du Glücklicher!«

»Na eine Belohnung für all die Plackerei muss schon sein! Aber Stefi, das Wichtigste weißt du ja gar nicht: Ich werde heiraten.«

»Etwa die? …«

»Genau, die Blonde … Ja, ja, ich bin immer noch ganz aus dem Häuschen! Du weißt schon – Liebe eben …«

Stepan umarmte ihn aufrichtig froh und fühlte dabei eine eigenartige Erleichterung, als wäre ihm eine Last von den Schultern genommen, die er die ganze Zeit über mit sich geschleppt hatte.

Wenn ich Musinka auch so verheiraten könnte, dachte er.

Am Abend brachten sie die Sache zu einem Abschluss, und Stepan sagte seinem Freund:

»Bei meinen Hausleuten hab ich einfach keine Ruhe, fortwährend irgendwelche Gäste, Rambazamba, nicht zum Aushalten. Du hilfst mir wirklich, vielen Dank Borys!«

Der schüttelte ihm herzlich die Hand.

»Aber, aber, ist ja nicht der Rede wert«, antwortete ihm Borys ergriffen, ohne den üblichen ironischen Unterton. »Ich bin froh, wenn ich etwas Gutes machen kann. Ich gebe Bettlern eine Kopeke und fühle mich dabei wohl … Fehlte noch, dass ich den Bettlern danke, dass sie sie angenommen haben!«

»Du wirst zum Weichling, mein Freund«, bemerkte Stepan.

»Vielleicht … weil ich bis über beide Ohren verliebt bin. Lach mich nicht aus! Liebe gibt's! Ich schwör's, ich beginne, an ewige Liebe zu glauben!«

Borys gab ihm seine neue Adresse und lud ihn in ein oder zwei Wochen zu einem Besuch ein, wenn ihr ehelicher Haushalt eingerichtet sein würde.

Das wird heikel, dachte Stepan für sich und erwiderte:

»Ich werde gleich morgen umziehen.«

Nach kurzem Zögern umarmten und küssten sie sich zum Abschied.

Nachdem Borys weg war, zuckte Stepan mit den Schultern. Ein komischer Kauz, dieser Borys! Keinesfalls wollte er sich eingestehen, dass es sich um gegenseitige Zuneigung handelte. Für einen Augenblick stellte er sich Nadijkas Gesicht vor, ihre Augen, die einst ihm zugelacht hatten, und entschied endgültig, dass sie nur ihn, Stepan Radtschenko, lieben konnte, und sonst niemanden. Nur er hat ein geheimes Anrecht auf sie, und auf seinen Zuruf hin würde sie augenblicklich kommen. Er fühlte sich, als hätte er oberste Kontrolle über das Glück seines Freundes und erlaube ihm nun, sich an diesem Glück zu erfreuen.

Dann tat ihm Borys aber leid. Glückstrunkene sind wie kranke Menschen, man muss sorgsam mit ihnen umgehen. Denn Glück ist schließlich nichts anderes als krankhafte mentale Kurzsichtigkeit und tritt nur auf, wenn man zu wenig weiß und nicht alle Umstände voll und ganz in Betracht zieht. Ein durchdringender Blick ist jedoch ein ebensolches Unglück wie Blindheit, und überhaupt: Die unglücklichsten Menschen sind Astronomen, die dunkle Flecken auf der Oberfläche der Sonne erkennen.

Er war einigermaßen aufgewühlt von dem baldigen Treffen mit einem glücklichen Menschen und noch mehr von der Notwendigkeit, sich heute Nacht von Musinka zu verabschieden. Niedergeschlagen konnte er sich nicht so recht freuen über die Erfüllung des langgehegten Wunsches, die Wohnung zu wechseln, und über die Aussicht, nun ungebunden den Weg in die wunderbare Welt anzutreten. Er versuchte zwar, sich mit Musinkas Worten zu beruhigen, ihrem Versprechen, dass sie ihn nicht zurückhalten werde, wenn es so weit wäre, aber er war doch nicht sicher, ob sie es auch noch so sehen würde, wenn es nun so weit war.

Er seufzte und schlug die Zeit bis zum späten Abend in

schlechter Laune tot und geriet sogar in Wut über die möglichen Unannehmlichkeiten, die ihm aus all seinen Diensten für die Familie Hnydyj erwachsen konnten.

Und tatsächlich, als er dann nebenbei, wie im Scherz die Neuigkeit verkündete, wirkte das auf sie wie ein Donnerschlag. Sie zuckte, wurde für einen Augenblick ganz still, und er fürchtete schon, dass sie ohnmächtig werden würde. Das wäre ein Schlamassel!

Bis sie schließlich so leise, dass er ihre Worte kaum verstehen konnte, flüsterte:

»Du gehst … Also gut … Ich wusste es ja … Du hast noch alles vor dir. Bleib nur bis zum Herbst … Im Herbst gehst du dann … Die Blätter werden fallen. Stille Abende ziehen ein … Dann gehst du … Bring dieses kleine Opfer, du hast doch noch alles vor dir … Leben, Glück, Jugend! Du hast noch alles vor dir … Ich bitte dich nur um eine Winzigkeit … Ist das denn so schwer? Bist du denn so kleinlich? Du brauchst dich nicht um die Kühe zu kümmern. Wir stellen einen Jungen dafür an … Übersiedle ins Zimmer. Was willst du? Na, nicht vor Herbst … Wenigstens einen Monat! Eine Woche! Einen Tag! Nur nicht jetzt, nicht jetzt gleich!«

Er ließ sie ausreden und sagte, indem er seiner Stimme einen trauer- und gramvollen Ausdruck gab, um sein tiefes Mitleid zu bekunden:

»Die Sache mit dem Zimmer hat sich so ergeben … Musinka, ich werde immer wieder zu Ihnen kommen …«

Energisch schob sie seinen Arm beiseite, den er um sie legen wollte.

»Du lügst auch noch!«, rief sie lauthals. »Willst du mich für dumm verkaufen? Ich lese ihn von der Gosse auf, wie einen Bastard, und jetzt will er mich mit Almosen abspeisen!«

Wenn sich Stepan in seiner Lage auch ziemlich unsicher fühlte, so trafen ihn diese Worte doch hart. Er soll ein Bastard sein? Er hat alle Kurse und Prüfungen, das »Maximum« absolviert, ist ins zweite Studienjahr gekommen, hat öffentliche Aufgaben übernommen, Erzählungen geschrieben, die von einem bekannten Dichter gut aufgenommen wurden – und er soll ein Bastard sein! Höchste Zeit, andere Saiten bei der Alten aufzuziehen! Doch noch bevor er eine Antwort formulieren konnte, die seiner verletzten Eigenliebe würdig gewesen wäre, streichelte ihm Musinka über den Kopf.

»Ärgere dich nicht, lieber Stepan«, sagte sie so demütig, dass er nicht anders konnte, als sich wieder zu beruhigen. »Es schmerzt so sehr … aber das ist nebensächlich. Morgen gehst du. Morgen oder in einer Woche, oder in zwei – ich muss so oder so damit fertig werden! Ach Liebster, du kannst dir nicht vorstellen, was mich hier erwartet. Du gehst, frohgemut pfeifend, gut so! Ich werde nicht weinen. Es weint nur der, der Trost erwartet. Doch mich erwartet Einsamkeit. Maksym ist fort und kommt nie wieder.«

Sie lachte leise und richtete sich auf.

»Erinnerst du dich, als ich dir von mir erzählt habe?«

»Und was genau?«

Bereitwillig hätte er noch einmal ihre Lebensgeschichte von Anfang an angehört, Hauptsache sie würde nicht über den morgigen Abschied sprechen, selbst wenn ihm jetzt ihre Geschichte von vornherein nicht allzu interessant schien.

»Ich habe dir damals das Wichtigste nicht gesagt … Ich hatte früher nie jemanden geliebt.«

Er verstand nicht gleich, was sie meinte.

»Du bist meine erste Liebe«, fuhr sie fort. »Früher durfte ich nicht … wegen meines Sohns. Wie ich ihn manchmal gehasst habe! Du kannst dir nicht vorstellen, wie hübsch ich war … die Kleidung juckte mich am ganzen Körper, ich schlief nackt, sonst hätte mich die Glut verbrannt. Das ist furchtbar lange her. Und dann bist du gekommen …«

Sie küsste sanft seine Stirn.

»Ich glaubte nicht an Gott … also, irgendwann hatte ich geglaubt. Aber als ich dann dich sah, begann ich wieder zu beten. Umsonst! Ich bin zu dir gekommen, wie eine Schlafwandlerin. Du hast mich weggestoßen, ich bin gegangen. Du hast mich gerufen, ich bin gekommen. Mein Wille war gebrochen.«

Sie drückte ihm die Hand.

»Morgen gehst du und wirst noch lange, lange weiter gehen, wirst viele Menschen treffen. Mich erwarten wahrscheinlich lange Tage, während derer ich aber niemanden treffen werde. Viele leere Tage, falls ich nachts schlafen kann. Sie werden abgerissen wie Kalenderblätter, auf deren Rückseite nichts mehr geschrieben steht. Dann kommt der Tod. Ist das furchtbar! Sag doch was!«

Er erschauderte. In ihren Worten waren unaussprechliche Schwere und Hoffnungslosigkeit. Sie verwandelten sich wieder in ein kaum hörbares Flüstern, das ihn in unermessliche Ferne rückte, sie fielen auf seine Seele wie Tropfen warmen Öls, das dort alle Verhärtungen löste, alle Falten und Furchen glättete und in seiner Seele ruhige und frohe Empfindsamkeit weckte.

»Nun, ich weiß nicht Musinka«, sagte er nachdenklich, »reden Sie, ich schweige besser. Ich weiß nichts. Ich weiß nicht, was mit mir weiter werden wird. Aber eins habe ich verstanden, wir leben nicht so, wie wir wollen, und … wir müssen anderen Schmerz zufügen. Das habe ich verstanden. Manchmal ist es alles nett, wie jetzt. Behaglich, still. Was Sie für mich gemacht haben, wird nie mehr jemand für mich machen. Musinka, Sie wissen ja, ich habe wenig an Sie gedacht, als wir zusammen waren, aber ich werde mich immer an Sie erinnern, wenn wir nicht mehr zusammen sind.«

Sie küsste ihn zärtlich und dankbar, doch schob sie ihn zurück, als er ihr, aufgemuntert, mit mehr als nur einem Kuss antworten wollte.

»Wir wollen uns nicht bestehlen, mein Liebster!«

Sie begann ihn in ihrer Umarmung sanft zu wiegen, sang dabei kaum hörbar, berührte mit ihren Lippen sanft seine Augen und Stirn, und Stepan begann unmerklich einzuschlummern, von den Ereignissen und der Wärme seiner eigenen Gutherzigkeit erschöpft.

Am nächsten Morgen wachte er erst um acht Uhr auf und lag noch lange, bevor er aufstand. Dann wusch er sich, klopfte an die Zimmertüren, und als er keine Antwort erhielt, trat er leise ein. Es war keiner da. Als würde in diesem Haus niemand wohnen. Er stand eine Weile in Musinkas Zimmer, das ihn mit der weißen Bettdecke und den Vorhängen mit Spitze vor den Fenstern an ein Mädchenzimmer erinnerte, dann kehrte er in Erinnerungen versunken in die Küche zurück. Er trank die Milch, die ihm bereitgestellt worden war, und erfüllte zum letzten Mal seine Pflicht gegenüber den Kühen, dann brachte er wie üblich Wasser ins Haus. Nun war er frei und begann sein geringes Hab und Gut zu packen.

Er überlegte eine Weile, dann heizte er den Ofen an. Während das Holz aufflammte, zog er seinen grauen Anzug an, danach verbrannte er seine Feldjacke, die Hose und seine Bündel, die er aus dem Dorf mitgebracht hatte, die Stiefel, die sich nicht verbrennen ließen, warf er auf den Abfallhaufen. Jetzt blieben ihm nur die Hefte, Bücher und die in eine Decke eingerollte Unterwäsche.

Stepan schnürte seine Sachen zu zwei hübschen Paketen, verschloss die Tür, legte wie üblich den Schlüssel unter die Vortreppe und schritt mit seinen Paketen unterm Arm davon. In der Seele trug er Trauer und die ersten bitteren Lebenserfahrungen, aber auch aufwühlende Hoffnungen.

ZWEITER TEIL

I

Um neun Uhr dreißig kehrte Stepan Radtschenko von seinem morgendlichen Bad im Dnipro zurück. Er ging immer um sieben Uhr zum Fluss hinab, lag dann zwei Stunden in den milden Sonnenstrahlen im Sand, die seinen Körper langsam in bräunlichen Satin verwandelten. Das waren die Regeln seines unveränderlichen, wenn auch ungeschriebenen Programms, das er bereits am Tag, nachdem er in sein neues Quartier gezogen war, erarbeitet hatte und an das er sich ausnahmslos hielt. Ein deutliches Zeichen für den Beginn seines neuen Lebens.

Zum ersten Mal frei von Armut und drängenden materiellen Nöten war Stepan mit seinem Dasein zufrieden, und etwas euphorisch fühlte er sich wie ein vitales Bäumchen, das in jedem Boden seine Wurzeln schlagen kann. Für den Sommer hatte er sich in bäuerlicher Manier einige Karbowanez aufgespart und lebte einfach, trank am Morgen zwei Glas Milch, aß in der NarChartsch-Kantine zu Mittag und nahm dort auch sein bescheidenes Abendessen ein. Zu Hause hatte er nicht mal eine Scheibe Brot, da er Sorge hatte, das könnte Mäuse und Insekten anlocken, und instinktiv war er zu dem Schluss gekommen, dass der Verzehr von Speisen – wie auch ihr Abfall – nichts in dem Zimmer zu suchen hatte, in dem er arbeitete und schlief, denn die Zivilisation hatte dafür in ihrem unaufhörlichen Fortschreiten Orte zur öffentlichen

Nutzung geschaffen, deren Wert nicht gleichermaßen für beide Funktionen verstanden wurde, die aber rein praktisch von gleichem Wert waren.

Das Einzige, was Stepan sich gönnte, war, köstlichen Tabak zu rauchen, wofür er keinerlei Kosten scheute, denn wenn man schon Freunden keinen minderwertigen Tabak anbieten möchte, dann möchte man ihn selbst schon gar nicht rauchen. Als er nach dem Ende seiner universitären Verpflichtungen im Sommer hierher gezogen war, ließen ihn seine ernsten Unternehmungen all die weltbekannten Filme, die berühmten Sänger und Theaterschauspieler, die auf verlockenden Plakaten angekündigt wurden, ebenso vergessen wie die unzähligen Festivitäten in den Parks und am Dnipro. Aus eigenem Entschluss hatte er sich selbstgenügsam zur Einsamkeit in diesen Mauern verdammt, wo eine verkümmerte Palme in der Ecke die einzige Dekoration war – ein Überbleibsel der ehemaligen herrschaftlichen Hausbesitzer, die nun von Mieter zu Mieter wie eine mahnende Erinnerung an die bedauernswerte Vergänglichkeit dieser Welt vererbt wurde. Unter ihren verwelkten Blättern arbeitete er systematisch und hartnäckig an sich.

Stepan fiel etwas auf, das ihm höchst sonderbar vorkam und sogar Angst machte, da er den wahren und natürlichen Grund nicht kannte. Es schien, dass dieses eigentlich in jeder Hinsicht erfolgreiche erste Jahr an der Universität ihm nicht nur keine neuen Kenntnisse vermittelt, sondern ihn sogar um sein früheres Wissen aus dem Dorf gebracht hatte. Er hatte ein Gefühl, als wäre sein Geist in Lumpen gekleidet, und dieses Gefühl kam ihm erniedrigend vor und machte ihn nervös. Am meisten störten ihn die Wissenslücken auf einem Gebiet, das mit dem Studium am Institut nichts zu tun hatte, das ihm aber eine persönlich wichtige, wenn auch schmerzhafte Angelegenheit war: der Literatur. Sie war ihm so nah und wichtig aus Gründen, in die er sich nicht vertiefen wollte, und seine Begeisterung rechtfertigte er mit der bedeutungsvollen Erklärung, dass sich ein kultivierter Mensch in erster Linie durch Kenntnisse auf dem Gebiet der Literatur auszeichne. Von seiner extensiven Lektüre im Dorf hatte er unzählige Namen, Titel und Handlungen im Kopf behalten, aber das alles ähnelte einer vernachlässigten Bibliothek, deren Bücher nicht einmal ordentlich in Regalen standen. Er begann also in seinem Kopf Ordnung zu schaffen, genau wie er es damals in der Bücherei des Silbud gemacht hatte.

Nachdem er morgens gebadet hatte, las er von zehn bis drei Uhr. Danach erledigte er bis um fünf Kleinigkeiten: Er unterrichtete in Behörden und Ämtern, ging in die Bibliothek, um Bücher zurückzugeben oder neue auszuleihen, aß zu Mittag, legte sich kurz aufs Ohr; dann lernte er zwei Stunden Sprachen, jeden Tag abwechselnd entweder Französisch oder Englisch, schließlich las er bis zehn Uhr ukrainische Literatur. Zu guter Letzt folgte ein Spaziergang irgendwo an der Straße entlang oder im Park, dann ein Abendessen und Schlaf – von elf bis sieben Uhr. Das war sein wie auf himmlischen Gesetzestafeln festgeschriebener Tagesablauf. Immer wenn sich in ihm etwas gegen dieses verfluchte Leben regte, schimpfte er sich lauthals aus mit den schlimmsten Ausdrücken, denn er wusste zu gut: Wer sich einmal anlügt, der würde sich immer anlügen. Abends, nachdem er spazieren gegangen war und die Übungen nach der Anochin-Methode gemacht hatte, wurde er dafür beim Einschlafen mit außergewöhnlicher Klarheit der Gedanken und großer Gelassenheit belohnt, wie es Epikur lehrte.

Nach zwei Monaten hatte er so viel Material durchgearbeitet, wie ein begabter junger Mann schaffen konnte, der all seine Kräfte auf die Eroberung einer heißersehnten Festung richtete. Müdigkeit kannte er so gut wie nicht, denn jeden Morgen erneuerte er seine Energie mit der Kraft des Wassers und der Sonne, und abends machte er gymnastische Übungen und trainierte seine Muskeln. Einige Wochen nach Einführung dieser Tagesroutine verspürte er jedoch das Bedürfnis, sich nach dem Büffeln der Sprachen zumindest ein klein wenig auszuruhen, und nachdem er diesen Wunsch für eine spezielle Beratung mit sich selbst auf die Tagesordnung gesetzt hatte, wog er Vor- und Nachteile ab und entschied dann: Stepan Radtschenko darf sich nach dem Sprachstudium für zehn Minuten hinlegen. Diese Minuten wurden zu den freudigsten des Tages. Sie fielen auf die Zeit irgendwann zwischen sieben und acht Uhr, wenn der Abend seine wunderbar warmen Hände von fernen Höhen durch die Fenster herabstreckte und aus den Tiefen des Erdreichs die Ruhe der weiten Welt in sein Zimmer brachte und das Herz sanft im Einklang mit den kosmischen Räumen schlagen ließ. Stepan starrte in die Zimmerecke und beobachtete, wie sich die Dinge in der Dunkelheit auflösten, wie die Wände im dichten bläulichen Licht verschwanden. Nachdem er zehn Minuten in diesem kontemplativen Zustand verbracht hatte, sprang er auf, drehte das Licht an und beendete den verführerischen Zauber abrupt. Dann schlug er wieder die Bücher auf, Konzentration, rasche Bleistiftnotizen.

Sein durch ausreichend geistige Nahrung gesättigter Verstand verspürte keinerlei Bedürfnis, mit Menschen zu verkehren, diesen fernen Gestalten, denen er ab und zu begegnete. Ihr Leben schien ihm nun lächerlich in seiner Gewöhnlichkeit und keiner Aufmerksamkeit wert. In seinem Zimmer wurde er zu einem Wilden, selbst wenn er täglich die Gipfel der Hochkultur erklomm. Er hatte sein Leben in einen automatisierten Prozess verwandelt, was er auch von anderen erwartete: vernünftiger zu werden, als man sich eigentlich leisten kann.

An einem Morgen, der nichts Ungewöhnliches zu versprechen schien, wurde seine Konzentration um elf Uhr von einem Klopfen gestört Was zum Teufel! Wer wagt es, ihn zu dieser ihm heiligen Zeit zu stören? Doch es war nur ein Brief, dessen Erscheinen ihn jedoch noch mehr verwunderte, als es ein ungebetener Gast getan hätte. Von wem? Stepan zuckte mit den Achseln und riss das Kuvert auf. Ah, der Dichter Wyhorskyj, der seine Erzählungen mitgenommen hatte! Er begann so zu zittern, als ob in diesem Moment endgültig darüber entschieden würde, wie sein Leben weiterginge, ob sich seine fanatische Arbeit gelohnt hatte. Eine unerwartete Hitzewallung, eine plötzliche Aufregung zwang ihn, sich zu setzen und hektisch den Brief zu überfliegen, um die gesuchten Zeilen zu finden. Hier, hier sind sie:

»… Es sind großartige Erzählungen, keine Frage …« Auf einmal interessierte ihn der Brief nicht mehr, als hätte er bereits den ganzen Inhalt erfasst. Stepan warf ihn auf das Bett und begann aufgeregt durchs Zimmer zu gehen, wie eine Person, die man in unbekannter Umgebung aus dem Schlaf gerissen hatte. »Es sind großartige Erzählungen, keine Frage.« Sein Herz tanzte bei diesen Worten wie zu einem Lied, und er verstand nun, dass, obwohl er seine Erzählungen bereits vergessen hatte, sein ganzes Leben um sie kreiste und er die ganze Zeit diesem unerwarteten Brief entgegengefiebert hatte. Nachdem der erste Freudentaumel überwunden war, reckte und streckte er sich und nahm den Brief erneut zur Hand. Noch einmal blieb er unwillkürlich an jenem Satz in der Mitte hängen, der so herausragte, als wäre er ein Mosaik. Er zündete sich eine Zigarette an, lehnte sich lässig im Stuhl zurück und begann zu lesen:

»Während einer einstündigen Rast in Simejis fiel mir ein, dass ich Ihnen schreiben müsste. Und was hat mich daran erinnert, was denken Sie? Ein Paar geht an mir vorbei und ›er‹ beschwert sich über die Ukrainisierung. Der arme Teufel hat seine gekränkte russische Selbstverliebtheit sogar in den Urlaub mitgenommen. Da bin ich also auf die Post, und Sie müssen diesem russischen Herrn danken, denn freiwillig schreibe ich keine Briefe – das ist schließlich die größte Dummheit, die sich der Mensch ausgedacht hat. Wenn ich die Aufschrift ›Post- und Telegrafenamt‹ nur sehe, denke ich schon: ›Hier steckt der schrecklichste Feind der Menschheit!‹ Sie wissen noch gar nicht, wie wunderbar es ist, all dem zu entkommen, weit weg von den bekannten Gesichtern, an Orte, wo man allen egal ist – wie auch sie dir –, wo man der werden kann, der man sein will, und wo man niemandem Rechenschaft schuldig ist. Und was glauben Sie, wie es ist, in so einem Moment ein Postamt zu sehen. Das ist schlichtweg Barbarei! Man muss mir aber zugutehalten, dass dies der erste Brief ist, den ich schreibe. Ich bin schon durch den Kaukasus gewandert, und jetzt streife ich durch die südliche Krim: allein, voller Elan. Mein Plan ist es, auch noch das Westufer entlangzuwandern. Ich bin noch nicht erschöpft, es gibt noch viel zu viel Arbeit. Ich schreibe nicht über das Meer und Lorbeerhaine, sondern über die Stadt! Bei Ihnen sind ja alles Dorferzählungen. Es sind großartige Erzählungen, keine Frage, und selbst Ihre Schwachstellen weisen letztlich auf Ihr Potenzial hin. Ich habe sie noch im Zug durchgelesen und gleich in Katerynoslaw an Zeitschriften geschickt. Ich hätte gern, dass beide zusammen erscheinen. Für unsere Kritiker, die so gern im Chor über die Krise der Literatur singen, wäre das eine unangenehme Überraschung. Ich kann keine Briefe beenden. Und schreiben auch nicht. Wyhorskyj.«

Stepan richtete sich ruckartig auf und überlegte. Dann zog er geschwind sein Hemd an und ging schnell nach draußen, dann verlangsamte er aber sein Tempo, um keine Aufmerksamkeit zu erregen. Unterwegs besuchte er einige Buchhandlungen, die führten jedoch keine Zeitschriften. Wie kann man denn keine Zeitschriften anbieten? Mürrisch ging er weiter und wurde erst an der Wolodymyrstraße fündig. Welche Zeitschrift er denn gerne hätte? Einfach alle, die im letzten Monat erschienen sind. Gierig überflog Stepan die Inhaltsverzeichnisse und legte mit zitternder Hand zwei zur Seite. Seinen eigenen Namen neben anderen gedruckt zu sehen, überwältigte ihn so, dass er nicht gleich verstand, was er mit diesen Zeitschriften tun sollte. Als er wieder zu sich kam, kaufte er sie und verließ die Buchhandlung.

Wohin jetzt? Er wusste es nicht und war wunschlos glücklich. Der nervöse Gefühlsausbruch legte sich, und eine süße Ruhe blieb zurück, wie ein ruhiger, berauschender Nebel. Er wollte nirgendwohin, er stand vor dem Schaufenster und zwang sich, die Bücher anzusehen, er fühlte aber nur den Druck seiner Finger auf dem Papier. Er drehte sich mit einem Ruck um und ging rasch weiter, getragen von dem sehnlichen Wunsch, irgendwo allein zu sitzen und seine Geschichten wieder und wieder durchzulesen.

Im Stadtgarten, in dem er vor kurzem einmal mit Kindern Ball gespielt hatte, zog er sich in einen schattigen Winkel zurück und schlug seine Erzählungen auf, begutachtete das Papier, die Form der Buchstaben und begann langsam zu lesen, wie jemand, der gerade erst zu lesen gelernt hat. Als er anfangs seine Worte in dieser ungewohnten gedruckten Form nicht gleich wiedererkannte, packte ihn Unruhe. Und diese Unruhe verstärkte sich noch, als er die Worte schließlich als seine eigenen erkannte. Zitternd vor Angst und Freude las er, und was er geschaffen hatte, ließ ihn zu einem neuen Geschöpf werden, schenkte ihm die Freude einer vollständigen Harmonie mit sich selbst, die jede Trennung der Seele zwischen Innerem und Äußerem überwindet. Er war eins mit sich und voller Kraft, und wenn ihn ein unerwarteter Schauder überkam, so aufgrund seiner eigenen Größe.

Er las lange und saß noch länger herum, hegte vage Träume, die ihn immer wieder zu dem unstrittigen Schluss brachten, dass er dabei war, Schriftsteller zu werden. Wenn er solche Erzählungen schreiben konnte, dann war doch klar, dass er auch noch viele weitere und bessere würde schreiben können.

Seine Träume begannen Gestalt anzunehmen. Er wusste, dass er, ohne es sich selbst je einzugestehen, stets sicher gewesen war, dass dieser Augenblick kommen würde, und diese Sicherheit hatte wie von selbst sein Leben gelenkt. Denn bevor er die erste Etappe der Schriftstellerei erreichte und seine gedruckten Werke in Händen hielt, hatte er doch intensiv Literatur studiert, um bereit zu sein! Er war fasziniert von den geheimnisvollen seelischen Prozessen, die tiefgründiger waren und weiter reichten als der arme Verstand, der häufig nur beschlossene Erlasse unterzeichnet, wie der englische König, der herrscht, ohne zu regieren. Der Gedanke daran, dass sich all das nie bewahrheiten könnte, erschien ihm wie der Schatten einer unwirklichen Gefahr, deren möglichen Einfluss auf sein Leben er nicht wahrhaben wollte. Diese Gefahr, so unwahrscheinlich sie auch schien, war viel zu schrecklich, als dass man sich lange mit ihr hätte beschäftigen können.

Als Stepan Radtschenko beschlossen hatte, dass eine neue Etappe in seinem Leben angebrochen war, begann er noch am selben Nachmittag ein Tagebuch zu führen. Nachdem er einige schlaffe Zeilen zu Papier gebracht hatte, wollte er den Anfang datieren. Während er auf den Kalender starrte, vergaß er vor Überraschung das Geschriebene. Ein Jahr war es heute her, dass er in die Stadt gekommen war! Wie schnell es vergangen war, dieses Jahr! Und wie wunderlich es gewesen war! Stepan beschloss, diesen doppelt denkwürdigen Tag wie einen Festtag zu begehen und ihn gebührend zu feiern. Seine Schuhe und die Hose, die an den Knien leicht ausgebeult war, wurden – obwohl die morgendliche Kleiderpflege zu den Regeln seines strengen Tagesablaufs gehörte – noch einmal gereinigt. Um sechs Uhr wechselte er den Hemdkragen, zog sein Sakko an und ging wie üblich ohne Mütze nach draußen.

Die Straßen empfingen ihn mit einem sanften vorabendlichen Blätterrauschen. Er schlenderte sie beschwingten Schrittes entlang, als hätte er Sprungfedern aus Stahl an den Füßen. Stepan ging ohne Eile, den Kopf stolz im Nacken, überzeugt von seiner Überlegenheit, was seinen Augen ein Strahlen und seinen Bewegungen ruhige Bedächtigkeit verlieh. Allein die Mechanik dieses stolzen Ganges, das Gefühl des reibungslosen Funktionierens eines jeden Rädchens seiner komplexen Körpermaschine bereiteten ihm ein so berauschendes Vergnügen, dass er nicht einmal darauf achtete, wohin ihn seine Beine trugen.

Auf dem Chreschtschatyk kaufte er eine Zeitung, setzte sich an einen Tisch in einem Straßencafé und bestellte Kaffee und Kuchen. Mit spontaner und überraschender Eleganz schlug er seine Beine übereinander und rührte lässig in dem duftenden Getränk. Dabei blickte er von der Seite auf die zahllosen Gesichter, die in Gruppen auf dem Bürgersteig vorbeizogen, beobachtete die Vielfalt von Farben und Bewegungen des Treibens auf der Straße. Dann schlug er in der Zeitung die Programmankündigungen auf.

»Noch einen Kuchen«, rief er der Kellnerin zu, als sie an ihm vorbeiging.

Das Sinfoniekonzert in der Oper sprach ihn am meisten an, denn er war noch nie in so einem Konzert gewesen. Obwohl die Oper nur zwei Blocks entfernt lag, nahm er den Bus und fuhr zur Wolodymyrstraße. Nachdem er an der Kasse eine teure – eine sehr teure! – Karte gekauft hatte, flanierte Stepan im kreisförmigen Foyer und erfreute sich am Anblick der ständig wechselnden Gesichter, Figuren und Gewänder. Die Menschenmenge hatte eine eigenartige Wirkung auf ihn. Die Bewegung und das Gemurmel erregten seine ohnehin angespannten Nerven noch mehr, als ob er zum ersten Mal derart viele Menschen sehen und plötzlich eine Seelenverwandtschaft mit ihnen fühlen würde. Er erlebte die betörende Freude des Zusammenseins mit Seinesgleichen, vereint in der Fülle des Lebens. Darum wollte er mitlachen, wenn er jemanden lachen sah. Darum stand ihm die Vielfalt der unbekannten Geschöpfe in diesem Augenblick näher als alle Menschen, die er bisher gekannt hatte.

Als er seinen Blick in die dichtgedrängte, faszinierende Menge versenkte, die aus den besten Exemplaren des Menschengeschlechts zusammengesetzt schien, fiel ihm eine Frau auf. Gierig schärfte er seinen Blick, durchdrang die durchscheinende Kleidung, verlängerte die Nacktheit von Armen und Schultern und fühlte die süße Spannkraft der Beine in den zarten Strümpfen, die unter den weichen Konturen des Kleides verschwanden. Die Menschenmenge atmete eine Wollust wie im Frühling die aufblühenden Bäume mit ihren lockenden Düften. Sie nahm Stepan durch die mächtige, unterschwellige Sinnlichkeit Hunderter Geschöpfe den Atem, die Menge war getrieben von Leidenschaft, die vollkommene Verkörperung des großen animalischen Instinkts.

Überwältigt von dem Eindruck der Menschenmenge, lauschte Stepan dem Konzert nur unaufmerksam. Er gehörte zwar durchaus der Menge an, konnte sich aber mit keinem unterhalten. Es wunderte ihn, wie sehr ihn diese Entfremdung im Innersten traf. Ohne Frage, alle um ihn herum waren kultivierte Leute, die Zeitschriften lasen, und für viele wäre es eine Ehre gewesen, einen begabten Schriftsteller kennenzulernen. Aber eine äußerst schmerzhafte Grenze trennte sie, die ihn, der nur durch Zufall in diesen gut eingespielten Organismus eingedrungen war, zu einem Fremdkörper machte. Ach, wenn wenigstens ein bekanntes Gesicht hier wäre! So war er wie ein Geist, vielleicht ein großer, aber trotz allem Verlangen unfähig, an den Freuden des sinnlichen Daseins teilzuhaben. Er war einsam, und auf einmal wurden ihm die vielen Monate seiner Einsiedelei peinlich.

Während der Pause trottete Stepan traurig durchs Foyer. So schnell hatte ihm die Menge seinen Hochmut ausgetrieben und bedenkenlos zerstört, dass er sich nur noch selbst bemitleiden und an die Trümmer seines Selbstwertgefühls klammern konnte. Schließlich war doch nichts passiert, er hatte sich nur zu sehr aufgeregt. Er war ja Schriftsteller, das stand außer Frage, und all diese Fratzen konnten ihm egal sein. Unter ihnen, das war klar, gab es niemanden, der imstande war, Werke zu schreiben, die zur Veröffentlichung taugten.

Auf der Suche nach etwas, das ihm helfen konnte, seiner Vereinsamung zu entkommen, trat er an den Tombolastand, den das Kinderhilfswerk in allen Theatern eingerichtet hatte. Wenn auch gegen Bezahlung, hier hatte er das Recht, ein Gespräch anzufangen, und da die Tombola zugunsten obdachloser Kinder beim Publikum nicht besonders beliebt war, begrüßte die hübsche Verkäuferin Stepan sehr herzlich. Ein Los? Zwanzig Kopeken, bitte! Stepan schaute auf die Weinflaschen, die Bonbons, den Puder, die Taschenmesser, die Schatullen und den ganzen anderen Kleinkram, der jedem Gewinner gehören konnte. Er zog ein Los aus der Schachtel, das sich als Niete entpuppte.

»Ich nehm noch eins«, sagte er.

Natürlich war die Tombola dazu da, Kindern zu helfen, und nicht jedermann für zwanzig Kopeken eine Flasche Portwein zu liefern.

»Noch eins«, machte Stepan weiter.

Nach der vierten Niete versammelten sich um Stepan schon einige Leute, die vom wunderschönen Lachen der Losverkäuferin und der Erscheinung des unermüdlichen Wohltäters angezogen wurden.

Nach dem sechsten Los unter dem Gelächter einer anwachsenden Menschentraube, deren interessierte Blicke er mit großer Freude auf sich spürte, sagte er: »Wahrscheinlich sind das alles Nieten!«, und gab sich den Anschein von Enttäuschung.

»O nein, Sie haben halt einfach kein Glück … Sie haben sicher in was anderem Glück«, sagte die Losverkäuferin kokett und schenkte Stepan im Namen des Hilfswerks den ganzen Charme ihrer Blicke.

Mit dem neunten Los wandte er sein vor Aufregung errötetes Gesicht den Zuschauern zu, öffnete das Los und hob es in die Höhe. Ein zufriedenes Gelächter machte sich in der Menge breit – wieder eine Niete.

Mit dem Blick eines siegreichen Feldherrn sah Stepan über das Meer von Köpfen, das sich im Durchgang um ihn versammelt hatte und den weiteren Zustrom der erstaunten Opernhausbesucher stocken ließ, die auch diesen langen Lulatsch sehen wollten, der schon das dreiundzwanzigste Los gekauft hatte, ohne etwas zu gewinnen. Irgendwo von der Seite näherte sich der glänzende Helm eines Feuerwehrmannes.

»Ich nehm auch ein Los!«, warf eine Frauenstimme plötzlich ein, und während Stepan in seiner Hosentasche kramte, tauchte eine zierliche junge Frau ihre Hand in die trügerische Schachtel mit den Losen. Als sie einen Lutscher gewonnen hatte, überreichte sie ihn feierlich Stepan unter freudigen Rufen und dem Applaus der Menge, die schon zurück zu ihren Plätzen unterwegs war. Die Pause war zu Ende.

Dem zweiten Teil des Sinfoniekonzerts hörte Stepan noch unaufmerksamer zu als dem ersten. Aus Scham oder Erregung war sein Gesicht rot angelaufen. Wie dumm, sich vor all den Leuten zum Hanswurst zu machen! Der Ärger fraß zusehends an ihm, von den fünf Karbowanez, die er von zu Hause mitgenommen hatte, waren nur noch zwei Silberlinge übrig geblieben. Am peinlichsten war der Lutscher, er warf ihn heimlich unter seinen Sitz. Sei's drum! Aber was sollte diese Geldverschwendung?

Mürrisch verließ Stepan nach dem Konzert die Oper und blieb auf der Freitreppe stehen, um zu rauchen. Dieser doppelt denkwürdige Tag in seinem Leben endete nicht gerade erfreulich.

»Dürfte ich um Feuer bitten«, vernahm Stepan eine bekannte Stimme und sah das Mädchen, das vorhin neben ihm das Los gezogen hatte. Er wusste nicht, warum, aber er war plötzlich unglaublich froh und aufgeregt. Als ob er jemanden sehen würde, auf den er lange gewartet hatte und mit dem er die schönsten Hoffnungen verknüpfte. Nachdem er dem Mädchen zuvorkommend ein Streichholz angezündet hatte, ging er neben ihr her.

»Brennt schon«, merkte sie an, als er mit ihr zusammen in die Leninstraße einbog.

»Ich wollte mich bei Ihnen für das Geschenk bedanken«, sagte Stepan nach kurzem Überlegen.

»Bitte! Das können Sie dann in einer Mußestunde schlecken.«

Überrascht von ihrem kecken Ton, schaute er sie an. Dieses kleine Ding, die ihm nicht mal bis zur Schulter reichte, zierlich und mit flachem Hut. Stepan war unzufrieden, nachdem er sie gemustert hatte, griff ihr aber trotzdem unter den Arm, als sie eine Straße überquerten. Sie warf Stepan einen misstrauischen Blick zu, zog ihren Arm zurück und ging in ihrem rhythmischen, fast militärischen Schritt weiter.

»Warum sagen Sie nichts?«, fragte sie, als sie in die Gymnasiumgasse einbogen.

»Wie heißen Sie denn?«, fragte Stepan unentschlossen.

»Was geht Sie das an?«, antwortete das Mädchen streng. »Ich heiße Zoya«, fügte sie dann mit sanfter Stimme hinzu.

»Zoyi«, begann Stepan.

»Zoya, ich heiße Z-o-y-a!«, unterbrach sie ihn ungeduldig, als sie die Haustüre erreichten.

Stepan ging ihr in der vagen Hoffnung nach, dass das Treppenhaus dunkel sei und er sie dort küssen könne, als Entschädigung für die Schmach im Theater und das sinnlos ausgegebene Geld. Das Mädchen aber, als ob sie seine Absicht erriet, lief rasch die Treppen in den ersten Stock hinauf und klimperte mit ihrem Schlüssel.

»Bonjour«, sagte sie, als sie hinter der Tür verschwand.

II

Zuletzt blieben nach vielen Korrekturen und Kürzungen nur ein paar Worte auf dem Blatt stehen, die ihm ausreichend schienen:

»Sehr geehrte Genossen! In der letzten Ausgabe Ihrer Zeitschrift war eine Erzählung von mir abgedruckt. Bitte geben Sie mir Bescheid, ob Sie noch weitere brauchen, ich kann Ihnen welche schicken. Meine Adresse: Kyjiw, Lwiwer Straße 51, Wohnung 16. Stepan Radtschenko.«

Dann sagte er sich nach kurzem Nachdenken, dass der Abdruck seiner Erzählung in der Zeitschrift so offensichtlich war, dass sich jeder Hinweis darauf erübrigte, und strich die erste Zeile. Nach weiteren Erwägungen sagte er sich, dass er sich mit seinen Erzählungen nicht aufdrängen wollte, dass sein Stolz das nicht zuließe, und eine letzte Kürzung verlieh dem Brief ein Aussehen, das ihn voll und ganz zufriedenstellte:

»Sehr geehrte Genossen! Meine Adresse: Kyjiw, Lwiwer Straße 51, Wohnung 16. Stephan Radtschenko.«

Nachdem er diese Zeilen in zwei Ausführungen abgeschrieben hatte, adressierte er sie an zwei Zeitschriften, eine in Charkiw, eine in Kyjiw, danach verspürte er tief erschöpft Erleichterung.

Dann stand er auf und ging im Zimmer auf und ab. Es war gegen acht Uhr morgens, die Hälfte des zweiten Stockwerks, auf dem sich sein Zimmer befand, wachte gerade erst auf. Aus der Küche drang durch mehrere geschlossene Türen der Lärm dreier Gaskocher zu ihm, deren Anzahl den drei Familien entsprach, die dicht gedrängt in den drei anderen Zimmern dieser Wohnung lebten. Seine Mitbewohner kannte er kaum, weil er die meiste Zeit in seinem Zimmer verbrachte und ihnen somit nicht einmal in der Küche, dem angestammten Ort häuslicher Treffen, Bekanntschaften und Auseinandersetzungen, begegnete. Diesen Hauptnerv des Lebens mit dem Herd, einem von Messerkerben durchzogenen Tisch, einem speckigen Schrank und den entlang der Wand aufgereihten Pfannen, Töpfen, Sieben und Suppenkellen tastete er nicht an, er ging sogar zur morgendlichen Wäsche an den Dnipro, womit er sich der Möglichkeit beraubte, mit seinen Mitbewohnern in Kontakt zu treten und sie ganz ungeniert kennenzulernen. Die Küche darf schließlich nach Familientradition von Frauen im Morgenrock, von Männern ohne Jackett und von allen unterschiedslos ungekämmt und verschlafen betreten werden. Ein geteiltes Dach bringt die Menschen einander nicht deswegen näher, weil sie sich hier von ihrer besten Seite präsentieren, sondern weil sie die schmutzigen und leider notwendigen Züge ihres Daseins nicht voreinander verbergen können. Jede Wohnung beherbergt eine kleine Gruppe von Verschwörern, die sich gegenseitig stillschweigend da Sonderrechte einräumen, wo sie jedem anderen, der nicht die Ehre hat, mit ihnen zusammenzuleben, anständiges Benehmen abverlangen.

Stepan lauschte also der morgendlichen Sinfonie des Alltags umso aufmerksamer, als er sie noch nie in ihrer vollständigen Fassung gehört hatte, weil er morgens meist nicht zu

Hause war. Das pausenlose Türenknallen, das Geschrei von zur Arbeit hetzenden Familienvätern, die griesgrämigen Antworten ihrer Ehefrauen, das Gekreische der Kinder, die sich zur Schule aufmachten, und das aufdringliche Geplärre von Säuglingen wiesen ein Dasein zwischen fünfzig und hundert Karbowanez Monatslohn aus, kurz und gut: das Leben jenes Intelligenzler-Proletariats, das man gewöhnlich als Kleinbürgertum bezeichnet. Die paar Kubikmeter eingeschlossener Luft zwischen Wänden, Decke und Boden waren ein ruhmloses Grab für jeden jugendlichen Enthusiasmus, für Schönheit, Hoffnung und rosige Erwartungen, wie sie in der Welt Bedeutung haben, und obwohl sich Stepan diesen gewöhnlichen Menschen um vieles überlegen fühlte, dachte er traurig und mit heimlicher Furcht:

»Wofür leben die bloß? Heute, morgen, in einem Monat – immer dasselbe. Verrückte.«

Um neun Uhr, als die Angestellten in ihre Büros und ihre Ehefrauen zum Markt losgezogen waren, breitete sich in der Wohnung relative Stille aus, die nach dem vorherigen Lärm absolut wirkte. Stepan setzte sich an den gemütlichen Tisch unter den Zweigen der alten Palme, zog einen Stapel bleistiftbeschriebenes Papier aus der Ecke seiner Schublade hervor und begann ihn aufmerksam zu sortieren. Es waren seine im vergangenen Winter verfassten Entwürfe für Erzählungen, drei davon fertig und eine angefangen, allesamt länger als seine bereits veröffentlichten, jedoch mit demselben Thema – die Revolution und die Aufstände. Obendrein war ihnen allen ein Merkmal eigen, das schon in seiner ersten Erzählung, »Das Rasiermesser«, voll ausgebildet gewesen war und sich deutlich durch Stepans weitere Erzählungen zog, wenn er seine Vorstellung vom Wesen des Bürgerkriegs als einer kolossalen Massenerhebung synthetisierte, in der Individuen bloß unmerkliche Partikel darstellten, die von einem großen Ganzen absorbiert und ihm vollständig unterworfen waren, in der jeder einzelne Mensch sich zu einem höheren Willen entpersonalisierte, der ihn seines Lebens und gleichzeitig jedweder Illusion von Unabhängigkeit beraubte. Folgerichtig waren die Helden seiner Erzählungen Gegenstände, in denen sich eine mächtige Idee wie beiläufig inkarnierte. Wie selbstverständlich wurden ein entgleister Panzerzug, ein niedergebranntes Landgut oder eine eroberte Eisenbahnstation zu Handlungsträgern, die einem Menschenkollektiv wie vollausgeformte Personen gegenüberstanden. Deswegen waren noch nirgendwo Hinrichtungen so natürlich vonstatten gegangen, waren Leichname noch niemals so demütig zu Boden gesunken wie in den Werken Stéfan Radtschenkos, denn wo er dem Getöse der Zerstörung eines Panzerzuges lauschte, da vergaß der Autor das Gestöhne der Verletzten in dessen Trümmern.

Gegen Abend hatte er die angefangene Erzählung fertig und stellte verwundert fest, dass seine Hand ganz schwer geworden war. Seiten, die er früher mit Leichtigkeit innerhalb einer Stunde vollgeschrieben hatte, kosteten ihn nunmehr einen halben Tag angestrengter Arbeit, der von unangenehmen Pausen unterbrochen wurde, in denen ihm der Stift gänzlich den Dienst versagte. Er war gezwungen, alles durchzustreichen, in vollem Schwung plötzlich vor einem Wort zu stocken, das wirklich nicht passte, das sich aber auch nicht ersetzen ließ. Sein Sprachgefühl wurde zu seinem unmittelbaren Gegner. Sein Verstand war bleiern von den Nachwirkungen des vielen Lesens, vom Stil der Meister, von überzogenen Erwartungen an jeden Satz und unterband Mal für Mal den freien Flug seiner Inspiration. Sein an den Meisterwerken der Literatur geschärfter Kunstsinn legte pausenlos kompositorische Schnitzer frei, und er musste zweimal seinen Plan umbauen, das so schön Ausgedachte verwerfen und etwas absolut Unerwartetes hinzufügen. Und als er mit der Erzählung fertig war, fühlte er dieselbe bösartige Genugtuung wie ein Reiter nach der Zähmung eines Pferdes, das ihn zuvor mehrfach abgeworfen hatte.

Zwei Tage, in denen er seine Wohnung nur zum Essen und für seine Ukrainischstunden verließ, wandte er für das Abschreiben und für oberflächliche Korrekturen auf, er verzichtete dabei sogar auf die Erfrischungsbäder im Dnipro. Noch einen Tag später erhielt er zufrieden eine Antwort von der Redaktion der Kyjiwer Zeitschrift, die ebenso kurz war wie sein Brief: »Bitte kommen Sie zwischen elf und zwei Uhr mittags in die Redaktion.« Das Wort »bitte« freute ihn sehr, trotzdem konnte er sich nicht zu einem Besuch in der Redaktion durchringen – eine seltsame Mischung aus Scham und Stolz hielt ihn von diesem Schritt zurück. Nichts jedoch konnte ihn daran hindern, sich mit aller Sorgfalt zu waschen und seine Kleider sauber zu machen, um dann gegen Abend in die Gymnasiumgasse aufzubrechen, wo das Mädchen Zoya lebte.

Zugegebenermaßen verspürte er gar keinen besonderen Drang, sie zu sehen, aber sein Überdruss an Einsamkeit und das Bedürfnis, sich nach der Arbeit zu zerstreuen, führten ihn dorthin, wo es wenigstens ein lebendiges Wort zu hören gab, und sollte es von einem Mädchen kommen, dann umso besser. Dabei interessierten ihn natürlich nicht Worte an sich. Seit er Musinka verlassen hatte, ließ ihn der physische Drang nach einer Frau nicht mehr los, und je weniger reale Möglichkeiten er hatte, diese Sehnsucht loszuwerden, desto stärker nahm ihn seine Fantasie gefangen. Regelmäßig gönnte er sich zur Erholung von seinen schlauen Büchern vor dem Einschlafen ein paar Minuten, in denen er sich ein bisschen mit verschiedenen mit der Liebe verbundenen Gedankenspielereien beschäftigte, und bei all ihrer Ungehörigkeit waren ihm solche Vorstellungen doch sehr angenehm. Er schlief in unsichtbaren Umarmungen ein, die seinen strammen Körper erst am Morgen freigaben, wobei sie ein unstillbares Verlangen nach tätiger Umsetzung zurückließen. Seine Träume waren zutiefst amoralisch, zeigten sein Zielobjekt in einfachster Natürlichkeit, bezogen ihr Material dabei aus den zufälligen Abenteuern seiner Tage auf Wanderschaft, als Beziehungen zu Frauen nicht einmal den Schein vorgeschobener Schicklichkeit haben konnten, waren sie doch ihrem ganzen Wesen nach absolut unschicklich. Der Versucher aller Kämpfer um das Seelenheil, der alte Teufel, entfachte ohne Unterlass eine Feuersbrunst in seinen Adern, und wenn es Stepan zumindest gelang, sie auf Vorstellungen zu begrenzen, bewies das bereits ein gehöriges Maß an Züchtigkeit.

Zoya gegenüber hegte er keinerlei solche Absichten und dachte sich sogar, dass es ihm vielleicht dank ihr gelingen würde, noch weitere Bekanntschaften zu schließen und die engen Fesseln seiner Einsamkeit und seiner Vergeistigung zu zerreißen, denn die begannen langsam, ihm die Luft abzuschnüren. Gedankenverloren schnäuzte er sich und klopfte an die Tür. Das Mädchen selbst öffnete ihm.

»Was wollen Sie?«, fragte sie, nachdem sie auf der Schwelle erschienen war.

»Ich wollte Sie sehen«, antwortete Stepan.

»Das habe ich Ihnen nicht erlaubt«, meinte sie verstimmt, fügte aber einen Moment später hinzu: »Zu mir können wir nicht. Warten Sie kurz, ich komme raus.«

Und bevor der junge Mann auch nur ein Wort hätte sagen können, schloss sie die Tür. Ein wenig beleidigt trat Stepan auf die Straße hinaus, denn er fühlte, dass er in jeder Hinsicht – geistig wie körperlich – einen besseren Empfang verdient hatte. So eine Schnepfe! Und trotzdem trottete er die Häuserfronten entlang und las dabei aus Langeweile die Türschildchen mit den Namen ihrer Bewohner. Zoya ließ ihn wirklich nicht zu lange warten und kam bald in Jacke und Mütze die Vortreppe herunter.

»Schauen Sie, was ich mir gekauft habe!«, sagte sie und zeigte ihm eine kleine Reitpeitsche. »Schön, oder? Wie außergewöhnlich!«

»Außergewöhnlich schön«, antwortete Stepan und betrachtete sie genauer.

»Aber wissen Sie, wie die zieht?«

»Bitte nicht zuschlagen!«, meinte er, als er sah, wie sie ausholte.

»Die ist für meinen Spitz. Wir haben einen Spitz. Und wo ist mein Lutscher?«

»Den habe ich weggeworfen.«

»Mein Geschenk?«

Sie blieb entrüstet stehen.

»Nein, nein«, beeilte er sich hinzuzufügen, fürchtete er doch, dass sie wieder gehen würde, »das war bloß ein Witz. Ich habe ihn in eine Schublade gelegt.«

»Bringen Sie ihn mir vorbei«, sagte Zoya, »ich werde ihn an die Peitsche hängen.«

»Da muss ich wohl einen kaufen. Aber so ein Lutscher passt auch zu ihr«, dachte sich Stepan, indem er einen Blick auf ihre kindliche Figur warf.

Eine Viertelstunde später kaufte Stepan mit großer Geste Karten für die erste Reihe im Kino, wobei er hoffte, mit dieser Ausgabe ein stabiles Fundament für weitere Annäherungsversuche gelegt zu haben. Er folgte der vollkommen logischen Annahme, dass ein Mädchen, das etwas von einem jungen Mann bekommen hatte, diesem auch etwas schuldig war.

Mit ritterlicher Höflichkeit bat er sie vor sich ins Foyer und führte sie dort galant zwischen Filmplakaten und Szenenbildern herum, die sie aufmerksam betrachteten.

»Sehen Sie sich diesen Dummkopf an!«, meinte Zoya und zeigte mit der kleinen Peitsche auf das Foto eines Jünglings, der auf einem Pferd ritt. »Im Film muss man Auto fahren, nicht herumreiten wie ein Milizionär.«

Stepan platzte vor Stolz, zum ersten Mal in seinem Leben war er mit einem Mädchen aus Fleisch und Blut an einem öffentlichen Ort – ihn ärgerte bloß, dass seine Gefährtin zu viel mit ihrer Peitsche herumwedelte und sich in alle Richtungen umsah, ihm dabei zu wenig Aufmerksamkeit und Blicke schenkte. Doch nichtsdestotrotz musste sie tief drinnen spüren, dass sie nur dank seiner Hilfe hierher gelangt war.

Als im Saal das Licht ausging und das Geschehen auf der Leinwand begann, ergriff Stepan ihre kleine Hand und drückte sie. Das Mädchen reagierte nicht, zog die Hand aber auch nicht zurück, also legte er sie ein paar Minuten später auf sein Knie, wo er sie mit seiner Handfläche bedeckte und es vorsichtshalber erst einmal dabei beließ. Nachdem der letzte Teil des Films vorbei war, sagte Zoya:

»Was für ein wunderbarer Film! Apoll, kaufen Sie doch Karten für noch eine Vorstellung!«

»Ich heiße Stephan«, antwortete Stepan beleidigt, »bleiben Sie sitzen, ich kaufe gleich welche.«

Flugs war er mit den Karten zurück, denn insgeheim befürchtete er, dass sie ihm davonlaufen würde.

»Ach, Sie sind göttlich!«, sprach Zoya.

Doch kurz nachdem der Film begonnen hatte, meinte sie ermattet:

»Bäh, was für ein Dreck! Ich will nach Hause. Hier kriegt man ja kaum Luft.«

An der Straßenecke, wo sie wohnte, äußerte sie dann noch einen Wunsch:

»Ich würde ja so gerne Boot fahren.«

»Wie Sie wünschen«, antwortete Stepan, »es ist ein ruhiger Abend. Wir könnten weit hinausfahren!«

»Solange es auf unserer Straße ist.«

»Wo soll denn hier Wasser sein?«

»Sorgen Sie für welches!«, jammerte das Mädchen verzweifelt.

Er hatte keine Geduld mehr, das Spiel weiter zu treiben, und so blickte er sich verstohlen um und küsste sie.

»So eine Frechheit!«, entfuhr es Zoya.

»Ich liebe Sie«, murmelte Stepan traurig.

»Das habe ich Ihnen nicht erlaubt«, antwortete sie so streng wie möglich und ging davon.

»Zoya, wann sehe ich Sie wieder?«, rief er ihr fragend nach.

»Niemals!«

Doch bei diesem Wort konnte Stepan nur lachen, und so machte er sich voller angenehmer Gefühle auf den Heimweg. Zoyas entschiedenes »Niemals« hatte ihn nur erheitert, ihm sogar Hoffnung auf ein sehr baldiges Wiedersehen gemacht, vielleicht auch eines mit gewichtigen Folgen, hatte er doch schnell verstanden, was für ein launisches Schlitzohr dieses Mädchen war, das selbst nicht wusste, was es wollte – und das eröffnete einem Menschen mit knallharten Absichten großen Handlungsspielraum. Besondere Freude hatte er an ihrer Gewohnheit, »Das erlaube ich nicht« zu sagen, wenn sie bereits vor vollendeten Tatsachen stand. Solche Verbote waren bekanntermaßen kein großes Hindernis.

Alles in allem gefiel ihm dieses Mädchen besser, als er noch vor ein paar Stunden hätte ahnen können. Eine kurze Berührung auf der Straße hatte diesen aufregenden Gefühlsumschwung ausgelöst, denn dabei hatte er sich überzeugen können, dass ein weiblicher Körper auch bei kleinem Wuchs nichts von seiner Anziehungskraft einbüßt. Ganz im Gegenteil, hinter ihren strengen Konturen erahnte er verfeinerten, von der Stadt geborenen Zauber, unter dörflichen Bedingungen würde ein solcher Körper nicht bestehen. Eben das Städtische an ihr zog ihn an, schließlich hatte es für seinen Werdegang, ein echter Städter zu werden, oberste Priorität. Mit ihr könnte er ins Theater, ins Kino oder auf Abendgesellschaften gehen, mit ihr würde er in die richtige städtische Gesellschaft vorstoßen, in der man ihn, so viel war sicher, willkommen heißen und respektieren würde.

Am Institut hatten bestimmt schon die Vorlesungen begonnen, und immer wieder nahm er sich vor, sich dort sehen zu lassen. Eines Morgens, nachdem er sich beim Anziehen schon entschlossen hatte, dass es heute wirklich so weit wäre, kam ihm plötzlich eine Frage in den Sinn: »Was will ich eigentlich da?« Und eine Antwort darauf fand er nicht. Zunächst wunderte ihn das ein wenig, dann erfüllte es ihn mit großer Freude, denn er war begeistert von seinem Mut, und den ganzen Tag fühlte er sich als Sieger. Wozu brauchte er das Institut schon? Stepan Radtschenko benötigte kein Diplom, um seinen Wert unter Beweis zu stellen.

Fortuna schüttete ihr Füllhorn, wie man es von Bäckereiaushängen kennt, über ihm aus, und innerhalb einer Woche erhielt er eine Antwort von der Redaktion der Zeitschrift aus Charkiw, inklusive eines Schecks über 87 Karbowanez. Einen Brief hatte er ja erwartet, aber auf Geld hatte er nicht zu hoffen gewagt. Wie sich herausstellte, war die Literatur nicht nur eine ehrbare, sondern auch eine einträgliche Angelegenheit, also doppelter Aufmerksamkeit würdig. Bereitwillig quittierte er den Empfang, mit Vergnügen hätte er endlos weiterquittiert, hätte die Post das verlangt, sie, diese größte Errungenschaft menschlicher Kultur, die nicht nur Briefwechsel mit weit entfernten Menschen ermöglichte, nicht nur Zeitschriften mit abgedruckten Erzählungen auslieferte, sondern auch noch Geldüberweisungen tätigte.

Der Brief der Zeitschrift aus Charkiw war hochinteressant. Er enthielt eine knappe, aber klare Bewertung seiner Erzählungen sowie den Vorschlag, ein paar, wenn möglich sogar einige mehr davon zu übersenden, damit eine Sammlung im Umfang von drei bis sechs Druckbögen zusammengestellt werden könnte. Diese letzte Zeile brachte ihn aus dem Konzept – was für Druckbögen denn? –, und, wichtiger noch, reichten seine Erzählungen für »drei bis sechs« davon? Das musste unbedingt geklärt werden, wie auch anderen Fragen Genüge getan werden musste, die sich bezüglich der Drucktechnik auftaten. Dass eine Seite mithilfe einzelner Buchstaben gesetzt wurde, war ihm von jener Seite im Lehrbuch der Weltgeschichte bekannt, wo es um Gutenberg ging, darüber jedoch, wie zum Beispiel Zeichnungen oder Portraits in die Bücher gelangten, schwieg die Geschichte leider. Und so beschloss der junge Schriftsteller, sich ein entsprechendes Technikhandbuch zu kaufen, aus dem er dann erfuhr, was ein Bogen war und wie viele Buchstaben auf ihn passten, was Revision, Cicero, Spatium, Ausrichtung und Linotypen bezeichneten, wobei er der Portraitfrage besondere Aufmerksamkeit schenkte, speziell der Zinkografie, der Autotypie, dem Dreifarbdruck und der Offsetmaschine. Seine Erkenntnisse zu den Portraits speicherte er in den Tiefen seines Geistes, doch die zum Druckbogen wendete er zur praktischen Übung sogleich auf seine sechs Erzählungen an und stellte fest, dass sie mit insgesamt 207194 Buchstaben die Maßgabe der »drei bis sechs Bögen« einwandfrei erfüllten.

Im Anschluss legte er sie sorgfältig zu einem Stapel zusammen und nummerierte die Seiten neu, schlug sie in sauberes Papier ein und schrieb darauf in schönen Lettern »Stephan Radtschenko – Die Rasierklinge – Ein Erzählband«, wickelte alles mit einer Schnur zu einem Paket zusammen wie früher seine Rechenschaftsberichte am Silbud und übergab es dann der wundersamen Post, ohne einen Brief mitzuschicken, hielt er doch sein Schweigen für die würdevollste Antwort.

III

Das Theater vollendet gegenwärtig den Zyklus seiner Entwicklung. Das moderne Theater zeichnet sich durch konstruktivistische Aufführungen aus, das heißt durch eindringliche Gestik und Intonation der Schauspieler, die das einzigartig verdichtete Wesen der handelnden Personen oft in Massenszenen und Bühnenbildern darstellen oder durch Losungen auf Plakaten und rudimentäre Kulissen, die den Handlungsort charakterisieren. Das eröffnet der Handlung die Möglichkeit, sich vielfältig zu entwickeln. Dieses Theater der Gegenwart kehrt nun auf seiner höchsten Entwicklungsstufe zu seinen ursprünglichen, geheiligten Quellen zurück, zu den religiösen Stücken der Antike und des Mittelalters. Sein zukünftiger Weg wird nur mehr Echo seiner selbst sein, ein rasches Durchlaufen bekannter Etappen, sicher, mit einem gewissen Anteil an Neuerungen, doch bereits ohne jenes mächtige Ferment des Fortschritts, das der Kunst Flügel verleiht. Der Stamm des Theaters, verwurzelt in all den durchdringenden, einzigartigen und unfehlbaren Entwicklungsgesetzen, deren Wirken der menschliche Geist in verschiedenen Lebensprozessen zu entdecken, doch nicht zu ändern vermag, treibt am Wurzelstock nun einen Zweig, dessen Wachstum an die Magie indischer Gurus erinnert, die vor den Augen der Zuschauer aus einem Samenkorn einen ganzen Baum samt Ästen und Blättern wachsen lassen.

Die Knospe des Kinofilms wurde vor zwanzig Jahren aus dem Schattendasein in Holzbuden am Rande von Jahrmärkten und Zirkuszelten, aus dem dort typischen Gestank der Ställe und Marktstände und missachtet von der höheren Gesellschaft, von Presse und öffentlicher Meinung schließlich auf die Hauptstraßen in luxuriöse Räumlichkeiten mit prunkvoller Dekoration in weitläufigen Foyers verpflanzt. Das Kino wird von einem Sinfonieorchester begleitet und erblüht nun zu voller Pracht. Begeisterte Anerkennung wird ihm zuteil. Der Film öffnet Spielräume der Illusion mit vollwertiger schauspielerischer Bewegungsfreiheit, wie es das Theater nicht vermag, dabei reduziert es die Szenerie um eine ganze Dimension und weitet die Bühne in die Unendlichkeit, tauft sie in den Fluten der Wirklichkeit und befreit sie doch zugleich von jeglicher Realität. Indem er der Handlung die Stimme entzieht, wird diese verständlich für alle Stämme und Völker und überhaupt ... In echter dialektikischer Manier stellt er die kolossalen Widersprüche der Welt auf den Kopf, stärkt so die Anschauung und gewinnt die Herzen der Menschen.

Die bunten Gestalten, Länder und Zeiten, die vom Zauberstab eines stummen Magiers auf die Leinwand gemalt wurden, weckten im jungen Schriftsteller Stepan Radtschenko jenen Kitzel im Auf und Ab von Freude und Niedergeschlagenheit, der den Menschen inmitten der endlosen Steppe überfällt, wenn das Dunkel von geheimnisvollem Flüstern erfüllt ist und sich vor den Augen Trugbilder entfalten. Wenn das elektrische Licht im Saal erlosch, packte den jungen Mann beim Klang der ersten Akkorde des Orchesters geradezu seherische Begeisterung, und er las den Filmtitel flüsternd vor sich hin, als ob er darin dessen Inhalt weissagte. Dann beobachtete er mit Kennerblick die Leinwand und scharrte unruhig mit den Füßen, wenn ein bereits gelesener Zwischentitel zu lange eingeblendet wurde. Und zuweilen – begeistert von einer besonders gelungenen oder tragischen Szene – ballte er seine Hand, die fortwährend auf dem Knie des Mädchens Zoya, seiner ständigen und unvermeidlichen Begleiterin, lag, zur Faust, worauf ein leidvolles »Das tut weh, Göttlicher!« ertönte.

In diesem Moment war er wirklich so weit wie ein Gott von ihr entfernt, ganz bei den Bewegungen der strahlenden Figuren, die seine erhitzte Einbildungskraft mit sich rissen zu ihren Erlebnissen und Abenteuern, wo er die Gerüche der Gärten und die Schüsse der rauchenden Colts roch. Wieder zu Hause machte er dann oft kein Licht und ließ im fahlen Schein des Tageslichts die zauberhaften Bilder der Schauspielerinnen, die er aus dem Kino mitgebracht hatte, und ihre lockenden Konturen in Körper aus Fleisch und Haut auferstehen.

Doch viel öfter stand er traurig am Fenster und dachte an das Mädchen Zoya, die ihn den »Göttlichen« nannte, als machte sie sich über die Kraft- und Saftlosigkeit seiner Anstrengungen lustig. Während der drei Wochen, seit sie sich kannten, war ihre Beziehung nach einem vielversprechenden Anfang auf einer gewissen Stufe festgefahren, und der junge Mann verspürte totales Unvermögen, sie auf eine weitere Stufe zu bringen. Seine rosaroten Träume durchkreuzte die Natur. Ein unerwartet früher Herbst breitete eine nassgraue Decke über die Stadt, wickelte die Tage in feuchten Nebel, Wolken und widerlichen Nieselregen. Heftiger Wind, der sich plötzlich erhob und genauso schnell wieder legte, schüttelte das noch grüne Laub von den Ästen der Kastanienbäume. Auf das Kopfsteinpflaster und die Dächer trommelten kalte Tränentropfen, die sich in einem unablässigen Strom durch die Regenrinnen entlang der Bürgersteige auf die Straßen ergossen, die Pfützen in den Schlaglöchern trockneten nicht mehr, und auf ihrer Oberfläche zerstieben die Tropfen. Die Kutscher verkrochen sich unter die Verdecke ihrer Fuhrwerke, und gemeinsam mit ihren Gäulen, die die Köpfe hängen ließen, schlängelten sie sich wie ein schwarzes Band um die Straßenecke. Die Straßenverkäufer von Zigaretten und Zeitungen drückten sich ratlos unter die Vordächer, Läden mit Kwas, Soda- und Zitronenwasser, packten ihre bunten Aushänge ein, und das fröhliche Geschrei der Obsthändlerinnen erstarb. Öde Feuchte durchdrang Luft und Mensch.

Dieses Hundewetter beendete die süß duftenden Spaziergänge durch Parks und am Fluss schlagartig, deren Ziel der Schoß der Natur war, wo die Liebe in verlassenen Ecken unter Sträuchern ihre natürliche Bestimmung fand. Die Natur schloss ihre gemütlichen Rückzugsorte. Kein Regenguss war jedoch imstande, die Glut zu löschen, die im menschlichen Herzen, gleich welchen Alters und welcher Jahreszeit, loderte, im Unterschied zu anderen Lebewesen, denen die Jahreszeit der Liebeslust vorgegeben ist.

Nach einigen vergeblichen Versuchen, in Zoyas Zimmer zu gelangen, und einigen ebenso vergeblichen Einladungen in sein Zimmer, blieb Stepan keine andere Wahl als das Kino zum einzigen Ort ihrer Stelldicheins zu machen. Hoffnungslose Rendezvous, denn die Begeisterung für die Kunst konnte auf Dauer keinesfalls seine unbefriedigte Sehnsucht aufwiegen. Im Gegenteil, die Unzufriedenheit verstärkte sich nur und wurde zu einer harten Prüfung. Abends konnte er lange nicht einschlafen, unruhig wälzte er sich mit geschlossenen Augen von einer Seite auf die andere, und morgens erwachte er erschöpft von schweren Träumen, in denen einmal seine Wange anschwoll und immer dicker wurde oder ein andermal sich sein Arm unter Schmerzen verlängerte, und manchmal quälten ihn Albträume in Gestalt von Toten, die plötzlich zu einem Fleischklumpen erstarrten und vor ihm wie an einem Galgen baumelten. Er vernachlässigte Arbeit und Bücher, und der Unterricht in den Amtsstuben wurde ihm zur Qual. Voller Ungeduld sehnte er die Abende herbei, wartete, bereitete sich vor und erwachte zu neuem Leben, doch die Abende endeten immer wieder mit langem Wachen und unsinnigen Träumen.

Es gab freilich auch Erfolge. Sie gestattete ihm, sie zu duzen, woraus sich ihrerseits freilich keine weiteren Schritte ergaben. Außerdem rauchte sie jetzt und legte sich einen Kurzhaarschnitt zu, doch diese seiner Ansicht nach unwiderlegbaren Anzeichen brachten ihn nicht weiter. Sie hielt ihn herrisch auf Distanz, und nur manchmal, wenn er zu winseln anfing, gestattete sie ihm, sie zu küssen, aber weitere Regungen ließ sie nicht zu.

»Ich liebe dich«, sagte er weniger aufrichtig als leidenschaftlich, während sie den gewohnten Weg vom Kino zur Gymnasiumgasse gingen.

»Ach, du«, seufzte Zoya, »die Liebe gibt es nicht. Das haben sich die Menschen nur ausgedacht.«

Er versuchte ihr mit Logik beizukommen:

»Wenn du mich nicht liebst,« sagte er, »warum gehst du dann mit mir?«

»Na, weil du für mich zahlst!«, entgegnete sie verwundert.

Diese Antwort beleidigte ihn zutiefst, doch er schwieg, da er sich eingestehen musste, dass er sich ein wenig vor ihr fürchtete. Sie war launisch und hatte seltsame, ja höchst ungewöhnliche Wünsche. So konnte sie sich an einem einzigen Abend in den Kopf setzen, ein Flugzeug zu fliegen, ein Geschütz abzufeuern, eine Musikerin zu sein, eine Professorin, egal welchen Fachs übrigens, eine Weltumseglerin und eine Hirtin.

»Ich wäre gerne eine Geschäftsinhaberin«, sagte sie. »Da sitzt man so in seinem Laden: Wie kann ich Ihnen helfen? Was brauchen Sie? Pfeffer? Für zehn Kopeken? Hundert Gramm? O, wie wär das wunderbar! Und viele Menschen würden zu mir kommen … Und Kindern würde ich Bonbons schenken. Ich wäre so gern ein Kind – so ein hübscher kleiner lockiger Junge. Das wäre doch wirklich etwas, rittlings auf einem Stock zu sitzen und dahinzugaloppieren – Hüah – hüah!«

Sie sprang auf und zog ihn am Arm mit sich. Die nie endenden Wünsche laugten sie aus, und zuweilen schwieg sie schlecht gelaunt den ganzen Abend, ohne Stepan zu beachten oder ihn auch nur eines Blickes zu würdigen. Zum Abschied ergriff sie dann wieder seine Hand, sprach so sehnsuchtsvoll und brachte ihn mit ihrer leisen Stimme ganz durcheinander:

»Ach Göttlicher, wie dumm wir sind! Alle sind so dumm. Du verstehst gar nichts.«

Er lehnte auch tatsächlich ab, etwas anderes zu verstehen außer der peinlichen Tatsache, dass ihn dieses zarte Mädchen verhext hatte und nun in seinem Leben einen festen Platz einnahm. Abend für Abend verließ er um sieben Uhr das Haus, schaute unterwegs in der Zuckerbäckerei vorbei, wo man ihn nach einer Woche bereits mit einem freundlichen Lächeln begrüßte. Auch er hatte sich an den Verkäufer gewöhnt, sodass es ihm richtig unangenehm gewesen wäre, einmal keine Bonbons zu kaufen. Beim Zahlen dachte er betrübt:

»Warum sollte sie auch nicht mit mir gehen? Ich lade sie ins Kino ein und kaufe ihr Bonbons. Ich bin wirklich ein Idiot. Ja, ich bin wirklich göttlich, ein göttlicher Trottel.«

Mehrere Male nahm er sich vor, in einem günstigeren Licht vor ihr zu erscheinen und auf seine Verbindungen zur Literatur anzuspielen, denn ihr offen davon zu erzählen, traute er sich nicht. Doch waren seine Anspielungen so undeutlich, dass sie sie wahrscheinlich gar nicht verstehen konnte. Im Übrigen interessierte sie sich mehr für Zeitungen und platzte immer mit den neuesten politischen Nachrichten heraus:

»Hast du heute die diplomatische Meldung der Briten gelesen? So lang! Und fängt irgendwie komisch an: Dear Sir, die Regierung Ihrer Majestät … Ach, wie muss das schön sein, solch lustige Meldungen zu schreiben.«

Was wollte sie wirklich? Er suchte vergeblich nach einer Antwort, wenn er verstohlen in ihr von den blonden, sich unter einem Barett hervorkringelnden Locken verziertes Gesicht blickte. Sie hatte viele Gesichter, jede Regung ihres Inneren spiegelte sich augenblicklich darin, es wurde heiter, dann finster, wenn unsichtbare Wolken in ihren Augen schwammen. Unter dem Eindruck ihrer unaufhörlich wechselnden Launen gab er sich einmal vager Hoffnung hin, wenn er einen zärtlichen Blick auf sich gerichtet sah, und ein andermal wieder erfasste ihn tiefe Verzweiflung, wenn sich ihr Blick plötzlich verdüsterte und sie in unheilschwangeres Schweigen verfiel. Stepan bemühte sich, sie in ihrer grundlosen Traurigkeit aufzuheitern, und erzählte ihr seine früheren Abenteuer, die Aufstände und Militäraktionen, was sie allerdings nur für einen kurzen Moment begeisterte, bevor sie wieder in Trübsal verfiel und verärgert brummte:

»Ach wie öde das ist. Alles. Man braucht keine Kriege. Das haben sich die Menschen alles nur ausgedacht. Willst du mir vielleicht erzählen, dass du ein Held bist? Was für ein Unfug!«

In solchen Momenten überfiel ihn ebenfalls Trauer, und sie schritten gemeinsam die schlüpfrigen Straßen entlang, endlos weit voneinander entfernt und doch zwanghaft aneinander gekettet, schweigsam zogen sie so unter dem wolkenverhangenen Herbsthimmel dahin. Einmal schleuderte sie in einem Anfall von Überdruss ihre so geliebte Reitpeitsche über einen Zaun und erklärte:

»Ich habe sie satt! Ich hasse sie!«

Doch zehn Minuten später tat es ihr schon leid, und Stepan, völlig entnervt von ihren Launen, musste über den Zaun in einen Hof klettern, im Schlamm herumtappen und mit Streichhölzern die Reitpeitsche suchen, womit er die Hunde in der Nachbarschaft wild machte und die Anwohner in Aufregung versetzte. Dabei konnte er das Ding natürlich nicht finden, und als er aus dem Hof herauskam, verspürte er einen solchen Hass gegen seine Peinigerin, dass er gute Lust hatte, ihr ordentlich eine reinzuhauen.

In dieser Nacht probte der Sklave in ihm den Aufstand. Als er zu Hause das Licht anschaltete, bemerkte er zum ersten Mal in diesem Monat die haarsträubende Unordnung in seiner Behausung. Seine ärmlichen Möbel waren staubbedeckt, und auf dem ungefegten Fußboden lag eine widerliche

Ansammlung Müll herum. Feuchte Kälte kroch von draußen durch die unverklebten Ritzen am Fensterrahmen, die Dichtungsmasse rieselte herab, und die Fensterscheibe klirrte unter den Windböen. In der Ecke über der Palme mit den gelblich herabhängenden Blättern breitete sich unheilkündend ein feuchter schwarzer Fleck aus. Schwere Traurigkeit überfiel ihn, denn dieser offensichtliche Niedergang verdeutlichte ihm die Sinnlosigkeit seines eigenen Lebens, die Verwüstung des Herzens entsprach dem Zustand seiner Behausung. Er setzte sich an den Tisch, auf dem aufgeschlagene Bücher und Blätter verstreut herumlagen, und dachte mit der Trauer eines Verurteilten an die hellen Tage, da ihn sein ausgeglichenes Arbeiten so unsagbar glücklich gemacht und sein Verstand gierig große Mengen geistiger Nahrung verdaut hatte. Wo sind diese Morgen voll frischer und unbändiger Energie? Wo die stillen Abende, da er zufrieden einschlummerte, sanft geschaukelt in der Wiege innerer Harmonie? Verloren! Und der Weg dorthin vom Gras überwachsen. Und wofür? Als er eines der Hefte aufschlug, blickte er auf seine Notizen zu gelesenen Büchern wie ein Bankrotteur auf seine einst vielversprechenden Bilanzen. Er fühlte den Herbst in sich, ein Hundewetter und Nebel.

Und was hat er davon? Nichts außer Unannehmlichkeiten und Erniedrigungen. Zu einem Nichts ist er verkommen, bestenfalls ein Beistellmännchen, eine Puppe in Händen eines verrückten Mädchens. Und wenn's wenigstens für etwas gut gewesen wäre! Wenn er wenigstens einen realen Nutzen gehabt hätte, der die Opfer lohnte! Wie lächerlich, Bonbons und gemeinsame Kinobesuche! Spießertum, Möchtegern-Intelligenzia.

Außerdem war er verarmt. Das Honorar, das er aus Charkiw für die Erzählungen erhalten hatte, war längst aufgebraucht, das ganze Geld verschwunden, ohne die geringste Spur zu hinterlassen, die der Quelle auch nur ein wenig würdig gewesen wäre. Die übermäßigen Ausgaben hatten auch seine Verdienste aus dem Ukrainischunterricht aufgezehrt, fürs Mittagessen blieben nur Kopeken, und zum Abendessen blieb gar nichts mehr. Seine Kleidung wurde Tag für Tag unansehnlicher, löchrige Socken, an der Unterwäsche fehlten alle Knöpfe, und mit der Miete war er auch einen Monat im Rückstand. Jawohl, dieses Mädchen, eine zufällige und unnütze Bekanntschaft, hatte ihn nicht nur geistig, sondern auch materiell ruiniert, was mindestens genauso schlimm war. Schluss! Ende! Er würde ihr nicht mehr hinterherlaufen. Punkt, aus!

Er wusste, dass Arbeiten ein Heilmittel in der Not war, das Beste, wozu ein Mensch fähig war, und er konnte Freude aus der Arbeit schöpfen, sich ihr selbstvergessen hingeben, doch sein ganzes Unglück lag darin, dass ihn manchmal abseitige Umstände der erquicklichen Mühsal entrissen. Und vor allem geschah es unbemerkt, als machte er sich über sich selbst lustig, indem er sich von Banalitäten ablenken ließ, die keinerlei Aufmerksamkeit, ja nicht einmal einen flüchtigen Blick wert waren. Doch wie heißt es so schön: »Aus Erfahrung wird man klug«, und sie hilft schließlich, das Leben zu lenken. Zudem sollte man die Erfahrungen anderer voll und ganz nutzen, besonders jene von bedeutenden Persönlichkeiten, die ein mustergültiges Leben führten und ihre Namen in die Chroniken des Fortschritts einschrieben. Aber natürlich darf man ihren Taten nicht unkritisch nacheifern. Der Philosoph Schopenhauer mochte es zum Beispiel sehr, wenn ihm die Damen die Hand küssten, als er auf seinem Weg in den Pessimismus unterwegs war. Der gottgleiche Buddha wiederum, so heißt es, starb an Fettsucht, und der Moralist Rousseau, der Traktate über die Erziehung verfasste, bekundete erhöhtes Interesse an jenem Teil seines Körpers, den seine Erzieherin bei Bestrafungen bearbeitet hatte. Der weise Sokrates dagegen zeigte in der Zuneigung gegenüber seinen Schülern eine ungewöhnliche Zärtlichkeit, besonders zu hübsch und schlank gebauten Jünglingen, und auch viele andere berühmte Männer, Zierde ihres Volkes und der Menschheit, hatten verschiedenste unangenehme, ihrer Geistesgröße unwürdige Grillen, doch wenn man diesen Schmutz – der sie natürlich rein zufällig befleckt hatte! – nicht beachtete, so waren sie makellose Vorbilder, die sich bestens zur Nachahmung eignen.

Kein Gedanke entspringt dem Nichts, selbst der geringste unter ihnen hat in den Tiefen des Bewusstseins seine Vorgeschichte, und deshalb muss man viel Geduld aufbringen, um den Gang seiner Entwicklung zu ergründen. Jeder Gedanke ist wie Nahrung, die uns das Bewusstsein schon gebraten serviert, und wir können sie genießen, ohne die Köche kennen zu müssen, die sie zubereiteten, ebenso wenig wie wir von den Bergleuten, die die Kohle für den Ofen zu Tage förderten, oder den Hirten, die das Tierfleisch züchteten, oder den Ackerleuten, die den lebensspendenden Pflanzensamen in die Erde legten, wissen müssen. Und weil wir nicht mehr als einzelne fertige Mosaiksteinchen kennen, gibt es überhaupt solch eine angenehme Überraschung. Dazu gehörte auch Stepans Einfall, ein Drehbuch zu schreiben, der ihm eines Morgens unversehens in den Kopf kam, als er die Augen aufschlug.

Mit der ihm eigenen Begeisterung dachte Stepan eine Weile über diese neue Aufgabe nach, und nach dem Aufstehen machte er sich gleich daran, sie in die Tat umzusetzen. Er packte die Bücher zusammen, die schon einen ganzen Monat auf dem Tisch herumlagen, und begab sich in die Bibliothek. Um die Versäumnisgebühren nicht zahlen zu müssen, gab er vor, schwer krank gewesen zu sein, dann lieh er sich die nötige Literatur über Kinematografie. Zwei Tage genügten ihm, sich die Regeln des Drehbuchschreibens anzueignen, was im Übrigen auch nicht so schwer ist. Seine Kinoerfahrung diente ihm als praktische Anschauung, und er lächelte bei dem Gedanken, dass auf der Welt nichts ungenutzt verkommt, selbst wenn man einem Mädchen den Hof macht, können unerwartete Nebenprodukte abfallen, so wie etwa beim Verkoksen von Kohle Naftalin, Fenol, Benzol, Spiritus, Ammoniak und verschiedene Farben entstehen.

Dann entwarf er geschickt ein Handlungsgerüst für einen dramatischen Film aus der Zeit des Bürgerkriegs in sechs Teilen, mit einem Prolog, in dem sich alles so sortierte, wie es sein sollte – ein sozialer Konflikt, 1.) die Liebe zwischen dem Helden, einem Arbeiter und einer Frau aus dem feindlichen Lager, 2.) ein zauberhaftes Proletariermädchen, die den Arbeiter vor dem plötzlichen Tod rettet und zum neuen Objekt von dessen Liebe wird, 3.) Schüsse und Qualm, 4.) Sieg der Tugend, 5.) ganz zu schweigen von kleineren Vorfällen, die freilich den bereits genannten in nichts nachstanden. Es gab auch komische Elemente in der dramatischen Handlung, zum Beispiel einen vertrottelten Kulaken, der laut Drehbuch vom Regen in die Traufe kam und den Autor mit seiner Tölpelhaftigkeit sehr erheiterte. Eine Woche arbeitete der junge Mann daran und legte all sein Können in diese nicht gerade komplizierte Geschichte nach Schema X, gestaltete sie tragisch und gab der Handlung verschiedene Wendungen, damit sie interessant blieb. Mehrfach las er sein Werk durch und wunderte sich selbst über die Leichtigkeit des Szenenarrangements, dann schrieb er es ins Reine und schickte es an die Adresse des Ukrainischen Bild- und Filmamts.

Daraufhin reinigte er unverzüglich sein Sakko, polierte die Schuhe, wusch die Galoschen, warf sich seinen Mantel über und begab sich in die Gymnasiumgasse. Als Zoya auftauchte, drückte er ihr leidenschaftlich die Hand und sagte:

»Zoya, ich liebe dich!«

»Wo warst du denn nur, Göttlicher? Mir war langweilig ohne dich«, antwortete sie und zog ihre Hand zurück.

»Arbeit, Zoya! Die verdammte Arbeit.«

Er hatte einen genialen Plan. Während er das Drehbuch schrieb, begriff er, dass das Problem ihrer Beziehung ein Problem der Stadt war. Ja wirklich, sie wohnte doch in einem Zimmer mit ihren Eltern, und bekanntermaßen reicht schon ein Elternteil – und ein solches Zimmer ist nutzlos. Andererseits war er überzeugt, dass kein anständiges Mädchen für eine Unterhaltung in die Unterkunft eines jungen Mannes kommen würde. Das wäre ungebührlich. Und drittens, das Herbstschlamassel. Doch es gab auch ein viertens – ein Abendessen. Es war eine glückliche Fügung, dass er dank seiner massenhaften Romanlektüre darauf gekommen war. Das war eine europäische Variante, Teufel noch mal!

»Ich habe Hunger, Zoya. Gehen wir Abendessen!«, sagte er.

»Ich habe auch Hunger«, gab sie zu. »Aber wir gehen doch nie Abendessen …«

Er senkte die Tonlage.

»Wollen wir in einem Séparée speisen?«

Erfreut klatschte sie in die Hände:

»O, ein Séparée, wie wunderbar!«

Sie kehrten in der ersten Bierstube ein, vor der ein Schild mit der Aufschrift stand »Räumlichkeiten für geschlossene Gesellschaften«. Stepan begriff augenblicklich, dass sich das nicht wesentlich davon unterschied, was er im Sinn hatte. Sie stiegen über enge Treppen in ein Untergeschoss hinab, sie war bester Laune über den witzigen Einfall, neugierig und aufgeregt, er jedoch konzentriert, nervös wegen möglicher Folgen, und insgeheim schämte er sich für jeden seiner Schritte. Als sie unten am Treppenabsatz angekommen waren – von wo aus man durch einen aufgezogenen Vorhang in die große Wirtsstube blicken konnte, wo Musik spielte –, befand sich direkt vor ihnen eine dunkle Tür. Eine dienstfertige Gestalt erschien mit einer Serviette über dem Arm und einem leidenschaftslosen Gesichtsausdruck. Stepan wurde ziemlich verlegen, und während er noch nach Worten suchte, warf Zoya mit ungezwungener Leichtigkeit, als ginge sie wie eine Kennerin von Séparées an solchen Orten ein und aus, oberflächlich hin:

»Ein Séparée, bitte.«

Die Gestalt verneigte sich geräuschlos, führte das Paar durch jene schwarze Tür in einen niedrigen Korridor, in dem Feuchtigkeit und Schimmel Stepan an die nahen und fernen Höhlen der Kyjiwer Lawra erinnerten, und es schüttelte ihn von diesem betäubenden Aroma, das die Orte des Heiligen und der Sünde auf seltsame Weise teilen. Er ließ Zoyas Hand los und hielt sich in der Mitte des Korridors, wobei er den Kopf einzog, um nur ja nicht Wand oder Decke zu berühren, wo, wie es ihm schien, dicke Schmutz- und Schimmelschichten klebten. Die Gestalt blieb jedoch bald stehen, drehte an einem Lichtschalter in einer Vertiefung rechterhand, das Licht flammte auf, und die Gestalt sagte, sie willkommen heißend:

»Bitte schön.«

Erst jetzt bemerkte Stepan, dass von diesem Korridor vier Türen abgingen und es zudem ein kleines vergittertes Fenster ohne Glasscheibe gab, das wahrscheinlich in die Mauer des Nachbargebäudes eingelassen war, es war schwarz wie leere Augenhöhlen, und keinerlei Luftzug wehte aus dieser Richtung. Der Korridor hatte die Form eines Hufeisens, sodass die Musik nur im Flüsterton anlangte wie ein fernes Echo in einem tiefen Kellerloch.

Zoya hatte den kleinen Raum bereits betreten, während Stepan zögerlich die Schwelle überschritt. Das Erste, was ihm ins Auge fiel, waren die von den Wänden abblätternden Tapeten, die stellenweise sogar in Fetzen herunterhingen und den grauen Wandputz zum Vorschein brachten. Die Tapetenmuster waren unter einer Schmutzschicht verschwunden, unberührt und nicht mehr zu säubern, hatten sie sich selbst in ein fantastisch fleckiges Ornament verwandelt. Die Ecken waren von Spinnweben übersät und vor Feuchte ganz schwarz. Fenster gab es keine. Auf der rechten Seite stand eine breite Couch an der Wand, über die Wachstuch gebreitet war, mit Beulen und Falten, fadenscheinig, durchgesessen und speckig, gesättigt mit einer feucht-fettigen Schicht menschlicher Ausscheidungen – Anzeichen lang andauernder und intensiver Benutzung. Über diesem wichtigsten Gegenstand im Raum, dem Herzstück der Sehnsucht aller, die hierherkamen, hing die Reproduktion eines Ölgemäldes mit Gefangenen unterwegs in die Verbannung, die durch die Gitterstäbe eines Eisenbahnwagens Tauben füttern. Ein zweites Bild über dem Tisch gegenüber der Tür erfreute in einem zersplitterten goldfarbenen Rahmen den Betrachter. Auf ihm war ein Mädchen mit Kätzchen auf einer mit Rosen geschmückten Veranda zu sehen. Alles hier dünstete nach Zigarettenstummeln, Kotze, verschüttetem Wein, Körpersekreten, und dieser Gestank, der nirgendwohin entweichen konnte, hing in dem Kabuff und im Korridor, durchdrang die Mauern und sickerte in Wandziegel und hinterließ überall staubig-fette Streifen.

Ohne den Mantel abzulegen, setzte sich Stepan an den Tisch. Ekel packte ihn, und der schöne Plan, wie das Problem der Stadt zu lösen wäre, gefiel ihm ganz und gar nicht mehr. Zoya war im Gegensatz zu ihm ganz aus dem Häuschen. Alles hier schien ihr außerordentlich, toll. Sie betrachtete die Bilder, testete mit dem Fuß die Couch, spähte in den Korridor, knipste das Licht ein und aus und kam zu dem Schluss:

»Wirklich nett hier!«

»Aber was redest du denn da, Zoya!«, wunderte sich der junge Mann.

»Hier würde ich gerne wohnen!«

Als die Gestalt mit der Speisekarte erschien, bestellten die Gäste dann doch ein Abendessen und legten die Mäntel ab. In dem Augenblick ertönten im Korridor muntere Schritte zahlreicher Füße, und das Zimmer nebenan füllte sich mit dem Hallo und Gelächter einer lärmenden Gesellschaft in Bass und Sopran. Zoya schnipste die Zigarette weg.

»Die sind aber fröhlich«, sagte sie.

»Werden wir auch sein«, entgegnete Stepan.

Und tatsächlich hob schon das erste Glas Wein seine Laune. Ein ungewohnter Schwips vernebelte süßlich seinen Kopf, in seiner Brust verspürte er Wärme wallen und in den Gliedern Mattigkeit. Warum sollte er sich denn schämen! Er hatte sogar eine Sammlung wunderbarer Erzählungen geschrieben und ein Drehbuch in sechs Teilen mit einem Prolog verfasst.

»Zoya«, fragte er, »wer bin ich?«

»Ein Rumtreiber«, antwortete sie.

Er lachte lauthals und machte sich über das Schnitzel her, das keinesfalls schlechter war als eine panierte Schuhsohle.

Jetzt blickte er auf das Kabuff bereits wie ein barmherziger Richter, der die menschlichen Schwächen versteht und sie verzeiht. Es bereitete ihm Freude, hier zu sitzen, und er sah es als großen Fortschritt an, Wein zu trinken und ein Schnitzel zu verspeisen, es weckte sogar seine Begeisterung.

Plötzlich drangen aus dem Zimmer nebenan unter Schreien und Lachen die scheppernden Töne eines unglücklichen Klaviers.

»O, ein Walzer!«, rief das Mädchen. »Tanzt du?«

»Nein«, antwortete er und schenkte ihr und sich Wein nach.

»Das musst du lernen.«

Mit dem Glas in der Hand setzte er sich neben sie.

»Zoya, lass uns auf unsere Liebe anstoßen!«

Sie lachte angeheitert.

»Auf die Liebe, Göttlicher!«

Eine Minute später saßen sie bereits auf der besagten Couch, und Stepan flüsterte, während er sich an sie schmiegte:

»Sei mein, Zoya, Liebste, sei mein … Na, was denn, Zoya, Liebling …«

»Wie meinst du das – dein?«, fragte sie.

Er wurde für einen Moment verlegen, dann brummte er:

»Ich zeig's dir.«

»Zeig«, willigte sie ein.

Der junge Mann war ganz benommen von ihrer Einwilligung, vom Wein, dem Geheule des verstimmten Klaviers hinter der Wand und erregt von der nahen Erfüllung dessen, was ihn so gequält und gereizt hatte, und so umarmte er sie wild entschlossen. Aber plötzlich widersetzte sich das Mädchen und zog sich in eine Ecke der Couch zurück.

»Es ist schmutzig hier!«, rief sie.

Dieser Ruf weckte ihn, und er drehte sich nach vorne in eine unbequeme Haltung, wobei er sich mit den Händen an dem Wachstuch abstützte. Vor Scham und Unvermögen stöhnte er auf, rutschte von der Couch auf die Knie und legte seinen Kopf auf ihre Füße.

»Verzeih mir, Zoya, verzeih mir«, stammelte er und wagte nicht, den Kopf zu heben.

Sie schlang ihre dünnen Arme um seinen Nacken, lehnte sich nach unten und küsste ihn.

»Mehr, mehr«, flüsterte er, erstarrt und völlig betäubt von der Vereinigung ihrer Lippen, dem Kitzel ihrer Locken auf seinem Gesicht und dem süßen Vergessen, das ihn nach jedem weiteren Kuss durchströmte.

Danach setzte er sich neben sie, sie schmiegten sich aneinander, und er nahm ihre Hand.

»Du bist hübsch«, sagte Zoya.

»Du bist so besonders«, sagte er.

Er küsste überwältigt von Liebe und der unerwarteten

Freude ihren Nacken, Hände, Finger, ergeben blickte er in ihre Augen, legte seinen Kopf dankbar an ihren Busen und streichelte ihr lockiges Haar.

»Ich bin wie dieses Mädchen da«, sagte Zoya und zeigte auf das Bild. »Ach ja, wie gerne hätte ich ein Kätzchen und eine Veranda voller Rosen.«

Und sie lachten wie Kinder an einem sonnigen Tag.

Stepan hatte noch keine so kultivierten Manieren, dass ihm eingefallen wäre, die Gestalt mit der Serviette mit leichten Schlägen des Messers gegen ein Glas zu rufen, und so ging er hinaus in den Korridor, um sie zu holen. Er warf dabei einen Blick in die halboffene Tür des Nebenzimmers, wo musikalische Ausgelassenheit herrschte.

Dort erblickte er überrascht ein bekanntes Gesicht, ein wahnsinniges, lachendes, betrunkenes Männergesicht. Er forschte in seinem Gedächtnis und erinnerte sich an etwas, was er eigentlich für immer hatte vergessen wollen: Er erinnerte sich an die Küche, an das peinliche Gespräch, an die Rauferei und die Flucht aus dem Haus. Es war Maksym, der Sohn von Tamara Hnida, Musinka, seiner früheren Geliebten. Er hatte sich einen Schnurrbart wachsen lassen, deshalb hatte er ihn nicht gleich erkannt. Im Takt der Tanzmusik schaukelte er eine dicke Frau mit gerafftem Rock auf seinen Knien und guckte lächerlich hinter ihrem breiten Rücken hervor. Stepan trat unwillkürlich einen Schritt zurück, drückte sich instinktiv an die Wand, damit er nicht gesehen wurde. Er spürte furchtbaren Abscheu gegenüber diesem Ereignis, das – eigentlich vergessen – schwer auf ihm lastete, und so oder so zu ihm gehörte, auf immer ein Teil von ihm sein würde, und in diesem Moment schien dem jungen Mann, dass die unbarmherzige Vergangenheit, all seine Verfehlungen, Schlechtigkeiten und Ausrutscher, wie ein Wurm in seinem Inneren stets an den Wurzeln weiterer Wünsche nagen würde. Er fühlte jetzt die endgültige und nicht wiedergutzumachende Unabänderlichkeit seiner früheren Taten, ja, selbst der Gedanken und Wünsche, die die Grundlage für die Zukunft legten und in sich das Potenzial eines weiteren Erdbebens trugen.

In dem schmalen Spalt tauchten weitere Männer und Frauen auf, bis sich einer zur Tür drehte und sie schloss.

Nachdem Stepan die Rechnung bezahlt hatte, nahm er Zoya an der Hand und flüsterte verstört:

»Lass uns von hier verschwinden!«

Sie schmiegte sich bekümmert an ihn und sagte:

»Aber mir gefällt's hier so …«

Er brachte sie rasch hinauf auf die Straße, wo die herbstliche Dämmerung von einem scharfen Wind zerschnitten wurde und eiskalte Tropfen versprühte.

IV

Die Geldprobleme nahmen immer bedrohlichere Ausmaße an. Seine Kleidung von der Kappe bis zu den Galoschen war völlig heruntergekommen. Sie wies nach halbjährigem Dienst bereits die Zeichen eines katastrophalen, aber natürlichen Verfalls auf und war auch mit penibler Pflege nicht mehr zu schönen. Das Ankleiden, das ihm einst so viel Freude bereitet hatte, wurde nun zur Qual, denn morgens offenbarte sich noch deutlicher der ruinöse Zustand seiner Unterwäsche, der äußerste Verschleiß seiner Stiefel, die fadenscheinigen Ellenbogen seines Sakkos – Anzeichen eines baldigen Lochs.

Die ersten Monate des rutschigen Kyjiwer Winters hatten begonnen, und zu Hause musste eingeheizt werden. Stepan hatte die Fenster zwar äußerst großzügig abgeklebt, ohne dabei auch nur den kleinsten Spalt auszulassen, die Kälte schien jedoch durch die Mauern zu sickern, und morgens wachte er vorzeitig zitternd auf, obwohl er alles, was er besaß, über seine altgediente Militärdecke gelegt hatte, sogar ein Kissen um seine Füße gewickelt und seinen Kopf stattdessen auf einen Stapel Statistik-Lehrbücher gelegt, die er mit Blättern umwickelt hatte. Die Not raubte ihm die letzten Kräfte. Die Abende, die er nicht mit Zoya im Kino verbrachte, lag er auf dem Bett, versuchte sich aufzuwärmen und hielt sich mit der Hoffnung bei Laune, dass ihm ein Thema für eine Erzählung einfallen würde, im Grunde lag er aber aus Müdigkeit und Verdruss einfach nur da und schlief oft noch angezogen ein, um dann nachts verwundert und schweren Herzens hochzuschrecken.

Eines Morgens, nachdem er einen heißen Tee mit einem halben Pfund Weizenbrot im NarChartsch gefrühstückt hatte, setzte sich Stepan zu Hause an seinen Tisch, fischte sich zwischen den Papieren einen Bleistift, spitzte ihn und begann die Möglichkeiten abzuwägen, seine finanzielle Lage – und damit auch seine physische wie psychische Situation – zu verbessern, denn einen Teil seines inneren Elends schob er verständlicherweise auf seine finanzielle Verelendung. Und allem voran musste er seine Bedürfnisse klären, also die Ausgabenseite seines Budgets. In erster Linie betraf das Zoya.

Unter Berücksichtigung aller Umstände kam Stepan zu dem Schluss, dass es unmöglich war, für sie weniger als einen Tscherwonez wöchentlich zu veranschlagen. Schweren Herzens bereute er insgeheim, dass er gleich zu Beginn Kinokarten für die erste Reihe gekauft hatte – zweifelsohne zu teure, und im Grunde keineswegs besser als andere Sitzplätze. Er sah jedoch ein, dass es peinlich wäre, diese Gewohnheit zu ändern oder etwa auf die Bonboniere für sie zu verzichten. Voller Kummer wurde ihm klar, dass er in dieser Sache hilflos war, dass er sich nach dem Abenteuer in dem Séparée und dem

Ausbruch unerwarteter Zärtlichkeit dem Mädchen noch inniger verbunden fühlte. Es war nun schwieriger, sie loszuwerden als damals, als sich ihr Verhältnis innerhalb der Grenzen einer einfachen Bekanntschaft bewegt hatte.

Denn er spürte in sich ein betörendes Verlangen nach ihr keimen, etwas mit dem Beigeschmack von Verbindlichkeit und Ernsthaftigkeit. Und zugleich erlaubte ihm sein Eigensinn nicht, eine noch unabgeschlossene Sache aufzugeben, die obendrein auch noch so teuer gewesen war – und zwar nicht nur wegen der finanziellen Opfer, die ja schon ein Wert an sich waren, sondern auch wegen der seelischen Verausgabung und inneren Erschöpfung. Das hätte ihn ängstigen können, wenn er sich schwächer gefühlt und den Wert menschlicher Energien gekannt hätte, die großzügig zu verschwenden ein unabdingbares Privileg der Jugend war. Auf jeden Fall war das von ihm eingesetzte Kapital zu groß, um auf die ihm zustehende Rendite zu verzichten. Einmal griesgrämig, dann wieder fröhlich, mal aus Begeisterung, mal zum Trotz machte er seine Besuche in der Gymnasiumgasse, um die sich sein Leben, seine Gedanken und sein innerer Aufruhr drehten. In ihren Küssen, die ihm nun immer öfter zugestanden wurden, glühte manchmal die eigenartige Wärme des ersten Kusses, wie sie in den dreckigen Gemäuern der Spelunke aufgeblüht war. Die geheimnisvolle Berührung der Lippen, die in der vollendeten Selbstverwirklichung die Grenzen zwischen den Lebewesen aufhebt und sie mit ihrem mächtigen Zauber dazu bewegt, sich an der Kunst, der Arbeit, der Wissenschaft und dem Kampf zu berauschen. Manchmal sagte er sich, dass er sie mehr als all die anderen davor liebe, und freute sich an der Entdeckung dieses mächtigen Gefühls, doch von Zeit zu Zeit war er auch wütend, dass sie ihn von seinem Ziel ablenkte, dessen dunkles Echo seine Träume füllte. Am meisten erstaunte ihn, dass der Wunsch, Zoya zu beherrschen, verschwunden war. Er sah darin zwar eine gewisse Gefahr, aber er versöhnte sich mit der Existenz des Mädchens in seinem Herzen, denn er war fest davon überzeugt, dass es für einen Jungen unumgänglich und vollkommen natürlich sei, verliebt zu sein.

Wenn man davon ausgehen konnte, dass seine üblichen Einkünfte aus den Vorlesungen 18 Karbowanez pro Woche betrugen, dann blieben ihm acht Karbowanez für Essen und Miete. Daran, beim Feuerholz oder der Kleidung zu sparen, war nicht einmal zu denken. Er rechnete aus, dass es ihn mindestens 85 Karbowanez kosten würde, seine Garderobe in Ordnung zu bringen – damit betrüge sein Defizit 100 Karbowanez.

Er beschloss, zur Redaktion der Kyjiwer Zeitschrift zu gehen, die seine Erzählungen veröffentlicht hatte und ihm, so vermutete er, ein Honorar schuldete. Warum war er nicht früher hingegangen? Einzig aus Verlegenheit. Es war ihm unangenehm, zu Menschen zu gehen, die in ihm einen Schriftsteller sahen, und mehr noch, von ihnen Geld einzufordern. Der Eifer, den er in sein Werk steckte, hatte mit Geld nichts zu tun und war auch nicht daran zu messen. Wäre es mit der Post gekommen, hätte er es als Geschenk aufgefasst, es aber selbst zu holen, war wie eine Gehaltszahlung. Doch die Not war wie üblich stärker als die Tugend: Sie ließ ihn seine Kappe aufsetzen, seinen Mantel anziehen und zur Redaktion gehen, die sich in einer Niederlassung des Staatsverlags befand.

Und – welch eine Überraschung! – die Redaktion der Zeitschrift befand sich in eben jenem Raum, den er, nach der Ankunft in der Stadt auf der Jagd nach seinem Glück, in Feldjacke und Stiefeln betreten hatte. Er erkannte ihn sofort: genau derselbe Schrank, die brünette Sekretärin, die Holzbank, darauf einige junge Männer, in denen er potenzielle Kollegen erahnte! Sie rauchten, redeten, lachten, jedoch nicht zu laut, um die Ruhe in dieser Einrichtung nicht zu stören. Für sein früheres Ich, für seine übermäßige Naivität und die Demütigung genierte er sich. Und Tausende Erinnerungen umrankten wie in einem aufgeschlagenen Postkartenalbum sein Gefühl eines verschämten, aber süßen Stolzes, von dem er für einen Augenblick ergriffen wurde.

Als er an den Tisch herantrat, sagte er aus Verlegenheit seinen Namen ganz leise. Man bat ihn, Platz zu nehmen. Ja, ein Honorar stünde ihm zu: 70 Karbowanez und ein paar Kopeken. Warum er aber nicht früher gekommen sei? Stepan erzählte den ersten Blödsinn, der ihm in den Sinn kam: Er wäre krank gewesen. Was hatte er denn gehabt? Es blieb ihm nichts anderes übrig als auf diese und unzählige weitere Fragen zu antworten, was er mache, wie er lebe, ob er schon lange schreiben würde. Er wich mit seinen Antworten aus, log, wo es nur ging, was ihm selbst peinlich war.

»Haben Sie uns noch weitere Erzählungen mitgebracht?«, fragte der Sekretär freundlich.

»Nein, hab ich nicht … Sind noch nicht fertig …«, antwortete Stepan, der eine solche Flut von Fragen nicht erwartet hatte und sie wie eine Tortur über sich ergehen lassen musste. Aber andererseits konnte er sich nicht einfach das Geld in die Tasche stecken und abhauen! Das wäre höchst unanständig gewesen.

Dann machte ihn der Sekretär mit den anderen jungen Männern bekannt, die auf der Bank saßen und wirklich alle Schriftsteller waren, mit der Ausnahme eines Bürodieners, der sich aber äußerlich keineswegs von den Schriftstellern unterschied. Einige kannte er von ihren Werken, und vor denen fühlte er sich ganz klein. Aber aus dem Interesse, das sein Name weckte, schloss er, dass seine Geschichten nicht unbemerkt geblieben waren, und im frech wohlwollenden Blick der neuen Bekannten meinte er sogar einen Funken Neid aufblitzen zu sehen, so etwas wie eine vage Herausforderung zum Kampf, der im literarischen Feld viel härter war als französisches Ringen oder selbst englisches Boxen.

Und schon hagelte es abermals Fragen. Hat er einen Erzählband in Vorbereitung? Ach, von einem Erzählband kann keine Rede sein! Was schreibt er denn? Eine Erzählung … Worüber? Auf diese Frage hatte er keine Antwort, denn er schrieb an nichts und hatte nichts in Planung. Aber sich zur Untätigkeit zu bekennen, wäre äußerst peinlich. Zumal einer ironisch anmerkte:

»Keine Angst, wir klauen keine Ideen.«

Woraufhin Stepan entgegnete:

»Ich schreib eine Geschichte über … Menschen.«

Alle begannen zu lachen, aber er war mit seiner Antwort zufrieden, die ihn auf nichts festlegte.

Der Sekretär bat ihn wiederzukommen und seine Erzählungen mitzubringen. Da er nicht den Eindruck eines starken Charakters weckte, gefiel er allen. Ein wenig ungehobelt, aber sonst ein ganz sympathischer junger Mann. Vielleicht wird auch noch einmal etwas aus ihm, denn obwohl seine Geschichten zweifellos unfertig sind, viele formale und stellenweise ganz amateurhafte Fehler aufweisen, außerdem ein wenig gekünstelt, ungeschliffen, unnötig ausgewalzt, chaotisch und unübersichtlich, in einigen Passagen sogar absolut unerträglich sind, mit schlaffen Metaphern und dürftigen lyrischen Bildern garniert, sich zudem nur durch einen schwachen Abstraktionsgrad auszeichnen, haben sie dennoch eine gewisse Frische und lassen künftig auf Besseres hoffen.

So bewerteten die Schriftsteller sein Debüt. Dann stritt man sich über die Frage, unter wessen Einfluss er stünde und wer sein Vorbild sei, denn ihn gar noch für originell zu halten, das konnte man keinesfalls zulassen. Von den Ukrainern wurden Kozjubynskyjs Prosa »Er geht um« sowie »Boa constrictor« von Franko genannt. Dann begann ein Wettstreit in den Kenntnissen ausländischer Literaturen, und schon bald hatte man eine ganze Palette Namen unterschiedlichster Couleur beisammen. Der eine beharrte gar auf Selma Lagerlöf, deren Geschichten er gestern gelesen hatte.

Die Menge seiner Vorläufer hätte Stepan sicher erfreut, die Menge seiner Vorbilder hätte ihn freilich erschreckt. Er hatte das Gebäude allerdings bereits mit dem Geld in der Tasche verlassen, das er für den Lohn einer frechen Schwindelei hielt.

Wofür hatte er es denn eigentlich bekommen? Konnte er je ein echter Schriftsteller werden, so wie die, die auf der Bank gesessen hatten? Würde er jemals so gelassen, zwanglos und wortgewandt sein? Nein, das war vollkommen ausgeschlossen. Als Schriftsteller taugte er nichts!

»Ich werde nicht schreiben«, dachte er sich, wobei er insgeheim spürte, dass er mit dieser Abwehrhaltung nur kokettierte und er selbstverständlich schreiben würde, und sogar besser als diese Wichtigtuer.

Für das Geld kaufte er sofort einen eher ärmlichen Anzug und machte sich dann umgezogen auf zu seinem nächsten Unterricht. Danach erwarb er auf dem Nachhauseweg fünf Pud Feuerholz, und während ein Mann in schäbiger Kleidung diese in einem zweirädrigen Handwagen zu ihrem Bestimmungsort brachte, beschloss Stepan diesen Abend allein zu verbringen, das Zimmer einzuheizen und seine Kleidung in Ordnung zu bringen. Die nachdenkliche Stimmung, die ihn nach dem Besuch der Redaktion erfasst hatte, passte genau dazu.

Nachdem er Nadel, Faden, Knöpfe und Wäsche zusammengesucht und sein abgetragenstes Hemd in Flicken zerschnitten hatte, legte er die ganzen Sachen beim Ofen ab, kniete sich hin und heizte ein.

In Erwartung der Wärme, nach der sich jede Faser seines Körpers sehnte, beobachtete er, wie das Feuer loderte, seine Zungen das Brennholz umschlangen und sich Rauch kräuselte. Es wurde Abend, wie immer unglaublich feucht, mit aufgeplusterten Wolken, grau, stürmisch. Stepan machte kein

Licht an, und in der Dämmerung des Zimmers verlängerte sich sein Schatten im aufflammenden Feuer und schrumpfte wieder zusammen, wie die Finger einer gewaltigen Hand. Er breitete die Decke auf dem Fußboden aus, setzte sich darauf und begann zu nähen. Seine Finger wurden jedoch bald träge von der Wärme, die ihm im Gesicht und auf der Brust glühte, und die Nadel fiel zu Boden. Er versuchte nicht einmal, sie aufzuheben, sondern streckte todmüde seine Beine aus, rollte sich auf den Bauch und bettete dabei seinen Kopf auf die Arme. Jetzt war das Feuer direkt vor ihm – es war lebendig, aufrührerisch, magisch. Es fesselte noch immer die Blicke mit seiner flammend geschmeidigen Schönheit und ließ die Menschen die Macht des ursprünglichen und unüberwindlichen Gottes spüren. Feuer! Er kannte es gut, denn es hatte eine lange Zeit sein Leben bestimmt. War es nicht die Flamme, die ihn als Kind nachts auf der Weide wärmte, in der furchteinflößenden Finsternis, in der Schreckgespenster und Wolfsmenschen wohnten? War es nicht das Feuer, in das er geschaut hatte, als er sich als junger Aufständischer am Waldrand von blutigen Abenteuern erholte und die Baumstämme ihm als feindliche Späher erschienen. Und nun, in seinen neuen Kämpfen, sah er auf das Lodern der Flammen in einer Herbstnacht inmitten der Stadt, dieser noch unbekannten, noch nicht eroberten Stadt, in der womöglich viel größere Gefahren lauerten als kindliche Hirngespinste oder feindliche Soldaten. Sein inneres Feuer loderte den Gefahren entgegen, diese unbändige Lebenskraft, die erst mit dem letzten Atemzug eines Menschen erlischt, das magische Licht menschlichen Strebens, das ferne Gipfel auf die Leinwand wirft, die es zu erklimmen gilt, das den Sumpf in Schatten hüllt und mit prophetischer Stimme zur immer neuen Suche nach dem Goldenen Vlies ruft, selbst wenn das nur ein Widderfell ist.

In diesen Augenblicken wiegten ihn zärtliche Erinnerungen, und er spürte die starke Einheit seines Seins, freudig erkannte er sich als Kind, als Junge, Jugendlichen und jungen Mann wieder. Diese Erkenntnis weckte einen bisher schlummernden Teil in ihm, eine zurückgelegte Wegstrecke, auf der das Leben seine Ernte eingefahren hatte. Seine Gefühle überstiegen sein Erinnerungsvermögen und streckten ihre Fühler in die unbegreifliche Ewigkeit. Diese Berührungen ließen ihn erschaudern, denn er spürte vor sich in der Ferne deutlich die Schwester jener Ewigkeit, aus der er kam: Zu ihr musste er letzten Endes gehen. Und in diesem wundersamen Zustand der Begeisterung und Sehnsucht, der kein Denken und Wissen zulässt, kein Gestern und Morgen kennt, trieb Stepan in einem grenzenlosen Traum, in dem nichts Wirkliches, nicht einmal Mögliches war, in dem die Bilder wie Funken verglühender Asche verblassten.

Er legte die Näherei am Ofen beiseite und streckte sich voller Traurigkeit und Sehnsucht müde aus.

Am nächsten Tag beschloss Stepan, das Lektorenbüro aufzusuchen, damit er noch eine weitere Klasse für den Unterricht in irgendeinem Betrieb bekäme, denn das Geld, das er für seine Erzählungen erhielt, reichte für seine Pläne hinten und vorne nicht. Er hatte noch ausreichend freie Zeit, die er besser zur Stärkung der Vereinigung von Stadt und Land – im gesellschaftlichen wie persönlichen Interesse – einbringen konnte. Ach, diese Vereinigung! Er dachte oft darüber nach und spürte, wie schwierig es war, sie zu erreichen, auch für den Einzelnen. Die Stadt war das mächtige Zentrum, um das die Dörfer als winzige Planeten kreisten, als ewige Satelliten und Teil von ihr, und wenn sie in die glühende Atmosphäre dieser Sonne gerieten, mussten sie sich den neuen Bedingungen von Druck und Klima anpassen. Diesen schmerzhaften Prozess durchlebte er fast unbewusst, aufgeregt, wie eine Person, die reinen

Sauerstoff atmet, wie ein Trunkener, der den Schmutz und die Wunden auf seinem Körper nicht mehr wahrnimmt. Denn die Stadt mit ihrem Tempo und ihrem Lärm beeindruckt den Menschen so viel mehr als der Schoß der Natur mit den gefälligen Landschaften und dem verspielten Chaos der Elemente, die hier, in der Stadt, dazu bestimmt sind, eine neue Natur, eine künstliche und daher vollkommene zu bilden.

Stepan war sich sicher, dass er eine zusätzliche Gruppe bekommen würde, denn dank der hervorragenden Ergebnisse, die seine Kurse während der staatlichen Überprüfung erhalten hatten, genoss er den Ruf eines guten Lektors. Der Sekretär des Büros empfing ihn auch tatsächlich äußerst freundlich und brachte seine volle Zufriedenheit mit Stepans eleganter Kleidung zum Ausdruck.

»Sie haben also verstanden«, sagte er, »dass die Ukrainer keine Nation sein werden, solange sie sich nicht anständig zu kleiden wissen. Aber dazu braucht man Geschmack.«

»Und Geld«, fügte Stepan hinzu.

»Menschen mit Geschmack haben immer Geld«, merkte der Sekretär an.

Als Lerngruppe waren nur Abendvorlesungen für die Vorarbeiter des Schkirtrest frei. Obwohl das Sprachbewusstsein bei den Vorarbeitern in der Regel nur der Größe ihrer Gehälter entsprach, willigte Stepan ohne Zögern ein, sie zu unterrichten.

Gerüstet mit all seinem Wissen und seiner Erfahrung erschien Stepan Radtschenko am verabredeten Tag in der Empfangshalle des Schkirtrest, das zu einem Vorlesungssaal umfunktioniert worden war. Seinen Vortrag zog er groß auf, begann ganz grundlegend mit der Entwicklung des Phänomens Sprache, den Faktoren, die seine Entstehung und Entwicklung bedingten, der grundsätzlichen Einteilung der Sprachen in agglutinierende, isolierende und flektierende, ging dann zur Geschichte der indoeuropäischen Sprachen über – insbesondere der des Altslawischen –, zu deren Varietäten und den Gründen für ihre Herausbildung. Klar und sicher leitete er die Zuhörer, wie Dante seinen Vergil, durch die immer enger werdenden Höllenkreise ins Zentrum, wo der Beelzebub höchst persönlich saß: die ukrainische Sprache.

Er bemerkte erfreut, dass er die Aufmerksamkeit der Zuhörer fesselte, und spürte in den kurzen Sprechpausen die Spannung im Warten auf seinen nächsten Satz – was die Eloquenz des Vortragenden mehr fördert als jeder Applaus. Er ließ den Blick über die Zuhörer schweifen und versuchte aus den Gesichtern der Anwesenden die künftige Arbeit hier abzuschätzen.

Plötzlich entdeckte er in der Ecke ein Augenpaar, das ihn frech und spöttisch anstarrte. Augen mit einem abscheulichen, fast angsteinflößenden Blick. Ach, wie hatte er nur vergessen können, dass Maksym ja Buchhalter im Schkirtrest war! Er hätte diese Klasse niemals übernommen. Doch warum musste er ausgerechnet ihm begegnen? Das war zweifellos ein Zufall, aber ein seltsamer, ein unangenehmer Zufall, wie eine vorbereitete Falle, denn seine Wangen färbten sich auf einmal rot, als würde verdeckte, aber nicht weggewaschene Kränkung sichtbar.

Stepan ließ sich nichts anmerken und unterrichtete weiter, er konnte die unangenehmen Erinnerungen jedoch nicht abschütteln, die trotz allem Widerwillen Teil seines Lebens blieben und ihm zutiefst schmerzhaft zueigen waren. Warum lag es nicht in der Macht eines Menschen, zurückliegende Ereignisse zu ändern? Vielleicht, weil der Mensch nicht einmal beeinflussen kann, was morgen auf ihn zukommt. Dieser pessimistische Gedanke setzte sich in ihm fest, während er munter die Vorlesung hielt. Als er geendet hatte, überfiel ihn von der langen Anspannung seiner Stimme und der unterdrückten Aufregung eine plötzliche Erschöpfung. Er beantwortete noch eine Weile Fragen zu den Lehrbüchern, dem Lesestoff, den Heften und dem Lehrplan, die zweifach kindischen Fragen von Erwachsenen, die wieder zu Schülern wurden, und machte sich schließlich mit dem traurigen Gedanken auf den Weg, dass er hierher zurückkehren müsse. Ach, diese Zoya! Ohne sie brauchte er das ganze Geld nicht und müsste folglich keine Vorlesungen hier halten und diesem Typen über den Weg laufen, der ihm eine Ohrfeige verpasst hatte. Das Mädchen war wirklich eine Nervensäge! Auf dem Heimweg, in der herbstlichen Stille der menschenleeren Straßen der Stadt, die nur vom dumpfen Rattern der Straßenbahnen gestört wurde, dachte Stepan über die Liebe und dann wieder über Ehrabschneiderei nach, und obwohl er zugegebenermaßen das eine wie das andere für ein Hirngespinst hielt, musste er sich eingestehen, dass ihn beides sehr beschäftigte.

Inmitten dieser Gedanken packte ihn jemand, der ihn von hinten eingeholt hatte, am Arm. Im schwachen Licht der Laterne konnte er Maksym erkennen.

»Entschuldigung, verehrter Herr Lehrer«, sagte er und verneigte sich feierlich. »Ich wollte Ihnen für die Vorlesung danken.«

»Noch hab ich Ihnen gar nichts beigebracht«, antwortete Stepan. Maksym lachte.

»Eigentlich habe ich es mir selbst beigebracht … aber dank Ihnen!«

Sie gingen einige Zeit schweigend nebeneinander her und Stepan roch plötzlich eine Alkoholfahne im Atem seines Gefährten.

»Sind Sie besoffen?«, fragte er.

»Und Sie nüchtern?«

»Ganz und gar.«

»Eigentlich schade. Wie heißt es so schön in den alten Kyjiwer Chroniken: Der Rus ist das Trinken Freude.«

Unerwartet klopfte er Stepan auf die Schulter und erzählte ihm dann mit der Offenherzigkeit eines Landstreichers, dass er oft und viel trinke, dass die Trinkerei wirklich lustig sei und dass die Mädels eher auf Betrunkene stünden, da sie auf eine bessere Bezahlung hofften – aber da lägen sie natürlich falsch.

»Und Sie sagen, Sie hätten mir noch nichts beigebracht!« Während er das sagte, tat er so, als wäre er beleidigt. Aber Stepan waren diese Scherze unangenehm.

»Damit habe ich nichts zu schaffen«, sagte er grob.

»Ach, was Sie nicht sagen! … Ich habe sogar Briefmarken gesammelt! Und meiner Mutter Geschenke gemacht.« Maksym lachte auf und fügte überzeugt hinzu: »Schenken Sie den Josefs keinen Glauben, die die Frauen meiden, sich hinter Bücher klemmen und ihre Mütter lieben. Die sind so ruhig und artig, aber … aber … aber deren rechte Hände sind auch nicht rein!«

Als er das sagte, begann sich Stepan vor seiner Anwesenheit zu ekeln. Das war genau das gleiche Gefühl physischen Abscheus wie damals, als er Maksym im Séparée gesehen hatte, aber nun durch die Dunkelheit noch gesteigert und umfassender.

Er ignorierte ihn und begann über sich nachzudenken. Wozu war diese Begegnung gut? Sicher, es war ganz normal, eine zufällige Begegnung, genauso zufällig wie ihre Bekanntschaft – aber hatte die Vergangenheit kein Recht darauf, vergessen zu werden? Bleiben denn alle Enttäuschungen, die sich im Leben ansammeln, als unauslöschliche Fährte erhalten, wie Narben, die jederzeit wieder schmerzhaft jucken können? »Alles kann man vergessen«, sagte er sich. Das Vergessen ist jedoch trügerisch, oberflächlich, denn auch jetzt stiegen als Echo der Nacht Erinnerungen an das Unrecht, das er in seinem Leben begangen hatte, unablässig in ihm auf. Er hatte einiges Unrecht begangen, aber in allen Fällen war es unabsichtlich geschehen, und er konnte keinerlei Schuld bei sich erkennen. Warum war ihm dann der Gedanke daran so unangenehm?

»Hören Sie zu?«, fragte Maksym.

»Ja«, antwortete Stepan.

Der Buchhalter griff wieder seine Erzählung, oder besser gesagt sein Geschwätz, auf, das auf Stepan einen irrwitzigen Eindruck machte, da er nicht von Anfang an zugehört hatte. Enthusiastisch erzählte er von den Vorzügen seines Lebens, von den vielen Gelagen mit Mädels, deren Reiz er mit trunkener Geschwätzigkeit ausmalte. Auf einmal unterbrach er seine Ausführungen, als wäre ihm plötzlich etwas eingefallen. Der frivole Ton wechselte zu einem verschwörerischen Flüstern:

»Gehn wir zum Lotto. Das ist ein tolles Spiel! Ehrenwort!«

»Ich geh heim«, sagte Stepan.

»Sie kommen schon rechtzeitig nach Hause. Das rennt nicht weg. Ach komm, mir zuliebe!«

Und entschieden zog er Stepan auf die Seite, unter einen Torbogen, auf dem der Reihe nach Buchstaben aufleuchteten und im Halbkreis die Aufschrift »Elektro-Lotto« bildeten, dann gemeinsam erloschen und wieder aufleuchteten. Auf der Schwelle dieser städtischen Vergnügungseinrichtung beschlich Stepan jene bange Vorahnung, die den Menschen plötzlich und grundlos heimsucht, ängstigt und so jeden Versuch unterdrückt, sie mit dem Verstand zu zerstreuen. Eigentlich hätte er nicht mit Maksym hierherkommen, überhaupt nicht mit ihm verkehren müssen, aber trotz seines Widerwillens gegen ihn hielt ihn eine unüberwindliche Neugier fest.

Nachdem sie die stille Eingangshalle mit dem grauhaarigen Pförtner durchschritten hatten, betraten sie einen großen, lichtdurchfluteten Saal, in dem sich Männer und Frauen geschäftig über Tische beugten, während sich die Saaldiener lautlos in den engen Gängen zwischen den Stuhlreihen bewegten und wortlos die Karten für ein weiteres Spiel tauschten. Die erwartungsvolle, zum Zerreißen gespannte Stille wurde wie durch eine Offenbarung, ein Verdikt des Oberrichters vor der Klägerschar, von den kühlen und emotionslosen Ausrufen des Spielmeisters zerrissen, der mit gleichmäßigen Sprechpausen und mit einer metallenen und monotonen Klarheit die Wörter betonte, was im Saal ein leises Flüstern von Hoffnung und Enttäuschung auslöste:

»Einundvierzig. Zwanzig. Vierunddreißig.«

Und nach jedem Ausruf leuchteten auf der riesigen Tafel an der hinteren Wand die genannten Zahlen als chaotisches Muster leuchtender Punkte auf.

Maksym blieb an der Schwelle stehen, bei einem Tisch, an dem Geld in die entsprechende Zahl Jetons eingetauscht wurde. Stepan sah ihn fragend an, überzeugt, dass sich der Buchhalter vergnügen wollte, vielleicht sogar auf seine Kosten. Aber der flüsterte ihm zu:

»Da drüben rechts, in der Ecke.«

Stepan richtete seinen Blick in diese Richtung und sah an einem Tisch eine aufgedunsene und schlaffe Frau in einem blauen, ihm altbekannten Kleid, das nur mehr mit Müh und Not ihren aufgeblähten Körper zusammenhielt. Mit gesenktem Haupt blickte sie aufmerksam auf ihre Karte, sodass er ihr Gesicht nicht sehen konnte, aber aus ihrer Körperhaltung, aus der hoffnungslos erstarrten Versunkenheit konnte er ablesen, dass dieser Tisch ihre einzige und letzte Zuflucht war, dass sie die Überreste ihrer Leidenschaft in dieser Spielhalle opferte.

»Ist sie das? Sie?«, dachte er schwermütig beim Anblick dieses Wracks.

Nachdem wieder die Zahlen ausgerufen worden waren, fuhr der Schatten dessen, was früher einmal Musinka gewesen war, in die Höhe und rief mit erstickter Stimme, so, als ob sie eine Beute zwischen ihren Zähnen hielte:

»Aus! Ich hab's!«

»Zwölf. Hat gewonnen«, teilte der Ausrufer emotionslos mit. Und rundherum erhob sich ein Flüstern und Tuscheln, als würden die verhexten Figuren in einem Märchen durch ein Zauberwort aus ihrer Erstarrung geweckt. Man kontrollierte das Siegerlos.

»Die gewinnt immer«, sagte Maksym gehässig. Ihre Stimme war derb und rau, nicht zu vergleichen mit der Zärtlichkeit, die früher in ihr schwang, sie traf die Menschen im Saal ebenso wie Stepans Innerstes. Doch gleich darauf kehrte wieder Ruhe in ihm ein, das Innere seiner Seele verhärtete sich und seine Erinnerungen tauchten in einen magischen Traum. Er fühlte sich frei, distanziert und überlegen. Er drehte sich um und verließ die Halle. Maksym holte ihn erst beim Ausgang ein.

»Ich hoffe, Sie erlauben mir, Ihre Vorlesungen nicht mehr zu besuchen«, sagte er, als sie nach draußen gingen.

In seiner nun nüchternen und schroffen Stimme schwang der frühere Hass mit.

»Wie Sie wollen«, antwortete Stepan.

Gekünstelt verneigten sie sich voreinander, und Maksym ging zuerst, verschwand ebenso im Nebel, wie er aufgetaucht war. Stepan schien alles, was eben passiert war, auf einmal wie ein böser Traum, wie ein hinterhältiges Spiel der Fantasie. Als er versuchte, das Gesehene als Realität zu akzeptieren und gründlich zu durchdenken, löste die Vergeblichkeit seiner Bemühung nur Ärger in ihm aus, aufgebracht stieg er in die Straßenbahn. Während der Fahrt schaute er niedergeschlagen auf die dunklen Häuserblocks, die dicht an den Fenstern vorbeizugleiten schienen.

Daheim erinnerte er sich daran, dass er noch nicht zu Abend gegessen hatte, aber nach draußen gehen wollte er auch nicht mehr. Da er schon im Vorhinein wusste, dass er nichts Essbares finden würde, durchwühlte er aus Langeweile die Schubladen, zündete eine Zigarette an und begann, achtlos seine Schreibhefte und Notizen durchzublättern. Ein Heft zog plötzlich seine Aufmerksamkeit auf sich. Er schlug es neugierig auf und las:

»Heute habe ich beschlossen, ein Tagebuch zu beginnen. Es gibt Augenblicke, die man feiern muss. Meine Erzählungen wurden veröffentlicht!!! Ich will vor Freude rufen: ›Veröffentlicht!‹ Und ich sehe den Weg vor mir. Den gehe ich – nein, ich fliege, ich jage dahin! Ich bin frei, mir ist so warm ums Herz, ich bin froh. Ich küsse diesen Tag.«

Er warf seine Zigarette weg und wollte die Seite schon zerreißen. Dann aber nahm er einen Bleistift und zeichnete in schwarzen großen Buchstaben ein Wort quer über die Zeilen: Trottel.

V

Die Sache mit seinen Erzählungen beunruhigte Stepan Radtschenko zusehends. Inzwischen war ausreichend Zeit für eine positive Antwort ins Land gegangen, und doch hatte die Redaktion kein Wort von sich hören lassen. Und der übliche Hinweis auf der Umschlaginnenseite aller Zeitschriften, demzufolge die Redaktion über abgelehnte Manuskripte keine Korrespondenz führe, wurde in seinen Augen zu einer niederschmetternden Wahrheit. In diesen Zeilen tönte ein Trauermarsch auf die vermessenen Hoffnungen, die plötzlich von ihm Besitz ergriffen hatten und die ihn nun in unbekannte, dunkle Wasser warfen, in einen Strudel, der ihn umherwirbelte und drohte, an verlassene Ufer zu spülen. Langsam, anfangs nur als bitterer Beigeschmack seiner Gedanken, dann jeden Tag deutlicher, kroch Zweifel in sein Herz.

Obwohl er den eigentlichen Grund seiner Enttäuschung nicht erriet, spürte er jene drückende Unzufriedenheit, die schlechte Laune, die sich von ihrem ursprünglichen Anlass abgelöst hatte und sich an das Erstbeste klammerte, Unwesentliches in den Vordergrund schob, um wenigstens damit ihre Existenz zu rechtfertigen. Er verfiel in völlige Verzweiflung, und die geheimen Kräfte der Seele, die wahren Schutzengel des Menschen, göttlich blind und göttlich naiv, setzten still und leise all ihre Mittel ein, um seine Aufmerksamkeit von der eigentlichen Gefahr abzulenken, an deren Stelle sie andere, kleinere setzten, um ihn vor einer möglichen Katastrophe zu warnen. Der Selbsterhaltungstrieb, der von außen so grobschlächtig und unbedarft scheinen mag, bearbeitete ihn listig, redete ihm beharrlich ein, dass er sich bloß wegen Nichtigkeiten Sorgen machte, die einfach mit seiner ungeklärten Lebenssituation zusammenhingen, mit zeitweiligen und behebbaren Kleinigkeiten.

So setzte er sich in den Kopf, dass das Essen in der öffentlichen Kantine nicht nahrhaft genug wäre für seinen Organismus, und besuchte von nun an eine private Gaststube. Dann kam ihm in den Sinn, dass er nicht genug Zeit an der frischen Luft verbrächte, und er begann zwischen ein und zwei Uhr nachmittags spazieren zu gehen, selbst bei Nebel oder schlechtem Wetter. Nachdem er sich so einen Schnupfen und eine leichte Bronchitis eingefangen hatte, begann er sich schrecklich um seine Gesundheit zu sorgen und seine nassgehusteten Taschentücher aufs Genaueste zu begutachten, immer auf der Suche nach Spuren tuberkulösen Blutes. Und obwohl er nie auch nur das kleinste Tröpfchen fand, so plagte ihn doch ohne Unterlass die Angst um seine Gesundheit, die ihm in ihren Grundfesten erschüttert schien. Wenn er seinen Bizeps betastete, nahm er eine Erschlaffung der einstmaligen Spannkraft wahr, überhaupt fühlte er Schwäche und Unwillen zur

Bewegung. Im Zuge all dieser emsigen Untersuchungen, die vom leidenschaftlichen Wunsch getrieben waren, Anzeichen körperlichen Verfalls zu finden, verweichlichte sein Körper, wurde tatsächlich steifer und lieferte gehorsam die geforderten Beweise seiner Entkräftung. In solchen Momenten überfielen Stepan Traurigkeit und düsterer Groll.

In direktem Zusammenhang mit seiner Schlappheit stand für ihn auch sein nachlassendes sinnliches Verlangen nach Zoya. Die morgendlichen Minuten lüsterner Träume, wenn sich der Körper ganz mit tollwütiger Gier füllt und sich aller Frauen der Welt bemächtigen will, wenn die Arme sich kraftvoll nach ihnen ausstrecken, sie liebkosen wollen, die Lippen ihnen ein Willkommenslächeln entgegenschicken, die Ohren scheinbar ihren inbrünstigen Lockruf vernehmen, jene Minuten des morgendlichen Energiezustroms, wenn die ganze Welt im leidenschaftlichen Spinnennetz der Liebe erbebt – diese Minuten der stillen gegenseitigen Anrufung der Geschlechter hatten tatsächlich ihre Besuche bei ihm eingestellt, ihr heißes Echo floss nicht mehr brodelnd durch sein Blut. So weit war es mit ihm gekommen! Wie entsetzlich! Was für eine Schande! Wo ihm eventuelle Krankheiten bloß Angst einjagten, da nahm ihm das Erschlaffen dieser körperlichen Funktionen, die er für sehr wichtig hielt, seine Selbstachtung und verletzte ihn tief.

Und so kam es, dass er bei der Planung seiner nächsten Vorlesung begann, den Roman »Fata Morgana« durchzusehen, um darin einen Ausschnitt zu finden, den er mit seinen Zuhörern besprechen könnte. Während er mit der Zerstreutheit des Pädagogen durch die Seiten blätterte, erwachte plötzlich sein Interesse, und er fing an, einzelne Zeilen genauer zu lesen. Die wehmütige Harmonie der Bilder berührte ihn, die Worte loderten im Moment des Verstehens empor und eröffneten mit ihren geheimnisvollen Verstrickungen eine grenzenlose

Perspektive. An anderer Stelle entflammten sie plötzlich wie ein Schwarm Glühwürmchen, drängten unaufhaltsam zu den weißen Ufern nach links und erloschen dort. Gebannt saß er vor den phosphoreszierenden Seiten, von denen ausgehend dünne Strahlen ihr schmerzhaftes Mal in seinen vorgebeugten Brustkorb brannten.

Noch nie hatte er so gierig gelesen und war derart in einem Text versunken. In dem Buch, das er eigentlich kannte, fand er eine neue, berauschende Verzauberung in der Großartigkeit schöpferischer Entfaltung, der Macht des Willens zur Form und der Strahlkraft der Farben, die der Künstler auf seiner Palette anrührte. Seine Lider flatterten, und auf der Tischplatte zitterten seine Finger. Als er zu Ende gelesen hatte, war er erfüllt von Qualen, den Qualen eines Durstigen, der trank und trank, seinen Durst aber immer nur weiter anfachte, und der ganze schwere Bau des Werkes, der vor seinen Augen Stein für Stein errichtet worden war, brach mit einem Mal über ihm zusammen. Er stützte seinen Kopf in die Hände und lauschte dem Echo der Zeilen, das immer leiser wurde und als ferner Gesang erstarb. Und von dort, von dieser Ferne, wo die Stille zur Leere wurde, wehte eine tödliche Kälte zu ihm.

»Niemals, niemals werde ich so etwas schreiben können«, flüsterte er.

Die Unsinnigkeit seiner Absichten stand ihm nun klar vor Augen. Ein Schriftsteller! Wer hatte ihm nur arglistig jenes Wort eingeflüstert? Woraus hatte sich die irrsinnige Sicherheit gespeist, die ihn so lange geleitet hatte? Er sah jetzt keinerlei Rechtfertigung mehr für sie. Was einem nicht alles einfiel! Wer träumte denn nicht? Aber nur ein Spinner jagt seinen Träumen hinterher! Ein Kosake war er, der anstelle seines Pferdes auf einem Besenstiel galoppierte! Ein Dummkopf, ein hoffnungsloser Idiot! Und für eine solche Chimäre hatte er die Wissenschaft, das Institut aufgegeben, all die Jahre schwerer Arbeit, seine lange gehegten Pläne, schließlich seine Verpflichtungen zum Teufel geschickt? Verpflichtungen gegenüber wem? Zumindest gegenüber sich selbst!

Weil er nicht richtig erfassen konnte, wie all das passiert war, suchte er hastig nach einem Schuldigen für seinen Niedergang. Wyhorskyj! Der hatte ihn letztendlich vom Weg abgebracht, der hatte seine Erzählungen an die Zeitschriften geschickt! Hatte er ihn denn darum gebeten? Verfluchter Verführer! Zugleich regte sich in Stepan ein Gefühl warmer Dankbarkeit gegenüber jenem strengen Kritiker, der ihn aus dem Haus gejagt hatte, ohne ihn auch nur anzuhören.

Andererseits, man hatte seine Erzählungen – Erzählungen, nun ja – gedruckt, aber was hieß das schon? Ein jeder konnte doch zufällig mal so was schreiben, irgendwie, aus irgendeinem Grund, einmalig und dann nie wieder. Schließlich tummelten sich auf den Zeitschriftenseiten nicht gerade wenige zufällige Namen, die kein zweites Mal dort auftauchen sollten … Aber ja, vielleicht würde er schreiben, viel schreiben sogar, aber Texte, die man nach dem Lesen gleich vergessen, die spurlos verschwinden und nur den notwendigen Hintergrund für die Entwicklung und das Wirken wahrer Meister bilden würden. Um so einer zu werden, musste man an sich glauben, musste man die Schaffenskraft so spüren wie die Körperkraft. Die kannten keinen Selbstzweifel! Keinesfalls wollte er als Kulisse für fremden Glanz dienen. Beim Gedanken, er könne zur Leiter für den Aufstieg anderer werden, presste er den Kopf mit seinen Händen zusammen.

Später meldeten sich Müdigkeit und Selbstmitleid. Der Arme! Warum quälte er sich so? Ja, er hatte einen Fehler gemacht, hatte sich hinreißen lassen, aber er war schließlich noch jung, da war das ganz normal. Und jetzt hatte es ein Ende damit. Doch wie weiter? Stepan erhob sich, streckte seine eingeschlafenen Arme. Wie lange hatte er gesessen? Eine

Stunde, zwei? Langsam zog er seinen Mantel an und ging hinaus auf die Straße.

Es war November. Der Herbst war in ein Stadium abgemagerter Greisenhaftigkeit eingetreten, seine Tage waren bereits gezählt, seine Tränen fast versiegt. Am Vorabend seines unabwendbaren Untergangs im Schnee war er ruhig und kalt, trüb und schweigsam geworden, und die steinernen Geräusche der Stadt hallten in dieser Leere des nahenden Todes dumpf wider. Von der frischen Luft belebt, froh, dem stinkenden Kabuff entkommen zu sein, in dessen Wänden seine verwesenden Gedanken atmeten, zog Stepan die Mütze in die Stirn und lief gedankenlos bis zum Heumarkt. Er bog in die Welyka Pidwalna ein und blieb am Zaun der Parkanlage beim Goldenen Tor stehen, wo ein schlafender Springbrunnen aus einem Becken mit grünlichem Regenwasser ragte. Auf der Allee, von gelben Kastanienblättern bedeckt, breitete sich eine Reihe einsamer Bänke vor ihm aus. Keine Menschenseele. Es zog ihn tiefer in den Park, um die Wege entlangzustromern, mit den Füßen durch das Laub zu rascheln. Dort im Eck hatte er einmal eine Erzählung zerrissen, die Erinnerung daran war ihm heute nah und teuer.

Dann trottete er in trübseliger Ruhe weiter und wäre am liebsten schlafen gegangen. Während er jedoch in Richtung der Wolodymyrkathedrale ging, machte sich eine seltsame Erregung in ihm breit. Das Institut war doch ganz in der Nähe! Sollte er vorbeischauen? Was könnte das bringen? Und aus dem plötzlichen Einfall wurde von einem Moment zum anderen ein übermächtiger Drang. Seine Neugier war entbrannt, als dürfte er gleich einen Blick auf etwas Verbotenes erhaschen. Er näherte sich dem breiten Eingangsportal der Universität. Es ließ sich nur mit Mühe öffnen, kräftige Federn hielten es zurück, und die Anstrengung hallte wie ein Echo der unzähligen Male wider, als er sie früher Tag für Tag aufgedrückt hatte.

Er musste bloß einen Fuß in die langen Korridore setzen, wo es ihm im Vergleich zu draußen düster und stickig schien, wo das Stimmengewirr bunter Gestalten vor und zurück, die Treppen hinauf und hinunter wogte, wie pochendes Blut durch die Adern des Gebäudes pulsierte, und da wurde ihm kalt und klamm ums Herz. Er zog sich die Mütze noch tiefer ins Gesicht, um nicht erkannt zu werden, und trat an die Glastür eines Hörsaals. Gerade war eine Vorlesung im Gange. Er blickte auf Bankreihen, in denen dicht gedrängt junge Leute saßen, auf den Lektor, der ihm wohlbekannt war, bemerkte hier und da die vertrauten Anzeichen von Interesse, Unaufmerksamkeit oder Unverständnis. Doch in ihm kam weder Kummer noch Schmerz auf, und jene Reue, die ihn bis eben noch geplagt hatte, erstarb unter dem Atem einer Fremdheit, der ihm aus dieser Atmosphäre, nach der er sich einst so gesehnt hatte, entgegenwehte … Verwundert machte er einen Schritt zurück und schaute sich um, wie ein Landstreicher, der von seinen Wanderungen in die heimischen Gefilde zurückgekehrt war und dort nichts von dem vorfand, was er einst aufgegeben hatte, alles kam ihm so verändert und seinen Erinnerungen so entfernt vor, dass er diese entstellte Realität gar nicht vermissen konnte. Nach dieser Konfrontation mit dem, was er aufgegeben hatte, erkannte er, dass es für ihn kein Zurück gab, dass ihm diese Mauern für immer fremd bleiben würden und dass das Stimmengewirr ihn nicht lockte, nichts in ihm weckte.

Er verließ das Gebäude ebenso kummervoll und kleinmütig wie damals, als er zum ersten Mal den Boden der Stadt betreten hatte. Der Majdan kam ihm enger vor, die Gebäude erdrückend und abweisend, der niedrige Herbsthimmel wie buckliges, ins Unendliche reichendes Straßenpflaster. Auf einmal spürte er hinter der ersten Häuserreihe eine Unzahl weiterer auf den Hügeln und in den Tälern, unzählige verstreute düstere Behausungen in einem gigantischen Rund, und jede einzelne barg eine Überraschung und eine Gefahr. Er spürte das verworrene Straßennetz, über dessen immer gleiche rechteckige Kreuzungen man Stunden und Tage irren konnte, Stunden verzweifelten und erschöpfenden Vagabundierens auf nacktem Stein, der mit einer gezackten Linie den Horizont zeichnete. Er spürte jene unsichtbaren Mauern, die ihm die Grenze zur Steppe markierten, und senkte besiegt und um Frieden bettelnd den Blick. Er war müde.

Am Abend, als Zoya zu ihm nach draußen kam, ergriff er ihre Hand und begann sie schweigend zu küssen. Sie war überrascht.

»Was hast du, Göttlicher?«

»Zoya«, sagte er, »du bist die Einzige, außer dir habe ich niemanden.«

Sie seufzte.

»Ach, was bist du nur für ein Lügner!«

»Ich habe niemanden«, fuhr er fort, »keine Verwandten, keine Freunde. Ich bin vollkommen allein hier in der Stadt, und ich fühle mich heute, als wäre ich den ersten Tag hier. Mir ist schwer zumute.«

»Schwer ist's ihm zumute«, meinte Zoya sanft.

»Lach nicht«, antwortete er niedergeschlagen, »du weißt ja gar nicht, was mir durch den Kopf geht und wie ich mich quäle.«

»Er quält sich.«

Stepan hielt inne und flüsterte verzweifelt:

»Ich kann so nicht mehr! Was soll das denn alles? Kann man das etwa Liebe nennen? Ich habe genug vom Kino. Die Bilder langweilen mich. Ich will mit dir zusammen sein. Wir beide, und nur wir beide! Hab keine Angst«, fügte er bitter hinzu, »ich tu dir schon nichts. Ich habe das nicht nötig, ich liebe dich auch so. Du weißt doch gar nicht, wer ich bin, überhaupt nicht. Was wir da gerade machen, das ist doch Unsinn. Es wäre leichter für mich, wenn du wenigstens eine Stunde nur für mich da wärst. Ich will bei dir sitzen und dir alles erzählen …«

»Und was habe ich mit all dem zu schaffen?«, entfuhr es Zoya.

»Sag nicht so was, so denkst du doch gar nicht«, beschwor er sie, »ich bin nicht zu Scherzen aufgelegt. Es ist mir ernst, verstehst du? Ernst! Zoya, lass dir etwas einfallen, denn mir will nichts einfallen. Bitte, so schnell es geht!«

Zoya sann kurz nach, dann rief sie:

»Ich hab's!«

»Sag.«

Schnell legte sie ihm einen ausgeklügelten Plan dar. Sie hatte eine Freundin, die im Sorobkop arbeitete. Deren Zimmer war vor vier Uhr ungenutzt. Ob er verstanden habe? Angenommen, sie wollte an den Aufnahmeprüfungen für die Universität teilnehmen, aber zu Hause wäre für Nachhilfestunden mit einem Lehrer nicht ausreichend Platz.

»Zoya«, entfuhr es ihm bewundernd, »du bist außergewöhnlich. Küssen könnte ich dich!«

»Wirklich?«

Geheimnistuerisch fuhr sie fort:

»Lass uns zum Schewtschenko-Park gehen, da ist es dunkel, da können wir uns küssen.«

Auf dem Heimweg war er vollkommen zufrieden. Zoyas Plan gefiel ihm schrecklich gut. Bei diesen täglichen Treffen mit dem Mädchen, das ihm so ans Herz gewachsen war, den heimlichen Rendezvous in fremden Wohnungen, spürte er eine genuin städtische Romantik. Die Vorstellung schmeichelte seiner Eitelkeit und lullte seine Gedanken ein wie süßer Gesang.

In solchen Momenten des Seelenfriedens hatte er oft den Wunsch, sein Zimmer aufzuräumen, den Müll rauszubringen, der ansonsten in einer Ecke herumlag, und wie ein echter Hausherr seine Wäsche in Ordnung zu bringen. Wenn er im Kopf alles sortiert hatte, machte ihn die kleinste Spur von Unordnung in seiner Umgebung fuchsteufelswild. Nachdem er das Zimmer aufgeräumt hatte, breitete sich große Zufriedenheit in ihm aus. Er hatte seine Bücher ordentlich gestapelt, sein Tintenfass abgewischt, weißes Papier über den Tisch gebreitet, an den er sich nun nach der Erledigung seiner lobenswerten Arbeit setzte, um sich etwas auszuruhen.

Und er dachte nach: Die Jugend zeichnete sich durch Überschwang und Träume von außergewöhnlichen Taten und Ruhm aus, auch wenn diese nur einem von Tausenden bestimmt sein sollten. Würde man einem Halbwüchsigen die Wahrheit über sein weiteres Schicksal erzählen, so würde der schlicht aufhören, sich anzustrengen, würde alles zum Teufel schicken und ein Leben auf der Straße beginnen. Das bedeutete, dass Selbstbetrug unumgänglich ist! Es reicht jedoch, dessen Wesen zu begreifen – wie Stepan es tat –, um sich deshalb keine Sorgen mehr machen zu müssen.

Er fühlte die Weisheit dieser Überlegungen und erfreute sich daran. Es galt so zu leben, wie alle lebten. Ein einfaches, durchschnittliches Leben – Freunde finden, sie besuchen, ausgehen, Zeitungen und übersetzte Romane lesen. Was wollte man mehr? Im Endeffekt war er im Vergleich zu anderen nicht allzu schlecht situiert. Der Unterricht gab ihm ein relativ leicht verdientes Einkommen. Die Ukrainisierung würde sicher noch drei Jahre weitergehen, und dann … Dann würde er eine Stelle antreten. Oder nein! Zweifellos wäre es am einfachsten, hier, in der Stadt, als Lehrer zu arbeiten. Er brauchte nur seine Sprachkenntnisse zu vertiefen, müsste ein echter Spezialist werden. Er zündete sich eine Zigarette an und meinte, in den Rauchwolken seine friedliche Zukunft zu erblicken. So einfach war das!

Stepans erstes echt städtisches Treffen mit Zoya fand zur Mittagsstunde zwei Tage später statt. Beim Betreten des kleinen Zimmerchens, in dem der erregende Geruch einer Frauenwohnung hing, von Puder und Eau de Cologne, erschauerte er unwillkürlich. Nachdem er die betäubende Luft einige Male tief eingeatmet hatte, begann er sich leicht und eigentümlich munter zu fühlen. Flink schaute er sich in dem Raum um und erblickte Zoya in eine Zeitung vertieft, anscheinend hatte sie seine Schritte nicht gehört, Gestalt und Gesicht waren ganz und gar hinter der Zeitung verborgen, einzig ihre zwei Beine, die in einer dünnen Strumpfhose steckten, lugten von den Knien abwärts unter dem Saum ihres dunklen Kleides hervor.

»Fräulein Zoya«, begann er scherzhaft in einem wichtigtuerischen Bass, »die Nachhilfestunde beginnt.«

Sie schwieg. Da kam Stepan näher, schlich sich fast heran, und riss ihr die Zeitung aus den Händen.

»Vorsichtig!«, entfuhr es ihr. Für einen Moment hielt er inne, hatte er sie doch so lange nicht unbekleidet gesehen – das heißt, bloß in einem Kleid, ohne Hut und Mantel.

»Was schaust du so?«, fragte sie. »Wo hast du die Bücher?«

Mit einem Ruck beugte er sich vor und umschlang ihre Knie.

»Zoya … Bist du es?«, flüsterte er. »Zoya, bist du mein?«

Ein wenig später meinte Zoya elegisch:

»Da hast du mich aber schnell unterrichtet, Göttlicher!«

Er war erleichtert, denn er hatte feststellen dürfen, dass die Sorge um die Funktionstüchtigkeit seines Organismus vollkommen unbegründet gewesen war, und war dementsprechend zu Scherzen aufgelegt:

»Was gibt es hier denn zu unterrichten?«, antwortete er.

»Du hast mich verdorben«, fuhr sie fort, »jetzt bin ich verdorben.«

»Selbst schuld«, sagte er, »was hast du dich auch hinter der Zeitung verstecken müssen?«

Zoya winkte ab.

»Ach, einerlei. Du wolltest mir doch etwas erzählen?«

»Ich?«

»Du hast doch gemeint, dass du bei mir sitzen und etwas erzählen willst.«

Er erinnerte sich.

»Das war bloß eine Spinnerei. Wenn du willst, erzähle ich es dir.«

Er machte es sich bequem.

»Ich schwöre, es ist nicht der Rede wert. Also, letztes Jahr war ich noch Student …«

»Das weiß ich!«, meinte Zoya.

»Habe ich dir davon erzählt? Und dummerweise habe ich angefangen, Erzählungen zu schreiben.«

»Ich weiß.«

»Woher?«

»Eine hast du am Institut vorgelesen. Damals abends.«

»Du warst dort?«

»Ich habe dir sogar eine Blume zugeworfen. Aber aufgehoben hast du sie nicht.«

»Das warst du? Meine Süße!«

Er umarmte sie, ertränkte den Rest seiner Rede in Küssen.

Als er sich an diesem Tag von Zoya verabschiedete, dachte er: »Das Schicksal hat uns zusammengeführt. Wie wunderbar.«

Ihre Unterrichtsstunden wurden genau festgelegt: Zweimal die Woche, mittwochs und freitags. Außerdem würden sie einer weiteren Vereinbarung entsprechend ins Kino, auf Ausstellungen und ins Theater gehen.

Als er nach dem Treffen nach Hause kam, fand Stepan dort ein ungewöhnlich geformtes Briefkuvert vor und las in dem zugehörigen Brief, dass man seine Erzählsammlung zum Druck freigegeben und auch Holowlit zugestimmt hatte, außerdem wurde ein Honorar von 350 Karbowanez angeboten, ein Vertrag zur Unterschrift lag bei.

Stepan las den Brief und warf ihn anschließend auf den Tisch. Er hatte die Schriftstellerei loswerden wollen – doch sie ließ ihn nicht gehen.

»Das alte Kreuz«, dachte er sich.

VI

Das literarische Leben beginnt, wenn sich eine ausreichende Menge Menschen zusammenfindet, die imstande ist, ununterbrochen über Literatur zu sprechen. Dabei dreht sich die endlose Schwätzerei eigentlich nicht so sehr um Literatur als Äußerung menschlichen Strebens nach Erkenntnis, und ebenso wenig ist das Ziel des Gequatsches eine Diskussion über erhabene Vorbilder oder den Anreiz, ihnen nachzueifern, sondern es widmet sich Banalitäten wie dem schriftstellerischen Alltag oder handwerklichen Fragen, kurz und gut: langweilig und monoton.

Literatur entsteht in einem schöpferischen Prozess – die Literaturszene aus den Reden der Literaten. In ihren Mündern wird auf wundersame Weise jedes Ereignis im Leben eines Schriftstellers zum literarischen Ereignis, eine Anekdote über ihn wird zu einer literarischen Anekdote und seine Pantoffeln zu literarischen Pantoffeln. Es scheint, als hätten alle Glieder seines Körpers die magische Fähigkeit, den Dingen literarischen Wert zu verleihen. Sagen über göttliche Sänger, die mit ihren Liedern nebst der Gunst von Despoten und Königinnen auch Reichtum, also hohe Honorare, errangen, prägten sich nirgends so ein wie im Unterbewusstsein von Schriftstellern, die fähig sind, menschliche Herzen in der Glut ihrer Worte erbarmungslos zu versengen. Und ganz egal, dass diese Herzen durch die wachsenden Bestände der Bibliotheken immer feuerfester werden, so hätscheln die Schriftsteller doch insgeheim die Hoffnung, für eine einzigartige Stellung und Funktion auserwählt zu sein, was sie aus den Überbleibseln ehemals kreativen Strebens nähren. So ein literarisches Leben kann noch so öde und langweilig sein, ebenso wie das Spinnen des Garns literarischer Neuigkeiten – wer was schreibt, wer was zu schreiben beabsichtigt, wer was über einen anderen sagte, wer einen Verriss oder ein Lob plant, wer wohin in die Ferien fährt und wer wie viel verdient –, und doch erwächst aus all dem Gequassel der wahre Geist einer echten und keinesfalls dilettantischen Literatur, der Geist unterschwelligen Kräftemessens, und auf diesem eng abgesteckten Feld befindet sich der Ort, an dem sich die literarischen Kämpfer versammeln und die Friedenspfeife vor dem nächsten Kriegspfad rauchen.

Der junge Schriftsteller Stephan Radtschenko begann an den Ritualen des literarischen Lebens teilzunehmen und ging fast täglich in die Redaktion der Literaturzeitschrift, wo gegen zwölf Uhr bekannte, weniger bekannte und gänzlich unbekannte Literaten zusammenkamen und alle Bänke und Stühle besetzten. Er verließ die Zusammenkünfte nach einem Stündchen oder etwas mehr völlig zufrieden, obwohl er die ganze Zeit über nichts gesagt hatte, da er als Neuling über keinen Vorrat an hier alltäglichen Floskeln verfügte und deshalb kein Recht hatte, seine Meinung zu äußern. Es ist schließlich eine Binsenweisheit: Selbst die vernünftigsten Gedanken rufen Misstrauen hervor, kommen sie nicht von einer Autoritätsperson, andererseits erntet auch dümmliches Geschwafel Lob, solange es aus berufenem Munde kommt. Es war hier wie überall sonst, Aufmerksamkeit musste man mit der Qualität seiner Arbeit oder durch aufdringliche Anwesenheit erregen. Und Stepan ging hier gerne in die schriftstellerische Lehre.

Also dachte er, wenn die Schriftstellerei sein Schicksal sein solle und er instinktiv so viele Schritte in diese Richtung unternommen hatte, dann wäre es doch eine Schande, jetzt stehenzubleiben. Er musste weitergehen und mit denen Kontakte knüpfen, unter denen zu wirken ihm bestimmt war, Präsenz zeigen und als literarische Persönlichkeit zu den Reihen der literarischen Bekannten aufschließen. Anfangs fühlte er sich in der ungewohnten Gesellschaft unwohl und verlegen, da ihn keiner beachtete, ja nicht einmal einen Stuhl anbot, zudem konnte er den Gesprächen nicht richtig folgen. Doch je öfter er an den Treffen teilnahm, umso mehr verstand er – einschließlich der persönlichen Leistungen jener, die er dort traf: oft ziemlich geringe Leistungen im Vergleich zu ihrem großspurigen Auftreten. Und er begriff erfreut, dass er im Vergleich mit ihnen gar nicht so schlecht dastand. Ungeduldig erwartete er nun das Erscheinen seines Erzählbandes, denn nur das war die gültige literarische Eintrittskarte anstelle des vorläufigen Passierscheins seiner in Zeitschriften erschienenen Erzählungen.

Anfangs duldeten sie ihn einfach, dann gewöhnten sie sich an ihn, schließlich gewann er dank seines freundlichen Wesens auch Sympathie, und wenn er nun kam, begrüßte ihn der wohlwollende Ruf:

»Ah, da kommt auch Radtschenko!«

Das freute ihn unsagbar. So hatte er sich schon ein Plätzchen am Rande der Literatur erobert, und sei es nur mit einer Pobacke! Einmal nahm er während einer Diskussion all seinen Mut zusammen und brummelte errötend in einem Moment der Stille:

»Das denke ich auch.«

Es blieb freilich unklar, was er eigentlich dachte und welche Seite er mit diesem Einwurf unterstützen wollte, aber er hatte seine Meinung kundgegeben und war den ganzen Tag stolz darauf. Er hatte an einer Literaturdiskussion teilgenommen!

Am meisten interessierten ihn allerdings die Literaturvereinigungen. Eine jede hatte ihren Namen und ein Logo. Sie schienen ein Kollektiv zu sein, das den Absatz der Produktion ihrer Mitglieder sicherte. Es gefiel ihm sehr, dass sich die Mitglieder einer jeden Mannschaft verbissen verteidigten, unterstützten und protegierten und dabei den Gegner gnadenlos schmähten. Solch einen Rückhalt brauchte er unbedingt. Er sah sich die Leute an, lauschte ihren Gedanken und verwarf jene Vereinigungen, die nicht zu seinen Ideen und seinem künstlerischen Geschmack passten, und bei dem mehr oder weniger passenden Rest wartete er auf seinen Erzählband, um nicht mit leeren Händen anzuklopfen. Es handelte sich schließlich um einen verantwortungsvollen Schritt, denn mit seiner Wahl riskierte er in den Augen der anderen Schriftsteller nicht nur Sympathie, sondern auch sein Können zu verlieren. Es ist ein Gemeinplatz, dass Freunde auch Feinde nach sich ziehen. Das Innenleben der Vereinigungen kennen zu lernen, mit eigenen Augen die Bedingungen zu sehen, mit denen man konfrontiert sein wird, wenn man sich einmal für eine Gruppe entschieden hatte, war gar nicht so leicht, weil Außenstehende auf Versammlungen wegen der Reibereien innerhalb der Gruppierungen, wo man über die Dislokation der feindlichen Kräfte und Angriffspläne sprach, aufgrund taktischer Erwägungen nicht geduldet wurden.

Mit dem ersten Schnee kehrte auch der Dichter Wyhorskyj in die Stadt zurück. Sie begegneten sich auf der Straße wie alte Bekannte.

»Na, komm mit!«, sagte der Dichter.

»Wohin denn?«

»Bier trinken.«

Sie betraten eine auch tagsüber in Halbdunkel getauchte Lokalität mit einer Unmenge freier kleiner Tische und Stühle entlang den Wänden und in der Mitte des Raums. Es roch nach abgestandenem Bier und einem Fußboden, der mit einem dreckigen Lappen gewischt worden war.

»Das ist meine Lieblingskneipe«, sagte der Dichter. »Zwei Bier!«

»Ein bisschen ungemütlich«, bemerkte Stepan, während er sich setzte.

Er war bisher in keiner Kneipe gewesen und betrachtete neugierig die Glasvitrine mit dem Essen, den dicklichen Wirt in Hemd, Krawatte, Anzug und Stiefeln, die Plakate der Brauereien an den Wänden und die grellbunte Zeichnung eines frischen Krebs vor sich.

»Ich bin tagsüber gern in der Kneipe«, fuhr der Dichter fort, »ich mag diese abgestandene Luft, die noch voll von den Gerüchen Hunderter Leute ist, ich mag auch diese Feuchtigkeit von verschütteten Getränken. Und ebenso die Stille. Eine besondere Stimmung erfasst mich dann immer. Ich sehe mehr, und wenn Sie's wissen wollen, hier konzipiere ich meine Gedichte.«

Er trank.

»Die Kneipe ist mir abgegangen, wirklich, und auch Kyjiw hat mir gefehlt. Ich stand am Zugfenster und schaute, und da lag die Stadt in die Breite gestreckt wie eine riesige Krabbe. Die Häuser schienen wie Pappschachteln auf den Hügeln verstreut. Die Stadt ist großartig und zauberhaft! Als ich aus dem Waggon gestiegen war und ihren Boden unter meinen Füßen fühlte, da sah ich mich gewissermaßen selbst in ihr, und es überlief mich ein Schauder … Das ist natürlich Unsinn. Und doch, wo gibt es so eine Stadtlandschaft, solch ein weitläufiges Straßennetz? Und auf Schritt und Tritt Erinnerungen. Man folgt der Spur der Vorväter. Gestern streifte ich in der Stadt umher, schaute mir alles genau an, selbst vertraute Eingänge und Hausportale. Und was sehe ich – alles unverändert, ein seltsames Gefühl, als hätte das alles auf mich gewartet! Mir mag gar scheinen, dass man sich selbst in Menschen nicht so verliebt wie in leblose Dinge. Wir haben Dutzende Frauen geliebt und noch mehr Freunde gehabt, doch Schnitzel mögen wir ein Leben lang. Ich war in der Lawra und bin sogar ins Höhlenkloster gegangen. Welch ein Unterschied zum zweiundzwanziger und dreiundzwanziger Jahr! Damals waren da lauter Leute aus Dörfern, vom Land, aber gestern waren es vor allem Frauen der Intelligenzschicht. Selbst Männer habe ich dort gesehen. Ich überlegte: Die haben die Zuckersüße des Gebets erfahren, die Verzückung und Inbrunst in der Vereinigung mit ihrer Gottheit. Doch wir? Letztendlich sind all unsere Flugzeuge, Radios und Kampfgase doch nur nichtige Kleinigkeiten gegenüber der verlorenen Hoffnung auf das Paradies. Offen gesagt, habe ich sie beneidet. Denken Sie manchmal über diese schreckliche Widersprüchlichkeit des Menschen nach? Er ist sich der Nichtigkeit seiner flüchtigen Existenz bewusst und ist doch nicht imstande, sie zu überwinden. Ich befürchte, dass wir vor der Renaissance des Glaubens stehen.«

»Aber nein«, ließ sich nun Stepan hören, »was das Dorf angeht, kann ich Ihnen versichern, dass die Jugend dort ganz und gar nicht religiös ist.«

»Mag sein. Ich will ja nicht widersprechen. Ich weiß nur, dass die großen Fragen keinen mehr hinterm Ofen hervorlocken, wir haben genug davon: Sein oder Bewusstsein, Form oder Inhalt. Ich könnte gern darauf verzichten, ist doch gleichgültig. Das Leben lässt sich schließlich nicht nach Schemata organisieren. Jeder lebt sein Leben von Beginn, und jedem Neuankömmling erscheint die Welt neu.«

»Na ja, aber die Wissenschaft verbreitet sich doch auch«, gab Stepan zu bedenken.

»Die Wissenschaft verbreitet sich schon tausend Jahre. Die Jahrhunderte alte Erfahrung ist nur die Folie, auf der ein jeder seine Vorstellungen malt. Noch zwei Bier!«

Er knöpfte den Mantel auf, und Stepan bemerkte, dass Wyhorskyj dasselbe Satinhemd mit derselben Krawatte trug wie im Frühling, als sie sich zum ersten Mal im Büro der Schytlospilka begegnet waren. Die Gesichtsmuskeln im länglichen Gesicht des Dichters waren in nervöser Bewegung und produzierten eine erregte Mimik. Stepan, nach der Flasche Bier selbst ein wenig erregt, folgte des Dichters Worten interessiert und konzentriert.

»Trinken Sie«, ermunterte ihn Wyhorskyj. »Nichts regt das Denken so an wie Bier. Wissenschaft, sagen Sie! Nullkommanix! Weniger als null! Tausende Jahre wird sie gelehrt und verbreitet und konnte die Menschen doch nicht zu leben lehren. Wofür soll sie denn gut sein? Sie sagen natürlich: für die Revolution. Einverstanden. Die Menschheit häutet sich wie eine Schlange. Dieser geistige Hautwechsel ist allerdings mit sehr großen Anstrengungen verbunden, die Menschheit vergießt dabei Blut. Und vergessen Sie nicht, dass sie diese neue Haut auch abstreifen wird. Fortschritt? Wie kindisch! Na gut, einverstanden, es gibt einen Fortschritt, aber ohne Hirn und Verstand. Der schlimmste Fehler ist, das Unvermeidbare für das Erstrebenswerte zu halten. Der Mensch isst noch immer das gleiche Fleisch, nur dass er es jetzt brät und Messer und Gabel benutzt. Der Fortschritt vergrößert das Glück nicht, darum geht's doch. Wenn jemand vor dreihundert Jahren zum Tod auf dem Rad verurteilt wurde, quälte er sich genauso wie einer, der heutzutage erschossen wird. Und stören mich meine schmutzigen Fingernägel etwa mehr als den sogenannten Wilden seine schmutzigen Hände?«

Gedankenverloren trank er sein Glas langsam aus.

»Ja, deshalb hab ich immer schon gesagt: Die Menschen zu belehren ist doch nichts anderes als die Illusion von Taschenspielertricks. Es gibt nichts Schändlicheres, als Illusionen zu wecken. Noch schändlicher ist nur, wenn man solche Illusionen und Ideale auch noch verbreitet.«

»Ideale?«

»Ja, ganz genau! Die Menschheit hört so gerne von Idealen reden, wie eine Frau gerne Schmeicheleien hört. Es gibt so viel Geschimpfe auf der Welt, weil es so viele Idealisten gibt. Wer würde ihnen denn folgen, wenn sie nicht die ganze Zeit schimpfen würden? Doch Ideale sind wie Speisen: Solange sie im Mund sind, schmecken sie unterschiedlich, doch der Magen macht sie zu einem Brei. Die Verdauungsprobleme der Geschichte – wie ein Dichter mit hervorragender Verdauung treffend bemerkte.«

Er verstummte und neigte sich über sein Bierglas. Stepan rauchte und blies vergnügt den Rauch ins Halbdunkel des Raumes. Es war hier wirklich still und behaglich.

»Ja, er ist schon ziemlich klug«, überlegte Stepan.

»Noch zwei Bier!«, rief der Dichter.

»Mir reicht es«, sagte Stepan, »ich rauche.«

»Aber trinken Sie doch. So ein kräftiger Bursche, den hauen doch keine drei Flaschen Bier um! Bitte schön. Also Ideale. Sie waren stets in Mode und ehrenvoll. Doch für jene, die ausschließlich für eine Idee leben, für die sich die ganze Welt in ihrer Idee auflöst – mit denen ab nach Kyryliwka ins Irrenhaus. Wo bleibt da die Logik?«

»Sie meinen die Verrückten?«

»So nennt man sie.«

»Ich habe mich gerade an einen Vorfall erinnert«, sagte Stepan. »Bei uns im Dorf gab's ein Mädchen, die Schönste von allen. Sie wurde verrückt, angeblich war ein Bursche schuld daran.«

»Keiner auf der Welt ist einem anderen etwas schuldig. Andererseits gibt es sicherlich Schuldige, denn Verantwortung muss sein. Haben Sie schon einmal daran gedacht, dass Tiere zwar vor Wut schäumen können, dass aber der Wahnsinn ein ausschließliches Privileg des Menschen ist? Ein Meilenstein auf dem Weg der Menschheit. Eine Vorschau auf ihre Zukunft.«

Die Uhr schlug zwei. Der Dichter zuckte zusammen.

»Das Weltall wird durch die Streuung thermischer Energie zersetzt werden«, sagte er. »Sie wird sich gleichmäßig ausbreiten. Alles wird eingeebnet und geglättet. Alles wird stillstehen. Es wird ein wundervolles Spektakel sein, das aber halt kein Mensch mehr sehen kann.«

Nach der dritten Flasche Bier breitete sich in Stepan eine solche Trauer aus, als sollte das Weltall in den nächsten Tagen untergehen. Allerdings erinnerte ihn die Uhr an seinen bevorstehenden Unterricht.

»Sollen wir nicht aufbrechen?«, fragte er.

»Ja, gehen wir. Wer zahlt? Können Sie es übernehmen? ... Ich habe gerade nicht viel Geld.«

Stepan hatte keine Geldsorgen. Vor einer Woche hatte er schließlich einen fünfzigprozentigen Vorschuss auf sein Honorar für die Erzählsammlung erhalten, die sich bereits im Druck befand. Eben erst hatte er sich einen Filzhut zugelegt und einen eleganten Anzug bestellt, mit dem er Zoya beeindrucken wollte. Er hielt Kleidung zusehends für ein Mittel künstlerischer Gestaltung des eigenen Körpers. Er schätzte seinen Körper, dessen ebenmäßigen Wuchs und Kraft. Er konnte einfach nicht anders, als sich mit dessen Ausstaffierung zu beschäftigen, um seinen Körper in angemessenem Äußeren zur Schau zu stellen – wenn es schon verboten war, ihn nackt zu präsentieren. Die Frage der Kleidung wurde zu einer Frage des Stils, des Geschmacks, ja sogar des Einflusses, denn er verstand sehr wohl den Unterschied zwischen dem Äußeren eines Menschen in einem zerschlissenen Hemd oder in einem ausgesuchten Sakko. Das ist natürlich eine reine Formalität, doch man musste schon außergewöhnliches Charisma haben, um eine nachlässige Kleidung auszugleichen.

Nachdem der Anzug fertig war, packte Stepan der Wunsch, auch Zoya zu beschenken. Die Zuneigung zu ihr hatte tiefe Wurzeln geschlagen, und manchmal bildete er sich ein, er sähe sie plötzlich zu Hause oder während des Unterrichts lautlos, luftig und lächelnd an ihm vorbeigehen. Zoya! Welch wundervoller Name. Allein ihn auszusprechen, war ein Vergnügen, denn in ihm hallte ihre Zärtlichkeit wider, die süße Spur ihrer Küsse, mit denen sie seine Lippen, Augen und Brust gestreichelt hatte. Außerdem verspürte er ihr gegenüber jene typisch männliche Dankbarkeit, die der Liebe die Aura geheimer Komplizenschaft verleiht. Und nachdem sie zu den dunklen Quellen des Seins hinabgestiegen war und vom Baum der Erkenntnis jene ewig frischen Früchte gekostet hatte, war sie ausgeglichener und entgegenkommender geworden und hatte die entnervenden Launen von früher abgelegt. Geblieben war nur eine gewisse Unruhe, die sich in plötzlichen Anfällen von Traurigkeit äußerte.

In solchen Momenten blickte sie ihn mit todtraurigen Augen an, die ihm so unfassbare Furcht einflößten, als dränge ihr Blick tief in seine Seele und rüttelte dort an geheimen Pforten. Sie lag dabei meist schweigend und konzentriert, fremd und wie abwesend auf dem Rücken, die Arme hinter dem Kopf verschränkt. Danach wurde sie wieder lebhaft:

»Hast du's zu Hause nicht gut?«, fragte er sie.

»Nicht besonders. Aber das ist egal.«

Ihr Vater bekam als kleiner Verwaltungsangestellter ein viel zu geringes Gehalt, als dass ihr Zuhause angenehm sein konnte. Und sie selbst fand einfach keine Anstellung. Stepan gab sich Mühe, sie möglichst zu zerstreuen. Er brachte Schokolade mit, Bonbons, Blumen, Illustrierte, die sie dann gemeinsam ansahen. Doch nun wollte er ihr etwas schenken. Aber was? Er ging im Geiste verschiedenste Dinge durch und blieb bei Parfüms hängen, denn die reizten ihn. Er schämte sich freilich, sie selbst zu verwenden.

In einer Parfümerie erkundigte er sich nach guten Duftessenzen.

»Wünschen Sie Coty?«

»Nur das Beste.«

»Paris? L'Origan? Chypre?«

»L'Origan«, entgegnete er, denn der Name gefiel ihm am besten.

Er bezahlte zwar fünfzehn Karbowanez für ein Fläschchen, war aber damit zufrieden, denn wenn man so viel Geld für so ein kleines Fläschchen bezahlte, dann sollte es schon bezaubernd duften!

Am Freitag kleidete er sich in seinen neuen Anzug und erschien munter zur Verabredung.

»Zoya, ich hab dir was gekauft«, sagte er.

»Coty!« rief sie ganz aus dem Häuschen wie ein Kind, das plötzlich ein lang gewünschtes Spielzeug erhält.

»Das ist das teuerste Parfüm«, sagte er. »Ich bin so froh, dass es dir gefällt. Und ich habe einen neuen Anzug!«

»Ach wirklich? Steh auf. Mach ein paar Schritte. Dreh dich. Göttlich!«

»Warte«, sagte er und freute sich über die Wirkung seines Geschenks und den Eindruck, den er hinterließ.

Er nahm das Flakon, entfernte die Folie vom Flaschenhals, öffnete es vorsichtig, und nachdem er seine Handfläche mit der bernsteinfarbenen Flüssigkeit beträufelt hatte, begann er in einem Anfall von Zärtlichkeit Zoyas Nacken, Arme und Gesicht mit dem Wunderwässerchen zu bestreichen. Sie erstarrte ehrfürchtig, wie eine liebliche Puppe, und erbebte dann von der kühlen Berührung seiner Hand und den wunderbaren Duftspuren auf ihrem Körper.

»Genug, genug«, flüsterte sie erregt.

»Gleich, nur noch die Beine.«

Eine Duftwolke hing in der Luft und umhüllte Zoyas Gestalt mit einer unsichtbaren Aura. Der fein-aromatische Duft verwandelte die triviale Wohnstube in ein märchenhaftes Gemach für Verliebte und beschwor einen Traum von Liebe inmitten eines Blumenmeers, in dem ein himmlisch duftender Windhauch weht, und wie aus fernen Tiefen dringt durch unsichtbare Spalten im Gemäuer der Zauber geheimnisvoller Essenzen vergangener Zeiten.

Doch wo hatte er diesen berauschenden Duft schon gerochen? Warum erregte er ihn so und schnürte zugleich das Herz ein? Dann erinnerte er sich: Jene Frau hatte so geduftet, der er einst vor einer Schaufensterauslage begegnet war. Und augenblicklich setzte ein Strom von Erinnerungen ein, überrollte ihn wie eine Lawine glänzender Steine, die hell wie Diamanten oder finster wie Rubine glitzerten, ihr Funkeln blendete ihn und ein nervöser Schauder überzog seinen Körper In dem Spiel aus Licht und Schatten zog sein Leben vorüber, ein unerwartetes Leben – nicht so, wie es sein sollte, sondern so, wie es war.

»Darf ich vielleicht meinen Kopf auf deine Knie legen?«, flüsterte er.

»Du darfst alles. Leider«, antwortete sie.

Sehnsüchtig schmiegte er sein Gesicht an ihre duftenden Schenkel und umarmte sie fest, als suchte er Halt. Er beruhigte sich allmählich. Dann fragte er:

»Hast du schon einen andern geliebt?«

Sie streichelte ihm durchs Haar, vergrub ihre Hände darin, zerzauste es.

»Ja, hab ich«, antwortete sie.

»Erzähl.«

Sie streichelte ihm weiter durchs Haar und erzählte ihm von ihrer ersten Liebe. Sie war damals neunzehn gewesen, also drei Jahre jünger als jetzt, und hatte Stenografiekurse besucht. Einer der Teilnehmer hatte sie immer nach Hause begleitet. Irgendwann verschwand er spurlos.

»Er war ein Sonderling«, sagte sie. »Er hat mich kein einziges Mal geküsst.«

»Wolltest du denn?«

»Alle Mädchen wollen das, wenn sie verliebt sind.«

»Warum wolltest du mich dann anfangs nicht küssen?«

»Du hast mich nicht geliebt.«

»Und jetzt liebe ich dich?«

Sie zog die Hand zurück.

»Jetzt ist es mir egal«, entgegnete sie.

Er war wie eingelullt und hatte den Wunsch, über ihre Gefühle zueinander zu reden, um wenigstens jetzt ihren Ursprung zu verstehen, woher sie kamen. Die Wirkung des Parfüms und die zärtliche Stimmung versetzten ihn in einen kontemplativen Zustand, der das Bedürfnis weckte, sich selbst zu schauen und den Strom des Lebens zu erkennen.

»Liebst du mich denn?«

Sie dachte nach, so, als würde sie die Worte bedenken.

»Ich liebe dich furchtbar.«

Er schmiegte sich dankbar an sie.

»Warum denn?«

»Du hast eine sehr schöne Stimme«, antwortete sie. »Wenn ich die Augen schließe, wiegt sie mich gleichsam. Und deine Augen …« … in seinem Herzen hallte ein träumerisches Echo … »und die Augen.«

»Und noch etwas?«

»Deine Seele – mit der steht's miserabel«, sagte sie und fügte gleich hinzu: »Einfach miserabel.«

»Woher willst du das wissen?«, fragte er, nervös geworden.

»Ich weiß es einfach … und doch gefällst du mir. Und wie du mir gefällst. Du bist so hübsch.«

»Denkst du denn, ich wäre ein Dieb?«

»Ach, das wäre doch was, wenn du ein Dieb wärst. Du würdest mir Geschmeide und edle Teppiche bringen, wie die

Räuber in den Märchen. Und schließlich würdest du mich erschlagen oder in die Sklaverei verkaufen!«

»Zoya«, sagte er und stand auf. »Du bist fantastisch! Welch ein Glück, dass ich dich gefunden habe!«

»Ich habe dich gefunden«, erwiderte sie.

Und so redeten sie und redeten, sagten jene Worte, die außerhalb der Liebe banal und dumm scheinen, naive Worte, ohne Sinn und Verstand, wie ein abgewetztes Kartenspiel, das in den Händen jedes neuen Spielers gewaltige Symbolkraft gewinnt. Sie waren verbunden in Worten, geflüstert und im Aufschrei, so alt wie die graue Erde und doch lebendig, erneuert auf verliebten Lippen, wiedergeboren mit der ursprünglichen Kraft und im Glanz unsterblicher Verliebtheit. Sie saßen zusammen, verzaubert in gegenseitiger Nähe, grenzenloser Treue, stillen Berührungen der Seele, die in ekstatischen Augenblicken wie Silberglocken des Frühlings sangen. Als sie auseinander gingen, blickte er ihr lange nach und verinnerlichte ihr Abbild, um es in seine Träume und in sein Sehnen mit sich zu nehmen.

VII

Stepans Erzählband kam Anfang Januar des neuen Jahres heraus – schneller noch, als er es sich erhofft hatte. Als er ihn erstmalig in Händen hielt, verspürte er eine bescheidene Zufriedenheit. Er dachte sich, dass dieses Ding ihm nützlich und wertvoll wie eine Trumpfkarte sei, verspürte aber keine außerordentliche Begeisterung, denn er hatte sich schon im Vorfeld an den Umstand der Veröffentlichung gewöhnt. Er gehörte nämlich nicht zu denen, die systematisch nach etwas strebten, sich Schritt für Schritt einem gesetzten Ziel annäherten und sich an den Erfolgsstationen ausruhen konnten. Sein Wille war wie ein Windstoß, der ihn auflodern ließ und ihn schnurstracks in Schwierigkeiten trug, die man durch Umwege und Geduld hätte lindern können. Im Kampf gegen die unausweichlichen Zweifel verlor er die Freude an der Verwirklichung. Seine Seele war wie eine stählerne Mühle, wie eine unermüdliche Mühle, die, zusammen mit auserlesenem Korn, das Unkraut des Lebens mahlte.

Am nächsten Tag blätterte er sein Buch durch, musterte die Schrift, den Einband, sah sich die Titel der Erzählungen im Verzeichnis an, aber wagte es nicht, zu lesen, da er sich für sein Geschriebenes genierte. War es das Schreiben überhaupt wert? Denn als er es geschrieben hatte, war er sich nicht bewusst, wozu oder warum er das schrieb! Wozu war eine solche unbewusste Arbeit gut?

Da er sich Lob und Rat erhoffte, zeigte er Zoya den Erzählband.

»Das hast du geschrieben?«, fragte sie. »Die Leute sind so komisch! Immer sind die an irgendwas dran, werkeln an irgendwas …«

»Soll ich's also aufgeben?«, fragte er.

»Nein, schreib weiter, wenn du schon begonnen hast.«

Das hatte er selbst schon bestens begriffen. Man musste schreiben, wenn man erst einmal damit begonnen hatte! Dieses Buch verwandelte die Schriftstellerei für ihn in eine Pflicht, in eine Forderung, in ein Versprechen, an das er sich halten musste. Aber damit hörte sie auf, ein reines Spiel mit dem Ruhm zu sein, eine Art und Weise, sich aus den unzähligen Seinesgleichen hervorzutun, da sie die Bedeutung einer allzu verantwortungsvollen Arbeit erlangte und man nicht mehr einfach irgendwie über irgendwas schrieb. Warum? Selbst er konnte das nicht klären, konnte diesen verschlungenen Pfad nicht ausfindig machen, den seine Beziehung zur Literatur ging, von der Büberei bis zu einem Geschwür am Herzen. In seiner Spielerei hatte er sich geschnitten und dabei versehentlich die Venen getroffen, durch die das Herz Fluten von Blut pumpte. Also musste er von nun an unter einer doppelten Bürde arbeiten – unter der Pflicht und der Verantwortung.

Er musste schreiben. Dieser Gedanke verließ ihn weder zu Hause noch in den Vorlesungen, auch nicht in Gesprächen oder bei Rendezvous. Er rauchte und aß zusammen mit ihm wie mit dem besten Freund, wie mit einem nicht von der Seite weichenden Feind. Er musste schreiben! Aber worüber denn? Er wählte einige Themen aus dem Aufständlerleben aus, das reich an Abenteuern war, aber irgendetwas fehlte ihnen allen, denn in allen sah er eine hinterlistige Wiederholung dessen, was bereits geschrieben war. Nein, dieses Feld war von ihm schon ausgiebig beackert worden! Es war schon in weite Ferne gerückt, zu einer Illusion geworden, erweckte in ihm kein Interesse mehr, das einen packen und dazu zwingen würde, neue Steinchen zu suchen, um sie auf eine neue Kette zu fädeln. Deshalb beunruhigte es ihn auch nicht, dass er dort nichts Brauchbares mehr finden konnte. Unbestimmt strebte er danach, über das zu schreiben, was er jetzt sah, seine jetzigen Eindrücke zu verarbeiten, die Eindrücke von der Stadt. Hier, nur hier lag seine fruchtbare Erde, der Boden, den er zu pflügen hatte, denn nur hier verspürte er das Unbekannte, das verstanden werden will und das Schaffen mit Leidenschaft und Freude beflügelt. Dass diese Eindrücke wie ein Berg Rohmasse in seinem Herzen lagen, machte ihm nichts aus, denn das Leben bringt niemals Vollendetes, nur Bruchstücke und Andeutungen, nur Schnittmaterial, das man sortieren, zusammenfügen und in Form bringen musste, um eine Einheit zu bilden, die man Werk nennen konnte. Das Leben gab nur den Lehm, der von den Fingern und dem Spiritus der Meister geformt wurde. Das wusste er, aber konnte den Kern nicht finden.

Da dachte er an die Inspiration und begann sie starrköpfig und listig einzufangen, mit einfachen, naiven Methoden bis hin zu aufwändigen Maßnahmen. Anfangs versuchte er seine Stimmung zu beeinflussen, sich in Situationen zu bringen, in denen es beschämend gewesen wäre, nicht zu schreiben. Er setzte sich an den Tisch, holte energisch ein weißes Blatt Papier hervor, öffnete das Tintenfass und nahm die Feder in die Hand. Und er wartete. Aber anstelle der erhofften Konzentration, lenkte ihn eine jede Kleinigkeit ab. Seine Augen blieben wie nebenbei an den Überschriften einer alten Zeitung hängen, an der Zigarettenschachtel, an den Gelenken seiner eigenen Finger, sie untersuchten alles ganz achtsam, sie suchten überall Ablenkung, nur um sich nicht dem verräterischen Blatt zuzuwenden, was eigentlich ihre Aufgabe gewesen wäre. Die Ohren lauschten dem Geschrei, dem Lärm und dem Rauschen jenseits der Mauer, und in seinem Kopf irrten herrenlose Gedanken umher, die spurlos in den Schwaden des Zigarettenrauchs verschwanden, die ihn umgaben und erstickten. Und nichts kam dabei heraus.

In so einem Fall begann er sorgfältig alle Hindernisse, die ihn störten, aus dem Weg zu räumen, um sich vollkommen zu isolieren und sich zumindest unter Zwang zu konzentrieren: Er entledigte sich der Feder, denn sie musste befeuchtet werden, und tauschte dann den üblichen Bleistift, da er gespitzt werden musste, gegen einen Druckbleistift, schob den Tisch vom Fenster, wo ein leichter Durchzug sein Gesicht irritierte, und rückte ihn an den Ofen, an einen ruhigen Platz, und währenddessen brachte er noch die Elektrizität in Ordnung. Und um dem lästigen Lärm der Nachbarn zu entkommen, versuchte er in der Nacht zu schreiben, und nachdem er auch dort eine Niederlage einfuhr, zwischen vier und fünf Uhr morgens, so lange noch niemand aufgestanden war. Aber die Ergebnisse aller dieser Enthaltsamkeitsmaßnahmen waren genau dieselben: ein paar durchgestrichene Zeilen inmitten unzähliger hingekritzelter Bäume, Häuser und Gesichter auf dem Papier sowie Bitterkeit und Erschöpfung im Herzen.

Manchmal, zu Hause angekommen, stellte er sich vor, dass er in exzellenter Stimmung wäre und gab dann spielerisch, kokettierend von sich:

»Nun, dann mal ran an die Arbeit!«

Was Leichtes und Heiteres – zum Teufel mit diesen ernsten Themen! Warum war er denn kein Humorist? Hier zum Beispiel, bitte sehr, ein herrliches Thema: Ein Lehrer betreibt im Unterricht antireligiöse Propaganda, wofür er sich die Sache mit der Sintflut vorgenommen hat. Hat denn wirklich, fragte er, jeweils ein Paar von allen existierenden Tieren auf dieser Arche Platz? Und er verblüffte die Schüler mit einem Witz: Nicht mal ein Walpaar passt da drauf, denn ein Wal wiegt tausend Pud und bringt die Arche mit einem Flossenschlag zum Umkippen. Ein winziger Schüler mit quietschender Stimme fragte darauf: »Warum denn einen Wal mitnehmen? Der schwimmt doch von selbst!« Hinzuzufügen wäre noch, dass der Lehrer selbst religiös ist und vor jeder Stunde bei Gott um Verzeihung bittet! Oder noch besser: Ein würdiger Professor, Familienvater, ein angesehener Ökonom, gibt eine Antwort auf die Anfrage einer Zeitung zu seiner Meinung über die Entwicklung des Wirtschaftslebens der Sowjetunion. Sein Blick ist klar und einfach, aber »unaussprechlich«. Er schreibt, schwitzt, liest die Antwort seiner Frau vor, liest sie Bekannten vor, bessert aus, streicht weg, umschreibt, verschleiert, verbiegt sich, und übrig bleibt dann »etwas Allgemeines« – etwas, das jenseits von Raum und Zeit liegt, das weder hier noch da, sondern überall ist. Oder die Ukrainisierung! Was es da für Dramen, Komödien, Possen und Anekdoten gibt! Und wer wüsste das besser als er? Verdammt, dass er immer noch nicht darüber geschrieben hat!

Aber sich selbst auszutricksen war ihm noch nicht gelungen. An entscheidender Stelle in diesem Mechanismus, den er in

Gang setzen wollte, war wohl ein fauler Esel eingespannt, der weder auf Wut noch Verlockungen reagierte. In der Zentralverwaltung seines Schaffens saß vielleicht ein blöder Bürokrat, der immerzu mehr verlangte, alles irgendwie verweigerte und stoisch sagte: »Kommen Sie morgen wieder.« Allmählich kam Aberglaube in Stepan auf. Vielleicht fehlte in seiner Wohnung Inspiration? Vielleicht war das Jahr ein ungünstiges, denn es war ein ungerades und er war in einem geraden geboren …

Aus Angst vor der Verzweiflung begann er davon zu träumen, dass er etwas Außerordentliches, einen ganzen Haufen interessanter und unvergleichlicher Bücher geschrieben hätte, die auf seinem Schreibtisch zu einer soliden Bibliothek anwuchsen, rings um sich hörte er schmeichelhaftes Geflüster, brach auf zu fernen Reisen, korrespondierte mit seinen Lesern, legte ihnen seine Standpunkte, Ansichten und Überzeugungen dar, trug vor unüberschaubarem, ehrfürchtigem Publikum vor. Diese Träume erleichterten ihn, ihre Leuchtkraft nährte sich aus der angestauten Trauer, und sie hinterließen eine eigenartige Zufriedenheit und eine Begeisterung über sich selbst. Aber voran brachten sie ihn nicht.

Andererseits waren die äußerlichen literarischen Bedingungen, so schien es, durchwegs förderlich. Vor allem stärkte ihn sein Erzählband in der Welt der Literatur, gab ihm alle Rechte einer literarischen Staatsbürgerschaft, nach denen er suchte. Das spürte er, als man ihn nach seiner Meinung fragte, als er nicht mehr als Radtschenko, sondern Genosse Stepan, wie ein langjähriger Freund in einer langjährigen Gemeinschaft angesprochen wurde. Er hörte einiges an Lob für seine Erzählungen und verstand, dass er zu einem Gleichen unter Gleichen wurde. Das tat seiner Selbstverliebtheit gut, aber sein Herz verstummte.

Abends begann er immer öfter und öfter, sich mit dem Dichter Wyhorskyj in der Bierhalle zu treffen, wo dieser Dauergast war. Stepan betrat den Saal schon wie sein Zuhause, er verspürte eine Erleichterung und Unbekümmertheit an der Schwelle des weitläufigen Raums, in den sich dieses düstere Kellerloch in der Lichtflut verwandelte, und tauchte sanft in das heitere Stimmengewirr der Besucher ein, die in bunten Zweier- und Dreiergruppen um die weißen Marmortische saßen, in das Geschirrklappern, das Ploppen von Bierflaschen, in Gelächter und Ausrufe, umgeben von lauter Musik, die vom Podium in der Ecke herübertönte und dabei die Vielfalt der Gesichter und Kleidung zu einem zusammengewürfelten menschlichen Kollektiv vereinte, sie hielt die Masse zusammen, die in Augenblicken der Stille zu einzelnen, unterschiedlichen und fernen Gestalten und Wörtern zerfällt, die aus unvertrauten Behausungen, von unbekannten Leben und Schicksalen hergetragen wurden. Nach dieser kurzen Entfremdung begann die Vielfalt der Lebewesen wieder in ein Crescendo einzustimmen und, verzaubert von der Gemeinsamkeit, zusammenzuschmelzen, so als ob das Lied, das auf den Saiten gespielt wurde, ihr Lied wäre, so als ob es gemeinsam auf allen Lippen läge, die vom Gefühl der Nähe ergriffen wurden.

Auch bei sich verspürte Stepan voll und ganz die außergewöhnliche Wirkung der Bierhallenmusik – sie nahm ihm die aufgestauten Sorgen, sie befreite ihn von der Last in seinem Herzen, das plötzlich, mit einem unbestimmten, aber leidenschaftlichen Ruck die Flügel aufschlug, und er selbst spitzte sich, wurde feinfühliger für das Flattern menschlicher Herzen, durchdrungen von der eigenmächtigen Gewissheit, dass er etwas schreiben würde, das dieses noch Unerreichte zum Ausdruck brächte, das in ihm schlummerte und in einem fernen Echo den stürmischen Winden des Lebens Widerhall gab.

Sein Blick suchte Wyhorskyj, dann ging er lächelnd zu ihm, wobei er sich im Stuhllabyrinth verirrte.

»Heute spielt eine Jazzband«, sagte der Dichter. »Hören wir uns das an.« Anstelle der üblichen drei Instrumente war es ein Quartett aus einem Piano, einer Geige, einem Violoncello und einer türkischen Trommel mit kupfernen Zimbeln, die im Saal ein die Melodie überdröhnendes, animalisches Getöse verbreiteten.

»Verbrecher!«, sagte der Dichter. »Und das soll eine Jazzband sein? Und für so was müssen wir einen Fünfer pro Flasche draufzahlen?! Aber achten Sie mal auf den neuen Geiger.«

Der neue Geiger, ein Junge in einer Krawatte, die kunstvoll zu einer breiten Schleife zusammengebunden war, erinnerte mit seinen Bewegungen an einen Epileptiker. Er verbog sich, wippte mit dem Kopf, streckte die Zunge heraus, zwinkerte, runzelte seine Stirn und verzog sein Gesicht, sprang von Zeit zu Zeit auf, als ob die Schläge des Trommlers ihn versehentlich in den Bauch träfen.

»Er löst das Problem des Dirigierens ohne Hände«, erklärte Wyhorskyj. »Welch Emotionen! Schenken Sie denen bitte ein paar Bier aus.«

Er wippte mit seinem Körper im Takt und sang verträumt mit.

»Was gibt's Neues in Sachen Literatur?«, fragte er.

»Nichts Neues«, antwortete Stepan. »Ja und … im ›Roten Weg‹ wurde ich gelobt. Da gab es eine Rezension. Mit einem Wort: nichts Besonderes.«

»Von wem denn?«

»Raten Sie mal! Lichterschein.«

»Lichterschein denkt von sich nichts anderes, als dass er einzigartig wäre. Er lobt Sie nur, wenn niemand vor ihm Sie gelobt hat. Andernfalls wird er einen aus einem Selbstverteidigungsinstinkt heraus kritisieren. Für diese Kritiker sind wir nur Rennpferde, auf die sie ihre Wetten abgeben. Um ein Kritiker zu sein, muss man ein besonders guter sein. Auf jeden Fall müssen wir uns die vom Hals halten.«

»Vielleicht muss man sich irgendeiner Gruppierung anschließen«, sagte Stepan. »Wer jung ist und ohne Unterstützung, der hat es schwer.«

Der Dichter runzelte die Stirn.

»Es gibt nur zwei Möglichkeiten: Entweder Sie sind begabt, dann brauchen Sie keine Unterstützung. Oder Sie haben kein Talent, dann hilft Ihnen auch das nicht. Also was ist da der Punkt?«

»Ehrlich gesagt«, sagte Stepan, »bin ich einfach zu sehr an die Vereinsarbeit gewöhnt. Zuerst war ich im Silbud, dann in der Fachschaft …«

»Dann treten Sie doch in die Rote Hilfe ein«, antwortete der Dichter gereizt. »Gehen Sie zur Aviochem, zum Hilfsverband für Kinder, Krüppel und Arbeitslose, aber was hat das mit Literatur zu tun?«

Nervös klopfte er mit der Gabel auf die Flasche, damit man ihm noch Bier brachte.

»Ich muss ehrlich gestehen, dass ich nicht verstehe, wofür es diese Gruppierungen überhaupt gibt. Man erklärt es mir, aber ich verstehe es nicht. Ich kann es einfach nicht verstehen. Deren Existenz ist für mich unbegreiflich und bleibt ein trauriges Geheimnis. Wenn das Krücken für gebrochene Schriftsteller sein sollen, dann bin ich froh, dass wir beide anscheinend zwei gesunde Beine haben. Endlich, ein Bier!«

Erfreut schenkte er ein

»Auf die Literatur! Wir müssen das schätzen, was uns ein Einkommen bringt. Aber sagen Sie mal – ehrlich jetzt –, warum haben Sie eigentlich mit dem Schreiben begonnen?«

»Aus Eifersucht«, antwortete Stepan und lief dabei rot an.

»Und ich aus einem Gefühl der Kraftlosigkeit. Das ist ein und dasselbe. Aber das wahre Übel ist nicht unsere fade Literatur. Ich habe den Schriftsteller immer mit dem Bäcker verglichen. Aus einer kleinen Teigkugel bäckt er einen Laib Brot. Er hat einen guten Ofen, verwendet gute Hefe, und er ist sich nicht zu schade, den Teig für Monate, ein Jahr oder viele Jahre zu kneten. Aber wenn er scheu ist, wenn er sich vor seinen eigenen Gedanken und vor dem, was andere denken, fürchtet, dann sollte er lieber seine Bäckerei schließen und Volksschullehrer werden.«

Die Musik gewann wieder an Kraft, die Trommel ertönte wieder, aber die Melodie erklang ausdrucksvoll, kroch wie ein dünner Faden unter den Fingern des Geigers hervor, der sich in heiligen Zuckungen verbog. Das war das melancholische Motiv eines unverwirklichten Wunsches, der glänzende Strom eines traurigen Vorwurfs, Durst und Unruhe.

»Was ist das?«, fragte Stepan.

»Foxtrott. Das ist bei uns einer dieser Tänze, die als unzüchtig und entartet gebrandmarkt sind. Manche nennen ihn den Schlafzimmertanz, aber es ist auch nicht viel mehr als ein Menuett. Ihm wird Sinnlichkeit vorgeworfen, aber welcher anständige Tanz ist denn nicht sinnlich? Denn schließlich tanzt man ja, um sich zu umarmen. Bei uns hat die Sache mit dem Tanzen überhaupt eine seltsame Entwicklung genommen. In den ersten Jahren nach der Revolution wurde es wie ein religiöser Brauch bekämpft, und heute wird es in den Klubs als eine Form von Kulturarbeit praktiziert. Das Leben widerspricht sich selbst, mein Freund.«

»Ich kann nicht schreiben«, flüsterte Stepan, erfüllt von der wehmütigen Erregung der Melodie. »Ich versuche es, aber es schreibt sich nicht.«

»Es schreibt sich nicht! Macht nichts. Wenn es Ihnen unter den Fingernägeln brennt, dann schreiben Sie schon.«

Als die Musik verstummte, verspürte Stepan eine seltsame Ergriffenheit, irgendeine tiefgründige Sorge, denn das Motiv erstarrte unvollendet im lauten Saal. Es schwärmte plötzlich wie ein unsichtbarer Schwarm aus, reizte mit seinem Schaukeln, hin und her, die Ohren, und in Stepan kam der starke

Wunsch auf, diesen sich auflösenden, singenden Schwarm wieder zusammenzubringen. Aus diesem Wunsch erwuchs in ihm wieder die Wehmut über die vergeblichen Schreibversuche, und seine Leiden richteten sich wieder auf das, was ihm in dieser günstigsten Stunde unerreichbar wurde. In Gedanken ging er geschwind jede Werst seines Weges in der Stadt durch und erzählte, zu Wyhorskyj gebeugt, von seiner ersten Begegnung mit ihm. Nicht im Sekretariat der Schytlospilka, sondern woanders, als der Dichter ihm hinterher Worte zurief, die ihm damals unverständlich waren.

»Eigenartig, nicht wahr?«

»Ich kann mich nicht erinnern«, antwortete der Dichter, »aber das tut nichts zu Sache. Hungrig, zerlumpt, obdachlos sind Sie gekommen, und nun haben Sie Mantel, Jackett, ein wenig Geld und einen Erzählband. Aber sind Sie jetzt glücklich? Sie jammern schon rum: ›Ich kann nicht schreiben.‹ Da haben Sie übrigens eine ausgezeichnete Veranschaulichung meiner Ansichten über Fortschritt. Deshalb habe ich immer gesagt, dass Glück unmöglich ist. Heute hast du was zu essen, morgen hungerst du.«

»Das ist alles unnatürlich«, seufzte Stepan. »In der Stadt ist alles unnatürlich.«

»Wenn man das Übernatürliche widerlegt hat, bleibt das Unnatürliche unser einziger Trost«, sagte der Dichter. »Über das Glück, also über eine umfassende Zufriedenheit, kann man nicht ohne Ekel sprechen. Denn es ist die animalischste aller menschlichen Illusionen, eben genau deshalb, weil es die natürlichste ist.«

Er schenkte nach.

»Hören Sie mir zu«, fuhr er fort. »All diejenigen, die sich über Natürlichkeit streiten, verstehen vom Leben so viel wie ein Schwein von Orangen. Denn seit der Mensch begonnen hat, sich abstrakte Gedanken zu machen, kam er aussichtslos vom Weg der Natürlichkeit ab – um ihn wieder auf diesen Weg zurückzubringen, müsste man ihm den Kopf abreißen. Überlegen Sie selbst: Wie kann der Mensch die Natur um sich herum zerstören, ohne dabei auch die Natürlichkeit in sich selbst anzugreifen? Jeder Baum, der abgeholzt wird, zeigt, dass schon etwas Natürliches auch im Inneren eines Menschen abgeschlagen wurde. Seit der Mensch die natürliche Höhle gegen die errichtete Laubhütte gewechselt hat, seit er den natürlichen Stein schleift, seitdem hat er den Weg der Künstlichkeit eingeschlagen, der auch uns als Erbe hinterlassen wurde. Ist es denn natürlich, die Unvollkommenheit des jetzigen Lebens anzuerkennen und nach neuen Lebensformen zu streben? Oder unser Leben generell zu verdammen? Es wäre nur natürlich, seine Schwächen zu übersehen und es blind zu lobpreisen, wie das diese ganzen Singvögel machen. Deshalb ist jeder Fortschritt ein Fortschritt weg von der Natur, in unserer Umwelt, unserem Denken und unseren Gefühlen. Und Ihre Raucherei ist auch künstlich, denn natürlich wäre es, frische Luft zu atmen.«

»Aber mit dem Rauchen höre ich nicht auf«, sagte Stepan.

»Ich schelte Sie nicht«, führte der Dichter fort. »Ich möchte nur, dass Sie verstehen, dass der Mensch eine reductio ad absurdum der Natur ist. Bei uns zerstört sich die Natur von selbst. Mit uns endet ein Evolutionsstrang, und nach uns kommt nichts, keine Übermenschen. Wir sind der letzte Ring einer Kette, die sich vielleicht wieder auf der Erde entfalten wird, aber in andere Richtungen. Das Hirn ist der größte Feind des Menschen … Aber, mein Freund, starren sie nicht so die Frau mit dem blauen Hut an, obwohl auch das ganz natürlich ist!«

»Das war nur beiläufig«, sagte Stepan.

»Mir zuzuhören ist dagegen vollkommen unnatürlich.«

»Sie reden immer nur vom Ende der Welt«, sagte Stepan ein wenig unbehaglich. »Sie sind depressiv.«

»Mich interessiert nicht das, was vor sich geht, sondern nur, wie es endet.«

»Deshalb nennt man Sie einen rückgratlosen Intellektuellen.«

Diese Worte verletzten Wyhorskyj sichtlich. »Rückgratloser Intellektueller«, brummte er. »Was hat man denn von einem Rückgrat, wenn es einen Narrenhut aufhat?« Und als er sich aufgerichtet hatte, fügte er hinzu: »Wir sind alle mickrige Kleinbürger, denn wir müssen sterben. Gebt uns das ewige Leben, dann werden wir zu Neuen, Erhabenen und Vollwertigen. Solange wir aber sterblich sind, sind wir lächerlich und vollkommen nutzlos.«

VIII

Als Stepan am Abend nach Hause kam, teilte man ihm mit, dass ein Besucher dagewesen sei, der versprochen habe, am nächsten Morgen noch einmal vorbeizuschauen. Wer war das bloß gewesen? Diese Frage beunruhigte Stepan, schlicht, weil ihn während seines gesamten Aufenthalts an der Lwiwer Straße noch nie jemand besucht hatte, ja, er konnte sich nicht einmal erinnern, ob überhaupt jemand seine Adresse kannte. Er lebte hier wie die sprichwörtliche Maus hinter dem Ofen in solch abstoßenden Verhältnissen, dass an Schreiben gar nicht zu denken war! Das Klopfen einer unbekannten Hand an seine Zimmertür weckte in ihm den Wunsch, besucht zu werden, Gäste zu empfangen und in stundenlangen gemütlichen Gesprächen mit ihnen Zerstreuung zu finden.

»Ich muss mir Freunde suchen«, dachte er sich.

Ja, er musste für eine Zeitlang einfach nur leben, sich den Nebensächlichkeiten des Alltags in der Stadt hingeben, sich ausruhen und nach der Anspannung der letzten Monate seine Kräfte erneuern. Schreiben konnte er aus diesem Grund sicher nicht, weil er sich allzu sehr verausgabt hatte, denn wie ein entkräfteter Ochse ist auch eine ausgezehrte Seele außerstande, auch nur die kleinste Last zu stemmen.

Folgenden Plan legte er sich beim Zubettgehen zurecht: Die Besuche in der Redaktion würde er einstellen, denn das Literatengeschwafel strapazierte in seinem abgespannten Zustand unnötig die Nerven, er würde überhaupt größtmöglichen Abstand zur Literatur wahren, sogar mit Wyhorskyj wollte er nicht öfter als einmal die Woche Bier trinken gehen. Übrigens keimten in Stepan nach der anfänglichen Begeisterung für die Gedankenfülle des Poeten und dessen lockere Haltung gegenüber der Welt nun Zweifel auf, denn er selbst war kein Sophist und nahm die Welt ohne den Filter abstrakter Kategorien wahr. Er belog sich weder mit Worten noch Taten, er setzte auf das Konkrete, und das Leben war für ihn wie eine duftende, wenn auch oft bittere Mandel.

Die Lösung des Rätsels um den gestrigen Besucher stellte sich am Morgen als ziemlich einfach heraus. Zugegebenermaßen erkannte Stepan das mit einem englischen Schnurrbart verzierte Gesicht und ebenso die Figur in der ausladenden Wildlederjacke und den gelben Lederhandschuhen nicht sofort, doch sein Gast musste nur die Stimme zur Begrüßung erheben – »Grüß dich, mein lieber Stefi, ich wollt dich mal besuchen kommen« –, und es blieb kein Zweifel, dass es sein alter Freund aus dem Institut war, Borys Sadoroschnij, der ihm dieses Zimmer überlassen hatte.

»Setz dich doch, Borys«, erwiderte er, »schön, dass du vorbeischaust.«

Nicht nur der Kleidungsstil von Borys Sadoroschnij hatte sich innerhalb des einen Jahres seit seinem Universitätsabschluss verändert, sondern auch sein Auftreten und der Klang seiner Stimme. Die ungezwungene Begrüßung war bloß ein

Echo ihrer Studentenzeit. Im weiteren Gesprächsverlauf trat in seinen Worten die Überlegenheit eines Geschäftsmannes zutage, der gewohnheitsmäßig kein Wort zu viel verlor und wusste, dass ein jedes davon seinen Preis hatte.

Nachdem er sich seines Mantels entledigt hatte und darunter eine Tolstowka aus grauem Filz mit großen Elfenbeinknöpfen zum Vorschein kam, zog er ein faltbares Zigarettenetui aus der Tasche und hielt es dem Hausherrn großzügig hin:

»Bitte, rauch doch.«

Dann sah er sich kritisch in der Wohnung um.

»Hier lebst du also?«

»Ja, dank dir lebe ich hier.«

»He, da gibt es doch nichts zu danken! Dieses heruntergekommene Zimmer. Tapeten müsste man hier aufziehen und die Decke neu streichen. Wie sieht's mit Geld aus?«

»Nicht so schlecht.«

»Dann kümmere dich unbedingt um Tapeten. Die sind zurzeit nicht teuer. Bei der Leningrader Kooperative solltest du sie kaufen, vertrau mir.«

Stepan signalisierte Zustimmung, dann fragte er:

»Und wie läuft es bei euch am Lehrstuhl?«

Borys blies einen Schwall Rauch in Richtung Decke.

»Die Universität? Ich bin da nach einer Woche weg. Dieser ganze trockene wissenschaftliche Marxschissm… ist nichts für mich. Ich bin jetzt leitender Ausbilder in einer Zuckerrübenkooperative im Kyjiwer Umland. Wo hast du denn einen Aschenbecher? So ein Student wie du ascht wahrscheinlich auf den Boden!«

Und er begann ihm vom Stand der Dinge in der Zuckerrübenkooperative zu berichten, von der Vorjahresernte und der Schädlingsbekämpfung. Mängel gab es hinten und vorn, aber im Großen und Ganzen ging es voran, da gab es keinen Zweifel. Der Bürokratismus, daran hakte es! Zum Beispiel sollte gerade die Zuckerrübenfabrik am Bahnhof Funduklejiwka wieder in Betrieb genommen werden, er kam da oft vorbei, doch was ging da vor sich? Arbeiter waren da, Material war da, Geld war da, aber dann wurde so lange herumgetrödelt, bis man die Saison verpennt hatte. Die alten Facharbeiter saßen nur herum, da steckt der Wurm drin!

»Frisches Blut fehlt ihnen«, meinte er, »die Herrschaften müsste man wie räudige Hunde fortjagen! Wann machst du eigentlich deinen Abschluss?«

»Ich habe das Institut geschmissen«, bekannte Stepan verlegen.

Borys zog eine Grimasse.

»Also hat sie dich gekriegt, ja? Die Literatur?«

Stepan nickte.

Dann legte ihm Borys ausschweifend dar, dass die Literatur natürlich eine ehrbare Angelegenheit sei, jedoch auch eine unsichere, dass man zum Leben ein festes Einkommen brauche und einer sinnvollen Arbeit nachgehen müsse.

»Und für wen schreibt ihr eigentlich?«, fügte er hinzu. »Ich zum Beispiel habe schlicht keine Zeit zum Lesen.«

»Wie geht's denn deiner Frau?«, fragte Stepan, um das Thema zu wechseln. »Nadijka, wenn ich mich nicht täusche?«

Der Name entstieg seinen Lippen wie aus einer Höhle.

»Ach, Nadijka macht sich großartig«, sagte Borys, »als Hausfrau ist sie wunderbar, ich kann mich gar nicht genug freuen.«

»Ist sie noch am Technikum?«

»Ich habe sie überzeugt, es sein zu lassen.«

Er war selbstverständlich kein Gegner von Frauenbildung und Gleichberechtigung, doch was er in erster Linie brauchte, das waren eine Familie und Geborgenheit nach den vermaledeiten Dienstreisen, und außerdem lehrte die Erfahrung, dass Frauen höchstens für Hilfsarbeiten geeignet waren – als Kopistinnen oder Sekretärinnen –, aber Aufgaben mit Führungsverantwortung konnte man ihnen keinesfalls anvertrauen.

»Außerdem muss bald Nachwuchs her«, sagte er.

»Worauf wartet ihr denn noch?«

»Auf Geld«, meinte Borys, »wobei ja Abtreibungen auch was kosten. Kurz gesagt, wir werden sehen.«

»Und Kinder müssen unbedingt sein?«

»Sonst hätten wir nicht erst heiraten müssen.«

»Und was ist mit der Liebe?«

»Die Liebe, mein lieber Stefi, ist eine vorübergehende Erscheinung – wie zwei Wochen Urlaub für einen Angestellten. Das Leben muss weitergehen. Du hast dich aber auch gar nicht verändert.«

Beim Abschied sagte er zu Stepan:

»Meine Tür steht dir offen. Ich wohne am Andrijiwskyj Steig 38, Wohnung 6. Zwei Zimmer habe ich. Komm vorbei.«

Nachdem er seinen Gast hinausbegleitet hatte, setzte sich Stepan auf das Bett, wie es seine Gewohnheit war, wenn er konzentriert über etwas nachdenken wollte und dabei auch in aller Ruhe eine Zigarette rauchen konnte. Der Besuch von Borys hatte im Allgemeinen einen unangenehmen Eindruck hinterlassen, gleichzeitig aber verspürte er gegenüber seinem alten Freund einen gewissen Neid. Während Borys' konservative Ansichten und seine kleinbürgerliche Beschränktheit in Bezug auf höhere Fragen der Kultur ihm zutiefst zuwider waren, so klang aus den Worten des jungen Kooperativökonomen seine Liebe zur eigenen Arbeit und seine Sicherheit im Hinblick auf deren Nutzen, und imponierend war auch die Stetigkeit seines Strebens nach praktischer Betätigung. In Stepans Zimmer, dieses Lager großer Verzweiflung und Himmelsstürme, hatte Borys den Geist eines wahren Erbauers des Lebens gebracht, den quicklebendigen Geist eines alltäglichen, unbemerkten Schöpfertums, das unaufhaltsam die Welt umgestaltete. Leute wie er legten das materielle Fundament der menschlichen Existenz, nur ihnen war es zu verdanken, dass Kreativität höherer Ordnung überhaupt möglich war. Und hatte Borys damit nicht das Recht, sie nur als Abglanz seiner eigenen Arbeit zu sehen und zu verwerfen, wenn er selbst keine Zeit für den Genuss daran hatte? Borys' Arbeit war so kleinteilig wie einförmig, Ruhm brachte sie keinen, sein Name würde in keinem Geschichtsbuch stehen, deswegen strebte er nach Anerkennung in Form von Geld und suchte Ausgleich in der Familie, wollte sich wenigstens in seinem Nachwuchs verewigen – sollte man ihm dafür das Etikett des Spießers anheften? Doch immer mit der Ruhe! Noch war unklar, wer wen geringschätzen konnte! Unklar war, wer wirklich die treibende Kraft des Lebens war – wer dessen Gebäude errichtet oder wer auf dem Dach sitzt und Lieder auf das Leben singt!

Stepan warf die Zigarette weg. Ja, Borys und er rauchen unterschiedlichen Tabak! Ja, sie sind unterschiedliche Menschen.

Aber Nadijka hatte das Studium aufgegeben! Überzeugt habe er sie, so sagte er. Schon klar, wie er das gemacht hat! Mit einer administrativen Verfügung, und damit genug. Doch natürlich ging das alles Stepan nichts an. All die fürchterlichen Nebensächlichkeiten.

Trotzdem blieb eine Befangenheit zurück, als hätte Borys ihn in irgendeiner Form beleidigt. Und je mehr er versuchte, seinen Freund vor sich zu rechtfertigen, desto schuldiger und gemeiner kam er ihm vor. Wenn ein Körnchen Missmut vom Berg der Gefühle herabrollt, schwillt es an, vergrößert sich, gewinnt wie ein Schneeball immer mehr an Masse und trifft als Eisklumpen mitten ins Herz. Dann braucht es kalorienweise Wärme, um diese unerwartete Last wieder abzutauen.

Halb eins. Zeit, zu seinem Rendezvous zu gehen. Während

er sich streckte, spürte er Enttäuschung aufkommen – nicht, weil er nicht gehen wollte, sondern weil es schade war, diesen nicht zu Ende gesponnenen Gedanken nun wie ein verfilztes Wollknäuel ungelöst liegen zu lassen. Er zog sich an, trat nach draußen und fuhr nach der wohligen Ruhe und dem Tabak in der eisigen Luft zusammen. Wie kalt es war! Er schlug seinen Kragen hoch und verbarg seine Hände in den Taschen. Das blendende Weiß der Straße, das trockene Knirschen der eigenen und der fremden Schritte, das sanfte Gleiten der Schlitten über den platten Schnee verdrossen ihn, erstaunten ihn in ihrer sinnentleerten Klarheit. Er beschleunigte seinen Schritt und überholte eilig einige Passanten.

Er war zu früh dran, und Zoya noch nicht da. Stepan setzte sich und zündete sich gierig noch eine Zigarette an, die zwischen seinen Fingern auf der Armlehne des Sessels gleich wieder erlosch. Dieser eine Sessel im Zimmer, einst mit hellblauer Seide bespannt, nunmehr aber in eine bunte Decke gehüllt, war Zoyas Lieblingsplatz, und den besetzte er jetzt und versank genussvoll in den weichen Kissen. Er wollte in etwas Warmes und Weiches eintauchen, seinen Körper strecken und recken, ihn vergessen und langsam in Gedanken versinken, die tief an der eigenen Seele rührten und einen vorsichtigen Blick auf ihr Inneres öffneten. In die Kellergewölbe seines Herzens wollte er hinab, die schmiedeeisernen Schlösser von den Truhen seiner Vergangenheit reißen, die Deckel heben und seine Hände in Erinnerungen versenken, so alt und trocken wie Blumen zwischen Buchseiten. Vielleicht würde sich Zoya heute verspäten? Vielleicht würde sie gar nicht erst auftauchen?

Doch er wartete auf sie und ließ seinen Blick neugierig – sogar neugieriger als bei seinem ersten Besuch – über die Einrichtung des Zimmers schweifen, das ihm diese unerwarteten Momente der Ruhe schenkte. Es hatte eine ärmliche Einrichtung, die aus einem Bett, zwei Stühlen, dem Sessel und einem Tisch bestand, es gab nicht einmal einen Schrank, in dem für die Kleider Platz gewesen wäre, die jetzt unter einem Stoffüberzug an der Wand hingen. Doch jenes unbekannte Mädchen, das hier wohnte, hatte dem Raum trotz dieser armseligen Gegenstände eine gewisse anheimelnde Harmonie verliehen, sie hatte es geschafft, dem Arrangement weibliche Grazie einzuhauchen und ihre ruhige Einfalt in den Zauber der Jugend zu hüllen. In der ebenmäßig daliegenden Bettdecke, dem flauschigen Kissen, das einem kokett sein oberes Öhrchen entgegenstreckte, den Fotografien und Gläsern, die auf dem mit einem Spitzendeckchen verzierten Tisch aufgereiht waren, machte sich ihre geschickte Hand bemerkbar. Hier arbeitete sie, hier lebte sie, hier lebten alle möglichen Leidenschaften in ihrem Herzen, hier zeichnete sie das unsichtbare Muster ihrer Träume an die Wand. Und diese fremde Behausung, die vielleicht für einen anderen aufgeräumt, vielleicht in Erwartung von dessen Küssen geputzt wurde, war für ihn nun zum Spielfeld seines Lebens, zum Schlupfwinkel seiner intimsten Gefühle, zur Heimstatt seiner Liebe geworden. Warum nur?

Schließlich tauchte Zoya doch auf, fröhlich, mit vom Frost und vom raschen Gang geröteten Wangen, mit der Frische der kalten Luft im Gepäck.

»Du bist schon da?«, wunderte sie sich.

»Ich bin früher losgegangen«, sagte er lächelnd, »um dich schneller zu sehen.«

»O, was bist du nur für ein Lügner!«

Sie legte ihren Mantel und die Mütze ab und warf sich auf ihn.

»Wärm mich auf«, sagte sie, »Zoya hat schrecklich gefroren!« In diesem Augenblick bemerkte sie seine Verstimmung: »Mein Göttlicher hat Kummer? Warum hat mein Göttlicher Kummer?«

»Meine Stimmung ist im Eimer«, antwortete er, »aber das wird schon wieder.«

Sie umarmte ihn.

»Wo ist die Stimmung?«, fragte sie. »Hier? Hier?«

Und sie küsste ihm Stirn, Augen und Backen, wie man den verletzten Finger eines Kindes küsst, um den Schmerz zu lindern.

Dann machte sie es sich im Sessel bequem, und er setzte sich vor ihre Füße auf eine Decke. »Der Königin zu Füßen«, witzelte er.

Zoya zündete sich eine Zigarette an, schlug ein Bein über das andere, stützte den Ellenbogen auf das Knie und begann zu reden, eine Art Selbstgespräch, sie sprach ihre Gedanken so unmittelbar aus, wie sie ihr in den Kopf kamen, mitsamt allen Lücken und Sprüngen. Offensichtlich war auch Zoyas Stimmung hin und wieder im Eimer. Warum? Weil die Leute allesamt fürchterliche Komödianten waren, sie wollten nicht einfach leben, ständig heckten sie irgendetwas aus, hatten irgendwelche Pläne, bildeten sich irgendetwas ein, und dann quälten sie sich herum. Sie war auf der Suche nach einer Anstellung, war bei der Arbeitsvermittlung und bei der Gewerkschaft gewesen, da saßen überall aufgeblasene Wichtigtuer, die ihr so komisch vorkamen, dass sie ihnen schon die Zunge herausstrecken wollte. Ihr Vater schrieb jeden Abend Rechenschaftsberichte, und sie hatte da einmal ein Pferdchen ins Eck gekritzelt, schließlich war dieses Geschreibe doch Unsinn, den niemand brauchte, und Flugzeuge gefielen ihr sehr, weil die so hoch oben fliegen, aber man käme nie darauf, Zoya in einem mitfliegen zu lassen, da warfen sie lieber Bomben raus. Wie gerne würde sie den ganzen dicken und nachdenklichen Leuten mal mit dem Finger in den Bauch piksen, damit die mit dem Denken aufhörten.

Aber die meisten Merkwürdigkeiten hatte Zoya in der menschlichen Liebe ausgemacht. Schließlich lebte ein jeder mit jemand anderem zusammen, und in der Zweisamkeit taten alle einander allerlei angenehme Abscheulichkeiten an, doch zugeben wollte das keiner! Unanständig nennen sie es sogar – dann hätte man es doch nicht erst tun dürfen! Alle machen aus einer Fliege einen Elefanten!

»Bist du eingeschlafen?«, fragte sie plötzlich und schüttelte ihn.

»Nein«, sagte er.

Er saß an den Sessel gelehnt und lauschte ihren Worten, die er schon mehr als einmal in verschiedenen Kombinationen zu unterschiedlichen Anlässen gehört hatte. Er schwieg, und es kam ihm vor, als würde alles im Zimmer schweigen, als würden alle Möbelstücke sich darüber grämen, dass sie hier waren und nicht irgendwo ganz woanders. Er nahm nicht einmal wahr, dass auch Zoya in Schweigen verfallen war, sie war in den Sessel zurückgesunken und hatte die Augen geschlossen. Er fragte sie nicht, was los war, denn er wusste, dass er es nicht verstehen würde, auch er konnte seine Grübeleien ihr gegenüber nicht in Worte fassen, er spürte, dass sie ebenfalls eine Grenze überschritten hatte, hinter der die sprachliche Kommunikation zwischen den Menschen abriss. Sie saßen in diesem Zimmer, hatten einander vergessen, sich unendlich in sich selbst vertieft, sie duckten sich hinter die Ränder ihrer Herzen, die sich mit einem Mal zu undurchdringlichen Grenzmauern ausgewachsen hatten.

Stepan kam als Erster zur Besinnung und richtete sich unbeholfen auf.

»Schläfst du denn?«, fragte er.

Schweigend öffnete sie die Augen. Er stand neben ihr und wusste nicht, was er sagen sollte.

»Trübsinnig ist es heute bei uns«, brachte er schließlich hervor. »Was ist mit dir, Zoya?«, fragte er besorgt.

Sie schwieg.

»Ist bei dir vielleicht *etwas* passiert?«

Dieses »etwas« bezeichnete in der intimen Sprache der beiden das Preisgeld, das die Natur sich für den Genuss an der Lust zu nehmen pflegt, trotz aller Tricks der Akteure.

Sie hob betrübt ihren Blick.

»Werden wir alle sterben?«, fragte sie.

»Natürlich«, antwortete er erleichtert, »wir werden alle sterben.«

»Und nicht sterben kann man nicht?«

Von der Ehrlichkeit ihrer Stimme presste sich ihm das Herz zusammen. Sie scherzte nicht, fragte ihn offenherzig, als hätte sie irgendwelche Zweifel, irgendeine geheime Hoffnung darauf, eine Ausnahme von dem elenden Schicksal alles Lebenden zu sein. Er küsste sie, streichelte sie, durchtränkt von wehmütigem Mitleid mit ihr und sich selbst.

»Mach dir darüber keine Gedanken«, sagte er.

»Die machen sich von selbst«, flüsterte Zoya.

Sie verließen die Wohnung und hielten an der Straßenecke an, an der sich ihre Wege gewöhnlich trennten.

»Geh nicht weg«, sagte er.

»Du bist komisch.«

Sie nickte ihm zu, und er stand da, schaute ihrer kleinen Gestalt nach, wie sie zwischen den Passanten hindurchschlingerte, immer öfter zwischen den Menschen verschwand, kleiner wurde, bis sie schließlich vollständig in der Menge untergegangen war. Er blieb stehen und wartete, ob sie nicht noch wenigstens für einen Moment auftauchen würde, wenigstens in der Ferne. Dann überwältigte ihn der Schmerz, ganz als hätte er gerade mit ihr auch die Hoffnung verloren, sie überhaupt je wiederzusehen. Noch nie war sie ihm so nahe gewesen wie jetzt, und noch nie hatte er so einen schneidenden Kummer verspürt, als er sie losgelassen hatte. Es kam ihm vor, als hätte er ihr nicht gesagt, was er diesem einzigen, ihm nächsten Menschen hatte sagen wollen, sagen müssen, und er spürte, wie dieses Unausgesprochene auf ihm lastete. Sie hatte ihm wie ein Nimmersatt alles entrissen, was ihm gehörte, alle Erinnerungen mitgenommen, genau wie damals die Geschenke, und der Gedanke daran, dass sie sich noch einmal sehen würden, erschien ihm grotesk.

Es war noch ziemlich früh, trotzdem ging Stepan zum Mittagessen in die erstbeste Gaststube, die er sah, Essen war für ihn nichts Besonderes, seine Beziehung dazu war rein physiologisch. Er gehörte sicher nicht zu jenen Menschen, die auf dem Weg zum Mittagessen überlegten, was sie als Vorspeise, Hauptgericht, Nachtisch bestellen würden und schon im Voraus schmeckten – selbst sein allergrößter Appetit war nackt, ohne die bunten Beimischungen eines Geschmacks, auch für Süßes konnte er sich nicht begeistern, wie verlockend es ihm auch manchmal scheinen wollte. Er hatte mittlerweile Berge von Schokolade und tütenweise Pralinen gekauft, doch selbst gegessen hatte er das alles nie. Früher hatten ihn die absonderlichen Namen der Gerichte in den Speisekarten interessiert, aber später, als er herausgefunden hatte, dass es sich bei einem Roastbeef à la broche um allergewöhnlichstes gebratenes Rindfleisch handelte und dass sich hinter diesem geheimnisvollen Omelette schlicht ein Rührei verbarg, da hörte er auf, diesen Spinnereien Beachtung zu schenken, diesen Bemühungen, mithilfe von Bezeichnungen und der Fantasie der Essenden Abwechslung auf die Speisekarte zu bringen. Er hatte dafür einen Geschmack für Gerüche, Tabakaromen und Bekleidung ausgebildet, seine Begabung fürs Essen hatte keinerlei Fortschritte gemacht und war weiterhin auf dem Niveau der primitiven Bauernküche.

Während er sich im Speisesaal umsah, den gedeckten Tisch vor sich betrachtete, kam ihm plötzlich und zusammenhanglos ein Gedanke:

»Nadijka ist eine wunderbare Hausfrau. Borys kann sich gar nicht genug an ihr freuen.«

Und dieser Gedanke schmerzte ihn entsetzlich, als läge ihm die einstige Bekanntschaft mit dem Mädchen wie ein unverdauter Stein im Magen. Es war ein abscheuliches Verbrechen, aus der blauäugigen Nadijka ein Küchenweib, eine Putzfrau, die Beschützerin des mageren Wohlstands eines Jungspießers zu machen. Aber kannte ein Hanswurst wie Borys auch das Gefühl gewöhnlichen Mitleids? So einer rückte sich alles zurecht, riss alles mit seinen sehnigen Händen an sich, sei es eine Zuckerrübe, sei es die Ehefrau. Seine grausame Pfaffennatur wollte das so.

Als er genug in seinem Borschtsch herumgerührt hatte, von dem fast die Hälfte übrig geblieben war, und gedankenverloren begann, in den fleischgefüllten Warenyki herumzustochern, betrat eine Gestalt in einem flickenübersäten Mantel und einer bräunlichen Mütze das Lokal, sie schob etwas Großes und Seltsames vor sich her. Es handelte sich um eine Harfe, und ihr Besitzer bat um Erlaubnis, dem verehrten Publikum sein Spiel darbringen zu dürfen. Nachdem er diese erhalten hatte, setzte er sich in einer Ecke auf einen Hocker und klemmte sich das sperrige Instrument zwischen die Knie. Dann schlug er in den Lärm und das Stimmengewirr hinein die ersten Akkorde auf den groben, senkrecht gespannten Seiten an.

Der Harfenist spielte eine bekannte Arie aus der »Czárdásfürstin«, und die trüben Töne des Instruments, das eigentlich nur zur Begleitung geeignet war, gaben diesem Liebeslied eine traurige Tiefe und Sanftmut, worin die Sehnsucht nur zum Teil ihren Ausdruck fand, der andere Teil verbarg sich im bebenden Klingen der Töne. Stepan betrachtete den Interpreten. Wo hatte er dessen längliches, kaltes und trotzdem leidenschaftliches Gesicht schon einmal gesehen, diese schneidenden schwarzen Augen, die jeden Moment von einem darin verborgenen Feuer aufflammen konnten? Vielleicht war sein Blick einmal auf der Straße an dessen sonderbarem Gepäck hängen geblieben, vielleicht war der Musiker auch in der Zeit der Wirren über die Dörfer gezogen und hatte sein Spiel gegen Brot zum Tausch angeboten, aber vielleicht hatte er ihn auch noch nie gesehen, und der erste, allzu markante Eindruck hatte diese Erinnerung an weit zurückreichende Spuren heraufbeschworen.

Wer war er? Ein Tatare, Grieche, Armenier? Welches Schicksal hatte diesen kräftigen dunklen Körper auf traurige Wanderungen geschickt, hatte ihm eine dreieckige Bürde auf die Schultern geladen, sein Feuer auf melancholische Saitenklänge beschränkt? Und wie vermochte er in seiner Armut diesen Stolz zu bewahren, der in seinen Augen glänzte, diese stille Verachtung eines Publikums, dem er gleich seine Hand mit der Bitte um eine Kopeke entgegenstrecken würde. Auch dieser Vagabund, das spürte er, hatte seine eigene Welt so wie Stepan, hatte ein wundersames Menschenschicksal, litt und hoffte wie all die anderen Menschen, die er hier sehen konnte, ohne sie zu kennen oder zu verstehen. Stepan geriet in Aufregung, so wie jemand in Aufregung gerät, der von der Erde zu einem fernen Planeten losfliegt, die plötzliche Verwandlung der zufälligen Menschen um ihn herum in geheimnisvolle Gestalten elektrisierte ihn. Er staunte wie ein Kind, das einen in seinem Spielzeug verborgenen Mechanismus entdeckt hatte.

Er wusste natürlich, dass die Menschen verschieden sind, er verstand das, wie man alles verstehen kann, wenn das Verständnis wie ein Dolch das Herz durchbohrt oder als reifes Korn in der Spreu der Wörter aufblitzt. Ach was, er verstand es nicht, sondern es durchdrang ihn, wie die Liebe den Liebenden durchdringt, wie man von Schmerz, Verzweiflung und Überschwang gepackt werden kann, von ihnen überwältigt wird und nicht mehr weiß, wo einem der Kopf steht. Die

Menschen sind so verschieden! Er hatte das immer geahnt, doch jetzt wusste er es, er hatte es vorhergesehen – und es war Wirklichkeit geworden.

Eine neue Welt lebte in ihm, die Welt eines neuen Gedankens, der sein Gehirn kitzelte, dessen Windungen ausfegte und die Einrichtung beiseite rückte, um sich selbst dort einzunisten. Er hatte offenbar den Zauberspruch gefunden, um jene Tür zu öffnen, durch die seine Kräfte strömen können, die von langen Irrungen entlang der Mauern dickflüssig geworden waren. Und wie ein klarsichtiger Forscher, der berauscht war von einer genialen Entdeckung und besorgt um deren Richtigkeit, der seine Schlussfolgerungen mithilfe weiterer Beobachtungen überprüfen und absichern musste, begab sich Stepan auf die lebhaften, großen Straßen, dorthin, wo Menschen waren, Menschenmassen, die er nun bis zur Bewusstlosigkeit beobachten konnte.

Er ging auf den Chreschtschatyk wie auf die Allee eines weitläufigen Parks, über dem die Wolken ihren kalten Flaum ausgestreut hatten, Riesenvögel in blauer Höhe, die noch gestern über scharfe Felsmassive, bedeckt von farbenprächtigen Mützen, geflogen waren. Und die Sonne, die oben als kalte Scheibe stand, sprühte Funken unter Füße, Hufe und Räder, blaue, rote und gelbe, die auf den Straßen und Dächern zu glitzerndem Staub zerstoben, zu einem frostklaren Beben, das im sanften Glanz dieses Moments die Augen vor unwillkürlicher Freude aufleuchten ließ und auf die Lippen das unbewusste Lächeln eines Lebewesens zauberte, das die Sonne erblickte. Alles schien schwärzer und weißer, die Konturen gewannen an Tiefe, und zugleich wurden sie in diesem leichten Lichtschimmer weicher, das Stimmengewirr stieg um einige Töne dem Strahlen entgegen, und das lebhafte Rauschen nahm zu, das Knirschen der pausenlosen, schnellen Schritte auf dem weichen Schnee wurde deutlicher. Es war einiges los, die Leute kamen von der Arbeit, traten einer nach dem anderen aus den Türen unter breiten Aushängen, ergossen sich in den Menschenstrom, ins Licht, das sie aufnahm und Stöße nebligen Dampfes abgab, ein warmer Beweis ihres lebendigen Geistes. Wie viele Augen da waren, wie viel Bewegung!

Während Stepan unter ihnen umherging, spürte er einen leidenschaftlichen Schauder, ganz, als gälten ihm alle Blicke und als würde ihm zuliebe jeder Schritt und jede Handbewegung gemacht, als würde er eine bunte Parade von Helden und Gesindel abnehmen und was es sonst für Existenzen dazwischen gibt, die schön gewachsen, schwungvoll und singend an ihm vorbeizogen. O wie nah sie ihm und wie nah sie einander waren, einfach und selbstverständlich, doch nach einer Weile würden sie in ihre Wohnungen gehen, zu ihrer Liebe, ihren Gedanken, Neigungen, ihrer Vernunft und ihren Dummheiten. Dort, in ihrem abgesteckten Revier, würden sie den Grund ihres vergänglichen Seins beackern, die freudigen oder trostlosen Blumen ihres kleinen Lebens züchten, dort würde jeden etwas erwarten, das in dieser Form keinen andern erwartete. Vielleicht würde es sich ähneln, aber es wäre doch in verschiedenartigen Gefühlen verkörpert, in unterschiedlichen Farbtönen getüncht, abgefüllt in Gläser von anderer Musterung und Güte. Denn für jeden von ihnen begänne und endete die Welt, entstünde und verginge sie in dem kleinen Schlitz zwischen den Lidern. Die Menschen waren so verschieden! So furchtbar unterschiedlich trotz ihrer scheinbaren Ähnlichkeit an der Oberfläche! Und er sah in ihnen ein einziges Geschöpf, das sich mannigfaltig vervielfältigte, ein einziges Gesicht, das in einem Spiegelkabinett in tausend Gesichter verwandelt zurückgeworfen wurde, und ein jedes barg sein Rätsel – das Rätsel des Menschen.

Die Menge erregte ihn, erregte nicht bloß Augen und Ohren, auch seine Nase weitete sich, damit sie besser riechen konnte, seine Fingerspitzen zitterten und wollten diese bewegte, summende Masse abtasten. Er sehnte sich danach, sie mit allen Sinnen zu spüren, als Ganzes und jeden einzelnen darin, die Masse durch alle Verbindungskanäle in jene gewaltige Werkstatt einzulassen, in der Sinneseindrücke im Feuer des Blutes geschmolzen und auf dem Amboss des Herzens geschmiedet werden. Alle Schleusen seiner Existenz waren geöffnet, und die schäumenden Sturzbäche der Welt brandeten hindurch, vereinigten sich in einem engen Flussbett zu einem einzigen aufgewühlten Strom, der das Schaufelrad von Stepans Schaffensmaschinerie antrieb. Und das erste Zittern dieses eingerosteten Mechanismus fühlte sich schmerzhaft an, wie ein furchtsames Erschaudern, ein unaussprechlicher Rausch, der sich seiner bemächtigte, emporzog, aus dem Umfeld trug, in dem es entstanden war, von dem er sich langsam, taub und blind entfernte bis er schließlich allein in der Menge zurückblieb, allein mit seinem Feuer. Stepan machte sich auf den Weg nach Hause und trug dabei das Feuer so vorsichtig und ängstlich vor sich her, wie die Gläubigen am Gründonnerstag ihre Kerzen.

Als Stepan sein Zimmer betrat, wo es ihm nach der Helligkeit und der trocknen Kälte draußen dunkel und feucht vorkam, fühlte er sich nur noch erschöpft. Alles in ihm kam zu einem Halt, und die Flamme, die noch einen Augenblick zuvor in ihm gebrannt hatte, war still und spurlos erloschen. Wo war sie hin? Wofür das alles – zuerst packte es ihn, und dann verließ es ihn plötzlich wieder? Er setzte sich angezogen hin, war beleidigt und niedergeschlagen wegen des plötzlichen Verlusts seines Elans und grenzenlos enttäuscht über die verlorene Hoffnung zu schreiben. Noch wenige Minuten zuvor war er sich so sicher gewesen, auch wenn er nicht gewusst hatte, worüber er schreiben würde und wie, aber er hatte einen solchen Sturm, ein solches Brodeln der Sinne gespürt, die aus ihm herausbrechen, sich aus den engen Speichern der Seele ergießen würden. Und das war nun vertrocknet wie ein Rinnsal im Sand, war geplatzt wie eine bunte Seifenblase. Wieder war er unproduktiv, wieder war er in seinem Zimmer, diesem Sarg seiner Hoffnungen, wieder saß er an seinem Tisch, wo er die Tage und Nächte kommen sah, verdammt zum Sklaven dieses Suchens. Sollte das immer so weitergehen?

War er etwa auf ewig zu dieser Strafe verurteilt, zur Buße für eine leichtfertige Idee – für die verblendete, unvermittelte Idee, eine Erzählung zu schreiben? Verurteilt zu solchen Ausbrüchen, die sein Innerstes aufwühlten und verwüsteten, ihm unerträgliche Schwermut aufluden und bleiernen Ekel vor sich selbst, vor dem Leben, vor den Menschen mit sich brachten! Der Schöpfergeist des Menschen ist unbesiegbar, und wenn er sich einmal im Menschen festgesetzt hatte, so nahm er ihn sich ganz und gar, machte ihn sich untertan, zu einem unterwürfigen Vollstrecker seiner Anordnungen, ruinierte mit seinen aufdringlichen Rufen die Reinheit aller Gefühle, verwandelte das Leben in ein ständiges merkwürdiges Versteckspiel, erfreute mit unglaublichen Träumen, quälte mit unglaublicher Verzweiflung, trieb einen Stachel ins Herz, brachte den Verstand durcheinander wie eine Geschwulst in der Hirnhaut, schlang sich um den Menschen wie eine Liane, und niemals können ihn andere Lüste überbieten, denn sie wenden sich bloß Äußerlichem zu, doch er allein versinkt in sich selbst, die anderen haben vergängliche Ursachen, nur er hat eine unerschöpfliche Quelle, die ganze Welt!

Zur selben Zeit bahnten sich hinter dem Rücken des zum Schreiben unfähigen Schriftstellers Stepan Radtschenko Ereignisse an, die ihm eine angenehme Überraschung bereiten sollten.

Diese Angelegenheit betraf das literarische Leben, dieses nie pausierende Gewimmel, das durch die Existenz einander feindlich gesinnter Organisationen in täglichem Streit und Zank langsam so viel explosives Material anhäuft, dass es sich ein bis zwei Mal im Jahr in wahrhaften literarischen Stürmen entlädt. Man kämpft dabei in großen Gruppen und ganz offen, es ist ein Kampf um Privilegien, Einfluss, um die vorderste Reihe an der Druckerpresse und im Verlagskontor. Es gibt innerliterarische Kämpfe, schöpferischen Wettstreit, aus dem literarische Werte erwachsen, es gibt aber auch oberflächliche Kämpfe, die einzig den Wert eines einzigen Schriftstellers anwachsen lassen, mit Literatur aber nicht mehr gemeinsam haben als die Intrigen hinter den Kulissen mit dem Spiel eines Schauspielers auf der Bühne. Und während der Schaffensprozess an sich eine lautlose und ausdauernde Angelegenheit ist, so ist der Kampf um seinen Ertrag lautstark, hitzig und derart spezifisch, dass er einen ganzen Schlag von Kämpfern ausbildet, deren Verbindung zur Literatur einzig darin besteht, dass sie aktiv an diesem Volkssport teilnehmen.

Der Anlass des Zerwürfnisses war ziemlich alltäglich – die Stelle des Redakteurs einer Zeitschrift war frei geworden, und jede Gruppe hatte ihren Kandidaten vorgeschlagen. Es hatte sich bereits eine wahrhaft parlamentarische Krise entwickelt, mit Verhandlungen, Versammlungen und Verschwörungen, die Telefone klingelten, Einheitsfronten wurden gebildet und zerfielen wieder, es wurden Forderungen gestellt, Angriffe und Belagerungen nach allen Regeln der Kriegskunst durchgeführt. So ging es einen Monat, alle waren blutüberströmt, doch keiner wich zurück. Da wurde als einziger Rat in dieser ausweglosen Situation der verzweifelte Vorschlag gemacht, alle Kandidaten zu verwerfen und irgendeinen Waräger zu berufen, der keinen Anteil an dem Blutvergießen hatte. Und so einigten sich alle erstaunlich schnell auf Stepan Radtschenko, weil sie keine Kraft mehr hatten und dieser neue Kandidat bisher keinem geschadet und sich umgänglich gezeigt hatte, weshalb alle hoffen konnten, auf ihn Einfluss nehmen zu können.

So besetzte Stepan den Stuhl mit der Bezeichnung: »Verantwortlicher Redakteur. Sprechzeiten jeden Dienstag, Donnerstag und Samstag zwischen elf und dreizehn Uhr.«

IX

Arbeit! Arbeit! Abnorm viel Arbeit! Nach einem Monat literarischer Grabenkämpfe herrschte in den Redaktionsangelegenheiten ein entsprechendes Chaos. Stepan krempelte die Ärmel hoch und packte an, denn wenn er etwas machte, wollte er es auch richtig machen. Dieser Charakterzug war ihm angeboren und hatte sich in der Militärzeit noch verfestigt. So befand sich zum Beispiel das Archiv mit den eingegangenen Manuskripten in völliger Unordnung und die Korrespondenzen in einem hoffnungslosen Zustand, in der Bibliothek fehlte die Katalogisierung von drei Vierteln des Bestandes. Und man hatte nur zwei Hände!

In den ersten Tagen empfand er es als heilige Pflicht, die Manuskripte, darunter sogar alte und wiederholt eingesendete, zu lesen. Er wusste selbst zu gut, welchen Eifer, wie viel Hoffnung und Verzweiflung die jungen Autoren vom Land, die vom Licht der Literatur angelockt wurden, in ihre oft schiefen und zuweilen fast analphabetischen Zeilen legten. Sie brannten darauf, ihren ureigenen, für sie so wertvollen Gedanken und Gefühlen freien Lauf zu lassen, und sie wollten ihre Sicht über, unter und auf die Welt verkünden, die für sie die einzig wahre war. Er las eine breite Palette von Heften und lose gebundenen Blättern, teils geradezu kalligrafisch beschrieben, teils mit naiven Zeichnungen oder unglaublichen

Illustrationen versehen, las die Begleitschreiben, über denen die Autoren vielleicht wochenlang gebrütet hatten, um ihren Stolz und die überschäumende Freude in höfliche und bescheidene Zeilen zu packen. Irgendwo dort in der Ferne, in Dörfern, Provinzstädtchen und Städten, wartete eine Heerschar Autoren in reumütiger oder ritterlicher Pose auf die Veröffentlichung ihres Werkes, auf eine Antwort, auf Belehrung und Zuspruch. Stepan spürte diese Erwartungen und blätterte abendelang eifrig Seite um Seite unterschiedlichen Materials durch, Stücke groben zurechtgeschnittenen Packpapiers bis hin zu Blättern höchster Qualität, auf denen wiederum mit mannigfacher Tinte und unterschiedlich gelenker Hand Geschichten verfasst worden waren. Er passte unermüdlich auf, um in dem Haufen nichts Wertvolles zu übersehen, und er fühlte mit diesen Verlierern und hatte für alle ein herzliches Wort des Trosts und der Ermunterung.

Doch nach einigen Tagen begriff er, wie wenig Talente es wirklich gibt und was für eine undankbare Aufgabe es ist, in diesem Meer aus Papier eine Perle zu fischen. Nach einer Woche hatte er die lächerlichen Schreibversuche schon so über, dass er über diese sinnlosen Geschichten und Gedichte geradezu empört war. Schließlich wurde er so, wie wohl jeder werden musste: so wie der Kerkermeister unter den Häftlingen. Er machte sich über die hoffnungslosen Versuche lustig und gab vor seinen Bekannten den Blödsinn, den andere schrieben, als Anekdoten zum Besten. Zuweilen wurde einer der Autoren vorstellig, würdevoll oder verschämt kam er mit dem Gefühl eines Angeklagten vor der Urteilsverkündung an diesen Sehnsuchtsort, wo Ruhm und Ehre anscheinend gleich unter der Oberfläche lagen. Er hörte aufmerksam zu, antwortete höflich und zuvorkommend, doch in seinem Inneren lachte er sie aus, denn sie waren einfach nur lächerlich in ihrer Verlegenheit, Unterwürfigkeit oder auch unterdrückten Missachtung. Es kamen verkannte Genies mit bitteren Worten über die Ungerechtigkeit der Welt auf den Lippen, es kamen Betrüger, die Naivlinge spielten, einmal war sogar ein total Verrückter dabei, der sich mit dem Namen eines bekannten Schriftstellers vorstellte – allerdings eines schon längst verstorbenen – und dies mit irgendwelchen Papieren beweisen wollte.

Innerhalb einer Woche hatte Stepan das Archiv mit den Manuskripten durchgesehen und die Bibliothek geordnet, der er sich mit geradezu sinnlicher Leidenschaft widmete, denn er liebte Bibliotheken und Bücher, wie sie nur jemand lieben kann, der ihnen nicht nur die ersten Kenntnisse über die Welt verdankt, sondern auch die Begeisterung für die Welt, und so blieben die Bücher seine treuen und immer neuen Lebensgefährten. Er wollte die Bücher nicht nur lesen, er wollte sie auch in seiner Nähe spüren, deshalb beneidete er alle, die eine Bibliothek zu Hause hatten, und tief in seinem Inneren hoffte er, einst auch eine riesige Bibliothek, mit Bücherregalen bis unter die Decke und tausend Bänden, zu besitzen. Er wollte unter Büchern leben. Trotz all seines Drangs verließ ihn nie die Hoffnung auf ein ruhiges und bequemes Leben inmitten von Freunden und Büchern, und diese Hoffnung hegte und pflegte er im Falle gehäufter Missgeschicke wie einen Rettungsring, mit dem man vielleicht nicht sehr bequem schwimmen konnte, aber es war doch besser als unterzugehen.

Der neue Redakteur begegnete allen mit der gleichen und ruhigen Höflichkeit, obwohl man immerzu auf ihn wartete, mit ihm sprechen wollte und sich mit Bitten an ihn wandte, ihn bedrängte. Seine Zusagen hielt er ein, er sprach unumwunden, denn er wusste sehr gut, wem er was in jener stets aufgeheizten Atmosphäre des Literaturbetriebs sagen konnte und musste, und er bemühte sich, so gut er konnte, wie ein Ventilator zu wirken. Er war in eine Arena sich kreuzender und widersprüchlicher Meinungen geraten, und in dieser Atmosphäre bildeten sich seine eigenen Ansichten über Literatur heraus. Eigentlich waren es weniger Ansichten, jedenfalls kein fertiges System oder eine Theorie, sondern eine lebendige Beziehung zur Literatur, eine Faszination und Respekt ihr gegenüber, das Vermögen, in sie einzutauchen wie in einen lebendigen Quell.

Seine Schäferstündchen fanden unverändert zweimal die Woche zur verabredeten Zeit statt. Doch wenn er sich jetzt mit Zoya traf, war er noch voll und ganz bei seinen literarischen Angelegenheiten, die an einem Schriftsteller wie Pech kleben, und er erzählte ganz automatisch von seinen Gesprächen, Treffen und Problemen, er musste dieses Übermaß an Eindrücken abarbeiten, das sich innerhalb weniger Tage in ihm angestaut hatte. Sein Geplauder war interessant und enthielt ein gewisses Maß an Eigenlob, da es die heimliche Hoffnung auf seine Bedeutung herausstellen und Bewunderung wecken sollte, denn in diesen Geschichten war schließlich kein anderer als er der Hauptprotagonist. Er lobte und spielte somit darauf an, dass er zu loben verstände, er kritisierte und betonte somit, dass er ein gutes Urteilsvermögen habe, er wog Meinungen ab und machte somit deutlich, dass er verständig sei. Es war unschuldiges Kokettieren vor seinem Mädchen, die angenehme Pflicht, seine Geliebte auch mit seinen geistigen Qualitäten zu erfreuen, für sie ein wenig herumzugockeln, um ihr zu zeigen, dass er ihre Aufmerksamkeit verdiente und sie schließlich nicht die schlechteste Wahl getroffen hätte. Zoya durchschaute das sehr gut, denn manchmal unterbrach sie ihn an der interessantesten Stelle, streichelte ihm über den Kopf und bemerkte dann lachend:

»Mit einem Wort, Göttlicher, Sie sind umwerfend.« Dann lachte auch er und versicherte ihr, dass nur sie ihn umwerfen könne.

Außer der Redaktionsarbeit gehörte auch die Aufsicht in der Druckerei während der Herstellung des Journals zu seinen Pflichten. Diese Riesenfabrik, die tagtäglich Hunderttausende Druckerzeugnisse ausspuckte, rief in ihm ein neues und doch irgendwie bekanntes Gefühl hervor. Kaum hatte er sie betreten, war er bereits von dem stechenden Geruch der Farben und des Bleistaubs begeistert. Während er auf die Korrekturabzüge wartete, beobachtete er fasziniert die breiten Reihen von Buchstabenkästen, aus denen die Arbeiter in blauen Kitteln mit flinken Fingern längliche Buchstaben fischten, manche dabei schwatzend und lachend, andere schweigsam und konzentriert, sie griffen die Typen rasch und scheinbar achtlos, setzten damit Zeilen und daraus wiederum Spalten, die sie schließlich in Rechtecke für die Seiten arrangierten. Vor seinen Augen fand der höchst bemerkenswerte und doch einfache Prozess der Materialisierung des menschlichen Gedankens statt, ein Gedanke, der irgendwo aufgeblitzt war und in diesem weitläufigen, hellen Saal unter dem unaufhörlichen Summen der Ventilatoren in zahllose einfache Zeichen übersetzt wurde und dabei doch nichts von seiner Inspiration und Klarheit verlor. Er konnte geradezu fühlen, wie er sich in den Händen der Setzer schlängelte, unter den Typen der Setzmaschine hindurchfloss und Gestalt annahm und schließlich bereit war, von der Druckmaschine Abertausende Male auf Papier gepresst zu werden. Hier verwirklichte der Gedanke seine ihm ureigene Absicht – sich unendlich auszudehnen, sich auszubreiten wie Gas, aber ohne sich dabei zu verdünnen oder seine ursprüngliche Strahlkraft und Dichte zu verlieren. Der Gedanke gelangt als unscheinbares Manuskript hierher und tritt hinaus in die Welt in Paketen, Kisten, Wagenladungen voller Bücher, wie eine lebendige Zelle teilt er sich in unzählige seiner Kopien.

Am besten gefiel ihm jedoch der Maschinenraum, ein breiter kreisförmiger Saal, wo Druckmaschinen massiv und hingeduckt in einer Reihe standen und bei jeder Umdrehung des Schwungrads ihre gewaltigen Kinnladen vorstreckten. Der Geruch der Farbwalzen war hier intensiver, und man hörte das dumpfe Rascheln von Papier, das zwischen die Walzen gezogen und gepresst wurde, das rhythmische Rollen der Räder und das Rasseln der Motoren hinter den Holzverkleidungen. Hier, in diesem unendlich vielfältigen Lärm, der die menschliche Rede auf Schritt und Tritt übertönte, schlug das mächtige Herz der Stadt. Hier in ihrer Brust erblickte er das stählerne Geflecht ihres Gewebes, vernahm ihre Stimme, erkannte ihr verborgenes Wesen. Er wurde von einem träumerischen Zauber ergriffen, wenn er ihrem eigenwilligen Rhythmus lauschte und die ganze wundervolle Bewegung in sich absorbierte, in sie eintauchte und mit ihnen verschmolz, dann trugen ihn Leichtigkeit und Kraft empor. In solchen Augenblicken erwachte in ihm wieder das Gefühl der endlosen, nächtlichen Steppe, der in Stille erstarrten Ebene unter dem weiten und wetterleuchtenden Himmel, den er als Waisenkind bewundernd und schaudernd beobachtet hatte. Und wie damals verspürte er eine Sehnsucht in sich wogen, die wie Wellen über feinen Sand spülte.

Er ging noch immer oft in die Kneipe. Der Dichter Wyhorskyj schob ihm eines Abends seine neue Gedichtsammlung »Die Stadt und der Mond« über den Tisch. Es war ein Buch über die Stadt, die einschläft, über die Stadt, die träumt, über die Stadt, die nachts ein verrücktes, dunkles Leben führt. Auf den Buchseiten gab es fast keine Reime, dafür besangen kantig plastische Verse abendliche Regierungssitzungen, fiebrige Träume eines Verliebten, die schemenhaften Gestalten der Diebe, die Ruhe der Gelehrtenstube, in Licht getauchte Eingangsportale der Theater, die Liebe auf den Straßen, Kasinos, die unaufhörlich rotierenden Betriebe, den Bahnhof, das Telegrafenamt, Straßenlaternen und den Milizionär an der Ecke.

»Ich habe sie schon gelesen … in der Druckerei«, bemerkte Stepan. »Sie sind toll!«

»Und was folgt daraus?«, brummte der Dichter. »Ich seh es jetzt schon anders.«

Dann fügte er noch hinzu: »Es strotzt vor Mitgefühl.«

Da der Dichter schlecht gelaunt war, drohte der Abend einsilbig zu werden. Doch plötzlich sagte er zu Stepan: »Mein lieber Freund, es wird allmählich nervig, wie Sie die Frau in dem blauen Hut da anstarren.«

»Die ist doch fast jeden Abend hier …«, entgegnete Stepan etwas betreten.

»Und wo soll sie sonst sein? Ihre Blicke sagen ihr mehr als Sie denken.«

»Na, das bilden Sie sich nur ein«, antwortete er.

»Das ist eine Prostituierte«, bemerkte der Dichter, »eine sogenannte Restaurant-Bedienung, wohl zu unterscheiden von den Bordsteinschwalben, die an der frischen Luft auf Fang gehen. Schon traurig, dass Sie sie nicht von anderen Frauen unterscheiden können. Ich spreche natürlich nur von der Unterscheidung in der Praxis, denn in der Theorie lässt sich kaum ein objektiver Unterschied feststellen – ohne solch zweifelhafte und relative Begriffe wie Ehre und Anstand zu Hilfe zu nehmen. Jedenfalls gibt es in jeder anständigen Kneipe drei bis vier solcher Damen, die sich mit dem Wirt abgesprochen haben, der dann eventuelle Konkurrenz, oft ziemlich grob, aus dem Lokal entfernt. Weiter hinten gibt's hier einige Kämmerlein, wo sie ihrem – frei nach Heine gesprochen – horizontalen Gewerbe nachgehen. Der Preis liegt je nach Vergnügungsgrad zwischen drei und fünf Karbowanez, den Preis für's Abendessen nicht eingerechnet, an dem der Wirt verdient. Na, hat's geklingelt, wie das Wesen dieser Symbiose funktioniert? Doch es gibt kein Licht ohne Schatten auf der Welt, sprich hier: ohne Miliz. Der Wirt riskiert fünfhundert

Karbowanez Strafe und die Lokalschließung. Doch es existiert eine Art Warnsystem, und die Feen entschwinden aus ihrem Unterschlupf auf märchenhafte Weise durch einen schwarzen Tunnel, also die Hintertür. Ah, da, schauen Sie, Ihre Freundin ist gerade hinter dem Vorhang verschwunden.«

»Ja, wirklich«, sagte Stepan, »sie ist weg.«

Er nahm einen Schluck Bier und begann zu rauchen.

»Sie ist doch ziemlich hübsch«, fuhr er fort, »schade um sie.«

»Ich bedauere sie auch«, antwortete der Dichter, »aber nur deshalb, weil sie so schnell abgeschrieben sind. Selbst die Sänger sind in der Hinsicht besser dran, außerdem ist es doch ehrenvoller zu singen. Die Huren auf der Straße sind zwar nicht ganz so nobel, dafür sind sie billiger und zugänglicher. Dass sie nicht anspruchsvoll sind, heißt aber auch, dass man selbst auch keine großen Ansprüche stellen kann. Und doch nennen sie sich alle ›Frauen‹, womit sie das Wesen ihrer Beschäftigung treffend unterstreichen.«

»Woher wissen Sie denn das alles?«, fragte Stepan verwundert.

»Ich wundere mich vielmehr, was Sie alles nicht wissen«, entgegnete der Dichter. »Erwägungen allgemeiner Art und die Emotionen kann man getrost den Dichtern überlassen, aber ein Prosaautor, der die Menschen nicht kennt, ist keinen feuchten Kehricht wert.«

»Es ist unmöglich, die Menschen zu kennen«, antwortete Stepan.

»Das kommt einem nur so vor. Das Leben ist so, so einfach, dass es einem deshalb so geheimnisvoll vorkommt. Entspannen Sie sich. Die Menschen setzen sich wie Zahlen aus einigen grundlegenden Größen zusammen, und natürlich gibt es da verschiedene Kombinationen. Der Mensch ist eigentlich kein Rätsel, sondern eine Gleichung, zu ihrer Lösung reichen die vier Grundrechenarten. Was ist das Wesen eines Bierlokals? Die Menschen kommen hierher, um sich von ihren Angelegenheiten abzulenken, von der Politik, von der Familie und den Sorgen, um wenigstens eine halbe Stunde auszuspannen und ein wenig zu träumen. Da, gegenüber sitzt so ein kleiner Staatsbediensteter vom Rang XY. Er kann es sich gerade mal erlauben, alle vierzehn Tage hierherzukommen, um eine Flasche Bier und ein paar Salzbrezeln zu genießen. Ganze vierzehn Tage freut er sich darauf, und dann kommt er hierher und lässt es sich für zwei Stunden gutgehen – er träumt von heldenhaften Abenteuern, Ruhm und Liebe. Und da rechts feiert eine Bande NÖPler ein gutes Geschäft mit einer staatlichen Institution. Von hier ziehen sie dann weiter ins ›Maksym‹, das bis drei Uhr morgens geöffnet ist. Und da sitzt ein junges Paar, das tuschelt und meint, dass ihr Leben nicht so verlaufen wird wie jenes ihrer Tischnachbarn, eines älteren Ehepaars, das sich auch ein wenig amüsieren will, sich jedoch nicht ganz wohl in seiner Haut fühlt …«

»Und wer ist das?«, fragte Stepan und wies mit dem Blick auf eine Gestalt, die hängenden Kopfes am Nebentisch saß und auf ein leeres Bierglas starrte.

Der Dichter blickte aufmerksam in diese Richtung.

»Das ist ein Intelligenzler, den man wegen Sparmaßnahmen entlassen hat.«

»Nein«, widersprach Stepan, »das ist sicher ein junger Schriftsteller, der eine Schreibblockade hat.«

»Überprüfen wir es«, schlug der Dichter trocken vor.

Sie wechselten zum Nachbartisch.

Als der Unbekannte sie verwundert anblickte, sagte der Dichter: »Seien Sie nicht bekümmert, mein Freund, das kann jedem passieren.«

»Ja, ja, jedem«, antwortete er und schnitt dabei eine Grimasse.

»Sie werden schon noch schreiben …«, sagte Stepan.

»Sie finden bestimmt eine andere Stelle …«, sagte der Dichter.

»Aber ich … ich hab mein eigenes Geschäft«, brummte jener gequält. »Auf der Wasylkiwska … ahhh!«

Düster senkte er wieder den Kopf und stützte ihn dabei mit beiden Händen ab.

»Aber warum sind Sie denn traurig?«, rief nun Stepan.

»Bei den Bauchschmerzen würdest du auch keine Freudensprünge machen! Verfluchte Pastete … und so was nennt sich frisch!«

Draußen auf der Straße bemerkte der Dichter zu Stepan: »Irren ist menschlich, komisch ist nur, wie sehr Magenschmerzen Seelenschmerzen gleichen.«

Die regelmäßigen Einkünfte aus seiner Stelle ermöglichten es Stepan, den Ukrainischunterricht in den Ämtern aufzugeben, obwohl man sogar die Honorarsätze erhöht hatte. Er hatte ihn, offen gestanden, schon lange satt. Er hatte den Unterricht interessant gefunden, solange er selbst etwas lernen konnte, danach war er nur eine unerträglich monotone Leier altbekannter Fakten. Er war zur bloßen Einkommensquelle für ihn geworden, ohne irgendeine persönliche Freude. Die endlose Wiederholung von jotierten Lauten und Sibilanten, das Wiederkäuen der Deklination der Substantive, das Repetieren von Verbal- und unpersönlichen Konstruktionen – welche unendliche Öde! Er verabschiedete sich aus diesem linguistischen Kabuff genauso froh, wie er es einst betreten hatte.

Sein Alltag festigte sich, die Zeit verging ohne jene unangenehmen Pausen, die die Menschen dazu treibt, ständig über sich selbst nachzudenken und traurige Schlüsse daraus zu ziehen. Tagsüber die Arbeit und die Liebe, abends Kneipe, Theater, Kino und Bücher, die er freilich nicht mehr mit jugendlichem Enthusiasmus verschlang, sondern in kluger

Ernsthaftigkeit las. Jene Zeiten, da ein Buch wertvoller schien als der Leser, waren vorbei, und er blätterte nun die Seiten mit dem ruhigen Gefühl der Gleichwertigkeit um. Die Bücher konnten ihn erstaunen, inspirieren, auch belehren, jedoch nicht mehr beschämen. In sein Leben kehrte abermals Ausgeglichenheit ein, unbewusste Zufriedenheit mit sich selbst dank seiner erfüllenden Arbeit, und mit der Selbstzufriedenheit verlor sich auch die Bitternis seiner Schreibblockade.

Er vergaß sie einfach, da er fortwährend Dinge erledigen und bedenken musste, zuweilen erinnerte er sich an das Schreiben, jedoch nur matt wie an eine ferne Vergangenheit oder auch Zukunft, obwohl er immer wieder die undeutliche Gegenwart von etwas Fremdem, Verborgenem spürte, das kaum hörbare Plätschern eines Baches in der Stille eines sonnendurchfluteten Waldes. Hin und wieder tauchte in seinen Gedanken völlig unerwartet ein Bild auf, ein Teil von einem Satz, ein Fragment einer Beschreibung, die für den Bruchteil einer Sekunde ohne Anfang und Ende vor ihm aufblitzten und ihn mit riesiger, unbändiger Freude erfüllten. Das waren kurze, fast inhaltslose Nachrichten aus der Ferne, unverständliche und doch höchst erfreuliche Botschaften aus einem abgelegenen, sonnenhellen Land, in dem er einen Teil von sich auf immer zurückgelassen hatte, nur um sich nach einer Wiedervereinigung damit sehnen zu können. Umsichtig sammelte er diese wertvollen Stücke, dachte über sie nach, schrieb sie manchmal sogar auf kleine Zettel und behielt sie ohne konkrete Absicht im Gedächtnis vorrätig. Schluss, aus, genug des kindischen Umherirrens und der Verzweiflung! Er hatte sich schließlich nach Kräften bemüht, die Inspiration heraufzubeschwören, nun soll sie ihn beschwören, locken und sich bemühen, damit er gnädigst seinen Blick auf sie richte!

So gut gelaunt und innerlich ausgeglichen erreichte ihn eine Nachricht zu seinem Drehbuch. Eintausendfünfhundert

Karbowanez Honorar! Einhundertfünfzig weiße Tscherwonez mit der magischen Kraft, Wünsche zu erfüllen. Er war plötzlich so reich, wie es weder Krösus noch Rockefeller je gewesen waren, denn er fühlte, dass er von jetzt an keine materiellen Sorgen mehr haben werde, dass er sein Leben auf eine solide wirtschaftliche Basis gestellt hatte. Jetzt fehlte nur noch der Überbau.

Noch am gleichen Abend gab er vor Wyhorskyj mit dem glücklichen und einträglichen Beginn seiner Filmkarriere an.

Der Dichter verzog das Gesicht und rief: »Verwechseln Sie das Kino nicht mit der Kunst.«

»Ganz im Gegenteil, nur zwei Kunstgattungen sind richtige Produktionsstätten: Kino und Literatur«, entgegnete Stepan.

»Die Kunst sollte man nicht nach der Produktionsgröße messen, die für ihre Weiterentwicklung notwendig ist, sondern nach dem Abstraktionsgrad des Mediums, das sie konstituiert«, fuhr der Dichter fort. »Nur so lässt sich eine objektive Skala ihrer Wertigkeit erstellen. Der erste Rang gebührt zweifellos jener Kunst, die es nicht gibt, auch wenn es Versuche gab, sie zu erschaffen: die Kunst der Gerüche. Ihr Medium ist so fein und flüchtig, dass das menschliche Wahrnehmungsorgan nicht imstande ist, dessen breite Palette zu erfassen. Deshalb besitzt unsere Sprache auch kein eigenes Vokabular der grundlegenden Tönungen des Geruchs, wie es zum Beispiel bei den Farben der Fall ist. Der ultraviolette Bereich des Spektrums der Künste sind die Töne, die Musik, die erhabenste unter den Künsten, die auch wirklich existiert. An dritter Stelle befindet sich die Wortkunst, denn ihr Medium ist im Vergleich zu den Tönen konkreter und bedarf für die künstlerische Wahrnehmung nur einer durchschnittlichen Sensibilität, und doch ist das Medium sehr fein und zur einfühlsamen Bearbeitung äußerst geeignet. Die gröberen Künste beginnen mit der Malerei. Diese ist auf einer einzigen Fläche gefangen und kann keine so breite Aufnahme finden wie die beiden vorherigen. Ihr Medium ist durch die Farbe sehr konkret und begrenzt, denn diese benötigt als Voraussetzung das Licht. Die Dunkelheit ist ihr ebenso unzugänglich wie die Bewegung. Verstehen Sie jetzt, dass ein Medium durch seine zunehmende Dinghaftigkeit in seinen künstlerischen Möglichkeiten eingeschränkt wird? Noch deutlicher lässt sich das an der Bildhauerei erkennen, die nur dreidimensional etwas erschaffen kann. Doch die gröbste aller bekannten Künste ist die Kunst der Aktion, das Theater, das die Dinghaftigkeit aller vorher genannten in sich vereint.«

»Und das ist doch gerade gut«, entgegnete Stepan.

»Und zuletzt«, fuhr der Dichter fort, ohne es für notwendig zu erachten, auf den Einwurf zu reagieren, »der infrarote Bereich, die Lebenskunst, eine ganz konkrete Kunst, jedoch wie die Kunst der Düfte unbestimmbar. Um sie zu erfahren, muss man nur essen können. So, hiermit habe ich Ihnen die logische Ordnung des Spektrums der Künste nach einem gewissen Prinzip skizziert. Für das Kino gibt's da keinen Platz. Das ist nur eine optische Täuschung und keine Kunst. Laterna magica plus Schauspiel, und nicht etwa umgekehrt. Pure Zerstreuung, deshalb haben so viele Filme auch ein glückliches Ende. Aber wenn Sie damit Geld verdienen, dann laden Sie mich heute zum Abendessen ein.«

»Mit Vergnügen«, entgegnete Stephan.

Dann veranstalteten sie in der Kneipe eine kleine Feier mit einer Flasche Weißwein.

»Ich beneide Sie natürlich«, sagte der Dichter. »Der Unterschied zwischen einem Menschen und einer Pflanze liegt, wie man so schön sagt, darin, dass sich der Mensch frei von einem Ort zum andern bewegen kann. Doch ist der Mensch *frei*, dies zu nutzen? Sind wir denn nicht an Städte, Dörfer, Orte gekettet? Soll man sich mit bloßen Träumen begnügen? Ich kann das nicht. Das Leben ist nur dann erträglich, wenn man den Ort wechseln kann. Wenn man am nächsten Tag nicht einfach aufbrechen kann, dann ist man ein Sklave. Doch um aufzubrechen braucht man Geld. Und das haben Sie.«

»Ich will aber nirgendwohin fahren.«

»Auch deshalb beneide ich Sie um Ihr Geld«, antwortete der Dichter, »doch keine Sorge, ich werde Sie nicht anpumpen. In diesem Frühjahr sollte auch ich fünfhundert Karbowanez angespart haben. Und dann gehe ich. Diesen Sommer möchte ich wie der ukrainische Philosoph Hryhorij Skoworoda zu Fuß durch die Ukraine wandern. Ich kann die Stadt im Frühling nicht ausstehen. Warum? Weil wir die Natur noch nicht ganz hinter uns gelassen haben. Wenn sie erwacht, ruft sie uns wie eine vergessene Mutter. In ihrer Nähe zu leben, ist ein Segen, doch andererseits haben wir uns bereits zu weit von ihr entfernt, um uns lange mit ihr vereinen zu können. Natur ist für uns nur Erinnerung und Erholung.«

»Meinen Sie Wälder und Felder?«, fragte Stepan nachdenklich.

»Wälder und Felder. Wir sollten uns wenigstens einmal im Jahr an sie erinnern. Das Leben ist ein Elend, wir klagen schon zu Recht darüber, doch die Wahl zwischen Leben und Tod ist keine Wahl! Ich trinke auf das Großmütterchen Natur, die uns zwar nur ein bescheidenes Geschenk gemacht hat, doch anscheinend das einzige, was sie in ihrem Bündel hatte!«

X

Die erste Handlung Stepan Radtschenkos, nachdem er so schwerreich geworden war, war, sich ein neues Zimmer zu suchen. Er hatte nur darauf gewartet, seine schäbige Wohnung hinter sich zu lassen, denn er verspürte eine dumpfe

Feindseligkeit gegenüber all dem, was er in ihr durchgemacht hatte. Das Zimmer eines Menschen kennt dessen innerste Abgründe, sieht sein Zaudern, saugt seine Gedanken auf und tritt von Zeit zu Zeit als hinterlistiger und abscheulicher Zeuge des Vergangenen hervor, lähmt ein wenig den Willen und untergräbt das Streben mit seinem ewigen, aufdringlichen: »Ich kenne dich doch!«

Er engagierte also einen Makler und erklärte ihm seine Vorstellungen: Ein geräumiges, lichtdurchflutetes und eigenständiges Zimmer in einem großen Gebäude, irgendwo im Stadtzentrum. Es musste unbedingt eine Zentralheizung haben, nicht möbliert sein, und er war bereit, eine Ablöse zu bezahlen. Der Bewohner würde ruhig, alleinstehend und ordentlich sein.

Der Makler hörte zu und sagte:

»Kurzum, Sie suchen ein *wirkliches* Zimmer.«

Allmählich machte er Bekanntschaften. Durch seine Kollegen erweiterte sich der Kreis der Hände, die er schüttelte, bis zu deren Verwandten und Bekannten und noch weiter in die Tiefen der Stadt, bis zu den unterschiedlichsten Vertretern des Menschengeschlechts, seiner Berufe und Gesinnungen. Auf der Straße lüpfte er immer öfter seine Kappe, um die Grüße der jungen Wissenschaftler, Partei- und Gewerkschaftsfunktionäre oder einfach nur von Personen beiderlei Geschlechts, den unscheinbaren Mitarbeitern der Betriebe, die ein ordentliches Salär bezogen, zu erwidern. In den Theatern, den Raucherzimmern konnte er sich ohne Probleme einem Grüppchen anschließen, in dem man die Aufführung, die Schauspieler und die eigenen Eindrücke diskutierte, er konnte jemanden auf eine Tasse Tee besuchen, auf der Straße eine halbe Stunde mit jemandem über Wichtiges und Alltägliches plaudern, er ging zu Partys, auf denen neue Werke bei einem Glas Wein gelesen und kritisiert wurden, oder zu Partys, auf denen man sich einfach nur vergnügte und über seine Liebesabenteuer berichtete – er konnte sich unschuldig die Zeit vertreiben, wonach die vor lauter Aufgaben ganz müde Seele instinktiv strebt.

In Gesellschaft fühlte er sich wohl, zwanglos, freute sich über das feine Netz, das er wie eine fleißige Spinne zwischen den Leuten gesponnen hatte. Allem gegenüber verspürte er eine unersättliche Neugier, ein unstillbares Verlangen, alles kennenzulernen und zu verstehen, jeden neuen Menschen, den er traf, als Ganzes zu begreifen, unauffällig ihn selbst und andere über ihn auszufragen. Er interessierte sich für dessen Alltag, Ansichten, Arbeit, er beobachtete seine Wünsche und Vorlieben, er trachtete danach, jenes geheimnisvolle Museum zu betreten, das der Mensch selbst ist, das Museum abgelegter Gedanken und unterdrückter Gefühle, das Museum der Erinnerungen, erlebten Ängste und zerstörten Hoffnungen. Es ist das Archiv des Menschen, in dem in unzähligen Schubladen die Marschbefehle und Logbücher vergangener Zeiten aufbewahrt werden. Er interessierte sich für die Kleinigkeiten, die einen Menschen viel deutlicher charakterisieren, als wenn er hinter dem Rednerpult steht, er interessierte sich sogar für Tratsch und Klatsch, war so neugierig, dass er, wenn die betreffende Person nicht zu Hause war, darum bat, eine Nachricht hinterlassen zu dürfen, und dann dessen Schreibtisch, Aufzeichnungen und Briefe durchwühlte, getrieben von einem nicht zu bändigenden Verlangen, wie einer Kleptomanie, die auf Zeugnisse einer fremden Existenz fixiert ist. Wie ein echter Psychopath verbarg er seinen Drang hinter einer Maske von Ruhe und Höflichkeit. Wie ein hinterlistiger Verbrecher hatte er immer eine Auswahl ausgeklügelter Werkzeuge bei sich, mit denen er an seinem Gegenüber die kompliziertesten Operationen vollführte. Er hatte Dutzende Bekannte, aber keinen einzigen Freund, er ging neben ihnen her, verspürte eine unermessliche Distanz, denn zwischen ihm und den anderen war immer eine Glasscheibe – das Vergrößerungsglas eines Wissenschaftlers. Und als er von gut besuchten Veranstaltungen heimkam, verspürte er oft die schmerzhafte Einsamkeit, eine Leere im Denken und Müdigkeit.

Zusätzlich zu seiner Arbeit kam noch die Tätigkeit in der örtlichen Kulturkommission, in die er gewählt worden war. Wie es seine Art war, nahm er die Tätigkeit ernst, gab ihr sein Tempo und eine Form, die seinen Appetit nach gesellschaftlichem Engagement stillte, die Notwendigkeit, etwas für die Menschen zu machen und sie anzutreiben. Denn jener andere, heimtückische Umgang mit ihnen konnte all seine Energien nicht absorbieren und seine Neugierde nicht erschöpfen. Er war ein verantwortungsbewusster Bürger, seine Haltung in gesellschaftlichen Fragen war ebenso klar wie seine Unsicherheit in persönlichen Belangen, dort war er mit voller Hingabe dabei, da mit Selbstverliebtheit, denn das waren verschiedene Dinge, die er auf unterschiedliche Weise, aber mit derselben Hingabe durchführte. Während der Revolution, dann im Silbud, dem KUBUTsch und in der Ortskommission: überall fand er einen Weg, seinen angeborenen Drang nach gesellschaftlichen Aktivitäten zu entfalten – denn er musste einfach. Die Sitzungen der Kulturkommission, der Ortskommission und der Sektionen, die Konferenzen, die Organisation von Vorträgen, die Abendessen zur Spendensammlung, die Erstellung von Berichten, Arbeits- und Kostenplänen – all das wirbelte er zwischen seinen Händen herum wie ein Jongleur seine funkelnden Bälle. Man konnte auf ihn zählen und ihm Arbeit aufbürden, wie ein Rennpferd hielt er der extremen Belastung stand, und je mehr Druck er auf sich spürte, desto geschickter teilte er sich seine Zeit ein.

Das Schwierigste in dieser Atmosphäre absoluter Beanspruchung war, sich einige Stunden für die Treffen mit Zoya frei zu halten. Sie passten immer weniger in seinem Tagesplan, denn in der Zeit vor dem Mittagessen war er am meisten beschäftigt. Betrübt, fast unzufrieden, wurde ihm stets tags zuvor bewusst, dass er morgen seine Aufgaben vernachlässigen würde, dass ihm nichts anderes blieb, als sich mit unsinnigen Ausreden zu entschuldigen, ans andere Ende der Stadt zu hetzen, wieder zurückzukommen, dann, schon ein wenig müde, erneut die Arbeit aufzunehmen, ein spätes Abendessen einzunehmen und somit seine eigene Ordnung bis tief in die Nacht zu verschieben. Aber auch abends konnte er dem Mädchen wenig Aufmerksamkeit schenken, konnte nie mit Sicherheit sagen, ob er morgen Zeit hätte, ins Theater ging er meist mit Freunden und konnte es seiner Geliebten selten im Voraus sagen.

Das Zimmer, in dem sie sich trafen, wurde für ihn zu einer kleinen Bahnstation, an der er aus dem D-Zug ausstieg und mit Koffer und Uhr in Händen auf die Ansage des Anschlusszugs wartete. Er küsste sie hastig, machte generell alles mit einer Hast, die die frühere Ruhe ihrer Treffen durch Nervosität untergrub und ihre träumerische Liebe zerstörte. Fort waren die Minuten der stillen Verzauberung, als sie glücklich aneinander gelehnt zusammensaßen. Die zärtlichen und leidenschaftlichen Berührungen der Hände auf der Suche nach Neuem verflachten, das verliebte Flüstern verstummte, die Worte kitzelten und erregten nicht mehr und wurden schließlich zur reinen Formsache. Am Vorabend des Frühlings vergilbten am Baum der Erkenntnis ihres Garten Eden die Blätter, fielen herab und hinterließen nackte, triste Äste.

Zoya spürte es schmerzhaft und ängstlich. Er vernachlässigte sie komplett! Doch was konnte man machen – wichtige Angelegenheiten riefen ihn! Aber war sie denn keine wichtige Angelegenheit? In diesen Momenten begann Stepan vom Primat des Öffentlichen über das Private zu reden, hielt selbstgefällig eine öde Gardinenpredigt, an deren Moral er selbst kaum glaubte. Aber er beruhigte sie: Im Frühjahr wäre weniger zu tun, da würde er mehr Zeit haben, und dann könnten sie auch ohne Zeitdruck raus aus diesem Zimmer, hinein in die Natur. Ihre Treffen sollten sie auf die Abende verlegen, denn untertags waren sie aus verständlichen Gründen nicht normal, was der Mann leider um einiges stärker erfahren muss als die Frau. Und übrigens würde er im Sommer Urlaub haben, und wenn sie Lust hätte, dann könnten sie irgendwohin fahren – ganz bestimmt! Er redete so überzeugend, seine Stimme lullte sie dermaßen ein, dass sie unwillkürlich auf diese Traumreise mitkam, auf der nur er und sie waren, frei von jeglichen Sorgen, verzaubert und froh. Wohin würden sie fahren? Auf jeden Fall eine Schiffsreise. Entweder den Dnipro entlang über die berühmten Stromschnellen, über das Schwarze Meer von Odessa nach Batumi. Außerdem könnte man auch auf einen Berg klettern. Er wollte sich sogar einen Fotoapparat zulegen. Doch jetzt müsse er fort.

»Bleib doch noch. Fünf Minuten«, sagte sie. Er murrte etwas, blieb dann aber. Sie saß mit angewinkelten Beinen in ihrem Sessel, in Gedanken vertieft, schweigsam und mit einem beklommenen Gefühl, das ihr die Lust zu lachen, zu scherzen und überhaupt die Laune verdarb. Und nach einer Minute flüsterte sie ihm missmutig zu:

»Dann geh doch.«

Sie verabschiedeten sich zögerlich.

Zoya erwähnte einmal beiläufig, dass eine ihrer Freundinnen aus Anlass des nahenden Frühlings eine Mitbringparty plane. Aber die Sache war die, dass man da auch tanzen sollte. Der Foxtrott wäre schon ausreichend, aber sie sei sich nicht sicher, ob der Göttliche ihn sich in so kurzer Zeit aneignen könne. An sich hätte er wahrscheinlich auf die Party verzichtet, da sie nun aber seine Geschicklichkeit betraf, sagte er:

»Unsinn. Zeig her.«

Zuerst müsse er den Walzer beherrschen, die Grundlage jedes Tanzes. Sie hob ihren Rock an und zeigte ihm alle nötigen Schritte:

»Eins-zwei-drei! Eins-zwei-drei!«

Er stand mit den Händen in den Hosentaschen da und beobachtete aufmerksam ihre Bewegungen.

»Noch mal«, sagte er.

Dann probierte er es selbst. Er zog sein Sakko aus, breitete die Arme aus und scharrte mit nicht gehorenden Beinen über den Boden. Zoya stand daneben, klatschte leise im Takt, um keine Aufmerksamkeit in den anderen Zimmern zu erregen.

»Genau so«, sagte sie. »Großartig!« Als er sich ein wenig daran gewöhnt hatte, wollte er schon zu zweit üben.

»Du musst die Dame umarmen«, sagte Zoya.

»Das kann ich«, antwortete er.

Die Zeit verging wie im Flug. Zoya sagte ihm eine große Zukunft im Tanzen voraus.

»Du tanzt mit einer außergewöhnlichen Leichtigkeit«, sagte sie.

»Ich mache alles mit einer außergewöhnlichen Leichtigkeit.«

»Machen wir mit unserem Unterricht weiter?«

»Wir haben nur Rollen getauscht.«

Sie tanzten noch einmal einen Walzer und summten die Melodie vor sich hin. Er war in seinen Bewegungen schon sicherer und hielt den Takt besser.

»Ich bin müde«, sagte Zoya.

»Noch einmal«, sagte er. »Wir müssen dran arbeiten. Wir haben nicht mehr viel Zeit.«

Zum Schluss gestand er ihr, dass er zu Hause mit einem Stuhl geübt hatte.

Nach dem Walzer ging es mit dem Foxtrott ganz einfach,

und er war sogar ein wenig enttäuscht über dessen Eingängigkeit.

»In etwa so?«, fragte er.

Zoya erklärte ihm, dass es eine Vielzahl von Tanzfiguren gebe und dass man akrobatische Kunststückchen oder eigene Kreationen einbringen könne. Aber die Damen müssten hier um einiges fester umarmt werden als beim Walzer. Das freute ihn. Er stellte sich augenblicklich vor, dass er viele Frauen, schlanke wie füllige, an sich drücken könnte, ihnen zwischen die Beine steigen und durch die Kleidung ihren Busen und ihren geschmeidigen Bauch fühlen könnte. Das steigerte seine Aufmerksamkeit noch einmal gewaltig.

Die Angelegenheit mit der Wohnung ging äußerst schlecht voran und raubte ihm einen Haufen Zeit. Ein anständiges Zimmer war nicht zu finden. Erzürnt ging Stepan wieder zum Makler, beschwerte sich und legte wieder seine Anforderungen dar. Aber jedes Mal hörte er dieselbe ausweichende Antwort:

»Kurzum, Sie suchen ein *wirkliches* Zimmer!«

Stepan bekam eine Liste mit Dutzenden neuen Adressen ausgehändigt, aber die gleiche Geschichte wiederholte sich immer wieder: eine Zimmerhälfte war schon vermietet worden, in manchen Fällen sogar schon vor einem halben Jahr, sie würde erst in einer unbestimmten Zeit wieder frei werden, manche standen gar nicht zur Miete. Und die zwei, drei Zimmer, die wirklich zu vermieten waren, waren richtige Dreckslöcher, lumpige Bettwanzenbehausungen. Angeekelt blickte Stepan auf den Schmutz, den der frühere Bewohner beim Umzug hinterlassen hatte, die Müllberge und schmierigen Tapeten, die wie Mist von den Wänden rutschten. Die abgestandene Luft in dem leeren Raum ließ ihn schaudern, es roch nach Schweiß und Gestank des Daseins, und mit trübseligen Gedanken über die erbärmliche Animalität der Menschen, deren edelste Vertreter nur deshalb sauber sind, weil sie ihre Unterwäsche regelmäßig waschen und wechseln.

Schließlich erklärte er dem Makler, dass er nicht gewillt war, wie ein Depp von Haus zu Haus zu rennen. Dieser willigte ein, dass er persönlich auf Stepan zukommen würde, wenn er auf ein geeignetes Zimmer stoßen würde. Dafür verlangte er drei Karbowanez.

Von seinem eigenen Zimmer hatte sich Stepan schon lange verabschiedet und kehrte abends dorthin zurück wie in ein Hotelzimmer. Jeglichen Zweifel an seiner literarischen Betätigung zerstreute er nun mit der stereotypen Antwort: Sobald er ein Zimmer hätte, würde er weiterschreiben. Er hatte sich überhaupt angewöhnt, große Hoffnungen an das Zimmer zu knüpfen. Aber obwohl er sich wegen der Wohnraumkrise Sorgen machte, aus dem Gleichgewicht brachte sie ihn nicht.

Unheil drohte ihm von einer anderen Seite. Am Horizont des jungen Frühlingshimmels, der im sorglosen Sonnenschein noch tiefer und blauer wurde, zogen allmählich dunkle Wolken auf, anfangs noch kaum merkbar und durchsichtig, doch traurig wie die ersten gefrorenen Tropfen eines Eiszapfens an einem hohen Dach.

Auch wenn man den Frühling vorerst nur ahnen konnte, kündigte er sich doch schon an. Der Schnee war zwar noch nicht geschmolzen, verfärbte sich aber gräulich, verlor seinen Glanz und schrumpfte zu Haufen zusammen, die sich entlang der Straße verteilten, während eisenbeschlagene Wagenräder ihn auf den Pflastersteinen zu einer dunklen, rötlichen Masse festfuhren, ließ ihn das unregelmäßige Hufgetrampel der Pferde zu Schlaglöchern werden. An klaren Tagen verwandelte er sich auf den Gehsteigen in ein dünnes Gelee, das in kalten Nächten zu unförmigen Eisbrocken gefror. Überall schaufelte man ihn in riesigen Batzen von den Dächern, die dann wie leblose Körper dumpf am Boden aufschlugen. An den Kreuzungen verkauften Mädchen in Wollmänteln die ersten Schneeglöckchen von den umliegenden Hügeln, wo der Boden schon aufgetaut war.

Es gab sonnendurchflutete Morgen, Morgenstunden mit lauen Winden, die den Atem des feuchten Bodens und der Vegetation des Vorjahrs von fernen Feldern brachten, das benebelnde Aroma der Roggenkeime und der auftreibenden Apfelblüten. Es gab stille, verträumte Tage, an denen das Blut dem Schäumen der Natur antwortete und die unbändige Kraft des Lebens erwachte, das Herz von jener besinnungslosen Begeisterung erfasst wurde, die unsere Vorfahren zum Altar des Frühlingsgottes geführt hatte. An Tagen wie diesen liebte es Stepan, durch die Stadt zu spazieren und umherzuschauen.

Er klemmte sich die schwere Aktentasche unter den Arm und schweifte nachmittags ziellos durch die Straßen. Er vermied es, andere zu grüßen, und musste nach den eintönigen Treffen in der Redaktion und der Arbeit im Ortskomitee, einsam unter Fremden sein. Eine Weile war ihm selbst nicht klar, was ihn auf die Straße trieb, dieses angenehme, entspannende Gefühl, das ihn im Stimmengewirr und Lachen der frühlingsbeschwingten Menge ergriff. Er dachte, er würde einfach nur wie alle an diesem sonnigen Tag spazieren gehen, zur Erholung und der frischen Luft wegen.

Als er aber einmal aufgewühlt und erregt spät abends nach Hause kam, musste er sich eingestehen, dass er draußen den Frauen nachschaute. Jetzt verstand er, dass seine Blicke nur auf sie gerichtet waren, auf ihre lächelnden Gesichter, auf ihre verlockenden Beine und warme Kleidung, die den Körper bedeckte, den er geradezu schmerzhaft spürte. Er sah sie mit glühendem Verlangen an, als ob jede ihr eigenes kleines, ganz persönliches Geheimnis hätte, einen nur für ihn gehegten Liebes- und Lustgarten, jeder dieser Gärten atmete ein betörendes Aroma ihrer weiblichen Existenz, die ihn berauschte und erregte. Sein Herz erstarrte in einem heißen Nebel, wenn er eine hübsche, schlanke, zur Liebe fähige und der Liebe werte Frau erblickte, und er verliebte sich für einen Moment in sie, durchdrungen von einer unbeschreiblichen Dankbarkeit dafür, dass es sie gab, dass er sie sah und sie mit seinem leidenschaftlichen Blick liebkosen konnte. Manche drehten sich um und schickten ihm unauffällig ein forderndes Lächeln, dann bäumte sich sein Herz auf und sang. Nun, da er dies verstanden hatte, verspürte er keine Scham, sondern eine Unruhe, eine Freude darüber, dass er sich dieser zügellosen Kraft bewusst geworden war, die in ihm brannte wie ein Teilchen des mächtigen Triebs, der die Welt bewegt. Ein neues, glasklares Gefühl durchströmte ihn: keine Lust, keine Begierde, sondern deren Widerhall und die Gewissheit, zu begehren und begehrt zu werden.

Er trat ans Fenster und öffnete es, wobei er ungestüm das überklebte Papier herunterriss. Gemeinsam mit dem kalten Luftzug drang der Lärm der unermüdlichen Straße herein, von wo er den Klang ihrer Stimmen, die Geräusche ihrer Schritte und das Knistern ihrer Kleider, die Bewegungen ihrer Leiber und Münder hörte. Stepan streckte seine Hände aus. Was war los mit ihm? War es der Frühling? Woher kam die berauschende Vorahnung einer nahen, unerwarteten Begegnung? Er ließ sich aufs Bett fallen und zog sich zusammen vor der Kälte, die nach wie vor in das Zimmer strömte, und er gab sich dem leidenschaftlichen Traum hin, der vor seinen Augen in Gestalt unzähliger Phantome umhertanzte. Das Trugbild erfüllte sein Zimmer, verschwand und tauchte im eigenwilligen Flug seiner Gedanken wieder auf. Er reiste durch fremde tropische Länder, wanderte durch duftende Steppenlandschaften und dichte Laubwälder, er bestieg einen Berg, von dem aus man das grenzenlose Erdenrund sehen konnte, und ringsum streckten sich ihm aus der Tiefe schlanke Hände entgegen, neigten sich ihm zauberhafte Gesichter zu, deren Berührungen er wie echte Küsse fühlte. Er träumte. Und auf einmal kam ihm auf der Traumreise eine kleine, bleiche Gestalt entgegen, die wie eine Bettlerin am Straßenrand gealtert und traurig war. Es war Zoya. Überrascht hielt er an, die bunte Vision verblasste, und die Gestalt wurde immer deutlicher, bis er ihr in einem leeren Zimmer gegenüberstand, bekümmert über das plötzliche Hindernis. Zoya! Schreckliche Trauer überkam ihn bei dem Gedanken an das Mädchen, die seinen Gefühlen nichts mehr zu bieten hatte und die seine Seele auf ihrer Reise schon überlassen hatte. Zoyas Bild rief in ihm keine Sehnsucht mehr hervor, sondern nur Trauer und Schmerz, ausgelöst von der Absurdität des Lebens, in dem man für frühere Freuden büßen musste, und Widerstand gegen klebrige Gefühle und Menschen, die man von sich reißen musste wie ein Pflaster.

Stepan schreckte hoch und schloss das Fenster. Es war erst neun, er konnte Wyhorskyj noch in der Bierhalle erwischen.

Wie immer war dort ein Haufen Menschen, was stets eine beruhigende Wirkung auf ihn hatte. Mit einem Lächeln trat er an den Tisch, an dem der Dichter saß.

»Schade, Sie sind ein wenig zu spät dran. Eben gab es ein kleines interessantes Vorkommnis. Sie haben einen Betrunkenen herausgeschafft, aber er konnte ihnen entwischen und dabei am Tresen zwei riesige Teller Fisch zerhauen. Das war ein wunderbarer Anblick. Leider haben sie ihn nicht weitermachen lassen.«

»Essen wir was zu Abend?«, fragte Stepan.

»Solange Sie mich einladen«, sagte der Dichter. Sie bestellten sich Hühnerfrikadellen, und Wyhorskyj füllte die Gläser.

»Wissen Sie, welche Verbindung zwischen dem Alkohol und der Sternenwelt besteht?«, fragte er. »Eine gegenseitige Verbindung. Die Theosophen lehren, dass die Menschheit aus ihrem jetzigen intellektuellen in einen spirituellen Zustand übergehen wird. Das Nervensystem wird zu einem wahren Psychismus veredelt, doch dafür darf man weder Fleisch noch Alkohol konsumieren. Denn das Zentrum der höchsten spirituellen Aktivität befindet sich in der Hirnanhangsdrüse, die keinen Alkohol verträgt. Diese Hirnanhangsdrüse bildet den Kern der theosophischen Lehre.«

Er strich sich durch sein kurzgeschnittenes Haar.

»Und was ist mit der Sternenwelt?«

»Sie wird für die Spezies zugänglich werden, die diese Drüse ausbildet. Aber ich glaube nicht, dass uns, nur weil wir Bier trinken, die Sternenwelt verschlossen bleibt. Die Menschheit hatte immer mit Schwierigkeiten zu kämpfen, wo auch immer sie auftauchte.«

»Ich glaube nicht an solche Altweibermärchen«, sagte Stepan. »Aber ich bin heute so melancholisch. Vielleicht der Frühling?«

»Ein jeder Frühling endet irgendwann mit Frost, vergessen Sie das nicht!«, antwortete Wyhorskyj. »Besser nicht aufblühen, dann verwelkt man auch nicht.«

»Jetzt mal halblang«, sagte Stepan. »Lieber sterben als so etwas denken.«

»Ich habe keinerlei Lust zu sterben«, antwortete der Dichter. »Sich etwas zu wünschen, was sowieso kommt, ist Unsinn!«

Plötzlich besserte sich seine Laune.

»Mein lieber Freund, habe ich Ihnen noch nichts von meinen neuen guten Nachrichten erzählt? Das Glück auf Erden ist möglich!«

»Wirklich?«

»Ja. Ich habe achtundzwanzig Jahre über das Glück nachgedacht und bin zu dem Schluss gekommen, dass es nicht existiert. Aber im neunundzwanzigsten Lebensjahr habe ich meine Meinung geändert. Ist Ihnen denn überhaupt nicht aufgefallen, dass ich achtundzwanzig geworden bin? Das war vorgestern. Die Zeit ist ein Schelm – immerzu arbeitet sie – und wie gewissenhaft!«

»Aber sie hat Ihnen Glück gebracht«, sagte Stepan.

»Es wäre besser gewesen, sie hätte es mir nicht gebracht«, seufzte Wyhorskyj. »Ich fürchte weder Alter noch Tod, aber alles Unvermeidliche bringt mich in Rage.«

Er stützte sein Kinn auf eine Hand und blickte einen Moment lang schweigsam in die volle Halle, die vor Bewegungen und Stimmen vibrierte. Auf seinem mageren, schon länger nicht mehr rasierten Gesicht wuchsen kurze schwarze Härchen, und er schien unglaublich müde. Dann setzte er seine Finger in Bewegung und kratzte sich an der rauen Wange.

»Glück?«, sagte er plötzlich. »Nicht mal Glück stellt mich zufrieden. Es ist nämlich so, dass ich glücklich war, aber es nicht einmal bemerkt habe.«

Er schenkte mit seinen charakteristischen Bewegungen nach.

»Die Sache ist die, dass Glück keinerlei Gemeinsamkeiten mit Zufriedenheit hat. Wenn es anders wäre, dann würden wir die Menschen nicht verstehen. Siege auf dem Gebiet der Gefühle und des Rationalen sind zu kurzlebig, als dass sie glücklich machen könnten. Glück ist eine dauerhafte Freude auf einer höheren, abstrakteren Ebene. Glück ist die hohe Qualität spirituellen Lebens, wie etwa die Gesundheit jene des physischen ist. Glück ist geistige Gesundheit. Einzelne Schmerzen oder Wunden können ihr nichts anhaben. Was ist das Glück? Das ästhetische Empfinden kommt von einem selbst, vom eigenen ›Ich‹. Ästhetisches Empfinden entsteht durch Meditation und Harmonie oder durch Erhabenheit. Das harmonische Ich, also ein Gleichgewicht des Inneren, ist eine gewisse Statik, ein Verweilen in einem geistigen Zustand. Und die Ästhetik der Harmonie ist in unserem Fall das Glück, nichts zu erstreben, das Glück, mit dem Leben zufrieden zu sein, sich ihm zu unterwerfen – das Glück des Sklaven. Es existiert – dieses Glück, aber nur als Glück niederer Ordnung. Verstehen Sie jetzt?«

»Ich verstehe, aber bitte nicht so schnell. Sie hatten achtundzwanzig Jahre Zeit, sich das auszudenken, und ich muss das in zehn Minuten verstehen. Vergessen Sie das nicht.«

Wyhorskyj lächelte.

»Sie waren nicht so schlagfertig, als wir uns das erste Mal begegneten. Ich fahre fort. Die Ästhetik des Erhabenen ist die Erhöhung des spirituellen Elements über alle anderen, seine Herrschaft über den Rest, sein aktiver Kampf, das heißt Bewegung, Streben. Das Glück der Erhabenheit ist dynamisch, während das Glück der Harmonie letzten Endes nur süßer Schlummer ist. Und jetzt kommt das Allerwichtigste. Das Glück des Erhabenen entsteht durch die Aufwertung entweder des Gefühls oder des Verstandes. Ersteres lässt sich in jedweder Religion beobachten, die die Prophezeiungen der Theosophen nicht erfüllt. Ich traue denen auch nicht über den Weg, aber wir wissen so wenig, dass sich in der Zukunft ein jeder Blödsinn erfüllen kann. Ich kann nicht mal mit Sicherheit sagen, ob ich nicht im Paradies landen werde …«

»Von der Hölle ganz zu schweigen?«

»Ich bin damit einverstanden, wenn es dort Bier gibt und so nette Teufel wie Sie. Wir müssen also den Verstand zum Lebensprinzip machen. Er ist umsichtig, akzeptiert alles und verzeiht. Er vermag sich auf objektive Gründe zu stützen, während die Gefühle diese vernichten. Das Glück der gefühlsbedingten Erhabenheit ist das Glück des Widerspruches, während verstandesbedingte Erhabenheit das Glück der Bejahung ist. Gefühle bedeuten Aufruhr, Verstand – Ruhe. Gefühle bedeuten Hitzköpfigkeit, Verstand – kühle Schärfe. Gefühle verbrennen letzten Endes alles zu Asche, während der

Verstand bloß Wunden hinterlässt. Da haben Sie ein vollständiges Bild vom Glück. Und welches wählen Sie?«

»Das Glück der Gefühle, sei es auch begrenzt.«

»Jeder nimmt, was er kann. Was die Begrenzung angeht, so vergessen Sie nicht, dass unser ganzes Leben auch auf eine gewisse Zeit, einen Raum und Umstände begrenzt ist. Von uns hängt – im besten Fall! – wenig ab. Ich persönlich vermute Schlimmeres. Wenn man mir etwas über die Unabhängigkeit der Völker oder der Frau erzählt, dann möchte ich entgegnen: Leute, es gibt nur eine Unabhängigkeit: die Unabhängigkeit des Lebens von uns! Es gibt also keinen Grund, die Grenzen zu fürchten, denn das Streben nach dem Grenzenlosen führt ins Nichts.«

»Es ist Sperrstunde, meine Herren.«

Das sagte der Wirt mit einem freundlichen Lächeln. Das war natürlich eine Kinderei, aber er hatte als ehrlicher Bürger die Pflicht, die Gesetzesvorschriften zu befolgen, insbesondere da die Strafe hoch war.

An der Tür verneigte er sich.

»Heute war es ein bisschen laut, Entschuldigung.« Er spielte auf den Vorfall mit dem Randalierer an.

»Führen Sie doch Alugeschirr ein«, empfahl Wyhorskyj. »Das ist unzerbrechlich, und Metall erfreut sich momentan großer Beliebtheit.«

Dann wandte er sich an Stepan:

»Haben Sie Lust, sich noch ein bisschen die Beine zu vertreten? Welch wundervolle ukrainische Nacht …«

Stepan war unschlüssig.

»Ich bin ein wenig müde«, sagte er.

»Ich verspreche zu schweigen.«

Sie gingen dann zur Oper, wo die Vorstellung schon zu Ende war und die leeren Droschken langsam die Leninstraße entlangfuhren. Am Schewtschenko-Boulevard machten die

Freunde kehrt. Wyhorskyj, den Hut ins Gesicht gezogen und die Hände in die Manteltasche gesteckt, schwieg tatsächlich, während Stepan, berauscht vom kalten Mondschein, seine Galoschen abgenommen hatte und über den vereisten Bürgersteig rutschte.

Zur nächsten Verabredung mit Zoya erschien Stepan unruhig, sogar ein wenig ängstlich. Welche Worte konnten das vielschichtige, niedergeschlagene Gefühl von Kummer und Trennung ausdrücken, das ihn quälte? Das Gesetz der Liebe sagt, dass es für eine Trennung einen ausreichenden Grund geben muss: zumindest Eifersucht, Untreue, einen Streit oder eine langsame Abkühlung des Verhältnisses über einen längeren Zeitraum. Würde er sich das denn trauen, und würde sie das verstehen?

Zoya wartete schon auf ihn. Sie hatte ihre Stiefel sorglos abgeworfen und saß nun in einem flauschigen blauen Pullover im Sessel. Als er hereinkam, lächelte sie.

»Wie hab ich dich vermisst!«, sagte sie. Unschlüssig blieb Stepan an der Türschwelle stehen und sah sie verblüfft an.

»Ich hab dich auch vermisst«, antwortete er. In diesen Worten lag so viel Sehnsucht, dass sie ihm unerwartet ehrlich vorkamen.

»Komm doch her«, flüsterte sie.

Er legte Mantel und Mütze auf den Stuhl und näherte sich ihr mit dem gebeugten Gang eines überführten Verbrechers.

Sie setzte ihn neben sich auf den Teppich und hob seinen Kopf hoch:

»Soll ich dich küssen?«

»Küss mich.«

»Willst du?«

»Ich will«, flüsterte er verzweifelt.

Kaum berührten sich ihre Lippen, bäumte sie sich auf und fiel mit einem langen, zügellosen Kuss derart über ihn her, dass er nach Luft schnappen musste.

»So sehr liebe ich dich«, sagte sie.

In Gedanken vertieft schwieg er, streichelte und küsste ihre Hände.

»Die zwei Tage, die wir uns nicht gesehen haben, kamen mir so lange vor wie zwei endlose Jahre«, sagte sie. »Ich weiß nicht, was mit mir los ist … Ich wollte sogar bei dir im Büro vorbeikommen.«

»Vielleicht der Frühling?«, murmelte er.

«Ach ja, der Frühling, wie konnte ich das nur vergessen.«

Leise begann sie zu singen und wippte mit ihrem Fuß dazu:

»Frühling, Frühling, blühst so bunt,
Doch wo ist dein Bruder Lenz …«

Stepan sah sie an und war ganz entzückt von ihrem kleinen, munteren Wesen, ließ sich von der Freude mitreißen, die in ihrer Stimme tönte. Er wollte Zoya an der Hand nehmen und durch Blumenfelder führen, während sie für ihn die Sonne und den prächtigen, mit weißen Wolken verzierten Horizont besang.

Er drückte fest ihre Hand und sagte:

»Zoya, gehen wir raus in die Felder, wenn der Schnee geschmolzen ist?«

»Ja, gehen wir. Dann flechte ich mir einen Kranz!«

Er konnte sich nicht zurückhalten. In einem süßen Ausbruch von Reue, in einem Auflodern aller Erinnerungen an das Mädchen drückte er sie an sich und begann sie langsam, wie verrückt zu küssen, küsste wie nie zuvor ihre Augen, Haare, Lippen und schluchzte in lustvoller Unterwerfung:

»Zoya. Ich kann nicht ohne dich leben«, flüsterte er.

Als er sich beruhigt hatte, streichelte sie ihm über den Kopf:

»Du, mein Göttlicher.« Aber die Küsse waren ihm nicht genug. Eine noch nicht bis zum Ende ausgeschöpfte Begeisterung war in seinem Herzen. Er wollte etwas Einzigartiges für sie machen, wollte, dass sie immer, wie jetzt, fröhlich war an seiner Seite, wollte sie für immer an sich binden.

»Zoya, ich habe lange drüber nachgedacht«, sagte er voller Begeisterung.

»Worüber?«

»Komm, lass uns heiraten.«

Sie schnaubte.

»Du bist verrückt!«

Nein, er war keineswegs verrückt geworden. Mit seinem blitzschnellen Erfindungsreichtum tat er so, als ob er wirklich schon lange darüber nachgedacht hätte, und begann seine Argumente darzulegen. In erster Linie waren sie ja schon de facto ein Ehepaar. Trennen würden sie sich ohnehin nicht, oder? Gut, dann noch eine Schlussfolgerung. Er lebt wie ein Obdachloser, ohne jedes Gefühl von Heimeligkeit. Sein Leben ist ein einziges Durcheinander, das ihn auch am Schreiben hindert. Außerdem kann man sich doch nicht ewig in einem fremden Zimmer treffen. Sie kennen einander ja schon gut. Warum hier und dort ein Stündchen für ein Rendezvous stehlen, wenn man immer zusammen sein kann? Auch ihr Leben würde sich bessern, selbstverständlich unter der Voraussetzung, dass sie ihn liebt. Alle heiraten, und da wäre es doch seltsam, dass sie immer noch nicht verheiratet sind! Für das Finanzielle ist gesorgt. Er wird ihr auch helfen, eine Anstellung zu finden.

In Ruhe wog er alle Argumente dafür ab und fand keinerlei dagegen. Danach fragte er: »Sag, willst du denn? Zoya!«

Verschmitzt antwortete sie:

»Ja, natürlich will ich.« Betrübt fügte sie hinzu: »Wenn du wüsstest, wie schwer es ist, eine Geliebte zu sein. Was man da alles durchmacht!«

Er küsste sie dankbar.

»Das ist nun das Ende deiner Qualen. Und was ist mit deinen Eltern?!«

»Als ob ich die fragen würde. Ich heirate, und das war's.«

Jetzt saß sie bei ihm auf dem Teppich, und sie begannen begeistert das künftige Leben zu besprechen. Wenn das Zimmer gefunden sein würde, das Stepan suchte, dann würden sie aufs Standesamt gehen. Oder brauchte man gleich zwei Zimmer? Nach einigen Überlegungen einigten sie sich darauf, dass zwei Zimmer schwieriger zu finden und schwieriger einzurichten seien. Vielleicht später. Stepan erläuterte seine ambitionierten Pläne für Arbeit und Freizeit. In Zoya erwachte sofort das weibliche Organisationstalent. Augenblicklich stellte sie sich als Hausherrin mit uneingeschränkter Macht im Haushalt vor. Zwei Teppiche, sonst kannst du dir das mit der Hochzeit abschminken! Zum Frühstück würde es unbedingt Ei geben.

»Das ist sehr nahrhaft. Und lecker«, sagte sie.

Er umarmte sie und flüsterte ihr ins Ohr:

»Und darüber schaffen wir uns einen kleinen Lauser an.«

»Was ist denn ein Lauser?«

»So ein kleiner Junge.«

»Ah, ein Junge – wie schön!«

Schließlich fiel Stepan ein, auf die Uhr zu schauen. Fünf vor vier. Welch ein Dieb die Zeit doch ist!

Während er sich ankleidete, sagte Zoya nachdenklich:

»Morgen ist die Party. Gehen wir?«

Artig küsste er ihre Hand.

»Warum nicht? Wenn du willst, verkündigen wir dort unsere Verlobung.«

»Oh, das wird einen Aufruhr geben!«

Zoya nahm sechs Karbowanez als Beitrag für die Party, nannte ihm die Adresse und sagte, er solle um zehn Uhr abends dort sein. Sie selbst werde schon früher dort sein, um der Gastgeberin zu helfen.

Doch er wollte sich nicht bis morgen von ihr trennen.

»Gehen wir heute ins Theater?«, fragte er.

»Aber nur wenn wir für den Nachhauseweg eine Kutsche nehmen!«

XI

Am nächsten Morgen wachte Stepan pünktlich auf, aber noch bevor er aufstand, spürte er den Stachel in seinem Herzen. Alles, was er ringsherum sah, gefiel ihm nicht im Geringsten. Er lag mit offenen Augen da, in jenem kränklichen Zustand, in dem man sich weder bewegen noch denken will, in dem das Blut nur träge durch die Adern fließt, als würde der Körper noch schlafen, während der Geist bereits wach ist. Dann schnellte er mit einem Mal hoch, als er der Dummheit gewahr wurde, die er gestern begangen hatte.

Angestrengt führte er sich den gestrigen Tag vor Augen, um die Falle zu verstehen, in die er getappt war. Und dabei ließ ihn ein Gedanke immer weiter verzweifeln, der in allen seinen Bemühungen, sich zu erinnern, wie ein dicker Dorn steckte. Er würde heiraten! Ach was, nicht würde – er musste. Schließlich hatte er selbst danach gefragt, hatte sich selbst wie der letzte Depp mit diesem absurden Wunsch aufgedrängt, der ihn, einmal verwirklicht, knechten und in Fesseln legen würde. Und plötzlich stand ihm das ganze Grauen des Ehelebens vor Augen, brachte sein Herz vor Abscheu zum Überlaufen, die Vision eines Kerkers, ein Sarg, in den er sich an den Händen gefesselt freiwillig gelegt hatte.

Er ahnte die ewige Präsenz einer sogenannten Liebsten, mit der er seine Gedanken, seine Freude und sein Leid teilen, es zwischen zwei Herzen verdünnen müsste; eine Präsenz, die sein Verhalten und seine Absichten unter sanfte, unmerkliche Kontrolle nehmen, zu einem fortwährenden Teil seiner Taten und Hoffnungen werden würde, eine Art ewiges Anhängsel seiner selbst, einmal gewählt und auf Jahre hin festgenagelt; eine Präsenz im gleichen Raum wie er, die am selben Tisch essen und die gleiche Luft atmen würde – überall wäre sie, und immer wäre sie da: Nachts würde er ihren Atem hören, morgens ihr Gesicht sehen, tagsüber würde er wissen, dass sie auf ihn wartete, und am Abend würde er sie in der Tür antreffen, die sie ihm öffnen würde. Er sah den plumpen Schlaf zu zweit im Bett, das allmählich zur Gewohnheit werdende Aufblitzen einer Leidenschaft, die schließlich so eintönig sein würde wie der Nachmittagstee oder das Abendessen, die Vertrautheit mit einer fremden Seele, in der es kein Geheimnis mehr zu ergründen gab, die ewige Verfügbarkeit eines Körpers, die die Begierde tötete, die Öde unvermeidlicher Streitereien, in denen sich das Ausmaß der Unvereinbarkeit zweier Lebewesen zeigte, die noch größere Langeweile der Versöhnungen als Bekenntnis der eigenen ohnmächtigen Ergebenheit gegenüber dem Schicksal.

Somit hob sich vor seinem Blick der Vorhang des ehelichen Alltags, dieses bodenlose Loch, in das man fiel, verblendet von einer Liebe, die vergehen würde, sobald sie ihre Aufgabe erledigt hatte. Er zuckte wie die kleine Fliege im Netz der großen Spinne, flatterte mit den durchsichtigen Flügelchen seiner Seele, um sich aus dem trügerischen Geflecht zu befreien. Das war doch lächerlich – sich grundlos derart zuzurichten! Tiefes Selbstmitleid, grenzenloses Bedauern verschleierten ihm den Blick; er wollte sich trösten und sich mit verständnisvollen Worten gut zureden wie einem vertrauensseligen Opfer menschlicher Beziehungen.

Hinter seiner Wand erwachten die Nachbarwohnungen, wurden Küchentüren zugeschlagen, brausten Wasserkocher, ließen sich Frauenstimmen und Kindergeschrei vernehmen. Er hörte zu und spürte ganz klar die Gefahr, merkwürdig nah, direkt an seiner Türschwelle, da stand sie grimmig, ihre grausige Hand lag bereits auf der Klinke. ›So wird mein Kind kreischen, so wird meine Frau herumschreien, und da brummt missmutig mein eigener Bass.‹ Würde er etwa in solch barbarischen Verhältnissen schreiben können? Und die Stimme seines Herzens antwortete mit Nachdruck: »Na selbstverständlich nicht! Keine verdammte Zeile wirst du, mein Lieber, zu Papier bringen, deine Hoffnungen kannst du dir abschminken! Und das ist eine Schande – du kannst ja schließlich was, da kann man sagen, was man will.« Nun denn, er musste sich also von seiner geliebten inneren Welt verabschieden wie ein Mönch an der Schwelle zum Dunkel des Klosters.

Und war es nicht mehr als seine Schaffenskraft, was er als Opfer auf dem fürchterlichen Ehealtar darbrachte? Gab er nicht letztlich ein pauschales Vorkaufsrecht auf alle seine Küsse, einen unbefristeten Wechsel auf seine Liebe, der ihn im Voraus zur Zahlung eines grauenvollen Zinses der Enthaltsamkeit verpflichtete? Es gab so viele Frauen, die er noch nicht kennengelernt hatte, zahllos waren die bezaubernden Gesichter und die verlockenden Körper, die man doch nicht einfach übersehen konnte, denn das hieße, etwas zu verpassen! Und plötzlich erhoben sich aus der Tiefe seiner Erinnerung geschmeidige Gestalten, die er flüchtig gesehen hatte, denen er irgendwann auf der Straße begegnet war, Geschöpfe, die für einen Augenblick den Blick fesseln und dann als Lockung der Zukunft in der Erinnerung haften blieben, in der Einbildung zu Träumen verschmolzen und wie einzelne Mosaiksteinchen von den Sinnen zu einem Bild vereint wurden, das dem Menschen wie die Vision einer anderen Welt erscheint. Er wurde ganz niedergeschlagen, schließlich hatte er bisher nur zufällig geliebt, Frauen, die ihm auf den Straßen der Stadt über den Weg gelaufen waren, selbst hatte er nie gesucht! In dem Moment schien ihm, als würde irgendwo eine auf ihn warten, die ganz seinen Träumen entsprach, schlank, liebreizend, bezaubernd, die ihn in einer Frühlingsnacht im Dunkel eines Parks küssen würde, die eng umschlungen mit ihm durch schlafende Straßen gehen und im Laternenschein ihre freudigen Augen zu ihm heben würde. Und zu ihr wollte er sich jetzt den Weg versperren!

Stepan stand auf und setzte sich auf das Bett, ganz zerzaust vom Schlaf, das Hemd aufgeknöpft, seine Beine baumelten nackt herab. Vom Stuhl neben sich griff er eine Zigarette und fing gierig zu rauchen an, sog ohne Unterlass den Rauch ein, bis sie ganz aufgeraucht war. Dann machte er sich noch eine an und dachte nach.

Wie war es nur so weit gekommen? An die Ansichten, die ihm gestern noch so geschliffen über die Lippen gekommen waren, konnte er sich schon nicht mehr erinnern. Sie waren ja auch, so viel war klar, bloß den Umständen geschuldet gewesen. Im Grunde hatte er vor allem Mitleid mit Zoya gehabt, das Mitleid eines Abschieds, und diesem Gefühl hatte er sich unvorsichtigerweise hingegeben. Nun denn, dann sollte er eben nicht für eine Sünde bezahlen, sondern für die eigene Gutmütigkeit! Und ihn überkam ein wildes Verlangen danach, sich zum Heiraten zu zwingen, um sich für die Zukunft eine Lektion zu erteilen. Dann würde er wenigstens beim nächsten Mal wissen, dass jedes Mitleid mit anderen eine Bestrafung seiner selbst war!

Doch wie hatte sie derart hinterhältig diese Wallungen seines Edelmuts ausnutzen können? Es hatte ihr wohl an Taktgefühl gefehlt, um zu verstehen, dass man ein solches Angebot höchstens aus Verzweiflung machte? Von Achtung ihr gegenüber konnte nun keine Rede mehr sein! Ihr fehlte das elementarste Feingefühl – im besten Fall. Und im schlechtesten – da war alles von ihrer Seite ein hinterhältiges, wohlkalkuliertes Spiel, die meisterhafte Jagd eines Mädchens, um einen Bräutigam zu fangen. Ganz nebenbei war sie ja arbeitslos und wohl auch zu keiner Arbeit fähig, langweilte sich, hatte kein Geld für Kleidung – also warum nicht heiraten? Besonders wenn ihr ein so prächtiger junger Mann in die Fänge ging, ein treuherziger Bursche, der wenig Ahnung hatte vom Leben und von der Durchtriebenheit der Frauen!

Aufgeregt stand er auf und ging barfuß zum Tisch, auf dem seine Hose lag. Diese Zoya war eine Betrügerin! Aber ihn führte man nicht so leicht hinters Licht!

Stepan erinnerte sich plötzlich an seine dienstlichen Verpflichtungen, und geschwind begann er sich anzukleiden. Seine persönliche Misere gab ihm schließlich nicht das Recht, seine Aufgaben zu vernachlässigen, und er gab all die unfertigen Gedanken auf, ohne zu einem Ergebnis gekommen zu sein. Erst beim Waschen kam ihm der Gedanke, dass sie ihn vielleicht wirklich liebte und es für sie unangenehm sein würde, all das zu hören, was er ihr sagen wollte. Doch mit diesem Gedankengang bemerkte er erneut Anzeichen von Mitleid bei sich, er spritzte sich verärgert Wasser ins Gesicht. Genug damit! Selbst wenn sie ihn liebte, war das völlig unangebracht, längst wäre es an der Zeit gewesen, das zu beenden. Er war schließlich keine SozSabes in Sachen Liebe!

Er klemmte sich seine Aktentasche unter den Arm und trat schnellen Schrittes nach draußen, knöpfte seinen Mantel im Gehen zu und sprang auf eine Straßenbahn auf, die ihn zum OkrWyKonKom brachte. Nachdem er in der Cafeteria eilig eine Tasse Tee heruntergestürzt und ein Stück Marzipangebäck heruntergeschlungen hatte, kam er mit nur halbstündiger Verspätung in der Redaktion an. Auch diese Verspätung wurmte ihn.

»Ich muss mich in den Griff kriegen«, dachte er sich.

Zu tun gab es, wie der Zufall es wollte, genug. Innerhalb einer guten Stunde machte er sicher zehnmal den Gang zum

Telefon, außerdem beantwortete er einen Berg Briefe. Danach fuhr er zur Druckerei, kehrte in die Redaktion zurück, setzte die Honorarliste für die letzte Nummer der Zeitschrift auf und machte gegen vier Uhr Feierabend. Seine Arbeitskollegen nickten ihm beim Hinausgehen zu oder schüttelten ihm die Hand, und jedem wollte er es wie einen lustigen Scherz erzählen:

»Wisst ihr was, ich hätte mich fast verheiratet! Ist das nicht eine Komödie?«

Dann nahm er eine Mahlzeit ein, las in der Kantine ein paar Zeitungen und machte sich um fünf zu einer Sitzung des Ortskomitees auf. Es ging um die Sanatorien- und Ferienkampagne, eine wichtige und verantwortungsvolle Angelegenheit. Der Frühling hatte begonnen, es galt frühzeitig, die sommerliche Erholung der Schriftsteller zu planen und über die Instandsetzung ihrer künstlerischen Fähigkeiten zu beraten. Um acht war die Sitzung zwar zu Ende, doch jemand machte den Vorschlag, ins Kino zu gehen. Man begab sich in einer großen Gesellschaft dorthin, und erst um halb elf kam Stepan Radtschenko an diesem Tag zurück in sein Zimmer.

Zu Hause machte sich sein innerer Aufruhr, der untertags zu einer unwesentlichen Nervosität abgeklungen war, erneut bemerkbar. Er muss sie schließlich, zum Teufel noch mal, beenden, die Sache … mit der … Heirat! Ach, und dann war da auch noch das Fest … Vor Zorn schnürte sich ihm die Kehle zu, wenn er daran dachte, dass das seine Verlobungsfeier werden sollte. So konnte man also irren! Trotzdem entschied er sich nach kurzem Überlegen, hinzugehen. Sollte diese Betrügerin bloß nicht denken, dass er ein Angsthase war! Er war fähig, ihr alles direkt ins Gesicht zu sagen, da konnte sie Gift drauf nehmen! Ihre Masche verdiente keine falsche Zurückhaltung.

Die Adresse stand in seinem Notizblock. Sehr gut! Sollte er etwa sein Geld einfach verfallen lassen? Außerdem war morgen ein Feiertag und übermorgen Sonntag – da galt es, sich zu amüsieren. Er wollte bloß ein bisschen tanzen und praktisch von der Fähigkeit Gebrauch machen, in die er so viel Arbeit gesteckt hatte. Er zog sich gemächlich um, reinigte die Kleidung, wusch sich selbst dabei gründlich, damit er möglichst spät auf der Party erschien. Sollte sie sich ruhig ein bisschen quälen!

Um kurz vor zwölf klingelte er auf der zweiten Etage eines großen Gebäudes an der Pjatkowstraße.

Ihm öffnete ein Mädchen, das er zum ersten Mal sah, aber bald erschien auch Zoya im Vorzimmer. Sobald er ihre kleine Gestalt, ihr mageres Gesicht und die spitze Nase von Weitem sah, wurde ihm vollkommen klar, dass nicht nur die Spinnerei mit der Heirat, sondern die ganze Beziehung mit diesem Kanarienvogel nichts weiter als ein gewaltiges Missverständnis war. Was mochte ihm bloß an ihr gefallen haben? Fast errötete er, so peinlich war ihm nun sein Geschmack.

Unterdessen machte ihn Zoya mit dem Mädchen bekannt, das ihm die Tür geöffnet hatte. Es handelte sich um die junge Hausherrin, und Stepan küsste ihr höflich die Hand.

»Legen Sie ab«, sprach sie einladend, »wir sind schon lange am Tanzen.«

Stepan verbeugte sich. Durch die halbgeöffnete Tür zum Wohnzimmer drangen das klangvolle Motiv eines Tanzes, das Getrappel von Füßen auf dem Boden und undeutliche Gespräche.

»Warum so spät?«, fragte Zoya alarmiert, als die Hausherrin das Zimmer verlassen hatte. »Ich habe mir Sorgen gemacht. Bist du vielleicht krank?«

»Nein, ich bin vollkommen gesund«, antwortete er.

Während er ablegte, quasselte die beruhigte Zoya fröhlich vor sich hin. Also, wie schön, dass er gekommen war. Damit waren alle da. Ach, und wie fröhlich es schon zuging! Die Eltern hatte man selbstverständlich ausquartiert, denn Eltern – die sind das Langweiligste auf der Welt. Keiner fällt einem so zur Last wie Eltern.

Dann nahm sie ihn bei der Hand, um ihn ins Wohnzimmer zu führen. Doch er befreite seine Hand und sagte kalt:

»Warte, ich habe dir etwas zu sagen.«

Zoya blieb stehen, überrascht von der Härte in seiner Stimme.

»Ich hab's doch gespürt, dass mit dir was nicht stimmt«, entfuhr es ihr.

»Zoya«, fuhr er fort, »ich habe gestern dummes Zeug geredet. Ich gestehe meinen Fehler ein. Schlag dir das alles aus dem Kopf, ein für alle Mal.«

Sie schwieg eine Weile. Dann antwortete sie leise, wobei sie ihm in die Augen sah.

»Du hast dir das doch selbst alles ausgedacht … Was soll's, dann wird's halt wieder so wie früher.«

Der Vorwurf in ihrem Blick machte ihn wütend. Er beugte sich nervös vor:

»Nein, nicht so wie früher, sondern gar nicht! Verstehst du mich?«

Zoya flüsterte mit wiegendem Kopf:

»Heißt das, du liebst mich nicht?«

»Hör mir mit deiner Liebe auf!«, schrie er aufgebracht. »Du bist mir zuwider. Scher dich weg von mir, na los!«

Und er drehte sich um und trat ins Wohnzimmer. Auf der Schwelle machte er kurz halt und sah sich in der Wohnung um. Sie gehörte offensichtlich einem Arzt, so viel konnte er sich aus den auf dem runden Tisch verteilten Illustrierten und den für Arztpraxen typischen Gerüchen erschließen, die den Tabakrauch durchdrangen. Tische und Stühle waren an die Wand gerückt, um in der Mitte Platz zum Tanzen zu schaffen. Geradeaus im nächsten Zimmer brannte eine mattrote Lampe, von links war durch eine geschlossene Tür das Geklapper von Geschirr und Besteck zu hören. Insgesamt waren um die zwanzig Personen da, und er bemerkte gleich, dass die Frauen in der Überzahl waren. Nur vier Paare tanzten, die anderen saßen entlang der Wand, an die man die Möbel gestapelt hatte. Am Klavier in der Ecke saß ein magerer jüdischer Klavierspieler, der Stepan beim Eintreten mit den gleichgültigen Augen eines Profis anblickte, bei dem bloß die Hände beschäftigt waren.

Nachdem er mit einem sicheren Blick die Einrichtung und die Anwesenden gemustert hatte, trat Stepan leicht und befreit lächelnd zur Hausherrin und bat mit einer erneuten höflichen Verbeugung darum, ihn mit den Gästen bekannt zu machen.

»Und wo ist Zoya?«, fragte sie.

»Irgendwohin verschwunden.«

Die Musik brach ab, die Paare trennten sich, alle standen ihm zu Diensten. Langsam durchmaß er mit der Hausherrin das Zimmer, blieb bei jedem besetzten Tisch stehen, artikulierte deutlich seinen Namen, sah gleichgültig über die Männer hinweg, während er die Frauen streng und forschend wie Angeklagte betrachtete. Angespannt musterte er ihre Gesichter mit seinem scharfen Blick, der geschmeidig über Haare, Backen und Hälse glitt und dabei mitleidlos selbst die kleinsten Makel in ihren Zügen ausmachte, als wäre es ein königlicher Blick mit unbegrenztem Auswahlrecht. Seine gierigen Augen suchten leidenschaftlich nach einem Zielobjekt. Sein Händedruck war kraftvoll und herausfordernd, sein Körper geschmeidig und angespannt, denn während er sich umsah, bot er sich auch selbst den Blicken feil. Ihn durchzuckte das süße Gefühl, dass er hier von allen Männern der schönste war, aber nachdem er allen vorgestellt worden war, war er ein wenig enttäuscht – von den Frauen gefiel ihm keine einzige.

»Bleibt noch das ›rote‹ Zimmer«, verkündete die Gastgeberin.

»Oh, Verzeihung«, sagte er.

Im dem roten Zwielicht dort, in das er sich schon ohne große Hoffnungen begab, saßen zwei Männer und eine Frau in weichen Sesseln an einem Tisch. Hierher hatte man aus der ganzen Wohnung die Zimmerpflanzen geschafft – einen großen Gummibaum, einen Oleander, Fingerkakteen, Igel-Klee: Im trüben Licht der Lampe, die mit transparentem Farbpapier umwickelt war, wirkte das Zimmer wie ein geheimnisvoller Garten. Den Boden bedeckte wie der flauschige Untergrund eines Zauberwaldes ein großer Teppich, der kaum hörbar unter seinen Füßen raschelte und mit diesem sanften Flüstern die Sinne erregte. Es lag eine vertraute und träge Atmosphäre in der Luft, die einen nur leise im Flüsterton sprechen und verhalten lachen ließ.

Die Frau hatte ein ruhiges, beinahe regloses längliches Gesicht, das in dem rechteckigen Rahmen ihrer glattfrisierten Haare mit dem geraden Pony über den Augen irgendwie klassisch, raffiniert und zugleich eingefroren, kurzum ewig jung und der eigenen Schönheit sicher schien und so würdevoll wie das Gesicht einer antiken Ägypterin, die mit einem Fächer in der Hand hinter dem Pharao her schreitet. Doch ihre Augen lebten, waren in Bewegung und lachten für das ganze Gesicht, große hypnotisierende Augen, die in der Finsternis funkelten wie die einer Katze. Gekleidet war sie, soweit er das erkennen konnte, in ein dunkles Samtkleid, das an schmalen Trägern an ansonsten freien Schultern hing.

Die Gastgeberin ließ sie allein. Stepan zog einen Sessel heran, setzte sich der Frau gegenüber zwischen die zwei Männer und begann ungeniert zu sprechen, ohne abzuwarten, dass das Gespräch wieder begann, das durch sein Erscheinen unterbrochen worden war.

»Das ist ja fast wie in einem Fotostudio hier.«

»Ein Fotograf hat uns gerade noch gefehlt«, sagte sie.

Aus dem scherzhaften Ton dieser Worte vernahm er, dass er ihr gefiel.

»Auch ich, liebe Rita, bin Amateurfotograf«, erwiderte sein Nachbar zur Linken, ein Jüngling mit weiblichen Zügen.

Diese Antwort zeigte Stepan, dass es um die Sache dieses Jünglings schlecht bestellt war.

»Ich dagegen bin professioneller Fotograf«, verkündete er.

Und in aller Ruhe, mit einem Gefühl tiefer Sicherheit, fügte er hinzu, dass er Schriftsteller sei, und dass seine Kunst daher im Fotografieren von Seelen bestehe.

»Nur von Seelen?«, fragte sie.

»Der Weg zur Seele führt über den Körper«, antwortete er.

Es folgte ein Gespräch über Literatur, und Stepan, der sich eine Zigarette angezündet hatte, dominierte es geschickt. Selbstverständlich war er den anderen an Kunstverständnis und Urteilssicherheit überlegen. Jedoch schalteten sich auch seine Nachbarn nach Kräften in das Gespräch ein, besonders der zur Rechten – ein schnurrbärtiger Bursche mit Neigung zur Rechtschaffenheit und Anzeichen juristischer Bildung. Gefielen ihr etwa Männer mit Schnurrbart?

Schließlich gab der Junge mit dem Mädchengesicht auf, entschuldigte sich und verschwand. Die traurigen Töne eines Foxtrotts drangen ins Zimmer und fielen wie welke Blütenblätter einer riesigen glühenden Blume auf Teppich, Möbel und Pflanzen. Gestalten flirrten durch das Licht im Türrahmen, und einige überschritten im taumelnden Tanz die Schwelle und störten die heilige Stille mit dem harten Klappern ihrer Schuhe. Stepan sprach von der zeitgenössischen Literatur, der eigenen und der ausländischen, deklamierte die Verse leidenschaftlicher Dichter, um der schönen Rita Lust und Liebesverlangen einzuhauchen, um ihre entblößten Arme, die auf dem Tisch dunkel, verführerisch im aufreizenden Licht der roten Lampe ruhten, zu sich zu locken. Hin und wieder blieb ihr funkelnder Blick an ihm hängen, ließ ihn auf Verständnis und Einvernehmen schließen, dann spürte Stepan jedes Mal, wie sein Blut hochkochte, brodelte, als hätte ihn nicht ihr Blick, sondern ihre Schulter gestreift.

»Es gibt aber wirklich viele neue Schriftsteller«, meinte sie.

Der schnurrbärtige Jurist schmunzelte missfällig. Da gebe es nichts zu wundern! Schließlich führten alle als Kinder Tagebuch oder schrieben Gedichte, doch sobald man erwachsen werde, lasse man die Dummheiten. Manche blieben allerdings in der Kindheit stecken, so sei das doch!

Stepan fuhr auf und antwortete giftig, ohne sich ihm zuzuwenden:

»Ein Schnurrbart macht noch keinen Erwachsenen!«

Dann erhob er sich und fragte Rita:

»Wollen Sie tanzen?«

Dabei dachte er: Entweder sie sagt ja, oder ich mache mich gleich aus dem Staub.

»Mit Vergnügen«, sagte sie.

Sie nahm ihn bei der Hand, und beide traten ins Wohnzimmer.

Jetzt, im Licht von sechs weißen Lampen, die an der Decke brannten, konnte er sie von oben bis unten betrachten. Sie bestand aus zwei übergangslosen Farbtönen, schwarz – Haare, Augen, Kleid und Lackschuhe, und braun – Gesicht, Hände, Schultern und Strümpfe, und diese einfache Verbindung verlieh ihrer Figur einen stolzen Zauber. Keine Locken oder Kämme in ihrer schlichten Frisur, keine Verzierungen oder Stickereien auf ihrem schlichten Kleid, das sich ab der Hüfte ein wenig weitete und unten, ähnlich dem Pony über ihrer Stirn, abgeschnitten wirkte. Das schwarze Funkeln ihrer Augen überstrahlte das übrige Schwarz an ihr, doch das Braun war wie erstarrt, in ihrer Kleidung war Leben, und in ihrem Körper ein Traum.

Entrückte Paare wankten an ihnen vorbei, und auf einmal sah Stepan, dass Zoya ziemlich ausgelassen mit dem mädchenhaften Jüngling tanzte. Er dachte zufrieden »Na also, die hat auch schon ihren Spaß. Die zwei passen perfekt zusammen.« Dann nahm er seine Dame in den Arm, und nachdem sie den Takt abgewartet hatten, stürzten sie sich in das Getümmel der Tanzenden. Sie bewegte sich geschmeidig und rund, schmiegte sich von der Brust bis zu den Knien ganz an ihn, gab sich ihm und dem Tanz hin, und er schaute ihr mit einem beschwörenden Blick in die Augen, gespannt von Kopf bis Fuß in leidenschaftlicher Umschlingung. Ihrer beider heißes Blut pulsierte pochend durch den Stoff, eine Welle der Besinnungslosigkeit, mächtig, süß, und auf einmal verlor Stepan die Besinnung für alles außer dem Rhythmus und dem Körper, der sich an ihn presste, sich ihm ergab, dem Körper, der ihm in diesem Moment so vollständig gehörte, wie er sonst niemals von ihm Besitz ergreifen könnte.

»Abendessen, Abendessen!«, rief die Hausherrin.

Die Musik brach ab, und Stepan ließ voll schmerzlichem Bedauern von ihr ab. Ein banges Unwohlsein schnürte ihm die Brust zusammen, denn dieser hemmungslose Tanz hatte ihm die Luft genommen, seine Leidenschaft war gebrochen, zurück blieben Sehnsucht und wilder Trieb. Er nahm sie am Arm, damit er weiterhin ihren Körper spüren konnte. Als Antwort auf seine Befangenheit drückte sie geschwind seine Hand, und Stepan, dem es sofort leichter ums Herz wurde, flüsterte:

»Wollen wir nebeneinander sitzen?«

»Selbstverständlich.«

Alle strömten fröhlich plappernd ins Esszimmer, verlangten im Anschluss an die ausgiebigen Leibesübungen nach Stärkung. Im Gewühl stieß er für einen Augenblick mit Zoya zusammen, und da sich seine Partnerin gerade abgewandt hatte, nutzte er den Moment und flüsterte ihr leise, aber fröhlich zu: »Leb wohl, Zoya!« Sie sah ihn mit jenem tiefen, durchdringenden Blick an, den er so gut kannte, der ihn aber jetzt nicht mehr berührte, und antwortete leise etwas, was er im Vorbeigehen jedoch nicht verstehen konnte.

Der Tisch war vollständig ausgezogen und großzügig mit einfachen, aber ansprechenden Speisen gedeckt – Konserven, Käse, Hering, Schinken, marinierter Fisch, Vinaigrette-Salat und verschiedene Wurstsorten. Zwischen den Tellern und Tellerchen, auf denen diese Speisen ausgebreitet waren, standen ein paar Blumen, lag geschnittenes Brot in drei Körben, ragten die grünen Hälse von Weinflaschen und die weißen Schnäbel von Wodkakaraffen hervor. Nachdem sie sich gesetzt hatten und alle die ersten Bissen nahmen, wurde es für einen Augenblick ganz still, dann hob wie ein kaum spürbarer Luftzug die Unterhaltung zwischen den Sitznachbarn allmählich wieder an.

Stepan goss geflissentlich Rita und sich selbst ein. Sie trank ruhig, langsam, wählte kenntnisreich und zugleich gelangweilt den Wein aus. Er beobachtete sie und erkannte sie nicht wieder. Ihre Züge wirkten abwesend, vollkommen gleichgültig, und nur, wenn sie ihren Blick wieder zu ihm hob, spürte er die Frau, die mit ihm getanzt hatte.

»Rita, o Rita«, flüsterte er, »welch wunderschöner Name!«

Die Gesichter der Gäste kamen ihm dank der zunehmenden Wirkung der Getränke schon freundlicher vor. Der schnurrbärtige Jurist, der Stepan schräg gegenübersaß und eifrig mit einem blonden Mädchen mit Riesenbusen schäkerte, begegnete seinem Blick zunächst feindselig, dann aber, vollkommen unerwartet, zwinkerte und lächelte er ihm komplizenhaft zu. Stepan umspülte eine Woge grenzenlosen Wohlwollens gegenüber seiner Umgebung. Wie wunderbar! Er konnte hier jeden und jede ansprechen und sich mit ihnen unterhalten wie ein alter Freund, denn all das, was die Leute voneinander entfernt, zerschmolz in ihren Gläsern, und sie wurden einander gleich – sorgenfreie Tiere, die lachen und scherzen wollen.

Zoya saß am Kopfende des Tischs und unterhielt sich ziemlich angeregt mit dem mädchenhaften Jungen, dessen rundes Gesicht vor Zufriedenheit strahlte. Stepan schaute einige Male zu dem Paar hinüber und hoffte dabei, dass sich ihre Blicke begegnen und dass Zoya sich schämen würde. Aber halsstarrig wandte sie einfach nicht den Kopf. Stepan war enttäuscht. Das nannte man also Liebe! Jetzt hängte sie sich an den Erstbesten, als wäre gar nichts gewesen. Eine Schande, dass er mit dieser Betrügerin nicht noch härter ins Gericht gegangen war!

Schließlich hörte er auf, ihr Beachtung zu schenken. Die Stimmen wurden immer lauter und verschwammen zu einem chaotischen Redefluss, aus dem betrunkene Ausrufe und Gelächter schallten. Stepan erschien es, als jagte er auf einem leichten Schlitten immer weiter einen gewaltigen Berg hinab. Er fand mit seinem Bein seine Nachbarin und presste es hitzig an sie.

»Pass auf, du ruinierst noch meine Strümpfe«, sagte sie ruhig.

»Ich wasche sie in meinem eigenen Blut.«

»So viel Blut haben Sie übrig?«

»Zweimal mehr als notwendig.«

Er bemühte sich, diesen Worten tiefstmöglichen Sinn zu geben. Danach führte er ein Gespräch voller eindeutiger und frecher Anspielungen und erzählte durchsichtige Witze, auf die er äußerst raffinierte Antworten erhielt, war ihr doch die überwiegende Mehrheit davon bereits bekannt.

Schließlich erreichte seine Trunkenheit jenen Zustand, in dem der Mensch traurig und von Kummer erfüllt wird. Ganz so, als wäre er am Fuß des Berges angekommen und stünde nun einsam vor einer grauen Ebene. Und von dort betrachtete er voller Angst und Verzweiflung seine Nachbarin. Würde hier etwa schon wieder dieses Ding mit der Liebe beginnen, diese ermüdenden Plänkeleien zwischen Mann und Frau? Die Liebe, das war eine zeitraubende Algebra-Aufgabe, bei der nach allen Bemühungen, die Klammern aufzulösen, doch die Null herauskam. Und die nächste Aufgabe wird genauso sein. Und weiter so. Immer weiter. Die Komponenten veränderten sich, die Faktoren, die Vorzeichen, aber das Ergebnis war immer das gleiche und immer gleich Null. Resigniert spürte er, dass es genauso war – er würde ihr verfallen, würde nach ihr suchen, würde sich an sie klammern wie an einen Rettungsring, den er auch nach Erreichen des Ufers mit sich schleppen musste, denn er klebte fest, schnürte ihn ein, alle Schnüre daran waren aufgequollen und saugten sich an seinem Körper fest. Überdruss packte ihn wie einen Zuschauer, der ein Stück bereits zum zehnten Mal sehen musste und trotzdem aus unerfindlichen Gründen ins Theater ging.

Er verlor sich in tiefen Gedanken. Plötzlich legte sie ihm ihre Hand aufs Knie.

»Stepan …«

»Was?«

»Geben Sie mir Ihre Hand.«

Er gab ihr seine Hand und zog sie sofort wieder zurück, ein scharfer Schmerz ließ ihn zusammenzucken. Mitleidslos hatte sie ihn in die Handfläche gepikst. Augenblicklich fing er wieder Feuer, als hätte sie mit ihrer Stecknadel auch die Seifenblase seiner Grübeleien zum Platzen gebracht.

»Nehmen Sie sich in Acht«, sagte er lachend, »bei Gelegenheit pikse ich Sie auch!«

Ihr Blick trübte sich.

»Das schaffen Sie nicht«, antwortete sie.

Er beugte sich zu ihr hinüber und erzählte ihr leise eine Geschichte von Catulle Mendès über eine blinde Großmutter, die ihre Enkelin an ihrem Rock festnähte, um sie vor dem Bösen zu bewahren, und die trotzdem zur Urgroßmutter wurde, obwohl sie doch das Mädchen die ganze Zeit über nur einmal für eine Viertelstunde und ein anderes Mal für fünf Minuten allein gelassen hatte. »Wie bitte hast du es denn geschafft, dir in einer Viertelstunde einen Liebhaber zu suchen?«, fragte sie zornig. Doch die Sünderin antwortete unschuldig: »Nein, Großmutter, es war das andere Mal.«

»Was für eine dumme Großmutter, wenn sie ein Mädchen derart zur Verzweiflung treibt«, meinte Rita

»Aber Sie haben, hoffe ich doch, keine Großmutter?«

»Nein, aber dafür muss ich meinen Zug erwischen.«

Jetzt teilte sie ihm mit, dass sie heute nur zufällig hier gewesen sei, dass sie angereist sei, um ihre Eltern zu besuchen, eigentlich lebe sie in Charkiw, wo sie im Ballett tanze. Mit dem Frühzug am nächsten Morgen fuhr sie zurück.

Noch nie hatte Stepan gegenüber einer Frau solche Dankbarkeit verspürt wie jetzt. Sie würde wegfahren! Also würde es keine Liebe geben? Was für ein Glück! Er war bereit, vor ihr auf die Knie zu fallen und eine Lobeshymne auf sie anzustimmen. Gott, wie schön es doch war, auf der Welt zu sein!

»Zwei Uhr«, sagte sie, »ich muss los. Wollen Sie mich begleiten?«

Er wollte das unbedingt.

Stepan wartete im Vorzimmer, während sich Rita von der Gastgeberin verabschiedete. Als sie herauskam, packte er sie und zog sie zu sich.

»Küss mich«, sagte er.

Sie fing leise lachend an zu singen:

Wo Mädchen ihre Füße waschen,
da wollen Jungs vom Wasser naschen

tra-la-li, tra-la-la,
tra-la-li, tra-la-la!

Dann schmiegte sie sich wie beim Tanzen an ihn, und für einen Moment spürte er das süße Kitzeln ihrer Zunge.

»Das Feuer der Liebe duftet nur einen Augenblick lang«, entfuhr es ihm ekstatisch, »danach kocht man Borschtsch darauf.«

»Für eine Frau ist nur ein Augenblick zu kurz«, sagte sie.

»Ich meinte das allegorisch.«

Bedrohliches Stuhlgeklapper breitete sich in der Wohnung aus – man erhob sich vom Esstisch.

Mantellos ging er hinaus auf die Straße, ohne auf ihren Protest zu achten, und weil es kalt war, überfiel ihn sofort eine nachdenkliche Stimmung.

»Der Himmel hat die Farbe eines Fünf-Karbowanez-Scheins«, meinte er.

»So ein Materialist sind Sie?«

»Auf jeden Fall. Und Sie?«

»Ich auch. Wegen der Idee haben wir auch so genug gelitten.«

»Die Idee hat aber auch so einiges durchgemacht.«

Sie nahm in einer Droschke Platz und sagte:

»Leb wohl, du Schlingel!«

»Leb wohl, du Traum!«

Freudig blickte er ihr nach, wie die Gefahr ums Eck verschwand. Er winkte ihr hinterher. Es war vorbei.

Eigentlich hätte er bereits nach Hause gehen können, aber er hatte ja seinen Mantel nicht. Zum Glück hatte man hinter ihm die Tür nicht geschlossen, und so konnte er ungehindert ins Vorzimmer spazieren. Dort tigerte besorgt der Jüngling mit dem filigranen Gesicht herum.

»Was ist denn los?«, fragte ihn Stepan.

»Na ja, also …«, murmelte er, »Zoya geht es schlecht.«

»Dann muss man sie halt heimbringen«, sagte Stepan.

»Schon … Nur kann ich sie wohl kaum tragen.«

Stepan zog drei Karbowanez aus seiner Tasche.

»Hier, nimm.«

Der Jüngling zögerte, nahm dann aber das Geld und verschwand.

Im Wohnzimmer tanzte man – erschöpft, chaotisch, einander anrempelnd, doch man tanzte. Stepan ging teilnahmslos an der Wand entlang bis ins rote Zimmer, setzte sich unter den Gummibaum in die Ecke, streckte die Beine aus und schlief sofort ein, in den Schlaf gewiegt von der Musik, dem Geflüster ringsum und den zaghaften Küssen.

Er erwachte in vollkommener Stille. Die rote Lampe in dem Zimmer war ausgegangen, nur im Wohnzimmer brannte noch ein Licht, dessen Schein kaum die Ecken erleuchtete. Er erhob sich, ging auf Zehenspitzen ins Vorzimmer, nahm seinen Mantel und schlenderte über lange, leergefegte Straßen durch die Stadt, die im Morgengrauen unter einem bleifarbenen Himmel schlief.

XII

Nachdem er im Sessel unter dem Gummibaum aufgewacht war, schwamm er in einem Zustand sanfter Verträumtheit, und noch auf dem Nachhauseweg war er in diesem Zustand. Die ganze Zeit über, von der Pjatkowastraße über den Jüdischen Basar, der nachts eher einem Friedhof glich, konnte er die Schläfrigkeit nicht abschütteln, die ihn nach der psychischen und körperlichen Anspannung dieser Nacht überfallen hatte. Er schlenderte schlapp dahin, ohne an etwas zu denken außer dem richtigen Weg. In seinem Körper, Kopf und Herzen verspürte er süße Mattigkeit und das Verlangen, alles zu vergessen. In seinem Zimmer zog er sich automatisch bis auf die Socken aus und rollte sich aufs Bett.

Um ein Uhr mittags wachte er auf und blinzelte in die blendende Flut, die sein Zimmer durchströmte. Durchs Fenster gegenüber dem Bett drangen die ersten warmen Strahlen der Frühlingssonne, krochen die Wände entlang und kitzelten sein Gesicht. Er richtete sich in seinem Bett ganz auf und gab sich völlig der instinktiven Freude über die Wärme und der Vorahnung eines nahen, unfassbaren Glücks hin. Dann erhob er sich ganz, stellte sich aufs Bett, reckte und streckte sich, tauchte ein in die helle Flut, die ihn wie ein Lebensquell umspülte. Schließlich sprang er vom Bett herab, lief zum Fenster, öffnete es weit und streckte seinen Wuschelkopf hinaus. Beim ersten Windstoß erschauderte er noch, der zweite war schon angenehmer, und beim dritten hatte er sich daran gewöhnt, so als streiche ihm eine riesige Sonnenhand, zauberhaft und aufmunternd, über den Kopf und kitzle dann den Hals. Eine frische Kraft erfüllte sein Inneres, durchdrang ihn mit elementarer Energie, die seine Brust bis zum Bersten weitete und sein Herz mit Sehnsucht füllte. Er fühlte, dass sich die Vergangenheit in einem tiefen Schlaf verloren hatte, aus dem er im Frühlingserwachen ohne Erinnerung neu geboren wurde, als erwachsener, erfahrener Mensch aufblühte, weise und voller Kraft mit einem unbändigen Glauben an sich selbst.

Er zog sich rasch an und wusch sich so schnell, als zählte jeder Augenblick. Dann verließ er das Haus. Die Pfützen des sterbenden Winters zerflossen in der lachenden Sonne und spritzten unter den Füßen der fröhlich dahineilenden Menschen. Es war wie ein Happy End in einem Film mit tragischen Verwicklungen.

Er schlenderte los, ohne Ziel und Plan, irgendwo anzukommen oder zu verweilen. Das trunkene Gefühl der Freiheit trieb ihn voran, ein Gefühl völliger Unabhängigkeit, eine geradezu animalische Freude über die Befreiung von seiner gestrigen Grübelei, davon, was er gesehen, ersehnt, wie er gestern gelebt hatte, die Befreiung von Mühsal und Sorge aller bisherigen Tage. An der Ecke der Wolodymyr- und Swerdlowstraße, wo die Mädchen mit Verkaufskörben voller Blumen standen, kaufte er zwei Bündchen Blausterne, und da er sich nicht traute, sie ins Knopfloch des Mantels zu stecken, verbarg er sie vorsichtig in der Tasche.

Am Nachmittag stellte er die Blumen in ein Wasserglas. Sie rochen nach Wiese, der üblich grünliche Geruch, belebende Frische aus dem finsteren, feuchten Schoß der Erde, aus dem die Blumen in den glänzend wärmenden Sonnenschein streben. Die dezenten Blausterne lächelten ihm wie kleine Fahnen eines großen Lebens entgegen. Er platzierte sie auf dem Tisch. Danach angelte er aus dem Bücherstapel seine Erzählsammlung.

Er erinnerte sich nur undeutlich, was er eigentlich geschrieben hatte. Er las es nun begeistert, als handelte es sich nicht um seinen, sondern um einen fremden Text. Unerwartete Bilder überraschten ihn ebenso wie kunstvolle Satzverknüpfungen und einzelne Wörter, von denen er instinktiv ahnte, dass sie gleich da auftauchen würden, wohin er sie auch jetzt stellen würde. Das Gelesene belebte sich unter seinen aufmerksamen Blicken, ließ ihn die einstige Schaffensfreude aufs Neue erfahren, weckte die vergangene Begeisterung und Aufregung, das Beben und das süße Innehalten über den eigenen Zeilen. Nachdem er die letzte Seite gelesen hatte, war er sehr erstaunt. Das hatte er geschrieben? Sicher. Auf dem Umschlag stand ja klar und deutlich sein Name. Doch er kokettierte ein wenig mit sich, ob er das Lob wirklich verdient hatte, zierte sich wie ein Backfisch, der aus freundlichen Händen einen prächtigen Blumenstrauß entgegennehmen soll – ist er denn überhaupt für sie? Doch schon im nächsten Augenblick lenkte er übereilt ein, ein wenig überstürzt und ohne den innigen Wunsch zu verbergen, das Lob einzuheimsen. Das-bist-du. Ja-ja-du, pochte sein Herz. Er lauschte der Sinfonie eines erhabenen Chors, der für ihn das Lied der Eigenliebe säuselte, und er bestaunte ehrfürchtig sein Talent. Er wollte von neuem hinaus, durch die Straßen schlendern und allen und jedem ein Lächeln schenken. Er widerstand jedoch dem Drang und las seine Erzählungen noch einmal von der ersten bis zur letzten.

Nun war er doch ein wenig verstört. Verschiedene Fehler und mehrere Unzulänglichkeiten in der Komposition ärgerten ihn, und ein ziemlich befremdlicher Inhalt stieß ihm peinlich auf. Worüber hat er denn da geschrieben? Nirgends auf den über hundert Seiten konnte er einen echten Menschen entdecken. Einen, der sich quält und abkämpft, dessen wahnsinniges Streben aus Schmerz geboren wird, der strauchelt, kriecht und sich wieder aufrappelt und schließlich zu ungeahnten Höhen emporschwingt. Auf diesen Seiten fand er weder den traurigen Zwerg mit mächtigem Verstand noch das schwächliche Tier, das auf seinen mageren Schultern die ewige Last des Bewusstseins trägt, genauso wenig fand er das zauberhafte Kind, das inmitten der farbigen Fontänen des Lebens so herzlich zu lachen und zu weinen vermag, und auch keinen grausamen Krieger, der für seinen Traum zu töten und zu sterben bereit ist, den strengen Strategen der Zukunft und den unermüdlichen Läufer zu fernen Horizonten. Und diese Lücke irritierte ihn. Wozu all das Geschriebene, wenn kein Menschenherz in ihm schlägt? Tot schienen diese Erzählungen, in denen der Mensch unter dem Druck der Dinge und Ideen unsichtbar wird, die eigentlich vom Menschen erschaffen wurden und für ihn bestimmt sind!

Stumpf stand er auf, legte sich hin und verschränkte die Arme hinter dem Kopf. Ja, er hatte den Menschen übersehen! Und es ist doch vor allem der Mensch, der der Aufmerksamkeit wert ist. Ohne ihn wird alles sinnlos und zu einem seelenlosen Schema, ein Rufen in der Wüste. Die althergebrachte

Naivität, dass der Mensch das Maß der Dinge sei, dass die Welt für ihn erschaffen wurde und die Sterne für ihn strahlten, schien die einzige Wahrheit auf Erden und über allen anderen Tatsachen und Gewissheiten zu stehen. Aus Reue über dieses Missverständnis, aus dem klaren Blick auf die Triebfedern des Seins und aus dem durchdringenden Gefühl für alles Menschliche griff er nach den ersten Fäden dieses glühenden Gewebes.

Er wird einen Roman über Menschen schreiben.

Als er dann weiter darüber nachdachte, überfiel ihn schreckliches Unbehagen. Es überkam ihn angesichts seiner Hilflosigkeit gegenüber der gewaltigen Aufgabe, er spürte ihr Gewicht klar und deutlich – und übertrieb freilich, sicher unbewusst, deren Schwierigkeit. Wie ließen sich die zahllosen Ereignisse verknüpfen, die er gesammelt und durchlebt hatte, wie die zahlreichen Beobachtungen, die er über andere und sich angestellt hatte, zu einem makellosen Ganzen komponieren, dessen Teile präzise wie ein Uhrwerk eingestellt wären? Wie sollte man innerhalb einiger Tausend Zeilen die unendliche Vielfalt der Menschen entdecken, all die irrsinnigen Sprünge ihrer Gedanken, Launen, Wünsche und Taten? Wie kann man den Menschen als Menschen vollständig hervortreten lassen, ohne Schönfärberei und Auslassungen, so wie er im Kampf, in der Liebe und der Arbeit wirklich ist, in all seiner Erhabenheit und seinen niederen Beweggründen, mit seinen Verbrechen und seiner Reue, Gemeinheit und Ergebenheit? Nein, das geht entschieden über seine Kräfte. Nein, er muss dieses großspurige Projekt sogleich stoppen, denn nur so kann er das gewaltige Ärgernis eines Fehlschlags vermeiden. Und überhaupt sollte er die Literatur ganz aufgeben, die ihm – solange er denken kann – all seine Mühen nur mit bitterer Enttäuschung lohnte!

Doch während er noch mit zusammengebissenen Zähnen dalag, gab er sich weniger seinen verzweifelten Gedanken hin als vielmehr einer kaum merklichen, undeutlich fernen Erinnerung an einen Traum. Eine Hoffnung? Nein, mehr als Hoffnung regte sich in ihm! Er vergaß plötzlich alles, auch sich selbst, seine Pläne, als hörte er auf zu existieren, er zerfloss in einer leidenschaftlichen Vision, die ihn auf ihren gewaltigen Wogen fortspülte. Sein Zimmer füllte sich mit unbekannten Erscheinungen, luftig-durchsichtige Gestalten erregten seine Fantasie, nichts Reales, und auch sonst war an ihnen nichts, was er kannte. Sie begannen im stillen vorabendlichen Dunst umherzuhuschen. Versunken in süßer Träumerei, aus dem das Zauberreich der Schatten emporstieg, belebte er mühelos zahllose Körper, kleidete sie, initiierte sie, ohne zu wissen, wie und warum. In dem unbewussten, träumerischen Spiel spürte er weder seinen aktiven Willen noch eine Anspannung seiner Gefühle oder eine Befriedigung aus diesem schöpferischen Strom, er erstarrte und verstummte, um die fantastische Parade seiner Kreaturen nicht mit einer unpassenden Bewegung oder einem Laut zu stören. Plötzlich begannen all die wundersamen Gestalten, die unerwarteten Gäste seines ärmlichen und ungeliebten Zuhauses, zu lachen und zu weinen, zu bitten und zu betteln, zu kämpfen und dann getrieben vom Atem der Liebe und des Hasses auf zerbrechlichen Kähnen im Dunst zu entschwinden.

Er richtete sich mit einem Mal auf. Wurde er verrückt? Und selbst wenn es eine Art Halluzination gewesen war, er hatte ihre Stimmen doch deutlich gehört! Stepan saß noch einen Moment unbewegt und lauschte dem erschrockenen Klopfen seines Herzens, dem einzigen Geräusch, das ihm inmitten der dunklen Stille des Zimmers wirklich schien. In vollkommener Lautlosigkeit war er der Welt und den Menschen unendlich entrückt, schien dem Leben abgewandt zu sein und ihm zugleich nah wie nie zuvor. Im Gefühl furchtbarer Einsamkeit, des totalen Verlusts aller Verbindungen mit der realen

Umgebung und einer erneuten Verankerung in ihr, verspürte er jedoch wilde Siegesgewissheit. Sicherheit! Er hatte die Ausmaße seiner Kräfte erkannt und war wirklich dem Wahnsinn verfallen – jedoch aus purem Übermut!

Diese geheimnisvolle Hochstimmung hielt eine ganze Woche an. Was er sah und hörte, was er in sich und um sich herum beobachtete, verarbeitete er zu Gestalten, Gedanken, Landschaften und spann daraus mit feinen Fäden eine Geschichte. Vorläufig schrieb er noch nichts auf, sondern imaginierte nur. Er dachte nicht einmal daran, zu schreiben, solch sinnlich prickelnde Befriedigung verschaffte ihm dieses ungezwungene Fantasieren, das zum Selbstzweck wurde und seine ganze Begeisterung und Aufmerksamkeit verschlang.

In der Arbeit und auf Versammlungen funktionierte er geschmeidig wie ein Automat. Ja, überall außerhalb seines Zimmers fühlte er sich wie ein aufgezogenes Uhrwerk, das die erforderlichen Tätigkeiten ausführt, die üblichen Reaktionen zeigt und imstande ist, auf Fragen zu antworten. All sein Fühlen äußerte sich in seinen Träumen, und sein Leben fror ein.

Damit verbunden war auch eine andere Haltung gegenüber sich selbst. So gestattete er sich nicht mehr, zu essen, wann immer und was immer er wollte. Zu bestimmten Zeiten hatte er zu frühstücken, zu Mittag und zu Abend zu essen. Zudem achtete er auf eine gesunde Ernährung mit Gemüse und Getreidespeisen. Wenn er das Haus verließ, wickelte er sich sorgsam einen Schal um den Hals, was er früher selbst bei Frost nicht gemacht hatte. Er lüftete sein Zimmer nun regelmäßig und gründlich, reduzierte seinen Tabakkonsum tagsüber, um abends mehr rauchen zu können, wobei er – seiner Meinung nach – nicht über ein ungesundes Maß hinausging. Außerdem begann er wieder mit der Morgengymnastik der Körpermotorik gemäß dem System von Doktor Anochin. Manchmal redete er sich selbst aufmunternd zu: »Nun, es ist

Zeit, schlafen zu gehen«, oder: »Jetzt solltest du ein wenig spazieren gehen.« Zu Kollegen und Bekannten war er zuvorkommend wie eh und je, doch in seinem Inneren fühlte er sich ihnen überlegen, und es kam ihm sogar spaßig vor, dass sie ihn grüßten und mit ihm ebenso sprachen wie noch gestern oder vorgestern. Um die Wahrheit zu sagen, insgeheim sah er ein wenig geringschätzig, doch auch nachsichtig auf sie herab. Keiner von ihnen bemerkte die euphorische Stimmung, in der er lebte. Für sie war er immer noch der Alte. Wie seltsam! Umso schlimmer für sie. Manchmal tauchte er in die süße Woge der Eigenliebe und fantasierte lächelnd von dem großartigen Werk, das er schreiben, mit dem er alle in Erstaunen versetzen würde, die jetzt noch nichts merkten!

Der Dichter Wyhorskyj suchte ihn in der Redaktion auf, da sich Stepan schon lange nicht mehr in der Bierstube hatte blicken lassen.

»Schreiben Sie denn etwas?«, fragte er.

»So gut wie«, antwortete Stepan. »Ich denke gerade darüber nach.«

»Das sind die glücklichsten Augenblicke, der Frühling des Werks«, seufzte der Dichter. »So etwas wie platonische Liebe, und danach beginnt das langweilige Familienleben.«

Dann fragte er unvermittelt: »Und wissen Sie, welchem Irrtum die meisten unterliegen, die den Begriff platonisch verwenden?«

»Ich weiß«, antwortete Stepan. »Freilich hört man das Wort heutzutage kaum noch.«

Im Weiteren teilte Wyhorskyj ihm mit, dass er sich am 20. April frühmorgens auf den Weg machen werde, und bat ihn am Abend davor unbedingt in die Bierstube zur Verabschiedung zu kommen.

An jenem Tag hatte Stepan noch einen anderen Besucher, auf den er gut und gerne hätte verzichten können. Maksym

Hnidyj, der Buchhalter aus dem Schkirtrest, stand plötzlich in einem ziemlich abgetragenen Mantel und einem ungezwungenen Lächeln vor ihm. Er machte es sich auf dem Stuhl vor Stepans Schreibtisch bequem, und als dieser ihn fragend anblickte, sagte er lächelnd:

»Nun, ich warte, bis du Zeit hast.«

Anfangs meinte Stepan, sich verhört zu haben, aber als er den jungen Schriftsteller losgeworden war, der jede Woche eine lyrische Erzählung in die Redaktion brachte, und die Unterhaltung mit Maksym begann, konnte er sich vergewissern, dass der Buchhalter ihn nicht nur duzte, sondern ihn auch einfach Stefi nannte. Stepan schaffte es nicht, diese unerwarteten Freundschaftsbekundungen zu unterbinden, vermied es aber, ihn direkt anzusprechen.

In der Familie Hnidyj hatte sich einiges verändert. Sie lebte wieder zusammen, damit es auf die alten Tage ein wenig menschlich zugehe. Mit dem Fischhandel hatte es am Ende nur Ärger gegeben, wegen der verfluchten Steuern war das Geschäft in Konkurs gegangen. Der alte Hnidyj verkaufte jetzt Fische an einem Stand auf dem Schytnyj rynok, und Tamara Wasyliwna half an einem Stand mit Galanteriewaren aus. Sie kamen so halbwegs über die Runden. Nur er, Maksym, faulenzte. Die Sache war nämlich die, dass es im Schkirtrest, wo er doch als Buchhalter gearbeitet hatte, zu gewissen Unregelmäßigkeiten bei der Kontoführung gekommen war, und er hatte schließlich seine Stelle aufgeben müssen, um Missverständnissen vorzubeugen. Aber das waren Dummheiten, und er war letztlich ganz froh darüber, denn es hatte ihn schon mächtig angeödet, die Nase fortwährend in Rechnungsbücher zu stecken, was für einen solch lebensfrohen und unabhängigen Menschen wie ihn tödlich gewesen war. Deshalb hatte er sich entschlossen, die Stelle zu wechseln.

»Stefi«, fuhr er fort, »du erinnerst dich doch, dass ich ein

Büchernarr war und eine Bibliothek hatte, schade, dass ich sie verkaufen musste! Aber du weißt ja, im Leben passiert so manches.«

Das war eine Anspielung, und er grinste. Doch Stepan begriff nicht, worauf er eigentlich hinauswollte. Doch klärte es sich rasch auf: Maksym schwebte die Stelle des Leiters, oder wenigstens eines stellvertretenden Leiters einer Buchhandlung des Staatsverlags vor, und Stepan sollte ihm dabei mit seinen Beziehungen helfen.

»Du bist eine bekannte Person«, fuhr er fort, »hast natürlich unter deinen Bekannten viele Kommunisten, und in unserer Zeit läuft ohne Protektion gar nichts. Du weißt doch, ohne Unterstützung geht man vor die Hunde.«

Das war wieder eine Anspielung gewesen, und er grinste. Stepan nickte matt und ärgerte sich innerlich, dass dieser Gauner es wagte, ihn mit irgendwelchen Ansprüchen zu belästigen. Maksym sagte weiter: »Nun, ich werde ein Gesuch schreiben, das du dann an die richtige Adresse weiterleitest und dabei ein gutes Wort für mich einlegst.«

Nachdem er das Gesuch geschrieben hatte, machte er noch immer keine Anstalten zu gehen. Er bat um eine Zigarette und zündete sie an.

»Guten Tabak hast du«, bemerkte er mit Kennermiene. »Erinnerst du dich – ich habe dich auch mit Zigaretten versorgt! Aber zum Teufel damit!«

Er schüttelte nervös den Kopf.

»Ich habe noch eine persönliche Bitte an dich«, sagte er leise. »Ich habe fünf Briefmarkenalben. Bin gerade in einer Notlage und muss sie verkaufen. Ich will sie aber nicht an einen x-Beliebigen verscherbeln, dazu bedeuten sie mir zu viel. Sei so nett und kauf sie mir ab, ich will auch nicht viel, hundert Karbowanez, das ist fast geschenkt. Ein Freundschaftspreis.«

»Nein, ich brauche keine Briefmarken«, entgegnete Stepan.

Da versuchte Maksym, ihn zu überreden. Eine solche Sammlung gebe es in ganz Kyjiw nicht noch einmal! Außerdem würde er ihm seine Mitgliedschaft im Welt-Philatelistenverband abtreten. Im äußersten Fall würde er 25 Karbowanez runtergehen, und den Rest könne Stepan in Raten zahlen.

»Ich brauch sie nicht«, wiederholte Stepan.

Maksym seufzte. Nun, dann … ob er ihm für eine Woche wenigstens drei Tscherwonez leihen würde? Stepan gab ihm fünf Karbowanez und erhob sich entschlossen.

»Gut, ich gehe, ich gehe«, sagte Maksym. »Wann kommst du uns einmal besuchen? Es ist nicht schön, seine Freunde zu vergessen, nein, nein. Bei uns geht's jetzt lustig zu, es sind immer Leute da, und wir singen. Der Mama geht's in letzter Zeit auch wieder besser, wirklich. Schau mal vorbei! Und wann soll ich dich wegen der Stelle aufsuchen?«

»So in eineinhalb Monaten«, antwortete Stepan. »Früher wird es nichts.«

Maksym verabschiedete sich freundlich und zugleich mit einer gehörigen Portion Speichelleckerei. An der Tür drehte er sich noch einmal um und sagte verlegen: »Du ärgerst dich vielleicht über mich, Stefi, ich hab das damals nicht so gemeint, ich bedauere es selbst …«

»Aber, aber!«

Als Maksym endlich gegangen war, zuckte er mit den Schultern. So ein Zirkus! Allein der Gedanke, dass es einmal eine Musinka gegeben hatte, ein Drama, sogar eine Rauferei! Seitdem waren tausend Jahre und mehr vergangen. Und eine solche Vergangenheit braucht keiner, sinnlos und überflüssig, und doch kommt sie plötzlich um die Ecke und reicht einem die Hand. Zum Teufel damit! Die Vergangenheit sollte ein wenig stolzer sein, wissen, wo ihre Grenzen sind, und nicht aufdringlich werden. Er zerriss Maksyms Gesuch und warf es in den Papierkorb.

Endlich war er mit dem Roman fertig. Jedenfalls hatte er ihn bis zum Ende und in allen Einzelheiten durchdacht. Das Werk leuchtete vor seinen Augen wie eine Farbfotografie. Es unterschied sich ein wenig von seinem ursprünglichen Plan, der ein monumentales Werk in drei Teilen anvisiert hatte. Darin hatten mindestens hundert Protagonisten in einem Handlungszeitraum von über zehn Jahre auftreten sollen. Doch er kürzte den Roman auf zwei Teile und strich dreißig Prozent der Protagonisten raus. Schließlich verknappte er ihn auf einen Teil mit vier bis fünf Druckbögen und etwa zwölf Protagonisten. Was ihn dazu gebracht hatte, den Roman so zu komprimieren? Es war eine resolute innere Stimme gewesen. Er filterte aus dem ursprünglichen Konzept jeglichen Überschuss, Zufälligkeiten, billige Effekte und tragischen Kitsch, nutzlose Gespräche und Episoden, und so blieb am Ende eine verdickte, knetbare Masse, die bei weiterer Bearbeitung ihre Grundformen bewahrte. Es war ein schmerzhafter Prozess des Abtrennens lebendiger Körper gewesen, Körper, die sich ans Leben klammerten und leben wollten. Doch wie ein unerbittlicher Chirurg fügte er im Namen künftiger Gesundheit Schmerzen zu. Er wusste, dass er im Augenblick nur einen Bruchteil jener gewaltigen Aufgabe verwirklichen konnte, denn das Leben nur eines einzigen Menschen ist bereits mehrere Erzählbände wert. Er wusste zudem sehr wohl, dass er in seinem Leben nur einen kleinen Teil dieses großen Ganzen erfassen würde, weil das Innere des Menschen grenzenlos und unermesslich war, und doch offenbarte es sich komprimiert in einigen überraschenden Phänomenen. Was von dem bearbeiteten Material übrig bliebe, würde er zu einem Drehbuch zusammenfügen und daraus zudem einige Themen für weitere Erzählungen formulieren. In dieser Hinsicht war er nun mindestens für ein Jahr mit intensiver Arbeit versorgt. Blieb jetzt nur noch – zu schreiben!

Stepan kaufte einen dicken Stapel liniertes Papier, setzte sich eines Abends an seinen Schreibtisch und ergriff den Bleistift mit dem heiligen Schauder eines Sehers, der den Dolch über dem Opfertier kreisen lässt. Diesen Moment hatte er gefürchtet – doch welche Freude! Er schrieb das erste Kapitel, dann das zweite und dritte, leicht und flüssig, ohne innezuhalten, er spürte nicht einmal Anspannung! Die Worte sprudelten hervor, ein Strom munterer, tadelloser Worte, die selbst zu wissen schienen, an welchen Platz und zu welchen Wendungen sie gehörten. Dann legte er den Stift beiseite, rieb sich aufgeregt die Hände und stand auf. Genug, genug für heute! Nachdem er sich ein wenig beruhigt hatte, rechnete er sich nun aus, falls die Arbeit so weiterginge, dass er in zwei Wochen mit dem Roman fertig sein würde. Wunderbar!

Doch am nächsten Tag schrieb er kein Wort. Er saß, ging auf und ab, legte sich sogar hin und versuchte zu fantasieren, aber er konnte kein Wort für ein weiteres Kapitel aus sich herausquetschen. Als wäre der Strom seiner Imagination plötzlich versiegt und in seinem Kopf wären nur tote Klumpen übrig, die nicht einmal seine sengende Verzweiflung zu schmelzen imstande war. Was und wie er schreiben sollte, das wusste er, es gähnte jedoch ein Abgrund zwischen seiner Absicht und dem Papier. Er spürte eine furchtbare Unlust zu schreiben, einen grundlosen Abscheu davor, den Stift über das Papier zu führen. Anfangs war er wütend auf sich selbst, dann versuchte er, sich zu überreden, und schließlich verfiel er in Nachdenken. Woher kam diese unerwartete Krise? Vielleicht sind die nächsten Kapitel noch nicht ordentlich durchdacht, und die Schreibblockade ist eine instinktive Reaktion seines ästhetischen Gefühls, eine Art Warnsignal? Und hinter jedem dieser Gedanken lauerte die wohlbekannte Angst vor seinen vergeblichen Bemühungen, etwas zu Papier zu bringen.

Schließlich entschied er, dass er eine Verschnaufpause brauchte. Er musste sich ein wenig mehr schonen! Er war einfach geistig ausgelaugt. Man durfte sich doch nicht so erbarmungslos hetzen! Er sollte ein, zwei Tage die Arbeit vergessen, sich entspannen, zerstreuen, treiben lassen und neue Kraft tanken. Nur wie?

Da erinnerte er sich plötzlich an Zoya, und eine vergnügte Stimmung überkam ihn. Zoya! Seine liebe, humorvolle Freundin, treue Gefährtin seiner müßigen Stunden! Er rief sich ihre zierliche Gestalt ins Gedächtnis, ihr sorgloses Lachen und ihre plötzliche Traurigkeit, ihre naiv-lebensfrohe Einstellung zur Welt und ihre heißen Küsse. Er wollte sehen, wie sich ihre Locken auf der Stirn kringelten! Er wollte ihr zauberhaftes Gesicht sehen, ihre Miene, die sich je nach Laune augenblicklich ändern konnte, ihr geheimnisvolles Flüstern hören, ihr zu Füßen auf dem Teppich sitzen, »zu Füßen der Königin«! Es fühlte sich an, als hätte sie eben das Zimmer verlassen und müsste jeden Augenblick wiederkommen. Er sprang auf und blickte auf die Uhr. Es war noch nicht einmal sechs Uhr. Sie könnten es noch ins Kino schaffen und dann … wird er sie zu sich einladen! Das ist eine tolle Idee! Nach ihrer Trennung können sie doch hier ein kleines Festmahl veranstalten. Und was die Spießer in den Nachbarlöchern auch tuscheln mögen, darauf kann er pfeifen und sie auch!

Stepan zog gut gelaunt rasch seinen besten Anzug an. Ja sicher, es hatte da ein Missverständnis zwischen ihnen gegeben. Das mit der Heirat war natürlich Blödsinn, aber er war ihr gegenüber doch ein wenig zu hart gewesen. Das stritt er auch gar nicht ab. Er würde sich entschuldigen! Er empfand eine ihm unverständliche Verbindung zwischen dem Roman und der Trennung von Zoya, und er bedauerte bereits, dass er sich nicht eine zweiwöchige Auszeit mit ihr genommen hatte. Denn so war es jetzt doch etwas peinlich.

»Aber wenn sie mich wirklich liebt«, überlegte er, »dann sollte sie nicht allzu wütend auf mich sein.«

Stepan gelangte ziemlich rasch zur Gymnasiumgasse und klingelte an der bekannten Tür. Eine ältere Frau mit Schürze öffnete ihm.

»Ist die Genossin Zoya da?«, fragte er.

Die Frau erwiderte verwundert: »Was für eine Zoya denn? Die Holubowska Zoya?«

»Ja, ja.«

Die Frau schlug die Hände zusammen. »Auweh, die hat sich vergiftet!«

»Sie ist tot?«, fragte Stepan.

»Sie ist tot, entschlafen«, entgegnete die Frau mitfühlend. »Gott sei ihrer Seele gnädig«, sie bekreuzigte sich.

»Aber … wie können Sie das wissen?«

»Wie wohl«, entgegnete die Frau empört. »Wir sind Nachbarn, wie soll ich's da nicht wissen. Wollen Sie zu ihnen?«

»Nein«, sagte Stepan.

Sie standen sich einige Augenblicke schweigend gegenüber, Stepan am Boden zerstört, die Frau neugierig.

»Und wer sind Sie?«

»Ich bin … Stepan Radtschenko«, antwortete er.

»Ein Verwandter?«, fuhr die Frau fort.

»Ein Bekannter …«

»Sie werden sie nie mehr sehen«, sagte sie seufzend, »Sie ist auf immer eingeschlafen.«

Er entfernte sich langsam. Die Frau blickte ihm eine Zeitlang nach und schloss dann lautstark die Tür.

Auf der Straße blieb er stehen. Er sollte zu ihren Eltern gehen, um die Einzelheiten zu erfahren, überlegte er. Vielleicht hat sie ihm ja einen Brief hinterlassen. Wo hat man sie beerdigt? Doch waren die Gedankengänge so verworren, dass er sich selbst kaum in ihnen auskannte. Sie entwickelten sich derart zögerlich, dass er, am Ende eines Gedankens angekommen, bereits dessen Anfang vergessen hatte. Sie schienen ihm unendlich fremd, abwegig, als wären es absolut nicht seine. Als würde jemand an seiner statt denken, unheimliche, beklemmende Gedankenfetzen aneinanderheften. Er war völlig leer. Er nahm weder sich noch die Welt um sich herum wahr. Als wäre er nichts, nirgends, niemals. Er traute sich nicht, den Blick zu heben, damit er die Verwüstung um sich herum nicht sehen musste.

Er zitterte, zog den Kopf ein und ging weiter. Jede Bewegung seines Körpers entsetzte ihn. Dann begann er nachzudenken, womit man sich denn vergiften könne. Mit Arsen, Chlorid, Quecksilber, Strychnin, Zyankali, Opium? Wie unterschiedlich wirken diese Gifte? Mit welchem vergiftet man eigentlich Fliegen, wenn man in der Apotheke die dunklen Aufkleber kauft, auf denen mit großen Buchstaben und Ausrufezeichen geschrieben steht: »Tod den Fliegen!« Und was ist der Tod eigentlich? Wie kann ein Mensch so verschwinden, dass man ihn nie mehr sieht? Wie kann ein Mensch einschlafen, nicht für einen Tag, eine Woche, ein Jahr, sondern für immer? Heißt das, dass auch er einschlafen wird? Welch Unsinn! Welch schreckliches Missverständnis!

»Das ist unmöglich«, sagte er sich selbst, »einfach unmöglich!«

In dem Moment glaubte er sogar, dass er sich ruhig vor die Trambahn werfen, sich ein Messer ins Herz bohren oder irgendein Gift trinken könnte und doch am Leben bleiben würde.

Er hob den Blick mit der undeutlichen Hoffnung, einen Bekannten zu sehen, den er ansprechen könnte. Doch alle Gesichter, die er sah, waren fremd … und irgendwie tot! Als wären sie vor langer Zeit gestorben, hätten vor langer Zeit Gift getrunken. In diesem Augenblick kam er sich wie der einzig Lebendige inmitten eines unendlichen Totenreichs vor.

Schließlich gestand er sich den Gedanken zu: Aber vielleicht … war es ein Unfall gewesen? Anstelle der Antwort überfiel ihn ein unsäglicher Kummer. Er wollte losrennen, schreien, auf allen vieren kriechen, betteln und heulen wie ein Wolf – damit man ihn bestrafe! Damit man ihm vergab!

Der Kummer spülte Tränen in seine Augen. Er wollte am Grab inmitten des frisch wachsenden Grases sitzen, ihr Grab mit Kornblumen schmücken, sich auf das Grab werfen und weinen. Er fühlte deutlich und voller Schmerz die unverständliche Verflechtung zwischen einer entschwundenen und einer lebendigen Seele, die unerbittlich in den Schlund des Jenseits gezogen wird. *Sie* hatte sich seiner überreizten Empfindsamkeit geöffnet, war wie eine warme Brise in sein Innerstes gedrungen. Dieses Gefühl ließ sich nicht in Worte fassen, aber es wirkte versöhnlich. Wehmütig und zugleich froh dachte er: »Du bist nicht mehr, Zoya, und doch bin ich der deine für immer. Ich werde jedes Jahr zu dir kommen, wenn die Erde erblüht. Vielleicht bist du für alle anderen gestorben, doch nicht für mich.«

An der Schwelle seines Zuhauses packte ihn wieder Niedergeschlagenheit, die Angst vor dem Abend und der kommenden Nacht.

Auf den Treppen zur Eingangstür traf er den Wohnungsmakler, der ihn bisher glücklos mit Adressen versorgt hatte. Vor Zufriedenheit strahlend blieb er stehen. »Also, ich habe ein Zimmer aufgetrieben«, sagte er spitzbübisch, »und was für eines! Kurz und gut ein echtes, richtiges Zimmer.«

»Ich brauch kein Zimmer mehr«, antwortete Stepan finster.

Der Makler wunderte sich ganz offensichtlich. »Aber so ein echtes, schönes Zimmer kann man immer brauchen! Weshalb sind Sie denn sonst hierhergekommen? Wozu haben Sie mich sonst einen ganzen Monat wie einen Windhund durch die Stadt gehetzt? Und jetzt brauchen Sie es nicht mehr? So ein echtes, richtiges Zimmer! Sobald Sie es sehen werden, werden Sie es gar nicht mehr verlassen wollen!«

Stepan lenkte plötzlich ein. »Gut«, sagte er, »einen Moment, ich hole noch das Geld.«

Und so fuhren sie beide nach Lypky.

»Sie werden sich wundern, was für ein schönes Haus das ist!«, schwärmte der Makler ihm vor, als sie aus der Trambahn stiegen. »Das ist eine Praline und kein Haus. Da würde ein jeder sofort einziehen!«

Das Gebäude war tatsächlich ansehnlich, sechs Stockwerke mit zahllosen, bereits erleuchteten Fenstern.

»Hier entlang, bitte schön!«, hörte er den Makler sagen.

Sie betraten den Aufzug, und Stepan gefiel diese Art der Beförderung, er fuhr zum ersten Mal Lift. Noch im Aufzug entschloss sich Stepan, das Zimmer zu nehmen. Und das Zimmer selbst sprach auch deutlich für sich. Es war nicht besonders groß, doch hell und ordentlich, mit Parkettboden und Zentralheizung, mit einer neuen hellgrauen Tapete an den Wänden und zwei Fenstern, aus denen man einen wunderbaren Blick auf die unten liegende, grenzenlose Stadt und den fernen Horizont jenseits des Flusses hatte. Ja, von so einem Zimmer hatte er immer geträumt! Und Stepan konnte sich sogleich vorstellen, wo er seine künftigen Möbel platzieren und wie angenehm es sich hier arbeiten lassen würde.

»Hier werde ich endlich schreiben können«, dachte er.

Das Ganze war ein wenig überteuert, und so verhandelte er hartnäckig. Schließlich wurde man sich auf hundertfünfzig Karbowanez Ablöse einig, plus Übernahme der Renovierungskosten plus zehn Prozent Maklerprovision. Stepan händigte Geld und Dokumente aus, und am nächsten Tag konnte er einziehen.

Er verließ nach dem Makler das Zimmer, und als er das Licht löschte, überfiel ihn inmitten der finstren Leere, in der die bläulichen Fenster wie riesenhafte Totenmasken schimmerten, kummervoller Kleinmut, der während der Verhandlung der finanziellen Angelegenheiten und der Zufriedenheit über einen guten Handel wie weggeblasen schien. Er rang verzweifelt die Hände und sprach unabsichtlich laut: »Verzeih mir, Zoya!«

Um ihn herum herrschte Schweigen. Doch Schweigen lässt sich als Zustimmung werten.

Er trat rasch aus der grässlichen Dunkelheit, verschloss die Tür hinter sich ängstlich und sorgfältig. Kaum hatte der Makler das Geld erhalten, war er verschwunden, ohne sich auch nur zu verabschieden. Doch die Eigentümer behandelten Stepan sehr anständig. Er verabredete sich mit ihnen für den nächsten Morgen zum Kaffee und bekam auch einen eigenen Schlüssel für den Haupteingang. Dann rief er den Aufzug und glitt sanft nach unten.

Auf der Straße war er wieder allein, und abermals ergriff ihn furchtbare Nervosität. Es war erst acht Uhr. Innerhalb der zwei Stunden, seitdem er das Haus verlassen hatte, waren zwei außergewöhnliche und einzigartige Dinge geschehen. Unwillkürlich stellte er beide nebeneinander. Doch welche Verbindung gab es zwischen ihnen ... *jenem* Ereignis und der Lösung seines Wohnungsproblems? Plötzlich schien ihm, er hätte einen Sprung nach vorne gemacht, als hätte er jemanden hinter einer Schwelle zurückgelassen. Doch über diesen verstohlenen Gedanken, der kurz durch seinen Kopf huschte, stöhnte seine Seele nur umso lauter.

Unterwegs auf der Straße traf er keinen einzigen Bekannten. Daran war natürlich nichts Ungewöhnliches, doch ihm schien, als hätten ihn alle verlassen. Und dann erinnerte er sich mit einem Mal, dass heute doch der 19. April war, eben jener Abend, an dem er sich von dem Dichter verabschieden sollte. Freudig richtete er sich auf und beschleunigte die Schritte.

XIII

Der Wandervogel war noch nicht in der Bierhalle, also setzte sich Stepan lustlos an einen Tisch in der Mitte des Schankraums, umgeben von Gestalten und Stimmen, die Abscheu in ihm hervorriefen. Zum ersten Mal ekelte er sich vor der Lokalität, und zum ersten Mal sah er die Banalität der Ausgelassenheit, die er um sich herum vernahm, die Falschheit des vom Alkohol angeheizten Gelächters, das Katzengold der hiesigen Freuden, und die Musik, eine Jazzband mit Trommel, Becken und Hackbrett, die ihn immer aufgeheitert, befreit hatte, nervte ihn jetzt mit ihren aufdringlichen Motiven und ihrem unausstehlichen Geschepper. Er wäre augenblicklich von hier verschwunden, hätte er nicht auf jemanden gewartet, und so saß er mit ins Gesicht gezogener Mütze, über den Tisch gebeugt vor der nicht angetasteten Flasche Bier, die man ihm hingestellt hatte. Hektisch zündete er sich eine Zigarette an, wobei er mehrere Streichhölzer zerbrach.

Schließlich erschien Wyhorskyj in einem Regenmantel und mit einer Schirmmütze auf dem Kopf. Stepans Aussehen befremdete ihn.

»Warum denn so ein Childe-Harold's-Gesicht?«, fragte er ihn bei der Begrüßung.

»Das sagt der Richtige, wo Sie doch weggehen.«

»Ich gehe weg, aber ich verfluche niemanden.«

»Und ich fluche, gehe dafür aber nicht weg.«

Der Dichter machte eine achtlose Handbewegung.

»Hör auf, von deinen Flüchen wird die Welt nur schlechter.«

Heute erklärte sich Wyhorskyj bereit, ihn einzuladen.

»Aber Achtung«, meinte er, »ich bin inzwischen Vegetarier.«

»Aus Überzeugung?«, fragte Stepan.

»Nur der Abwechslung wegen.«

Als man ihnen Essen und Wein serviert hatte, fragte der Dichter Stepan erneut:

»Woher kommt sie denn jetzt, diese griesgrämige Melancholie? Doch nicht etwa von meiner Abreise?«

»Nein«, lächelte Stepan, »es ist der Weltschmerz.«

Der Dichter seufzte erleichtert.

»Ah, das ist vollkommen ungefährlich.«

Er war so freundlich, fröhlich, liebenswert. Auf einmal wollte Stepan sich ihm offenbaren, ihm all seinen Schmerz und dessen geheimste Quellen beichten. Doch er brachte bloß hervor:

»Wenn Sie die Wahrheit wissen wollen, dann habe ich einfach schlechte Laune. Hin und wieder spürt man, dass man ein Tier ist, ein blutrünstiges Tier, und es macht einen traurig. Das Leben ist grausam. Man weiß, man kann nichts dagegen tun, und trotzdem ist es ein Jammer. Dann wird einem irgendwann klar, dass um einen herum alle solche Tiere sind, Gesocks, Dreckschweine, Galgenvögel – und man beginnt, sich zu fürchten. Weil man so ist wie sie, und weil sie so sind wie man selbst.«

»Und wo bitte sehen Sie diese Ungeheuer?«

Stepan lächelte verzweifelt.

»Wo? Einfach hier, um uns herum.«

»Um uns herum sitzen wunderbare, angenehme Menschen!«

»Immer scherzen Sie«, sagte Stepan.

»Keineswegs doch. Schauen Sie bloß.«

Der Dichter lehnte sich in seinem Stuhl zurück und berührte die Hand ihres Tischnachbarn hinter ihnen. Der drehte sich um.

»Entschuldigen Sie bitte«, sagte der Dichter, »Sie gefallen mir sehr gut. Erlauben Sie mir, Ihre Hand zu schütteln.«

Der Mann zögerte, gab ihm aber die Hand. Er meinte sogar:

»Äh … Vielen Dank!«

»Sie sind schon ein Sonderling«, seufzte Stepan.

Dann aßen und tranken sie, und jeder versank in seine Gedanken. Stepan, den das Bedürfnis übermannte, sein Elend zum Ausdruck zu bringen, hob schließlich das Glas und sprach:

»Mein Freund, lass uns auf die Liebe trinken!«

Der Dichter staunte.

»Warum sollten wir auf dieses scheußliche Gefühl trinken, das die Menschen der Ruhe beraubt?«

Stepan antwortete aufgebracht:

»Der Ruhe beraubt, des Lebens beraubt. Ja, sie ist scheußlich, die Liebe.«

»Also stimmen Sie mir zu?«, fragte Wyhorskyj unsicher.

»Voll und ganz.«

»Ich kann es nicht ausstehen, mit jemandem gleicher Meinung zu sein«, knurrte der Dichter unzufrieden, »Übereinstimmung ist der Tod. Außerdem sehe ich mich noch gezwungen zu erklären, dass die Liebe ihre Kraft ausschließlich der Tradition verdankt. Das goldene Zeitalter der Liebe ist vorbei, Ritter und Damen im Nebel der Jahrhunderte zerflossen. Im zwölften Jahrhundert haben die Frauen ihre Persönlichkeit in zwei Teile getrennt – der Körper dem Ehemann, die Seele dem Liebsten. Im neunzehnten war es dann umgekehrt, und im zwanzigsten haben sie das Gefühl für den Unterschied zwischen den beiden Teilen vollständig verloren. Die Liebe ist abgeschmiert – auf ungefähr ein Arschin unterhalb des Herzens. Damit ist sie an ihren Ausgangspunkt zurückgekehrt. Um ihren gegenwärtigen und, wenn man so will, internationalen Zustand richtig zu verstehen, muss man sich daran erinnern, dass die Liebe für den Menschen nicht auf allen seinen Entwicklungsstufen wesenhaft war. Die Wilden kannten sie nicht, und unser Jahrhundert ist das Jahrhundert der aufgeklärten Barbarei, der Barbarei in ihrer

›aufgehobenen‹ Form, wie die Dialektiker sagen würden. Und so wird auch die Liebe ›aufgehoben‹. Das Lied der Liebe ist ausgesungen. Die Liebe steht in einer Reihe mit den Musen und inspiriert mit ihnen nur mehr altmodische Dichter. An ihre Stelle tritt das, was in der Barbarei das Wichtigste war – die Arbeit. Ein wahrer Dichter kann heutzutage nur ein Dichter der Arbeit sein.«

»Sie zum Beispiel«, sagte Stepan.

»Ich bin eine traurige Erscheinung. An der Grenze zweier Zeitalter treten Menschen auf, die eben auf der Grenze festhängen, von der aus man weit zurückschauen kann und noch weiter nach vorn. Und so leiden sie an einer Krankheit, die von den Anhängern keiner Partei verziehen wird – dem Scharfblick. Die gefügigsten Diener des Lebens sind die Verblendeten und Kurzsichtigen. Sie gehen munteren Schritts voran, denn sie sehen nur den Schein. Sie sehen Neues, denn sie wollen es sehen. Der Wille gebietet über das Leben, mein Freund, und nicht der Verstand.«

»Weiß der Teufel, wer da gebietet«, sagte Stepan trübsinnig.

Bald schon machten sie sich auf den Heimweg, denn der Dichter wollte sich vor seiner Reise gut ausschlafen.

»Ich gehe, ich gehe«, rief der Dichter draußen, »nichts von alledem werde ich morgen wiedersehen. Was für eine Freude, morgen das alles nicht wiederzusehen, was man heute sieht. Auch Sie, mein Freund! Ich fange an, Sie satt zu haben.«

»Und ich Sie erst«, sagte Stepan.

»Geben Sie es zu, es war nicht allzu langweilig? Und lassen Sie sich bloß nicht einfallen, mich morgen am Bahnhof zu verabschieden. Ein Bekannter am Bahnhof – was für ein Albtraum.«

»Ich weiß nicht einmal, welchen Zug Sie nehmen«, beruhigte ihn Stepan.

»Das weiß ich selbst noch nicht genau.«

An der Ecke der Welyka-Schytomyrska-Straße hielten sie an.

»Leben Sie wohl, mein Freund«, sprach der Dichter, »ich sage ›Leben Sie wohl‹, denn womöglich sehen wir uns nie wieder. Vergessen Sie nicht, dass man diese Welt ebenso leicht verlässt, wie man in sie eintritt.«

Er ging los, und Stepan spürte, dass er allein auf der Straße zurückblieb, allein inmitten einer unwirtlichen, mitleidlosen Stadt, allein inmitten des grenzenlosen Sternenzelts, das vor dem Mondaufgang hell über ihm glänzte.

Die Tage zogen gleichförmig dahin, er ließ sie missmutig an sich vorbeiziehen wie den endlosen Rosenkranz eines Mönchs. Die Beklommenheit verließ ihn nicht. Sie war ziellos geworden, ihre Ursache lag versteckt hinter dem Nebel der Tage, und trotzdem blieb sein Kummer unverändert, beherrschte jeden Gedanken und erstickte jeden Wunsch, kaum dass er erwacht war. Es war, als würde die Welt vor seinen Augen immer farbloser, seine Seele taub für jede Empfindung und für die Wärme, die sich unaufhörlich überall ausbreitete. Wie alle anderen legte er seinen Mantel ab, doch spüren konnte er diese Veränderung nicht.

Seine neue Wohnung hatte er ziemlich schnell eingerichtet. Innerhalb einer Woche war sie mit allen Annehmlichkeiten ausgestattet, von denen er einst geträumt hatte, als das Träumen noch interessant gewesen war. In die Ecke am Fenster stellte er einen amerikanischen Schreibtisch aus dunklem Holz, an die Wand gegenüber der Tür einen Spiegelschrank für seine Kleidung, gegenüber dem Fenster einen mit dunkelrotem Stoff bezogenen Diwan, neben den Tisch einen bescheidenen Glasschrank für seine Büchersammlung, deren Basis die Statistik- und Politökonomiebücher bildeten, die ihm einst Maksym Hnidyj geschenkt hatte, sowie der Jahrgang des »Literaturwissenschaftlichen Boten« mit den Werken

Fonwisins, den er dem gutherzigen Lewko niemals zurückgegeben hatte, seinem Landsmann aus dem Heimatdorf, diesem Landwirtschaftsstudenten. Nach so langer Zeit sah er die Literaturzeitschrift als sein Eigentum an. Außerdem hatte er für den Rest des Geldes, der nach den großen und den kleineren Ausgaben von seinem Honorar für das Kinodrehbuch übriggeblieben war, einen Teppich und ein halbes Dutzend Stühle gekauft.

Aber je weiter Stepan seine Wohnung ausstaffierte, desto fremder wurde sie ihm. Jedes neue Stück, das er anschleppte, erfüllte ihn mit rätselhafter Sorge. Er stellte es an den ihm zugedachten Platz und betrachtete es dann verwundert, als wäre es etwas Fremdes, von jemand anderem frech in sein Leben hineingequetscht. Dann versuchte ein paar Tage lang sich an dessen Vorhandensein zu gewöhnen, benutzte es gelegentlich, doch er konnte sich nicht daran gewöhnen, und das Gefühl einer gewissen Feindseligkeit der Möbel ihm gegenüber blieb tief in ihm haften und brach unerwartet hervor, wenn er abends beim Nachhausekommen die Lampe entzündete. So als würden die Möbel in seiner Abwesenheit ihr eigenes Leben führen, vielleicht sogar miteinander sprechen, über ihn tuscheln, seine Gedanken belauschen und plötzlich verstummen, wenn er die Tür öffnete. Von der Türschwelle aus sah er in dem rechteckigen glänzenden Spiegel seine ganze Gestalt, und das war ihm unangenehm, als hätte er hier unerwartet einen Doppelgänger getroffen, der die ganze Zeit dagewesen war und sich mit den finsteren Möbelstücken gegen ihn verschworen hatte.

Am meisten aber fürchtete er den Tisch. Dort, in der obersten Schublade, hatte er den Anfang seines Romans verborgen. Er holte ihn niemals hervor, er spürte, dass das Manuskript dort wie sein schlechtes Gewissen auf ihn lauerte. Er konnte nicht weiterschreiben. Die Leere, die sich in ihm breitgemacht hatte, als er damals von Zoyas Tür fortgegangen war, griff unmerklich um sich, zersetzte seine Seele immer weiter, nahm zusehends von den Bereichen Besitz, in denen der Mensch seine Erinnerungen aufbewahrt, und in dieser verheerenden Ausbreitung versank seine Vergangenheit im Dunkel. Sie verschwand beinahe spurlos unter der vergiftenden Wirkung seines Kummers, und er verlor jeden Halt.

Er stand um acht auf, trank einen Kaffee, und eine halbe Stunde später ging er zur Arbeit. Dort verbrachte er die glücklichsten Stunden seines Lebens, während derer in ihm seine einstige Kraft, Lebendigkeit und Ausdauer erwachten. Er arbeitete voller Energie und Einsatzfreude, vertiefte sich in seine Aufgaben, eilte durch die Stadt, lachte, war geistreich, geschickt, durchweg unersetzlich, aber um acht Uhr abends, nach der Arbeit, wenn alle Versammlungen und Aufträge erledigt waren, stand er allein seinem eigenen, einsamen Leben gegenüber, dessen Fäden er aus der Hand gegeben hatte. Diese Übergangszeit war grausam. Es war, als wäre er in zwei Teile gespalten, einen für alle anderen, einen für sich selbst, und eben Letzterer war leer. Wenn er nach Hause ging, überschritt er gewissermaßen die Grenze seines Lebens.

An den Abenden packte ihn bange Unruhe, ein Gefühl furchtbarer Einsamkeit quälte ihn. Er ertrug das irrsinnige Leid eines Menschen, der all sein persönliches Hab und Gut verloren hatte – und damit auch all die kleinen menschlichen Freuden und Sorgen, die dem Leben erst seinen Geschmack und seinen Reiz verleihen.

Alle seine Versuche, irgendetwas wiederzufinden, blieben erfolglos. Bei Bekannten kamen ihm die Gespräche bedeutungsleer vor, die Blicke der Frauen abstoßend, die Höflichkeit seiner Gastgeber lächerlich. In den Vorlesungen, die er nun hin und wieder besuchte, gab es nichts Interessantes zu hören, nichts Neues, die Stücke im Theater waren alle gleich, die Filme im Kino ein Graus. In die Kneipe konnte er erst gar nicht gehen. Einmal betrat er ein Kasino und setzte einen Karbowanez auf die Zwanzig – zurück bekam er drei Tscherwonez. Er setzte sie alle wieder auf die gleiche Zahl, verlor und verließ rasch das Gebäude. Überall war es ihm zu voll, zu hell und laut. Und überallhin folgte ihm unablässig die nagende Einsamkeit.

Hin und wieder dachte er an den früheren Begleiter seiner Abende, den Dichter Wyhorskyj, der irgendwo mit einem Wandersack auf den Schultern über die ukrainische Erde streifte. Inzwischen, da sie einander nicht mehr sahen, spürte er umso mehr, was sie gemeinsam hatten – seine Gefühle waren genau wie der Verstand des Dichters in dauerndem Aufruhr. Wo war er nur? Hatte er seine Adresse? Vielleicht sollte er ihm einen langen, überschäumenden Brief schreiben! Und tiefer Neid auf einen Menschen, der keine Adresse hatte, überkam ihn. Manchmal dachte er selbst daran, Urlaub zu nehmen und sich irgendwohin ans sonnige Meer aufzumachen. Aber er verschob das immer wieder. Irgendwie graute es ihm tief drin vor allem, was ihm Erleichterung verschaffen könnte.

Schließlich bekam er in der Redaktion einen Briefumschlag in die Hände, der die Handschrift des Dichters trug. Ungeduldig riss er ihn auf – drin waren zwei wunderbare Gedichte für die Zeitschrift, jedoch nicht eine Zeile für ihn. Da hörte auch der Dichter für ihn auf zu existieren.

Als er eines Abends, bereits in der Dämmerung, den Chreschtschatyk entlangging, stieß er an dessen Ende, wo sich die Handwerkerbuden drängen und nur wenige Straßenlaternen stehen, auf eine Frau. Eine von denen, die um Feuer bitten oder nach der Uhrzeit fragen. Sie wählte Ersteres, und Stepan zündete ihr ein Streichholz an. Dann schlug sie vor:

»Gehen wir?«

Stepan willigte ein. Die Frau hakte ihn als Zeichen des Einverständnisses unter, und sie wandte sich in Richtung der Trochswjatitelskastraße, wo sie den Klienten durch eine mit einer Kette gesicherte Holztüre in einen dunklen Hinterhof führte. Um durch den engen Durchlass zu schlüpfen, musste sich Stepan weit nach unten beugen. Da flüsterte die Frau ihm zu:

»Mach nicht so einen Lärm! Du weißt doch, dass die Leute ihre Nasen in fremde Angelegenheiten stecken!«, was sie mit einem Fluch bekräftigte, der eigentlich Männern vorbehalten war. Am Ende des muffigen Souterrainganges klapperte sie endlich mit den Schlüsseln und führte Stepan in einen Raum, der genauso roch wie der Gang. Er drehte sich um und sah ein schwaches Kerzenlicht, das eine dunkle Ikone schwach anleuchtete.

Die Frau zündete eine kleine Lampe an, und er sah sie nun deutlich vor dem Hintergrund ihres Zimmers. Sie war kräftig, aufgedunsen, nicht mehr jung, hatte einen zornigen Blick und einen bleichen, großen Mund, aus dem krächzende Laute kamen wie aus dem Schalltrichter eines abgenutzten Grammophons. Im Zimmer standen ein Bett, das mit einem groben, grauen Tuch bedeckt war, und einige einfache Möbelstücke, die zur Einfalt der Handlungen passten, die sich hier abspielten. In der Ecke beugte sich eine Gottesmutter über ihren Sohn und schenkte ihrer Umgebung keinerlei Beachtung.

Zuerst verlangte die Frau einen Karbowanez Vorauszahlung für einen »Schuss«. Als sie ihn bekam, sagte sie ein wenig gnädiger:

»Wie hätten wir es denn gerne? Nackt?«

Er antwortete, dass er sie lieber angezogen sehen möchte.

»Wie ein Soldat auf dem Durchmarsch«, lachte sie.

Sie hatte auch beim Militär, an der deutschen Front gedient, fügte sie hinzu.

Stepan musterte die Fotografien, die verstaubt, durch die Jahre übersät mit Fliegenschiss und ohne Rahmen an der Wand hingen. Und auf einmal begann ihn die Frau zu interessieren– er wollte mehr über ihren Alltag, ihre Ansichten, Freuden, ihren Familienstatus, ihre Meinung zum Staat und über ihr geheimnisvolles Seelenleben abseits des täglichen Geschäfts erfahren. Er bot ihr eine Zigarette an und setzte sich an den Tisch. Sie nahm sich gleich ein halbes Dutzend aus seiner Packung, entgegnete ihm aber unfreundlich:

»Was schwätzt du hier rum? Dann gib mir noch zwei Karbowanez für die ganze Nacht.«

Er zog die Geldtasche raus und leerte sein Münzfach. Sechzig Kopeken purzelten heraus.

»Lügner!«, sagte sie ungläubig. »Lass mich mal selbst nachgucken. Und was ist das?«

»Das sind noch zwei Kopeken.«

»Leg sie noch drauf!«

Als sie die Geldtasche umgestülpt hatte, beruhigte sie sich endlich und antwortete zwar grob, aber doch bereitwillig auf seine behutsamen Fragen. Dabei verwendete sie scharfe, ihrer Meinung nach genau passende und erlesene Worte, die ihre Arbeit und die Dinge, die dabei zum Einsatz kamen, betrafen. Wehmütig blickte sie auf die Zeit des Kriegskommunismus zurück, als sie das Geld in vollen Strümpfen nach Hause gebracht hatte. Jetzt wären nur noch Betrüger, Geizhälse und arme Schlucker unterwegs. Sie hätte zwar viele Heiratsanwärter, aber das würde sie nicht interessieren.

»Heiraten tut man aus Liebe«, sagte sie. »Mich austoben kann ich ja auch mit solchen wie dir.«

Dann erzählte sie ihm all die erfundenen und klischeebeladenen kleinen Geschichten, mit denen sie ihre Kunden und sich selbst unterhielt, diese Trugbilder, die sich mit der Zeit in halbwahre Erinnerung gewandelt hatten, ein unbewusster Selbstbetrug, an den sich ihre Seele im mechanischen Drang nach Glück klammerte. Mit Nachdruck erzählte sie, dass sie ein Oberst der Weißen Garde auf Knien angefleht hätte, mit ihm nach England zu gehen.

»Was hätt ich denn fahren sollen?«, fragte sie träumerisch. »Ich kann doch kein Englisch? Dort würde ich auf der Straße nichts verstehen … und er konnte auch keins«, fügte sie beruhigend hinzu. »Und dann war da noch dieser Engländer, der mich besuchte, aber der hat auch gesagt, dass er es nicht kann.«

Als seine Fragen aber konkreter und anspruchsvoller wurden, wurde sie unruhig. Dann fiel sie ihm ins Wort:

»Was fragst du mir Löcher in den Bauch? Warum bist du hierhergekommen?

Eingeschüchtert antwortete er, dass er zu ihr gekommen sei, um sich mit einer anderen Seele zu unterhalten. Da empörte sie sich fürchterlich:

»Ne Seele braucht der! Für einen Rubel kann ich dem die Seele ausschütten! Für dich liegt meine Seele unter meinem Rock.«

Kaum dass er sie beruhigt hatte, schwor er, dass er sie nicht kränken wollte.

»Ist dir denn egal, was du machst?«, fragte er.

»Das ist mir nicht egal«, entgegnete sie ihm. »Nimm, wofür du bezahlt hast, aber lass meine Seele in Ruhe.«

Die Unterhaltung war zum Stillstand gekommen, und sie verabschiedete sich kaltblütig, so als ob er ihr großes Unrecht getan habe. Stepan ging voller Respekt ihr gegenüber, da er aufgewühlt, wie er war, verstand, dass man die Frau kaufen kann, nicht aber den Menschen.

Meistens jedoch las er abends auf dem Sofa. Im endlosen Umblättern der Seiten lag ein Zwang, der seine Augen auf die Zeilen heftete und nichts mit lebendigem Interesse gemeinsam hatte. Zwischen ihm und dem Buch befand sich eine Glaswand, wie die Scheiben an Aussichtspunkten, die zwar die Aussicht ermöglichen, aber die Gerüche zurückhalten, die Umrisse verzerren und die Farben ausbleichen.

Oft, wenn er die letzten Zeilen gelesen hatte, blieb sein Blick auf der leeren unteren Seitenhälfte hängen und spann dabei das hier zu Ende erzählte Abenteuer weiter, das dann in seiner Vorstellung allmählich verblasste und schließlich ganz verschwand. Für einen Augenblick nahm er wahr, dass er an nichts mehr dachte, was für ein wundersames, irgendwie freudiges, überaus beruhigendes und ungetrübtes Gefühl, so als ob er einen vollkommen aus dem Leben gelösten Zustand der reinen Kontemplation erreicht hätte, der gänzlich unabhängig von seiner Umgebung war.

Er las viele Zeitungen und ließ dabei selbst die langweiligsten Ressorts nicht aus, las sich jeden Artikel, Kommentar und jede Ankündigung bis hin zu den Berichten über verschiedene Versammlungen und Sitzungen penibel durch, die in Kleinschrift auf den letzten Seiten zu finden sind. Er war ein aufmerksamer, aber eigenartiger Leser der Zeitschriften, die für so viele herausgegeben werden und die für den Einzelnen immer nur teilweise interessant sind, sodass er die Mehrzahl der Artikel überspringt.

Momentan fand die Bezirksversammlung der Zuckerfabrikanten statt, und unter den Dutzenden Personen, die im Bericht erwähnt wurden, entdeckte Stepan seinen ehemaligen Kameraden aus dem Institut, Borys Sadoroschnij. Der hielt ein Referat über ein bestimmtes System der Rübenselektion und wurde in die Beschlussfassungskommission sowie zum Abgeordneten für die All-Ukrainische Versammlung gewählt. Diese

Zeilen sprachen Bände – eine bittere und schmerzhafte Niederlage für ihn! Er las sie noch einmal. Ja, Borys Sadoroschnij, dieser junge Spießer, dieser Unterdrücker junger Frauen schritt stiernackig voran, handelte, arbeitete und machte Karriere. Die frühere, eine Zeitlang unterdrückte Feindschaft kochte in Stepan wieder hoch, und er warf die Zeitung fort, damit er diesen unangenehmen Namen nicht mehr sehen musste.

Der Kongress der Zuckerfabrikanten hatte eine idiotische Wirkung auf ihn, sie löste eine Reihe trüber Gedanken über ihn selbst aus. Wird das noch lange dauern? Vielleicht ist es ja wirklich seine Schuld, und vielleicht hat er jemandem auch eine große Unannehmlichkeit bereitet, aber nun war es genug der Reue! Dem Kalender nach waren bereits drei Wochen in Einsamkeit verstrichen, und sie kamen ihm vor wie Jahre. Höchste Zeit, wieder aktiv zu werden. Allerhöchste Zeit! Los!

Er schrie all das wie ein Kutscher zu seinem Pferd, das unterwegs gestrauchelt war und nicht mehr aufzustehen vermochte. Aber woher würde Hilfe kommen? Von wem? Er hoffte, dass eine plötzliche und weitreichende Veränderung kommen würde und sich seine Verzweiflung, die ein ziemliches Ausmaß erreicht hatte, in Hoffnung wandelte. So als müsste er einen Brief erhalten, einen Brief, der schon auf dem Weg war, womöglich Schrecken und Unglück enthielt, aber doch Bewegung! Seine Ahnung täuschte ihn nicht, obwohl es weniger eine Voraussicht von Ereignissen war als vielmehr ein äußerliches Signal innerer Bedürfnisse. Das Wunder des menschlichen Wesens, das sich in Zeiten des Hungers so stark und lebhaft auf bisher unbekannte Kleinigkeiten richtet, sodass diese, tief im Herzen gehegt, plötzlich zu einem wirklichen Ereignis werden, wie schwermütige Träume, wie ein wahr gewordener, undeutlicher Wunsch! Das geheimnisvolle Innere des Menschen ist der tragische Kern seines einfachen Wesens, er schwankt am Abhang und stürzt beim geringfügigsten Stoß hinab und tauscht die Langeweile der Tatenlosigkeit gegen ein halsbrecherisches Tempo.

Er aß zumeist in der großen Kantine der NarChartsch am Chreschtschatyk, die er ausschließlich deshalb wählte, weil sie auf dem Weg von seiner Arbeit zum Bessarabka-Markt lag, von wo er die Straßenbahn nach Hause nahm. In der Kantine zog er es vor, an einem kleinen Tisch bei der Wand zu sitzen, wo er allein vor seinem Essen und einer Flasche Bier sitzen konnte, die zu einem unabdingbaren Teil seines Menüs geworden war. Die größte Unannehmlichkeit in den NarChartsch-Betrieben, wie in allen Kooperativen, war das lange Warten und die geringe Zuvorkommenheit gegenüber den Besuchern. Das störte ihn jedoch keineswegs, denn das Mittagessen, meistens ein sehr spätes, war der letzte Programmpunkt in seinem Tagesablauf und bildete den Übergang zum Abend. Er hatte daher nichts dagegen, dass diese Zeit, in der sein Herz noch im Rhythmus des Arbeitstages schlug, nicht rasch in die stumpfen Stunden häuslicher Ruhe überging.

Desto unangenehmer war es ihm, eines Abends zu sehen, dass sein Tisch besetzt war. Das war fast eine Beleidigung für ihn, ein Verstoß gegen sein ungeschriebenes Gesetz, sogar ein Angriff auf ihn selbst, da durch die ständige Gewohnheit dieser tote Gegenstand ein untrennbarer Teil von ihm selbst geworden war. Als er den Eindringling aber aufmerksamer gemustert hatte, lief er auf ihn zu und drückte ihm fest die Hand.

»Grüß dich, Lewko!«, rief er. »Du bist es wirklich!«

Dieser blickte ihn verwundert an, erkannte ihn aber nicht.

»Ich bin's, Stepan aus Tereweni. Erinnerst du dich nicht?«, sagte Stepan aufgewühlt und neigte sich zu seinem Bekannten herab. »Kannst du dich nicht erinnern, wir sind zusammen hierher mit dem Dampfer gefahren? Erkennst du mich jetzt?«

Lewko erkannte ihn, war aber umso mehr erstaunt.

»Stepan?«, murmelte er. »Jetzt hätt ich dich echt nicht erkannt …«

»Warum?«, fragte Stepan nach diesen Worten kummervoll und leise.

Doch Lewko hatte schon sein sanftmütiges, grenzenlos nachsichtiges Lächeln aufgesetzt. »Du hast dich verändert«, sagte er. »So herausgeputzt, wie hübsch. Ein richtiger Feschak.«

Hastig nahm Stepan seine Kappe ab und setzte sich zu ihm an den Tisch. Die seltsame Aufregung, die ihn mit der Begegnung erfasst hatte, nahm weiter zu, wuchs und drang als warmer Strom tief in seine Seele. Er blickte mit einem freudigen, beinahe verliebten Blick auf den alten Bekannten und entdeckte unsagbar zufrieden auf dessen Gesicht die gleichen Züge, Bewegungen, das gleiche Lächeln und die unveränderte Sanftmut, denen er vor langer Zeit den Rücken gekehrt hatte.

»Lewko, wie froh ich bin, dich wiederzusehen«, sagte er. »Du kannst dir gar nicht vorstellen, wie froh ich bin! Ach, Lewko, hier ist alles so fremd, die Menschen wie das Leben.«

»Leben?!«, erwiderte Lewko. »Ein einziger Fleischwolf und kein Leben! Und schau nur, womit sie uns füttern!«

»Ich esse hier täglich«, antwortete Stepan.

»Das ist Vogelfutter.«

Er lachte und zeigte dabei auf die Fleischbällchen vor ihm. Sein Lächeln wirkte auf Stepan charmant, seine Gedanken klug, wie ein Zauberspruch, ein unvergleichliches Auftreten. Neid machte sich plötzlich in ihm breit, da Lewko imstande war, sich nicht zu verändern, auch nach Jahren genau der Gleiche zu bleiben, hinzu kam noch Stepans Bedauern für seine eigenen Entscheidungen, seine Wünsche und deren Misserfolg. Vor seinem alten Bekannten, den er einst missachtet und vergessen hatte, spürte er die Gewissensbisse eines schlechten Schülers, der den aufmerksamen Blick des Lehrers bemerkt.

»Und was tut sich so in deinem Leben, Lewko?«, fragte lauthals Stepan.

»Erzähl du zuerst.«

Stepan erzählte kurz, eintönig und gezwungen über die Zeit, seit sie sich nicht mehr gesehen hatten. Er erwähnte seine Erzählungen, seine Anstellung, ohne dass in seinen Worten und in den geschilderten Ereignissen irgendein Funke Lebensfreude glühte.

»Donnerwetter noch mal!«, grinste Lewko. »Dann verdienst du sicher 150 Karbowanez?«

»So in etwa. Plus die Honorare. Und vor einigen Monaten hab ich ein Drehbuch geschrieben und anderthalb Tausend dafür bekommen.«

Lewko schnalzte anerkennend.

»Teufel aber auch!«, rief er.

In seiner Stimme aber nur ehrliche Verwunderung und keinerlei Missgunst. Danach kam ihm ein anderer Gedanke.

»Das heißt, du bist jetzt ein ukrainischer Schriftsteller?«, fragte er vollen Ernstes.

»Ja, genau«, lächelte Stepan betrübt.

Lewko grübelte.

»Das heißt, es gibt auch lebende Schriftsteller?«

»Wie meinst du das?«

»Gibt es solche wie Schewtschenko?«

»Die gibt's nicht.«

Lewko seufzte erleichtert, so als ob die zeitgenössische Literatur für ihn nun doch keine Gefahr darstellte.

Dann erzählte er ohne Eile von seinen Angelegenheiten und Plänen. Er hatte die Uni abgeschlossen und leistete ein einjähriges Praktikum an der Forschungsstation in Nosiwka ab. Jetzt war er zurück in Kyjiw, um sein Diplom abzuholen. Dann sollte er in die Oblast Cherson ziehen, wo er eine Stelle als Bezirksagronom antreten würde.

»Ach ja, und dieser Lateinlehrer, bei dem du gewohnt hast … der, der uns Tee angeboten hat?«, fragte Stepan. Er spürte eine nervöse Freude bei diesem Blick zurück in die Vergangenheit, die auf einmal in ihm auflebte, wenn auch noch verschwommen, wie der Morgentau, der bald unter den Sonnenstrahlen verdampfen wird.

»Ach, sieht schlecht aus«, lachte Lewko. »Der hat sich aufgeschlitzt, mein Lieber! Mit seinem eigenen Messer. Er sagte, er würde sich aufschlitzten wie so ein Philosoph, wir dachten, es sei nur ein Hirngespinst. Aber er hat es dann wirklich gemacht. Wir hatten einige Scherereien damit.«

»Und seine Frau?«

»Die ist nicht ohne, obwohl sie zahnlos ist! Kocht und bäckt viel besser als jedes Restaurant. Diese Bourgeoisen wussten schon, wie man gut isst. Ich spiele mit dem Gedanken, sie nach Cherson mitzunehmen …«

»Bist du nicht verheiratet?«

»Noch nicht. Sobald ich mich auf der neuen Stelle ein wenig eingerichtet habe, schaff ich mir ein hübsches Mädel an. Aber es geht auch ohne.«

»Du Vogel, du! Was fängst du denn ohne Frau in der Einöde an?«

»Dort gibt es gute Jagdreviere«, sagte Lewko. »Und die Steppe mag ich auch.«

Die Steppe! Auch Stepan liebte sie! Eine klare Erinnerung stieg auf in seinem Herzen, die Erinnerung an die stille Nacht und den in Schlaf gewiegten Horizont, die Unendlichkeit des Himmels und der Erde, die blaue Stille des Mondscheins, und daran, wie es war, auf dem Rücken im Gras zu liegen, die Arme unter dem Kopf verschränkt, ohne Mütze, barfuß, und auf das gelbe, blaue, rote und grünliche Flimmern der Sterne zu schauen, die von einer guten, mächtigen Hand über den Himmel gestreut wurden. Die Hand im Windhauch zu spüren, der das Gesicht kitzelt, und den Blick in die Himmelstiefen zu versenken und geheimnisvoll vereint mit der Unendlichkeit erschöpft einzuschlummern. Und daran, wie am Morgen hinter den Grabhügeln die Sonne aufgeht, wie ihr Strahlen dem roten Meer entsteigt – eine gewaltige Knospe kalten Feuers, das allmählich zu einem glühenden Pfahl aufblüht.

Lewko aß die Fleischbällchen auf und wischte sich seine Hände mit der Papierserviette ab.

»Jetzt geh ich noch ins Kino«, sagte er. »Ich finde es toll zu sehen, wie die Leute da herumhopsen. Unglaublich, wie man heute so sein täglich Brot verdient! Komm doch mit.«

»Ich hab noch zu tun«, entgegnete Stepan.

Auf der Straße umarmten sie sich. Stepan war gerührt.

»Lewko, schreib, wie's in Cherson geht«, sagte er.

»Vielleicht gibt es dort nichts, worüber man schreiben kann«, antwortete er. »Aber ihr Schriftsteller müsst schreiben. Und wir werden es eines Tages lesen.«

XIV

Im Herbst stehen die gelben Stängel auf den Feldern stramm, und die trockenen Blätter an den Maiskolben rascheln aufgeregt – als zupfte jemand heimlich an den herabhängenden, fasrigen Blättern. Im Herbst sät das Unkraut seine Samen auf allen Wegen, das hohe Gestrüpp von Ackermelde, Wolfsmilch, Ringdisteln, Steppenmelde und Beifuß. Im Herbst, wenn sie ihr Grün verlieren, sind diese Pflanzen hässlich. Im Herbst sind die Winde tückisch und angriffslustig, sie brausen plötzlich auf, kaum sind sie da, verschwinden sie schon wieder. Unerwartet öffnen sich Abgründe in der Steppe, entblößen ihre erdigen Eingeweide. Sie sind mit Bocksdorn übersät, in dem sich Schlangen winden und noch mehr Eidechsen und Insekten tummeln. Unzählig sind die Straßen, Wege und Pfade in der Steppe. Sie kreuzen sich, schlängeln sich, enden plötzlich, unvorhersehbar, damit der Mensch sich verlaufe und endlos wandere. Doch er muss in die Steppe gehen. Er will einen abseitigen Pfad nehmen. Wohin er wohl führt? Langsam wandert er durch die Steppe, und es ist merkwürdig, auf einmal zu einem Ort zu gelangen. Die Wege sind verwildert, der Mensch verliert sich auf ihnen, Pfade schlängeln sich Anhöhen entlang, an Grabhügeln vorbei und führen geradewegs über Viehweiden und Melonenfelder, trockne Halme eines Stoppelfeldes knacken unter den Schritten.

Stepan blieb plötzlich stehen. So weit er sich orientieren konnte, musste dies die Pawlowstraße sein. Seitdem er sich von Lewko an den Stufen zur Kantine verabschiedet hatte, musste schon eine halbe Stunde verstrichen sein, er war in Gedanken versunken und gut gelaunt herumspaziert, in jener entspannten Ruhe, die den Menschen nach quälenden Sorgen und Enttäuschungen in den verantwortungsvollsten Momenten des Lebens erfasst. Er fühlte sich bereit für das Einmalige, lang Erhoffte, das in seinem Inneren als zufälliges Trugbild erstarrt war. Er ahnte seine Befreiung, und die Gedanken, die unentwegt auf ihn einströmten, trugen ihn zurück in eine wunderbare Kindheit, in die unvergessliche Zeit, da er die Welt zum ersten Mal erkundete. Begeistert wandelte er auf dem Zauberpfad der Erinnerung, auf der Suche nach den einstigen Quellen, und inmitten des Frühlings in der Stadt fantasierte er leidenschaftlich vom warmen Herbst in der Steppe.

Er blickte auf seine Armbanduhr. Dreiviertel neun. Es war noch nicht zu spät. Er kann sie noch sehen. Außerdem ist es ihm egal, wie spät es ist. Er muss sie einfach sehen!

Stepan wandte sich um und beschleunigte seine Schritte,

und ebenso schnell zeichnete sich seine Absicht ab. Er fand sie nun bereits fertig, klar und deutlich in sein Herz gemeißelt.

Er wird ins Dorf zurückkehren.

Dieser Gedanke – wild und unvermittelt – schreckte ihn ganz und gar nicht, verwunderte ihn nicht einmal. Er war plötzlich in ihm emporgestiegen, gleißend, zauberhaft, voll glühender Freude, Energie und Hoffnung. Er kehrt ins Dorf zurück. In die Steppe. Zur Erde.

Er würde diese Stadt auf immer verlassen. Sie ist seinem Herzen so fremd, diese Steine, diese schlaflosen Lichter der Straßen! Er kehrt dem brutalen Chaos des Stadtlebens den Rücken, den giftigen Träumereien, die sich bleiern über lärmende Pflastersteine wölben, den erstickenden Leidenschaften, die die Seele in den engen Behausungen zernagen. Er dagegen wird stillen, sonnendurchfluteten Räumen entgegenschreiten, den Feldern, die er verlassen hat, er wird so leben, wie das Gras wächst und die Früchte reifen.

Das Gebimmel der Trambahn ließ ihn innehalten. Froh dachte er: »Schon morgen hör ich dich nicht mehr.«

Eineinhalb Jahre hatte er Verdruss in sich angehäuft, quälende Unzufriedenheit, für die alle leidenschaftlichen Menschen so anfällig sind, die Bitterkeit des tagtäglichen Ringens, das er in der Stadt erfahren musste, kehrte sich nun um in glückliche Erschöpfung und einen bohrenden Wunsch nach Erholung. Er sah sein Morgen nicht als Aktivist im Silbud, nicht als Funktionär in der Genossenschaft oder in der Silrada, ebenso wenig als Lehrer, sondern als unauffälliger Bauer, als eine der zahllosen grauen Gestalten im Bauernkittel, die seit ewigen Zeiten den Pflug durch die Scholle ziehen. Sei gegrüßt, taunasser Morgen und erster Sonnenstrahl! Du wunderbares Glitzern im nassen Gras! Du gesegnete Stunde, wenn das Licht des Lebens emporsteigt! Der Geist der Vergangenheit erwachte in ihm, wie in Stein gemeißelt, mächtig, der Geist der Jahrhunderte, der im Inneren schlummert und in Momenten großer Erregung erwacht, der zu Ruhe und Standhaftigkeit verlockt, die unüberwindliche und doch sanfte Stimme, die das Märchen vom verlorenen Paradies flüstert und die Hymne der Natur anstimmt.

Seine größte Sorge lag freilich woanders. Einen Nachfolger für sein Zimmer und die Einrichtung würde er morgen schon finden, außerdem wollte er morgen auch gleich sein Kündigungsgesuch schreiben. Man würde ihn überreden wollen zu bleiben! Aber schon morgen Abend würde er im Zug Richtung Süden sitzen, um fortan in einer Kommune oder Genossenschaft zu arbeiten, was und wo auch immer. Ein Kinderspiel! Darüber muss er sich gar nicht den Kopf zerbrechen. Aber … er würde nicht allein fahren.

Als er sich nun daran erinnerte, musste er mehrmals tief durchatmen. Das plötzliche Aufflammen der verschmähten und gedemütigten Liebe hatte etwas Absolutes. Die Liebe einer fast verkohlten, nahezu erloschenen Glut, als rächte sie sich für den Schrecken des allmählichen Verlöschens, loderte jetzt als leidenschaftliches Feuer empor, das ihn erneut in Hochstimmung versetzte. Vor ihm lag klar und deutlich ein einfacher, freudvoller Weg, den er mit seiner Wiedergefundenen sanft beschreiten würde.

»Nadija, meine Nadija,« flüsterte Stepan.

Er war felsenfest überzeugt, dass sie wie der Klang einer fernen Glocke stets in seinem Herzen gewesen war, ein Klang, der sein Herz erbeben ließ, in seinen Träumen fortschwang, den er aber bisher nicht erkannt hatte. Denn auch in den anderen hatte er immer nur sie geliebt und in ihr liebte er die grenzenlos Ferne, eine verschwommene Erinnerung, ein kaum hörbares Echo in entlegenen Winkeln seines Bewusstseins. Er wusste nun, dass er sie nie vergessen hatte, dass er sie, nur sie die ganze Zeit in den Eingeweiden der Stadt gesucht hatte, dass sie das Feuer gewesen war, das in ihm brannte und ihn in die Ferne zog. Wenn er zu ihr zurückkehrte, würde er sich selbst finden. Wenn er zu ihr zurückkehrte, würde er wieder das finden, was verschwunden, durch seine Fehler verloren war, all das, was er in seiner Verblendung zerstört hatte.

Nadija, Nadija, du wundervolles Mädchen! Du blonde Rusalka im Zwielicht der Auen. Sie antwortete seinem Rufen mit leichtem Schaudern, das von ihr zu ihm pulsierte, von dort strömte, wo sie lebte, wo sie auf ihn in Erniedrigung und Leid wartete. Als hätte sie auf sein Flehen hin den Kopf gewandt, ihre Augen glänzten in glücklichem Einverständnis, und ihre Hand streckte sich nach seiner Stirn aus. Sie hatte ihm verziehen. Ja! Und konnte es denn auch anders sein? Sie kommt zu ihm. Das ist unausweichlich! Er wird nun die Welt und das Leben erkennen in blumengeschmückten Tälern, die auf sie warten, endlos in ihre Augen blicken, in freudiger Demut wird er ihre Hand ergreifen und die unerschöpfliche Wärme ihres Körpers fühlen, dem er sich jedoch nicht nähern wird. Nachts wird er über ihre Träume wachen, wundervolle Träume knospender Schönheit, und er wird die Träume verstehen wie die Sprache der Menschen. Und am süßen Gift ihrer Göttlichkeit wird er sich laben in alle Ewigkeit und in tödlicher Betäubung ihr zu Füßen niedersinken. So soll es sein. Ihre Auferstehung verschwimmt in singender Lockung der Steppe in einem einzig süßen Verlangen nach Kasteiung, nach unendlicher Unterwerfung, in der er die übergroße Freude der Erneuerung fühlte.

An der Ecke zur Wolodymyrstraße blieb er nervös stehen. Hatte er denn ... die Adresse ... ihre Adresse vergessen? Nein! Andrijiwskyjsteig 38, Wohnung 6. Straßenname und Hausnummer blitzten in seinem Gedächtnis auf, obwohl er sie nur einmal gehört hatte. Es erschien ihm merkwürdig, dass sie so nah, so leicht zu erreichen sein sollte. Umso mehr, da er bereit gewesen wäre, hungrig und durstig die Wüste zu durchqueren, in Höhlen und im Urwald herumzuirren, unglaublichen Gefahren zu begegnen und in ihrem Namen zu siegen.

Stepan wiederholte leise: »Andrijiwskyjsteig … Andrijiwskyjsteig …«

Mit einem Mal erinnerte er sich an diese steile, kurvige Straße, sie war Teil seines früheren Wegs vom Podil an die Universität gewesen. Abermals erschauderte er, auf dem Weg, auf dem er sie verloren hatte, sollte er sie wiederfinden!

»Wie merkwürdig das ist … merkwürdig …«, dachte er.

Dann hatte er plötzlich eine Idee, die seine Erinnerungen und der Wunsch gebar, die Vergangenheit wieder auferstehen zu lassen. Er wollte das kleine Gebäude auf der Bessarabischen Straße noch einmal sehen, es ebenso betreten, wie er es früher betreten hatte, als er Nadija in Gesellschaft ihrer Freundinnen und Freunde vom Land sah. Wo sind sie geblieben? Wo ist die schüchterne Hanusja? Und wo der freche Jascha? Wo die stolze Njusa und ihr Instruktor für Klubarbeit. Sie schienen ihm plötzlich furchtbar vertraut und nah. Er hegte die unbestimmte Hoffnung, dass er sie gleich alle sehen werde: Sie sitzen um den Tisch und unter ihnen Nadija, die ihn erwartet. Warum sollte sie nicht zufällig hierherkommen? Er hatte ja heute ebenso zufällig Lewko getroffen, den er schon so lange nicht gesehen hatte. Stepan schlug den Weg nach rechts ein und ging rasch zum Chreschtschatyk.

Sein Herz schlug wie verrückt, als er an die verfallene Tür des geduckten Häuschens klopfte. Er erkannte alles: die altmodische Veranda, den eingezäunten Vorgarten, die äußeren Fensterläden. Alles unverändert, was für ein Glück! Nun ja, es war auch nicht so viel Zeit vergangen. Gerade mal anderthalb Jahre, die ihm nun wie eine Nacht im Tiefschlaf vorkamen.

Die Tür ging auf. Ein Mann mit grober Stimme, unfreundlich, stand unzufrieden in der Tür.

»Wohnen hier noch die Mädchen … die vor eineinhalb Jahren hier wohnten?«, fragte Stepan.

Anders vermochte er nicht zu fragen, da er ihre Nachnamen vergessen hatte.

»Hier gibt's keine Mädchen«, entgegnete der Mann in einem Ton, als möchte er sagen, dass nur anständige Menschen hier wohnten. Damit wollte er die Tür schließen.

In dem Augenblick fing Stepan an, ihm chaotisch zu erklären, wen er eigentlich suche. Er suche seine Schwester, die er vor eineinhalb Jahren in der Stadt zurückgelassen habe, und wo sie sich aufhalte, wüssten nur die Mädchen, die hier wohnten. Sind sie denn ausgezogen? Wenn er sie nicht finde, dann würde er nichts über seine Schwester erfahren können, die irgendwohin verschwunden sei. Im Informationsbüro war er bereits. Dort konnte man ihm nicht helfen.

»Die nehmen einem nur das Geld ab, so ist die Sowjetmasche«, grummelte der Mann schon ein wenig freundlicher.

»Ja, verdammte Bürokratie … eine war Schneiderin, so eine kleine.«

»Ja doch, eine Schneiderin wohnt hier im Hof. Gehen Sie durch das Tor da.«

Sie verabschiedeten sich freundlich, und Stepan betrat den dunklen Hof. Ein schmaler Flecken Erde mit ein paar Bäumen zwischen hohen Nachbargebäuden. Zuerst sah er nicht, wo hier überhaupt jemand wohnen könnte, dann bemerkte er linkerhand eine Hütte, die wie ein Pilz an einer blanken Mauer klebte. Ein blasser Lichtstrahl drang kaum merklich durch die Fensterläden in das Dunkel des Hofes. Er ging stolpernd über Erdklumpen und Ziegel zum Fenster und klopfte vorsichtig.

»Wer ist da?«, erklang eine Frauenstimme.

Stepan antwortete mit bebender Stimme: »Machen Sie auf … das bin ich … Stepan … Sie erinnern sich doch … ich war bei Ihnen auf Besuch, als hier noch Nadija wohnte …«

»Stepan?«, hörte man verwundert aus der Hütte.

»Ja, ja … Stepan aus Tereweni. Öffnen Sie, Hanusja.«

Aus der Hütte schallte plötzlich Lachen. »Also nein, ich heiße Iwa!«

Stepan trat erschrocken einen Schritt zurück. Sie heißt Iwa? Iwa! Mit dem Namen konnte er nichts anfangen. Er wäre am liebsten im Erdboden versunken und hätte das alles hier vergessen. Als er auf die Straße kam, beherrschte ihn wieder die Erinnerung an Nadija, und er dachte nur an sie.

Doch war es jetzt kein süßer Wahn mehr, der ihn bisher durchglüht und erfreut hatte, sondern ein schmerzhafter, wie von außen auferlegter Zwang, eine schreckliche Notwendigkeit, die sich nicht aufschieben ließ und von deren Grund er nicht die geringste Ahnung hatte. Er betrachtete die Angelegenheit nun im Lichte der Vernunft und nicht des Wunschdenkens, wog seine Absicht und die reale Chance auf deren Verwirklichung ab. Er war felsenfest überzeugt, dass Nadija auf ihn wartete. Das Bewusstsein ausschließlichen Rechts auf dieses Mädchen hatte ihn zu keiner Zeit verlassen. Wenn sie nicht mit ihm zusammen ist, so nur deshalb, weil er es bisher nicht gewollt hatte. Heute würde er ihr erklären, dass nur ein Leben in der Natur möglich sei, was sie aufgegeben hatten und zu dem sie nun zurückkehren müssten. In der Stadt ist es öde, man erstickt, ein furchtbarer Fehler der Geschichte. Er kannte diese Überlegungen, sie waren nicht neu, doch das bewies umso mehr ihre Richtigkeit. Sie würde das auch ohne Worte verstehen. Er machte sich deswegen keine Sorgen. Aber sie ist doch verheiratet! Und dieser Borys ist ein Dickschädel, mit dem wird er sich nicht einigen können! Bis er ihm all seine Überlegungen verständlich gemacht hat, bis er ihn überzeugt haben wird … und der – da schau an! – erlaubt sich sicher noch, zu widersprechen! Damit wird auch zur Sprache kommen müssen, mit wem Nadija ihre Unschuld verlor …

Ach, das wird unangenehm! Stepan blickte auf seine Uhr. Zwanzig nach neun. Etwas spät. Aber es musste heute noch erledigt werden.

Er fühlte sich unendlich müde, weshalb er eine Kutsche anhielt, einstieg und sich matt auf die Sitzbank fallen ließ. Die Straßenlaternen, der abendliche Trubel bedrückten ihn und ließen seine Müdigkeit zur totalen Erschöpfung anwachsen. Er schloss die Augen, und sein Denken wurde unter lähmender Schwäche und dem Wunsch nach Schlaf begraben wie unter einer schweren warmen Decke. Er spürte, wie sein Körper erstarrte, die Seele wie ein Baby in einer Wickeldecke eingerollt war, im sanften Schaukeln der Kutsche entfernte sich das sorgenvolle Gemurmel des Lebens immer weiter.

Plötzlich hielt der Kutscher an.

»Was denn?« Stepan wachte auf.

»Wir sind da«, antwortete der Kutscher.

Er blickte sich um, schüttelte sich und stieg aus dem Wagen.

»Soll ich warten?«, fragte der Kutscher.

»Ja, warten Sie, es dauert nicht lange«, entgegnete Stepan.

Er öffnete die Eingangstür mit der beleuchteten Hausnummer etwas hastig, die Treppe stieg er jedoch langsam empor, wobei er sich mit Streichhölzern den Weg leuchtete. Im zweiten Stock angekommen, läutete er. In seinem Inneren hatte sich völlige Gleichgültigkeit breitgemacht.

Er lehnte sich an den Türrahmen und überlegte, dass er heute doch eine Aktentasche dabeigehabt hatte und dass diese nun weg war. Offensichtlich hatte er sie verloren. Nun war zum Glück nichts Wichtiges drin gewesen, und doch ärgerte es ihn ziemlich. »Was bin ich für ein Dummkopf!«, sagte er sich.

Schritte an der Tür holten ihn aus seinen Gedanken zurück. Er wurde wieder unruhig. Wird sie aufmachen oder jemand anderes? Eine Frauenstimme, aber nicht Nadijas, fragte: »Wer ist da?« Stepan kam plötzlich der Gedanke, dass sie von hier weggezogen sein könnten. Diese Annahme munterte ihn auf, und er fragte mit fester Stimme: »Ist Genosse Borys zu sprechen?«

Die Tür öffnete sich, so weit es die Sicherungskette zuließ, und im Türspalt wurde das Gesicht eines Mädchens sichtbar.

»Borys Wiktorowytsch ist nicht zu Hause«, antwortete sie streng. »Er ist auf Dienstreise.«

»Das ist aber schade«, brummte Stepan, und verlegen fügte er hinzu: »Dann hinterlasse ich ihm eine Nachricht.«

»Kommen Sie herein«, sagte das Mädchen.

Im Vorzimmer hängte er den Hut an einen Wandhaken, strich sich die Haare glatt und betrat hinter dem Mädchen das Zimmer, in dem auf einem mit Wachstuch bedeckten Tisch eine Lampe mit ausladendem Schirm mit orangefarbenen Fransen leuchtete. Er setzte sich an den Tisch, und während ihm das Mädchen Stift und Papier gab, blickte er sich verstohlen um. Vor den Fenstern hingen Vorhänge mit Spitzen, und auf den Fensterbrettern standen Blumen. In einer Ecke befand sich ein Sofa mit Stoffbezug, davor ein kleiner Teppich. Entlang der Wand standen schlichte, aber sorgfältig aneinandergereihte Stühle. Doch rechterhand ragte unvermittelt das schwerfällig massive Schmuckstück, ein riesiges, gutbürgerliches Buffet mit Schnitzrelief auf, das in dem Zimmer überdimensioniert wirkte. Es war hier aufgeräumt und still, jedes Möbelstück stand an seinem vorbestimmten, nach den Regeln der Symmetrie angeordneten Platz, und das Buffet schien der oberste Wächter dieser Ordnung zu sein, strenger Statthalter der unerschütterlichen Grundlage des Lebens in dieser Wohnung.

Etwas streifte seine Beine. Eine Katze schmiegte sich an seine Schuhe. Er nahm sie hoch und setzte sie auf seinen Schoß. Dann begann er konzentriert zu schreiben.

»Lieber Borys, endlich habe ich Zeit gefunden, Dich zu besuchen, doch anscheinend zu einem ungünstigen Zeitpunkt. Ich dachte eigentlich, den Abend in angenehmem Geplauder über früher zu verbringen …«

Seitlich knarrte eine Tür, und als Stepan den Kopf hob, sah er auf der Türschwelle eine Frau, die in ein weites rotes Tuch gehüllt war, das ihre Figur bis zu den Knien bedeckte. Stepan erhob sich verlegen, da er ahnte, dass ihn diese Frau wahrscheinlich durch den Türspalt beobachtet hatte, wie er die Katze streichelte und kraulte.

»Das sind Sie, Stepan? …«

»Pawlowytsch«, warf er ein, da er ihre Pause richtig deutete.

Er erkannte sie erst, nachdem er ihre Stimme gehört hatte. Das ist sie, nur völlig verändert, fast missgestaltet, obwohl er nicht genau sagen konnte, wodurch eigentlich. Selbst ihre Stimme klang ein wenig anders, irgendwie unangenehm, selbstsicher, überheblich. Ihr Auftritt hatte ihn verstört: ihre Gestalt, ihre Förmlichkeit und ihr spöttischer Blick. Während er ihr die Hand gab, dachte er: »Nein, ich bin wirklich ein Idiot.«

»Setzen Sie sich doch, Stepan Pawlowytsch«, sagte die Hausherrin.

Und nun sah er, dass sie schwanger war.

»Danke«, entgegnete er, und ein Gefühl des Entsetzens, der Erniedrigung und des Schmerzes bemächtigte sich seiner.

Sie setzte sich auf das Sofa bei der Tür und rief: »Natascha, setz den Samowar auf!«

»Ist das für mich?«, bemerkte Stepan unruhig. »Machen Sie sich keine Umstände, ich hatte schon Tee. Ich habe gerade einen getrunken.«

»Aber ich habe noch keinen getrunken«, entgegnete sie.

Es entstand ein unangenehmes Schweigen, und auch wenn er fühlte, dass ihn dieses Schweigen erniedrigte und sie vielleicht sogar ihre Freude daran hatte, konnte er einfach keine Worte finden. Ihr großer runder Bauch lähmte ihn.

Schließlich sagte die Gastgeberin: »Sie sind ein seltener Gast, Stepan Pawlowytsch.«

»Tja«, brummte er, »die Zeit rennt … und Borys ist immerzu auf Dienstreise …«

Eigentlich wollte er nichts mehr sagen, doch aus Furcht vor erneutem Schweigen zwang er sich hinzuzufügen: »Eigentlich bin ich ja mit einem Vorschlag gekommen … natürlich, nur wenn Borys hier gewesen wäre … morgen einen gemeinsamen Ausflug zu unternehmen … nach außerhalb … irgendwo in die Natur … wie man so sagt …«

»Ein wundervoller Gedanke«, antwortete sie, »aber ich fühle mich leider nicht ganz wohl.«

Stepan fühlte erschrocken, wie die Mauer des Schweigens wieder zwischen ihnen emporwuchs, ein ödes, scheußliches Schweigen von Menschen, die sich besser nicht begegnet wären. Ein jeglicher Gedanke, der ihm kam, prallte an ihrem Bauch ab und drang chaotisch in sein Inneres zurück.

Plötzlich fragte sie: »Es heißt, Sie schreiben Erzählungen?«

»Ja … ich habe welche geschrieben«, erwiderte Stepan betrübt.

»Und jetzt?«

»Jetzt schreibe ich nicht mehr.«

»Warum denn?«

»Ich weiß nicht worüber.«

Sie lachte.

»Gab's in Ihrem Leben denn keine Abenteuer?«

Er zuckte zusammen. Ging sie mit ihrer Spöttelei hier nicht zu weit? Stolz entgegnete er: »Es gab welche, aber die waren nebensächlich. Viel zu banal.«

Dann blickte er würdevoll auf seine Uhr und erhob sich.

»Entschuldigen Sie, Nadija …«

»Semeniwna«, half sie ihm aus.

»… Semeniwna, ich muss weiter. Grüßen Sie Borys von mir.«

»Kommen Sie wieder zu Besuch«, sagte Nadija Semeniwna, »wir freuen uns immer, Sie zu sehen.«

Im Treppenhaus ließ er seinem Zorn freien Lauf. So eine Frechheit! Und wer bitte redet da mit ihm und noch dazu in solchem Ton? Wer bitte! Schließlich genau die, die er wie die letzte Hure fortgejagt hatte! Meint sie denn, wenn sie einen Mann hat, ist sie Gott weiß was für eine Dame? Aber ihr Mann ist ein Gauner. Für ein Gehalt in der Genossenschaft leistet man sich nicht so ein Buffet. Also ist er ein Dieb. Ja, der endet noch im BUPR-Arbeitslager. Und sie selbst – aufgeblasene Spießerin! Er wiederholte noch einige Male genussvoll diese Schmähung und beruhigte sich ein wenig.

Unten auf der Straße entschloss er sich, weiter zum Podil hinunterzugehen und von dort den Bus zum Chreschtschatyk zu nehmen. Kaum hatte er draußen ein paar Schritte gemacht, als ihn jemand rief: »Genosse! Genosse!«

Es war der Kutscher, der noch auf ihn wartete. Nachdem er den Kutscher bezahlt hatte, wurde er wieder traurig. Warum hatte er den Kutscher hier warten lassen? Und warum nur war er selbst hierhergekommen?

Während Stepan die dunkle, steil abfallende Straße hinabging, dachte er an den Mühlstein des Lebens, der die Spuren der Vergangenheit plattwalzt, den großen heiligen Mühlstein, rein und ohne Fehl. Dennoch war er unzufrieden. Dieser Abend hatte ihn an Orte getrieben, wo er ein kleines Stück von sich zurückgelassen hatte, und die Bruchstücke, die entlang des Wegs verstreut waren, lockten ihn nun unwiderstehlich. Als wolle er sie aufsammeln und sie sich wieder einverleiben, da er undeutlich eine Verarmung seines Ichs spürte. Als er zum Revolutionsplatz gelangte, der von Straßenlaternen und den ruhelosen Lichtern der Trambahnen erleuchtet war, bog er nach links, wo die engen Straßen des Podil beginnen. Hier war auch schon die Straße Nischnyj

Wal, und dort das Haus der Familie Hnidyj, wo er in der Stadt seine erste Bleibe gefunden hatte. Er blieb auf der anderen Straßenseite im Dunkeln stehen und blickte auf den vertrauten Innenhof, den Stall, die Veranda, wo er abends oft gesessen hatte, und das Haus. Seltsam! Alle Fenster waren erleuchtet, und komische Geräusche drangen durch die Mauern in die verschlafene Stille der Straße. Es wurde zur klangvollen Melodie einer Mandoline getanzt. Das erstarrte, heruntergekommene Haus war plötzlich erwacht und wie aus Grabesruhe auferstanden. Es lebte auf, und diese herbstliche Auferstehung trug vielleicht die Zeichen seines irdischen Weges, des Wegs eines Menschen, dessen Schritte von Leben und Tod gezählt waren.

Gleichmut durchdrang ihn. Wie lachhaft diese Erinnerungen doch waren! Alles Vergangene wird unter Erdschichten begraben, die sich unter der Wucht der Zeit in merkwürdige Lagerstätten verwandeln, und man muss schon verrückt sein, wenn man einer Erinnerung neues Leben einhauchen will – denn die Vergangenheit verfault wie eine Leiche.

Als er sich von dem Haus entfernte, wurde ihm langsam bewusst, dass die Abgeklärtheit, die er zu empfinden meinte, nur der Beginn einer verräterischen Sehnsucht war. Mit jedem Schritt wurde sie größer, wuchs und wurde schwerer wie der Bauch einer Schwangeren. Zugleich fühlte er eine wachsende erwartungsvolle Erregung, sie packte und schüttelte ihn, wilde Gier entfesselter Gefühle, verrückter Trieb, gewaltiges Aufbäumen der Lebenslust, das die Morbidität seiner Gedanken hinwegfegte. Die schreckliche und wunderbare Kraft wirbelte in ihm wie weißes Rauschen, er schluchzte in der erneuernden und sprudelnden Energie, er fantasierte verängstigt und zugleich voller Hoffnung über sein künftiges Leben, ein neues Leben, ganz anders als sein früheres, mit ganz neuen Erfahrungen. Und es sollte so rasch wie möglich beginnen!

Auf dem Platz der Internationalen kaufte er an einem Kiosk wie üblich einen Stoß Zeitungen. Als er gerade weitergehen wollte, blieb er völlig verdutzt stehen. Dieser Abend war wirklich märchenhaft! Ein leuchtendes, unvergessliches Augenpaar schwamm durch die Menge auf ihn zu, es lachte in der erstarrten Maske eines Frauengesichts. Er erkannte sie sofort und stürzte in ihre Richtung wie zum rettenden Licht eines Leuchtturms.

»Rita, liebe Rita«, flüsterte er und drückte ihr die Hände.

Die Wunde, die sie ihm damals auf der Handfläche zugefügt hatte, fühlte er nun im Herzen. Er hätte diese Frau hier auf der Stelle, mitten auf der Straße leidenschaftlich und besinnungslos an sich drücken mögen, um sie so zu spüren, wie damals, als er mit ihr getanzt hatte.

Sie antwortete lachend: »Welch unerwartete Begegnung!«

»Nur unerwartet?«, fragte Stepan aufgeregt.

»Und angenehm«, fügte sie hinzu.

Er blickte sie entzückt an.

»Wohin gehen Sie?«, fragte er schließlich.

»Zur Mala-Pidwalnastraße.«

Er fasste sie unter.

»Gehen wir.«

In einer dunklen Gasse beim Gebäude des OkrWyKonKom blieb er stehen und umfasste heißblütig ihre Taille.

Sie entzog sich ihm und flüsterte nicht allzu empört: »Sie sind verrückt!«

»Das bin ich immer«, antwortete er fröhlich und fasste sie erneut unter dem Arm. »Neigen Sie sich zu mir. Nun kommen Sie schon, ein bisschen näher! Nicht so zaghaft! Ich war den ganzen Abend auf der Suche. Wollen Sie auch wissen, was ich suchte? Ich habe irgendwo meine Aktentasche verloren und gesucht. Gefunden habe ich jedoch Sie. Das verstehen Sie sicher nicht. Nachdem Sie damals fortgefahren waren, konnte ich nichts mehr machen. Ich lebte nur in der Erinnerung an Sie, in der Hoffnung, Sie wiederzusehen!

»Ach wirklich? Ich hab Sie auch nicht ganz vergessen.«

»Umso besser! Ich bin mir aber noch nicht ganz sicher, ob Sie es wirklich sind. Verstehen Sie, was ich meine? Sie sind so anders gekleidet, und es könnte doch sein, dass Sie vielleicht eine ganz andere sind.«

»Sie wollen einen Beweis?«

»Sie können Gedanken lesen!«, rief er.

Einen Augenblick, einen einzigen Augenblick lang küsste sie ihn wie damals.

»Nun, bin ich es?«

»Ja, das sind Sie«, entgegnete er überwältigt. Dann fragte er: »Wie lange werden Sie in Kyjiw sein?«

»Bis zum Herbst.«

Dankbar drückte er ihre Hand. Er war ein wenig besorgt gewesen, dass sie sagen könnte: »Für immer.«

»Ich liebe Sie wahnsinnig«, flüsterte er. »Sie sind einmalig, zauberhaft.«

All sein Sehnen ergoss sich in Liebesgeflüster, rührende Worte und zärtliche Kosenamen, beherzte, aufregende Vergleiche, in denen die ganze Tiefe seiner Gefühle funkelte.

Auf einmal blieb sie stehen.

»So, es reicht, Sie Süßholzraspler! Hier wohne ich!«

Er rief erregt: »Ich begleite Sie! Ich komme mit!«

Sie drohte mit dem Zeigefinger. »Das geht nicht. Ich wohne bei meinen Eltern, wie Sie ja wissen.«

»Ach, das ist ja gar nicht lustig«, antwortete Stepan greinend. »Was kann man da machen?«

»Ich tanze morgen in der Oper. Warten Sie nach der Vorstellung auf mich.«

»Erst morgen?«

»Erst morgen. Und ich will einen Blumenstrauß.«

»Den sollen Sie haben.«

Im Zwielicht der Eingangshalle, erleuchtet von einer Lampe im ersten Stock des Treppenhauses küsste er sie leidenschaftlich und ungezügelt, fordernd und stürmisch, als suchte er auf ihren Lippen die Antwort, nach der er sein Leben lang gesucht hatte. Dann ging er rasch nach Hause, voll Freude, dass er sie gefunden hatte.

Er hatte sich selbst noch nie in solcher Intensität gespürt. Die Erde schien wie ein samtener Teppich unter ihm zu schweben, und die Hausdächer grüßten ihn wie riesige Hüte. In seinem Kopf, in seinem wunderbar freien Kopf schwärmten entspannt seine Gedanken in glücklicher Inspiration.

Stepan wartete nicht, bis der Aufzug kam, er lief in den fünften Stock hinauf. Im Zimmer angelangt, öffnete er die Fenster zum finsteren Abgrund der Stadt.

Demütig lag sie dort unten wie ein wildes Felsmassiv, von glühenden Lichtern durchzogen, und aus dem Dunkel der Anhöhen streckten sich ihm ihre steinernen Finger knochig entgegen. Er erstarrte in süßer Verzückung angesichts der Erhabenheit dieses neuen Elements, und mit großer Geste schickte er einen begeisterten Kuss hinab.

Und dann, im stillen Licht der Lampe auf seinem Tisch, schrieb er seinen Roman über die Menschen.

Kyjiw 1927

ANHANG

ANMERKUNGEN

10 **Nadijka/Nadija** Der Vorname bedeutet auf Ukrainisch »Hoffnung«.

Silbud Abkürzung für Dorfklub, in dem verschiedene Veranstaltungen stattfanden, meist gab es auch eine kleine Bibliothek dort.

11 **RobSemLis** Gewerkschaft der Land- und Forstarbeiter

14 **Lawra (auch Kyjiwer Lawra)** Orthodoxer Klosterkomplex in Kyjiw, gehört zum UNESCO-Kulturerbe. Er wurde 1051 als Höhlenkloster außerhalb von Kyjiw gegründet. Die Bezeichnung geht auf Mönchshöhlen zurück, in denen sich die ersten Einsiedlermönche niederließen. 1688 wurde dem Höhlenkloster der Ehrentitel einer »Lawra« verliehen, den nur wenige bedeutende orthodoxe Klöster erhielten.

Säule mit dem heiligen Wolodymyr Das Denkmal wurde 1853 auf der unteren Terrasse des Wolodymyrhügels in Kyjiw errichtet. Auf einem 16 Meter hohen Sockel erhebt sich über dem Fluss Dnipro die Bronzefigur des Fürsten Wolodymyr des Großen (Höhe 4,5 Meter) mit einem Kreuz in der Hand.

DerschKino Abkürzung: Staatliche Filmagentur.

15 **sagenhafter Kyj** Laut Nestorchronik einer der drei legendären Brüder (Kyj, Choryw und Schtschek), zu dessen Ehre die Stadt gegründet und Kyjiw genannt wurde.

märchenhafte Lybid Schwester der legendären Brüder (Kyj, Choryw und Schtschek), Gründer von Kyjiw.

16 **Darnytsia** Jener Teil von Kyjiw, der am linken Dnipro-Ufer liegt.

Kwas Ein Getränk, das durch Gärung aus Brot hergestellt wird.

29 **»Staatsverlag der Ukraine«** Der Staatsverlag hatte ein Netz von Vertretungen in verschiedenen Unionsrepubliken. Er gab Lehrbücher, Belletristik und wissenschaftliche Bücher heraus und regelte die Verlagstätigkeit verschiedener Institutionen.

Neben Büchern veröffentlichte der Staatsverlag Almanache und Zeitschriften. Unter den Mitarbeitern des Staatsverlags waren berühmte ukrainische Autoren.

30 **Tscherwonez** Banknote, die von der Staatlichen Bank der UdSSR 1922–1947 emittiert wurde. Entsprach nach der Geldreform 1922–1924 10 Karbowanez.

33 **Karbowanez** Die Währung der UdSSR, Rubel, wurde in der Ukrainischen SSR Karbowanez genannt.

38 **Franko** Iwan Franko (1856–1916), namhafter ukrainischer Dichter, Schriftsteller, Literaturkritiker, Übersetzer und Wissenschaftler, der in Galizien (Lwiw) lebte und wirkte.

KUBUTsch Abkürzung: Komitee zur Verbesserung des Alltagslebens der Studierenden, d. h. das Komitee zur Unterstützung der Studierenden (ähnlich dem heutigen Studentenwerk)

43 **Chreschtschatyk** Zentrale Straße im Zentrum Kyjiws.

NÖP-Mann Auch: NÖPler; Unternehmer, der seine privatwirtschaftlichen Aktivitäten im ländlichen wie im städtischen Bereich ausübte, nachdem die 1921 von Lenin deklarierte »Neue Ökonomische Politik« (Novaja ėkonomičeskaja politika) privates Unternehmertum wieder zugelassen hatte. 1928, nachdem sich die Wirtschaftslage stabilisiert hatte, wurde die NÖP beendet und mit der gewaltsamen Industrialisierung und Kollektivierung begonnen.

48 **OkrWyKonKom** Abkürzung für Kreisexekutivkomitee. Okruh (dt. Kreis) war eine Einheit der administrativ-territorialen Gliederung in der UdSSR in den Jahren 1923–1953.

56 **Ukrainisierung** Im Rahmen der Nationalitätenpolitik der Sowjetunion wurden Sprache und Kultur in den Unionsrepubliken gefördert, die lokalen Parteikader sollten von den jeweiligen Nationalitäten gestellt werden und die Verwaltung die Landessprache sprechen. Vor diesem Hintergrund wurde die Ukrainisierung in der ersten Hälfte der 1920er-Jahre implementiert (in der Literatur 1924), sie führte zu einem rasanten Aufschwung der ukrainischen Kultur, die dann Ende der 1920er-Jahre bereits wieder gebremst und deren Träger in den 1930er-Jahren durch den Stalinsmus vernichtet wurden.

58 **Pyrischky** Kleine kulinarische Produkte aus Hefe- oder Blätterteig mit einer süßen oder herzhaften Füllung, die im Ofen gebacken oder frittiert werden.

61 **Pud** Veraltete Gewichtsmaßeinheit. Seit 1899 entspricht ein Pud etwa 16,38 kg.

63 **Radnarkom** Abkürzung für Rat der Volkskommissare, die Bezeichnung der Regierung der Sowjetunion bis 1946.

Tschubatyj, Tschubar Wortspiel: Auf Ukrainisch bedeutet Tschubatyj »mit einer langen Haartolle«. Wlas Tschubar (1891–1939) war ein sowjetischer Staatsmann und Parteichef. Er leitete von 1923 bis 1934 die Regierung der Ukrainischen SSR.

66 **SozSabes** Abkürzung für Anstalt für Soziale Sicherung.

67 **»Literaturwissenschaftlicher Bote«** (Literaturno-naukovyj wisnyk) Ukrainische Monatszeitschrift zu literarischen, wissenschaftlichen und gesellschaftspolitischen Themen, zwischen 1898 und 1932 von der Taras-Schewtschenko-Wissenschaftlichen Gesellschaft herausgegeben. Über vierzig Jahre lang kam er mit kurzen Unterbrechungen heraus. In der Zeitschrift wurden Werke der bekanntesten ukrainischen Schriftsteller:innen und Wissenschaftler:innen sowie Übersetzungen der Werke bekannter westeuropäischer Autor:innen (z. B. Friedrich Schiller und William Shakespeare) veröffentlicht.

Netschuj-Lewyzkyj Iwan Netschuj-Lewitzkyj (1838–1918), namhafter ukrainischer Prosa- und Dramenautor, wird dem Realismus zugerechnet.

Fonwisin Denis Fonwisin (1744–1792, eigentlich Dennis von Wiesen) begründete die Gattung der Alltagskomödie in Russland. Sein »Landjunker« hatte zeitgenössisch größten Erfolg, diente nachfolgend als Vorbild, und bleibt bis heute neben Gogols »Revisor« ein Klassiker der russischen Komödienliteratur.

die Nahen und die Fernen Höhlen (*s. S. 14: Lawra*). Die Nahen Höhlen sind die Höhlen des Kyjiwer Höhlenklosters, in denen sich das Grab des Gründers des Petschersk-Klosters, des Hl. Antonius, befindet. Die Fernen Höhlen sind unterirdische Höhlen des Kyjiwer Höhlenklosters, wo die Reliquien von 49 kanonisierten Heiligen ruhen.

Askoldsgrab Historischer Ort am rechten Steilufer des Dnipro in Kyjiw zwischen dem Marijinskyj-Park und dem Kyjiwer Petschersk Höhlenkloster (Lawra). Heute liegt hier ein Park, zwischen Ende des 18. und Anfang des 20. Jahrhunderts gab es hier einen Friedhof. Dieser Ort wird mit der Legende des Mordes an Askold verbunden, dem halblegendären Kyjiwer Fürsten (860–882). Laut Chroniken wurde er vom Großfürsten Oleh und seinen heidnischen Kriegern getötet und an dieser Stelle begraben.

die großen Basare – den Jüdischen, den Bessarabischen und den Getreidemarkt **Jüdischer Basar:** Markt in Kyjiw, der seit 1858 bekannt ist. Er befand sich an der Stelle des heutigen Siegesplatzes und wurde Ende der 1950er-Jahre geschlossen und abgerissen. **Bessarabischer Basar:** Platz im Zentrum Kyjiws am Ende des Chreschtschatyk und des Taras-Schewtschenko-Boulevards. 1912 wurde auf dem Platz eine grandiose Markthalle im Jugendstil gebaut. **Getreidemarkt:** Der Getreidemarkt (Schytnyj rynok) ist seit den Zeiten der Kyjiwer Rus (9.–13. Jahrhundert) bekannt. Er befindet sich im Stadtteil Podil nicht weit vom Fluss Dnipro.

68 Berestejsker Chaussee 1964 wurde die Berestejsker Chaussee in Brest-Lytowskyj in Prospekt umbenannt, denn der größte Teil der ehemaligen Autobahn befand sich damals bereits innerhalb der Stadtgrenzen und nahm schließlich die Form eines sog. Prospekts (Prachtstraße) an. Heute heißt der Prospekt Siegesprospekt und ist eine der längsten Straßen Kyjiws

Politechnikum Größte technische Universität in Kyjiw, die 1898 gegründet wurde.

Demijiwka Historischer Stadtteil im Süden Kyjiws.

Wald von Holosijiw Wald im südlichen Teil der Stadt Kyjiw, im heutigen Bezirk Holosijiwskyj.

im Botanischen Garten Forschungseinrichtung und Garten. Befindet sich hinter dem Hauptgebäude der Kyjiwer Nationalen Taras-Schewtschenko-Universität.

in Historische Museum Es wurde 1899 gegründet auf der Basis des Städtischen Museums für Antike und Kunst. Liegt im historischen Zentrum Kyjiws.

Chanenko-Museum Bohdan Chanenko (1858–1917), ukrainischer Sammler, Mäzen und Archäologe. Auf der Grundlage seiner Kunstsammlungen wurde ein Museum gegründet, das es auch heute noch gibt.

Statuen von Iskra und Kotschubej Poltawa-Oberst Iwan Iskra und Generalrichter Wasyl Kotschubej schrieben dem russischen Zaren Peter I. einen Brief über die Geheimverhandlungen des ukrainischen Hetmans Iwan Masepa mit den schwedischen und polnischen Königen, wobei sie die Pläne Masepas für die Unabhängigkeit der Ukraine verrieten. Da Peter I. Masepa als Freund betrachtete, schenkte er dem Brief keinen Glauben und lieferte Iskra und Kotschubej an Masepa aus, der sie im Juli 1708 hinrichten ließ. 1914 wurde ihnen in Kyjiw ein Denkmal auf dem Arsenalna-Platz errichtet, das 1918 von der Regierung der Ukrainischen Volksrepublik demontiert wurde.

Bohdan Bohdan Chmelnytzkyj (1595–1657), Hetman der Ukraine, Anführer des Befreiungskrieges 1648–1654 gegen Polen-Litauen, Begründer der Allianz mit Russland. Sein Denkmal wurde 1888 auf dem Sofija-Platz in Kyjiw errichtet.

72 **Kultkomm** Abkürzung für Kulturkommission.

Litorg Abkürzung für Literarische Organisation.

75 **Wyhorskyj** Es wird vermutet, dass die Figur des Dichters Wyhorskyj vom ukrainischen impressionistischen Dichter Jewhen Plushnyk (1898–1936) inspiriert wurde, der zur gleichen Literaturgruppierung wie Pidmohylnyj gehörte. Seine Lyrik ist durch Motive des Pessimismus und der Skepsis gekennzeichnet.

78 **Sagoskin** Michail Sagoskin (1789–1852) gilt als Begründer der Gattung des historischen Romans in Russland und wurde »russischer Walter Scott« genannt. »Jurij Miloslawskij, oder die Russen im Jahr 1612« (1829) war ein Bestseller und wurde in sechs Sprachen übersetzt. Später wurde er wegen seines plakativen Patriotismus und der holzschnittartigen Figurenzeichnung kritisiert.

Benoit Pierre Benoit (1886–1962), französischer Schriftsteller und Autor vieler Romane, v. a. Abenteuerromane, von denen »Atlantis« in der ersten Hälfte des 20. Jahrhunderts besonders erfolgreich war.

79 **die Truppen Denikins** Anton Denikin (1872–1947) war ein russischer Monarchist, ab 31. März 1918 Oberbefehlshaber der sog. Weißgardisten, an deren Spitze er den Bolschewiki eine Reihe von Niederlagen zufügte. Im Herbst 1919 besetzten seine Truppen einen großen Teil des ukrainischen Territoriums, von wo sie im Herbst 1919 vertrieben wurden.

Tscherkassy Stadt in der Zentralukraine, südlich von Kyjiw. Tscherkassy war das Zentrum der Kosakenbewegung.

Papacha Kopfbedeckung aus Schafwolle, die bei den Völkern des Kaukasus und Zentralasiens verbreitet und Teil der Militäruniform ist.

82 **»Roter Weg«** (Tscherwonyj schljach) Die erste gesellschaftspolitische und literaturwissenschaftliche Monatszeitschrift in der Sowjetukraine, 1923–1936 in Charkiw erschienen.

92 **Kultarbeit** Abkürzung für Kulturarbeit.

96 **Taras-Schewtschenko-Theater** Das Staatliche Akademische Opern- und Balletttheater der Ukrainischen Sozialistischen Sowjetrepublik wurde 1926 in der Nachfolge der Kyjiwer russischen Oper gegründet.

101 **Schkirtrest** Abkürzung für Trust der Lederbetriebe. Als Zusammenschluss mehrerer Betriebe eines Industriezweigs mit zentralisierter Verwaltung waren Trusts eine der Organisationsformen der sozialistischen Industrie.

115 **Stoßarbeiter** Das Wort »Stachanowist«, auch »Stoßarbeiter« (Udarniki), entstand im Rahmen der Stachanow-Bewegung, einer sowjetischen Propagandaaktion zur Steigerung der Arbeitsproduktivität in den Betrieben, benannt nach Alexej Stachanow, der am 31. August 1935 in einer Kohlegrube in einer Schicht 102 Tonnen Kohle förderte und damit die gültige Arbeitsnorm (7 Tonnen) überbot. Daraufhin veranstaltete die Sowjetunion eine Kampagne zur Steigerung der Arbeitsleistungen. Stoßarbeiter wurden mit Vergünstigungen und zusätzlichen Lebensmitteln belohnt.

120 **Kollektivismus** Gesellschaftspolitische Auffassung, bei der davon ausgegangen wird, dass sich der einzelne Mensch bei der egoistischen Verfolgung seiner Interessen nicht so verhält, dass sein Handeln gleichzeitig dem Gemeinwohl dient. Im Kollektivismus muss sich der Einzelne deshalb den Interessen der Gemeinschaft oder der Gruppe (dem Kollektiv) unterordnen und seine persönlichen Bedürfnisse und Wünsche zurückstellen (Definition aus: »Duden Wirtschaft von A bis Z: Grundlagenwissen für Schule und Studium, Beruf und Alltag«. 6. Aufl. Mannheim: Bibliographisches Institut 2016).

121 **Familie eines Geistlichen** In den 1920er- und 1930er-Jahren kam es zur massenhaften Verfolgung und Liquidierung von Geistlichen und religiösen Predigern.

122 KomHosp Abkürzung: Kollektivwirtschaft, Organisationsform der landwirtschaftlichen Arbeit, die im Zuge der Kollektivierung in der UdSSR entstand.

132 Lypky Historisches Viertel im Kyjiwer Stadtzentrum, Stadtteil Petschersk, zwischen der zentralen Straße Chreschtschatyk und dem heutigen Arsenalna-Platz. Am Ende des 19. Jahrhunderts war es ein Aristokratenviertel. Heute wie bereits zu Sowjetzeiten befinden sich hier Regierungsgebäude und wichtige staatliche Institutionen.

142 Talmud Olena Kurylos Es handelt sich um eines der Lehrbücher der in den 1920er-Jahren bekannten ukrainischen Sprachwissenschaftlerin Olena Kurylo (geboren 1890, 1946 wurde sie aus dem Gulag entlassen, ihr weiteres Schicksal ist unbekannt).

ukrainische Sprachgeschichte nach Schachmatow und Krymskyj Alexej Schachmatow, Ahatanhel Krymskyi: »Aufsätze zur Geschichte der ukrainischen Sprache« (1924).

146 Schytlospilka Büro der Wohnungsgenossenschaft.

148 Did Moros Märchenfigur, die ab den 1930er Jahren den Nikolaus sowie den Weihnachtsmann ersetzte. (»Väterchen Frost«).

163 NarChartsch Eine Art »Volksspeisung« resp. ein Netz von Kantinen in den frühen Jahren der Sowjetunion (bis 1930); zugleich die Bezeichnung für eine Kantine.

165 Anochin-Methode Oleksandr Anochin (1882–1920) war ein Kyjiwer Sportler, Arzt und Trainer. Die »Methode Anochin« benötigte für Gymnastikübungen keine Sportgeräte. Sie sah vor, dass man bei den Übungen ohne Gewichte die entsprechenden Muskeln gezielt belastet und die Überwindung eines Widerstands simuliert.

167 Simejs Urlaubsort auf der Krim, in der Nähe von Jalta, an der Schwarzmeerküste gelegen.

197 Ukrainisches Bild- und Filmamt Bestand von 1922 bis 1930, produzierte mehr als 140 Spielfilme, mehrere hundert Sachfilme und Wochenschauen, Dutzende von Zeichentrickfilmen und kontrollierte Filmproduktion, -verleih, -öffentlichkeitsarbeit und -bildung.

200 Ölgemälde mit Gefangenen Anscheinend ist hier das Bild »Das Leben ist überall« (1888) von Nikolaj Jaroschenko gemeint, das sich in der Tretjakow-Galerie in Moskau befindet.

209 Kozjubynskyj Mychajlo Kozjubynskyj (1864–1913), namhafter ukrainischer Schriftsteller, der vor allem für seine psychologisierende und impressionistische Prosa bekannt ist.

222 Roman »Fata Morgana« Ein Kurzroman des ukrainischen Schriftstellers Mychajlo Kozjubynskyj (*s. Anm. zu S. 209: Kozjubynskyj*), der sich dem Thema der Industrialisierung der ukrainischen Provinz zu Beginn des 20. Jahrhunderts sowie der Revolution von 1905 bis 1907 widmet. Der Titel verweist auf die illusorischen Hoffnungen und Erwartungen der Bauer auf Landerwerb, Freiheit und Beseitigung sozialer Ungleichheit.

225 beim Goldenen Tor Eines der wichtigsten architektonisches Denkmäler Kyjiws aus der Zeit der Kyjiwer Rus (9.–13. Jahrhundert).

228 Sorobkop Abkürzung für die Union der Arbeiter- und Bauern-Konsumvereine, zu deren wichtigsten strategischen Aufgaben die Betreuung der Bauerngenossenschaften, die Kreditvergabe und die allgemeine Versorgung von Arbeitern und Bauern gehörten.

231 Holowlit Hauptverwaltung für Literatur und Verwaltung für Literatur und Verlagswesen, zentrale Zensurbehörde.

253 Aviochem Abkürzung: Gesellschaft zur Förderung der Verteidigung, Luftfahrt- und Chemieindustrie, die von 1927 bis 1948 in der UdSSR bestand. Die Hauptaufgaben des Vereins bestanden darin, die Verteidigungsfähigkeit des Landes zu stärken, militärisches Wissen unter der Bevölkerung zu verbreiten und diese im Geiste des sowjetischen Patriotismus zu erziehen.

259 Tolstowka Eine geräumige, lange, locker sitzende Herrenbluse (Ende 19. bis Anfang 20. Jahrhundert). Die Bezeichnung geht auf den russischen Schriftstellers Lew Tolstoj zurück, der solche Blusen trug.

275 Waräger Die Bezeichnung skandinavischer Krieger, die als eine Art Söldner das Heer der Fürsten der Kyjiwer Rus (der Staat auf dem Territorium der heutigen Ukraine im Mittelalter) unterstützten. In den ostslawischen Quellen wurde dieses Wort zum ersten Mal in der Nestorchronik aus dem 11. Jahrhundert erwähnt und bezeichnete dort Vertreter verschiedener Nationen.

289 der ukrainische Philosoph Hryhorij Skoworoda Hryhorij Skoworoda Ukrainisch-russischer Philosoph, Pädagoge und Dichter (1722–1794), Absolvent der orthodoxen Kyjiwer Mohyla-Akademie, Lehrer und Entwickler neuer Unterrichtsprogramme für Poetik und Philosophie, verbrachte den späteren Teil seines Lebens als »Wanderer« im Sinne einer im orthodoxen Raum verbreiteten Askesepraxis. Mit seinen philosophischen Werken, Fabeln, Liedern war er traditionsprägend und gilt bis heute als erster origineller Philosoph der Ukraine und Russlands, weshalb er auch »Sokrates« genannt wurde.

294 im Schwarzen Meer von Odessa nach Batumi Odessa und Batumi sind ukrainische und georgische Hafenstädte. Zwischen Odessa und Batumi besteht eine Fährverbindung über das Schwarze Meer.

325 Catulle Mendès Französischer Schriftsteller und Dichter (1841–1909).

346 Childe-Harold's-Gesicht Name des Protagonisten des Gedichts »Childe Harold's Pilgrimage« (1812–1818) des englischen Dichters Lord Byron (1788–1824).

348 Arschin Altes Längenmaß: 0,71 Meter.

365 Silrada Abkürzung für Dorfrat, der Name der Kommunalbehörde.

375 BUPR Arbeitslager Abkürzung: Haus der Zwangsarbeit.

UNERWARTET (NESPODYVANO)

Völlig unerwartet für mich selbst, begann ich den Roman »Die Stadt« zu schreiben – eigentlich sollte es ein Drehbuch werden, und zwar eine Filmkomödie. Ich kam vor allem durch den Umzug der Leitung des Ukrainischen Bild- und Filmamts von Charkiv nach Kyjiw auf diese Idee sowie durch die Filmhysterie, die durch den Umzug unter den Kyjiwer Schriftstellern ausbrach. Das Filmgeschäft wurde damals von den Kyjiwern als besonders aussichtsreich angesehen, obwohl es sich später als ziemlich unzugänglich erwies.

Von der Filmkomödie schrieb ich das erste Viertel fertig, erkannte dann freilich meine völlige Hilflosigkeit auf diesem dünnen Eis und beschloss – um mich für die Niederlage schadlos zu halten –, das Thema für einen Roman zu verwerten. Davon blieb, wenig verwunderlich, nur ein Bruchteil, oder genau genommen vor allem der Impuls.

Ich schrieb den Roman »Die Stadt«, weil ich die Stadt liebe und mir weder mich noch meine Arbeit außerhalb der Stadt vorstellen kann. Ich schrieb den Roman auch, um die Stadt, so weit es ging, an die ukrainische Wahrnehmung der Welt anzunähern, um diese durch die Stadt zu konkretisieren, sogar um den Preis, dass mir ein Teil der Kritik dann vorwarf, »bäuerliche Feindseligkeit« gegenüber der Stadt zu hegen, während ich mir selbst eher Undankbarkeit gegenüber dem Dorf vorwerfe. Aber schon viel zu lange lebten wir unter den Dächern, die uns die Romantiker hinterlassen haben.

Walerjan Pidmohylnyj, 1929

NACHWORT DER ÜBERSETZER

Pidmohylnyjs Roman »Misto« – »Die Stadt« – ist eines der Hauptwerke der ukrainischen Moderne: Ein Stadtroman, mit dem der Autor erklärtermaßen die Stadt »der ukrainischen Psyche näherbringen« (Pidmohylnyj, 1929), den Fokus der ukrainischen Literatur vom ländlichen Milieu auf die moderne Großstadt umorientieren wollte.[1] Zugleich ist »Die Stadt« ein Künstlerroman – die Geschichte des Unterwegsseins vom Dorf in die Metropole ist die Geschichte vom Werden des Helden, Stepan Radtschenko, eines Parteiaktivisten, zum Autor eines großen Romans.

Pidmohylnyjs Roman ist, obwohl im Titel nicht ausdrücklich genannt, ein Kyjiw-Roman, der anknüpft an und sich zugleich abgrenzt von einer ganzen Reihe früherer Kyjiw-Romane (unter anderen Pantelejmon Kulisch »Der schwarze Rat«, 1857, Iwan Netschuj-Lewitzkyj »Wolken«, 1874, Iwan Kuprins »Die Grube«, 1915), allen voran Michail Bulgakows »Weiße Garde« (1924), in der der aus Kyjiw gebürtige Autor den Untergang des alten, zaristisch-imperialen Kyjiws in den Wirren der Revolution und des Bürgerkriegs dargestellt hat. Pidmohylnyjs Roman dagegen setzt die Revolution voraus, macht die Wende, die sie gebracht hat, zum Ausgangspunkt und zur Bedingung der Möglichkeit des Wegs, den der Protagonist einschlägt und der zunächst als Befreiung aus der Enge, der materiellen und intellektuellen Beschränktheit des Dorfes gewertet wird.

Kyjiw erscheint in Pidmohylnyjs Roman als Zentrum der sowjetukrainischen Moderne in den Jahren der sogenannten »Neuen ökonomischen Politik«, in denen dank liberaler Lockerungen und der Förderung unternehmerischer Initiative eine umfassende dynamische Aufbruchsstimmung herrscht. »Die Stadt« erscheint vor allem als Bildungszentrum und als Bühne des literarischen und künstlerischen Lebens, welches von den neuen sowjetischen Institutionen strukturiert ist. Der Held bahnt sich seinen Weg durch diese Institutionen: Von der Universität über die Ukrainischkurse, die er leitet und damit zur verordneten Ukrainisierung der Sowjetukraine beiträgt, zum Autor und schließlich zum Redakteur einer renommierten Literaturzeitschrift (worin man Parallelen zu Pidmohylnyjs eigenem Werdegang erkennen kann). Schnell durchschaut Stepan die Taktiken der Vernetzung, überwindet seine Ängste, besteht die Prüfungen und bedient sich selbst der Strategien der effektiven Positionierung und Machtausübung. Vergleichbar dem Helden in Guy de Maupassants Roman »Bel Ami«, den Pidmohylnyj ins Ukrainische übersetzt hatte, steigt Stepan in diesem von Ehrgeiz, Konsum und Eros angetriebenen Kosmos der modernen Großstadt Stufe um Stufe die Karriereleiter hoch, wobei auch seine wechselnden Liebesbeziehungen als Etappen erscheinen, in denen sich sein Aufstiegs- und Stadtbegehren manifestiert.

Obwohl Pidmohylnyj gegen alle Texte anschreibt, die in Kyjiw den Ort der Tradition sehen und den Mythos Kyjiws als religiöses Zentrum und als Ursprungsort des ostslawischen Christentums weitertragen, bezieht er sich doch zugleich darauf und macht nicht Charkiw, das zwischen 1919 und 1934 Hauptstadt der Sowjetrepublik Ukraine war, zum Schauplatz des Geschehens, sondern eben Kyjiw. Gerade das Palimpsestartige, die Überlagerung der Bedeutungsschichten, ist für Pidmohylnyjs selbstreflexiven Roman entscheidend, der im Umdeuten das

Alte stets durchschimmern lässt. Dies manifestiert sich besonders an Schlüsselstellen im Roman, wie etwa der feierabendlichen Badeszene am Dnipro, die Stepan schon kurz nach seiner Ankunft in Kyjiw miterlebt, die als moderne, weltliche Transposition der Taufe des hl. Wolodymyr gelesen werden kann. Dabei wird nicht ohne Ironie auf die rituell erhabene Stimmung des profanen Bades in nachrevolutionärer Zeit angespielt.

Als moderner Kyjiw-Text ist »Die Stadt« auch ein topografischer Roman: Der Weg des Helden, vom Dorfburschen zum Studenten, zum Ukrainischlehrer, zum Redakteur und zum bedeutenden Autor, wird beschrieben als Weg im Raum, topografisch betrachtet vom Rand ins Zentrum, und konstituiert Kyjiw in der Ukraine als Mittelpunkt des Aufbaus der Sowjetmoderne. Selbst der Lauf der Natur, der Wechsel der Jahreszeiten erweist sich als menschengemacht, was sich bei Pidmohylnyj jedoch nicht sowjetisch, sondern ziemlich ironisch ausmacht: »In der Stadt machen nicht die Schwalben den Frühling, sondern die Arbeiter mit Handwagen, die Bendjuschnyks, die mit dem Segen des Komhosp anfangen, den festgetretenen Schnee auf den Straßen aufzubrechen, ihn auf Schlitten zu verladen und an einen Ort zu fahren, wo er tauen kann, ohne dabei das Wohlergehen der Stadt zu gefährden. Bis zum Auftauchen dieser Sendboten der Wärme würde es keine einzige Knospe an den Bäumen der Boulevards wagen, sich zu öffnen oder zu entfalten. Das wäre ein anmaßender Verstoß gegen die örtlichen Gesetze und ein barbarischer Anschlag auf die Fundamente der Zivilisation.«

In Anlehnung an die realistische Manier der Prosa des 19. Jahrhunderts ist Pidmohylnyjs Darstellung der Stadt gesättigt von Details des städtischen Alltags. Beschreibungen von Kleidung und Schuhwerk, von Getränken und Speisen, Parfüms und Gerüchen, aber auch typischen Vertretern städtischer Milieus, wie dem Milizionär an der Ecke, den

Theater- und Kinobesuchern, Blumenmädchen, NÖPlern, Hafenarbeitern und Marktfrauen vermitteln physiologische Konkretheit und oft einen Hauch von Karikatur, wie zum Beispiel in der Darstellung des ehemaligen Gymnasialprofessors und seiner Wohnung. Intensiviert wird ihre Wirkung durch einen alle Sinne ansprechenden, impressionistisch-synästhetischen Stil, aber oftmals auch durch unerwartete Metaphern und Vergleiche wie »dem bleiernen Himmel, Himmel in der Farbe eines Fünf-Rubel-Scheins« über der Stadt oder das Bild vom »frischen Blut des Dorfes«, das in die Stadt fließt, für die Bevölkerungsdynamik im Kontext der sowjetischen Modernisierung.

Die Topografie der Stadt, die der Held auf seinen »Wanderungen« erkundet, mit ihren zentralen und peripheren Vierteln, Straßen und Plätzen, mit ihren historischen Denkmälern, Museen, Theatern und Kinos sowie Geschäften, öffentlichen Kantinen, Cafés und Bierstuben, erscheint stellenweise wie die Entdeckung und Aneignung in einem Reisetagebuch, wobei hier eben nicht die Wildnis, sondern die Moderne, das Neue und die Zukunft angeeignet werden. Mehr als deutlich wird dies im wiederholten Wechsel der Unterkünfte und Wohnungen des Helden Stepan in der Stadt: von einem Schuppen über ein provisorisches Nachtlager in der Küche eines Hauses am Stadtrand im damals wenig attraktiven »downtown« Podil am Fluss, über ein Zimmer in einer dem Zentrum näher gelegenen Kommunalwohnung, wo Stepan freilich mit anderen Familien Küche und Sanitäreinrichtungen teilen muss, bis ins ehemalige Aristokratenviertel »uptown« mit einem weiten und freien Blick über die Stadtlandschaft.

Aber darin, dass Pidmohylnyj den Roman nicht »Kyjiw«, sondern einfach »Die Stadt« nennt – im Gegensatz etwa zu dem Klassiker der russischen Moderne, »Petersburg« von Andrej Belyj –, manifestiert sich ein Streben nach Verallgemeinerbarkeit: Es geht um die Stadt an sich als Ort der Moderne im Gegensatz zum idyllischen, aber rückständigen Dorf. In der Tat korrespondiert Pidmohylnyjs Mythopoetik der modernen Stadt mit den Romanen der französischen Literatur, der Pidmohylnyj als Übersetzer von Balzac, Maupassant und Anatole France nahestand. Hierzu gehört auch die »Weiblichkeit der Städte« (Sigrid Weigel).

Die Frauen, Stepans Geliebte, und die Stadt – sie sind untrennbar miteinander verbunden und Stepan versteht sich als ihr Eroberer (»Die Stadt brauchte man nicht zu hassen, nein, man musste sie erobern«, heißt es prägnant an einer Stelle). Aber zugleich sind es die Frauen und ist es die Stadt, die ihn – seine Triebe und seine Emotionen – in ihren Bann schlagen. Stepans Einzug in die Stadt geht einher mit einer Reihe von Liebschaften, die ihn, eine nach der anderen, sukzessive näher ins Zentrum der Stadt und auch näher zu seinem Ziel bringen, ein bedeutender Autor zu werden: von Nadijka, dem Landmädchen, über Musinka, die reife Hausfrau, bis zu Zoya, der modernen Städterin, und Rita, der Ballerina. Zugleich aber heißt es von der Stadt, sie sei »unersättlich!« Stepans Erobern ist immer zugleich auch ein Erobert-werden, er gerät unweigerlich in den Sog der Stadt, deren mächtiger, alles – und insbesondere das einzelne Individuum – verschlingender Körper durch die Menschenmenge konstituiert wird.

Die Stadt als Körper, der den Protagonisten anzieht und zu verschlingen droht, ist in Pidmohylnyjs Roman jedoch nicht nur weiblich konnotiert und nicht nur als Insigne der Moderne, sondern auch national. »Die Stadt« reflektiert wie eine ganze Reihe weiterer Werke der ukrainischen 1920er die »Ukrainisierung«. Dabei sollte die ukrainische Sprache und Kultur auch auf institutionellen Ebenen einschließlich der Kaderpolitik der Partei gefördert, aber zugleich Nationalismus und Separatismus ausgeschlossen werden. Die Meinungen zur sowjetischen Nationalitätenpolitik waren geteilt, ebenso wie auch die Einstellungen der Künstler und Autoren dieser Jahre dazu, ob Literatur und Kunst national sein sollten oder international oder einfach nicht national. Der Roman zeigt, wie lebendig diese Debatte war. Sätze wie: »Schwer hat die Partei es mit der Politik der Ukrainisierung, ja, ja.« Oder »Und die Bauern werden auch ukrainisiert?«, oder »Die Ukrainisierung soll den Zusammenschluss von Stadt und Land befestigen«, zeigen, dass dies nicht ironiefrei geschieht. Auch die Beschreibung von Stepan selbst ist voller Ironie: Er möchte das Ukrainischexamen ganz ohne Vorbereitung machen, weil er ganz sicher ist, seine Muttersprache perfekt zu beherrschen. Und danach wird er auch Dozent für Ukrainisch im Rahmen der Ukrainisierung. Dennoch muss Stepan sich erst mal selbst versichern, dass »er schließlich selbst ein Ukrainer« ist und dass er »ja auch schon Erzählungen verfasst« habe. Allerdings zeigt sich: »Schon bei der ersten Salve einer schweren Batterie von stimmlosen Vokalen und Gesetzen der Ikanie verlor er die Orientierung, und der Zielbeschuss von Schnellfeuersubstantiven und Verbalkanonen zwang ihn zu einem schmachvollen Rückzug und ließ in ihm den inbrünstigen Wunsch zurück, diese unvermutete Festung zu nehmen, komme, was da wolle.« Danach vertieft er sich in sämtliche Grammatiken – auch die historischen. Als Sprachlehrer sieht er, dass die russifizierten Ukrainer in Staatsdiensten das jetzt (im Rahmen der Ukrainisierung) nötige schriftsprachliche Ukrainisch nicht ausreichend beherrschen. Später zieht Stepan die Ukrainisierung sogar als Thema für einen Roman in Betracht. So kann Stepan schließlich die Frage seines alten Schulfreunds Lewko: »Du bist jetzt ein ukrainischer Schriftsteller?«, triumphal mit »Ja, genau!« beantworten.

Aber genau an dieser Stelle kippt die Darstellung wieder ins Ironische, dem sukzessive auch melancholische Momente beigemischt werden: Wird diese Ukrainisierung, die mit der

Verlagerung des Zentrums des nationalen Bewusstseins in die moderne, sowjetische Stadt einhergeht und in Stepans Gefühlshaushalt zu einer immer tieferen Verachtung der »Rückständigkeit und Nichtigkeit des Dorfes« führt, wirklich eine neue, bessere Ukraine hervorbringen? Als der seiner dörflichen Identität treu gebliebene Lewko Stepan zufällig in einer öffentlichen Kantine wiedertrifft, erkennt er in dem Großstadtdandy den Jugendfreund kaum wieder. Für Stepan jedoch bringt diese Begegnung die unerbetene, ins Halbbewusstsein abgedrängte, aber tief schmerzende Einsicht des unwiederbringlichen Verlusts dessen, was einmal seine Heimat war.

Entsprechend durchziehen die Topografien der Stadt als Zentrum der »Selbstukrainisierung« auch die romantische ukrainische Nationallandschaft: neben dem Dnipro, dessen symbolträchtiges Bild am Anfang des Romans eingeführt wurde, vor allem auch die Steppe. Von Stepan kaum reflektiert, dringen Sehnsucht und Erinnerung an die Steppe immer wieder in sein Bewusstsein, mal so, als könne man damit die Hässlichkeit des Maschinenraums überlagern, mal als reine Sehnsucht, die den ausgeprägten Individualisten mit einem – verlorenen? – Kollektiv und auf der Metaebene mit Gogol und Schewtschenko als ukrainische Nationaldichter verbindet: »Die Steppe! *Auch* Stepan liebte sie! Eine klare Erinnerung stieg auf in seinem Herzen, die Erinnerung an die stille Nacht und den in Schlaf gewiegten Horizont, die Unendlichkeit des Himmels und der Erde, die blaue Stille des Mondscheins«.

»Die Stadt« ist nicht nur voller intertextueller Anspielungen aus der ukrainischen und europäischen Literatur, sondern auch ein Roman über Literatur, und zwar in doppelter Hinsicht: als Roman über Kyjiw als Bühne des literarischen Lebens – und als Künstlerroman. Er gibt höchst interessante und differenzierte Einblicke in die zwischen 1925 und 1928 hitzigen Debatten über Literatur und Kunst, die teils hochpolemisch geführt wurden und um Fragen kreisten, wie eine ukrainisch-sozialistische Kunst aussehen könnte. In dem Zusammenhang lassen sich auch Stepans erste publizierte Texte, wie die in den Roman als »Text im Text« eingefügte paraphrasierte Erzählung »Das Rasiermesser«, lesen, die im Stil der Anfang der 1920er Jahre verbreiteten »revolutionären Romantik« verfasst ist und von geringem ästhetischen Anspruch zeugt.

Vor diesem Hintergrund kann man den Roman als Schlüsselroman lesen. So verbirgt sich hinter dem »Kritiker Lichterschein« der namhafte Neoklassiker, Dichter und Kritiker Mykola Serow. Mit der Figur des »Dichters« Wyhorskyj verweist Pidmohylnyj auf Jewhen Pluschnyk, einen Dichter, Dramenautor und Übersetzer und engen Weggefährten, der wie Pidmohylnyj schließlich im stalinistischen Lager von Solowki den Tod fand. Im Roman dient diese Figur dazu, den Typus des vom Symbolismus und der Neoromantik insgesamt geprägten Dichters zu verkörpern: Die von ihm entworfene Hierarchie der Künste entspricht dem romantischen Modell einer von den abstraktesten zu den konkretesten Künsten absteigenden Hierarchie: von der Musik über die Literatur zur Malerei und zur Bildhauerei. Die Nähe seines Standpunkts zum Symbolismus deutet sich auch durch die Nennung eines Schlüsselbegriffs der symbolistischen Kunstauffassung – »Lebenskunst« – an, mit dessen Hilfe die Figur des Künstlers im Symbolismus aus dem Kreis der gewöhnlichen Menschen heraus- und selbst in die Sphäre der hohen Kunst emporgehoben wurde: Auch die ästhetische Inszenierung des eigenen Lebens ist Kunst und zeichnet den Künstler aus.

Eine Relativierung dieser Position ergibt sich in Pidmohylnyjs Roman nicht so sehr dadurch, dass Wyhorskyjs Ansichten jenen von Stepan gegenübergestellt werden – die

Beziehung der beiden wird ja eher als eine zwischen Eingeweihtem und zu Initiierendem modelliert –, sondern vielmehr dadurch, dass die Hierarchie der Künste, wie Wyhorskyj sie skizziert, selbst ironisiert ist. Und zwar dadurch, dass in der Hierarchie der Künste der Geruchssinn der Musik, die das Gehör anspricht, nochmal übergeordnet wird, sowie dadurch, dass Lebenskunst ganz anders als im Symbolismus ebenfalls mit dem Geruchs- und Geschmackssinn assoziiert wird, was sie aus Wyhorskyjs Sicht in ihrem ästhetischen Wert anhebt. Dazu gehört auch, dass er seine Gedichte in der abgestandenen Luft einer Bierhalle konzipiert.

Auch die Abwertung von Theater und Kino ist strikt Wyhorskyjs Standpunkt zugeordnet und damit relativiert. Wyhorskyjs Kritik des Theaters als niedrige, weil maximal konkrete Kunst und seine Kritik des Kinos als »optische Täuschung« beziehungsweise »Laterna magica plus Schauspiel« sind Seitenhiebe auf die große Bedeutung des Theaters und des Films vor allem in den avantgardistischen Entwicklungen der Künste der 1920er Jahre. Aber Wyhorskyjs Ansichten, der durch die Erwähnung des Vorhabens, im Sommer in den Fußspuren des ukrainischen Barockphilosophen Hryhoryj Skoworoda als einsamer Wanderer wilde Landschaften zu durchstreifen, noch einmal in seiner Konservativität unterstrichen wird, ist im Figurengefüge des Romans genauso »bedingt« wie alle anderen Standpunkte. Und so bleibt seine konservative Position genauso relativ wie die von Stepan, der seinerseits im Zuge des Bestrebens, sich als moderner Autor einen Namen und einen Platz in der Literatur- und Kunstszene zu erobern, bereitwillig von der Möglichkeit, ein lukratives Filmdrehbuch zu schreiben, Gebrauch macht.

In diesem Punkt enthält der Roman ein deutliches autobiografisches Moment, wie der Autor in einer handschriftlichen Notiz von 1929 selbst festhielt: Der Roman war ursprünglich als Drehbuch geplant, und zwar für eine Filmkomödie. Dies wiederum hing mit dem Umzug des ukrainischen Bild- und Filmamts von Charkiw nach Kyjiw zusammen, von dem sich die Autoren in Kyjiw neue Einkommensquellen erhofften.

Pidmohylnyj schreibt, dass von dem Drehbuch nur der »Impuls« blieb, ohne genauer zu qualifizieren, welcher Impuls das eigentlich war. Man kann vermuten: der Impuls, über die Stadt zu schreiben.

Ganz im Gegensatz zur Position der Dichterfigur Wyhorskyj stehen die Ausführungen am Anfang des dritten Kapitels des zweiten Teils. Hier wird mithilfe von Schlüsselbegriffen klar auf die Programmatik von Les Kurbas Bezug genommen, dem Begründer des modernen Regietheaters in der Ukraine. Alle einzelnen hier aufgezählten Begriffe entstammen seiner Programmatik: Gestik und Intonation als besonders wichtige Instrumente der neuen Theaterkunst, Massenszenen (die sich an der Funktion des Chors im antiken Theater orientieren), konstruktivistische Bühnenbilder – wie zum Beispiel diejenigen von Vadim Meller in zahlreichen Inszenierungen von Kurbas; die Inszenierung von Georg Kaysers »Gas« oder der Stücke von Mykola Kulisch – und rudimentäre Kulissen, wobei auch mit Losungen auf Plakaten als verdichteten Botschaften gearbeitet wurde. Les Kurbas' »Molodyj teatr« (1917–1919 in Kyjiw), das nach seinem Umzug nach Charkiw in »Teatr Beresil« umbenannt wurde, war das führende moderne Theater der Ukraine in diesen Jahren. Vergleichbar Wsewolod Mejerhold in Russland, entwickelte Kurbas ein Theater, in dem Körper und Gestik bis hin zum Tanz besonders wichtig waren und bei dem auch Musik mit einbezogen wurde. Kurbas, der auf die Symbolik der Bilder besonderen Wert legte, verstand es als dezidiert antirealistisch. Auch darauf spielt die Charakterisierung des neuen Theaters in Pidmohylnyjs Roman an. Und schließlich ein wenig augenzwinkernd auch darauf, dass dieses neue Theater, das den Höhepunkt der Entwicklung dieser Kunstform darstelle, zugleich an deren Ursprünge zurückkehre: »Dieses Theater der Gegenwart kehrte nun auf seiner höchsten Entwicklungsstufe zu seinen ursprünglichen, geheiligten Quellen zurück, zu den religiösen Stücken der Antike und des Mittelalters.« Ganz ähnlich lautete es bei Kurbas: »Kunst, speziell das Theater, muss zu seiner ursprünglichen Form zurückkehren – der des religiösen Rituals. Schließlich ist es in seiner Essenz ein religiöser Akt … Es ist ein machtvolles Verfahren das Grobe in das Feine zu verwandeln, das Material aufsteigend zu höheren Sphären zu transformieren. Das Theater ist wahrlich ein Tempel und sollte rein und still sein, auch wenn viele Gebete darin gesprochen werden.«[2]

So wie Pidmohylnyj das moderne Theater hier in einem Atemzug mit dem Kino als neuer, dem Theater durchaus ebenbürtiger Kunstform nennt, so verband auch der Künstler Kurbas Theater und Kino problemlos miteinander. Zum einen führte er die Verwendung von Film in Theaterinszenierungen bereits in seiner Inszenierung von Upton Sinclairs »Jimmy Higgins« (1923) ein. Zum anderen führte Kurbas selbst seit Anfang der 1920er Jahre in einem Filmstudio in Odessa bei einigen Filmen Regie, in denen sich die in Pidmohylnyjs Roman in wenigen Sätzen charakterisierte spezifische Ästhetik realisierte, die durch das neue Medium bedingt, einen von jeglicher Realität befreienden Zugang zur Wirklichkeit ermöglichte. So heißt es bei Pidmohylnyj: »Der Film öffnete Spielräume der Illusion mit vollwertiger schauspielerischer Bewegungsfreiheit, wie es das Theater nicht vermochte, dabei reduzierte es die Szenerie um eine ganze Dimension und weitete die Bühne in die Unendlichkeit, tunkte sie in die Fluten der Wirklichkeit und befreite sie doch zugleich von jeglicher Realität.«

Als Künstlerroman kann »Die Stadt« zwischen Joyce' »Portrait of the Artist as a Young Man« (1916) und Waginows metafiktionalen »Werke und Tage Swistonows« (publ. 1929) eingeordnet, als Großstadtroman auch in Bezug zu Döblins »Berlin, Alexanderplatz« gesetzt werden – Pidmohylnyj kannte (höchstwahrscheinlich) keinen von diesen Texten, dennoch gehört »Die Stadt« als ihnen zeitgenössischer Roman, der ähnliche Fragestellungen ebenfalls mithilfe experimentierender, selbstreflexiver Erzählstrategien zu verhandeln sucht, in diese Reihe.

Joyce' Jugendwerk vergleichbar sowie an den im Roman explizit genannten Mychajlo Kozjubynskyj anknüpfend, zieht Pidmohylnyj in radikaler erzähltechnischer Konsequenz das Verfahren der erlebten Rede, bei dem mithilfe einer durchgängig unaufhebbaren Interferenz zwischen Erzähler- und Figurenperspektive semantische Ambiguität erzeugt wird, vom ersten bis zum letzten Satz des Romans durch und vermeidet so ein autoritatives Urteil über den Protagonisten und seine Handlungen, überlässt die Entscheidung der Leserschaft: Ob die Eroberung der Geliebten durch den Protagonisten Stepan, die einmal auch eine Vergewaltigung zur Abreaktion von Frust einschließt, vom Autor gebilligt wird oder ob die Annäherung Stepans an sein Ziel – ein Meisterwerk zu schaffen – in Wirklichkeit nicht ein sukzessives Entgleiten der Wirklichkeit ist und der Furor poeticus schließlich in reinen Furor kippt. Pidmohylnyj bleibt in den Bahnen des modernen Psychologismus, er treibt diesen jedoch ins Extrem. Mit dem metafiktionalen Schluss, der Entscheidung des Protagonisten einen Roman »Über die Menschen« zu schreiben, greift »Die Stadt« bereits existentialistische Fragestellungen auf, wie sie dann in Romanen wie »Der Ekel« (1938) von Satre oder die »Die Pest« (1947) von Camus ausformuliert werden.

Die Mehrdeutigkeit schließt sogar die Rahmung durch die Motti mit ein, Paratexte, die zumeist ja als Lektüreanweisungen fungieren. Beide Motti von »Die Stadt« – das eine aus dem Talmud und das andere aus dem Drama »Thaïs« von Anatole France – haben einen religiösen Kontext und verweisen auf das Spannungsfeld von Körper und Geist, Intellekt und Triebhaftigkeit des Menschen, wobei ihn diese Triebhaftigkeit unfrei macht. Reduzierte man nun das Körperliche und das Triebhafte, das den Helden beherrscht, und beileibe nicht nur von den Frauen, sondern auch vom Massenkörper der Stadt kommt, als eindeutig negativ, würde nur eine Bedeutungsdimension des Romans sichtbar. Nein, auch auf die Motti sollte man sich bei Pidmohylnyjs Roman nicht verlassen, auch sie irritieren und machen die Vieldeutigkeit nur umso deutlicher.

So ist es wenig erstaunlich, dass Pidmohylnyj nach dem ersten Erfolg, den der Roman direkt nach seinem Erscheinen hatte – 1930 erschien er auch noch in russischer Übersetzung und wurde in die Reihe »Das Schaffen der Völker der UdSSR« aufgenommen –, zunehmend in die Kritik geriet. Zuerst verlor er seinen Posten als Redakteur der renommierten Zeitschrift »Leben und Revolution«, den er seit 1922 innegehabt hatte. Nach 1930 konnte er kaum noch eigene Werke publizieren und arbeitete im Wesentlichen als Übersetzer der großen Romane der französischen Literatur der Moderne (Pidmohylnyj leitete in diesen Jahren die Gesamtausgaben von Balzac, Guy de Maupassant und Anatole France, deren Werke er neben denen von Stendhal, Voltaire, Diderot und anderen übersetzte). 1934 wurde er schließlich verhaftet, 1935 ins sowjetische Lager auf den Solowki-Inseln im Weißen Meer deportiert, wo er im November 1937 zusammen mit vielen anderen wichtigen Vertretern der ukrainischen Literatur und Kunst der Moderne – gewissermaßen zum 20. Jahrestag der Oktoberrevolution – erschossen wurde. 1956 wurde Pidmohylnyj rehabilitiert, aber »Die Stadt«, ein Roman ohne erhobenen Zeigefinger, ohne autoritäre Stimme, der keine eindeutigen Lektüreanweisungen gibt, sondern die Deutung der mündigen Leserschaft überlässt, erschien erst wieder in den Jahren der fortgeschrittenen Perestrojka (1989).

Seither hat »Die Stadt« als Hauptwerk von Pidmohylnyj nicht nur in der Ukraine, sondern auch außerhalb ihrer Grenzen Aufmerksamkeit erregt, was sich in den Übersetzungen der letzten Jahre widerspiegelt. So legte der kanadische Literaturwissenschaftlicher Maxim Tarnawsky 2014 (Teil 1) und 2018 (Teil 2) eine englische Übersetzung des Romans vor, 2019 erschien eine tschechischsprachige Übersetzung von Miroslav Tomek in Brno. Und noch vor seinem hundertjährigen Jubiläum werden auch Übersetzungen ins Polnische und Italienische erscheinen.

Die Idee[3] zu der nun vorliegenden deutschen Übersetzung von Pidmohylnyjs Roman entstand im Rahmen eines Seminars zur ukrainischen Avantgarde und ihren Opfern durch den Stalinismus, das in Kooperation mit Olena Haleta von der Universität Lwiw 2017 an der Humboldt-Universität zu Berlin stattfand: Bei der Diskussion über »Die Stadt« kam im Seminar die Frage auf, wie es sein kann, dass es von diesem Klassiker der ukrainischen Literatur bis heute keine deutsche Übersetzung gibt. Daran schloss sich eine Idee an: Könnte man nicht Studierende an dieser wichtigen Aufgabe beteiligen? Das Interesse an literarischem Übersetzen ist unter den Studierenden an der Humbooldt-Universität groß, aber Gelegenheiten, es zu erlernen, sind rar. Es war ein Experiment, auf das Alexander Kratochvil, Ukrainist und professioneller Übersetzer ukrainischer und tschechischer Gegenwartsliteratur, sich einließ, als er den Auftrag für ein Projektseminar zum literarischen Übersetzen annahm, in dem Studierende an die Übersetzung des Romans herangeführt werden sollten, um im besten Fall tatsächlich an ihr mitzuwirken. Und man kann es nur als absoluten Glücksfall bezeichnen, dass unter der Leitung des erfahrenen Literaturübersetzers aus dem Seminar dann ein fähiges und hochmotiviertes Übersetzerteam zusammenfand, dessen Mitglieder je spezifische Kompetenzen einbringen konnten: Lukas Joura, der an der Humboldt-Universität studierte und sich darüber hinaus an den Universitäten der Ukraine, in Cambridge und in Toronto auf dem Gebiet der Ukrainistik spezialisierte, Lina Zalitok, die als ukrainische Muttersprachlerin ihren Master an der HU absolvierte und eine Masterarbeit zum »Bild der Stadt im Roman ›Die Stadt‹ von Pidmohylnyj« verfasste, sowie Jakob Wunderwald, der seit dem Bachelor seinen Schwerpunkt auf Belarus gesetzt hat, aber auch an ukrainischen Themen sehr interessiert ist und sprachlich neben dem Russischen auch von seinen Kompetenzen im Belarusischen profitiert. Angeleitet von Alexander Kratochvil konnten alle drei wichtige Erfahrungen auf dem Gebiet literarischen Übersetzens sammeln und mit ihren Teilübersetzungen maßgeblich zum Gelingen des Gesamtprojekts beitragen.

Und so wie der Romanheld Stepan vom Dorf kommend auf einem Schiff übersetzt in ein neues Leben in der Stadt, so *über-setzten* auch wir. Dabei waren viele sprachliche Klippen zu umschiffen, wie sie in der Mehrdeutigkeit der Schiffsmetapher (»übersétzen ist übersetzen, traducere navem«[4] von Jakob Grimm) angelegt ist.

Natürlich geht eine solche Reise, »die Wanderung durch das wilde Grenzland zwischen zwei Sprachen […] die härteste Prüfung der Intelligenz, des musikalischen Gehörs und der menschlichen Empfindsamkeit« (Andrzej Stasiuk) nicht ohne Verluste ab. Und so verblieb jene kleine Schar Unerschrockener – Lukas Joura, Jakob Wunderwald und als muttersprachliche Beraterin, die uns immer wieder auf den rechten Weg zurückführte, wenn wir uns in Pidmohylnyjs Stadtlabyrinth verirrt hatten, Lina Zalitok.

Im Prozess des Übersetzens wurde deutlich, dass die Übersetzung nicht nur ein Medium zur Überwindung sprachlicher Hindernisse auf dem Weg der Kommunikation (sozusagen von einer Flussseite auf die andere übersetzen) ist, sondern auch kulturelles Wissen vermittelt. Die Kommunikation, die der Übersetzungsprozess beinhaltet, erfolgt dabei nicht durch eine direkte Interaktion zwischen Menschen unterschiedlicher Sprachen und Kulturen, sondern durch eine Vermittlungsinstanz: die Übersetzer, die eine Übertragung kulturellen Wissens mit dem Medium der Sprache vornehmen. Dieser sprachliche und kulturelle Transfer erfolgt über die Wiedergabe von Begriffen und Inhalten hinaus zugleich als eine Übersetzung kultureller Konzepte, künstlerischer Inspiration sowie gesellschaftlicher Verhaltensmuster, Lebensweisen, sozialer und politischer Normen, die in einen neuen gesellschaftlichen und kulturellen Kontext adaptiert und der (hier) deutschsprachigen Leserschaft zugänglich gemacht werden.

Damit Literatur Lesern zugänglich wird, braucht man einen Verlag. Die Klassiker, auch die modernen, der sogenannten kleineren Literaturen haben es meist schwer, einen Verlag zu finden. Aber es gibt den Guggolz Verlag, der sich sehr erfolgreich mit und mit ästhetisch ansprechenden Büchern zum Ziel setzt, kaum beachtete Regionen auf der literarischen Landkarte sichtbar zu machen, unbekannten Autorinnen und Autoren eine Plattform zu bieten und sie durch Übersetzung den deutschsprachigen Leserinnen und Lesern zugänglich zu machen. So war der Guggolz Verlag von Beginn an sozusagen mit an Bord und unterstützte uns nach Kräften. Dem Guggolz Verlag sei an dieser Stelle ausdrücklich gedankt.

Übersetzer brauchen jedoch auch eine materielle Absicherung, die ihnen den nötigen Freiraum und freie Zeit für ihre kreative Tätigkeit verschafft. Hier ließ sich der Deutsche Übersetzerfonds auf unser Experiment einer angeleiteten Kollektivübersetzung ein und unterstützte uns großzügig mit einem Stipendium. Auch dafür ausdrücklichen Dank.

Der Autor Walerjan Pidmohylnyj war selbst ein emsiger Übersetzer der französischen Literatur des 19. Jahrhunderts, und im Roman »Die Stadt« geht es auch ums Übersetzen respektive um Translation kultureller und sozialer nachrevolutionärer und sprachlicher Kontexte, in denen die Romanfiguren, und besonders die Hauptfigur Stepan, sich zurechtfinden müssen. Als Wegweiser durch diese soziokulturellen und topografischen Kontexte, hängen wir auch ein Glossar zur grundlegenden Orientierung für die Leserinnen und Leser an, das von Lina Zalitok erstellt wurde. So bleibt am Ende noch anzumerken, dass die Worte Wilhelm von Humboldts, »eine Uebersetzung [wird] um so abweichender [...], je mühsamer sie nach Treue strebt«[5], sicher auch auf unsere Übersetzungsarbeit zutreffen.

Eine der zentralen Fragen der Übersetzungsarbeit war, Lesbarkeit herzustellen, von einer Exotisierung Abstand zu nehmen, gleichzeitig jedoch den Text nicht zu sehr zu domestizieren. Denn über so manche idiomatische Wendung kann – und soll – ein Leser oder eine Leserin der 2020er Jahre stolpern, entweder weil es sich um einen heute veralteten, aber für die 1920er Jahre typischen Ausdruck im Deutschen handelt, oder weil wir uns für eine wörtliche Übersetzung aus dem Ukrainischen entschieden haben. Als Übersetzer wollen wir die Lücke zwischen dem Text (mitsamt dem ihn umgebenden kulturellen Kontext) und den deutschsprachigen Leserinnen und Lesern (und ihren Erfahrungshorizonten) verkleinern, wobei dies niemals eine Einbahnstraße ist. Unterzieht sich der Text bereits durch die Transformation ins Deutsche einer Verwandlung, so verlangt er auch den Leserinnen und Lesern ein Entgegenkommen ab. Und das ermöglicht ihnen einen ganz neuen Blick auf die ukrainische Literatur.

Susanne Frank, Lukas Joura, Alexander Kratochvil,
Jakob Wunderwald, Lina Zalitok

ANMERKUNGEN ZUM NACHWORT

1 Taras Koznarsky schreibt zutreffend: »Valerian Pidmohylny enacted a Ukrainian appropriation of Kyiv«. In: I. Makaryk/V. Tkacz (Hg.), »Modernism in Kyiv«, Toronto 2010, S. 121.

2 »Art, especially the theatre, must return to its original form – that of a religious act. It is, after all, in its essence a religious act … It is a powerful device for transforming the coarse into the refined, ascending into the higher spheres, transforming the material. The theatre is truly a temple and should be pure and silent, even though many different prayers will be said in it.« (Les Kurbas, »Regietagebuch, Bila Tserkva«, 10. Juli 1920; zitiert nach Tkacz/Makaryk (Hg.), »Modernism in Kyiv«, Toronto 2010, S. 242).

3 Die folgenden Anmerkungen zur Übersetzung von Pidmohylnyjs Roman sind stilistisch heterogen, da sie auch persönliche Perspektiven vermitteln (sollen).

4 Jacob Grimm, »Über das pedantische in der deutschen sprache« (1847), in: ders.: »Kleine Schriften, Bd. 1: Reden und Abhandlungen«, 2. Aufl., Berlin 1879, S. 331.

5 Wilhelm von Humboldt, »Einleitung zu ›Aeschylos' Agamemnon‹« (1797-1816), in: ders.: »Werke VIII: Übersetzungen«, Berlin 1909, S. 130.

Compiled by A.Radó

STADTKARTE VON KYJIW (1929)

BIOGRAFIEN

Walerjan Pidmohylnyj (1901–1937) wurde als Sohn eines Gutsverwalters in einem Dorf im Süden der Ukraine in der Nähe von Katerynoslaw (heute Dnipro) geboren. Mit den Kindern des wohlhabenden Grundbesitzers, für den sein Vater arbeitete, konnte er Französisch lernen. Ob Pidmohylnyj nach seinem Schulabschluss ab 1918 am Bürgerkrieg teilnahm, wie es eine Quelle besagt, ein Hochschulstudium in Kyjiw absolvierte oder als Lehrer in seiner Heimatregion arbeitete, ist aufgrund der Wirren der Oktoberrevolution ungewiss. 1920 wurde eine erste Erzählungssammlung gedruckt, daneben übersetzte er französische Autoren wie Anatole France und Guy de Maupassant ins Ukrainische. 1922 nahm Pidmohylnyj eine Lehrerstelle in Kyjiw an und arbeitete als Redakteur bei einer ukrainischen Kulturzeitschrift. In den 1930er-Jahren konnte er nicht publizieren, er verlor seinen Redakteursposten, siedelte in die damalige Hauptstadt Charkiw um und wurde mehrfach inhaftiert und gefoltert. Nach einem erzwungenen Geständnis wurde er 1935 wegen angeblicher Mitgliedschaft in einer terroristischen Vereinigung zu zehn Jahren Lagerhaft auf den Solowki-Inseln verurteilt, wo er 1937 durch Erschießung hingerichtet wurde. Zwar wurde Walerjan Pidmohylnyj 1956 in der Tauwetter-Periode offiziell rehabilitiert, seine Werke konnten jedoch erst ab 1991 wieder gedruckt werden.

Alexander Kratochvil arbeitete an Slawistik-Instituten in Greifswald, München, St. Gallen und Prag und ist Lehrbeauftragter an der Humboldt-Universität zu Berlin. Er übersetzte u. a. Oksana Sabuschko, Oleg Senzow und Jurij Wynnytschuk.

Lukas Joura studierte in Kyjiw, Cambridge und Berlin und arbeitet am Institut für Slawistik an der Universität Potsdam.

Jakob Wunderwald studierte in Minsk und Berlin und arbeitet am Max-Planck-Institut für Bildungsforschung in Berlin.

Lina Zalitok studierte an der Humboldt-Universität zu Berlin und an der Université Strasbourg Europäische Literaturen und arbeitet derzeit an der Deutschen Botschaft in Kyjiw.

Susanne Frank leitet als Professorin das Fachgebiet Ostslawische Literaturen und Kulturen am Institut für Slawistik der Humboldt Universität zu Berlin.

INHALT

DIE STADT

ANHANG

WALERJAN PIDMOHYLNYJ
(1901–1937)

Titel der Originalausgabe:
Місто/*Misto* (1928)

MOVING FORWARD TOGETHER

HOUSE OF EUROPE

Der Verlag bedankt sich für die großzügige Unterstützung der Übersetzung durch die Europäische Union im Rahmen des Programms House of Europe.

Die Übersetzer bedanken sich für die großzügige Unterstützung durch den Deutschen Übersetzerfonds.

Erste Auflage Berlin 2022

Guggolz Verlag, Gustav-Müller-Straße 46, 10829 Berlin
verlag@guggolz-verlag.de

Korrektorat: Bettina Hartz
Druck & Bindung: Friedrich Pustet, Regensburg
Umschlag: Mirko Merkel
ISBN 978-3-945370-35-3

www.guggolz-verlag.de